天津圖書館藏

青柯亭刻本

聊齋志異

一

〔清〕蒲松齡 著

齊魯書社
·濟南·

圖書在版編目（CIP）數據

青柯亭刻本《聊齋志異》：天津圖書館藏 /（清）蒲松齡著. -- 濟南：齊魯書社, 2023.4
（《聊齋志異》珍本叢刊）
ISBN 978-7-5333-4635-5

Ⅰ. ①青… Ⅱ. ①蒲… Ⅲ. ①筆記小説－中國－清代 Ⅳ. ①I242.1

中國版本圖書館CIP數據核字（2022）第209254號

策劃編輯：劉玉林
責任編輯：張　超　班文冲
版式設計：李　生
封面設計：趙萌萌

青柯亭刻本《聊齋志異》：天津圖書館藏
QINGKETING KEBEN LIAOZHAIZHIYI TIANJIN TUSHUGUAN CANG
〔清〕蒲松齡 著

主管單位　山東出版傳媒股份有限公司
出版發行　齊魯書社
社　　址　濟南市市中區舜耕路517號
郵　　編　250003
網　　址　www.qlss.com.cn
電子郵箱　qilupress@126.com
營銷中心　（0531）82098521　82098519　82098517
印　　刷　山東臨沂新華印刷物流集團有限責任公司
開　　本　880mm×1230mm　1/32
印　　張　68.75
插　　頁　13
版　　次　2023年4月第1版
印　　次　2023年4月第1次印刷
標準書號　ISBN 978-7-5333-4635-5
定　　價　468.00圓（全四册）

《〈聊齋志異〉珍本叢刊》編委會

《〈聊齋志異〉珍本叢刊》序

袁世碩

《聊齋志異》是中國古代志怪傳奇型小説最富麗輝煌的經典巨著，近三百年來持久傳世，彪炳中國文學史册，飲譽世界文學之林。

作者蒲松齡幼讀詩書，博學能文，而困於場屋，古稀之年方獲得『歲貢』的科名，不數年便與世長辭。他大半生傭於縉紳之家，充抄手，代筆墨，做童蒙館師，生活主要是讀書、著書、教書，可謂一位地道的窮書生。他科舉屢試不中，未能蟾宫折桂，改變困頓人生，自謂『一事無成就』，抱恨終生。其實，他天賦極高，文才超群，新舊雅俗各種文體都曾一試其非凡身手，著述等身，尤以作《聊齋志異》成中國古代文學之經典，名揚世界，宜贊曰：大哉，斯人！

蒲松齡自幼喜記述奇聞异事，結撰狐鬼小説，在當地贏得了能文之名，得到前輩名流高珩、唐夢賚的賞識。然又以其屢應鄉試不中式，受到朋輩好友張篤慶、孫蕙的勸誡和妄庸文人的譏諷，心情一度消沉。年屆不惑，應聘到西鋪畢家坐館，行前將已作成的篇什結集成册，定名《聊齋志異》，卷端《自志》寫心，自謂其『志異』之文古有典範，意旨嚴正，慨嘆無知音，情詞悱惻。進入畢家，其作受到自命風雅的館東畢際有的稱賞，并引起了畢氏幾位子侄的興趣，一時成爲交談中的話題，使作者甚感欣慰，抹掉了心靈中的幾絲陰影。畢氏是淄川官宦名門望族，明末户部尚書畢自嚴之裔，宅第寬宏，起居安適，藏書甚富，可供博覽，又有花木繁盛的園林可堪縱游。館東畢際有是罷職的江南通州知州，爲風雅中人，交際頗廣，待能文的西賓直如文友，主賓相處十分融洽。蒲松齡在這種穩定舒心的境況中，持續三十年之久，繼續寫作《聊齋志異》新篇什，直到年逾花甲方纔逐漸輟筆。晚年居家，無貲刊行，辭世後留存家中未經編次的八册稿本。日本慶應大學『聊齋文庫』藏已裱作卷子的十七篇，應爲其裔孫過録的一種副本的殘片。

在蒲松齡寫作《聊齋志異》的大半生裏，便陸續有篇什多寡不一的抄本傳出，有記載者：同邑前輩唐夢賚曾先後得其兩個抄本，特供大詩人王士禛評閱的兩册自抄本，濟南名士朱緗慕名多次借稿本過録篇目大致齊全的抄本。後者今存半部，簡稱『康熙抄本』。蒲松齡逝世後，遠近借稿本抄録者更多，有文獻可稽者有：（一）雍正初年，朱緗子朱賓理兄弟經館師淄川張元從蒲家借來蒲氏家藏稿本過録全書，厘定爲十二卷本。鑄雪齋抄《聊齋志異》卷末附殿春亭主人跋，叙其事較詳，鑄雪齋抄本即據朱氏兄弟抄本過録。（二）同時期，張元的另一門人歷城曾尚增，亦就其師所借蒲氏稿本過録一部。王金範編刻《聊齋志異》十八卷本，序稱據歷城所得『曾氏家藏抄本』重新分類編排刻成，殆即其本。王金範時任長山縣丞，治所在號稱『天下第一村』的周村。二十世紀六十年代於其地發現的《聊齋志異》二十四卷抄本，所收篇什與鑄雪齋抄本相等，末附錢塘包燻、金壇王喬題辭，兩題辭亦見於十八卷本中。是則二十四卷抄本，殆即據歷城曾尚增抄本過録。（三）現存《聊齋志異》早期抄本，尚有易名《異史》的六卷本。依文字避諱情况，可判爲雍乾易代之際抄成。抄主據濟南朱氏抄本過録，擅改書名，厘定卷次。（四）乾隆年間，時任山東沂州知府的詩學名家鄭方坤，得到淄川蒲氏家藏稿本，離職後帶回福建閩侯，同邑秀才黄炎熙借閲抄成《聊齋志異選抄》十二卷本。後來，趙起杲從鄭方坤嗣子借録正副二本，成爲其主持編刻青柯亭本之基本底本，趙起杲《弁言》謂『荔鄰當年得於其家者，實原稿也』，實則蒲氏長孫蒲立德爲謀求其祖《聊齋志異》刊行傳世，向文苑名家鄭方坤提供了一部自家過録的副本。趙起杲《弁言》中還提及，前曾得到友人周季和在濟南坐館時手録之《聊齋志異》二册，又在北京得吴君穎思抄本勘定，可見他主持編刻之前，《聊齋志異》的抄本已流向全國多個地方，自然還有湮没無聞不可稽考者。道光初年，段甡《聊齋志異遺稿例言》説：『是書本雍正年抄本，則未刻之前，已貴洛陽紙價矣。』

乾隆中期，任浙江睦州知府的趙起杲，早在未入仕前曾獲得《聊齋志異》抄本兩册，嗜讀，以未見全本爲憾。入仕後携之四方，官福建，得抄鄭方坤家藏抄本，以其爲得於蒲家的『原稿』，轉官浙江，經編刻經籍的名士鮑廷博慫恿、資助，遂借助學識甚富、後來做了『四庫館臣』的余集參與編校，刻成青柯亭十六卷本。幾乎同時，王金範在蒲氏家鄉淄川鄰邑長山編刻出篇目類編的十八卷本。青柯亭本的編印出自大手筆，編校依蒲氏原貌，刻印優良，遂終結了《聊齋志異》傳抄行世的局面，隨之有重刻、翻刻、評注等多種刻本及拾遺本相繼而出，風行天下，近世百年來相繼而出的石印本、鉛印本、圖咏本，悉依其規模、文字。閱讀别無選擇，嗜愛其書的有識之士衹能就其文本解讀評説。直到二十世紀中期，蒲松齡的半部手稿本被發現，張友鶴據之整理出一部《聊齋志異》會校會注會評本，方纔終結了青柯亭刻本主導傳播二百年的歷史。

《聊齋志異》的詮釋，始於手稿本的序言和最先出抄本的題辭，隨後被有選擇地匯入相繼印行的刻本中，成爲中國傳統經籍正文與注釋齊出并行的注評本。這一方面借名人題辭爲《聊齋志異》增添了賣點，如王漁洋并不懇切的題辭竟成了刻本的金字招牌；另一方面，《聊齋志異》的詮釋也由此獲得重大進展。但明倫的評本，不僅有碎片化的情節點評，還有對名篇佳什的整體賞析，并有所發揮。早在嘉慶年間，馮鎮巒潛心研讀所做的解説，識見精深，由於『寒氈終老』，未得刊行。這个歷史遺憾終於由光緒年間喻焜刻行的《聊齋志異合評》本彌補，馮評自然也成爲後出的這部合評本最有價值的部分，後出并没有損傷其對這部經典名著所做詮釋的成就，也没有遮蔽其中透露的歷史信息。

就我平生僅見的有關文獻，約略回顧《聊齋志異》傳播日廣、聲名日高的歷史過程，其中有些超常的現象頗值得尋繹，可拓寬、深入對這部文學名著的造詣、影響的認識。《聊齋志異》在作者生前陸續寫作之際便開始傳抄，有名士點評、題辭，傳抄由地方走向全國，促成更便於傳播的刊本行世，大名士的賞識給予了羽翼性的助力。蒲松齡自抄其作送呈王士禛評閲，期望其爲之作序，嗣後又將其題辭、點評抄録進稿本中，説明他是深明『古人文字多以游揚而傳』這條潛規則的。順乎其勢，最初有吕湛恩、何垠注本，訓釋語詞，繼而有正文與解説賞析齊行并出的評點本，則發生了性質的變异，解説賞析要依靠正文推出，篇幅分量都大爲膨脹，評點家自我呈現的意旨上升到第二主位元，文本的詮釋便由之發展起來，其價值也就由這部文學名著的傳播史，進入詮釋接受史。何守奇評本先出，篇後有題解。但明倫評本繼出，評點最繁多，書眉有段落分析，多中肯，多個名篇後對闡釋題旨或藝術特色的評析，别見慧心，已進入文學批評的賞析境界。馮鎮巒潛心研讀二十餘年小説文本，從文筆、故事、結構等多個角度解析，識見更深，晚年寫的《讀聊齋雜説》是概論性的評説，推許《聊齋志異》爲『文筆之佳，獨有千古』『議論醇正，準理酌情』『當代小説家言，定以此書爲第一』。馮鎮巒作此文的意旨主要不是稱揚《聊齋志異》高超的文學造詣，而是批評當時的文人對這部風行天下的小説集的非議，對紀曉嵐菲薄《聊齋志異》的幾點意見，都做了肯切的駁議。文中説道：『是書傳後，效顰者紛如牛毛，真不自分量矣。無聊齋本領，而但説鬼説狐，侈陳怪异，筆墨既無可觀，命意不解所謂。臃腫拳曲，徒多鋪陳；道理晦澀，義無足稱。』這或許不包括紀曉嵐的《閲微草堂筆記》，但還是對它做了并非稱揚的評價：『文字力量精神，别是一種，其生趣不逮矣。』歷史的發展實况證實了馮鎮巒的評點、解説的價值和意義。

齊魯書社成立伊始，即以整理出版齊魯文獻爲重任，先後編印出版了多種《聊齋》文獻及研究論著。近年更意識到以《聊齋志異》手稿爲起點的許多不同類型的文本，以其各自的内涵和形態顯示出這部文學經典的創作和傳播的歷史狀况，承載着作者創作歷程和讀者閲讀、傳播、評賞的歷史信息，也映照出中國古代文學創作、批評發展的卓越成就和中國文化的特色，於是立意并精心籌措編印《〈聊齋志異〉珍本叢刊》，其意義絶不止於拓寬和深化《聊齋志異》的研究。

前言

鄒宗良

一、刻書緣起與刻印經過

清乾隆三十一年（一七六六）十一月，《聊齋志異》的第一個刻本在浙江嚴州府（府治在今浙江省建德市。嚴州在隋至北宋稱睦州，故余集稱此書刻於睦州）問世。這個刻本，就是在《聊齋志異》的傳播史上産生了巨大影響的青柯亭刻本。

青柯亭刻本的出現，使得《聊齋志異》由抄寫時代一躍而進入刻印時代，對該書在當時社會的傳播、普及具有劃時代的歷史意義。清代道光年間的進士陸以湉在《冷廬雜識》中寫道：『蒲氏松齡《聊齋志異》流播海内，幾於家有其書。』[一] 清代的中國有多少個家庭？『幾於家有其書』是一個什麼概念？不僅如此，清代中後期直到民國年間，從通都大邑到窮鄉僻壤，從文人士夫到引車賣漿者流，《聊齋志異》都進入他們閱讀或講説的視野之内，已經達到了『凡有井水處，即能歌柳詞』的地步，其傳播勢頭的衮衮之盛，在芸芸大衆生活視野中的普及率之高，遠遠超過了被今人稱爲中國説部第一的長篇白話小説《紅樓夢》。《聊齋志異》在中國社會的文人階層和普通百姓中普及到這樣一種程度，就其傳播的介質而言，青柯亭刻本是居功至偉的。

青柯亭刻本的面世，既是《聊齋志異》一書傳播態勢迅猛發展的必然結果，同時也具有重要的個人因素。

在青柯亭刻本出現之前，《聊齋志異》就已經以稿本、抄本的形式在社會上廣爲流傳。就稿本而言，既有作者的初稿本，也有現存半部（全帙八冊）的

〔一〕〔清〕陸以湉撰，崔凡芝點校：《冷廬雜識》，中華書局一九八四年版，第三一〇頁。

定稿本；特别是《聊齋志異》的初稿本，在作者逝世之後收藏於其長孫蒲立德之手，經友朋的紹介被多人借閲抄寫，爲該書在雍正和乾隆前期的傳播做出了重要貢獻。就抄本而論，現在已知在康、雍、乾三朝出現的，就有蒲松齡贈新城王士禛的二册選抄本，贈山東學政黄叔琳的選抄本，淄川唐夢賚藏抄本，濟南朱緗抄本，朱緗之子濟南朱氏殿春亭抄本，濟南張希杰鑄雪齋抄本，萊陽周季和贈趙起杲的二册選抄本，福建建安鄭方坤抄本，福建侯官黄炎熙選抄本，濟南曾氏抄本，甘陵賈氏藏抄本（或即今佚的濟南朱氏殿春亭抄本），吴穎思藏抄本，張此亭易名《聊齋雜志》的抄本，傳爲益都趙執信的抄本，不知抄主的康熙間抄本、二十四卷抄本、《異史》抄本，等等。可以這樣説，在青柯亭刻本付梓之前，《聊齋志異》一書已經引發了當時社會的廣泛關注，其傳播的方式雖然尚限於抄録，却已在蒲松齡逝世後的四五十年間迅速地走出山東一省之地，呈現出流傳越來越廣的趨勢。青柯亭刻本和晚其一年付梓的王金範選刻本、上洋李時憲刻本在乾隆中期出現〔二〕，可以説正是這種傳播勢態迅猛發展的産物。

説到個人因素，不能不説趙起杲、余集、鮑廷博等人所做的重要貢獻。趙起杲在青柯亭刻本《聊齋志異·弁言》中説：

此書之成，出貲勷事者鮑子以文，校讎更正者，則余君蓉裳、郁君佩先暨予弟臯亭也。〔三〕

趙起杲所説的『郁君佩先』，乃浙江錢塘人郁禮。他是鮑廷博的朋友。劉尚恒先生撰《鮑廷博年譜》考得『郁禮字佩先，一作佩宣，號潛亭。生卒年不

〔二〕 王金範選刻本《聊齋志異》，凡十八卷，乾隆三十二年（一七六七）刻印於山東長山縣周村鎮。李時憲刻本，説見下文。

〔三〕 〔清〕趙起杲：《弁言》，見本書第一册第一〇頁。

詳，約乾隆至嘉慶間浙江錢塘人。家有東嘯軒，藏書甚富，與鮑廷博過從最密』[二]。郁禮應該是應友人鮑廷博之邀而參與了青柯亭刻本《聊齋志異》的校讎工作。

『予弟皋亭』，所指爲趙起杲的五弟趙起杭。余集撰《昌化令趙公墓志銘》《嚴州太守趙公暨兩夫人合葬墓志銘》記載，趙起杲兄弟五人，起杲居長，其二弟、三弟早卒；而《清代硃卷集成》載《乾隆乙未科會試趙鈞彤硃卷》所附趙鈞彤的家世履歷，則稱其從堂叔趙起杲兄弟四人，依次爲起杲、起彬、起棻、起杭。[三]可見，趙起杲兄弟五人中有一人早夭，以致趙鈞彤對這位早夭的從堂叔没有留下什麽印象。長大成人的趙氏四兄弟中，趙起杲的二弟起彬、三弟起棻又青年亡故，能跟隨趙起杲至其嚴州官署的兄弟，自然是非其五弟起杭莫屬了。

在乾隆四十年乙未（一七七五）趙鈞彤考中進士時，趙起杭并没有取得

[二] 劉尚恒：《鮑廷博年譜》，黄山書社二〇一〇年版，第十二頁。
[三] 顧廷龍主編：《清代硃卷集成》第三册，臺灣成文出版社一九九二年版，第三六〇頁。

功名。這位參與了青柯亭刻本《聊齋志異》校讎工作的趙起杲的胞弟，後來的身份也可能衹是諸生，所以在《萊陽縣志》中没有留下記載。

青柯亭刻本《聊齋志異》的刻印出版，更多地體現在趙起杲、鮑廷博、余集三人的努力和貢獻上。這三個人，堪稱《聊齋志異》傳播史上的三位功臣。首先是趙起杲。青柯亭刻本《聊齋志異》能够刻印出版，時任嚴州府知府的趙起杲是起了決定性作用的。

趙起杲的家世與生平，此前僅在朱睦卿先生《書傳四海　版刻嚴陵——趙起杲和青本〈聊齋〉》一文中有過較爲具體的考察與勾勒。〔二〕據朱睦卿文介紹，趙起杲是山東萊陽人，字清曜，號荷邨，又號冠峰。他於蒲松齡去世的那一年，即清康熙五十四年（一七一五）八月，出生於山東萊陽縣一個鄉宦之家。萊陽趙氏世居萊陽縣萊鳳鄉鳳栖里村，趙起杲的曾祖父趙崙於順治十四年丁酉（一六五七）中進士，歷任廣東瓊山縣知縣、江南學政等職；祖父趙子

〔二〕朱睦卿：《書傳四海　版刻嚴陵——趙起杲和青本〈聊齋〉》，《蒲松齡研究》二〇〇五年第四期。

泗，康熙二十三年甲子（一六八四）歲貢，早卒；父趙莘，曾任浙江昌化縣知縣。

趙起杲早年屢試不第，乾隆二十二年（一七五七）援貢生授官例，揀補福建漳州府南勝縣同知，後任連江縣、古田縣知縣，乾隆二十六年（一七六一）以同知揀發杭州府，第二年署杭州府總捕同知，乾隆三十年（一七六五）升任嚴州府知府。次年五月，在主持嚴州府童生府試時不幸中暑去世，終年五十二歲。

朱睦卿先生對趙起杲家世、生平所做的考察與勾勒，依據爲相關地方史志和民國年間的《天水趙氏族譜》。在撰寫此前言的過程中，筆者翻檢了收録於趙起杲友人余集《秋室學古録》卷三的《嚴州太守趙公暨兩夫人合葬墓志銘》《昌化令趙公墓志銘》《贈太恭人昌化令趙公配劉太君墓志銘》。這三篇志墓之作，前一篇是趙起杲和他兩位夫人的墓志銘，後兩篇則是爲其父趙莘、其母劉氏撰寫的志墓文。此外，民國《萊陽縣志》卷三《人事志·藝文·傳志》，收録了萊陽人孫熙撰寫的《趙太常崙墓表》，趙崙其人，即朱睦卿文所云趙起杲的曾祖父。據以上志墓文獻和其他史料，對趙起杲的家世生平可做如下補訂：

其一，孫熙撰《趙太常崙墓表》云趙崙『丁酉、戊戌聯捷成進士』，而朱保炯、謝沛霖編《明清進士題名碑録索引》也明載趙起杲的曾祖父趙崙爲清順治十五年戊戌科（一六五八）第三甲第一百四十九名進士。[二] 可知趙起杲曾祖趙崙於順治十四年丁酉鄉試中式，次年成進士。順治十四年丁酉是鄉試之年，無進士考試事，趙崙也不可能在這一年登進士第。

其二，據孫熙撰《趙太常崙墓表》等史料，可補充趙崙的仕履如下：清康熙元年（一六六二）授廣東瓊山縣知縣，後歷任禮部主事、郎中，江蘇按察使司僉事、提督學政，福建按察使司副使、興泉永道道員，光禄寺少卿，終於太常寺少卿。[三]

其三，據余集《昌化令趙公墓志銘》，趙起杲之父趙莘係以例貢出任山東

[二] 朱保炯、謝沛霖編：《明清進士題名碑録索引》，上海古籍出版社一九七九年版，第一七七〇、二六四四頁。

[三] 民國《萊陽縣志》，見《中國地方志集成·山東府縣志輯》五十三，鳳凰出版社二〇〇四年版，第五四一至五四二頁。

霑化縣儒學教諭，雍正三年（一七二五）升任浙江昌化縣知縣，以清廉愛民、不賄上臺被罷官。[二]

其四，朱睦卿文云趙起杲「援貢生授官例，揀補福建漳州府南勝縣同知」，其說不確。「委署漳州府南勝同知」之說，本見於民國《萊陽縣志》卷三《人事志·人物·鄉宦》所載趙起杲小傳，但南勝爲元代至治年間的舊縣名，其地在清代屬漳州府平和縣。光緒《平和縣志》卷一《疆域志·沿革》云：

> 漳郡舊轄六邑，平和乃其新設之疆。元至治中，縣在九圍磜山之中，名曰南勝。至元三年，畲寇李勝作亂，陳君用襲殺之，徙縣於琯山之陽，名曰南靖……平和其舊屬也。明正德間，象湖、箭管等處作亂，提督南贛軍門王守仁發二省兵剿平之，於是生員張浩然、鄉老曾敦立等呈請設縣。守仁……乃奏請於朝，即河頭大洋陂地方建設新縣……縣名平和，取其寇平

[二]〔清〕余集：《秋室學古録》卷三，清道光刻本。

而民和也。國朝因之。〔一〕

又，『同知』爲明清時期知府、知州的佐貳官員。縣級官員，知縣之佐貳爲縣丞、主簿、典史，無同知一職。佘集撰《嚴州太守趙公暨兩夫人合葬墓志銘》云趙起杲『以貲授閩之連江縣知縣，尋改古田縣』，無出任『南勝縣同知』的記載。光緒《平和縣志》載，乾隆年間的平和縣，知縣的佐貳官員僅有典史一名，乾隆二十二年到任者爲湖南安鄉人張法曾。大概在張法曾到任之前，趙起杲曾委署過幾個月的典史。所謂『委署』，意思是代理而非實授其職。

其五，據佘集撰《嚴州太守趙公暨兩夫人合葬墓志銘》并參地方史志，可將趙起杲的生平履歷補訂如下：趙起杲（一七一五—一七六六），山東萊陽人。早年補博士弟子員，數應山東鄉試不售。乾隆二十二年納貲援例爲貢生，同年授官福建連江縣知縣，次年調補古田縣知縣。乾隆二十六年任浙江杭州

〔一〕 光緒《平和縣志》卷一，臺灣成文出版社一九六七年版，第三六頁。

府同知（《杭州府志》），乾隆三十年任浙江嚴州府知府（《嚴州府志》），次年五月十八日，主持童生府試時因中暑亡故。

其六，關於『青柯亭』。趙起杲主持刻印的《聊齋志異》扉頁題署『淄川蒲留仙著　聊齋志異　青柯亭開彫』，世稱『青柯亭刻本』或『青柯亭本』『青本』。朱睦卿《書傳四海　版刻嚴陵——趙起杲和青本〈聊齋〉》云『在荷邨先生逝世二百二十年後，當地梅城鎮人民政府在他當年編書的嚴州府衙後院裏重建了青柯亭，并辟建了青柯園』〔二〕，以爲青柯亭爲浙江嚴州府衙署中的亭臺之名。那麽，歷史上的青柯亭究竟坐落在什麽地方？它與青柯亭刻本刻印的主持者趙起杲究竟是何種關係？

回憶二十世紀八十年代，筆者在青島市博物館考察蒲松齡手稿《鶴軒筆札》時，曾檢得趙起杲《青柯亭詩存》與其弟趙起棻所著《青柯亭詩稿》稿本，兩人的詩集共爲一函。趙起杲《青柯亭詩存》卷首有《青柯亭圖》并作

〔二〕　朱睦卿：《書傳四海　版刻嚴陵——趙起杲和青本〈聊齋〉》，《蒲松齡研究》二〇〇五年第四期。

者《題青柯亭圖》七絶一首，詩曰：

青柯亭上三年別，閩海官衙幾日思。
白石山人留粉本，江天春雨正絲絲。

《青柯亭圖》之後，有李承祖所撰《序》，其文云：

憶在閩南日，荷邨手一編相示，曰：『此亡弟元睿之詩也，少年夭歿，一生之嗜好存焉。幸一爲點定之。』窺其色焦然，其神黯然，不復能共相展視。余悄然傷之，未暇卒業也。比余再過青柯亭，則荷邨卒官嚴州已數載，蓋不勝西州之慟焉。仲子喈符復出一編相授，則宛然荷邨所示本也。余方愧負宿諾，喈符作而言曰：『此吾父遺詩，吾叔附焉。吾父好爲詩，不敢自信於心，隨手散弃，不肯輾轉，收拾不及什一。舅氏素稱莫逆，倘惠賜評騭，歿存不忘也。』余曰：『嗟乎！何父子之存心先後同揆也？余不解爲詩，又何能論詩？即此詩之可傳與否安未可知，而父子兄弟孝友至性，則斷不可浸也。』因爲題叙數語卷末，兩家子侄，其善藏之。

抱甕生李承祖書

此序之後鈐有印章二：一爲白地陽文之『李承祖印』四字，一爲朱地陰文之『抱甕生』三字。據余集撰《嚴州太守趙公暨兩夫人合葬墓志銘》，知趙起杲元配夫人李氏爲『武定文襄公之曾孫女』。所云『武定文襄公』，即山東濟南府武定州（州治在今濱州市惠民縣）人李之芳。李之芳於康熙年間任兵部尚書、文華殿大學士兼吏部尚書，卒謚『文襄』。趙起杲『仲子喈符』稱李承祖爲『舅氏』，知其爲趙起杲元配夫人李氏的兄弟或同族兄弟。

所附家世履歷載其小傳：

趙起杲之弟元睿，《清代硃卷集成》載《乾隆乙未科會試趙鈞彤硃卷》

起棻，字元睿，以字行。庚午蒙登萊觀察沈公薦，舉經學，未試卒。〔一〕

庚午爲乾隆十五年（一七五〇），這一年正好是鄉試之年。趙鈞彤説其從堂叔趙起棻『庚午蒙登萊觀察沈公薦，舉經學，未試卒』，可知趙起棻去世於這一年的鄉試之前。

趙起棻的《青柯亭詩稿》中有《題〈秋燈叢話〉〈聊齋志異〉》七古一首，當作於趙起杲獲贈周季和選抄本《聊齋志異》二册之後，可惜當年因展讀時間匆促，未能盡録。

據趙起杲《題青柯亭圖》詩與李承祖爲其詩集所作的《序》，可知青柯亭不在浙江嚴州，它是趙起杲萊陽故里的一座私人園亭。

余集爲萊陽趙氏撰寫的三篇墓志銘中，有兩篇數次提及坐落於趙起杲故里的青柯亭。其一爲《贈太恭人昌化令趙公配劉太君墓志銘》，其中有云：

〔一〕顧廷龍主編：《清代硃卷集成》第三册，臺灣成文出版社一九九二年版，第三六〇頁。

太恭人姓劉氏……自昌化歸，養疴於青柯亭別業。後以遭家多故，連喪其兩兒，抑沮成疾，竟不起，以乾隆十八年三月十二日卒，春秋五十有九。即以某年月日，葬於西阜之陽，即青柯亭也。初，昌化公兆不吉，太恭人爲營南臺之阡。仲叔兩子殁，即從葬焉。比太恭人卒，日者得佳壤於青柯亭，遂營兆如日者言。後幾年，太守殁於官。喪歸，從葬於太恭人之封之側，遂不祔。銘曰：生於是游死是藏，子也婦也况在傍。夫人處之若幃房，靈氣來往極大荒。雖不同穴其奚傷，青柯之亭南臺岡，幽宫千載遥相望。〔二〕

其二爲《嚴州太守趙公暨兩夫人合葬墓志銘》，中云：

君生於康熙五十四年八月初九日，卒於乾隆三十一年五月十八日，年

〔二〕〔清〕余集：《秋室學古録》卷三，清道光刻本。

五十有二。歸葬於青柯亭南園先塋之側，未有銘……李夫人初葬留衣莊，不吉。今以乾隆乙巳年十一月初十日穿太守公之封，而以兩夫人祔焉，禮也。〔二〕

余集説，趙起杲之母劉氏隨其丈夫趙莘自昌化縣罷官歸里之後，即『養疴於青柯亭別業』，而青柯亭別業的位置在故里的『西阜之陽』。這裏所説的『西阜』，大概是坐落於趙起杲故里鳳栖里村西邊的一座小山丘。鳳栖里即今萊陽市河洛鎮趙家疃，其地在萊陽縣城以北，今已匯入萊陽市區。趙家的青柯亭別業應該是坐落在趙家疃以西一座小山的南面，所以又稱『青柯亭南園』。劉氏去世之後，趙家請來的堪輿者十分看好青柯亭別業的風水，以爲是宜葬的寶地，於是劉氏之柩没有與其丈夫趙莘合葬於舊塋地『南臺之阡』，而是單獨葬在了青柯亭畔。後來趙起杲的靈柩回歸故里，同樣葬在了青柯亭所在的

〔二〕〔清〕余集：《秋室學古録》卷三，清道光刻本。

『西阜之陽』。趙起杲的繼室張氏去世後與其合葬，而早年故去的元配夫人李氏也遷葬於此，青柯亭畔的這處别業於是成了趙起杲之母、趙起杲和他的兩位夫人的葬地。

綜上可知，青柯亭原本是萊陽趙氏别業裏的亭臺。因爲這裏風物宜人，被堪輿者看好，後來又成爲趙起杲母子的安葬之地。青柯亭本來是萊陽趙氏别業裏的代表性建築，趙起杲生前念兹在兹，於是稱他在嚴州主持刻印的《聊齋志異》爲『青柯亭開彫』，但青柯亭并不在嚴州。

趙起杲是一位喜歡讀書、刻書的人，更是《聊齋志異》的熱心讀者。余集撰《嚴州太守趙公暨兩夫人合葬墓志銘》稱他『衣不重襲，食無兼味，寡所嗜好，而耽於書。宦游來往，卷軸之裝浮於私橐，抄胥書賈踵至公庭。鶴料所入，大半給筆札、資梨棗也』[二]。據趙起杲《聊齋志異·弁言》的叙述，他首先是於乾隆十一年（一七四六）得到了『自濟南解館歸』的周季和的《聊齋志

〔二〕〔清〕余集：《秋室學古録》卷三，清道光刻本。

異》選抄本二册。據筆者指導的碩士研究生付力元考察，周季和名守一，萊陽人，季和是他的字。[二]在福建做官之後，趙起杲又有幸借到了福建建安鄭方坤的抄本，讓人抄録正副二本。就任嚴州府知府之後，他又與幕賓余集合作，以周季和抄本、吴穎思藏抄本和張此亭《聊齋雜志》抄本對自己的抄録本做了校勘審定。在友人鮑廷博的建議下，喜歡讀書、刻書的趙起杲於乾隆三十年（一七六五）將《聊齋志異》付梓。可以説，没有趙起杲幾十年如一日對《聊齋志異》的收藏與抄録、校勘，就不會有青柯亭刻本《聊齋志異》的刻印出版。

第二位爲青柯亭刻本的刻印做出巨大貢獻的人是余集。余集（一七三八—一八二三），字蓉裳，號秋室，浙江仁和人。他於乾隆三十一年（一七六六）中進士，乾隆三十八年（一七七三）入《四庫全書》館任分校之職，後纍官至侍讀學士，有《秋室學古録》傳世。

乾隆三十年（一七六五）趙起杲出任浙江嚴州府知府時，余集被趙起杲

[二] 付力元：《〈聊齋志異〉青柯亭刻本研究》，山東大學二〇一五年碩士學位論文。

聘爲幕賓，隨其前往嚴州。這樣的人生際遇，使得余集責無旁貸地投入到了《聊齋志異》的編刊工作之中。

上海圖書館藏青柯亭刻本《聊齋志異》卷首有余集《序》一篇〔二〕，中云：

乙酉（乾隆三十年）三月，山左趙公奉命守睦州，余假館於郡齋。太守公出淄川蒲柳泉先生《聊齋志異》，請余審定而付之梓。

余集《序》末，署作『乾隆三十年歲次乙酉十一月仁和余集撰』，可知余集的『審定』工作前後經歷了八九個月。其工作的具體内容，大致有四：其一，如鮑廷博所言，『初先生之梓是書也，與蓉裳悉心酌定，厘卷十二』〔三〕，即將底本十六卷厘定爲十二卷；其二，如趙起杲所説，『卷中有單章隻句、意味平

〔二〕本書所用底本天津圖書館藏本無此序。

〔三〕朱一玄編：《〈聊齋志異〉資料彙編》，南開大學出版社二〇一二年版，第三一五頁。

淺者删之，計四十八條；從張本補入者，凡二條』〔二〕，即從底本中删除被認爲篇幅短小、文字不佳者四十八則，又從張此亭《聊齋雜志》抄本中補入底本未見的故事兩篇；其三，做了大量的文字校勘工作，如趙起杲所言，『是書傳抄既屢，别風淮雨，觸處都有，今悉加校正』〔三〕；其四，做了大量的文字修潤工作，如趙起杲所言，『其中文理不順者，間爲更定一二字』〔三〕。

乾隆三十一年丙戌（一七六六）是會試年，大約在完成《聊齋志異》的校勘審定之後，余集即公車北上，并於次年春高中進士。雖人處兩地，但此時的余集仍在參與《聊齋志異》的校勘審定工作。鮑廷博《刻〈聊齋志異〉紀事》云：『《志異》之刻，余君蓉裳在幕中商榷爲多。比蓉裳計偕北上，偶一字之疑，亦走函俾予參定焉。』〔四〕

〔二〕〔清〕趙起杲：《例言》，見本書第一册第二〇頁。
〔三〕〔清〕趙起杲：《例言》，見本書第一册第一九頁。
〔三〕〔清〕趙起杲：《例言》，見本書第一册第一九頁。
〔四〕朱一玄編：《〈聊齋志異〉資料彙編》，南開大學出版社二〇一二年版，第三一五頁。

第三位爲青柯亭刻本的刻印做出巨大貢獻的人是鮑廷博。鮑廷博（一七二八—一八一四），字以文，號淥飲，又號通介叟、得閑居士等。遠祖自山東南遷至安徽歙縣，生於浙江杭州，以刻印《知不足齋叢書》而聞名於世，是清代乾嘉年間著名的藏書家和刻書家。

鮑廷博在趙起杲任杭州府同知時與其相識，此時趙起杲已據鄭方坤抄本抄録了十六卷的《聊齋志異》全本。正因爲如此，鮑廷博在乾隆二十八年（一七六三）就曾多次建議趙起杲將《聊齋志異》付梓印行，『荷邨先生丞杭時，嘗出《聊齋志異》一書相示，且將進梓人焉，予頗慫恿之』[一]；趙起杲《弁言》也説，『癸未（乾隆二十八年）官武林，友人鮑以文屢慫恿予付梓，因循未果』[二]。趙起杲升任嚴州府知府後，終於將《聊齋志異》刻印一事付諸實施。

青柯亭刻本《聊齋志異》的刊刻實分爲兩個階段。第一個階段是刊刻前

[一] 朱一玄編：《〈聊齋志異〉資料彙編》，南開大學出版社二〇一二年版，第三一四頁。
[二] 〔清〕趙起杲：《弁言》，見本書第一册第九至一〇頁。

十二卷，趙起杲主持其事，余集參與校勘審定。此時的鮑廷博，則是解囊出資襄助其事，所謂『此書之成，出貲襄事者鮑子以文』〔二〕，同時他也參與了全書的校讎工作，『初先生之梓是書也，與蓉裳悉心酌定……予第任讎校之役而已』〔三〕。

第二個階段爲續刻後四卷。其實在余集赴京師應會試之後，前十二卷尚在刊刻之時，趙起杲即有意請鮑廷博主持刊刻後四卷之事。鮑廷博《刻〈聊齋志異〉紀事》云：

今年（乾隆三十一年，一七六六）正月，晤先生於吴山之片石居，酒闌閑話，顧謂予曰：『兹刻甲乙去留，頗愜私意。然半豹得窺，全牛未睹，其如未厭嗜奇者之心何！取四卷重加審定，續而成之，是在吾子矣。』予

〔二〕〔清〕趙起杲：《弁言》，見本書第一册第一〇頁。

〔三〕朱一玄編：《〈聊齋志異〉資料彙編》，南開大學出版社二〇一二年版，第三一五頁。

唯唯。[一]

後來變故突起，趙起杲在乾隆三十一年五月十八日府試童生時中暑而亡。趙起杲的五弟起杭在悲痛之餘，復請鮑廷博主持完成其兄刊刻《聊齋志異》之事。『先生弟皋亭屬予竟其業』[二]，鮑廷博則義無反顧，『未竟之緒，予竭蹶踵其後。一言之出，若有定數』[三]，終於在乾隆三十一年十一月將《聊齋志異》刊刻成書，使自己的老友趙起杲可以含笑九泉。

二、青柯亭刻本的重要價值

青柯亭刻本《聊齋志異》凡十六卷，但與松齡長孫蒲立德在青柯亭本卷末《跋》文中所説的『《志異》十六卷』相比，卷次、篇目并不一致，二者不

[一] 朱一玄編：《〈聊齋志異〉資料彙編》，南開大學出版社二〇一二年版，第三一五頁。
[二] 朱一玄編：《〈聊齋志異〉資料彙編》，南開大學出版社二〇一二年版，第三一四頁。
[三] 朱一玄編：《〈聊齋志異〉資料彙編》，南開大學出版社二〇一二年版，第三一五頁。

是同一回事。因此，厘清這兩個『十六卷』之間的關係，弄明白這兩個『十六卷』之所以不同的細微之處，不僅對於研究發掘青柯亭刻本的價值十分重要，對於《聊齋志異》的編次和創作年代的研究同樣是十分重要的。

青柯亭刻本《聊齋志異》的底本，是福建鄭方坤（號荔鄉）原藏本。趙起杲在青柯亭刻本《聊齋志異》的《弁言》中說：

> 後予宦閩中，晤鄭荔鄉先生令嗣。因憶先生昔年曾宦吾鄉，性喜儲書，或有藏本。果丐得之。命侍史録正副二本……後三年，再至都門，閏軒出原鈔本細加校對，又從吴君穎思假鈔本勘定，各有异同，始知荔鄉當年得於其家者，實原稿也。〔一〕

付力元在其碩士學位論文《〈聊齋志異〉青柯亭刻本研究》中考察，鄭方

〔一〕〔清〕趙起杲：《弁言》，見本書第一册第九頁。

坤爲雍正元年（一七二三）進士，乾隆四年（一七三九）自河間府同知升任山東登州府知府，乾隆五年（一七四〇）調任沂州府知府，乾隆七年（一七四二）任武定府知府，乾隆十三年（一七四八）改任兖州府知府，乾隆二十年（一七五五）被免官歸里。他得到《聊齋志異》的抄本，當即在其居官山東期間。因爲蒲立德的《跋》文所署日期爲『大清乾隆五年歲次庚申春日孫立德謹識』，那麽，鄭方坤得到淄川蒲氏家藏的《聊齋志異》抄本，也應在乾隆五年或其後不久。

刊載於青柯亭刻本卷首的趙起杲《刻〈聊齋志異〉例言》，明確道出了青柯亭刻本與底本分卷的不同之處：

原本凡十六卷。初但選其尤雅者厘爲十二卷；刊既竣，再閲其餘，復愛莫能舍，遂續刻之，卷目一如其舊云。〔一〕

〔一〕〔清〕趙起杲：《例言》，見本書第一册第二〇頁。

説是『卷目一如其舊』，但青柯亭刻本的這個『十六卷』已經不是底本的原册原目了。具體説來，就是經過趙起杲和余集的一番努力編輯，底本十六卷的大部分篇目和編次面貌，被壓縮後放在了青柯亭刻本的前十二卷裏；而在前十二卷刊刻之後，編輯者『再閲其餘，復愛莫能舍』，又從刊落的篇目中選出後四卷的篇目，經過『續刻』而形成了全書十六卷的規模。所以，雖然底本和青柯亭刻本都是十六卷，但這兩個十六卷卷次、篇目各异，二者之間是不能畫等號的。

雖然如此，青柯亭刻本前十二卷的卷次、篇目仍然值得我們高度重視。可以這樣説，對於《聊齋志異》册次、編次的研究而言，青柯亭刻本（特别是前十二卷的編次）依然具有《聊齋志異》其他版本不可替代的獨特價值。

一九七七年，章培恒先生爲上海古籍出版社新版的《聊齋志異會校會注會評本》寫了《新序》[二]；一九八〇年，章先生又在《蒲松齡研究集刊》第一

〔二〕 章培恒：《新序》，見〔清〕蒲松齡著，張友鶴輯校《聊齋志異會校會注會評本》卷首，上海古籍出版社一九八六年版，第一至二〇頁。

輯發表了《〈聊齋志異〉寫作年代考》一文[二]。這兩篇論文都牽涉到幾個頗爲重要的問題，即《聊齋志異》的册次、編次，以及在此基礎上考訂《聊齋志異》各册、各篇的寫作年代等問題。

章先生認爲，現存半部的《聊齋志異》手稿全帙八册，這八册作品和每册的内部編次，都是按寫作的先後順序排列的。至於册次，則第一册爲手稿本卷首有《聊齋自志》的一册；第二册爲手稿本以《鴉頭》起首的一册，第三册爲鑄雪齋抄本中自卷六《大人》篇起至大約卷七末的一册，第四册爲鑄雪齋抄本中自卷二《某公》起至卷三《鴝鵒》篇止的一册，第五册爲手稿本中以《雲蘿公主》起首的一册，第六册爲手稿本中以《劉海石》起首的一册，第七册爲爲鑄雪齋抄本中自卷十一《王者》起至卷十二末的一册，第八册爲鑄雪齋抄本中自大約卷八《畫馬》起至卷九《沅俗》止的一册。以此爲前提，他對《聊齋志異》手稿本各册的寫作年代做了推考。

[二] 章培恒：《〈聊齋志異〉寫作年代考》，見《蒲松齡研究集刊》第一輯，齊魯書社一九八〇年版，第一八三至一九七頁。

章先生的結論引發了研究者的商榷，幾位相關研究者認爲章先生考察的結果與史實不符。如王枝忠先生指出：手稿本第一册第三十四篇《新郎》，寫的是發生於康熙二十年秋後的事；但同一册第三十篇《青鳳》，寫作的時間則在這一年的秋日之前。按照章先生考察得出的結論，《青鳳》應該排列在《新郎》之前，但事實却并非如此。王枝忠先生例舉了大量的證據，以説明現存半部的《聊齋志異》手稿，并不是按照寫作時間的先後次序排列的。〔二〕

二十世紀九十年代初，筆者赴故里淄博市參加首届蒲松齡學術討論會時，提交過一篇題爲《初稿本〈聊齋志異〉考》的論文，提出了在現存半部的《聊齋志異》手稿之外，還曾存在一部《聊齋志異》稿本。筆者認爲，現存半部的八册本《聊齋志異》手稿是作者的定稿、清稿，而十六册本的《聊齋志

〔二〕 王枝忠：《〈聊齋志異〉是按寫作先後編次的嗎——與章培恒先生商榷》，收入王枝忠著《蒲松齡論集》，文化藝術出版社一九九〇年版，第一一三至一二五頁。

異》手稿則是作者在日積月纍的創作過程中形成的初稿。〔二〕

隨着《聊齋志異》版本研究的深入，事實已經越來越清晰地呈現在研究者面前：《聊齋志異》確實存在一部十六册裝的初稿本。在蒲松齡逝世之後，這部初稿本由其長孫蒲立德收藏，并且多次被抄録者借出抄録。鑄雪齋抄本的祖本濟南朱氏殿春亭抄本，就是以作者的十六册初稿本爲底本抄録的，不過在抄録的過程中，由於抄主殿春亭主人做了一些『編次』的工作，現在保存下來的據殿春亭抄本過録的濟南張希傑的鑄雪齋抄本，已經不是作者十六册初稿本的本來面目了。

在《初稿本〈聊齋志異〉考》一文中，筆者曾就兩種《聊齋志異》手稿的關係提出了一些值得思考的問題：

推《聊齋志異》的初稿本爲十六册，今存手稿的全帙是在十六册初

〔二〕鄒宗良：《初稿本〈聊齋志異〉考》，《山東大學學報》（哲學社會科學版）一九九二年第二期；收入鄒宗良著《蒲松齡研究叢稿》，山東大學出版社二〇一一年版，第三四三至三五七頁。

稿的基礎上改訂而成的，那麽就前後兩種手稿的關係而言，在《聊齋志異》的研究中也就出現了一些應予重新考慮的情况。比如就册次而言，初稿本十六册與改訂本八册的對應關係如何？改訂本是不是按原本各册的次序合爲八册的？有没有册次被打亂的情况？在作者最後修改定稿的過程中，初稿本各册内部的先後次序有没有被打亂？究竟被打亂至何種程度？有没有可能恢復或大致恢復初稿本原來的内部編次？如果這些問題或者其中的一些關鍵問題不能解決，則我們就無法進一步探討《聊齋志異》原稿的每一册和全書各篇的寫作年代問題，也無法通過寫作的先後順序全面考察《聊齋志異》各個不同時期的創作。〔二〕

解決這樣一些問題，前提是必須設法恢復十六册作者初稿本的面目。如前所説，青柯亭刻本的工作底本同樣是依據十六册的作者初稿本抄録而成的，

〔二〕 鄒宗良：《蒲松齡研究叢稿》，山東大學出版社二〇一一年版，第三五六至三五七頁。

祇是在付刻之前，趙起杲等人把十六册的初稿壓縮爲青柯亭刻本的前十二卷，在十二卷刻成之後，『再閲其餘，復愛莫能舍』，於是將已經删除的作品重加選擇，刻成了後四卷。這樣，就十六册作者初稿本册次和每册編次的恢復而言，青柯亭刻本前十二卷的存在，它們的卷次和每卷的内部編次，也就具有十分重要的意義。

筆者有這樣一種設想，以青柯亭刻本前十二卷的卷次和内部編次爲據進行深入細緻的考察，或不能完全恢復十六册作者初稿本的本來面目，但不否認有恢復初稿本的基本面目或大致輪廓的可能性。

由於作者的初稿本纔是按照寫作順序逐年積纍而成的稿本，如果能够恢復作者初稿本的基本面目或大致輪廓，那麼接下來，考察《聊齋志異》十六册作者初稿本各册順序和每一册作品的寫作年代，也就不像目前這樣無所憑藉，僅僅是一種空想了。

三、青柯亭刻本與今存手稿本的文字差异

蒲松齡的半部《聊齋志異》手稿（四册，全帙應爲八册）於一九五〇年冬天在遼寧省西豐縣被發現，今存遼寧省圖書館。從二十世紀五十年代開始，這半部手稿多次被影印出版。張友鶴先生輯校《聊齋志異會校會注會評本》和任篤行先生輯校《全校會註集評聊齋志異》的校勘記，都清楚地記載了青柯亭刻本和現存手稿本文字上的不同之處。

那麼，應該如何看待青柯亭刻本和現存手稿本之間的文字差異？下面談談筆者對這一問題的一些認識。

首先，存在文字差異的第一個原因，是底本的來源不同、性質不同。現存四册的《聊齋志異》手稿本，是作者晚年形成的清稿本、定稿本，而青柯亭刻本的底本是福建鄭方坤原藏本，其祖本是松齡長孫蒲立德收藏并供人借閱抄寫的十六卷（十六册）本。這個十六卷（十六册）本雖然今日已無法見到，但極有可能就是蒲松齡《聊齋志異》的初稿本。

蒲松齡大半生都在創作和修改《聊齋志異》，他的創作態度是極爲認真的。從初稿到定稿，很多地方經過了作者的反復修改，有些篇甚至是大段重寫。如果能通過青柯亭刻本、多種抄本與現存手稿本文字的比勘，確認前者出自作者的初稿本的話，那麽問題就很容易理解，保存了初稿本文字的青柯亭刻本和多種抄本，在文字内容上肯定會與清稿本、定稿本存在較大的差异。

需要指出的是，就《聊齋志異》不同版本的文字而言，數量甚夥的抄本和刻本，絶大多數都是不能以其文字與現存手稿本是否接近來定其優劣的。那些與定稿本性質的現存手稿本文字差异較多的抄本和刻本，有些异文所反映的，正是《聊齋志異》不同創作階段的文本面貌。

其次，前文提到，在得到鄭方坤的抄本并出任嚴州府知府之後，編輯者趙起杲和余集還依據他們所見到的周季和抄本、吴穎思藏抄本和張此亭《聊齋雜志》抄本，對自己抄録的鄭方坤抄本進行了校勘審定的工作。周季和抄本祇有二册，是一個選抄本；吴穎思藏抄本卷帙不知；張此亭的抄本，趙起杲介紹說：『有名《聊齋雜志》者，乃張此亭臆改，且多删汰，非原書矣』〔二〕，可見亦非全本。或許這三個抄本中有全本，也可能它們都是選抄本，無論情況如何，這幾個抄本與底本不同的文字經過校勘酌定進入到工作文本，也會産生一些异文。

最後，是青柯亭刻本的編輯者有意識地對底本中的一些文字做了改動。數年前筆者指導碩士研究生付力元考察青柯亭刻本，曾讓她從幾個不同的角度來考察其中的异文，考察成果體現在她的碩士學位論文《〈聊齋志異〉青柯亭刻本研究》中。概括起來，編輯者有意識地進行的文字改動大致分爲以下三種情况：

一是編輯者出於時忌的原因，對避諱字做了改動。如爲避康熙帝名諱，改『玄』字爲『元』（《耳中人》），避雍正帝名諱，改『胤』字爲『嗣』（《羅刹海市》），避乾隆帝名諱，改『弘』字爲『宏』（《畫壁》《青鳳》《考弊

〔二〕〔清〕趙起杲：《例言》，見本書第一册第十七至十八頁。

司》）；爲避清代獨有的官爵稱呼，改『大親王』爲『某王者』（《王成》），將對統治中原的滿洲不尊重的説法『類滿制』（《夜叉國》）直接删去；等等。

此外，如《五通》篇出現的人物趙弘，因其事尷尬，對小説中的人物而言極不光彩，獨有青柯亭刻本將人物姓名『趙弘』改爲『邵弧』。後一字自然是因避乾隆帝名諱而改，而前一字的改動，則應該是趙起杲考慮到這個趙弘與自己屬於同宗，不想讓同姓之人身涉尷尬而做的。

二是編輯者出於文從字順或事理自然的考慮，對一些文字做了改動。如起首第一篇《考城隍》的第一句『予姊丈之祖宋公』，青柯亭刻本獨作『予姊夫之祖宋公』，應該是考慮到對普通讀者而言，『姊夫』較『姊丈』更容易理解；《劉姓》篇『苗至，細陳所以，因哀李爲之解免』，『因哀』二字，青柯亭刻本獨作『哀』，可能是覺得删去『因』字更爲簡潔；《白秋練》篇『媪不實信，務要盟約』，青柯亭刻本獨改『實信』爲『信』，應該是覺得單用『信』字更加文從字順；《辛十四娘》篇『生乘醉遽問曰』，青柯亭刻本獨删『遽』

字，可能以爲删去『遽』字，事理更趨自然；等等。

三是因補訂原文的情節而對一些文字做了改動。其中最具典型意義的，是對《促織》一篇所做的三處重要修改。

先是成名的兒子懼禍投井，被救之後，現存手稿本、《異史》抄本、二十四卷抄本、黄炎熙選抄本、鑄雪齋抄本俱作：

但蟋蟀籠虚，顧之則氣斷聲吞，亦不敢復究兒。

青柯亭本改爲：

但兒神氣癡木，奄奄思睡。成顧蟋蟀籠虚，則氣斷聲吞，亦不復以兒爲念。

青柯亭刻本在這裏獨加了『但兒神氣癡木，奄奄思睡』二句。這兩句補綴，正是爲原文中那隻『短小，黑赤色』，鬥起來『無出其右者』的蟋蟀是成名的兒子魂化而成的情節訂補的伏筆。

前有伏筆，則後有照應。黑蟋蟀在宮中鬥勝之後，諸本是這樣敍事的：

由此以善養蟲名，屢得撫軍殊寵。

青柯亭本則改爲以下文字：

後歲餘，成子精神復舊，自言身化促織，輕捷善鬥，今始蘇耳。撫軍亦厚賚成。

有研究者認爲，是青柯亭刻本爲《促織》篇增加了成名的兒子身化促織，或云魂化促織的新的情節。筆者以爲不然。細讀原文我們發現，成名的兒子投井被救，『半夜復蘇』，他本中此後確實再也没有關於此子的任何敍述文字。

但是接下來蒲松齡寫道：

忽聞門外蟲鳴，驚起覘視，蟲宛然尚在。喜而捕之。一鳴輒躍去，行且速。覆之以掌，虛若無物；手裁舉，則又超忽而躍。

就原文的背景而言，蟋蟀本是十分難尋的，因爲『此物故非西産』，衹是由於華陰知縣『欲媚上官，以一頭進』，纔攬到了『常供』宮廷的倖幸活兒。然則渺渺難尋之物，何以自己來到尋它千百度的人家門外？作者没有交代，給文本的意義留下了空白；這隻蟋蟀也和别的不同，爲什麽將其覆於掌下竟然『虛若無物』？難道它没有實體嗎？作者没有交代，又給文本的意義留下了空白。所以筆者認爲，青柯亭刻本的編輯者趙起杲等人，所做的實際上是爲作者『填白補罅』的工作，其性質是補充修訂，以進一步完善原文缺漏的情節和細節。這就像西方詮釋學所説的那樣，青柯亭刻本的編輯者補訂的是文本中本來就隱含着的意義，他們所做的詮釋是一種變粗爲細的詮釋，而不是没有文本基礎的過度詮釋。

青柯亭刻本對《促織》篇所做的第三處重要修改，是對文後『異史氏曰』的删改。諸本的『異史氏曰』如下：

天子偶用一物，未必不過此已忘，而奉行者即爲定例。加之官貪吏虐，民日貼婦賣兒，更無休止。故天子一跬步皆關民命，不可忽也。獨是成氏子以蠹貧，以促織富，裘馬揚揚。當其爲里正受撲責時，豈意其至此哉？天將以酬長厚者，遂使撫臣、令尹，并受促織恩蔭。聞之：一人飛升，仙及鷄犬。信夫！

由於乾隆年間文字獄『風刀霜劍嚴相逼』的社會環境，青柯亭刻本的編輯者删去了『異史氏曰』自起首的『天子』至『獨是』的五十一個字。筆者以爲，這同樣是可以理解的。

總之，青柯亭刻本與他本特別是現存手稿本之間存在的文字差异，都是十分重要的版本現象，值得引起高度重視。對這些版本現象進行深入細緻的考察，有可能解决許多現在尚不明確、尚未解决的問題。如通過對青柯亭刻本和同出一源的黄炎熙選抄本與他本不同的諸多文字的考察，可以進一步認識它們共同的祖本福建鄭方坤藏抄本的情况，也可以更加深入地瞭解松齡長孫蒲立德收藏的十六卷（十六册）本的情况；而通過對青柯亭刻本和其他同類性質的抄本與現存手稿本文字的比較考察，則有可能更爲清楚地認識《聊齋志異》不同階段的創作面貌。隨着青柯亭刻本的影印出版，我們期待更多相關研究成果的出現。

四、青柯亭刻本的巨大影響

就《聊齋志異》在後世的傳播而言，青柯亭刻本同樣具有其他刻本難以替代的重要價值和巨大影響。

《聊齋志異》的不同刻本，前後發現的有五十餘種。這五十餘種刻本可以歸爲三個系統，即青柯亭刻本系統、選刻本系統和輯佚本系統。

就選刻本系統而言，王金範選刻本《聊齋志異》晚於青柯亭刻本一年（乾隆三十二年，一七六七）在山東長山縣周村鎮（今淄博市周村區區治）刊印，全書十八卷，收文二百七十五篇。據袁世碩先生撰文考察，此二百七十五篇包括從原本析出的附文十一篇，又有合二篇爲一刊出者三篇。恢復原本面貌之後，實收文二百六十七篇。〔一〕乾隆五十年（一七八五）刊印的郁文堂重刻本，以及在此本上進行評點的王芑孫評點本，光緒年間改題《聊齋志異新本》的王毓英重刻本，都屬於王金範選刻本一系。

除了王金範選刻本及其重刻本，還有乾隆五十九年（一七九四）刊印的小芝山樵選刻本，凡六卷，五十八篇；乾隆六十年（一七九五）刊印的步雲閣選刻本，十一卷，一百四十篇，都應歸入選刻本系統。需要指出的是，步雲閣刻本雖屬於選刻本，却是在青柯亭刻本的基礎上選刻而成的。

輯佚本系統的刻本，包括道光四年（一八二四）黎陽段甡刊印的《聊齋

〔一〕 袁世碩：《王金範選刻十八卷本〈聊齋志異〉》，見《袁世碩文集》第一册，人民文學出版社二〇二一年版，第四一八至四四一頁。

志異遺稿》和光緒十年（一八八四）長白榮譽輯校的《聊齋志異拾遺》，《得月簃叢書》刻本，此外還有民國三年（一九一四）肇東劉滋桂輯刊的《聊齋志異逸編》。它們都是爲補青柯亭刻本之缺失而出現的。

青柯亭刻本系統顯然要比選刻本系統和輯佚本系統重要得多。其一，雖然從嚴格意義上説，青柯亭刻本也是一個《聊齋志異》的選刻本，但因爲它衹是删除了底本中『單章隻句、意味平淺者』四十八則，又從張此亭本補入二則，上海圖書館藏本收文達到四百三十餘篇（天津圖書館藏本則爲四百一十餘篇，此本可能更早且更具版本價值，有待進一步考察），保存了《聊齋志異》原本的大致風貌，可以説是諸種刻本中收文篇數最多的一個。其二，青柯亭刻本是《聊齋志異》的第一個刻本，它的出現，使得《聊齋志異》的接受者由借閲傳抄的少數友朋跨躍到了社會的整個讀書人階層，傳播方式發生了翻天覆地的變化。在乾隆三十一年初刊之後，很快就出現了乾隆三十二年（一七六七）上洋李時憲刻本、乾隆五十年（一七八五）杭州油局橋陳氏刻本、乾隆六十年（一七九五）刻本、道光八年（一八二八）刻本等諸多的重刻本，特別是在其刊刻的第二年就出現了上洋李時憲的重刻本，足可以見出青柯亭刻本在當時社會受歡迎的程度。其三，後世通行的吕湛恩、何垠兩種注本，刊印的王士禛、王東序、馮鎮巒、何守奇、但明倫、方舒岩諸家的評點本，以及一版再版的《詳注聊齋志異圖咏》，皆以青柯亭系統的刻本爲底本，可知陸以湉所説的『流播海内，幾於家有其書』，無疑指的是青柯亭刻本系統各種刻本的《聊齋志異》。段甡在《重抄〈聊齋志異〉遺稿序》中所説的『留仙《志異》一書，膾炙人口久矣。余自髫齡迄今，身之所經，無論名會之區，即僻陬十室，靡不家置一册』[二]，同樣指的是青柯亭刻本系統各種刻本的《聊齋志異》。

就《聊齋志異》在海外的傳播而言，到目前爲止，《聊齋志異》起碼被譯成了英、法、俄、德、意大利、西班牙、丹麥、捷克、波蘭、羅馬尼亞、保加利亞、烏克蘭、越南、朝鮮、日本等二十餘國語言，是在海外流傳最廣的中國古典小説之一。

〔二〕〔清〕段甡：《重抄〈聊齋志異〉遺稿序》，見〔清〕蒲松齡著，任篤行輯校《全校會註集評聊齋志異》，齊魯書社二〇〇〇年版，第二四六五頁。

《聊齋志異》傳播到西方是中國淪爲半殖民地半封建社會，國門大開之後的事。如英文版的翻譯，美國漢學家衛三畏最早翻譯了《聊齋志異》中的《種梨》和《罵鴨》兩篇作品，發表在一八四八年出版的兩卷本《中國總論》第一卷中；一八八八年，英國漢學家翟理思出版了英譯本《聊齋志異》，收録了他翻譯的一百六十四個聊齋故事。如俄文版的翻譯，一八八三年，俄國漢學家瓦西里耶夫翻譯了《阿寶》《庚娘》《水莽草》《曾友于》《毛狐》五篇小説，收録在這一年出版的《中國文選》中。如德文版的翻譯，德國人威廉·格魯貝的《中國文學史》收録了他翻譯的聊齋故事《紅玉》，於一九〇二年在萊比錫出版，這是最早的聊齋故事的德譯本。這裏要説的是，這些不同的外文語種的最早翻譯文本，以及其後出現的更多更全的《聊齋志異》譯本，舉凡在二十世紀六十年代之前出現的，幾乎都是以青柯亭系統的刻本爲底本進行翻譯傳播的。我們在追溯這些外文譯本的底本的時候，毫無疑問地要去翻檢青柯亭刻本系統的《聊齋志異》。

齊魯書社自成立以來，即十分重視聊齋學的研究與普及工作，先後出版了

《二十四卷抄本聊齋志異》的影印本與排印本、山東大學蒲松齡研究室編《蒲松齡研究集刊》一至四輯、路大荒先生著《蒲松齡年譜》、袁世碩先生著《蒲松齡事迹著述新考》、任篤行先生輯校《全校會註集評聊齋志異》等一大批重要的聊齋學論著與原典，可謂聊齋學著作出版的一方重鎮。近來，齊魯書社又計劃影印出版《聊齋志異》的系列版本，這對於聊齋學界和廣大讀者而言，實在是一大喜事與幸事。其《〈聊齋志異〉珍本叢刊》的影印出版規劃將於近期實施，在《聊齋志異》出版史上具有劃時代意義的青柯亭刻本被列爲第一種，同樣值得高興與祝賀。我們期待《〈聊齋志異〉珍本叢刊》的影印出版嘉惠學林。

目録

卷二

卷三

卷四

卷五

卷六

卷七

卷八

卷九

卷十

卷十二

卷十三

卷十四

卷十五

卷十六

淄川蒲留仙著

聊齋志異

青柯亭開彫

志而曰異明其不同於常也然而聖人曰君子以同而異何耶其義廣矣大矣夫聖人之言雖多主於人事而吾謂三才之理六經之文諸聖之義可一以貫之則謂異之爲義即易之冒道無不可也夫人但知居仁由義克己復禮爲善人君子矣而陟降而在帝左右禱祀而感召風雷乃近於巫祝之說者何耶神禹創鑄九鼎而山海一經復垂萬世豈上古聖人而喜語怪乎抑爭子虛烏有之賦心而預爲分道揚鑣者地乎後世拘墟之士雙瞳如豆一葉迷山目所不見率以仲尼不語爲辭

不知鵠飛石隕是何人載筆爾爾也倘概以左氏之誣蔽之無異掩耳者高語無雷矣引而伸之即閶闔九天衣冠萬國之句深山窮谷中人亦以爲欺我無疑也余謂欲讀天下之奇書須明天下之大道蓋以人倫大道淑世者聖人之所以爲木鐸也然而天下有解人則雖孔子之所不語者皆足輔功令教化之所不及而諾皋夷堅亦可與六經同功苟非其人則雖日述孔子之所常言而皆足以佐慝如讀南子之見則以爲淫僻皆可周旋泥佛肸之往則以爲叛逆不妨共事不止詩書發

塚周官資纂已也彼拘墟之士多疑者其言則未嘗不近於正也一則疑曰政教自堪治世因果無乃渺茫乎曰是也然而陰隲上帝幽有鬼神亦聖人之言否乎彼彭生覿面申生語巫武曌宮中田蚡枕畔九幽斧鉞嚴於王章多矣而世人往往多疑者以報應之或爽誠有可疑即如聖門之士賢儁無多德行四人二者夭亡一厄繼母幾乎同於伯奇天道憒憒一至此乎是非遠洞三世不足消釋羣惑釋迦馬麥袁盎人瘡亦安知之故非天道憒憒人自憒憒故也或曰報應示戒可矣妖邪

不宜除乎曰是也然而天地大矣無所不有古今變矣未可膠舟人世不皆君子陰曹反皆正人乎豈夏姬謝世便儕共姜榮公撤瑟可參孤竹乎有以知其必不然矣且江河日下人鬼頗同不則幽冥之中反是聖賢道場日日唐虞三代有是理乎或又疑而且規之曰異事世固間有之矣或亦不妨抵掌而竟馳想天外幻跡人區無乃爲齊諧濫觴乎曰是也然子長列傳不厭滑稽巵言寓言蒙莊嚆矢且二十一史果皆實錄乎仙人之議李郭也固有遺憾久矣而況勃窣文心筆補造化不

止生花且同煉石佳鬼佳狐之奇俊也降福旣以孔皆敦倫更復無斁人中大賢猶有愧焉是在解人不爲法縛不死句下可也夫中郎帳底應饒子家之異味鄴侯架上何須兎冊之常詮余願爲婆娑蕤林者職調人之役焉古人著書其正也則以天常民彝爲則使天下之人聽一事如聞霹靂奏一言如親日月外此而書或奇也則新鬼故鬼魯廟依稀內蛇外蛇鄭門躑躅非盡矯誣也倘盡以不語二字奉爲金科則萍實商羊羵羊楛矢但當搖首閉目而謝之足矣然乎否乎吾願讀書之

上覽此奇文須深慧業眼光如電牆壁皆通能知作者之意並知聖人或雅言或罕言或不語之故則六經之義三才之統諸聖之衡一一貫之異而同者忘其異焉可矣不然癡人每苦情深入耳便多濡首一字魂飛心月之精靈冉冉三生夢渺牡丹之亭下依依檀板動而忽來桃茢遺而不去君將爲魍魎曹邱生僕何辭齊諧魯仲連乎紫霞道人高珩題

丙寅冬吾友周子季和自濟南解館歸以手錄淄川蒲留仙先生聊齋志異二冊相貽深以卷帙繁多不能全鈔爲憾予讀而喜之每藏之行笥中欲訪其全數年不可得丁丑春攜至都門爲王子閏軒攫去後予宦閩中晤鄭荔薌先生令嗣因憶先生昔年曾宦吾鄉性喜儲書或有藏本果丐得之命侍史錄正副二本披閱之下似與季和本稍異後三年再至都門閏軒出原鈔本細加校對又從吳君穎思假鈔本勘定各有異同始知荔薌當年得於其家者實原藁也癸未官武林友人鮑以

文屢慫恿予付梓因循未果後借鈔者衆藏本不能徧應遂勉成以公同好他日見聞軒出以相贈其欣賞爲何如獨恨吾季和已赴九原不獲與之商榷定論已此書之成出貲勷事者鮑子以文校讎更正者則余君蓉裳郁君佩先曁予弟皐亭也

乾隆丙戌端陽前二日萊陽後學趙起杲書於睦州官舍

諺有之云見橐駝謂馬腫背此言雖小可以喻大矣夫人以目所見者爲有所不見者爲無曰此其常也倏有而倏無則怪之至於草木之榮落昆蟲之變化倏有倏無又不之怪而獨於神龍則怪之彼萬竅之刁刁百川之活活無所持之而動無所激之而鳴豈非怪乎又習而安焉獨至於鬼狐則怪之至於人則又不怪夫人則亦誰持之而動誰激之而鳴者乎莫不曰我實爲之夫我之所以爲我者目能視而不能視其所以視耳能聞而不能聞其所以聞而況於聞見所不能及者乎夫聞

見所及以爲有所不及以爲無其爲聞見也幾何矣人之言曰有形形者有物物者而不知有以無形爲形無物爲物者夫無形無物則耳目窮矣而不可謂之無也有見蚊睫者有不見泰山者有聞蟻鬭者有不聞雷鳴者見聞之不同者盲瞽未可妄論也自小儒爲人死如風火散之說而原始要終之道不明於天下於是所見者愈少所怪者愈多而馬腫背之說昌行於天下無可如何輒以孔子不語一詞了之而齊諧志怪虞初記異之編疑之者參半矣不知孔子之所不記者乃中人以

下不可得而聞者耳而謂春秋盡删怪神哉留仙蒲子幼而穎異長而特達下筆風起雲湧能爲載記之言於制舉業之暇凡所聞見輒爲筆記大要多鬼狐怪異之事向得其一卷輒爲同人取去今再得其一卷閲之凡爲余所習知者十之三四最足以破小儒拘墟之見而與夏蟲語冰也余謂事無常怪但以有害於人者爲妖故日食星隕鷁飛鵒巢石言龍鬭不可謂異惟土木甲兵之不時與亂臣賊子乃爲妖異耳今觀留仙所著其論斷大義皆本於賞善罰淫與安義命之旨足以開物

而成務正如揚雲法言桓譚謂其必傳矣豹巖樵史唐

夢賚拜題

聊齋小傳

淄川蒲松齡字留仙號柳泉辛卯歲貢以文章風節著一時弱冠應童子試受知於施愚山先生文名藉甚乃決然舍去一肆力於古文悲憤感慨自成一家言性樸厚篤交遊重名義與同邑李希梅張歷友諸名士結爲詩社以風雅道義相切劘新城王漁洋先生素奇其才謂非尋常流輩所及也家所藏著述頗富而聊齋志異一書尤膾炙人口云 淄川縣志

刻聊齋志異例言

一先生是書蓋倣干寶搜神任昉述異之例而作其事則鬼狐仙怪其文則莊列馬班而其義則竊取春秋微顯志晦之旨筆削予奪之權可謂有功名教無忝著述以意逆志乃不謬於作者是所望於知人論世之君子

一是編初稿名鬼狐傳後先生入棘闈狐鬼羣集揮之不去以意揣之蓋恥禹鼎之曲傳懼軒轅之畢照也歸乃增益他條名之曰志異有名聊齋雜志者乃張

此亭臆改且多删汰非原書矣茲刻一仍其舊

一先生畢殫精力始成是書初就正於漁洋漁洋欲以百千市其稿先生堅不與因加評騭而還之今刻以問世并附漁洋評語先生有知可無仲翔沒世之恨矣

一是編向無刊本諸家傳鈔各有點竄其間字斟句酌詞旨簡嚴者有之然求其浩汗疎宕有一種粗服亂頭之致往往不逮原本茲刻悉仍原稿庶幾獨得廬山之眞

一編中所述鬼狐最黠層見疊出變化不窮水佩風裳翦裁入妙冰花雪蘂結撰維新緣其才大於海筆妙如環

一編中所載事蹟有不盡無徵者如姊妹易嫁金和尚諸篇是已然傳聞異辭難成信史漁洋談異多所採摭亦相逕庭至大力將軍一則亦與觚賸雪遘差別因并錄之以見大畧

一是書傳鈔既屢別風淮雨觸處都有今悉加校正其中文理不順者閒爲更定一二字至其編次前後各

本不同兹刻只就多寡酌分卷帙實無從攷其原目也
一原本凡十六卷初但選其尤雅者釐爲十二卷刋既竣再閱其餘復愛莫能舍遂續刻之卷目一如其舊云
一卷中有單章隻句意味平淺者刪之計四十八條從張本補入者凡二條佳句已盡入錦囊明珠實無遺鐵網矣
一聞之張君西圃云濟南朱氏家藏志異數十卷行將

訪求倘嗜奇之士尚有別本幸不吝見遺當續刻之

以成藝林快事

萊陽趙起杲清曜謹識

聊齋志異卷之一目錄

陸判

聊齋志異卷二目錄

聊齋志異卷三目錄

聊齋志異卷四目錄

聊齋志異卷五目録

聊齋志異卷六目録

狐聯

聊齋志異卷七目錄

聊齋志異卷八目錄

聶政　　二商

祿數

聊齋志異卷九目錄

金永年　孝子

獅子　梓潼令

聊齋志異卷十目錄

聊齋志異卷十一目錄

聊齋志異卷十二目錄

聊齋志異卷十三目錄

聊齋志異卷十三目錄終

聊齋志異卷十四目錄

聊齋志異卷十四目錄終

聊齋志異卷十五目錄

聊齋志異卷十五目錄終

聊齋志異卷十五

聊齋志異卷十六目錄

聊齋志異卷十六目錄終

聊齋志異卷一

淄川　蒲松齡　留仙　著

新城　王士正　貽上　評

考城隍

予姊夫之祖宋公諱燾邑廩生一日病臥見吏持牒牽白顛馬來云請赴試公言文宗未臨何遽得考吏不言但敦促之公力疾乘馬從去路甚生疎至一城郭如王者都移時入府廨宮室壯麗上坐十餘官都不知何人惟關壯繆可識簷下設几墩各二先有一秀才坐其末

公便與連肩几上各有筆札俄題紙飛下視之八字云一人二人有心無心二公文成呈殿上公文中有云有心為善雖善不賞無心為惡雖惡不罰諸神傳贊不已召公上諭曰河南缺一城隍君稱其職公方悟頓首泣曰辱膺寵命何敢多辭但老母七旬奉養無人請得終其天年惟聽錄用上一帝王像者即令稽母壽籍有長鬚吏捧冊翻閱一過白有陽算九年共躊躇間關帝曰不妨令張生攝篆九年瓜代可也乃謂公應即赴任今推仁孝之心給假九年及期當復相召又勉勵秀才數

語二公稽首並下秀才握手送諸郊野自言長山張某以詩贈别都忘其詞中有有花有酒春常在無月無燈夜自明之句公旣騎乃别而去及抵里豁若夢寤時卒已三日母聞棺中呻吟扶出半日始能語問之長山果有張生於是日死矣後九年母果卒營葬旣畢浣濯入室而沒其岳家居城中西門内忽見公鏤膺朱幩輿馬甚衆登其堂一拜而行相共驚疑不知其爲神奔訊鄉中則已沒矣公有自記小傳惜亂後無存此其畧耳

瞳人語

長安士方棟頗有才名而佻脫不持儀節每陌上見游女輒輕薄尾綴之清明前一日偶步郊郭見一小車朱茀繡幰青衣數輩款段以從內一婢乘小駟容色絕美稍稍近覘之見車幔洞開內坐二八女郎紅妝艷麗尤生平所未睹目眩神奪瞻戀弗舍或先或後從馳數里忽聞女郎呼婢近車側曰爲我垂簾下何處風狂兒郎頻來窺瞻婢乃下簾怒顧生曰此芙蓉城七郎子新婦歸寧非同田舍娘子放教秀才胡覷言已掬轍土颺生生眯目不可開纔一拭視車馬已渺驚疑而返覺目終

不快倩人啟瞼撥視則睛上生小翳經宿益劇淚簌簌
不得止翳漸大數日厚如錢右睛起旋螺百藥無效懊
悶欲絕頗思自懺悔聞光明經能解厄持一卷浼人教
誦初猶煩躁久漸自安旦晚無事惟趺坐捻珠持之一
年萬緣俱靜忽聞左目中小語如蠅曰黑漆似叵耐殺
人右目中應曰可同小遨遊出此悶氣漸覺兩鼻中蠕
蠕作癢似有物出離孔而去久之乃返復自鼻入眶中
又言曰許時不窺園亭珍珠蘭遽枯瘠死生素喜香蘭
園中多種植日常灌溉自失明久置不問忽聞其言遽

問妻蘭花何使憔悴死妻詰其所自知告之故妻趨驗之花果槁矣大異之靜匿房中見有小人自生鼻內出大不及豆營營然竟出門去漸遠遂迷所在俄連臂歸飛上面如蜂蟻之投穴者如此二三日又聞左言曰隧道迂還往非所甚便不如自啟門右應曰我壁子厚大不易左曰我試闢得與而俱遂覺左眶內隱似抓裂有頃開視豁見几物喜告妻妻審之則脂膜破小竅黑睛熒熒纔如破椒越一宿障盡消細視竟重瞳也但右目旋螺如故乃知兩瞳人合居一眶矣生雖一目眇而較

之雙目者殊更了了由是益自檢束鄉中稱盛德焉

異史氏曰鄉有士人偕二友於途中遙見少婦控驢出其前戲而吟曰有美人兮顧二友曰驅之相與笑騁俄追及乃其子婦心赧氣喪默不復言友僞爲不知也者評騭殊藝士人忸怩吃吃而言曰此長男婦也各隱笑而罷輕薄者往往自侮良可笑也至於眯目失明又鬼神之慘報矣芙蓉城主不知何神豈菩薩現身耶然小郎君生闢門戶鬼神雖惡亦何嘗不許人自新哉

畫壁

江西孟龍潭與朱孝廉客都中偶涉一蘭若殿宇禪舍俱不甚宏敞惟一老僧挂褡其中見客入肅衣出逐導與隨喜殿中塑誌公像兩壁圖繪精妙人物如生東壁畫散花天女內一垂髫者拈花微笑櫻口欲動眼波將流朱注目久不覺神搖意奪恍然凝想身忽飄飄如駕雲霧已到壁上見殿閣重重非復人世一老僧說法座上偏袒繞視者甚衆朱亦雜立其中少間似有人暗牽其裾回視則垂髫兒囅然竟去履即從之過曲欄入一小舍次且不敢前女回首舉手中花遥遥作招狀乃趨

之舍內寂無人遽擁之亦不甚拒遂與狎好旣而閉戶去囑朱勿欬夜乃復至如此二日女伴覺之共搜得生戲謂女曰腹內小郎已許大尚髮蓬蓬學處子耶共捧簪珥促令上鬟女含羞不語一女曰妹妹姊姊吾等勿久住恐人不歡羣笑而去生視女髻雲高簇鬟鳳低垂比垂髫時尤豔絕也四顧無人漸入猥褻蘭麝薰心樂方未艾忽聞吉莫靴鏗鏗甚厲縲鎖鏘然旋有紛囂騰辯之聲女驚起與朱竊窺則見一金甲使者黑面如漆綰鎖挈槌衆女環繞之使者曰全未荅言已全使者曰如有

藏匿下界人即共出首勿貽伊戚又同聲言無使者反身愕顧似將搜匿女大懼面如死灰張皇謂朱曰可急匿榻下乃啟壁上小扉猝遁去朱伏不敢少息俄聞靴聲至房內復出未幾煩喧漸遠心稍安然戶外輒有往來語論者朱跼蹐既久覺耳際蟬鳴目中火出景狀殆不可忍惟靜聽以待女歸竟不復憶身之何自來也時孟龍潭在殿中轉瞬不見朱疑以問僧僧笑曰往聽說法去矣問何處曰不遠少時以指彈壁而呼曰朱檀越何久遊不歸旋見壁間畫有朱像傾耳竚立若有聽察

僧又呼曰游侶久待矣遂飄忽自壁而下灰心木立目瞪足耎孟大駭從容問之蓋方伏榻下聞叩聲如雷故出房窺聽也共視拈花人螺髻翹然不復垂髫矣朱驚拜老僧而問其故僧笑曰幻由人生老僧何能解朱氣結而不揚孟心駭而無主即起歷階而出

異史氏曰幻由人生此言類有道者人有淫心是生褻境人有褻心是生怖境菩薩點化愚蒙千幻並作皆人心所自動耳老僧婆心切惜不聞其言下大悟披髮入山也

種梨

有鄉人貨梨於市頗甘芳價騰貴有道士破巾絮衣丐於車前鄉人咄之而不去鄉人怒加以叱罵道士曰一車數百顆老衲止丐其一於居士亦無大損何怒爲觀者勸置劣者一枚令去鄉人執不肯肆中傭保者見喋聒不堪遂出錢市一枚付道士道士拜謝謂衆曰出家人不解吝惜我有佳梨請出供客或曰旣有之何不自食曰吾特需此核作種於是掬梨大啗且盡把核於手解肩上鑱坎地上深數寸納之而覆以土向市人索湯

沃灌好事者於臨路店索得沸瀋道士接浸坎處萬目攢視見有勾萌出漸大俄成樹枝葉扶疎倏而花倏而實碩大芳馥纍纍滿樹道人乃即樹頭摘賜觀者頃刻而盡已乃以鑱伐樹丁丁良久乃斷帶葉荷肩頭從容徐步而去初道士作法時鄉人亦雜衆中引領注目竟忘其業道士旣去始顧車中則梨已空矣方悟適所俵散皆己物也又細視車上一靶亡是新鑿斷者心大憤恨急跡之轉過牆隅則斷靶棄垣下始知所伐梨本即是物也道士不知所在一市粲然

異史氏曰鄉人憒憒憨狀可掬其見笑於市人有以哉每見鄉中稱素封者良朋乞米則怫然且計曰是數日之資也或勸濟一危難飯一煢獨則又忿然計曰此十人五人之食也甚而父子兄弟較盡錙銖及其淫博迷心則傾囊不吝刀鋸臨頸則贖命不遑諸如此類正不勝道蠢爾鄉人又何足怪

勞山道士

邑有王生行七故家子少慕道聞勞山多仙人負笈往遊登一頂有觀宇甚幽一道士坐蒲團上素髮垂領而

神觀爽邁叩而與語理甚元妙請師之道士曰恐嬌惰
不能作苦荅言能之其門人甚衆薄暮畢集王俱與稽
首遂留觀中凌晨道士呼王去授以斧使隨衆採樵王
謹受教過月餘手足重繭不堪其苦陰有歸志一夕歸
見二人與師共酌日已暮尚無燈燭師乃剪紙如鏡粘
壁間俄頃月明輝壁光鑑毫芒諸門人環聽奔走一客
曰良宵勝樂不可不同乃於案上取壺酒分賚諸徒且
囑盡醉王自思七八人壺酒何能徧給遂各覓盎盂競
飲先釂惟恐樽盡而往復挹注竟不少減心奇之俄一

客曰蒙賜月明之照乃爾寂飲何不呼嫦娥來乃以箸擲月中見一美人自光中出初不盈尺至地遂與人等纖腰秀項翩翩作霓裳舞已而歌曰仙仙乎而還乎而幽我於廣寒乎其聲清越烈如簫管歌畢盤旋而起躍登几上驚顧之間已復爲箸三人大笑又一客曰今宵最樂然不勝酒力矣其餞我於月宮可乎三人移席漸入月中衆視三人坐月中飲鬚眉畢見如影之在鏡中移時月漸暗門人然燭來則道士獨坐而客杳矣几上肴核尚存壁上月紙圓如鏡而已道士問衆飲足乎曰

足矣足宜早寢勿悞樵蘇衆諾而退王竊忻慕歸念遂息又一月苦不可忍而道士並不傳教一術心不能待辭曰弟子數百里受業仙師縱不能得長生術或小有傳習亦可慰求教之心今閱兩三月不過早樵而暮歸弟子在家未諳此苦道士笑曰我固謂不能作苦今果然明早當遣汝行王曰弟子操作多日師畧授小技此來爲不負也道士問何術之求王曰每見師行處牆壁所不能隔但得此法足矣道士笑而允之乃傳以訣令自咒畢呼曰入之王面牆不敢入又曰試入之王果從

容入及牆而阻道士曰俛首驟入勿逡巡王果去牆數步奔而入及牆虛若無物回視果在牆外矣大喜入謝道士曰歸宜潔持否則不驗遂資斧遣之歸抵家自詡遇仙堅壁所不能阻妻不信王傚其作爲去牆數尺奔而入頭觸硬壁驀然而踣妻扶視之額上墳起如巨卵焉妻揶揄之王慚忿罵老道士無良而已

異史氏曰聞此事未有不大笑者而不知世之爲王生者正復不少今有傖父喜疢毒而畏藥石遂有舐癰吮痔者進宣威逞暴之術以迎其旨詒之曰執此術也以

往可以橫行而無礙初試未嘗不少效遂謂天下之大舉可以如是行矣勢不至觸硬壁而顛蹶不止也

長清僧

長清僧某道行高潔年八十餘猶健一日顛仆不起寺僧奔救已圓寂矣僧不自知死魂飄去至河南界河南有故紳子率十餘騎按鷹獵兔馬逸墮斃魂適相值翕然而合遂漸蘇廝僕還問之張目曰胡至此衆扶歸入門則粉白黛綠者紛集顧問大駭曰我僧也胡至此家人以爲妄共提耳悟之僧亦不自申解但閉目不復有

言餉以脫粟則食酒肉則拒夜獨宿不受妻妾奉數日後忽思少步衆皆喜既出少定卽有諸僕紛來錢簿穀籍雜請會計公子託以病倦悉謝絕之惟問山東長淸縣知之否共荅知之曰我欝無聊賴欲往遊矚宜卽治任衆謂新瘳未應遠涉不聽翼日遂發抵長淸視風物如昨無煩問途竟至蘭若弟子見貴客至伏謁甚恭乃問老僧焉往荅云吾師曩已物化問墓所羣導以往則三尺孤墳荒草猶未合也衆僧不知何意既而戒馬欲歸囑曰汝師戒行之僧所遺手澤宜恪守勿俾損壞衆

唯唯乃行既歸灰心木坐了不勾當家務居數月出門自遁直抵舊寺謂弟子我卽汝師衆疑其謬相視而笑乃述返魂之由又言生平所爲悉符衆乃信居以故榻事之如平日後公子家屢以輿馬來哀請之畧不顧瞻又年餘夫人遣紀綱至多所餽遺金帛皆卻之惟受布袍一襲而已友人或至其鄉敬造之見其人默然誠篤年僅而立而輒道其八十餘年事

異史氏曰人死則魂散其千里而不散者性定故耳予於僧不異之乎其再生而異之乎其入靡麗紛華之鄉

而能絕人以逃也若眼睛一閃而蘭麝生心有求死不得者矣況僧乎哉

狐嫁女

歷城殷天官少貧有胆畧邑有故家之第廣數十畝樓宇連亘常見怪異以故廢無居人久之蓬蒿漸滿白晝亦無敢入者會公與諸生飲或戲云有能寄此一宿者共醵為筵公躍起曰是亦何難攜一席往衆送諸門戲曰吾等暫候之如有所見當急號公笑云有鬼狐當捉證耳遂入見長莎蔽逕蒿艾如麻時值上弦新月昏昏

黃門戶可辨摩娑數進始抵後樓登月臺光潔可愛遂止焉西望月明惟啣山一綫耳坐良久更無少異竊笑傳言之訛席地枕石卧看牛女向盡恍惚欲寐樓下有履聲籍籍而上假寐睨之見一青衣人挑蓮燈猝見公驚而卻退語後人曰有生人在下問誰也荅云不識俄一老翁上就諦視曰此殷尚書其睡已酣但辦吾事相公倜儻或不叱怪乃相率入樓樓門盡闢移時往來者益衆樓上燈輝如晝公稍稍轉側作嚏咳翁聞公醒乃出跪而言曰小人有箕箒女今夜于歸不意有觸貴人

望勿深罪公起曳之曰不知今夕嘉禮慙無以賀翁曰貴人光臨壓除凶煞幸矣即煩陪坐倍益光寵公喜應之入視樓中陳設芳麗遂有婦人出拜年可四十餘翁曰此拙荆公揖之俄聞笙樂聒耳有奔而上者曰至矣翁趨迎公亦立俟少選籠紗一簇導新郎入年可十七八丰采韶秀翁命先與貴客爲禮少年目公公若爲儐執半主禮次翁壻交拜已乃即席少間粉黛雲從酒胾霧霈玉碗金甌光映几案酒數行翁喚女奴請小姐來女奴諾而入良久不出翁自起搴幃促之俄婢媼數輩

擁新人出環珮璆然蘭麝散馥翁命向上拜起即坐母側微目之翠鳳明璫容華絕世既而酌以金爵大容數斗公思此物可以持驗同人陰內袖中僞醉隱几頹然而寢皆曰相公醉矣居無何聞新郎告行笙樂暴作紛紛下樓而去已而主人斂酒具少一爵冥搜不得或竊議臥客翁急戒勿語惟恐公聞移時內外俱寂公始起暗無燈火惟脂香酒氣盈溢四堵視東方既白乃從容出探袖中金爵猶在及門則諸生先俟疑其夜出而早入者公出爵示之衆駭問因以狀告共思此物非寒士

所有乃信之後舉進士任於肥邱有世家朱姓宴公命取巨觥久之不至有細奴掩口與主人語主人有怒色俄奉金爵勸客飲視之款式雕文與狐物更無殊別大疑問所從製荅云爵凡八隻大人爲京卿時覓良工監製此世傳物什襲已久緣明府辱臨適取諸箱簏僅存其七疑家人所竊取而十年塵封如故殊不可解公笑曰金杯羽化矣然世守之珍不可失僕有一具頗近似之當以奉贈終筵歸署揀爵馳送之主人審視駭絶親詣謝公詰所自來公乃歷陳顛末始知千里之物狐能

攝致而不敢終留也

嬌娜

孔生雪笠聖裔也爲人蘊藉工詩有執友令天台寄函招之生往令適卒落拓不得歸寓菩陀寺傭爲寺僧抄錄寺西百餘步有單先生第先生故公子以大訟蕭條眷口寡移而鄉居宅遂曠焉一日大雪崩騰寂無行旅偶過其門一少年出丰采甚都見生趨與爲禮畧致慰問郎乞降臨生愛悅之慨然從入屋宇都不甚廣處處悉懸錦幕壁上多古人書畫案頭書一冊籤云瑯環瑣

記翻閱一過俱目所未睹生以居單第意爲第主郎亦不審官閥少年細詰行蹤意憐之勸設帳授徒生嘆曰羈旅之人誰作曹邱者少年曰倘不以駑駘見斥願拜門牆生喜不敢當師請爲友便問宅何久錮荅曰此爲單府曩以公子鄉居是以久曠僕皇甫氏祖居陝以家宅焚於野火暫借安頓生始知非單當晚談笑甚懽卽留共榻昧爽卽有僮子熾炭於室少年先起入內生尚擁被坐僮入白太公來生驚起一叟入鬢髮皤然向生殷謝曰先生不棄頑兒遂肯賜教小子初學塗鴉勿以

友故行輩視之也已乃進錦衣一襲貂帽襪履各一事視生盥櫛已乃呼酒薦饌几榻裙衣不知何名光彩射目酒數行叟興辭曳杖而去餐訖公子呈課業類皆古文詞並無時藝問之笑曰僕不求進取也抵暮更酌曰今夕盡懽明日便不許矣呼僮曰視太公寢未已寢可暗喚香奴來僮去先以繡囊將琵琶至少頃一婢入紅粧艷絕公子命彈湘妃婢以牙撥勾動激揚哀烈節拍不類夙聞又命以巨觴行酒三更始罷次日早起共讀公子最慧過目成誦二三月後命筆警絕相約五日一

飲每飲必招香奴一夕酒酣氣熱目注之公子已會其意曰此婢爲老父所豢養兒曠邈無家我夙夜代籌久矣行當爲君謀一佳偶生曰如果惠好必如香奴者公子笑曰君誠少所見而多所怪者矣以此爲佳君願亦易足也居半載生欲翱翔郊郭至門則雙扉外扃問之公子曰家君恐交游紛意念故謝客耳生亦安之時盛暑溽熱移齋園亭生胸間腫起如桃一夜如盌痛楚呻吟公子朝夕省視眠食俱廢又數日創劇益絕食飲太公亦至相對太息公子曰兒前夜思先生淸恙嬌娜妹

子能療之遣人於外祖母處呼令歸何久不至俄僮入白娜姑至姨與松姑同來父子疾趨入內少間引妹來視生年約十三四嬌波流慧細柳生姿生望見顏色嚬呻頓忘精神爲之一爽公子便言此兄良友不啻胞也妹子好醫之女乃斂羞容揄長袖就榻診視把握之間覺芳氣勝蘭女笑曰宜有是疾心脈動矣然症雖危可治但膚塊已凝非伐皮削肉不可乃脫臂上金釧安患處徐徐按下之創突起寸許高出釧外而根際餘腫盡束在內不似前如盌濶矣乃一手啟羅衿解佩刀刃薄於紙

把釧握刃輕輕附根而割紫血流溢沾染床席生貪近嬌姿不惟不覺其苦且恐速竣割事偎傍不久未幾割斷腐肉團團然如樹上削下之瘦又呼水來爲洗割處口吐紅丸如彈大著肉上按令旋轉才一周覺熱火蒸騰再周習習作痒三周已徧體清涼沁入骨髓女收丸入咽曰愈矣趨步出生躍起走謝沉痼若失而懸想容輝苦不自已自是廢卷癡坐無復聊賴公子已窺之曰弟爲兄物色得一佳偶問何人曰亦弟眷屬生凝思良久但云勿須面壁吟曰曾經滄海難爲水除卻巫山不

是雲公子會其指曰家君仰慕鴻才常欲附爲婚姻但止一少妹齒太穉有姨女阿松年十七矣頗不粗陋如不見信松姊日涉園亭伺前廂可望見之生如其教果見嬌娜偕麗人來畫黛彎蛾蓮鉤蹴鳳與嬌娜相伯仲也生大悅請公子作伐翼日公子自內出賀曰諧矣乃除別院爲生成禮是夕鼓吹闐咽塵落漫飛似望中仙人忽同衾幄遂疑廣寒宮殿未必在雲霄矣合卺之後甚愜心懷一夕公子謂生曰切磋之惠無日可以忘之近單公子解訟歸索宅甚急意將棄此而西勢難復聚

因而離緒縈懷生願從之而去公子勸還鄉里生難之公子曰勿慮可卽送君行無何太公引松娘至以黃金百兩贈生公子以左右手與夫婦相把握囑閉眸勿視飄然履空但覺耳際風鳴久之曰至矣啓目果見故里始知公子非人喜叩家門母出非望又睹美婦方共忻慰及回顧公子逝矣松娘事姑孝艷色賢名聲聞遐邇後生舉進士授延安司李攜家之任母以道遠不行松娘舉一男名小宦生以忤直指罷官罣礙不得歸偶獵郊野逢一美少年跨驪駒頻頻瞻顧細視則皇甫公子

也攬轡停驂悲喜交至邀生去至一村樹木濃昏陰翳天日入其家則金漚浮釘宛然世族問妹子則嫁岳母已亡深相感悼經宿別去偕妻同返嬌娜亦至抱生子掇提而弄曰姊姊亂吾種矣生拜謝曩德笑曰姊夫貴矣創口已合未忘痛耶妹夫吳郎亦來拜謁信宿乃去一日公子有憂色謂生曰天降凶殃能相救否生不知何事但銳自任公子趨出招一家人俱入羅拜堂上生大駭亟問公子曰余非人類狐也今有雷霆之刼君肯以身赴難一門可望生全不然請抱子而行無相累生

矣共生死乃使仗劍於門囑曰雷霆轟擊勿動也生如所教果見陰雲晝暝昏黑如磬回視舊居無復閈閎惟見高冢巋然巨穴無底方錯愕間霹靂一聲擺簸山岳急雨狂風老樹爲拔生目眩耳聾屹不少動忽於繁烟黑絮之中見一鬼物利喙長爪自穴攫一人出隨烟直上瞥睹衣履念似嬌娜乃急躍離地以劍擊之隨手墮落忽而山崩雷暴烈生仆遂斃少間晴霽嬌娜已能自蘇見生死於傍大哭曰孔郎爲我而死我何生焉松娘亦出共舁生歸嬌娜使松娘捧其首兄以簪撥其齒自

乃撮其頤以舌度紅丸入又接吻而呵之紅丸隨氣入喉格格作响移時醒然而蘇見眷口滿前恍如夢寤於是一門團圞驚定而喜生以幽壙不可久居議同旋里滿堂交贊惟嬌娜不樂生請與吳郎俱又慮翁媼不肯離幼子終日議不果忽吳家一小奴汗流氣促而至驚致研詰則吳郎家亦同日遭劫一門俱沒嬌娜頓足悲傷涕不可止共慰勸之而同歸之計遂决生入城勾當數日遂連夜趣裝既歸以閒園寓公子恒反關之生及松娘至始發扃生與公子兄妹棋酒談讌若一家然小

宦長成貌韶秀有狐意出遊都市共知爲狐兒也
異史氏曰余於孔生不羨其得艷妻而羨其得膩友也
觀其容可以忘飢聽其聲可以解頤得此良友時一談
宴則色授魂與尤勝於顛倒衣裳矣

妖術

于公者少任俠喜拳勇力能持二壺高作旋風舞崇禎
間殿試在都僕疫不起患之會市有善卜者能决人生
死將代問之既至未言卜者曰君莫欲問僕病乎公駭
應之曰病者無害君可危公乃自卜卜者起卦愕然曰

君三日當死公驚詫良久卜者從容曰鄙人有小術報我十金當代禳之公自念生死已定術豈能解不應而起欲出卜者曰惜此小費勿悔勿悔愛公者皆爲公懼勸罄橐以哀之公不聽倏忽至三日公端坐旅舍靜以覘之終日無恙至夜闔戶挑燈倚劍危坐一漏向盡更無死法意欲就枕忽聞窗隙窣窣有聲急視之一小人荷戈入及地則高如人公捉劍起急擊之飄忽未中遂遽小復尋窗隙意欲遁出公疾斫之應手而倒燭之則紙人已腰斷矣公不敢臥又坐待之逾時一物穿窗入

怪獰如鬼纔及地急擊之斷而爲兩皆蠕動恐其復起又連擊之劍劍皆中其聲不耎審視則土偶片片已碎於是移坐窗下目注隙中久之聞窗外如牛喘有物推窗櫺房壁震搖其勢欲傾公懼覆壓計不如出而鬬之遂砉然脫扃奔而出見一巨鬼高與簷齊昏月中見其面黑如煤眼閃爍有黃光上無衣下無履手弓而腰矢公方駭鬼則彎矢公以劍撥矢矢墮欲擊之則又彎矣公急躍避矢貫於壁戰戰有聲鬼怒甚拔佩刀揮如風望公力劈公猱進刀中庭石石立斷公出其股間削鬼

中踝鏗然有聲鬼益怒吼如雷轉身復剁公又伏身入刀落斷公裙公已及脇下猛斫之亦鏗然有聲鬼仆而僵公亂擊之聲硬如柝燭之則一木偶高大如人弓矢尚纏腰際刻畫猙獰劍擊處皆有血公因秉燭待旦方悟鬼物皆卜人遣之欲致人於死以神其術也次日徧告交知與共詣卜所卜人遙見公嚳不可見或曰此翳形術也犬血可破公如言戒備而往卜人又匿如前急以犬血沃立處但見卜人頭面皆爲犬血模糊目灼灼如鬼立乃執付有司而殺之

異史氏曰：嘗謂買卜爲一癡。世之講此道而不爽於生死者幾人？卜之而爽，猶不卜也。且即明明告我以死期之至，將復如何？況有借人命以神其術者，其可畏不尤甚耶！

葉生

淮陽葉生者，失其名字。文章詞賦，冠絕當時；而所如不偶，困於名場。會關東丁乘鶴來令是邑，見其文，奇之。召與語，大悅。使即官署受燈火；時賜錢穀恤其家。值科試，公游揚於學使，遂領冠軍。公期望綦切，闈後索文讀之擊節稱嘆不意時數限人文章憎命榜既放依然鎩羽生嗒喪而歸愧負知己形銷骨立癡若木偶公聞召之來而慰之生零涕不已公憐之相期考滿入都攜與俱北生甚感佩辭而歸杜門不出無何寢疾公遺問不絕而服藥百裹殊罔所效公適以忤上官免將解任去函致生其畧曰僕東歸有日所以遲遲者待足下耳足下朝至則僕夕發矣傳之臥榻生持書啜泣寄語來使疾革難遽瘥請先發使人返白公不忍去徐待之踰數日門者忽通葉生至公喜逆而問之生曰以犬馬病勞夫

子久待萬慮不寧今幸可從杖履公乃束裝戒旦抵里命子師事生夙夜與俱公子名在昌時年十六尚不能文然絕慧凡文藝三兩過輒無遺忘居之期歲便能落筆成文益之公力遂入邑庠生以生平所擬舉業悉錄授讀闈中七題並無脫漏中亞魁公一日謂生曰君出餘緒遂使孺子成名然黃鐘長棄奈何生曰是殆有命借福澤爲文章吐氣使天下人知半生淪落非戰之罪願亦足矣且士得一人知可無憾何必拋卻白紵乃謂之利市哉公以其久客恐悞歲試勸令歸省慘然不樂

公不忍強囑公子至都爲之納粟公子又捷南宮授部中主政攜生赴監與共晨夕踰歲生入北闈竟領鄉薦會公子差南河典務因謂生曰此去離貴鄉不遠先生奮跡雲霄錦還爲快生亦喜擇吉就道抵淮陽界命僕馬送生歸見門戶蕭條意甚悲惻逡巡至庭中妻攜簸具以出見生擲且駭走生淒然曰我今貴矣三四年不覿何遂頓不相識妻遙謂曰君死已久何復言貴所以久淹君柩者以家貧子幼耳今阿大亦已成立行將卜窀穸勿作怪異嚇生人生聞憮然惆悵逡巡入室見靈

柩撲地而滅妻驚視之衣冠履舄如蜕委大慟抱衣悲哭子自塾中歸見結駟於門審所自來駭奔告母母揮涕告訴又細詢從者始得顛末從者返公子聞之涕墮垂膺即命駕哭諸其室出橐營喪葬以孝廉禮又厚遺其子爲延師教讀言於學使逾年游泮

異史氏曰魂從知己竟忘死耶聞者疑之余深信焉同心倩女至離枕上之魂千里良朋猶識夢中之路而況繭絲繩迹吐學士之心肝流水高山通我曹之性命者哉嗟乎遇合難期遭逢不偶行蹤落落對影長愁傲骨

嶙嶙搔首自愛嘆面目之酸澁來鬼物之揶揄頻居康了之中則鬚髮之條條可醜一落孫山之外則文章之處處皆疵古今痛哭之人卞和惟爾顛倒逸羣之物伯樂伊誰抱刺於懷三年滅字側身以望四海無家人生世上祗須合眼放步以聽造物之低昂而已天下之昂藏淪落如葉生者亦復不少顧安得令威復來而生死從之也哉噫

成仙

文登周生與成生少共筆研遂訂爲杵臼交而成貧故

終歲常依周以齒則周爲長呼周妻以嫂節序登堂如一家焉周妻生子產後暴卒繼聘王氏成以少故未嘗請見之也一日王氏翁省姊宴於內寢成適至家人通白周命邀之成不入辭去周移席外舍追之而還甫坐卽有人白別業之僕爲邑宰重笞者先是黃吏部家牧傭牛蹊周田以是相詬牧傭奔告主捉僕送官遂被笞責周詰得其故大怒曰黃家牧豬奴何敢爾其先世爲大父服役促得志乃無人耶氣塡吭臆忿而起欲往尋黃成捺而止之曰强梁世界原無皂白况今日官宰半

强寇有不操矛弧者耶周不聽成諫止再三至泣下周乃止怒終不釋轉側達旦謂家人曰黃家欺我我仇也姑置之邑令爲朝廷官非勢家官縱有互爭亦須兩造何至如狗之隨嗾者我亦呈治其傭視彼將何處分家人悉慫慂之計遂決具狀赴宰宰裂而擲之周怒語侵宰宰慚恚因逮繫之辰後成往訪周始知入城訟理急奔勸止則已在囹圄矣頓足無所爲計時獲海寇三名宰與黃賂囑之使捏周同黨據詞申黜頂衣榜掠酷慘成入獄相顧悽酸謀叩闕周曰身繫重犴如鳥在籠雖

有弱弟止足供囚飯耳成銳身自任曰是予責也難而不急焉用友也乃行周弟贐之則去已久矣至都無門入控相傳駕將出獵成預隱木市中俄駕過伏舞哀號遂得准驛送而下著部院審奏時閱十月餘周已誣服論辟院接御批大駭復提躬讞黄亦駭謀殺周因賂監者絕其食飲弟來餽問苦禁拒之成又爲赴院聲屈始蒙提問業已飢餓不起院臺怒杖斃監者黄大怖納數千金囑爲營脫以是得朦朧題免黄以枉法擬流周放歸益肝胆成成自經訟繫世情盡灰招周偕隱周溺少

婦輒迂笑之成雖不言而意甚決別後數日不至周使
探諸其家家人疑其在周所兩無所見始疑周心知其
異遣人蹤跡之寺觀壑谷物色殆徧時以金帛卹其子
又八九年成忽自至黃巾氅服岸然道貌周大喜把臂
曰君何往使我尋欲徧笑曰孤雲野鶴棲無定所別後
幸復頑健周命置酒畧道間濶欲為變易道裝成笑不
語周曰愚哉何棄妻孥猶敝屣也成笑曰不然人將棄
予其何人之能棄問所棲止荅在勞山之上清宮既而
抵足寢夢成裸伏胸上氣不能息訝問何為殊不荅忽

驚而寤呼成不應坐而索之杳然不知所往定移時始覺在成榻駭曰昨不醉何顛倒至此耶乃呼家人家人火之儼然成也周故多髭以手自捋則踈無幾莖取鏡自照訝曰成生在此我何往也已而大寤知成以幻術招隱意欲歸內弟以其貌異禁不聽前周亦無以自明即命僕馬往尋成數日入勞山馬行疾僕不能及休止樹下見羽客往來甚衆內一道人目周周因以成問道士笑曰耳其名矣似在上清言已遂去周目送之見一矢之外又與一人語亦不數言而去與言者漸至乃同

祉生見周愕曰數年不晤人以君學道名山今尚游戲人間耶周述其異生驚曰我適遇之而以爲君也去無幾時或嘗不遠周大異曰怪哉何自已面目而不之識僕尋至急馳之竟無踪兆一望寥濶進退難以自主自念無家可歸遂決意窮追而怪險不復可騎遂以馬付僕歸迤邐自往遥見一僮獨坐趨近問程且告以故僮自言爲成弟子代荷衣糧導與俱行星飯露宿逴行殊遠三日始至又非世之所謂上清時十月中山花滿路不類初冬僮入報客成即遽出始認已形執手入置酒

讌語見異彩之禽馴人不驚聲如笙簧時坐鳴於座上心甚異之然塵俗念切無意流連地下有蒲團二曳與並坐至二更後萬慮俱寂忽似瞥然一盹身覺與成易位疑之自捋頷下則于思者如故矣既曙浩然思返成固留之越三日乃曰乞少寐息早送君行甫交睫聞成呼曰行裝已具矣遂起從之所行殊非舊途覺無幾時里居在望中成坐候路側俾自歸周强之不得因踽踽至家門叩不能應思欲越牆覺身飄似葉一躍已過凡踰數重垣始抵臥室燈燭熒然內人未寢噥噥與人語

舐窗以窺則妻與一厮僕同杯飲狀甚狎褻於是怒火如焚計將掩執又恐孤力難勝遂潛身脫扃而出奔告成乞爲助成慨然從直抵内寢周舉石撾門内張皇甚插愈急門閉益堅成撥以劍劃然頓闢周奔入僕衝戶而走成在門外以劍擊之斷其肩臂周執妻拷訊乃知被收時卽與僕私周借劍決其首罥腸庭樹間乃從成出尋途而返驀然忽醒則身在臥榻驚而言曰怪夢參差使人駭懼成笑曰夢者兄以爲眞眞者乃以爲夢周愕而問之成出劍示之濺血猶存周驚懼欲絕竊疑成

禱張爲幻成知其意乃促裝送之歸荏苒至里門乃曰疇昔之夜倚劍而相待者非此處耶吾厭見惡濁請還待君於此如過晡不來予自去周至家門戶蕭索似無居人還入弟家弟見兄雙淚遽墮曰兄去後盜夜殺嫂刳腸去酷慘可悼于今官捕未獲周亦夢醒因以情告戒勿究弟錯愕良久周問其子乃命老媼抱至周曰此襁褓物宗緒所關弟好視之兄欲辭人世矣遂起徑去弟涕泗追挽笑行不顧至野外見成與俱行遙回顧曰忍事最樂弟欲有言成濶袖一舉即不可見悵立移時

痛哭而返周弟樸拙不善治家人生產居數年家益貧周子漸長不能延師因自教讀一日早至齋見案頭有函書緘封甚固籤題仲氏啟審之爲兄迹開視則虛無所有祇有爪甲一枚長二指許心怪之以甲置研上出問家人所自來並無知者回視則研石粲粲化爲黃金大驚以試銅鐵皆然由此大富以千金賜成氏子因相傳兩家有點金術云

王成

王成平原故家子性最懶生涯日落惟剩破屋數間與

妻臥牛衣中交謫不堪時盛夏燠熱村中故有周氏園牆宇盡傾唯存一亭村人多寄宿其中王亦在焉既曉睡者盡去紅日三竿王始起逡巡欲歸見草際金釵一股拾視之鐫有細字云儀賓府造王祖爲衡府儀賓家中故物多此欵式因把釵躊躇欻一嫗來尋釵王雖故貧然性介遽出授之嫗喜極贊盛德曰釵直幾何先夫之遺澤也問夫君伊誰荅云故儀賓王柬之也王驚曰吾祖也何以相遇嫗亦驚曰汝即王柬之之孫耶我乃狐仙百年前與君祖繾綣君祖歿老身遂隱過此遺釵

適入子手非天數耶王亦曾聞祖有狐妻信其言便邀
臨顧嫗從之王呼妻出見敝衣蓬首菜色黯焉嫗歎曰嘻
王柬之孫子乃一貧至此哉又顧敗竈無烟曰家計若
此何以聊生妻因細述貧狀嗚咽飲泣嫗以釵授婦使
姑質錢市米三日後請復相見王挽留之嫗曰汝一妻
不能自存活我在仰屋而居復何裨益遂逕去王爲妻
言其故妻大怖王誦其義使姑事之妻諾踰三日果至
出數金糴粟麥各一石夜與婦共短榻婦初懼之然察
其意殊拳拳遂不之疑翌日謂王曰孫勿惰宜操小生

業坐食烏可長也王告以無貲曰汝祖在時金帛憑所取我以世外人無需是物故未嘗多取積花粉之金四十兩至今猶存久貯亦無所用可將去悉以市葛刻日赴都可得微息王從之購五十餘端以歸嫗命趣裝計六七日可達燕都囑曰宜勤勿懶宜急勿緩遲之一日悔之已晚王敬諾囊貨就路中途遇雨衣履浸濡王生平未歷風霜委頓不堪因暫休旅舍不意淙淙徹暮簷雨如繩過宿濘益甚見往來行人踐淖沒脛心畏苦之待至亭午始漸燥而陰雲復合雨又大作信宿乃行將

近京傳聞葛價翔貴心竊喜入都解裝客店主人深惜其晚先是南道初通葛至絶少京中巨室購者頗多價甚昂較常可三倍前一日貨葛雲集價頓貶後來者皆失望主人以故告王王鬱鬱不得志越日葛至愈多價益下王以無利不肯售遲十餘日計食耗繁多倍益憂悶主人勸令賤鬻改而他圖從之虧貲十餘兩悉脫去早起將作歸計啟視橐中則金亡矣驚告主人主人無所爲計或勸鳴官責主人償王歎曰此我數也於主人何尤主人聞而德之贈金五兩慰之使歸自念無以見

祖母蹀躞內外進退維谷適見鬬鶉者一賭輒數千每市一鶉恒百錢不止意忽動計囊中貲僅僅足販鶉以商主人主人亟慫恿之且約假寓飲食不取其直王喜遂行購鶉盈擔復入都主人喜賀其速售至夜大雨徹曙天明衢水如河淋零猶未休也居以待晴連綿數日更無休止起視籠中鶉漸死王大懼不知計之所出越日死愈多僅餘數頭併一籠飼之經宿往窺則一鶉僅存因告主人不覺涕墮主人亦爲扼腕王自度金盡罔歸但欲覓死主人勸慰之共往視鶉審諦之曰此似英

物諸鶉之死未必非此之鬬殺之也君暇亦無所事請把之如其良也賭亦可以謀生王如其教旣馴主人令持向街頭賭酒肉食鶉健甚輒贏主人喜以金授王使復與子弟決賭三戰三勝半年許積二十金心益慰視鶉如命先是有某王者好鶉每值上元輒放民間把鶉者入邸相角主人謂王曰今大富宜可立致所不可知者在子之命矣因告以故導與俱往囑曰脫敗則喪氣出耳倘有萬分一鶉鬬勝王必欲市之君勿應如固強之惟予首是瞻待首肯而後應之王曰諾至邸則鶉人

肩摩於墀下頃之王出御殿左右宣言有願鬭者上郎有一人把鶉趨而進王命放鶉客亦放畧一騰踔客鶉已敗王大笑俄頃登而敗者數人主人曰可矣相將俱登王相之曰睛有怒脈此健羽也不可輕敵命取鐵喙者當之一再騰躍而王鶉鎩羽更選其良再易再敗王急命取宮中玉鶉片時把出素羽如鷺神駿不凡王成意餒跪而求罷曰大王之鶉神物也恐傷吾禽喪吾業矣王笑曰縱之脫鬭而死當厚爾償成乃縱之玉鶉直奔之而玉鶉方來則伏如怒雞以待之玉鶉健喙則起

如翔鶴以擊之進退頡頏相持約一伏時玉鶉漸懈而其怒益烈其鬬益急未幾雪毛摧落垂翅而逃觀者千人罔不歎羨王乃索取而親把之自喙至爪審周一過問成曰鶉可貨否荅云小人無恒產與相依爲命不願售也王曰賜而重直中人產可致頗願之乎成俯思良久曰本不樂置顧大王既愛好之苟使小人得衣食業又何求王請直荅以千金王笑曰癡男子此何珍寶而千金直也成曰大王不以爲寶臣以爲連城之璧不過也王曰如何曰小人把向市廛日得數金易升斗粟一

家十餘食指無凍餒憂是何寶如之王言予不相虧便
與二百金成搖首又增百數成目視主人主人色不動
乃曰承大王命請減百價王曰休矣誰肯以九百易一
鶉者成囊鶉欲行王呼曰鶉人來鶉人來實給六百肯
則售否則已耳成又目主人主人仍自若成心願盈溢
惟恐失時曰以此數售心實怏怏但交而不成則獲戾
滋大無已即如王命王喜即秤付之成囊金拜賜而出
主人懟曰我言如何子乃急自鬻也再少靳之八百金
在掌中矣成歸擲金案上請主人自取之主人不受又

固讓之乃盤計飯直而受之王治裝歸至家歷述所爲出金相慶嫗命治良田三百畝起屋作器居然世家嫗早起使成督耕婦督織稍惰輒訶之夫婦相安不敢有怨詞過三年家益富嫗辭欲去夫妻共挽之至泣下嫗亦遂止旭日候之已杳矣

異史氏曰富皆得於勤此獨得於惰亦創聞也不知一貧徹骨而至性不移此天所以始棄之而終憐之也懶中豈果有富貴乎哉

青鳳

太原耿氏故大家第宅宏闊後淩夷樓舍連亘半曠廢之因生怪異堂門輒自開掩家人恒中夜駭譁耿患之移居別墅留老翁門焉由此荒落益甚或聞笑語歌吹聲耿有從子去病狂放不羈囑翁有所聞見奔告之至夜見樓上燈光明滅走報生生欲入覘其異止之不聽門戶素所習識竟撥蓬蒿曲折而入登樓殊無少異穿樓而過聞人語切切潛窺之見巨燭雙燒其明如晝一叟儒冠南面坐一媼相對俱年四十餘東向一少年可二十許右一女郎裁及笄耳酒胾滿案團坐笑語生突

瑞屏綠文王物美呈
對寶生活集山陰青狐

入笑呼曰有不速之客一人來羣驚奔匿獨叟出叱問
誰何入人閨闥生曰此我家閨闥君占之旨酒自飲不
一邀主人毋乃太吝叟審睇曰非主人也生曰我狂生
耿去病主人之從子耳叟致敬曰久仰山斗乃揖生入
便呼家人易饌生止之叟乃酌客生曰吾輩通家座客
無庸見避還祈招飲叟呼孝兒俄少年自外入叟曰此
豚兒也揖而坐畧審門閥叟自言義君姓胡生素豪談
議風生孝兒亦倜儻傾吐間雅相愛悅生二十一長孝
兒二歲因弟之叟曰聞君祖纂塗山外傳知之乎答知

以鉄紂免西伯之難

之叟曰我塗山氏之苗裔也唐以後譜系猶能憶之五代而上無傳焉幸公子一垂教也生畧述塗山女佐禹之功粉飾多詞妙緒泉涌叟大喜謂子曰今幸得聞所未聞公子亦非他人可請阿母及青鳳來共聽之亦令知我祖德也孝兒入幃中少時媼偕女郎出審顧之弱態生嬌秋波流慧人間無其麗也叟指婦云此爲老荆又指女郎此青鳳鄙人之猶女也頗慧所聞見輒記不忘故喚令聽之生談竟而飲瞻顧女郎停睇不轉女覺之輒俯其首生隱躡蓮鉤女急斂足亦無慍怒生神志

飛揚不能自主拍案曰得婦如此南面王不易也媼見生漸醉益狂與女俱起遽搴幃去生失望乃辭叟出而心縈縈不能忘情於青鳳也至夜復往則蘭麝猶芳而凝待終宵寂無聲欬歸與妻謀欲攜家而居之冀得一遇妻不從生乃自往讀於樓下夜方凭几一鬼披髮入面黑如漆張目視生生笑染指研墨自塗灼灼然相與對視鬼慚而去次夜更既深滅燭欲寢聞樓後發扃闢之閛然生急起窺覘則扉半啟俄聞履聲細碎有燭光自房中出視之則青鳳也驟見生駭而卻走遽闔雙扉

生長跪而致詞曰小生不避險惡實以卿故幸無他人得一握手爲笑死不憾耳女遥語曰惓惓深情妾豈不知但閨訓嚴不敢奉命生固哀之云亦不敢望肌膚之親但一見顏色足矣女似肯可啓關出捉之臂而曳之生狂喜相將入樓下擁而加諸膝女曰幸有夙分過此一夕即相思無用矣問何故曰阿叔畏君狂故化厲鬼以相嚇而君不動也今已卜居他所一家皆移什物赴新居而妾留守明日即發矣言已欲去云恐叔歸生強止之欲與爲歡方持論間叟掩入女羞懼無以自容俯

首倚牀拈帶不語叟怒曰賤婢辱吾門戶不速去鞭撻且從其後女低頭急去叟亦出尾而聽之訶詬萬端聞青鳳嚶嚶啜泣生心意如割大聲曰罪在小生與青鳳何與倘宥鳳也刀鋸鈇鉞小生願身受之良久寂然生乃寢自此第內絕不復聲息矣生叔聞而奇之願售以居不較直生喜攜家口而遷焉意甚適而未嘗須臾忘青鳳也會清明上墓歸見小狐二爲犬逼逐其一投荒竄去一則皇急道上望見生依依哀啼髟耳戢首似乞其援生憐之啟裳衿提抱以歸閉門置牀上則青鳳也

大喜慰問女曰適與婢子戲遘此大厄脫非郎君必葬犬腹望無以非類見憎生曰日切懷思繫於魂夢見卿如獲異寶何憎之云女曰此天數也不因顛覆何得相從然幸矣婢子必以妾爲已死可與君堅永約耳生喜另舍舍之積二年餘生方夜讀孝兒忽入生輟讀詰所來孝兒伏地愴然曰家君有橫難非君莫拯將自詣懇恐不見納故以某來問何事曰公子識莫三郎否曰此吾年家子也孝兒曰明日將過倘攜有獵狐望君之留之也生曰樓下之羞耿耿在念他事不敢與聞必欲

僕效綿薄非青鳳來不可孝兒零涕曰鳳妹已野死三年矣生拂衣曰既爾則恨滋深耳執卷高吟殊不顧瞻孝兒起哭失聲掩面而去生如青鳳所告以故女失色曰果救之否曰救則救之適不之諾者亦聊以報前橫耳女乃喜曰妾少孤依叔成立昔雖獲罪乃家範應爾生曰誠然但使人不能無介介耳卿果死定不相援女笑曰忍哉次日莫三郎果至鏤膺虎韔僕從甚赫生門逆之見獲禽甚多中一黑狐血殷毛革撫之皮肉猶溫便托裘敝乞得補綴莫慨然解贈生即付青鳳乃與客

飲客既去女抱狐於懷三日而甦展轉復化爲叟舉目見鳳疑非人間女歷言其情叟乃下拜慚謝前愆喜顧女曰我固謂汝不死今果然矣女謂生曰君如念妾還乞以樓宅相假使妾得以申返哺之私生諾之叟赧然謝別而去入夜果舉家來由此如家人父子無復猜忌矣生齋居孝兒時共談讌生嫡出子漸長遂使傳之蓋循循善教有師範焉

畫皮

太原王生早行遇一女郎抱襆獨奔甚艱於步急走趁

之乃二八姝麗心相愛樂問何夙夜踽踽獨行女曰行道之人不能解愁憂何勞相問生曰卿何愁憂或可效力不辭也女黯然曰父母貪賂鬻妾朱門嫡妒甚朝詈而夕楚辱之所弗堪也將遠遁耳問何之曰在亡之人烏有定所生言敝廬不遠即煩枉顧女喜從之生代攜襆物導與同歸女顧室無人問君何無家口荅云齋耳女曰此所良佳如憐妾而活之須祕密勿洩生諾之乃與寢合使匿密室過數日而人不知也生微告妻妻陳疑爲大家媵妾勸遣之生不聽偶適市遇一道士顧生

而愕問何所遇荅言無之道士曰君身邪氣縈繞何言無生又力白道士乃去曰惑哉世固有死將臨而不悟者生以其言異頗疑女轉思明明麗人何至爲妖意道士借厭禳以獵食者無何至齋門門內杜不得入心疑所作乃踰垝垣則室門亦閉躡迹而窗窺之見一獰鬼面翠色齒巉巉如鋸鋪人皮於榻上執采筆而繪之已而擲筆舉皮如振衣狀披於身遂化爲女子睹此狀大懼獸伏而出急追道士不知所往徧跡之遇於野長跪乞救道士曰請遣除之此物亦良苦甫能覓代者予亦

不忍傷其生乃以蠅拂授生令挂寢門臨別約會於青帝廟生歸不敢入齋乃寢內室懸拂焉一更許聞門外戢戢有聲自不敢窺也使妻窺之但見女子來望拂子不敢進立而切齒良久乃去少時復來罵曰道士嚇我終不然寧入口而吐之耶取拂碎之壞寢門而入徑登生牀裂生腹掬生心而去妻號婢入燭之生已死腔血狼藉陳駭涕不敢聲明日使弟二郎奔告道士道士怒曰我固憐之鬼子乃敢爾即從生弟來女子已失所在既而仰首四望曰幸遁未遠問南院誰家二郎曰小生

所舍也道士曰現在君所二郎愕然以爲未有道士問曰曾否有不識者一人來荅曰僕赴青帝廟良不知當歸問之去少頃而返曰果有之晨間一嫗來欲傭爲僕家操作室人止之尚在也道士曰卽是物矣遂與俱往仗木劍立庭心呼曰業魅償我拂子來嫗在室惶遽無色出門欲遁道士逐擊之嫗仆人皮劃然而脫化爲厲鬼臥嗥如豬道士以木劍梟其首身變作濃烟匝地作堆道士出一葫盧拔其塞置烟中飀飀然如口吸氣瞬息烟盡道士塞口入囊共視人皮眉目手足無不備具

道士卷之如卷畫軸聲亦囊之乃別欲去陳氏拜迎於門哭求回生之法道士謝不能陳益悲伏地不起道士沉思曰我術淺誠不能起死我指一人或能之往求必合有效問何人曰市人有瘋者時臥糞土中試叩而哀之倘狂辱夫人夫人勿怒也二郎亦習知之乃別道士與嫂俱往見乞人顛歌道上鼻涕三尺穢不可近陳膝行而前乞人笑曰佳人愛我乎陳告之故又大笑曰人盡夫也活之何爲陳固哀之乃曰異哉人死而乞活於我我閻摩耶怒以杖擊陳陳忍痛受之市人漸集如堵

乞人咯痰唾盈把舉向陳吻曰食之陳紅漲於面有難色既思道士之囑遂强啖焉覺入喉中硬如團絮格格而下停結胷間乞人大笑曰佳人愛我哉遂起行已不顧尾之入於廟中追而求之不知所在前後冥搜殊無端兆慚恨而歸既悼夫亡之慘又悔食唾之羞俯仰哀啼但願即死方欲展血斂尸家人竚望無敢近者陳抱尸收腸且理且哭哭極聲嘶頓欲嘔覺鬲中結物突奔而出不及回首已落腔中驚而視之乃人心也在腔突突猶躍熱氣騰蒸如烟焉大異之急以兩手合腔極力

抱擠少懈則氣氤氳自縫中出乃裂繒帛急束之以手撫尸漸溫覆以衾裯中夜啟視有鼻息矣天明竟活爲言恍惚若夢但覺心隱痛耳視破處痂結如錢尋愈

異史氏曰愚哉世人明明妖也而以爲美迷哉愚人明明忠也而以爲妄然愛人之色而漁之妻亦將食人之唾而甘之矣天道好還但愚而迷者不悟耳可哀也夫

賈兒

楚某翁賈於外婦獨居夢與人交醒而捫之小丈夫也察其情與人異知爲狐未幾下牀去門未開而已逝矣

入暮邀庖媼伴焉有子十歲素別榻臥亦招與俱夜既深媼兒皆寐狐復來婦喃喃如夢語媼覺呼之狐遂去自是身忽忽若有亡至夜不敢息燭戒子睡勿熟夜闌兒及媼倚壁少寐既醒失婦意其出遺久待不至始疑媼懼不敢往覓兒埶火徧燭之至他室則母裸臥其中近扶之亦不羞縮自是遂狂歌哭叫詈日萬狀夜厭與人居另榻寢兒媼亦遣去兒每聞母笑語輒起火之母反怒呵兒兒亦不爲意因共壯兒膽然嬉戲無節日效圬者以磚石疊窗上止之不聽或去其一石則滾地作

嬌啼人無敢氣觸之過數日兩窗盡塞無少明已乃合泥塗壁孔終日營營不憚其勞塗已所作遂把廚刀霍霍磨之見者皆憎其頑不以人齒兒宵分隱刀於懷以匏覆燈伺母囈語急啟燈杜門聲喊久之無異乃離門揚言詐作欲溲狀欻有一物如貍突奔門隙急擊之僅斷其尾約二寸許溼血猶滴初挑燈起母便詬罵兒若弗聞擊之不中懊恨而寢自念雖不即戮可以幸其不來及明視血跡踰垣而去跡之入何氏園中至夜果絕兒竊喜但見痴臥如死未幾賈人歸就榻問訊婦嫚罵

視若仇兒以狀對翁驚延醫藥之婦瀉藥詬罵潛以藥入湯水雜飲之數日漸安父子俱喜一夜睡醒失婦所在父子又覓得於別室由是復顛不欲與夫同室處向夕竟奔別室挽之罵益甚翁無策盡扃他扉婦奔去則門自闢翁患之驅禳備至殊無少驗兒薄暮潛匿何氏園伏莽中將以探狐所在月初作乍聞人語暗撥蓬科見二人飲一長鬣奴捧壺衣老棕色語俱細隱不甚可辨移時聞一人曰明日可取白酒一瓻來頃之俱去惟長鬣獨留脫衣臥庭石上審顧之四肢皆如人但尾垂

後部兒欲歸恐狐覺遂終夜伏未明又聞二人以次復來噥噥入竹叢中兒乃歸翁問所往荅宿何伯家適從父入市見帽肆挂狐尾乞翁市之翁不顧兒牽父衣嬌聒之翁不忍過拂市焉父貿易廛中兒戲弄其側乘父他顧盜錢去沽白酒寄肆廊有舅氏城居素業獵兒奔其家舅他出妗詰母疾荅云連朝稍可又以耗子嚙衣怒啼不解故遣我乞獵藥耳妗撿櫝出錢許裹付兒兒少之妗欲作湯餅啖兒兒覷室無人自發藥裹竊盈掬而懷之乃趨告妗俾勿舉火父待市中不遑食也遂徑

去隱以藥置酒中遨遊市上抵暮方歸父問所在托在舅家兒自是日游廛肆間一日見長鬚人亦雜儔中兒審之確陰綴繫之漸與語詰其居里荅言北村亦詢兒兒僞云山洞長鬣怪其洞居兒笑曰我世居洞府君固否耶其人益驚便詰姓氏兒曰我胡氏子曾在何處見君從兩郎顧忘之耶其人熟審之若信若疑兒微啟下裳少少露其假尾曰我輩混迹人中但此猶存爲可恨耳其人問在市欲何作兒曰父遣我沽其人亦以沽告兒問沽未曰吾儕多貧故常竊時多兒曰此役亦良苦

躭驚憂其人曰受主人遣不得不爾因問主人伊誰曰卽囊所見兩郎兄弟也一私北郭王氏婦一宿東村某翁家翁家兒大惡被斷尾十日始瘥今復往矣言已欲别曰勿悞我事兒曰竊之難不若沽之易我先沽寄廊下敬以相贈我囊中尚有餘錢不愁沽也其人愧無以報兒曰我本同類何靳些須暇時尚當與君痛飲耳遂與俱去取酒授之乃歸至夜母竟安寢不復奔心知有異告父同往驗之則兩狐斃於亭上一狐死於草中喙津津尚有血出酒瓶猶在持而搖之未盡也父驚問何

不早告曰此物最靈一洩則彼知之翁喜曰我見討狐之陳平也於是父子荷狐歸見一狐禿尾刀痕儼然自是遂安而婦瘠殊甚心漸明了但益之嗽嘔痰輒數升尋卒北郭王氏婦向祟於狐至是問之則狐絕而病亦愈翁由此奇兒教之騎射後貴至總戎

董生

董生字遐思青州之西鄙人冬月薄暮展被於榻而熾炭焉方將籌燈適友人招飲遂扃戶去至友人所座有醫人善太素脈徧診諸客末顧王生九思及董曰余閱

人多矣脈之奇無如兩君者貴脈而有賤兆壽脈而有促徵此非鄙人所敢知也然而董君實甚共驚問之曰某至此共窮於術未敢臆決願兩君自慎之二人初聞甚駭既以爲模稜語置不爲意半夜董歸見齋門虛掩大疑醺中自憶必去時忙促故忘扃鍵入室未遑爇火先以手入衾中探其溫否纔一探入則膩有臥人大愕斂手急火之竟爲姝麗韶顏稚齒神仙不殊狂喜戲探下體則毛尾修然大懼欲遁女已醒出手捉生臂問君何往董益懼戰栗哀求願仙人憐恕女笑曰何所見而

仙我董曰我不畏首而畏尾女又笑曰尾於何有君悞矣引董手强使復探則髀肉如脂尻骨童童笑曰何如醉態朦朧不知所見伊何遂誣人若此董固喜其麗至此益惑反自咎適然之錯然疑其所來無因女曰君不憶東鄰之黄髮女乎屈指移居者已十年矣爾時我未笄君垂髫也董恍然曰卿周氏之阿瑣耶女曰是矣董曰卿言之我髣髴憶之十年不見遂苗條若此然何遽能來女曰妾適癡郎四五年翁姑相繼逝又不幸爲文君剩妾一身煢無所倚憶孩時相識者惟君故免來相

就入門已暮邀飲者適至遂潛隱以待君歸待之既久足冰肌粟故借被以自溫耳幸勿見疑董喜解衣共寢意殊自得月餘漸羸瘦家人怪問輒言不自知久之面目益支離乃懼復造善脈者診之醫曰此妖脈也前日之死徵驗疾不可爲也董大哭不去醫不得已爲之針手灸臍而贈以藥囑曰如有所遇力絕之董亦自危既歸女笑要之拂然曰勿復相糾纏我行且死走不顧女大慚亦怒曰汝尚欲生耶至夜董服藥獨寢甫交睫夢與女交醒已遺矣益恐移寢於內妻子火守之夢如故

窺女子已失所在積數日董嘔血斗餘而死王九思在齋中見一女子來悅其美而私之詰所自曰妾遐思之隣也渠舊與妾善不意爲狐惑而死此輩妖氣可畏讀書人宜慎相防王益佩之遂相懽待居數日迷罔病瘠忽夢董曰與君好者狐也殺我矣又欲殺我友我已訴之冥府洩此幽憤七日之夜當炷香室外勿忘卻醒而異之謂女曰我病甚恐將委溝壑或勸勿室也女曰命當壽室亦生不壽不室亦死也坐與調笑王心不能自持又亂之已而悔之而不能絕及暮插香戶上女來拔

藥之夜又夢董來讓其違囑次夜暗囑家人俟寢後潛炷之女在榻上忽驚曰又置香耶王言不知女急起得香又折滅之入曰誰教君爲此者王曰或室人憂病信巫家作厭禳耳女彷徨不樂家人潛窺香滅又炷之女忽嘆曰君福澤良厚我悞害遐思而奔子誠我之過我將與彼就質於冥曹君如不忘夙好勿壞我皮囊也逡巡下榻仆地而死燭之狐也猶恐其活遽呼家人剝其革而懸焉王病甚見狐來曰我訴諸法曹法曹謂董君見色而動死當其罪但咎我不當惑人追金丹去復令

還生皮囊何在曰家人不知已脱之矣狐慘然曰余殺人多矣今死已晚然忍哉君乎恨恨而去王病幾危半年乃瘥

陸判

陵陽朱爾旦字小明性豪放然素鈍學雖篤尚未知名一日文社衆飲或戲之云君有豪名能深夜赴十王殿負得左廊判官來衆當醵作筵蓋陵陽有十王殿神鬼皆以木雕妝飾如生東廡有立判綠面赤鬚貌尤獰惡或夜聞兩廊拷訊聲入者毛皆森豎故衆以此難朱朱

笑起徑去居無何門外大呼曰我請髯宗師至矣衆皆起俄負判入置几上奉觴酬之三衆睹之瑟縮不安於坐仍請負去朱又把酒灌地祝曰門生狂率不文大宗師諒不爲怪荒舍匪遙合乘興來覓飲幸勿爲畛畦乃負之去次日衆果招飲抵暮半醉而歸興未闌挑燭獨飲忽有人搴簾入視之則判官也朱起曰噫吾殆將死矣前日冒瀆今來加斧鑕耶判啟濃髯微笑曰非也昨蒙高義相訂夜偶暇敬踐達人之約朱大悅牽衣促坐自起滌器爇火判曰天道溫和可以冷飲朱如命置瓶

案上奔告家人治肴果妻聞大駭戒勿出朱不聽立俟治具以出易琖交酬始詢姓氏曰我陸姓無名字與談古典應荅如響問知制藝否曰妍媸亦頗辨之陰司誦讀與陽世畧同陸豪飲一舉十觥朱因竟日飲遂不覺玉山傾頹伏几醺睡比醒則殘燭黃昏鬼客已去自是兩三日輒一來情益洽時抵足眠朱獻牕稿陸輒紅勒之都言不佳一夜朱輒醉先寢陸猶自酌忽醉夢中覺臟腑微痛醒而視之則陸危坐牀前破腔出腸胃條條整理愕曰夙無仇怨何以見殺陸笑云勿懼我爲君易

慧心耳從容納腸已復合之末以裹足布束朱腰作用畢視榻上亦無血跡腹間覺少麻木見陸置肉塊几上問之曰此君心也作文不快知君之毛竅塞耳適在冥間於千萬心中揀得佳者一枚爲君易之留此以補闕數乃起掩扉去天明解視則創縫已合有綖而赤者存焉自是文思大進過眼不忘數日又出文示陸陸曰可矣但君福薄不能大顯貴鄉科而已問何時曰今歲必魁未幾科試冠軍秋闈果中經元同社友素揶揄之及見闈墨相視而驚細詢始知其異共求朱先容願納交

陸陸諾之衆大設以待之更初陸至赤髯生動目炯炯如電衆茫乎無色齒欲相擊漸引去朱乃攜陸歸飲既醺朱曰湔腸伐胃受賜已多尚有一事欲相煩不知可否陸便請命朱曰心腸可易面目想亦可更山荆予結髮人下體頗亦不惡但頭面不甚佳麗尚欲煩君刀斧如何陸笑曰諾容徐圖之過數日半夜來叩關朱急起延入燭之見襟裹一物詰之曰君曩所囑向艱物色適得一美人首敬報君命朱撥視頸血猶溼陸立促急入勿驚禽犬朱慮門戶夜扃陸至一手推扉扉自闢引至

臥室見夫人側身眠陸以頭授朱抱之自於靴中出白刃如匕首按夫人項著力如切瓜狀迎刃而解首落枕畔急於生懷取美人頭合項上詳審端正而後按捺已而移枕塞肩際命朱瘞首靜所乃去朱妻醒覺頸間微麻面頰甲錯搓之得血片甚駭呼婢汲盥婢見面血狼藉驚絕濯之盆水盡赤舉首則面目全非又駭極夫人引鏡自照錯愕不能自解朱入告之因反覆細視則長眉掩鬢笑靨承顴畫中人也解領驗之有紅綫一周上下肉色判然而異先是吳侍御有女甚美未嫁而喪二

夫故十九猶未醮也上元遊十王殿時遊人甚雜內有
無賴賊窺而艷之遂陰訪居里乘夜梯入穴寢門殺一
婢於牀下逼女與淫女力拒聲喊賊怒亦殺之吳夫人
微聞鬧聲呼婢往視見尸駭絕舉家盡起停尸堂上置
首項側一門啼號紛騰終夜詰旦啟衾則身在而失其
首徧撻侍女謂所守不恪致葬犬腹侍御告郡郡嚴限
捕賊三月而罪人弗得漸有以朱家換頭之異聞吳公
者吳疑之遣媼探諸其家入見夫人駭走以告吳公公
視女尸故存驚疑無以自決猜朱以左道殺女往詰朱

朱曰室人夢易其首實不解其何故謂僕殺之則寃也吳不信訟之收家人鞫之一如朱言郡守不能決朱歸求計於陸陸曰不難當使伊女自言之吳夜夢女曰兒爲蘇溪楊大年所賊無與朱孝廉彼不艷於其妻陸判官取兒頭與之易之是兒身死而頭生也願勿相仇醒告夫人所夢同乃言於官問之果有楊大年執而械之遂伏其罪吳乃詣朱請見夫人由此爲公壻乃以朱妻首合女尸而葬焉朱三入禮闈皆以場規被放於是灰心仕進積三十年一夕陸告曰君壽不永矣問其期對

以五日能相救否曰惟天所命人何能私且自達人觀之生死一耳何必生之爲樂死之爲悲朱以爲然即治衣衾棺槨既竟盛服而沒翌日夫人方扶柩哭朱忽冉冉自外至夫人懼朱曰我誠鬼不異生時慮爾寡母孤兒殊戀戀耳夫人大慟涕垂膺朱依依慰解之夫人曰古有還魂之說君既有靈何其不再朱曰天數不可違也問在陰司作何務曰陸判薦我督案務授有官爵亦無所苦夫人欲再語朱曰陸公與我同來可設酒饌趨而出夫人依言營備但聞室中笑飲豪氣高聲宛若生

前半夜竊之脣然而逝自是三數日輒一來時而留宿繾綣家中事就便經紀子瑋方五歲來輒提抱至七八歲則燈下教讀子亦慧九歲能文十五入邑庠竟不知無父也從此來漸疏日月至焉而已又一夕來謂夫人曰今與卿永訣矣問何往曰承帝命爲太華卿行將遠赴事煩途隔故不能來母子扶之哭曰勿爾兒已成立家業尚可存活豈有百歲不拆之鸞鳳耶顧子曰好爲人勿墮父業十年後一相見耳徑出門去於是遂絕後瑋二十五舉進士官行人奉命祭西岳道經華陰忽有

輿從羽葆馳衛鹵簿訝之審視車中人其父也下馬哭伏道左父停輿曰官聲好我目瞑矣瑋伏不起朱促車行火馳不顧去數武回望解佩刀遣人持贈遥語曰佩之當貴瑋欲追從見輿從人馬飄忽若風瞬息不見痛恨良久抽刀視之製極精工鐫字一行曰胆欲大而心欲小智欲圓而行欲方瑋後官至司馬生五子曰沉曰潛曰汾曰渾曰深一夕夢父曰佩刀宜贈渾也從之渾仕爲總憲有政聲

異史氏曰斷鶴續鳧矯作者妄移花接木剏始者奇而

況加鑿削於肝腸施刀錐於頸項者哉陸公者可謂媸皮裹妍骨矣明季至今爲歲不遠陵陽陸公猶存乎尚有靈焉否也爲之執鞭所欣慕焉

聊齋志異卷一終

聊齋志異卷二

淄川　蒲松齡　留仙　著
新城　王士正　貽上　評

嬰寧

王子服莒之羅店人早孤絕慧十四入泮母最愛之尋常不令遊郊野聘蕭氏未嫁而夭故求凰未就也會上元有舅氏子吳生邀同眺矚方至村外舅家有僕來招吳去生見游女如雲乘興獨遨有女郎攜婢撚梅花一枝容華絕代笑容可掬生注目不移竟忘顧忌女過去

數武顧婢曰個兒郎目灼灼似賊遺花地上笑語自去生拾花悵然神魂喪失怏怏遂返至家藏花枕底垂頭而睡不語亦不食母憂之醮禳益劇肌革銳減醫師診視投劑發表忽忽若迷母撫問所由默然不荅適吳生來囑密詰之吳至榻前生見之淚下吳就榻慰解漸致研詰生具吐其實且求謀畫吳笑曰君意亦復癡此願有何難遂當代訪之徒步於野必非世家如其未字事固諧矣不然拚以重賂計必允遂但得痊瘳成事在我生聞之不覺解頤吳出告母物色女子居里而探訪既

窮並無蹤跡母大憂無所爲計然自吳去後顏頓開食亦畧進數日吳復來生問所謀吳紿之曰已得之矣我以爲誰何人乃我姑氏女卽君姨妹行今尚待聘雖內戚有昏姻之嫌實告之無不諧者生喜溢眉宇問居何里吳詭曰西南山中去此可三十餘里生又付囑再四吳銳身自任而去生由此飲食漸加日就平復探視枕底花雖枯未便彫落凝思把玩如見其人怪吳不至折柬招之吳支托不肯赴召生恚怒悒悒不歡母慮其復病急爲議姻畧與商搉輒搖首不願惟日盼吳吳迄無

耗益怨恨之轉思三十里非遙何必仰息他人懷梅袖中負氣自往而家人不知也伶仃獨步無可問程但望南山行去約三十餘里亂山合沓空翠爽肌寂無人行止有鳥道遙望谷底叢花亂樹中隱隱有小里落下山入村見舍宇無多皆茅屋而意甚修雅北向一家門前皆絲柳牆內桃杏猶繁間以修竹野鳥格磔其中意是園亭不敢遽入回顧對戶有巨石滑潔因據坐憇俄聞牆內有女子長呼小榮其聲嬌細方佇聽間一女郎由東而西執杏花一朵俛首自簪舉頭見生遂不復簪含

笑撚花而入審視之卽上元途中所遇也心驟喜但念無以階進欲呼姨氏而顧從無還往懼有訛悞門内無人可問坐臥徘徊自朝至於日昃盈盈望斷並忘飢渴時見女子露半面來窺似訝其不去者忽一老嫗扶杖出顧生曰何處郎君聞自辰刻便來以至於今意將何爲得勿飢耶生急起揖之荅云將以盼親嫗聾憒不聞又大言之乃問貴戚何姓生不能荅嫗笑曰奇哉姓名尚自不知何親可探我視郎君亦書癡耳不如從我來啖以粗糲家有短榻可臥待明朝歸詢知姓氏再來探

訪不晚也生方腹餒思啗又從此漸近麗人大喜從媪入見門內白石砌路夾道紅花片片墮階上曲折而西又啟一關豆棚花架滿庭中肅客入舍粉壁光明如鏡窗外海棠枝朶探入室內茵藉几榻罔不潔澤甫坐即有人自窗外隱約相窺媪喚小榮可速作黍外有婢子噭聲而應坐次具展宗閥媪曰郎君外祖莫姓吳否曰然媪驚曰是吾甥也尊堂我妹子年來以家窶貧又無三尺男遂至音問梗塞甥長成如許尚不相識生曰此來即爲姨也匆遽遂忘姓氏媪曰老身秦姓並無誕育

弱息僅存亦爲庶產渠母改醮遺我鞠養頗亦不鈍但
少教訓嬉不知愁少頃使來拜識未幾婢子具飯雛尾
盈握媪勸餐已婢來歛具媪曰喚寧姑來婢應去良久
聞戶外隱有笑聲媪曰嬰寧汝姨兄在此戶外嗤嗤笑
不已婢推之以入猶掩其口笑不可遏媪瞋目曰有客
在咤咤叱叱是何景象女忍笑而立生揖之媪曰此王
郎汝姨子一家尚不相識可笑人也生問妹子年幾何
矣媪未能解生又言之女復笑不可仰視媪謂生曰我
言少教誨此可見也年已十六呆癡裁如嬰兒生曰小

於甥一歲曰阿甥已十七矣得非庚午屬馬者耶生首
應之又問甥婦阿誰荅云無之曰如甥才貌何十七歲
猶未聘耶嬰寧亦無姑家極相匹敵惜有内親之嫌生
無語目注嬰寧不暇他瞬婢向女小語云目灼灼賊腔
未改女又大笑顧婢曰視碧桃開未遽起以袖掩口細
碎連步而出至門外笑聲始縱媼亦起喚婢襆被爲生
安置曰阿甥來不易宜留三五日遲遲送汝歸如嫌幽
悶舍後有小園可供消遣有書可讀次日至舍後果有
園半畝細草鋪氈楊花糁逕有草舍三楹花木四合其

所穿花小步聞樹頭蘇蘇有聲仰視則嬰寧在上見生狂笑欲墮生曰勿爾墮矣女且下且笑不能自止方將及地失手而墮笑乃止生扶之陰捘其腕女笑又作倚樹不能行良久乃罷生俟其笑歇乃出袖中花示之女接之曰枯矣何留之曰此上元妹子所遺故存之問存之何意曰以示相愛不忘也自上元相遇凝思成疾自分化爲異物不圖得見顏色幸垂憐憫女曰此大細事至戚何所靳惜待兄行時園中花當喚老奴來折一巨綑負送之生曰妹子癡耶女曰何便是癡生曰我非愛

花愛撚花人耳女曰葭莩之情愛何待言生曰我所謂愛非瓜葛之愛乃夫妻之愛女曰有以異乎曰夜共枕席耳女俛思良久曰我不慣與生人睡語未已婢潛至生惶恐遁去少時會母所母問何往女荅以園中共話媪曰飯熟已久有何長言啁嗻乃爾女曰大哥欲我共寢言未已生大窘急目瞪之女微笑而止幸媪不聞猶絮絮究詰生急以他詞掩之因小語責女女曰適此語不應說耶生曰此背人語女曰背他人豈得背老母且寢處亦常事何諱之生恨其癡無術可以悟之食方竟

家中人捉雙衛來尋生先是母待生久不歸始疑村中搜覓幾徧竟無蹤兆因往詢吳吳憶曩言因敎於西南山行覓凡歷數村始至於此生出門適相值便入告媼且請偕女同歸媼喜曰我有志匪伊朝夕但殘軀不能遠涉得甥攜妹子去識認阿姨大好呼嬰寧寧笑至媼曰有何喜笑輒不輟若不笑當爲全人因怒之以目乃曰大哥欲同汝去可便裝束又餉家人酒食始送之出曰姨家田產充裕能養冗人到彼且勿歸小學詩禮亦好事翁姑即煩阿姨爲汝擇一良匹二人遂發至山坳

回顧猶依稀見媼倚門北望也抵家母睹姝麗驚問爲誰生以姨女對母曰前吳郎與兒言者詐也我未有姊何以得甥問女女曰我非母出父爲秦氏沒時兒在褓中不能記憶母曰我一姊適秦氏良確然殂謝已久那得復存因細詰面龐痣贅一一符合又疑曰是矣然亡已多年何得復存疑慮間吳生至女避入室吳詢得故惘然久之忽曰此女名嬰寧耶生然之吳極稱怪事問所自知吳曰秦家姑去後姑丈鰥居祟於狐病瘠死狐生女名嬰寧綳臥牀上家人皆見之姑丈歿狐猶時來

後求天師符粘壁間狐遂攜女去將勿此耶彼此疑參
但聞室中吃吃皆嬰寧笑聲母曰此女亦太憨生吳請
面之母入室女猶濃笑不顧母促令出始極力忍笑又
面壁移時方出纔一展拜翻然遽入放聲大笑滿室婦
女爲之粲然吳請往覘其異就便執柯尋至村所廬舍
全無山花零落而已吳憶姑葬處彷彿不遠然墳壠湮
沒莫可辨識詫嘆而返母疑其爲鬼入告吳言女畧無
駭意又弔其無家亦殊無悲意孜孜憨笑而已衆莫之
測母令與少女同寢止昧爽卽來省問操女紅精巧絕

倫但善笑禁之亦不可止然笑嫣然狂而不損其媚人皆樂之鄰女少婦爭承迎之母擇吉將爲合巹而終恐爲鬼物竊於日中窺之形影殊無少異至日使華妝行新婦禮女笑極不能俯仰遂罷生以其憨癡恐漏洩房中隱事而女殊密祕不肯道一語每值母憂怒女至一笑即解奴婢小過恐遭鞭楚輒求詣母共話罪婢投見恒得免而愛花成癖物色徧戚黨竊典金釵購佳種數月階砌藩溷無非花者庭後有木香一架故鄰西家女每攀登其上摘供簪玩母時遇見輒訶之女卒不改一

日西鄰子見之凝注傾倒女不避而笑西鄰子謂女意已屬心益蕩女指牆底笑而下西鄰子謂示約處大悅及昏而往女果在焉就而淫之則陰如錐刺痛徹於心大號而踣細視非女則一枯木臥牆邊所接乃水淋竅也鄰父聞聲急奔研問呻而不言妻來始以實告爇火燭竅見中有巨蠍如小蟹然翁碎木捉殺之負子至家半夜尋卒鄰人訟生訐發嬰寧妖異邑宰素仰生才稔知其篤行士謂鄰翁訟誣將杖責之生爲乞免遂釋而歸母謂女曰憨狂爾爾早知過喜而伏憂也邑令神明

幸不幸累設鶻突官宰必逮婦女質公堂我兒何顏見戚里女正色矢不復笑母曰人罔不笑但須有時而女由是竟不復笑雖故逗亦終不笑然竟日未嘗有戚容一夕對生零涕異之女哽咽曰曩以相從日淺言之恐致駭怪今日察姑及郎皆過愛無有異心直告或無妨乎妾本狐產母臨去以妾托鬼母相依十餘年始有今日妾又無兄弟所恃者惟君老母岑寂山阿無人憐而合厝之九泉輒爲悼恨君倘不惜煩費使地下人消此怨恫庶養女者不忍溺棄生諾之然慮墳塚迷於荒草

女但言無慮刻日夫妻輿櫬而往女於荒烟錯楚中指
視墓處果得媼尸膚革猶存女撫哭哀痛舁歸尋秦氏
墓合葬焉是夜生夢媼來稱謝寤而述之女曰妾夜見
之囑勿驚郎君耳生恨不邀留女曰彼鬼也生人多陽
氣勝何能久居生問小榮曰是亦狐最黠狐母留以視
妾每攝果餌相哺故德之常不去心昨問母云已嫁之
由是歲值寒食夫妻登秦墓拜掃無缺女逾年生一子
在懷抱中不畏生人見人輒笑亦大有母風云
異史氏曰觀其孜孜憨笑似全無心肝者而牆下惡作

劇其黠孰甚焉至悽戀鬼母反笑爲哭我嬰寧殆隱於笑者矣竊聞山中有草名笑矣乎嗅之則笑不可止房中植此一種則合歡忘憂並無顏色矣若解語花正嫌其作態耳

聶小倩

甯采臣浙人性慷爽廉隅自重每對人言生平無二色適赴金華至北郭解裝蘭若寺中殿塔壯麗然蓬蒿沒人似絕行踪東西僧舍雙扉虛掩惟南一小舍扃鍵如新又顧殿東隅修竹拱把下有巨池野藕已花意樂其

幽杳會學使按臨城舍價昂思便留止遂散步以待僧歸日暮有士人來啟南扉甯趨爲禮且告以意士人曰此間無房主僕亦僑居能甘荒落旦晚惠教幸甚甯喜藉藁代牀支板作几爲久客計是夜月明高潔淸光似水二人促膝殿廊各展姓字士人自言燕姓字赤霞甯疑爲赴試諸生而聽其聲音絕不類浙詰之自言秦人語甚樸誠既而相對詞竭遂拱別歸寢甯以新居久不成寐聞舍北喁喁如有家口起伏北壁石窗下微窺之見短牆外一小院落有婦可四十餘又一媼衣黦緋插

蓬沓鮐背龍鍾偶語月下婦曰小倩何久不來媼曰殆好至矣婦曰將無向姥姥有怨言否曰不聞但意似蹙蹙婦曰婢子不宜好相識言未已有一十七八女子來彷彿艷絕媼笑曰背地不言人我兩個正談道小妖婢悄來無迹響幸不訾著短處又曰小娘子端好是畫中人遮莫老身是男子也被攝魂去女曰姥姥不相譽更阿誰道好婦人女子又不知何言甯意其鄰人眷口寢不復聽又許時始寂無聲方將睡去覺有人至寢所急起審顧則北院女子也驚問之女笑曰月夜不寐願修

燕好甯正容曰卿防物議我畏人言畧一失足廉恥道喪女云夜無知者甯又咄之女逡巡若復有詞甯叱速去不然當呼南舍生知女懼乃退至戶外復返以黃金一鋌置褥上甯掇擲庭墀曰非義之物汚我囊橐女慚出拾金自言曰此漢當是鐵石詰旦有蘭溪生攜一僕來候試寓於東廂至夜暴亡足心有小孔如錐刺者細細有血出俱莫知故經宿一僕死症亦如之向晚燕生歸甯質之燕以爲魅甯素抗直頗不在意宵分女子復至謂甯曰妾閱人多矣未有剛腸如君者君誠聖賢妾

不敢欺小倩姓聶氏十八夭殂葬寺側輒被妖物威脅役賤務靦顏向人實非所樂今寺中無可殺者恐當以夜叉來甯駭求計女曰與燕生同室可免問何不惑燕生曰彼奇人也不敢近問迷人若何曰狎暱我者隱以錐刺其足彼即茫若迷因攝血以供妖飲又或以金非金也乃羅剎鬼骨留之能截取人心肝二者凡以投時好耳甯感謝問戒備之期荅以明宵臨別泣曰妾墮元海求岸不得郎君義氣干雲必能拔生救苦倘肯囊妾朽骨歸葬安宅不啻再造甯毅然諾之因問葬處曰但

記取白楊之上有烏巢者是也言已出門紛然而滅明
日恐燕他出早詣邀致辰後具酒饌留意察燕旣約同
宿辭以性癖躭寂甯不聽强攜臥具來燕不得已移榻
從之囑曰僕知足下丈夫傾風良切要有微衷難以遽
白幸勿翻窺篋襆違之兩俱不利甯謹受教旣而各寢
燕以箱篋置窗上就枕移時齁如雷吼甯不能寐近一
更許窗外隱隱有人影俄而近窗來窺目光睒閃甯懼
方欲呼燕忽有物裂篋而出燿若匹練觸折窗上石櫺
欻然一射即遽斂入宛如電滅燕覺而起甯僞睡以覘

之燕捧篋檢取一物對月嗅視白光晶瑩長可二寸徑韭葉許已而數重包固仍置破篋中自語曰何物老魅直爾大胆致壞篋子遂復臥甯大奇之因起問之且以所見告燕曰既相知愛何敢深隱我劍客也若非石櫺妖當立斃雖然亦傷問所緘何物曰劍也適嗅之有妖氣甯欲觀之慨出相示熒熒然一小劍也於是益厚重燕明日視窗外有血跡遂出寺北見荒墳纍纍果有白楊烏巢其顛迨營謀既就趣裝欲歸燕生設祖帳情義殷渥以破革囊贈甯曰此劍袋也寶藏可遠魑魅甯欲

從授其術曰如君信義剛直可以爲此然君猶富貴中人非道中人也甯乃托有妹葬此發掘女骨斂以衣衾賃舟而歸甯齋臨野因營墳葬諸齋外祭而祝曰憐卿孤魂葬近蝸居歌哭相聞庶不見凌於雄鬼一甌漿水飲殊不清旨幸不爲嫌祝畢而返後有人呼曰緩待同行回顧則小倩也歡喜謝曰君信義十死不足以報請從歸拜識嫜姑媵御無悔甯諦之肌映流霞足翹細筍白晝端相嬌豔尤絕遂與俱至齋中囑坐少待先入白母母愕然時甯妻久病母戒毋言恐所驚駭言次女已

翩然入拜伏地下寗曰此小倩也母驚顧不遑女謂母曰兒飄然一身遠父母兄弟蒙公子露覆澤被髮膚願執箕箒以報高義母見其綽約可愛始敢與言曰小娘子惠顧吾兒老身喜不可已但生平止此兒用承祧緒不敢令有鬼偶女曰兒實無二心泉下人既不見信於老母請以兄事依高堂奉晨昏如何母憐其誠允之卽欲拜嫂母辭以疾乃止女卽入廚下代母尸饔入房穿戶似熟居者日暮母畏懼之辭使歸寢不爲設牀褥女窺知母意卽竟去過齋欲入卻退徘徊戶外似有所懼

生呼之女曰室中劍氣畏人向道途之不奉見者良以此故甯已悟爲革囊取懸他室女乃入就燭下坐移時殊不一語久之問夜讀否妾少誦楞嚴經今強半遺亡浼求一卷夜暇就兄正之甯諾又坐默然二更向盡不言去甯促之愀然曰異域孤魂殊怯荒墓甯曰齋中別無牀寢且兄弟亦宜遠嫌女起容顰蹙而欲啼足恇儴而懶步從容出門涉階而沒甯竊憐之欲留宿別榻又懼母嗔女朝旦朝母捧匜沃盥下堂操作無不曲承母志黃昏告退輒過齋頭就燭誦經覺甯將寢始慘然去

先是寗妻病廢母劬不可堪自得女逸甚心德之日漸稔親愛如己出竟忘其爲鬼不忍晚令去留與同臥起女初來未嘗食飲半年漸啜稀酏母子皆溺愛之諱言其鬼人亦不之辨也無何寗妻亡母陰有納女意然恐於子不利女微窺之乘間告母曰居年餘當知兒肝鬲爲不欲禍行人故從郎君來區區無他意止以公子光明磊落爲天人所欽矚實欲依贊三數年借博封誥以光泉壤母亦知其無惡但懼不能延宗嗣女曰子女惟天所授郎君註福籍有亢宗子三不以鬼妻而遂奪也

毋信之與予議甯喜因列筵告戚黨或請覿新婦女慨然華妝出一堂盡貽反不疑其鬼疑爲仙由是五黨諸内眷咸執贄以賀爭拜識之女善畫蘭梅輒以尺幅酬荅得者藏什襲以爲榮一日俛頸窗前怊悵若失忽問革囊何在曰以卿畏之故緘置他所曰妾受生氣已久當不復畏宜取挂牀頭甯詰其意曰三日來心怔忡無停息意金華妖物恨妾遠遁恐旦晚尋及也甯果攜革囊來女反覆審視曰此劍仙將盛人者也敝敗至此不知殺人幾何許妾今日視之肌猶粟悚乃懸之次日又

命移懸尸上夜對燭坐約甯勿寢欻有一物如飛鳥墮女驚匿夾幙間甯覘之物如夜叉狀電目血口睒閃攫拏而前至門卻步逡巡久之漸近革囊以爪摘取似將爪裂囊忽格然一響大可合簣恍惚有鬼物突出半身揪夜叉入聲遂寂然囊亦頓縮如故甯駭詫女亦出大喜曰無恙矣共視囊中清水數斗而已後數年甯果登進士舉一男納妾後又各生一男皆仕進有聲

水莽草

水莽毒草也蔓生似葛花紫類扁豆悮食之立死即爲

水莽鬼俗傳此鬼不得輪迴必再有毒死者始代之以故楚中桃花江一帶此鬼尤多云楚人以同歲生爲同年投刺相謁呼庚兄庚弟子姪呼庚伯習俗然也有祝生造其同年某中途燥渴思飲俄見道旁一媪張棚施飲趨之媪承迎入棚給奉甚殷嗅之有異味不類茶茗置不飲起而出媪急止客便喚三娘可將好茶一杯來俄有少女捧茶自棚後出年約十四五姿容豔絶指環臂釧晶瑩鑑影生受琖神馳嗅其茶芳烈無倫吸盡再索覷媪出戲捉纖腕脫指環一枚女赬頰微笑生益惑

畧詰門戶女云郎暮來妾猶在此也生求茶葉一撮並藏指環而去至同年家覺心頭作惡疑茶爲患以情告某某駭曰殆矣此水莽鬼也先君死於是是不可救且爲奈何生大懼出茶驗之真水莽草也又出指環述女子情狀某懸想曰此必寇三娘也生以其名確符問何故知曰南村富室寇氏女夙有豔名數年前誤食水莽而死必此爲魅或言受魅者若知鬼姓氏求其故襠煮服可痊某急詣寇所實告以情長跪哀懇寇以生將代女死故靳不與某忿而返以告生生亦切齒恨之曰我

死必不令彼女脫生某舁送之將至家門而卒母號澌
送之遺一子甫周歲妻不能守栢舟節半年改醮去母
畱孤自哺劬瘁不堪朝夕悲啼一日方抱兒哭室中生
悄然忽入母大駭揮涕問之荅云兒地下聞母哭甚愴
於懷故來奉晨昏耳兒雖死已有家室即同來分母勞
母其勿悲母問兒婦何人曰寇氏坐聽兒死兒甚恨之
死後欲尋三娘而不知其處近遇某庚伯始相指示兒
往則三娘已投生任侍郎家兒馳去强捉之來今爲兒
婦亦相得頗無苦移時門外一女子入華粧艷麗伏地

拜母生曰此寇三娘也雖非生人母視之情懷差慰生便遣三娘操作三娘雅不習慣然承順殊憐人由此居故室遂留不去女請母告諸其家生意勿告而母承女意卒告之寇家翁媼聞而大駭命車疾至視之果三娘相向哭失聲女勸止之媪視生家良貧意甚憂悼女曰人已鬼又何厭貧且視郎母子情義拳拳兒固已安之矣因問茶媼誰也曰彼倪姓自慚不能惑行人故求兒助之耳今已生於郡城賣漿者之家因顧生曰既壻矣而不拜岳妾復何心生乃投拜女便入廚下代母執炊

供翁媼媼視之悽心既歸即遣兩婢來爲之服役金百
斤布帛數十匹酒胾不時餽送小阜祝母矣寇亦時招
歸寧居數日輒曰家中無人宜早送兒還或故稽之則
飄然自歸翁乃代生起夏屋營備臻至然生終未嘗至
翁家一日村中有中水莽毒者死而復甦相傳爲異生
曰是我活之也彼爲李九所害我爲之驅其鬼而去之
母曰汝何不取人以自代曰兒深恨此等輩方將盡驅
除之何屑爲此且兒事母最樂不願生也由是中毒者
往往具豐筵禱其庭輒有効積十餘年母死生夫婦亦

哀毀但不對客惟命兒縗麻擗踊教以禮義而已葬母後又二年餘爲兒娶婦婦任侍郎之孫女也先是任公妾生女數月而殤後聞祝女之異遂命駕其家訂翁壻焉至是遂以孫女妻其子往來不絕矣一日謂子曰上帝以我有功人世策爲四瀆牧龍君今行矣俄見庭下有四馬駕黃幨車馬四股皆鱗甲夫妻盛裝出同登一輿子及婦皆泣拜瞬息而渺是日寇家見女來拜別翁媼亦如生言媼泣挽留女曰祝郎先去矣出門遂不復見其子名鶚字離塵請諸寇翁以三娘體骨與生合葬

焉

鳳陽士人

鳳陽一士人負笈遠遊謂其妻曰半年當歸十餘月竟無耗問妻翹盼綦切一夜纔就枕紗月搖影離思縈懷方反側間有一麗人珠鬟絳帔搴帷而入笑問姊姊得無欲見郎君乎妻急起應之麗人邀與共往妻憚修阻麗人但請勿慮即挽女手出並踏月色約一矢之遠覺麗人行迅速女步履艱澀呼麗人少待將歸著複履麗人牽坐路側自乃捉足脫履相假女喜著之幸不鑿枘

復起從行健步如飛移時見士人跨白騾來見妻大驚急下騎問何往女曰將以探君又顧問麗者伊誰女未及荅麗人掩口笑曰且勿問訊娘子奔波匪易郎君星馳夜半人畜想當俱殆妾家不遠且請息駕早旦而行不晚也顧數武之外即有村落遂同行入一庭院麗人促睡婢起供客曰今夜月色皎然不必命燭小臺石榻可坐士人縶蹇檐梧乃即坐麗人曰履大不適於體途中頗累贅否歸有代步乞賜還也女稱謝付之俄頃設酒果麗人酌曰鸞鳳久乖圓在今夕濁醪一觴敬以爲

賀士人亦執箋酬答主客笑言履舄交錯士人注目麗人屢以游詞相挑夫妻乍聚並不寒暄一語麗人亦美目流情妖言隱謎女惟默坐僞爲愚者久之漸酣二人語益狎又以巨觥勸客士人以醉辭勸之益苦士人笑曰卿爲我度一曲卽當飲麗人不拒卽以牙板撫提琴而歌曰黄昏卸得殘粧罷窗外西風冷透紗聽蕉聲一陣一陣細雨下何處與人閒磕牙望穿秋水不見還家潸潸淚似麻又是想他又是恨他手拿著紅繡鞋兒占鬼卦歌竟笑曰此市井里巷之謠不足污君聽然因流

俗所尚姑效顰耳音聲靡靡風度狎褻士人搖惑若不自禁少間麗人僞睡離席士人亦起從之而去久之不至婢子乏疲伏睡廊下女獨坐塊然無侶中心憤恚頗難自堪思欲遁歸而夜色微茫不憶道路輾轉無以自主因起而覘之裁近其牕則斷雲零雨之聲隱約可聞又聽之聞良人與已素常猥褻之狀盡情傾吐女至此手顫心搖殆不可過念不如出門竄溝壑以死憤然方行見第三郎乘馬而至遽便下問女具以告三郎大怒立與姊回直入其家則室門扃閉枕上之語猶喁喁也

三郎舉巨石如斗抛擊窗櫺三五碎斷內大呼曰郎君腦破矣柰何女聞之愕然大哭謂弟曰我不謀與汝殺郎君今且若何三郎撐目曰汝嗚嗚促我來甫能消此心中惡又護男兒怨弟兄我不貫與婢子供指使返身欲去女牽衣曰汝不攜我去將何之三郎揮姊撲地脫體而去女頓驚寤始知其夢越日士人果歸乘白騾女異之而未言士人是夜亦夢所見所遭述之悉符互相駭怪既而三郎聞姊夫遠歸亦來省問語次謂士人曰昨宵夢君歸今果然亦大異士人笑曰幸不爲巨石所

甃三郎愕然問故士以夢告三郎大異之蓋是夜三郎亦夢遇姊泣訴憤激投石也三夢相符但不知麗人何許耳

珠兒

常州民李化富有田產年五十餘無子一女名小惠容貌秀美夫妻最愛憐之十四歲暴病夭殂冷落庭幃益少生趣始納婢經年餘生一子視如拱璧名之珠兒兒漸長魁梧可愛然性絕癡五六歲尚不辨菽麥言語强澁李亦好而不知其惡會有眇僧募緣於市輒知人閨

閩於是相驚以神且云能生死禍福人幾十百千執名以索無敢違者詣李募百緡李難之給十金不受漸至三十金僧厲色曰必百緡缺一文不可李亦怒收金遽去僧忿然而起曰勿悔勿悔無何珠兒心暴痛巴刮牀席色如土灰李懼將八十金詣僧乞救僧笑曰多金大不易然山僧何能爲李歸而兒已死李慟甚以狀愬邑宰宰拘僧訊鞫亦辯給無情詞答之似擊鞔革令搜其身得木人二小棺一小旗幟五宰怒以手叠訣舉視之僧乃懼自投無數宰不聽杖殺之李叩謝而歸時已曛

暮與妻坐牀上忽一小兒佢儴入室曰阿翁行何疾極力不能得追覘其體貌當得七八歲李驚方將詰問則見其若隱若現恍惚如烟霧宛轉間已登榻坐李推下之墮地無聲曰阿翁何乃爾瞥然復登李懼與妻俱奔兒呼阿父阿母嘔啞不休李入妾室急闔其扉還顧兒已在膝下李駭問何爲荅曰我蘇州人姓詹氏六歲失怙恃不爲兄嫂所容逐居外祖家偶戲門外爲妖僧迷殺桑樹下驅使如倀鬼寃閉窮泉不得脫化幸賴我翁昭雪願得爲子李曰人鬼殊途何能相依兒曰但除斗

家爲兒設牀褥日燒一盃冷漿粥餘都無事李從之兒喜遂獨臥室中晨來出入閨閤了不與人聞妾哭子聲問珠兒死幾日矣荅以七日曰天嚴寒尸當不腐試發塚啓視如未損壞兒當得活李喜與兒去開穴驗之軀殼如故方此怮怛回視失兒所在異之舁尸歸方置榻上目已瞥動少頃呼湯湯已而汗汗已遂起羣喜珠兒復生又加之慧黠便利迴異曩昔但夜間僵臥毫無氣息共轉側之冥然若死衆大愕謂其復死天將明始若夢醒羣就問之荅云昔從妖僧時有兒等二人其一名

哥子昨追阿父不及蓋在後與哥子作別耳今在冥間爲姜員外作義嗣亦甚優游夜分固來邀兒戲適以白鼻騧送兒歸母因問在陰司見珠兒否曰珠兒已轉生矣渠與阿父無父子緣不過金陵嚴子方來討百十千債負耳初李販於金陵欠嚴貨價未償而嚴翁死此事人無知者李聞之大駭母問兒見惠姊否兒曰不知再去當訪之又二三日謂母曰惠姊在冥中大好嫁得楚江王小郎子珠翠滿頭髻一出門便十百作呵殿聲母曰何不一歸寧曰人既死都與骨肉無關切倘有細述

前生者方豁然動念耳昨託姜員外賚緣見姊姊呼我坐珊瑚牀上與言父母懸念渠都如眠睡兒云姊在時喜繡並蔕花剪刀刺手爪血涴綾子上姊就刺作赤水雲今母猶挂牀頭壁顧念不去心姊忘之乎姊始悽感云會須白郎君歸省阿母母問其期荅言不知一日謂母姊行且至僕從大繁當多備漿酒少間奔入室曰姊來矣移榻中堂曰姊姊且憩坐少悲啼諸人悉無所見兒率人焚紙酬飲於門外反曰騶從暫令去矣姊言昔日所覆綠錦被曾爲燭花燒一點如豆大尚在否母曰

在即啟笥出之兒曰姊命我陳舊閨中之疵且小臥翊日再與阿母言東鄰趙氏女故與惠爲繡閣交是夜忽夢惠幞頭紫帔來相望言笑如平生且言我今異物父母覿面不啻河山將借妹子與家人共語勿須驚恐質明方與母言忽撲地悶絕踰刻始醒向母曰小惠與阿嬸別幾年矣頓鬖鬖白髮生母駭曰兒病狂耶女拜別即出母知其異從之直達李所抱母哀啼母驚不知所謂女曰兒昨歸頗委頓未遑一言兒不孝中途棄高堂勞父母哀念罪何可贖母頓悟乃哭已而問曰聞兒今

貴甚慰母心但汝棲身王家何遂能來女曰郎君與兒極燕好姑舅亦相撫愛頗不謂妒醜惠生時好以手支頤女言次輒作故態神情宛似未幾珠兒奔入曰接姊者至矣女乃起拜別泣下曰兒去矣言訖復蹈移時乃甦後數月李病劇醫藥罔效兒曰旦夕恐不救也二鬼坐牀頭一執鐵杖子一挽苧蔴繩長四五尺許兒晝夜哀之不去母哭乃備衣衾旣暮兒趨入曰雜人婦且避去姊夫來視阿翁俄頃鼓掌而笑母問之曰我笑二鬼聞姊夫至俱匿牀下如龜鼈又少時望空道寒暄問姊

夫起屈既而拍掌曰二鬼奴哀之不去至此大快乃出至門外卻回曰姊夫去矣二鬼被鎖馬鞅上阿父當即無恙姊夫言歸白大王爲父母乞百年壽也一家俱喜至夜病良已數日尋瘥延師教兒讀兒甚慧十八入邑庠猶能言冥間事見里中病者輒指鬼祟所在以火爇之往往得瘳後暴病體膚青紫自言鬼神責我綻露由是不復言

小官人

太史某公忘其姓氏晝臥齋中忽有小鹵簿出自堂陬

馬大如蛙人細如指小儀仗以數十隊一官冠皂紗著繡幞乘肩輿紛紛出門而去公心異之竊疑睡眼之訛頓見一小人返入舍攜一氈包大如拳徑造牀下白言家主人有不腆之儀敬獻太史言已對立即又不陳其物少間又自笑曰戔戔微物想太史亦當無所用不如賜小人太史頷之欣然攜之而去後不復見惜太史中餒不曾詰所自來

胡四姐

尚生泰山人獨居清齋會值秋夜銀河高耿明月在天

徘徊花陰頗存遐想忽有一女子踰垣來笑曰秀才何思之深生就視容華若仙驚喜擁入窮極狎昵自言胡氏名三姐問其居第但笑不言生亦不復置問惟相期永好而已自此臨無虛夕一夜與生促膝燈幕生愛之矚眸不轉女笑曰眈眈視妾何爲曰我視卿如紅藥碧桃即竟夜視不爲厭也女曰妾陋質遂青盼若此若見吾家四妹不知顛倒何似生益傾動恨不一見顏色長跪哀請踰夕果偕四姐來年方及笄荷粉露垂杏花烟潤嫣然含笑媚麗欲絕生狂喜引坐三姐與生同笑語

四姐惟手引繡帶俛首而已未幾三姐起別妹欲從行生曳之不釋顧三姐曰卿卿煩一致聲三姐乃笑曰狂郎情急矣妹子一爲少留四姐無語姐遂去二人備盡歡好既而引臂替枕傾吐生平無復隱諱四姐自言爲狐生依戀其美亦不之怪四姐因言阿姐狠毒業殺三人矣惑之罔不斃者妾幸承溺愛不忍見滅亡當早絕之生懼求所以處四姐曰妾雖狐得仙人正法當書一符粘寢門可以卻之遂書之既曉三姐來見符卻退曰婢子負心傾意新郎不憶引線人矣汝兩人合有夙分

余亦不相仇但何必爾乃逕去數日四姐他適約以隔夜是日生偶出門眺望山下故有槲木蒼莽中出一少婦亦頗風韻近謂生曰秀才何必沾沾戀胡家姊妹渠又不能以一錢相贈即以一貫授生曰先持歸貰良醞我即攜小肴饌來與君爲歡生懷錢歸果如所教少間婦果至置几上燔雞鹹彘肩各一即抽刀子縷切爲臠釃酒調謔歡洽異常繼而滅燭登牀狎情蕩甚既曙始起方坐牀頭捉足易舄忽聞人聲傾聽已入幃幕則胡姊妹也婦乍睹倉皇而遁遺舄於牀二女逐叱曰騷狐

何敢與人同寢處追去移時始返四姐怨生曰君不長進與騷狐相匹偶不可復近遂悻悻欲去生惶恐自投情詞哀懇三姐從旁解免四姐怒稍釋由此相好如初一日有陝人騎驢造門曰吾尋妖物匪伊朝夕乃今始得之生父以其言異訊所由來曰小人日泛烟波遊四方終歲十餘月常八九離桑梓被妖物蠱殺吾弟歸甚悼恨誓必尋而殄滅之奔波數千里殊無跡兆今在君家不剪當繼吾弟亡者時生與女密邇父母微察之聞客言大懼延入令作法出二瓶列地上符咒良久有黑

霧四團分投瓶中客喜曰全家都到矣遂以猪脬裹瓶口緘封甚固生父亦喜堅留客飯生心惻然近瓶竊聞四姐在瓶中言曰坐視不救君何負心生益感動急啟所封而結不可解四姐又曰勿須爾但放倒壇上旗以針刺脬作孔予即出矣生如其請果見白氣一絲自孔中出凌霄而去客出見旗倒地上大驚曰遁矣此必公子所爲搖瓶俯聽曰幸止亡其一此物合不死猶可赦乃攜瓶別去後生在野督傭刈麥遙見四姐坐樹下生近就之執手慰問且曰別後十易春秋今大丹已成但

思君之念未忘故復一拜問生欲與偕歸女曰妾非昔比不可以塵情染後當復見耳言已不知所在又二十年餘生適獨居見四姐自外至生喜與語女曰我今名列仙籍本不應再履塵世但感君情敬報撤瑟之期可早處分後事亦勿悲憂妾當度君爲鬼仙亦無苦乃別而去至日生果卒尚生乃友人李文玉之戚好嘗親見之

祝翁

濟陽祝村有祝翁者年五十餘病卒家人入室理縗經

忽聞翁呼甚急羣奔集靈寢則見翁已復活羣喜慰問翁但謂媼曰我適去揣不復返行數里轉思拋汝一副老皮骨在兒輩手寒熱仰人亦無復生趣不如從我去故復歸欲偕爾同行也咸以其新蘇妄語殊未深信翁又言之媼云如此亦復佳但方生如何便得死翁揮之曰是不難家中俗務可速作料理媼笑不去翁又促之乃出戶外延數刻而入紿之曰處置安妥矣翁命速妝媼不去翁催益急媼不忍拂其意遂裙妝以出媳女皆匿笑翁移首於枕手拍令臥媼曰子女皆在雙雙挺臥

是何景象翁搥牀曰並死有何可笑子女輩見翁躁急
共勸媼姑從其意媼如言並枕僵臥家人又共笑之俄
視媼笑容忽斂又漸而兩眸俱合久之無聲儼如睡去
衆始近視則膚已冰而鼻無息矣試翁亦然始共驚怛
康熙二十一年翁弟婦傭於畢刺史之家言之甚悉
異史氏曰翁其夙有畸行與泉路茫茫去來由爾奇矣
且白頭者欲其去則呼令去何其暇也人當屬纊之時
所最不忍訣者牀頭之暱人耳苟廣其術則賣履分香
可以不事矣

俠女

顧生金陵人博於材藝而家綦貧又以母老不忍離膝下惟日爲人書畫受贄以自給行年二十有五伉儷猶虛對戶舊有空第適一老嫗及少女稅居其中以其家無男子故未問其誰何一日偶自外入見女郎自母房中出年約十八九秀曼都雅世罕其匹見生不甚避而意凜如也生入問母母曰是對戶女郎就吾乞刀尺適言其家亦只一母此母女不似貧家產問其何爲不字則以母老爲辭明日當往拜其母便風以意倘所望不

脊兒可代養其老明日造其室其母一聾媼耳視其室並無隔宿糧問所業則仰女十指徐以同食之謀試之媼意似納而轉商其女女默然意殊不然母乃歸詳其狀而疑曰女子得非嫌吾貧乎爲人不言亦不笑艷如桃李而冷如霜雪奇人也母子猜嘆而罷一日生坐齋頭有少年來求畫姿容甚美意頗儇佻詰其所自以鄰村對嗣後三兩日輒一至稍稍稔熟漸以嘲謔生狎抱之亦不甚拒遂私焉由此往來暱甚會女郎過少年目送之問以爲誰對以鄰女少年曰艷麗如此神情一何

可畏少間生入內母曰適女子來乞米云不舉火者經日矣此女至孝貧極可憫宜少周卹之生從母言負斗粟款門而達母意女受之亦不申謝日嘗至生家見母作衣履便代縫紉出入堂中操作如婦生益德之每獲餽餌必分給其母女亦略不置齒頰母適疽生陰處宵旦號咷女時就榻省視爲之洗創敷藥日三四作母意甚不自安而女不厭其穢母曰唉安得新婦如兒而奉老身以死也言訖悲哽女慰之曰郎子大孝勝我寡婦孤女什百矣母曰牀頭蹀躞之役豈孝子所能爲者且

身已向暮旦夕犯霧露深以祧續爲憂耳言間生入毋泣曰虧娘子良多汝無忘報德生伏拜之女曰君敬我毋我弗謝也君何謝爲於是益敬愛之然其舉止生硬毫不可干一日女出門生目注之女忽回首嫣然而笑生喜出意外趨而從諸其家挑之亦不拒欣然交懽已戒生曰事可一而不可再生不應而歸明日又約之女厲色不顧而去日頻來時相遇並不假以詞色稍游戲之則冷語冰人忽於空處問生曰來少年誰也生告之女曰彼舉止態狀無禮於妾頻矣以君之狎暱故置之

請便寄語再復爾是不欲生也已少年至生以告且曰子必愼之是不可犯少年曰既不可犯君何犯之生自其無曰如其無則猥褻之語何以達君聽哉生不能荅少年曰亦煩寄語假惺惺勿作態不然我將徧播揚生甚怒之情見於色少年方去一夕獨坐女忽至笑曰我與君情緣未斷寧非天數生狂喜而抱於懷欻聞履聲籍籍兩人驚起則少年推扉入矣生驚問子胡爲者笑曰我來觀貞潔之人耳顧女曰今不怪人耶女眉豎頰紅默不一語急翻上衣露一革囊應手而出則尺許晶

瑩匕首也少年見之駭而卻走追出戶外四顧渺然女以匕首望空拋擲戛然有聲爍若長虹俄一物墮地作響生急燭之則一白狐身首異處矣大駭女曰此君之孌童也我固恕之柰渠定不欲生何收刃入囊生挽令入曰適以妖物敗意請俟來宵出門逕去次夕女果至遂共綢繆詰其術女曰此非君所知宜須慎祕洩恐不爲君福又訂以嫁娶曰枕席焉提汲焉非婦伊何也業夫婦矣何必復言嫁娶乎生曰將勿憎吾貧耶曰君固貧妾富耶今宵之聚正以憐君貧耳臨別囑曰苟且之

行不可以屢當來我自來不當來相強無益後相值每欲引與私語女輒走避然衣綻炊薪悉爲紀理不啻婦也積數月其母死生竭力營葬之女由是獨居生意其孤寂可亂踰垣入隔窗頻呼迄不應覘其門則空室扃焉竊疑女有他約夜復往亦如之遂留佩玉於窗間而去之越日相遇於母所既出而女尾其後曰君疑妾耶人各有心不可以告人今欲使君無疑而烏可得然一事煩急爲謀問之曰妾體孕已八月矣恐旦晚臨盆妾身未分明能爲君生之不能爲君育之可密告老母覓

乳媪僞爲討螟蛉者勿言妾也生諾以告母母笑曰異哉此女聘之不可而顧私於我兒喜從其謀以待之又月餘女數日不出母疑之往探其門蕭蕭閉寂叩良久女始蓬頭垢面自內出啟而入之則復闔之入其室則呱呱者在牀上矣母驚問誕幾時矣荅云三日捉繃席而視之男也且豐頤而廣額喜曰兒已爲老身育孫子伶仃一身將焉所托女曰區區隱衷不敢掬示老母俟夜無人可卽抱兒去母歸與子言竊共異之夜往抱子歸更數夕夜將半女忽欵門入手提革囊笑曰大事已

了請從此别急詢其故曰養母之德刻刻不去於懷向云可一而不可再者以相報不在牀第也爲君貧不能婚將爲延一綫之續本期一索而得不圖信水復來遂至破戒而再今君德既酬妾志已遂無憾矣問囊中何物曰仇人頭耳檢而窺之鬚髮交而血模糊也駭絶復致研詰曰向不與君言者以機事不密懼有宣洩今事已成不妨相告妾浙人父官司馬陷於仇被籍吾家妾負老母出隱姓名埋頭項已三年矣所以不即報者徒以老母在母去一塊肉又累腹中因而遲之又久曩夜

出非他道路門戶未稔恐有訛悞耳言已出門又囑曰所生兒善視之君福薄無壽此兒可光門閭夜深不得驚老母我去矣方悽然欲詢所之女一閃如電瞥爾間遂不復見生嘆惋木立若喪魂魄明日告母相爲嗟異而已後三年生果卒子十八舉進士猶奉祖母以終老云

異史氏曰人必室有俠女而後可以畜孌童也不然爾愛其艾豭彼愛爾婁豬矣

王漁洋曰神龍見首不見尾此俠女其猶龍乎

酒友

車生者家不中貲而耽飲夜非浮三白不能寐也以故牀頭尊常不空一夜睡醒轉側閒似有人共臥者意是覆裳墮耳摸之則茸茸有物似猫而巨燭之狐也酣醉而犬臥視其瓶則空矣笑曰此我酒友也不忍驚覆衣加臂與之共寢留燭以觀其變半夜狐欠伸生笑曰美哉睡乎啟覆視之儒冠之俊人也起拜榻前謝不殺之恩生曰我癖於麴蘖而人以爲癡卿我鮑叔也如不見疑當作糟邱之良友曳登榻復共寢且言卿可常相臨

無相猜狐諸之生既醒則狐已去乃治旨酒一盛專伺狐抵夕果至促膝歡飲狐量豪善諧於是恨相得晚狐曰屢叨良醞何以報德生曰斗酒之歡何置齒頰狐曰雖然君貧士杖頭錢大不易當爲君少謀酒貲明夕來告曰去此東南七里道側有遺金可早取之詰旦而往果得二金乃市佳殽以佐夜飲狐又告曰院後有窖藏宜發之如其言果得錢百餘千喜曰囊中已自有莫漫愁沽矣狐曰不然轍中水胡可以久掬合更謀之異日謂生曰市上蕎價廉此奇貨可居從之收蕎四十餘石

人咸非笑之未幾大旱禾豆盡枯惟菽可種售種息十倍由此益富治沃田二百畝但問狐多種麥則麥收多種黍則黍收一切種植之早晚皆取决於狐日稔密呼生妻以嫂視子猶子焉後生卒狐遂不復來

王漁洋云車君灑脫可喜

蓮香

桑生名曉字子明沂州人少孤館於紅花埠桑爲人靜穆自喜日再出就食東鄰餘時堅坐而已東鄰生偶至戲曰君獨居不畏鬼狐耶笑荅云丈夫何畏鬼狐雄來

吾有利劍雌者尚當開門納之鄰生歸與友謀梯妓於垣而過之彈指叩扉生窺問其誰妓自言爲鬼生大懼齒震震有聲妓逡巡自去鄰生早至生齋生述所見且告將歸鄰生鼓掌曰何不開門納之生頓悟其假遂安居如初積半年一女子夜來扣齋生意友人之復戲也啟戶延入則傾國之姝驚問所來曰妾蓮香西家妓女埠上青樓故多信之息燭登牀綢繆甚至自此三五日輒一至一夕獨坐凝思一女子翩然入生意其蓮香逆與語覿面殊非年僅十五六嚲袖垂髫風流秀曼行步

之間若還若往大愕疑爲狐女曰妾良家女姓李氏慕君高雅幸賜垂盼生喜握其手冷如冰問何凉也曰幼質單寒夜蒙霜露那得不爾既而羅襦衿解儼然處子女曰妾爲情緣葳蕤之質一朝失守不嫌鄙陋願常侍枕蓆房中得無有人否生云無他止一鄰娼顧亦不常至女曰謹當避之妾不與院中人等君祕勿洩彼來我往彼往我來可耳雞鳴欲去贈繡履一鉤曰此妾下體所著弄之足寄思慕然有人慎無弄也受而視之翹翹如解結錐心甚愛悅越夕無人便出審玩女飄然忽至

遂相款昵自此每出履則女必應念而至異而詰之笑曰適當其時耳一夜蓮香來驚云郎何神氣蕭索生言不自覺蓮便告別相約十日去後李來恒無虛夕問君情人何久不至因以所約告李笑曰君視妾何如蓮香美曰可稱兩絕但蓮卿肌膚溫和李變色曰君謂雙美對妾云爾渠必月殿仙人妾定不及因而不懽乃屈指計十日之期已滿囑勿漏將竊窺之次夜蓮香果至笑語甚洽及寢大駭曰殆矣十日不見何益憊損保無他遇否生詢其故曰妾以神氣驗之脈析析如亂絲鬼症

也次夜李來生問窺蓮香何似曰美矣妾固疑世間無此佳人果狐也去吾尾之南山而穴居生疑其妒漫應之踰夕戲蓮香曰余固不信或謂卿狐者蓮亟問是誰之云笑曰我自戲卿蓮曰狐何異於人曰惑之者病甚則死是以可懼蓮曰不然如君之年房後三日精氣可復縱狐何害設旦旦而伐之人有甚於狐者矣天下癆尸瘵鬼寧皆狐蠱死耶雖然必有議我者生力白其無蓮詰益力生不得已洩之蓮曰我固怪君憊也然何遽至此得勿非人乎君勿言明宵當如渠之窺妾者是夜

李至裁三數語聞窗外嗽聲急亡去蓮入曰君殆矣是真鬼物暱其美而不速絕冥路近矣生意其妒默不語蓮曰固知君不能忘情然不忍視君死明日當攜藥餌爲君一除陰毒幸病蒂猶淺十日恙當已請同榻以俟痊可次夜果出刀圭藥啖生頃刻洞下兩三行覺臟腑清虛精神頓爽心德之然終不信爲鬼病蓮夜夜同衾偎生生欲與合輒拒之數日後膚革充盈欲別殷殷囑絕李生謬應之及閉戶挑燈輒捉履傾想李忽至數日隔絕頗有怨色生曰彼連宵爲我作巫醫請勿爲懟情

好在我李稍懌生枕上私語曰我愛卿甚乃有謂卿鬼者李結舌良久罵曰必淫狐之惑君聽也若不絕之妾不來矣遂嗚嗚飲泣生百詞慰解乃罷隔宿蓮香至知李復來怒曰君必欲死耶生笑曰卿何相妒之深蓮益怒曰君種死根妾爲若除之不妒者將復如何生托詞以戲曰彼云前日之疾爲狐祟耳蓮乃嘆曰誠如君言君迷不悟萬一不虞妾百口何以自解請從此辭百日後當視君於臥榻中留之不可拂然逕去由是李夙夜必偕約兩月餘覺大困頓初猶自寬解日漸羸瘠惟飲

饘粥一甌欲歸就養尚戀戀不忍遽去因循數日沉綿
不可復起鄰生見其病憊日遣館童餽給飲食生至是
始疑李因謂李曰吾悔不聽蓮香之言一至於此言訖
而瞑移時復甦張目四顧則李已去自是遂絕生羸臥
空齋思蓮香如望歲一日方凝想間忽有搴簾入者則
蓮香也臨榻哂曰田舍郎我豈妄哉生哽咽良久自言
知罪但求拯救蓮曰病入膏肓實無救法姑來永訣以
明非妒生大悲曰枕底一物煩代碎之蓮搜得履持就
燈前反覆展玩李女欻入猝見蓮香返身欲遁蓮以身

薇門李窘急不知所出生責數之李不能荅蓮笑曰妾今始得與阿姨面相質曩謂郎君舊疾未必非妾致今竟何如李俛首謝過蓮曰佳麗如此乃以愛結仇耶李投地隕泣乞垂憐救蓮扶起細詰生平曰妾李通判女早夭瘞於牆外已死春蠶遺絲未盡與郎偕好妾之願也致郎於死良非素心蓮曰聞鬼物利人死以死後可常聚然否曰不然兩鬼相逢並無樂趣如樂也泉下少年郎豈少哉蓮曰癡哉夜夜爲之人且不堪而況於鬼李問狐能死人何術獨否蓮曰是採補者流妾非其類

故世有不害人之狐斷無不害人之鬼以陰氣盛也生聞其語始知狐鬼皆真幸習常見慣頗不爲駭但念殘息如絲不覺失聲大痛蓮顧問何以處郎君者李赧然遜謝蓮笑曰恐郎强健醋娘子要食楊梅也李斂衽曰如有醫國手使妾得無負郎君便當埋首地下敢靦然人世耶蓮解囊出藥曰妾早知有今別後采藥三山凡三閱月物料始備瘵蠱至死投之無不蘇者然症何由得仍以何引不得不轉求効力問何需曰櫻口中一點香唾耳我以丸進煩接口而唾之李暈生頤頰俯首轉

側而視其履蓮曰妹所得意惟履耶李益慚俯仰若無所容蓮曰此平時熟技今何吝焉遂以丸納生吻轉促逼之李不得已唾之蓮曰再又唾之凡三四唾丸已下咽少間腹殷然如雷鳴復納一丸乃自接脣而布以氣生覺丹田火熱精神煥發蓮曰愈矣李聽雞鳴傍徨別去蓮以新瘥尚須調攝就食非計因將外戶反關僞示生歸以絕交往日夜守護之李亦每夕必至給奉殷勤事蓮猶姊蓮亦深憐愛之居三月生健如初李遂數夜不至偶至一望即去相對時亦悒悒不樂蓮常留與共

寢必不肯生追出提抱以歸身輕如芻靈女不得遁遂著衣偃臥蜷其體不盈二尺蓮益憐之陰使生狎抱之而撼搖亦不得醒生睡去覺而索之已杳後十餘日更不復至生懷思殊切恒出履共弄蓮嘆曰窈娜如此妾見猶憐何況男子生曰昔日弄履則至心固疑之然終不料其鬼今對履思容實所愴惻因而泣下先是富室章姓有女字燕兒年十五不汗而死終夜復蘇起顧欲奔章扃戶不聽出女自言我通判女魂感桑郎眷注遺舄猶存彼處我真鬼耳錮我何益以其言有因詰其至

此之由女低徊反顧茫不自解或有言桑生病歸者女執辯其誣家人大疑東鄰生聞之踰垣往窺見生方與美人對語掩入逼之張皇間已失所在鄰生駭詰生笑曰向固與君言雌者則納之耳鄰生述燕兒之言生乃啟關將往偵探苦無由章母聞生果未歸益奇之故使傭媼索履生遽出以授燕兒得之喜試著之鞋小於足者盈寸大駭攬鏡自照忽恍然悟已之借軀以生也者因陳所由母始信之女鏡面大哭曰當日形貌頗堪自信每見蓮姊猶增慚怍今反若此人也不如其鬼也把

履號咷勸之不解蒙衾僵臥食之亦不食體膚盡腫凡七日不食卒不死而腫漸消覺飢不可忍乃復食數日遍體瘙癢皮盡脫晨起睡舄遺墮索著之則碩大無朋矣因試前履肥瘦脗合乃喜復自鏡則眉目頤頰宛肖生平益喜盥櫛見母見者盡眙蓮香聞其異勸生以媒通之而以貧富懸絕不敢遽進會媼初度因從其子壻行往爲壽媼睹生名故使燕兒窺簾認客生最後至女驟出捉袂欲從與俱歸母訶譙之始慚而入生審視宛然不覺零涕因拜伏不起媼扶之不以爲侮生出浼母

舅執柯媼議擇吉贅生生歸告蓮香且商所處蓮悵然良久便欲別去生大駭泣下蓮曰君行花燭於人家妾從而往亦何形顏生謀先與旋里而後迎燕蓮乃從之生以情白章章聞其有室怒加誚讓燕兒力白之乃如所請至日生往親迎家中備具頗甚草草及歸則自門達堂悉以罽毯貼地百千籠燭燦列如錦蓮香扶新婦入青廬搭面既揭歡若生平蓮陪卺飲細詰還魂之異燕曰爾日抑鬱無聊徒以身爲異物自覺形穢別後憤不歸墓隨風漾泊每見生人則羨之晝憑草木夜則信

足沉浮偶至章家見少女臥牀上迎附之未知遂能活也蓮聞之默默若有所思逾兩月蓮舉一子產後暴病日就沉綿捉燕臂曰敢以孽種相累我兒卽若兒燕泣下姑慰藉之爲召巫醫輒卻之沉痼彌留氣如懸絲生及燕兒皆哭忽張目曰勿爾子樂生我自樂死如有緣十年後可復相見言訖而卒啟衾將斂尸化爲狐生不忍異視厚葬之子名狐兒燕撫如已出每清明必抱兒哭諸其墓後數年生舉於鄉家漸裕而燕苦不育狐兒頗慧然單弱多疾燕每欲生置媵一日婢忽白門外一

嫗擕女求售燕呼入卒見大驚曰蓮姊復出耶生視之真似亦駭問年幾何荅云十四聘金幾何曰老身止此一塊肉但俾得所妾亦得啜飯處後日老骨不委溝壑足矣生優價而留之燕握女手入密室提其頷而笑曰汝識我否荅言不識詰其姓氏曰妾韋姓父徐城賣漿者死三年矣燕屈指停思蓮死恰十有四載又審顧女儀容態度無一不神肖者乃拍其項而呼之曰蓮姊蓮姊十年相見之約當不欺吾女忽如夢醒豁然曰咦因熟視燕兒生笑云此似曾相識之燕歸來也女泫然曰

是矣聞母言妾生時便能言以爲不祥犬血飲之遂昧宿因今日始如夢寤娘子其恥於爲鬼之李妹耶共話前生悲喜交集一日寒食燕曰此每歲妾與郎君哭姊日也遂與親登其墓荒草離離木已拱矣女亦太息李謂生曰妾與蓮姊兩世情好不忍相離宜令白骨同穴生從其言啓李冢得骸舁歸而合葬之親朋聞其異吉服臨穴不期而會者數百人余庚戌南游至沂阻雨休於旅舍有劉生子敬其中表親出同社王子章所撰桑生傳約萬餘言得卒讀此其崖畧耳

異史氏曰嗟乎死者而求其生生者又求其死天下所難得者非人身哉柰何具此身者往往而置之遂至覥然而生不如狐泯然而死不如鬼

王漁洋曰賢哉蓮娘巾幗中吾見亦罕況狐耶

阿寶

粵西孫子楚名士也生有枝指性迂訥人誑之輒信爲真或值座有歌妓則必遥望卻走或知其然誘之來使妓狎逼之則頳顏徹頸汗珠珠下滴因共爲笑遂貌其呆狀相郵傳作醜語而名之孫癡邑大賈某翁與王侯

埒富姻戚皆貴胄有女阿寶絕色也日擇良匹大家兒爭委禽妝皆不當翁意生時失儷有戲之者勸其通媒生殊不自揣果從其教翁素耳其名而貧之媒媼將出適遇寶問之以告女戲曰渠去其枝指余當歸之媼告生生曰不難媒去生以斧自斷其指大痛徹心血溢傾注濱死過數日始能起往見媒而示之媼驚奔告女女亦奇之戲請再去其癡生聞而譁辨自謂不癡然無由見而自剖轉念阿寶未必美如天人何遂高自位置如此由是曩念頓冷會值清明俗於是日婦女出遊輕薄

少年亦結隊隨行恣其月旦有同社數人強邀生去或嘲之曰莫欲一觀可人否生亦知其戲己然以受女揶揄故亦思一見其人忻然隨衆物色之遥見有女憩樹下惡少年環如牆堵衆曰此必阿寶也趨之果寶審諦之娟麗無雙少頃人益稠女起遽去衆情顛倒品頭題足紛紛若狂生獨默然及衆他適回視猶癡立故所呼之不應羣曳之曰魂隨阿寶去耶亦不荅衆以其素訥故不爲怪或推之或挽之以歸至家直上牀臥終日不起冥如醉呼之不醒家人疑其失魂招於曠野莫能效

强拍問之則朦朧應云我在阿寶家及細詰之又默不語家人惶惑莫解初生見女去意不忍舍覺身已從之行漸傍其衿帶間人無呵者遂從女歸坐臥依之夜輒與狎意甚得然覺腹中奇餒思欲一返家門而迷不知路女每夢與人交問其名曰我孫子楚也心異之而不可以告人生臥三日氣休休若將澌滅家人大恐托人婉告翁欲一招魂其家翁笑曰平昔不省往還何由遺魂吾家家人固哀之翁始允巫執故服草薦以往女詰得其故駭極不聽他往直導入室任招呼而去巫歸至

門生榻上已呻既醒女室之香奩什具何色何名歷歷言不爽女聞之益駭陰感其情之深生既離牀坐立凝思忽忽若忘每伺察阿寶希幸一再遘之浴佛節聞將降香水月寺遂早旦往候道左目眩睛勞日涉午女始至自車中窺見生以摻手搴簾凝睇不轉生益動尾從之女忽命青衣來詰姓字生殷勤自展魂益搖車去生始歸歸復病冥然絕食夢中輒呼寶名每自恨魂不復靈家舊養一鸚鵡忽斃小兒持弄於牀生自念倘得身爲鸚鵡振翼可達女室心方注想身已翩然鸚鵡遽飛而

去直達寶所女喜而撲之鎖其肘飼以麻子大呼曰姐姐勿鎖我孫子楚也女大駭解其縛亦不去女祝曰深情已篆中心今已人禽異類姻好何可復圓鳥云得近芳澤於願已足他人飼之不食女自飼之則食女坐則集其膝臥則依其牀如是三日女甚憐之陰使人瞰生生則僵臥氣絕已三日但心頭未冰耳女又祝曰君能復爲人當誓死相從鳥云誑我女乃自矢鳥側目若有所思少間女束雙彎解履牀上鸚鵡驟下銜履飛去女急呼之飛已遠矣女使嫗往探則生已寤家人見鸚鵡

啣繡履來墮地死方共異之生旋蘇即索履衆莫知故適嫗至入視生問履所在生曰是阿寶信誓物借口相覆小生不忘金諾也嫗反命女益奇之故使婢泄其情於母母審之確乃曰此子才名亦不惡但有相如之貧擇數年得壻如此恐將爲顯者笑女以履故矢不他翁媼乃從之馳報生生喜疾頓瘳翁議贅諸家女曰壻不可久處岳家況郎又貧久益爲人賤兒既諾之蓬茆而甘藜藿不怨生乃親迎成禮相逢如隔世懽自是生家得奩妝小阜頗增物產而生癡於書不知理家人生業

女善居積亦不以他事累生居三年家益富生忽病消渴卒女哭之痛至絕眠食勸之不納乘夜自經婢覺之急救而甦終亦不食三日集親黨將以斂生開棺中呻以息啟之已復活自言見冥王以生平樸誠命作部曹忽有人白孫部曹之妻將至王稽鬼錄言此未應便死又白不食三日矣王顧謂感汝妻節義姑賜再生因使馭卒控馬送汝還由此體漸平值歲大比入闈之前諸少年玩弄之共擬隱僻之題七引生僻處與語言此某家關節敬祕相授生信之晝夜揣摩制成七藝衆隱笑

之時典試者慮熟題有蹈襲弊力反常徑題紙下七首皆符生以是掄魁明年舉進士授詞林上聞其異召問之生啟奏上大嘉悅即召見阿寶賞賚有加焉

異史氏曰性癡則其志凝故書癡者文必工藝癡者技必良世之落拓而無成者皆自謂不癡者也且如粉花蕩產盧雉傾家顧癡人事哉以是知慧黠而過乃是眞癡彼孫子何癡乎

任秀

任建之魚臺人販氈裘爲業竭貲赴陝途中逢一人自

言申竹亭宿遷人話言投契盟爲弟昆行止與俱至陝任病不起申善視之積十餘日疾大漸謂申曰吾家故無恒產八口衣食皆恃一人犯霜露今不幸殂謝異域君我手足也兩千里外更有誰何囊金二百餘一半君自取之爲我小備殮具剩者可助資斧其半寄吾妻子俾輦吾櫬而歸如肯攜殘骸旋故里則裝費勿計矣乃扶枕爲書付申至夕而卒申以五六金爲市薄材殮已主人催其移槥申托尋寺觀竟遁不反任家年餘方得確耗任子秀時年十七方從師讀由此廢學欲往尋父

柩母憐其幼秀哀涕欲死遂典貲治任俾老僕佐之行半年始還殯後家貧如洗幸秀聰穎釋服入魚臺泮而佻達善博母教戒綦嚴卒不改一日文宗案臨試居四等母憤泣不食秀慚懼對母自矢於是閉戶年餘遂以優等食餼母勸令設帳而人終以其蕩無檢幅咸誚薄之有表叔張某賈京師勸使赴都願攜與俱不耗其貲秀喜從之至臨清泊州關外時鹽航艤集帆檣如林臥後聞水聲人聲聒耳不寐更既靜忽聞鄰舟骰聲清越入耳縈心不覺舊技復癢竊聽諸客皆已酣寢將囊中

自備千文思欲過舟一戲潛起解囊捉錢踟躕回思母訓即復束置既睡心怔忡苦不得眠又起又解如是者三輿勃發不可復忍攜錢逕去至隣舟則見兩人對博錢注豐美置錢几上便求入局二人喜即與共擲秀大勝一客錢盡即以巨金質舟主漸以十餘貫作孤注賭方酣又有一人登舟來耽視良久亦傾囊出百金質主人入局共博張中夜醒覺秀不在舟聞骰聲心知之因詣鄰舟欲撓沮之至則秀勝側積貲如山乃不復言負錢數千而返呼諸客並起往來移運尚存十餘千未幾

三客俱敗一舟之錢俱空客欲賭金而秀欲已盈故托非錢不賭以難之張在側又促逼令歸三客躁急舟主利其盆頭轉貸他舟得百餘千客得錢賭更豪無何又盡歸秀天已曙放曉關矣共運貲而返三客亦去主人視所質二百餘金盡銷灰耳大驚尋至秀舟告以故欲取償於秀及問姓名里居知爲建之之子縮頸羞汗而退過訪旁人乃知主人即申竹亭也秀至陜時亦頗聞其姓字至此鬼已報之故不復追其前郤矣乃以貲與張合業而北終歲獲息倍蓰遂援例入監益權子母十

年間財雄一方

張誠

豫人張氏者其先齊人靖難兵起齊大亂妻爲兵掠去張常客豫遂家焉娶於豫生子訥無何妻卒又娶繼室生子誠繼室牛氏悍每嫉訥奴畜之啖以惡草具使樵日責柴一肩無則撻楚詬詛不可堪隱蓄甘脆餌誠使從塾師讀誠漸長性孝友不忍兄劬陰勸母母弗聽一日訥入山樵未終值大風雨避身巖下雨止而日已暮腹中大餒遂負薪歸母驗之少怒不與食飢火燒心入

室僵臥誠自塾中來見兄嗒然問病乎曰餓耳問其故以情告誠愀然便去移時懷餅來餌兄兄問所自來曰余竊麪倩鄰婦爲之但食勿言也訥食之囑弟曰後勿復然事泄累弟且日一啗飢當不死誠曰兄故弱烏能多樵次日食後竊赴山至兄樵處兄見之驚問將何作荅云將助樵採問誰之遣曰我自來耳兄曰無論弟不能樵縱或能之且猶不可於是速之歸誠不聽以手足斷柴助兄且云明日當以斧來兄近止之見其指已破履已穿悲曰汝不速歸我卽以斧自剄死誠乃歸兄送

之半途方復回樵既歸詣塾囑其師曰吾弟幼宜閑之山中虎狠惡師言午前不知所往業夏楚之歸謂誠曰不聽吾言遭笞責矣誠笑云無之明日懷斧又去兄駭曰我固謂子勿來何復爾誠不應刈薪且急汗交頤不休約足一束不辭而返師又責之乃實告之師歎其賢遂不之禁兄屢止之終不聽一日與數人樵山中欻有虎至衆懼而伏虎竟啣誠去虎負人行緩爲訥追及力斧之中胯虎痛狂奔莫可尋逐痛哭而返衆慰解之哭益悲曰吾弟非猶夫人之弟況爲我死我何生爲遂以斧

自刎其項衆急救之入肉者已寸許血溢如涌眩瞀瀕絕衆駭裂之衣而約之舁扶以歸母哭罵曰汝殺吾兒欲劙頸以塞責耶訥呻云毋勿煩惱弟死我定不生置榻上創痛不能眠惟晝夜倚壁坐哭父恐其亦死時就榻少哺之牛輒詬責訥遂不食三日而斃村中有巫走無常者訥途遇之緬訴曩苦因問弟所巫言不聞遂反身導訥去至一都會見一皂衫人自城中出巫要遮代問之皂衫人於佩囊中檢牒審顧男婦百餘並無犯而張者巫疑在他牒皂衫曰此路屬我何得差遠訥不信

强巫入城城中新鬼故鬼往來憧憧亦有故識就問迄無知者忽共譁言菩薩至仰見空中有偉人毫光徹上下頓覺世界通明巫賀曰大郎有福哉菩薩幾千年一入冥司拔諸苦惱今適値之便捽訥跪衆鬼囚紛紛籍籍合掌齊誦慈悲救苦之聲閧騰震地菩薩以楊枝徧灑甘露其細如塵俄而霧收光斂遂失所在訥覺頸上沾露斧處不復作痛巫仍導與俱歸望見里門始別而去訥死二日豁然竟甦悉述所遇謂誠不死毋以爲撰造之誣反詬罵之訥負屈無以自伸而摸創痕良瘥自

力起拜父曰行將穿雲入海往尋弟如不可見終此身勿望返也願父猶以兒爲死翁引空處與泣無敢留之訥乃去每於衝衢訪弟耗途中資斧斷絕丐而行逾年達金陵懸鶉百結傴僂道上偶見十餘騎過走避路側內一人如官長年四十已來健卒怒馬騰踔前後一少年乘小駟屢顧訥訥以其貴公子未敢仰視少年停鞭少駐忽下馬呼曰非吾兄耶訥舉首審視誠也握手大痛失聲誠亦哭曰兄何漂落一至於此訥言其情誠益悲騎者並下問故以白官長官長命脫騎載訥連轡歸

諸其家始詳詰之初虎啣誠去不知何時置路側臥途
中竟宿適張千戶自都中來過之見其貌文憐而撫之
漸蘇言其里居則相去已遠因載與俱歸又藥敷傷處
數日始痊千戶無長君子之蓄適從遊矚也誠具爲兒
告言次千戶入訥拜謝不已誠入內捧帛衣出進兄乃
置酒燕敘千戶問貴族在豫幾何丁壯訥曰無有父少
齊人流寓於豫千戶曰僕亦齊人貴里何屬荅曰曾聞
父言屬東昌轄驚曰我同鄉也何故遷豫訥曰前母被
兵掠去父遭兵燹蕩無家產先賈於西道往來頗稔故

止焉又驚問若家尊何名訥告之千戶瞠而睬之俛首若疑疾趨入內無何太夫人出共羅拜已問訥曰汝是張炳之之孫耶曰然太夫人大哭謂千戶曰此汝弟也訥兄弟莫能解太夫人曰我適汝父三年流離北去身屬某指揮半年生汝兄又半年指揮死汝兄以父蔭遷此官今解任矣每刻刻念鄉井遂出籍復故譜屢遣人至齊殊無所覓耗何知汝父西徙哉乃謂千戶曰汝以弟爲子折福死矣千戶曰曩問誠誠未嘗言齊人想幼稚不憶耳乃以齒序千戶四十有一爲長誠十六最少

訥年二十則伯而仲矣千戶得兩弟甚懽與同臥處盡悉離散端由將作歸計太夫人恐不見容千戶曰能容則共之否則析之天下豈有無父之國於是鬻宅辦裝刻日西發既抵里訥及誠先馳報父父自訥去妻亦尋卒塊然一老鰥形影自弔忽見訥入暴喜怳怳以驚又覩誠喜極不復作言潸潸以涕又告以千戶母子至翁輟涕愕然不能喜亦不能悲蚩蚩以立未幾千戶入拜已太夫人把翁相向哭既見媼婢廝卒內外盈塞坐立不知所爲誠不見母問之方知已死號嘶氣絕食頃始

甦千戶出貲建樓閣延師教兩翁馬騰於槽人喧於室居然大家矣

異史氏曰余聽此事至終淚凡數墮十餘歲童子斧薪助兄慨然曰王覽固再見乎於是一墮至虎啣誠去不禁狂呼曰天道憒憒如此於是一墮及兄弟猝遇則喜而亦墮轉增一兄又益一悲則爲千戶墮一門團圞驚出不意喜出不意無從之淚則爲翁墮也不知後世亦有善淚如某者否

王漁洋云一本絕妙傳奇敘次文筆亦工

巧娘

廣東有縉紳傅氏年六十餘生一子名廉甚慧而天閹十七歲陰裁如蠶遐邇聞知無女以女自分宗緒已絕晝夜憂怛而無如何廉從師讀師偶他出適門外有猴戲者廉觀之廢學焉度師將至而懼遂亡去離家數里見一白衣女郎偕小婢出其前女一回首妖麗無比蓮步蹇緩廉趨過之女回顧婢曰試問郎君得毋欲如瓊否婢果呼問廉詰其何爲女曰倘之瓊也有尺一書煩便道寄里門老母在家亦可爲東道主廉出本無定向

念浮海亦得因諸之女出書付婢婢轉付生問其姓名居里云華姓居柰女村去北郭三四里生附舟便去至瓊州北郭日已曛暮問柰女村迄無知者往北行四五里星月已燦芳草迷目曠無逆旅窘甚見道側一墓思欲傍墳棲止大懼虎狼因攀樹猱升蹲踞其上聽松聲謖謖宵蟲哀奏中心忐忑悔至如燒忽聞人聲在下俯瞰之庭院宛然一麗人坐石上雙鬟挑畫燭分侍左右麗人左顧曰今夜月白星疎華姑所贈團茶可烹一琖賞此良夜生意其鬼魅毛髮森豎不敢少息忽婢子仰

視曰樹上有人女驚起曰何處大胆兒暗來窺人生大懼無所逃隱遂盤旋下伏地乞宥女近臨一諦反悲爲歡曳與並坐睨之年可十七八姿態艷絕聽其言亦非土音問郎何之荅云爲人作寄書郵女曰野多暴客露宿可虞不嫌蓬蓽願就稅駕邀生入室惟一榻命婢展兩被其上生自慚形穢願在下牀女笑云佳客相逢女元龍何敢高臥生不得已遂與共榻而惶恐不敢自舒未幾女暗中以纖手探入輕捻脛股生僞寐若不覺知又未幾啟衾入搖生迄不動女便下探隱處乃停手悵

然悄悄出衾去俄隱聞哭聲生惶愧無以自容恨天公之缺陷而已女呼婢篝燈婢見啼痕驚問所苦女搖首曰我自嘆吾命耳婢立榻前耽望顏色女曰可喚郎醒遣放去生聞之倍益慚怍且懼宵半茫茫無所復之籌念間一婦人排闥入婢曰華姑來微窺之年約五十餘猶風格見女未睡便致詰問女未答又視榻上有臥者遂問共榻何人婢代答夜一少年郎寄此宿婦笑曰不知巧娘諧花燭見女渧淚未乾驚曰合巹之夕悲渧不倫將勿郎君粗暴耶女不言益悲婦欲捋衣視生一振

衣書落榻上婦取視駭曰我女筆意也拆讀嘆咤女問之婦云是三兒家報言吳郎已死煢無所依且爲奈何女曰彼固云爲人寄書幸不遣之去婦呼生起究詢書所自來生備述之婦曰遠煩寄書當何以報又熟視生笑問何迕巧娘生言不自知罪又詰女女嘆曰自憐生適閹寺沒奔椓人是以悲耳婦顧生曰慧黠兒固雄而雌者耶是我之客不可久溷他人遂導生於東廂探手於胯而驗之笑曰無怪巧娘零涕然幸有根蒂猶可爲乃挑燈徧翻箱簏得黑丸授生令即吞下祕囑勿吪乃

出生獨臥籌思不知藥醫何症比五更初醒覺臍下熱氣一縷直冲隱處蠕蠕然似有物垂股際自探之身已偉男心驚喜如乍膺九錫櫺色才分婦即入以炊餅納生室叮囑耐坐反關其戶出語巧娘曰郎有寄書勞將畱召三娘來與訂姊妹交且復閉置免人厭惱乃出門去生迴旋無聊時近門隙如鳥窺籠望見巧娘輒欲招呼自呈慚訥而止延至夜分婦始攜女歸發扉曰悶煞郎君矣三娘可來拜謝途中人逡巡入向生斂衽婦命相呼以兄妹巧娘笑云姊妹亦可並出堂中團坐置飲

飲次巧娘戲問寺人亦動心佳麗否生曰跛者不忘履盲者不忘視相與粲然巧娘以三娘勞頓迫令安置婦顧三娘俾與生俱三娘羞暈不行婦曰此丈夫而巾幗者何畏之敦促偕去私囑生云陰爲吾壻陽爲吾子可也生喜捉臂登牀發硎新試其快可知旣於枕上問女巧娘何人曰鬼也才色無匹而時命蹇落適毛家小郎子病閹十八歲而不能人因邑邑不暢賫恨入冥生驚疑三娘亦鬼女曰實告君妾非鬼狐耳巧娘獨居無偶我母子無家借廬棲止生大愕女曰勿懼雖故鬼狐非

相禍者由此日共談讌雖知巧娘非人而心愛其娟好獨恨自獻無隙生藴藉善諧噱頗得巧娘憐一日華氏母子將他往復閉生室中生悶氣遶屋隔扉呼巧娘巧娘命婢歷試數鑰乃得啟生附耳請間巧娘遣婢去生挽就寢榻偎向之女戲掬臍下曰惜可兒此處闕然語未竟觸手盈握驚曰何前之渺渺而遽纍然生笑曰前羞見客故縮今以誚謗難堪聊作蛙怒耳遂相綢繆已而恚曰今乃知閉戶有因昔母子流蕩無所假廬居之三娘從學刺繡妾不會少祕惜乃妒忌如此生勸慰之

且以情告巧娘終卿之生曰密之華姑囑我嚴語未及已華姑掩入二人皇遽方起華姑瞋目問誰啟扉巧娘笑迎自承華姑益怒聒絮不已巧娘故哂曰阿姥亦大笑人是丈夫而巾幗者何能爲三娘見母與巧娘苦相抵意不自安以一身調停兩間始各拗怒爲喜巧娘言雖憤烈然自是屈意事三娘但華姑晝夜防閑兩情不能自展眉目含情而已一日華姑謂生曰吾兒姊妹皆已奉事君念居此非計君宜歸告父母早定永約即治裝促生行二女相向容顏悲惻而巧娘尤不可堪淚滾

滾如斷貫珠殊無已時華姑排止之便曳生出至門外則院宇無存但見荒塚華姑送至舟上曰君行後老身攜兩女僦屋於貴邑倘不忘夙好李氏廢園中可待親迎生乃歸時傅父覓子不得正切焦慮見子歸喜出非望生畧述崖末兼致華氏之訂父曰妖言何足聽信汝尚能生還者徒以閹廢故不然死矣生曰彼雖異物情亦猶人況又慧麗娶之亦不爲戚黨笑父不言但嗤之生乃退而技癢不安其分輒私婢漸至白晝宣淫意欲炫鬧翁媼一日爲小婢所窺奔告母母不信薄觀之始

駭呼婢研究盡得其狀喜極逢人宣暴以示子不閹將論婚於世族生私白母非華氏不娶母曰世不乏美婦人何必鬼物生曰兒非華姑無以知人道背之不祥傳父從之遣一僕一嫗往覘之出東郭四五里尋李氏園見敗垣竹樹中縷縷有炊煙嫗下乘直造其闥則母子拭几濯溉似有伺嫗拜致主命見三娘驚曰此即吾家小主婦耶我見猶憐何怪公子魂思而夢繞之便問阿姊華姑嘆曰是我假女三日前忽殂謝去因以酒食餉嫗及僕嫗歸備道三娘容止父母皆喜末陳巧娘耗生

惻惻欲涕親迎之夜見華姑親問之笑云已投生北地矣生欷歔久之迎三娘歸而終不能忘情巧娘凡有自瓊來者必召見問之或言秦女墓夜聞鬼哭生詫其異入告三娘三娘沉吟良久泣下曰妾負姊矣詰之笑云妾母子來時實未嘗使聞茲之怨啼將無是姊向欲相告恐彰母過生聞之悲已而喜即命輿宵晝兼程馳詣其墓叩墓木而呼曰巧娘巧娘某在斯俄見女娘綳嬰兒自穴中出舉首酸嘶怨望無已生亦涕下探懷問誰氏子巧娘曰是君之遺孽也誕三日矣生曰悞聽華姑

言使毋子埋憂地下罪將安辭乃與同輿航海而歸抱子告母母視之體貌豐偉不類鬼物益喜二女諧和事姑孝後傅父病延醫來巧娘曰疾不可爲魂已離舍督治冥具旣竣而卒兒長絕肖父尤慧十四入泮高郵翁紫霞客於廣而聞之地名遺脫亦未知所終焉

伏狐

太史某爲狐所魅病瘠符禳旣窮乃乞假歸冀可逃避太史行而狐從之大懼無所爲謀一日止於涿門外有鈴醫自言能伏狐太史延之入授以藥則房中術也促

今服訖入與狐交銳不可當狐辟易哀而求罷不聽進
益勇狐展轉營脫苦不得去移時無聲視之現狐形而
斃矣
余鄉某生者素有嫪毐之目自言生平未得一快意夜
宿孤館四無鄰忽有奔女扉未啟而已入心知其狐亦
欣然樂就之衿襦甫解貫革直入狐驚痛啼聲吱然如
鷹脫韝穿牕而去某猶望牕外作狎暱聲哀喚之冀其
復回而已寂然矣此真討狐之猛將也宜榜門驅狐可
以爲業

三仙

士人某赴試金陵經由宿遷會三秀才談言超曠悅之沽酒相歡款洽間各表姓字一介秋衡一常豐林一麻西池縱飲甚樂不覺日暮介曰未修地主之儀忽叨盛饌於理未當茅茨不遠可便下榻常麻並起捉袂喚僕相將俱去至邑北山忽睹庭院門遶清流既入舍宇精潔呼僮張燈又命安置從人麻曰昔日以文會友今闈場伊邇不可虛此良夜請擬四題命鬮各拈其一文成方飲衆從之各擬一題寫置几上拾得者就案構思二

更未盡皆已脫稿迭相傳視秀才讀三作深爲傾倒草錄而懷藏之主人進良醞巨杯促釂不覺醺醉客與辭主人乃導客就别院寢醉中不暇解履著衣遂寢既醒紅日已高四顧並無院宇惟主僕臥山谷中大駭呼僕亦起見傍有一洞水涓涓流溢自訝迷罔視懷中則三作俱存下山問土人始知爲三仙洞蓋洞中有蟹蛇蝦蟆三物最靈時出游人往往見之云士人入闈三題皆仙作以是擢解

蛙曲

王子巽言在都時曾見一人作劇於市攜木盒作格凡十有二孔每孔伏蛙以細杖敲其首輒哇然作鳴或與金錢則亂擊蛙頂如拊雲鑼宮商詞曲了了可辨

鼠戲

又言一人在長安市上賣鼠戲背負一囊中蓄小鼠十餘頭每於稠人中出小木架置肩上儼如戲樓狀乃拍鼓板唱古雜劇歌聲甫動則有鼠自囊中出蒙假面被小裝服自背登樓人立而舞男女悲歡悉合劇中關目

趙城虎

趙城嫗年七十餘止一子一日入山爲虎所噬嫗悲痛幾不欲活號啼而訴於宰宰笑曰虎何可以官法制之乎嫗愈號咷不能制止宰叱之亦不畏懼又憐其老不忍加威怒遂諾爲捉虎嫗伏不去必待勾牒出乃肯行宰無奈之卽問諸役誰能往者一隸名李能醺醉詣坐下自能言之持牒下嫗始去隸醒而悔之猶謂宰之僞局姑以解嫗擾耳因亦不甚爲意持牒報繳宰怒曰固言能之何容復悔隸窘甚請牒拘獵戶宰從之隸集諸獵人日夜伏山谷冀得一虎庶可塞責月餘受杖數百

寃苦罔控遂詣東郭嶽廟跪而祝之哭失聲無何一虎自外來隸錯愕恐被咥噬虎入殊不他顧蹲立門中隸祝曰如殺某子爾也其俯聽吾縛遂出縲索縶虎頸虎帖耳受縛牽達縣署宰問虎曰某子爾噬之耶虎頷之宰曰殺人者死古之定律且嫗止一子而爾殺之彼殘年垂盡何以生活倘爾能爲若子也我將赦之虎又頷之乃釋縛令去嫗方怨宰不殺虎以償子也遲旦啟扉則有死鹿嫗貨其肉革用以資度自是以爲常時銜金帛擲庭中嫗由此致豐裕奉養過於其子心竊德虎虎

來時臥簷下竟日不去人畜相安各無猜忌數年嫗死虎來吼於堂中嫗素所積緯可營葬族人共瘞之墳壘方成虎驟奔來賓客盡逃虎直赴塚前嗥鳴雷動移時始去土人立義虎祠於東郊至今猶存

小人

康熙間有術人攜一榼榼中藏小人長尺許投以錢則啟榼令出唱曲而退至掖掖宰索榼入署細審小人出處初不敢言固詰之始自述其鄉族蓄讀書童子自塾中歸爲術人所迷復投以藥四體暴縮彼遂攜之以爲

戱具宰怒殺術人留童子欲醫之尚未得其方也

梁彥

徐州梁彥患鼽嚏久而不已一日方臥覺鼻奇癢遽起大嚏有物突出落地狀類屋上瓦狗約指頂大又嚏又一枚落四嚏凡落四枚蠢然而動相聚互嗅俄而強者齧弱者以食食一枚則身頓長瞬息吞併止存其一大於鼩鼠矣伸舌周匝自舐其吻梁大愕踏之物緣襪而上漸至股際捉衣而撼擺之黏據不可下頃入襟底爬抓腰脇大懼急解衣擲地捫之物已貼伏腰間推之不

動招之則痛竟成贅疣口眼已合如伏鼠然

聊齋志異卷二終

聊齋志異卷三

淄川　蒲松齡　留仙　著
新城　王士正　貽上　評

紅玉

廣平馮翁者一子字相如父子俱諸生翁年近六旬性方鯁而家屢空數年間媼與子婦又相繼逝井臼自操之一夜相如坐月下忽見東鄰女自牆上來窺視之美近之微笑招以手不來亦不去固請之乃梯而過遂共寢處問其姓名曰妾鄰女紅玉也生大愛悅與訂永好

女諾之夜夜往來約半年許翁夜起聞子舍笑語窺之見女怒嗔生出罵曰畜生所爲何事如此落寞尚不刻苦乃學浮蕩耶人知之喪汝德人不知亦促汝壽生跪自投泣言知悔翁叱女曰女子不守閨戒既自玷而又復玷人倘事一發當不僅貽寒舍羞罵已憤然歸寢女流涕曰親庭罪責良足愧辱我兩人緣分盡矣生曰父在不得自專卿如有情尚當含垢爲好女言辭决絕生乃灑涕女止之曰妾與君無媒妁之言父母之命踰牆鑽隙何能白首此處有一佳耦可聘也生告以貧女曰

來宵相俟妾爲君謀之次夜女果至出白金四十兩贈生曰去此六十里有吳村衛氏女年十八矣高其價故未售也君重啗之必合諧允言已別去生乘閒語父欲往相之而隱饋金不敢告父翁自度無貲以是故止之生又婉言試可乃已翁頷之生遂假僕馬詣衛氏衛故田舍翁生呼出外與閒語衛知生望族又見儀采軒豁心許之而慮其靳於貲生聽其詞意吞吐會其旨傾囊陳几上衛乃喜浼鄰生居間書紅箋而盟焉生入拜嫗居室偪側女依母自障微覗之雖荆布之飾而神情光

豔心竊喜借舍欵壻便言公子無須親迎待少作衣妝即命舁送去生與訂期而歸詭告翁言衛愛清門不責貲翁亦喜至日衛果送女至女勤儉有順德琴瑟甚篤踰二年舉一男名福兒會清明抱子登墓遇邑紳宋氏宋官御史坐行賕免居林下大煽威虐是日亦上墓歸見女豔之問村人知爲生配料馮貧士誘以重賂冀可搖使家人風示之生驟聞怒形於色既思勢不敵斂怒爲笑歸告翁翁大怒奔出對其家人指天畫地詬罵萬端家人鼠竄而去宋氏亦怒竟遣數人入生家毆翁及

子洶若沸鼎女聞之棄兒於牀披髮號救羣篡舁之鬨然便去父子傷殘呻吟在地兒呱呱啼室中鄰人共憐之扶置榻上經日生杖而能起翁忿不食嘔血尋斃生大哭抱子興詞上至督撫訟幾徧卒不得直後聞婦不屈死益悲寃塞胸吭無路可伸每思要路刺殺宋而慮其扈從繁兒又罔托日夜哀思雙睫爲之不交忽一丈夫弔諸其室虬髯濶頷曾與無素挽坐欲問邦族客遽曰君有殺父之讎奪妻之恨而忘報乎生疑爲宋人之偵姑僞應之客怒眦欲裂遽出曰僕以君人也今乃知

不足齒之傖生察其巽跪而挽之曰誠恐宋人餂我今實佈腹心僕之臥薪嘗膽者固有日矣但憐此襁中物恐墜宗祧君義士能爲我杵臼否客曰此婦人女子之事非所能君所欲託諸人者請自任之所欲自任者願得而代庖焉生聞崩角在地客不顧而出生追問姓字曰不濟不任受怨濟亦不任受德遂去生懼禍及抱子亡去至夜宋家一門俱寢有人越重垣入殺御史父子三人及一婢一媳宋家具狀告官官大駭宋執謂相如於是遣役捕生生遁不知所之於是情益眞宋僕同官

役諸處冥搜夜至南山聞兒啼跡得之繫累而行兒啼愈嗔羣奪兒抛棄之生寃憤欲絕見邑令問何殺人生曰寃哉某以夜死我以晝出且抱呱呱者何能踰垣殺人令曰不殺人何逃乎生詞窮不能置辯乃收諸獄生泣曰我死無足惜孤兒何罪令曰汝殺人子多矣殺汝子何怨生既褫革屢受梏慘卒無詞令是夜方臥聞有物擊牀震震有聲大懼而號舉家驚起集而燭之一短刀銛利如霜剁牀入木者寸餘牢不可拔令睹之魂魄喪失荷戈徧索竟無踪緒心竊餒又以宋人死無可畏

懼乃詳諸憲代生解免竟釋生生歸甕無升斗孤影對四壁幸鄰人憐餽食飲苟且自度念大讎已報則囅然喜思慘酷之禍幾於滅門則淚潸潸墮及思半生貧徹骨宗支不續則於無人處大哭失聲不復能自禁如此半年捕禁益懈乃哀邑令求判還衛氏之骨既葬而歸悲怛欲死輾轉空牀竟無生路忽有款門者凝神寂聽聞一人在門外譨譨與小兒語生急起窺覘似一女子扉初啟便問大冤昭雪可幸無恙其聲稔熟而倉猝不能追憶爇火燭之則紅玉也挽一小兒嬉笑跨下生不

暇問抱女嗚哭女亦慘然既而推兒曰汝忘而父耶兒牽女衣目灼灼視生細審之福兒也大驚泣問兒那得來女曰實告君昔言鄰女者妾也妾實狐適宵行見兒啼谷中抱養於秦聞大難既息故攜來與君團聚耳生揮涕拜謝兒在女懷如依其母竟不復能識父矣天未明女即遽起問之答曰奴欲去生裸跪牀頭涕不能仰女笑曰妾誑君耳今家道新創非夙興夜寐不可乃翦莽擁篲類男子操作生憂貧乏不能自給女曰但請下帷讀勿問盈歉或當不殍餓死遂出金治織具租田數

十畝僱傭耕作荷鑱誅茅牽蘿補屋日以爲常里黨聞婦賢益樂貲助之約半年人烟騰茂類素封家生曰灰燼之餘卿白手再造矣然一事未就安妥如何詰之答云試期已迫巾服尚未復耳女笑曰妾前以四金寄廣文已復名在案若待君言悞之已久生益神之是科遂領鄉薦時年三十六腴田連阡夏屋渠渠矣女嫋娜如隨風飄去而操作過農家婦雖嚴冬自苦而手膩如脂自言三十八歲人視之常若二十許人

異史氏曰其子賢其父德故其報之也俠非特人俠狐

亦俠也遇亦奇矣然官宰悠悠竖人毛髮刀震震入木何惜不略移牀上半尺許哉使蘇子美讀之必浮白曰惜乎擊之不中

王漁洋曰程嬰杵臼未嘗聞諸巾幗況狐耶

林四娘

青州道陳公寶鑰閩人夜獨坐有女子搴幃入視之不識而豔絕長袖宮裝笑云清宵兀坐得勿寂耶公驚問何人曰妾家不遠近在西鄰公意其鬼而心好之捉袂挽坐談詞風雅大悅擁之不甚抗拒顧曰他無人耶公

急闔戶曰無促其緩裳意殊羞怯公代爲之殷勤女曰妾年二十猶處子也狂將不堪狎褻旣竟流丹浹席旣而枕邊私語自言林四娘公詰之曰一世堅貞業爲君輕薄殆盡矣有心愛妾但圖永好可耳絮絮何爲無何雞鳴遂起而去由此夜夜必至每與闔戶雅飲談及音律輒能剖悉宮商公遂意其工於度曲曰見時之所習也公請一領雅奏女曰久矣不托於音節奏强半遺忘恐爲知者笑耳再强之乃俯首擊節唱伊涼之詞其聲哀婉歌已泣下公亦爲酸惻抱而慰之曰卿勿爲此

亡國之音使人於邑女曰聲以宣意哀者不能使樂亦猶樂者不能使哀兩人燕昵過於琴瑟既久家人竊聽之聞其歌者無不流涕夫人窺見其容疑人世無此妖麗非鬼必狐懼爲魘蠱勸公絕之公不能聽但固詰之女愀然曰妾衡府宮人也遭難而死十七年矣以君高義托爲燕婉然實不敢禍君倘見疑卽從此辭公曰我不爲嫌但燕好若此不可不知其實耳乃問宮中事女緬述津津可聽談及式微之際則哽咽不能成語女不甚睡每夜輒起誦準提金剛諸經咒公問九原能自

懺耶曰一也妾思終身淪落欲度來生耳又每與公評
隲詩詞瑕輙疵之至好句則曼聲嬌吟意緒風流使人
忘倦公問工詩乎曰生時亦偶爲之公索其贈笑曰兒
女之語烏足爲高人道居三年一夕忽慘然告别公驚
問之笑云冥王以妾生前無罪猶不忘經咒俾生王家
别在今宵永無見期言已慘然公亦淚墮乃置酒相與
痛飲女慷慨而歌爲哀曼之音一字百轉每至悲處輙
便哽咽數停數起而後終曲飲不能暢乃起逡巡欲别
公固挽之又坐少時雞聲忽唱乃曰必不可以久留矣

然君每怪妾不肯獻醜今將長別當幸成一章索筆搆成曰心悲意亂不能推敲乖音錯節愼勿出以示人掩袂而去公送諸門外溼然而沒公悵悼良久視其詩字態端好珍而藏之詩曰靜鎖深宫十七年誰將故國問青天閒看殿宇封喬木泣望君王化杜鵑海國波濤斜夕照漢家簫鼓靜烽烟紅顔力弱難爲厲蕙質心悲只問禪日誦菩提千百句閒看貝葉兩三篇高唱梨園歌代哭請君獨聽亦潸然詩中重複脫節疑傳者錯悞

魯公女

招遠張於旦性疎狂不羈讀書蕭寺時邑令魯公三韓人有女好獵生適遇諸野見其風姿娟秀着錦貂裘跨小驪駒翩然若畫歸憶容華極意欽想後聞女暴卒悼歎欲絶魯以家遠寄柩寺中即生讀所生敬禮如神明朝必香食必祭每酬而祝曰睹卿半面長繫夢魂不圖玉人奄然物化今近在咫尺而邈若山河恨如何也然生有拘束死無禁忌九泉有靈當珊珊而來慰我傾慕日夜祝之幾半年一夕挑燈夜讀忽舉首則女子含笑立燈下生驚起致問女曰感君之情不能自已遂不避

私奔之嫌生大喜挽坐遂共歡好自此無虛夜謂生曰妾生好弓馬以射麞殺鹿爲快罪業深重死無歸所如誠心愛妾煩代誦金剛經一藏數生生世世不忘也生敬受教每夜起卽柩前捻珠諷誦偶値節序欲與偕歸女憂足弱不能跋履生請抱負以行女笑從之如抱嬰兒殊不重累遂以爲常考試亦載與俱然行必以夜生將赴秋闈女曰君福薄徒勞馳驅遂聽其言而止積四五年魯罷官貧不能輿其櫬將就瘞之苦無葬地生乃自陳某有薄壤近寺願葬女公子魯公喜生又力爲營

葬魯德之而莫解其故魯去二人綢繆如平日一夜側侍生懷涙落如豆曰五年之好於今別矣受君恩義數世不足以酬生驚問之曰蒙惠及泉下經兕藏滿今得生河北盧戶部家如不忘今日過此十五年八月十六日煩一往會生泣下曰生三十餘年矣又十五年將就木焉會將何爲女亦泣曰願爲奴婢以報少間曰君送妾六七里此去多荆棘妾衣裳難度乃抱生項生送至通衢見路旁車馬一簇馬上或一人或二人車上或三人四人十數人不等獨一鈿車繡帷朱幰僅一老媼在

焉見女至呼曰來乎女應曰來矣乃回顧生云盡此且去勿忘所言生諾女子行近車媼引手上之展軨即發車馬闐咽而去生悵悵而歸誌時日於壁因思經咒之效持誦益虔夢神入告曰汝志良嘉但須要到南海去問南海多遠曰近在方寸地醒而會其旨念切菩提修行倍潔三年後次子明長子政相繼擢高科生雖暴貴而善行不替夜夢青衣人邀去見宮殿中坐一人如菩薩狀迎之曰子爲善可喜惜無修齡幸得請於上帝矣生伏地稽首喚起賜坐飲以茶味芳如蘭又令童子引

去使浴於池池水清潔游魚可數入之而溫掬之有荷葉香移時漸入深處失足而陷過涉滅頂驚寤異之由此身益健目益明自捋其鬚白者盡簌簌落又久之黑者亦落面紋亦漸舒至數月後頷禿面童宛如十五六時兼好游戲事亦猶童過失邊幅二子輒匡救之未幾夫人以老病卒子欲為求繼室於朱門生曰待吾至河北去而後娶屈指已及約期遂命僕馬至河北訪之果有盧戶部先是盧公生一女生而能言長益慧美父母鍾愛之貴家委禽女輒不欲怪問之具述前生約共計

其年大笑曰癡婢張郎計今年巳半百人事變遷其骨巳朽縱其尚在髫童而齒豁矣女不聽母見其志不搖與盧公謀戒閽人勿通客過期以絕其望未幾生至閽人拒之退反旅舍悵恨無所爲計閒遊郊郭因循而暗訪之女謂生負約涕不食母言渠不來必巳殂謝即不然背盟之罪亦不在汝女不言但終日臥盧患之亦思一見生之爲人乃托遊遨遇生於野視之少年也訝之班荆略談甚倜儻公喜邀至其家方將探問盧即遽起囑客暫獨坐匆匆入內告女女喜自力起窺其狀不符

零涕而返怨父欺罔公力白其是女無言但泣不止公出意緒懊喪對客殊不欵曲生問貴族有爲戶部者乎公漫應之首他顧似不屬客生覺其慢辭出女涕數日竟卒生夜夢女來曰下顧者果君耶年貌舛異覿面遂致違隔妾已憂憤死煩向土地祠速招我魂可得活遲則無及矣既醒急探盧氏之門果有女亡二日矣生大慟進而弔諸其室已而以夢告盧盧從其言招魂而歸啓其衾撫其尸呼而祝之俄聞喉中咯咯有聲忽見朱櫻乍啓墜痰塊如冰扶移榻上漸復呻吟盧公悅肅客

出置酒宴會細展官閥知其巨家益喜擇吉成禮居半月攜女而歸盧送至家半年乃去夫婦居室儼然小耦不知者多悮以子婦爲姑嫜焉盧公逾年卒子最幼爲豪强所中傷家產幾盡生迎養之遂家焉

道士

韓生世家也好客同村徐氏常飲於其座會集有道士托鉢門外家人投錢及粟皆不受亦不去家人怒歸不顧韓聞擊剝之聲甚久詢家人以情告言未已道人竟入韓招之坐道士向主客皆一舉手即坐略致研詰始

知其初居村東破廟中韓曰何日棲鶴東觀竟不聞知缺地主之禮荅曰野人新至無交游聞居士揮霍深願求飲焉韓命舉觴道士能豪飲徐見其衣服垢敝頗淹蹇不甚爲禮韓亦海客遇之道士傾飲二十餘杯乃辭而去自是每宴會道士輒至遇食則食遇飲則飲韓亦稍厭其煩飲次徐嘲之曰道長日爲客寧不一作主道士笑曰道士與居士等惟雙肩承一喙耳徐慚不能對道士曰雖然道人懷誠久矣會當竭力作杯水之酬飲畢囑曰翼午幸賜光寵次日相邀同往疑其不設道士

已候於途入門則院落一新連閣雲蔓大奇之曰久不至此創建何時道士荅竣工未久比入其室陳設華麗世家所無二人肅然起敬甫坐行酒下食皆二八狡童錦衣朱履酒饌芳美備極豐渥飯已另有小進珍果多不可名貯以水晶玉石之器光照几榻酌以玻璃琖圍尺許道士曰喚石家姊妹來童去少時二美人入一細長如弱柳一身短齒最稚媚曼雙絶道士使歌以侑酒少者拍板而歌長者和以洞簫其聲清細既闋道士懸爵促釂又命徧酌顧問美人久不舞尚能之否遂有僮

僕展氍毹於筵下兩女對舞長衣亂拂香塵四散舞罷斜倚畫屏二人心曠神飛不覺醺醉道士亦不顧客舉杯引盡起謂客曰姑煩自酌我少憩即復來即去屋南壁下設一螺鈿之牀女子爲施錦裀扶道士卧道士乃曳長者共枕命少者立牀下爲之爬搔二人睹此狀頗不平徐乃大呼道士不得無禮往將撓之道士急起而遁見少女猶立牀下乘醉拉向北榻公然擁卧視牀上美人尚眠繡榻顧韓曰君何太迂韓乃逕登南牀欲與狎褻而美人睡去撥之不轉因抱與俱寢天明酒夢俱

醒覺懷中泠物冰人視之則抱長石臥堦下急視徐徐尙未醒見其枕遺廁之石酣寢敗廁中蹩起互相駭異四顧則一庭荒草兩間破屋而已

胡氏

直隸有巨家欲延師忽一秀才踵門自薦主人延入詞語開爽遂相知悅秀才自言胡氏遂納贄館之胡課業良勤淹洽非下士等然時出遊輒昏夜始歸扃閉儼然不欵叩而已在室中矣遂相驚以狐然察胡意固不惡優重之不以怪異廢禮胡知主人有女求爲姻好屢示

意主人僞不解一日胡假而去次日有客來謁縶黑衛於門主人迎而入年五十餘衣履鮮潔意甚恬雅既坐自達始知爲胡氏作冰主人默然良久曰僕與胡先生交已莫逆何必婚姻且息女已許字矣煩代謝先生客曰確知令愛待聘何拒之深再三言之而主人不可客有慙色曰胡亦世族何遽不如先生主人直告曰實無他意但惡其類耳客聞之怒主人亦怒相侵益亟客起抓主人主人命家人杖逐之客乃遁遺其驢視之毛黑色批耳修尾大物也牽之不動驅之則隨手而蹶嘤嘤

然草蟲耳主人以其言忿知必相讎戒備之次日果有狐兵大至或騎或步或戈或弩馬嘶人沸聲勢洶洶主人不敢出狐聲言火屋主人益懼有健者率家人譟出飛石施箭兩相冲擊互相夷傷狐漸靡紛紛引去遺刀地上亮如霜雪近拾之則高粱葉也衆笑曰技止此耳然恐其復至益備之明日衆方聚語忽一巨人自天而降高丈餘身横數尺揮大刀如門扇逐人而殺羣操矢石亂擊之顛踣而斃則芻靈耳衆益易之狐三日不復來衆亦少懈主人適登廁俄見狐兵張弓挾矢而至亂

射之矢集於臋大懼急喊衆奔鬭狐方去拔矢視之皆蒿梗如此月餘去來不常雖不甚害而日戒嚴主人患苦之一日胡生率師至主人自出胡望見避於衆中主人呼之不得已乃出主人曰僕自謂無失禮於先生何故興戎羣狐欲射胡止之主人近握其手邀入故齋置酒相欵從容曰先生達人當相見諒以我情好寧不樂附婚姻但先生車馬宮室多不與人同弱女相從即先生當知其不可且諺云瓜果之生摘者不適於口先生何取焉胡大慙主人曰無傷舊好故在如不以塵濁見

棄在門牆之幼子年十五矣願得坦腹牀下不知有相若者否胡喜曰僕有弱妹少公子一歲頗不陋劣以奉箕帚如何主人起拜胡荅拜於是酬酢甚歡前郤俱忘命羅酒漿徧犒從者上下歡慰乃詳問里居將以奠鴈胡辭之日暮繼燭醺醉乃去由是遂安年餘胡不至或疑其約妄而主人堅待之又半年胡忽至旣道溫涼已乃曰妹子長成矣請卜良辰遣事翁姑主人喜卽同訂期而去至夜果有輿馬送新婦至奩妝豐盛設室中幾滿新婦見姑嫜溫麗異常主人大喜胡生與一弟來送

女談吐俱風雅又善飲天明乃去新婦且能預知年歲豐凶故謀生之計皆取則焉胡生兄弟以及胡媪時來望女人人皆見之

王者

湖南巡撫某公遣州佐押解餉金六十萬赴京途中被雨日暮愆程無所投宿遠見古剎因詣棲止天明視所解金蕩然無存衆駭怪莫可取咎回白撫公公以爲妄將寘之法及詰衆役並無異詞公責令仍反故處緝察踪緒至廟前見一瞽者形貌奇異自榜云能知心事因

求卜筮瞽曰是爲失金者州佐曰然因訴前苦瞽者使索肩輿云但從我去當自知遂如其言官役皆從之瞽曰東東之曰北北之凡五日入深山忽睹城郭居人輻輳入城走移時瞽曰止因下輿以手南指見有高門西向可欵闞自問之拱手自去州佐從其教果見高門漸入之一人出衣冠漢制不言姓名州佐訴所自來其人云請留數日當與君謁當事者遂導去令獨居一所給以食飲暇時閒步至第後見一園亭入涉之老松翳日細草如氊數轉廊榭又一高亭歷階而升見壁上掛人

皮數張五官俱備腥氣流熏不覺毛骨森竪疾退歸舍自分留鞹異域已無生望因念進退一死亦姑聽之明日衣冠者召之去曰今日可見矣州佐唯唯衣冠者乘怒馬甚駛州佐步馳從之俄至一轅門儼如制府衙署皂衣人羅列左右規模凜肅衣冠者下馬導入又一重門見有王者珠冠繡紱南面坐州佐趨上伏謁王者問汝湖南解官耶州佐諾王者曰銀具在此是區區者汝撫軍即慨然見贈未爲不可州佐泣訴限期已滿歸即就刑稟白何所申證王者曰此即不難遂付以巨函云

以此復之可保無恙又遣力士送之州佐懵息不敢辯受函而返山川道路悉非來時所經既出山送者乃去數日抵長沙敬白撫公公益妄之怒不容辯命左右者飛索以縶州佐解襆出函公拆視未竟而如灰土命釋其縛但云銀亦細事汝姑出於是急檄屬官設法補解訖數日公疾尋卒先是公與愛姬共寢既醒而姬髮盡失闔署驚怪莫測其由蓋函中卽其髮也外有書云汝自起家守令位極人臣賕賂貪婪不可悉數前銀六十萬業已驗收在庫當自發貪囊補充舊額解官無罪不

得妾加譴責前取姬髮略示微警如復不遵教令旦晚取汝首領姬髮附還以作明信公卒後家人始傳其書後屬員遣人尋其處則皆重巖絶壑更無徑路矣

異史氏曰紅線金合以儆貪婪良亦快異然桃源仙人不事刼掠即劍客所集烏得有城郭衙署哉嗚呼是何神歟苟得其地恐天下之赴愬者無已時矣

陳雲棲

眞毓生楚夷陵人孝廉之子能文美風姿弱冠知名兒時相者曰後當娶女道士爲妻父母共以爲笑而爲之

論婿低昂苦不能就生母臧夫人祖居黃岡生以故詣外祖母聞時人語曰黃州四雲少者無倫葢郡有呂祖菴菴中女道士皆美故云菴去臧氏村僅十餘里生因竊往扣其關果有女道士四人謙喜承迎度皆雅潔中一最少者曠世眞無其儔心好而目注之女以手支頤但他顧諸女冠覓琖烹茶生乘間問姓名荅云雲棲姓陳生戲曰奇矣小生適姓潘陳頳顏發頰低頭不語起而去少間瀹茗進佳果道姓字一白雲深年三十許一盛雲眠二十已來一梁雲棟約二十有四五却爲弟而

雲棲不至生殊悵惘因問之白曰此婢懼生人生乃起別白力挽之不聽而出白曰如欲見雲棲明日可復來生歸思戀綦切次日又詣之諸道士俱在獨少雲棲未便遽問諸女冠治具留餐生力辭不聽白拆餅授箸勸進良殷既問雲棲何在答云自至久之日勢已晚生欲歸白捉腕留之曰姑止此我捉婢子來奉見生乃止俄挑燈具酒雲眠亦去酒數行生辭以醉白曰飲三觥則雲棲出矣生果飲如數梁亦以此挾勸之生又盡之覆琖告醉白顧梁曰吾等面薄不能勸飲汝往曳陳婢來

便道潘郎待妙常已久梁去少時而返具言雲棲不至生欲去而夜已深乃佯醉仰臥兩人代裸之送就淫焉終夜不堪其擾天旣明不辭而別數日不敢復往而心念雲棲不忘也但不時於近側探偵之一日旣暮白出門與少年去生喜不甚畏梁急往欵關雲眠出應門問之則梁亦他適因問雲棲盛導去又入一院呼曰雲棲客至矣但見室門闔然而合盛笑曰閉扉矣生立牕外似將有言盛乃去雲棲隔牕曰人皆以妾爲餌釣君也頻來則身命殆矣妾不能終守淸規亦不敢遂乖廉耻

欲得如潘郎者而事之耳生乃以白頭相約雲棲曰妾師撫養郎亦非易果相見愛當以二十金贖妾身妾候君三年如望爲桑中之約所不能也生諾之方欲自陳而盛復至從與俱出遂別而歸中心怊悵思欲委曲貢緣再一親其嬌範適有家人報父病遂星夜而還無何孝廉卒夫人庭訓最嚴心事不敢使知但刻減金貲日積之有議婚者輒以服闋爲辭母不聽生婉告曰曩在黃岡外祖母欲以見婚陳氏誠心所願今遭大故音耗遂梗久不如黃省問旦夕一往如不果諧從母所命夫

人許之乃擕所積而去至黄詣菴中則院宇荒涼大異疇昔漸入之惟一老尼炊竈下因就問訊尼曰前年老道士死四雲星散矣問何之曰雲深雲棟從惡少遁去向聞雲棲寓居郡北雲眠消息不知也生聞之悲歎命駕郎詣郡北遇觀輒詢並少踪緒悵恨而返僞告母曰舅言陳翁如岳州待其歸當遣伻來踰半年夫人歸寧以事問母母殊茫然夫人怒子誑媼疑甥與舅謀而未以問也幸舅遠出莫從稽其妄夫人以香願登蓮峰齋宿山下既臥逆旅主人扣扉送一女道士寄宿同舍自

言陳雲棲聞夫人家夷陵移坐就榻告愬坎坷詞旨悲
惻未言有表兄潘生與夫人同籍煩囑子姪輩一傳口
語但道其暫寄棲鶴觀師叔王道成所朝夕厄苦度日
如歲令早一臨存恐過此以往未或知也夫人審潘名
字即又不知但云既在學宮秀才輩想無不聞也未明
早別慇慇再囑夫人既歸向生言及生長跪曰實告母
所謂潘生即兒也夫人詰知其故怒曰不肖兒宣淫寺
觀以道士爲婦何顏見親賓乎生垂頭不敢出詞會生
以赴試入郡竊命舟訪王道成至則雲棲半月前出游

不返既歸邑邑而病適臧嫗卒夫人往奔喪殯後迷途至京氏家問之則族妹也相便邀入見有少女在室年可十八九姿容曼妙目所未睹夫人每思得一佳婦俾子不戀心動因詰生平妹云此王氏京氏甥也怙恃俱失暫寄此耳問壻家誰曰無之把手與語意致嬌婉母大悅爲之過宿私以己意告妹妹曰良佳但其人高自位置不然胡蹉跎至今也容商之夫人招與同榻談笑甚懽自願母夫人夫人悅請同歸荆州女益喜次日同舟而還既至則生疾未起母欲慰其沉疴使婢陰告曰

夫人爲公子載麗人至矣生未信伏牕窺之較雲棲尤豔絶也因念三年之約已過出游不返則玉容必已有主得此佳麗心懷頗慰於是囅然動色病亦尋瘳母乃招兩人相拜見生出夫人謂女亦知我同歸之意乎女微笑曰妾已知之但妾所以同歸之初志母不知也妾少字夷陵潘氏音耗濶絶必已另有良匹果爾則爲母也婦不爾則終爲母也女報母有日也夫人曰既有成約郎亦不强但前在五祖山時有女冠問潘氏今又潘氏固知夷陵世族無此姓也女驚曰臥蓮峰下者郎母

耶詢潘氏者卽我是也母始恍然悟笑曰若然則潘生固在此矣女問何在夫人命婢導去問生生驚曰卿雲樓耶女問何知生言其情始知以潘郎爲戲女知爲生羞與終談急返告母母問其何復姓王荅云妾本姓王道師見愛遂以爲女故從其姓耳夫人亦喜涓吉爲之成禮先是女與雲眠俱依王道成道成居隘雲眠遂去之漢口女嬌癡不能作苦又羞出操道士業道成頗不善之會舅京氏如黃岡女遇之流涕因與俱去俾收女子裝將論婚士族故諱其曾隸女冠籍而問名者女輒

不願舅及妗皆不知其意向心頗嫌之是日從夫人歸得所托如釋重負焉合巹後各述所遭喜極而泣女孝謹夫人雅憐愛而彈琴好奕不知理家人生業夫人頗以爲憂積月餘母遣兩人如京氏畱數日而歸泛舟江流欸一舟過中一女冠近之則雲眠也雲眠獨與女善女喜招與同舟相對酸辛問將何之盛云久切懸念遠至棲鶴觀則聞依京舅矣故將詣黃岡一奉探耳竟不知意中人已得相聚今覩之如仙剩此漂泊人不知何時已矣因而欷歔女設一謀令易道裝僞作姊攜伴夫

人徐擇佳偶盛從之旣歸女先白夫人盛乃入舉止大家談笑閒練達世故母旣寡苦寂得盛良懽惟恐其去盛早起代母劬勞不自作客母益喜陰思納女姊以掩女冠之名而未敢言也一日忘某事未作急問之則盛代備已久因謂女曰畫中人不能作家亦復何爲新婦若大姊者吾無憂也不知女存心久但懼母嗔聞母言笑對曰母旣愛之新婦欲效英皇如何母不言亦囅然笑女退告生曰老母首肯矣乃另潔一室告盛曰昔在觀中共枕時姊言但得一能知親愛之人我兩人當共

事之猶憶之否盛不覺雙背熒熒曰妾所謂親愛者非他如日日經營曾無一人知其甘苦數日來略有微勞卽煩老母郵念則心中冷煖頓殊矣若不下逐客令俾得長伴老母於願斯足亦不望前言之踐也女告母母令姊妹焚香各矢無悔詞乃使生與行夫婦禮將寢告生曰妾乃二十三歲老處女也生猶未信旣而落紅殷褥始奇之盛曰妾所以樂得良人者非不能甘岑寂也誠以閨閣之身靦然酬應如勾欄所不堪耳借此一度挂名君籍當爲君奉事老母作內紀綱若房闈之樂請

别與人探之三日後襆被從母遣之不去女早之母所占其牀寢不得已乃從生去由是三兩日輒一更代習爲常夫人故善奕自寡居不暇爲之自得盛經理井井晝日無事輒與女奕挑燈瀹茗聽兩婦彈琴夜分始散每語人曰兒父在時亦未能有此樂也盛司出納每記籍報母母疑曰兒輩嘗言幼孤作字彈棋誰教之女笑以實告母亦笑曰我初不欲爲兒娶一道士今竟得兩矣忽憶童時所卜始信數定不可逃也生再試不第夫人曰吾家雖不豐薄田三百畝幸得雲眠紀理日益溫

飽兒但在膝下率兩婦與老身共樂不顧汝求富貴也生從之後雲眠生男女各一雲棲女一男三母八十餘歲而終孫皆入泮長孫雲眠所出已中鄉選矣

織成

洞庭湖中往往有水神借舟遇有空船纜忽自解飄然遊行但聞空中音樂並作舟人蹲伏一隅瞑目聽之莫敢仰視任所往遊畢仍泊舊處有柳生落第歸醉臥舟上笙樂忽作舟人搖生不得醒急匿艎下俄有人捽生生醉甚隨手墮地眠如故即以置之少間鼓吹嗚聒生

微醒聞蘭麝充盈睨之見滿船皆佳麗心知其異目若瞑少間傳呼織成即有侍兒來立近頰際翠襪紫綃履細瘦如指心好之隱以齒齧其襪少間女子移動牽曳傾跌座上問之因白其故座上者怒命即行誅遂有武士入捉縛而起見南面一人冠服類王者因行且語曰聞洞庭君爲柳氏臣亦柳氏昔洞庭落第今臣亦落第洞庭得遇龍女而仙今臣醉戲一姬而死何幸不幸之懸殊也王者聞之喚回問汝秀才下第者乎生諾便授筆札令賦風鬟霧鬢生固襄陽名士而搆思頗遲捉筆

良久上誚讓曰名士何得爾生釋筆自白昔三都賦十稔而成以是知文貴工不貴速也王者笑聽之自辰至午稿始脫王者覽之大悅曰眞名士也遂賜以酒頃刻異饌紛綸方問對間一使捧簿進曰溺籍告成矣問人數幾何曰一百二十八人問簽差何人荅云毛南二尉生起拜辭王者贈黃金十斤又水晶界方一握曰湖中小有刼數持此可免忽見羽葆人馬紛立水面王者下舟登輿遂不復見久之寂然舟人始自艎下出蕩舟北渡風逆不得前忽見水中有鐵貓浮出舟人駭曰毛將

軍出現矣各舟商客俱伏又無何湖中有一水直立築
築動搖翁懼曰南將軍又出矣少時波浪大作上翳天
日四顧湖舟一時盡覆生舉界方危坐舟中萬丈洪濤
近舟頓滅以是得全生歸每向人語其異言舟中侍兒
雖未悉其容貌而裙下雙鉤亦人世所無後以故至武
昌有崔媼賣女千金不售蓄一水晶界方言有能配此
者嫁之生異之懷界方而往媼忻然承接呼女出見年
十五六已來媚曼風流更無倫比略一展拜反身入幃
生一見魂魄動搖曰小生亦蓄一物不知與老姥家藏

頗相稱否因各出相較長短不爽毫釐媼喜便問寓所請生卽歸命輿界方圖作信生不肯圖媼笑曰官人亦大小心老身豈以一界方抽身竄去耶生不得已圖之出卽賃輿急返而媼室已空大駭徧問居人迄無知者日已向西躁懊若喪邑邑而返中途值一輿過忽搴簾曰柳郎何遲也視之則崔媼喜問何之媼笑曰必將疑老身略騙者矣别後適有便輿頓念官人亦僑寓措辦亦艱故遂送女歸舟耳生邀回車媼必不可生倉皇不能確信急奔入舟女果及一婢在焉見生入談笑承迎

見翠襪紫履與舟中侍兒妝飾更無少別心異之徘徊凝注女笑曰眈眈注目生平所未見耶生益俯窺之則襪後齒痕宛然驚曰卿織成耶女掩口微哂生長揖曰卿果神人早請直言以祛煩惑女曰實告君前舟中所遇即洞庭君也仰慕鴻才便欲以妾相贈因妾過爲王妃所愛故歸謀之妾之來從妃命也生喜沐手焚香望湖朝拜乃歸後詣武昌女求同去將便歸寧既至洞庭女拔釵擲水忽見一小舟自湖中出女躍登如鳥飛集轉瞬已杳生坐船頭於沒處凝盼之遙遙一樓船至既

近牕開忽如一彩禽翔過則織成至矣一人自牕中遞擲金帛珍物甚多皆妃賜也由是歲一兩覲以爲常故生家富有珠寶每出一物世家所不識焉

竹青

魚容湖南人談者忘其郡邑家綦貧下第歸資斧斷絶羞於行乞餓甚暫憩吳王廟中因以憤懣之詞拜禱神座出臥廊下忽一人引去見吳王跪曰黑衣隊尚缺一卒可使補缺吳王可卽授黑衣既着身化爲烏振翼而出見烏友羣集相將俱去分集帆檣舟上客旅爭以肉

餌拋擲羣於空中接食之因亦尤效須臾果腹翔棲樹杪意亦甚得踰二三日吳王憐其無偶配以雌呼之竹青雅相愛樂魚每取食輒馴無機竹青恒勸諫之卒不能聽一日有兵過彈之中胸幸竹青銜去之得不被擒羣烏怒鼓翼搧波波湧起舟盡覆竹青乃攝餌哺魚魚傷甚終日而斃忽如夢醒則身臥廟中先是居人見魚死不知誰何撫之未冰故不時以人邏察之至是訊知其由歛貲送歸後三年復過故所參謁吳王設食喚烏下集啗乃祝曰竹青如在當止食已並飛去後領薦歸

復謁吳王廟薦以少牢已乃大設以饗烏友又祝之是夜宿於湖村秉燭方坐忽几前如飛鳥飄落視之則二十許麗人囅然曰別來無恙乎魚驚問之曰君不識竹青耶魚喜詰所來曰妾今爲漢江神女返故鄉時常少前烏使兩道君情故來一相聚也魚益欣感宛如夫妻之久別不勝懽戀生將偕與俱南女欲與俱西兩謀不決寢初醒則女已起開目見高堂中巨燭熒煌竟非舟中驚起問此何所女笑曰此漢陽也妾家卽君家何必南天漸曉婢媼紛集酒炙已設就廣牀上陳矮几夫婦

對酌魚問僕之所在答在舟上生慮舟人不能久待女言不妨妾當助君報之於是日夜談讌樂而忘歸舟人夢醒忽見漢陽駭絕僕訪主人杳無信兆舟人欲他適而纜結不解遂共守之積兩月餘生忽憶歸謂女曰僕在此親戚斷絕且卿與僕名爲琴瑟而不一認家門柰何女曰無論妾不能往縱能往君家自有婦將何以處妾也不如置妾于此爲君別院可耳生恨道遠不能時至女出黑衣曰君舊衣尙在如念妾時衣此可至至時爲君解之乃大設肴珍爲生祖餞既醉而寢醒則身在

舟中視之洞庭舊泊處也舟人及僕俱在相視大駭詰其所往生故悵然自驚枕邊一襆撿視則女贈新衣襪履黑衣亦摺置其中又有繡橐維縶腰際探之則金貲充牣焉於是南發達岸厚酬舟人而去歸家數月苦憶漢水因潛出黑衣着之兩脅生翼翕然凌空經兩時許已達漢水回翔下視見孤嶼中有樓舍一簇遂飛墮有婢子已望見之呼曰官人至矣無何竹青出命衆手爲之緩結覺羽毛劃然盡脫握手入舍曰郎來恰好妾旦夕臨蓐矣生戲問曰胎生乎卵生乎女曰妾今爲神則

皮骨已更應與囊異至數日果產胎衣厚裹如巨卵然破之男也生喜名之漢産三日後漢水神女皆登堂以服飾珍物相賀並皆佳妙無三十以上人俱入室就榻以拇指按兒鼻名曰增壽既去生問皆誰何女曰此皆妾輩其末後着藕白者所謂漢皐解佩卽其人也居數月女以舟送之不用帆楫飄然自行抵陸已有人繫馬道左遂歸由此往來不絕積數年漢産益秀美生珍愛之妻和氏苦不育每思一見漢產生以情告女女乃治任送兒從父歸約以三月既歸和愛之過于己出逾十

餘月不忍令返一日暴病而殤和氏悼痛欲死生乃詣漢告女入門則漢產赤足臥牀上喜以問女女曰君久負約妾思兒故招之也生因述和氏愛兒之故女曰待妾再育放漢產歸又年餘女雙生男女各一男名漢生女名玉佩生遂攜漢產歸然歲恒三四往不以爲便因移家漢陽漢產十二歲入郡庠女以人間無美質招去爲之娶婦始遣歸婦名卮娘亦神女產也後和氏卒漢生及妹皆來擗踊葬畢漢產遂留生攜漢生玉佩去自此不返

樂仲

樂仲西安人父早喪母遺腹生仲母好佛不茹葷酒仲旣長嗜飲善啖竊腹非母每以肥甘勸進母輒出之後母病彌留苦思肉仲急無所得肉刲左股獻之病稍瘥悔破戒不食而死仲哀憤益切以利刃益刲右股見骨家人共救之裹布敷藥尋愈心念母苦節又慟母愚遂焚所供佛像立主祀母醉後輒對哀哭年二十始娶身猶童子娶三日謂人曰男女居室天下之至穢我實不爲樂遂去妻妻父顧文淵浼戚求返請之三四仲必不

可遲之半年顧遂醮女仲鰥居十年行益不羈奴隸優伶皆與飲里黨乞求不靳與有言嫁女無釜者便卽竈頭舉贈之自乃從鄰借釜炊諸無行者知其性戚朝夕騙賺之或以博賭無貲故對之欷歔言追呼急將以鬻子仲自措稅金如干數傾囊遺之未幾催租吏登門始典質營辦以是故家益落先是仲殷饒同堂子弟爭奉事之家中所有任其取攜亦莫之較及仲蹇落存問絕少幸仲達不爲意値母忌辰仲適病不能上墓將遣子弟代祀僕造諸門皆辭以故仲乃酹諸室中對主號痛

無嗣之戚頗似縈懷因而病益劇瞀亂中覺有人摩撫之目微啟則母也驚問何來曰緣家中無人上墓故來就饗郎視汝病問向居何所荅以南海摩撫既已四體生涼開目四顧渺無一人而病良瘥既起思朝南海苦無侶會鄰村有結香社者賣田十畝挾貲投之而社中人以其不潔淸共擯絶之苦求乃許之及詣途牛酒薤蒜熏騰滿屋衆益惡之乘其醉睡不告而去仲於是獨行至閩界遇友人邀飲有名妓瓊華在座適言南海之遊瓊華願相附以行仲喜郎待趣裝遂與俱發寢食共

之而實一無所私既至南海社中人清醮方畢見其載妓而至益非笑之鄙不與同事仲與瓊華窺其意俟其旣拜而後拜之衆拜已恨無所現示中有泣者二人方投地忽見徧海皆蓮花花上瓔珞垂珠瓊華見爲菩薩仲視之朵上皆其母急奔呼母躍入從之衆見萬朵蓮花悉變霞彩障海如錦少間雲靜波澄一切都杳而仲猶身在岸亦不自解其何以得出衣履並無沾濡望海大哭聲震島嶼瓊華挽勸之慘然下刹命舟北渡途中有豪家招瓊華去仲獨憩逆旅有童子方八九歲丐食

肆中貌不類乞兒細詰之則被逐於繼母心憐之兒依
依左右苦求援拯仲遂攜與俱歸問其姓氏自言阿辛
姓雍母顧氏嘗聞母言適雍六月遂生余余本樂姓仲
大驚自疑生平一度不應有子因問樂居何鄉荅云不
知但母沒時付一函書囑勿遺脫仲急索書辛啟荷囊
取付仲仲覩之則當年與顧家離婚書也驚曰眞吾兒
也審其年月良確頗慰心懷然家計日疎居二年割畝
漸盡竟不能畜僮僕一日父子方自炊忽有麗人入覩
之則瓊華也驚問所自笑曰業作假夫妻何又問也向

不即從者徒以有老媼在今媼已死顧念不從人則無以自庇從人則無以自潔計兩全則無如從君者是以不憚千里遂解粧代兒炊仲良喜至夜父子同寢如故另潔一舍舍瓊華瓊華亦善撫兒戚黨聞之皆餽仲兩人皆樂受之客至治具瓊華悉爲營備仲亦不問所自來瓊華漸出金珠贖故産因而婢僕馬牛日益繁盛仲每謂瓊華曰僕醉時卿當避匿勿使我見瓊華笑諾之一日大醉急喚瓊華瓊華豔妝出仲覩之良久忽大喜蹈舞若狂曰吾悟矣酒頓醒覺世界光明所居廬舍盡

爲玉宇瓊樓移時始已由此不復飲市上惟對瓊華飲

瓊華茹素以茶茗侍一日微醺命瓊華爲之按股見股

上封痕化爲兩朵赤菡隱起肉際奇之仲笑曰卿視此

花放後二十年假夫妻分手矣瓊華亦信之旣爲阿辛

完婚瓊華漸以家事付新婦與仲别院居子及婦日三

朝非疑難事不以聞役二婢一溫酒一瀹茗而已一日

瓊華至見所新婦多所咨白良久而返辛亦從往朝父

入門見仲白足坐榻上聞聲開眸微笑曰母子來大好

即復瞑瓊華大驚曰君欲何爲視其股上蓮花大放試

之氣已絶急以兩手捻合其花且祝曰妾千里從君大非容易爲君教子訓婦亦有微恩卽差二三年何不少待也一炊黍時忽開眸笑曰卿自有卿事何必又牽一人作伴也無已姑爲卿留瓊華釋手則花已復含於是居處言笑如初積三年餘瓊華年近四旬猶窈窕如二十許人忽謂仲曰凡人死後被人捉頭舁足殊不雅潔遂命工治雙櫬辛駭問之荅云非汝所知工旣竣沐浴粧竟謂子及婦曰我將死矣辛泣曰數年賴母經紀始不凍餒母尚未得一享安逸何遂捨兒而去曰父種福

而子享奴婢牛馬騙債者塡償汝父我無功焉我本散花天女偶涉凡念遂謫人間三十餘年今限已滿遂登木自入再呼之雙目已合卒哭告父父不知何時已僵衣冠儼然號慟欲絕入棺並停堂中數日未殮龔其復返光明生于股際照徹四壁瓊華棺內則香霧噴溢近舍皆聞棺既闔香光遂漸滅既殯樂氏諸子弟覬覦其有共謀遂率訟諸官官莫能辨擬以田產半給諸樂辛不服以詞質郡久不決初顧嫁女於龔經年餘罷流寓於閩音耗遂絕顧老無子苦憶女遂詣壻所則女死而

鍚已逐忿質公庭雍懼重賂之顧不受必欲得鍚雍窮覔郡邑半年不得夫妻皆被刑辱顧偶於途中見彩輿過斜避道左輿中一美人呼曰彼非顧翁耶顧諾女子曰汝鍚郎吾子現在樂家勿訟也鍚方有難宜急往顧欲詳詰輿去已遠顧乃受賂如西安至則訟方沸騰顧郎自投至官言女大歸日再醮日及生子年月歷歷甚悉諸樂皆被杖逐案遂結旣歸言其見美人之日郎瓊華沒日此時訟猶未興也辛爲顧移家來授廬贈婢六十餘生一子辛亦顧卹之

異史氏曰斷葷戒酒佛之似也爛熳天眞佛之眞也樂仲對麗人直視之爲香潔道伴不作溫柔鄉觀也寢處三十年若有情若無情此爲菩薩眞面目世中人烏得而測之哉

香玉

勞山下淸宮耐冬高二丈大數十圍牡丹高丈餘花時璀璨如錦膠州黃生築舍其中而讀焉一日遙自牕中見女郎素衣掩映花間心疑觀中烏得有此趨出已遁去由此屢見遂隱身叢樹中以俟其至無何女郎又偕

一紅裳者來遥望之豔麗雙絕行漸近紅裳者却退曰此處有人生乃暴起二女驚奔袖裙飄拂香風流溢追過短牆寂然已杳愛慕殷切因題樹上云無限相思苦含情對短牕恐歸沙吒利何處覓無雙歸齋冥想女郎忽入驚喜承迎女笑曰君洶洶似强寇使人恐怖不知君竟騷士無妨相親生略叩生平曰妾小字香玉隸籍平康巷被道士閉置山中實非所願生問道士何名當爲卿一滌此垢女曰不必彼亦未敢相逼借此與風流士長作幽會亦佳問紅衣者誰曰此名絳雪亦妾義姊

遂相狎寢既醒曙色已紅女急起曰貪歡忘曉矣着衣易履且曰妾酬君作口占勿笑也良夜更易盡朝暾已上牕願如梁上燕棲處自成雙生握腕曰卿秀外慧中使人愛而忘死顧一日之去如千里之別卿乘間當來勿待夜也女諾之由此夙夜必偕每使邀絳雪來輒不至生以爲恨女曰絳姊性殊落落不似妾情癡也當從容勸駕不必過急一夕女慘然入曰君隴不能守尚望蜀耶今長別矣問何之以袖拭淚曰此有定數難爲君言昔日佳什今成讖語矣佳人已屬沙吒利義士今無

古押衙可爲妾咏詩之不言但有嗚咽竟夜不眠早旦而去生怪之次日有即墨藍氏入宫游矚見白牡丹悅之掘移逕去生始悟香玉乃花妖也悵惋不已過數日聞藍氏移花至家日就萎悴恨極作哭花詩五十首日日臨穴涕洟其處一日憑弔而返遥見紅衣人揮涕穴側從容而近就之女亦不避生因把袂相向汍瀾已而挽請入室女亦從之歎曰童稚之姊妹一朝斷絶聞君哀傷彌觸妾慟淚墮九泉或當感誠再作然死者神氣已散倉猝何能與吾兩人共談笑也生曰小生薄命妨

害情人嘗亦無福可消雙美曩頻煩香玉道達微忱胡再不臨女曰妾以年少書生什九薄倖不知君固至情人也然妾與君交以情不以淫若晝夜狎暱則妾所不能矣言已告別生曰香玉長離使人寢食俱廢賴卿少留慰此懷思何決絕如是女乃止過宿而去數日不復至冷雨幽窗苦懷香玉輾轉牀頭淚凝枕簟攬衣更起挑燈命筆踵前韻曰山院黃昏雨垂簾坐小牕相思人不見中夜淚雙雙詩成自吟忽牕外有人曰作者不可無和聽之絳雪也啟門內之女視詩卽續其後曰連袂

人何處孤燈照晚牕空山人一個對影自成雙生讀之淚下因怨相見之疎女曰妾不能如香玉之熱但可少慰君寂寞耳生欲與狎曰相見之歡何必在此于是至不聊時女輒一至至則宴飲酬唱有時不寢遂去生亦聽之謂之曰香玉吾愛妻絳雪吾良友也每欲相問卿是院中第幾株早以見示僕將抱植家中免似香玉被惡人奪去貽恨百年女曰故土難移告君亦無益也妻尚不能終從況友乎生不聽捉臂而出每至牡丹下輒問此爲卿否女不言掩口笑之適生以殘臘歸過歲二

灸音久諸本多誤作炙

月間忽夢絳雪至愀然曰妾有大難君急往尚得相見遲無及矣醒而異之急命僕馬星馳至山則道士將建屋有一耐冬礙其營造工師方縱斤矣生知所夢卽此急止之入夜絳雪來謝生笑曰向不實告宜遭此厄今而後知卿矣卿如不至當以艾炷相灸女曰妾固知君如此曩故不敢相告坐移時生曰今對良友益思豔妻久不哭香玉卿能從我哭乎二人乃往臨穴灑涕至一更向盡絳雪拔淚勸止乃還又數夕生方獨居悽惻絳雪笑入曰喜信報君知花神感君至情俾香玉復降宫

中生喜問何時荅云不知要不遠耳天明下榻生曰僕爲卿來勿長使人孤寂女笑諾兩夜不至生往抱樹搖動撫摩頻喚絳雪久之無聲乃返對燭團艾將以灼樹女遽入奪艾棄之曰君惡作劇使人創痏當與君絕矣生笑擁之坐方定香玉盈盈而入生望見泣下流離急起把握香玉以一手捉絳雪相對悲哽已而坐道離苦生覺把之而虛如手自握驚其不類曩昔香玉泫然曰昔妾花之神故凝今妾花之鬼故散也今雖相聚君勿以爲眞但作夢寐觀可耳絳雪曰妹來大好妾被汝家

男子糾纏死矣遂辭而去香玉欵愛如生平但偎傍之間髣髴以身就影生邑邑不歡香玉亦俛仰自恨曰君以白蘞屑少雜硫黃日酹妾一杯水明年此日報君恩亦別而去明日往觀故處則牡丹萌生矣生從其言日加培溉又作雕闌以護之香玉來感激甚至生謀移植其家女不可曰妾弱質不堪復戕且物生各有定處妾來原不擬生君家違之反促年壽但相憐愛好合自有日耳生恨絳雪不至香玉曰必欲強之使來妾能致之乃與生挑燈出至樹下取草一莖布掌作度以度樹本

自下而上至四尺六寸按其處使生以兩爪齊搔之俄
絳雪自背後出笑罵曰婢子來益助桀爲虐耶牽挽並
入香玉曰姊勿怪暫煩陪侍郎君一年後不相擾矣自
此遂以爲常生視花芽日益肥盛春盡盈二尺許歸後
亦以金遺道士使朝夕培養之次年四月至宮則花一
朶含苞未放方流連所花搖搖欲拆少時已開花大如
盤儼然有小美人坐蕊中裁三四指轉瞬間飄然已下
則香玉也笑曰妾忍風雨以待君君來何遲也遂入室
絳雪已至笑曰日日代人作婦今幸退而爲友遂相談

讌賡和至中夜絳雪乃去兩人同寢歘洽一如當年後生妻卒遂入山不復歸是時牡丹已大如臂生每指之曰我他日寄魂于此當生卿之左兩女笑曰君勿忘之後十年餘忽病其子至對之而哀笑曰此我生期非死期也何哀爲謂道士曰他日牡丹下有赤芽怒生一放五葉者即我也遂不復言子輿擡而歸至家壽卒次年果有肥芽突出葉如其數道士以爲異益灌溉之三年高數尺大拱把但不花老道士死其弟子不知愛惜因其不花斫去之白牡丹亦憔悴尋死無何耐冬亦死

異史氏曰情之結者鬼神可通花以鬼從而人以魂寄非其結於情者深耶一去而兩殉之即非堅貞亦爲情死矣人不能貞猶是情之不篤耳仲尼讀唐棣而曰未思信矣哉

大男

奚成列成都士人也先有一妻一妾妾何氏小字昭容妻早没娶繼室申氏不能相善虐遇何因並及奚終日嘵聒恒不聊生奚忿怒亡去去後何生一子大男奚久不返申擯不與同炊計日授粟大男漸長何不敢求益

惟紡績佐食大男見塾中諸兒吟誦羨之告母欲讀母以其太穉姑送詣塾試使讀以難之而大男慧所讀倍諸兒師異之願不索束贄何乃使從師薄相酬積二三年經書全通一日歸謂母曰塾中五六人皆從父乞錢買餅餌我何無也母曰待汝長時當告汝知大男曰我方七八歲何時長也母曰汝往塾路經關聖廟當拜之祈汝速長大男信之每日兩過必拜母知之問所祝何時荅云但祝明年使我如十五六歲母笑之而大男學與軀長並速至十歲遂如十三四歲者其所爲文塾師

不能竄易之一日謂母曰昔謂我壯大當告父處今可矣母曰尚未尚未又年餘居然成人研詰益頻母乃細述之大男聞之意不勝傷悲欲往尋父母曰兒太幼汝父存亡未知何處可尋大男無言而去至午不歸往詢諸師則辰餐未復母大驚猶謂其逃塾出食貲傭役靡處不搜竟杳無跡大男出門不知何往之善惟隨途奔去遇一人將如夔州自言錢姓大男丐食相從錢病其緩爲賃代步資斧皆耗之至夔同食錢陰投毒其中大男瞑不覺錢載至大刹托爲巳子偶病絕貲賣諸僧僧

見其丰姿秀出爭購之錢得金而去僧飲之畧醒主僧始知之詣覘奇其相研詰始得顛末又益憐之責僧贈貲使去有瀘州蔣秀才下第歸途中問得故嘉其孝攜與同行至瀘主其家月餘無往不諧或言閩商有奚姓者于是辭蔣將之閩蔣贈遺衣履其里黨皆歛貲助之至途有二布客欲詣福清邀與同侶行數程客窺囊金引至空所縶手足解奪而去適有永福陳翁過其旁脫縛載諸後車遂至翁家翁家富諸路商賈多出其門翁囑南北客代訪父耗留大男伴諸兒讀大男遂止不復

游矣由是家益遠音益梗何昭容孤居三四年申氏減其費抑勒令嫁何自食其力志不搖申强賣於重慶賈賈刼取之去至夜以刀自劙賈不敢逼俟創瘥又轉鬻於鹽亭賈至鹽亭自刺心頭洞見臟腑賈大懼藥敷心旣平但求作尼賈告之曰我有商侶身無淫具每欲得一人縫紉此與作尼無異亦可少償吾值何諾之賈輿送去入門主人趨出則奚生也蓋奚已棄儒爲商賈以其無婦故贈之也相見悲駭各述苦況始知有兒尋父未歸奚乃囑諸客旅偵察大男而昭容遂以妾爲妻矣

然自歷艱苦痾痛多病不能操作勸妾納媵妾鑒前禍不從所請何曰妾如爭牀第者數年間固已從人生子尚得與君有今日之聚乎且人加我者隱痛在心豈及諸身而自蹈之妾乃囑客侶爲買三十餘老妾踰半年客果爲買妾歸入門則妻申氏各相駭怪先是申獨居年餘兄苞勸令再適申從之惟田產爲子姓所沮不得售鬻諸所有積數百金攜歸兄家有保寧賈聞其富有奩貲以多金啗苞賺娶之而賈老廢不能人申懟兄不安於室罙縊井投不堪其擾賈怒摟括其貲將賣作妾

而鬬者嫌三十餘齒加長賈將適燕遂載與俱去遇奚同肆商遂貨而去之既見奚慙懼不出一語奚問同肆商略知梗概因曰使遇健男則在保寧無再見之期此亦數也然今日我買妾非娶妻可先拜昭容修嫡庶禮申耻之奚曰昔日汝作嫡何如哉何勸止之奚不可摻杖臨逼申不得已拜之然終不屑承奉但摻作別室而何悉優容之亦不忍課其勤惰奚每與談讌輙呼給役其側何更代以婢不聽會陳公嗣宗宰鹽亭奚與里人有小爭里人以逼妻作妾揭訟陳公不准理叱逐之奚

喜與何竊共頌德一夕漏既盡僮忽叩扉入白邑令公至奚駭極急覓衣履則公已入寢門翁駭不知所爲何審之急出曰是吾兒也遂哭公乃伏地悲哽蓋大男從陳翁姓業爲官矣初公至自都迂道過故里始知兩母皆醮伏膺哀痛族中人始知大男已貴反其田廬公留僕營造冀父復返既而授任鹽亭又欲棄官尋父陳翁苦勸之會有卜者使筮焉卜人曰小者居大少者爲長求雄得雌求一得兩爲官吉公乃之任爲不得親居官不茹葷酒是日得里人狀睹奚姓疑之陰遣內紀綢竊

訪之果父也乘夜微行而出見母益信卜者之神臨去囑勿播出金二百令卽辦裝歸至家門戶已新益畜僕馬居然大家矣申見大男貴盛益自斂兒芭知之告於官爲妹爭嫡官廉得其情曰貪貲勸嫁去奚已更二夫何顏爭昔年嫡庶耶重笞之由此名分益彰而申妹何何亦姊之衣服飮食悉不自私申初懼其復讎至是益愧悔奚亦忘其舊惡俾內外皆呼以太母但誥命不及耳

異史氏曰顚倒衆生不可思議此造物之巧也奚生不

能自立于妻妾之間一碌碌庸人耳苟非孝子賢母烏能有此奇合坐享厚福以終身哉

石淸虛

邢雲飛順天人好石見佳石不靳重直偶漁于河有物挂網沉而取之則石徑尺四面玲瓏峯巒疊秀喜極如獲異珍雕紫檀爲座供諸案頭每値天欲雨則孔孔生雲遥望如塞新絮有勢豪某踵門求覩旣見舉付健僕策馬竟去邢無奈頓足悲憤而已僕負石至河濱息肩橋上忽失手墮諸河豪怒鞭僕即出金僱善泅者百計

寘搜竟無可見乃懸金署約而去由是尋石者日盈于河迄無獲者後邢至落石處臨流於邑但見河水清澈則石固在水中邢大喜解衣入水抱之而出檀座猶存旣歸不肯設諸廳事潔內室供之一日有老叟款門而請邢托言石失已久叟笑曰客舍非耶邢便請入舍以實其無旣入則石果陳几上錯愕不能言叟撫石曰此吾家故物失去已久今固在此耶旣見之請卽賜還邢窘甚遂與爭作石主叟笑曰旣汝家物有何驗證邢不能荅叟曰僕則故識之前後九十二竅巨孔中五字云

清虛天石供邢審視孔中果有小字細於粟米竭目力裁可辨認又數其竅果如所言邢無以對但執不與叟笑曰誰家物而憑君作主耶拱手而出邢送至門外既還則石失所在大驚疑叟急追之則叟緩步未遠奔去牽其袂而哀之叟曰奇矣徑尺之石豈可以手握袂藏者耶邢知其神强曳之歸長跪請之叟乃曰石果君家者耶僕家者耶荅曰誠屬君家但求割愛耳叟曰既然則石固在是還入室則石已在故處叟曰天下之寶當與愛惜之人此石能自擇主僕亦喜之然彼急於自見

其出也早則魔刼未除實將攜去待三年後始以奉贈旣欲留之當減三年壽數始可與君相終始君願之乎曰願叟乃以兩指捏一竅竅軟如泥隨手而閉二三竅已曰石上竅數卽君壽也作別欲去邢苦留之辭甚堅問其姓字亦不言遂去積年餘邢以故他出夜有小偷入室諸無所失惟竊石而去邢歸悼喪欲死訪察購求全無蹤緒積有數年偶入報國寺見賣石者近視則其故物將便認取賣者不服因負石至官官問何所質驗賣石者能言竅數邢問其他賣石者不能言邢乃言竅

中五字及三指痕理遂得伸官欲杖責賣石者賣石者自言以二十金買諸市遂釋之邢得石歸褁以錦藏櫝中時出一賞先焚異香而後出之有尚書某購以百金而邢意萬金不易也某怒陰以他事中傷之邢被收典質田產某託他人風示其子子告邢邢願以死殉石妻竊與子謀獻石尚書家邢出獄始知罵妻毆子屢欲自經皆以家人覺救得不死夜夢一丈夫來自言石清虛謂邢勿戚特與君年餘別耳明年八月二十日昧爽時可詣海岱門以兩貫相贖邢得夢喜敬志其日而石在

尚書家更無出雲之異久亦不甚貴重之明年尚書以罪削職尋死邢如期詣海岱門則其家人竊石出將求售主因以兩貫市歸後邢至八十九歲自治葬具又囑子必以石殉既而果卒子遵遺教瘞石墓中半年許賊發墓刼石去子知之莫可追詰踰二三日擒僕在道忽見兩人奔躓汗流望空自投曰邢先生勿相逼我二人將石去不過賣四兩銀耳遂縶送諸官一訊遂伏問石則鬻諸宮氏取石至官愛玩欲得之命寄諸庫吏舉石石忽墮地碎爲數十餘片罔不失色官乃重械兩盜而

放之鄉子拾石出仍瘞墓中

異史氏曰物之尤者禍之府至欲以身殉石亦癡甚矣而卒之石與人相終始誰謂石無情哉古人云士爲知巳者死非過也石猶如此而況人乎

曾友于

曾翁昆陽故家也翁初死未殮兩眶中淚出如瀋有子六人莫解所以次子悌字友于爲邑名士以爲不祥戒諸兄弟各自惕勿貽痛於先人而兄弟半迂笑之先是翁嫡配生長子成至七八歲母子爲强寇擄去娶繼室

生三子曰孝曰忠曰信妾生三子曰悌曰仁曰義孝以悌等出身賤鄙不齒因連結忠信若爲黨即與客飲悌等過堂下亦傲不加禮仁義皆忿與友于謀欲相讎友于百詞寬譬不從所謀而仁義年最少因兄言亦遂止孝有女適邑周氏病死糾悌等往撻其姑悌不從孝憤然令忠信合族中無賴子往捉周妻搒掠無算拋粟毀器盎盂無存周告邑宰宰怒拘孝等囚繫之將行申黜友于懼見宰自投友于品行素爲宰所仰重諸兄弟以是得無苦友于乃詣周所親負荆周亦器重友于訟遂

息孝歸終不德友于無何友于母張夫人卒孝等皆不爲之服宴飲如故仁義益忿友于曰此彼之無禮於我何損焉及葬把持墓門不使合厝友于乃瘞母隧道中未幾孝妻亡友于招仁義往奔其喪二人皆曰期且不論功于何有再勸之閧然散去友于乃自往臨哭盡哀隔牆聞仁義鼓且吹孝怒糾諸弟往毆之友于操杖先從入其家仁覺而逃義方踰垣友于自後擊仆之孝等拳杖交加毆不止友于橫身障沮之孝怒讓友于友于曰責之者以其無禮也然罪固不至死我不怙弟惡亦

不助兄暴如怒不解身代之孝遂反杖撻友于忠信亦相助毆兄聲勢震動里黨羣集排解乃散去友于即扶杖詣兄請罪孝逐去之不令居喪次而義創甚不復食飲仁代具造訟諸官訴其不爲庶母行服官簽牒拘孝忠信而令友于陳狀友于以面目損傷不能詣署但作詞稟白哀求閣寢宰遂銷案不行義亦尋愈由是讎怨益深仁義皆幼弱輒被敲楚懟友于曰人皆有兄弟我獨無友于曰此兩語我宜言之兩弟何云因苦勸之卒不聽友于遂扃戶攜妻子借寓他所離家五十餘里冀

不相聞友于在家雖不助弟而孝等猶稍稍顧忌之既去諸兄一不當輙呰罵其門辱侵母諱仁義度不能抗惟杜門思乘間刺殺之行則懷刃一日寇所掠長兄成忽攜婦亡歸諸兄弟以家久析聚謀三日竟無處可以置之仁義竊喜招去共養之往告友于友于亦喜卽歸共出田宅居成諸兄怒其市惠登其門窘辱之而成久在寇中習於威猛鬬之大怒曰我歸更無人肯置一屋幸三弟念手足又罪責之是欲逐我耶以石投孝孝仆仁義各以杖出捉忠及信並撻無數成不待其訟先訟

之宰又使人請教友于友于不得已詣宰俛首不言但
有流涕宰問之唯求公訊宰乃判孝等各出田產歸成
使七分相準自此仁義與成倍益愛敬談次忽及葬母
事因並泣下成恚曰如此不仁是禽獸也遂欲啟壙更
爲改葬仁義奔告友于友于急歸諫止之成不聽刻期
發墓作齋於塋以刀削樹謂諸弟曰所不衰麻相從者
有如此樹衆唯唯於是一門皆哭臨安厝盡禮由此兄
弟相安而成性剛烈輒批撻諸弟而於孝等尤甚惟重
友于盛怒時友于至一言可解孝有所行成往往不平

之因之孝無十日不至友于所潛對友于訴詛友于嬿諫卒不納友于不堪其擾又遷之於三泊僦屋而居去家益遠音迹遂疎踰二年諸弟皆畏憚成久遂相習紛競絶少而孝年四十六生五子長繼業三繼德皆嫡出次繼功四繼績皆庶出又婢出繼祖皆成立亦效父舊行各爲黨日相競孝亦不能呵止惟祖無兄弟年又最幼諸兄皆得而詬厲之岳家故近三泊會詣岳竊迋道詣叔入門見叔家兩兒一弟紘誦怡怡樂之久居不言歸叔促之哀求寄居叔曰汝父母皆不之知我豈惜廡

飯瓢飲乎乃歸過數月夫妻往壽岳母告父曰我此行不歸矣父詰之因吐微隱父慮與有夙郤計難久居祖曰父慮過矣二叔聖賢也遂去攜妻之三泊友于除舍居之以齒兒行使執卷從長子繼善祖最慧寄籍三泊家中兄弟益不相能一日微反脣業詬辱庚母功怒刺殺業官收功重械之數日死獄中業妻馮氏猶日以罵代哭功妻劉聞之怒曰汝家男子死誰家男子活耶操刃入擊殺馮自投井中亦死馮父大立悼女慘死率諸子弟藏兵衣底往捉孝妻裸撻上下以辱之成怒曰我

家死人如麻馮氏何得復爾吼奔而出諸曾從之諸馮盡靡成首捉大立割其兩耳其子護救繼續以鐵杖橫擊折其兩股諸馮各被夷傷閧然盡散惟馮子猶臥道周衆等莫可方略成夾之以肘置諸馮村而還遂呼繼續詣官自首馮狀亦至於是諸曾皆被收惟忠亡去至三泊徘徊門外猶恐兒念舊惡適友于率一子一姪入闈歸望見驚曰弟何來忠長跪道左友于益駭握手入詰得其情驚曰且爲柰何一門乖戾逆知奇禍久矣不然胡以竄跡如此兄離家既久與大令無聲氣之通今

卽俯伏而往祇取辱耳但得馮父子傷重不死吾三人倖有㨗者則此禍可以少解乃留之書與同餐夜與共寢忠頗感愧居十餘日又見其叔姪如父子兄弟皆如同胞悽然下淚曰今始知曩日非人友于亦喜其悔悟相對酸惻俄報友于父子同科祖亦副榜大喜不赴鹿鳴先歸展墓明季甲第最重諸馮皆爲斂息友于乃託親友賂以金粟資其醫藥訟乃息舉家共泣乞友于復歸友于乃與兄弟焚香約誓俾各滌慮自新遂移家還祖從叔不欲歸其家孝乃謂友于曰我之德不應有亢

宗之子弟又善教即從其志俾姑寄名爲汝後有寸進時可賜還也友于從之後三年祖果舉於鄉使移家去夫妻皆痛哭而去居數日祖有兒方三歲亡歸友于家不復反捉去輒逃孝乃異其居令與友于鄰祖啓戶於隔垣通叔家兩間定省如一焉自此成亦漸老一門事皆取決友于因而門庭雍穆稱孝友焉

異史氏曰天下惟禽獸止知母而不知父奈何詩書之家往往而蹈之也夫門內之行其漸漬子孫者直入骨髓故古云其父殺人報讎子必行刼其流弊然也孝雖

不仁其報已慘而卒能自知之德託子於弟宜其有操心慮患之子也論果報迂矣

嘉平公子

嘉平某公子風儀秀美年十七八入郡赴童子試偶過許倡之門門內有一麗人因目注之女微笑點其首公子喜近就與語女便問寓居何所具告之問寓中有人否曰無女云妾夕間奉訪勿使人知公子諾而歸既暮排去僮僕女果至自言小字溫姬且云妾慕公子風流遂背媼而至區區之意深願奉以終身公子亦喜約以

重金相贖自此三兩夜輒一至一夕冒雨而來入門解去溼衣罥諸椸上已乃脫足上小韡求公子代去泥塗遂上牀以被自覆公子視其韡乃五文新錦沾濡殆盡惜之女曰妾非敢以賤務相役欲使公子知妾之癡於情也聽牕外雨聲不止遂吟曰淒風冷雨滿江城求公子續公子辭以不解女曰公子如此一人何乃不知風雅使妾情興消矣因勸令肄習公子諾之往來既頻僕輩皆知公子有姊夫宋氏亦世家子聞其事竊求公子一見溫姬公子言之女必不可宋隱身僕舍俟女至伏

隱窺之顛倒欲狂急排闥女起踰垣而去宋嚮往殊殷乃修贄詣媼指名求之則果有温姬而死已多年宋愕然而退以告公子公子始知爲鬼而心終愛好之至夜以宋言告女女曰誠然顧君欲得美女子妾亦欲得美丈夫各遂所願足矣人鬼何論焉公子以爲然試畢而歸女亦從之他人不見惟公子見之至家寄諸齋中公子獨宿不歸父母疑之女歸寧始隱以告母父母大驚戒公子絶之公子不能聽父母深以爲憂百術驅遣不得去一日公子有諭僕帖置案上中多錯謬椒譌菽薑

訛江可恨訛可浪女見之書其後云何事可浪花萩生江有壻如此不如爲娼遂告公子曰妾初以公子世家文人故蒙羞自薦不圖虛有其表以貌取人毋乃爲天下笑乎言已而沒公子雖愧恨猶不知所題折帖示僕聞者傳以爲笑

異史氏曰溫姬可兒翩翩公子何乃苛其中之所有哉遂至悔不如娼則妻妾羞泣矣顧百計遣之不去而見帖浩然則花萩生江何殊於杜甫之子章髑髏哉

苗生

龔生岷州人赴試西安憩於旅舍沽酒自酌一偉丈夫入坐與扳談生舉卮勸客客亦不辭自言苗姓言劇粗豪生以其不文偃蹇遇之尊既盡不復沽苗曰措大飲酒使人悶損矣起向壚頭出錢行沽提一巨瓻而入生辭不飲苗捉臂勸釂臂痛欲折生不得已爲盡數觴苗以羹椀自吸笑曰僕不善勸客行止惟君所便生即治裝行約數里許馬病臥於途坐待路側行李重累無所方計苗尋至詰知其故遂謝裝付僕已乃以肩承馬腹而荷之趨二十餘里始至逆旅釋馬就櫪移時生主

僕方至生乃驚爲神人相待優渥沽酒市飯與共餐飲
苗曰僕善飯非君所能飽飲可也引盡一瓻乃起而别
曰君醫馬尚須時日余不能待行矣遂去後闈畢三四
友人邀登華山藉地作筵方共宴笑苗忽至左攜巨尊
右提豚肘擲地曰聞諸君登臨敬附驥尾衆起爲禮相
並雜坐豪飲甚懽衆欲聯句苗爭曰縱飲甚樂何必愁
思衆不聽設金谷之罰苗曰不佳者當以軍法從事衆
笑曰其罪不至於此苗曰如不見誅僕武夫亦能之也
首座靳生曰絶巘憑臨眼界空苗信口而續之曰唾壺

擊缺劍光紅下座沉吟既久苗遂引壺自傾移時以次厲句漸涉鄙俚苗呼曰只此已足如赦我者勿作矣客弗之聽苗不可復忍遽作龍吟山谷響應又起俛仰爲獅子舞詩思既亂衆乃罷吟因而飛觴再酌時已半醉客互誦闈中作迭相贊賞苗不欲聽牽生豁拳二人勝負屢分而諸客誦贊未已苗厲聲曰僕聽之已悉此等文只宜向牀頭對婆子讀耳廣衆中刺刺者可厭也衆有慚色又更惡其粗莽遂益高吟苗怒甚伏地大吼立化爲虎撲殺諸客咆哮而去所存者惟生及靳靳是科

領薦後三年再經華陰忽見嵇生亦山上被噬者大恐
欲馳嵇捉鞚使不得行靳乃下馬問其何爲荅曰我今
爲苗生之倀從役良苦必再殺一士人始可相代三日
應有儒服儒冠者見噬於虎然必在蒼龍嶺下始是代
某者君於是日多邀文士於此即爲故人謀也靳不敢
辯敬諾而别至寓所籌思終夜莫知爲謀自拚背約以
聽鬼耳適有表戚蔣生來靳述其異蔣名下士邑尤生
考居其右竊懷忌嫉是日聞靳言陰欲陷之折簡邀尤
與共登臨自乃着白衣而往尤亦不解其意至嶺半肴

酒並陳敬禮備至會郡守登嶺上守故與蔣爲通家聞在下遣人召之蔣不敢以白衣往遂與尤易冠服交着未竟虎騶至銜蔣而去

異史氏曰得意津津者捉襟袖强人聽聞聞者欠伸屢作欲睡欲遁而誦者足蹈手舞茫不自覺知交者亦當從旁肘之躡之恐座中有不耐事之苗生也然嫉忌易服而甕則知苗亦無心者耳故厭怒者苗也非苗也

姊妹易嫁

掖縣相國毛公家素微其父常爲人牧牛時邑世族張

姓者有新阡在東山之陽或經其側聞墓中叱咤聲曰若等速避去勿久溷貴人宅張聞亦未深信旣又頻得夢警曰汝家墓地本是毛公佳城何得久假此由是家數不利客勸徙葬吉張聽之徙焉一日相國父牧出張家故墓猝遇雨匿身廢壙中已而雨益傾盆潦水奔穴崩淘灌注遂溺以死相國時尚孩童母自詣張願丐咫尺地掩兒父張徵知其姓氏大異之行視溺死所儼然當置棺處又益駭乃使就故壙窆焉且令攜若兒來葬已母偕兒詣張謝張一見輒喜卽留其家敎之讀以齒

子弟行又請以長女妻兒母駭不敢應張妻云既已有言柰何中改卒許之然此女甚薄毛家怨懟之意形於言色有人或道及輒掩其耳每向人曰我死不從牧牛兒及親迎新郎入宴彩輿在門而女掩袂向隅而哭催之妝不妝勸之亦不解俄而新郎告行鼓樂大作女猶眼零雨而首飛蓬也父止壻自入勸女女涕若罔聞怒而逼之益哭失聲父無柰之又有家人傳白新郎欲行父急出言衣妝未竟乞郎少停待郎又奔入視女往來者無停履遷延少時事愈急女終無回意父無計周張

欲自死其次女在側頗非其姊苦逼勸之姊怒曰小妮子亦學人喋聒爾何不從他去妹曰阿爺原不曾以妹子屬毛郎若以妹子屬毛郎更何須姊姊勸駕也父以其言慷爽因與伊母竊議以次易長母即向女曰迕逆婢不遵父母命欲以兒代若姊兒肯否女慨然曰父母教兒往也即乞丐不敢辭且何以見毛家郎便終餓莩死乎父母聞其言大喜即以姊妝妝女倉猝登車而去入門夫婦雅敦好逑然女素病赤鬝稍稍介公意久之浸知易嫁之說由是益以知己德女居無何公補博士

弟子應秋闈試道經王舍人店店主人先一夕夢神曰旦日當有毛解元來後且脫汝於厄以故晨起專伺察東來客及得公甚喜供具殊豐善不索直特以夢兆厚自託公亦頗自負私以細君髮鬑鬑慮爲顯者笑富貴後念當易之已而曉榜既揭竟落孫山咨嗟蹇步懊惋喪志心赧舊主人不敢復由王舍以他道歸後三年再赴試店主人延候如初公曰爾言初不驗殊慚祗奉主人曰秀才以陰欲易妻故被冥司黜落豈妖夢不足以踐公愕而問故蓋別後復夢而云公聞之惕然悔懼木

立若偶主人謂秀才宜自愛終當作解首未幾果舉賢書第一人夫人髮亦尋長雲鬟委綠轉更增媚姊適里中富室兒意氣頗自高夫蕩惰家漸陵夷空舍無烟火聞妹爲孝廉婦彌增慚怍姊妹輒避路而行又無何良人卒家落頃之公又擢進士女聞刻骨自恨遂忿然廢身爲尼及公以宰相歸强遣女行者詣府謁問冀有所貽比至夫人餽以綺縠羅絹若干疋以金納其中而行者不知也攜歸見師師失所望恚曰與我金錢尚可作薪米費此等儀物我何須爾遂令將回公及夫人疑之

及啟視而金具在方悟見卻之意發金笑曰汝師百餘金尚不能任焉有福澤從我老尚書也遂以五十金付尼去曰將去作爾師用度多恐福薄人難承荷也行者歸具以告師默然自歎念平生所爲輒自顛倒美惡避就翳豈由人耶後店主人以人命事逮繫囹圄公爲力解釋罪

異史氏曰張公故墓毛氏佳城斯已奇矣余聞時人有大姨夫作小姨夫前解元爲後解元之戲此豈慧黠者所能計較耶嗚呼彼蒼者久不可問何至毛公其應如

響

按文簡封翁諱敏以孝廉任杭州府學教授生五子文簡最少封翁年八十餘文簡官少宰乃受封而卒其塋地自趙宋時沿葬歷有達者至文簡卒始卜西山新阡乾隆壬戌予與文簡裔人共修掖縣志曾親至毛氏新舊兩塋覽其碑表徵事實焉至文簡夫人一段畢氏蟬雪集中所載亦與此小異夫人姓官氏姊陋文簡有文無貌臨嫁而悔妹承父母意遂代姊歸文簡文簡旣貴姊自恨出家爲女道士妹餽遺之

都不肯受淸修登上壽文簡林下廿餘年頗與過從談道相敬重云任城孫擴圖識

番僧

釋體空言在靑州見二番僧象貌奇古耳綴雙環被黃布鬚髮鬖鬖如自言從西域來聞太守重佛謁之太守遣二隸送詣叢林和尚靈轡不甚禮之執事者見其人異私款之止宿焉或問西域多異人羅漢得無有奇術否其一輾然笑出手於袖掌中托小塔高裁盈尺玲瓏可愛壁上最高處有小龕僧擲塔其中矗然端立無少偏

倚視塔上有舍利放光照耀一室少開一手招之仍落掌中共一僧乃祖臂伸左肱長可六七尺而右肱縮無有矣轉伸右肱亦如左狀

李司鑑

李司鑑永年舉人也於康熙四年九月二十八日打死其妻李氏地方報官上憲行縣查審司鑑在府前忽於肉架下攜一屠刀奔入城隍廟登戲臺上對神而跪自言神責我不當聽信奸人在鄉黨顛倒是非著我割耳遂將左耳割落拋臺下又言神責我不應騙人銀錢著

我剁指遂將左指剁去又言神責我不當姦淫婦女使我割腎遂自閹昏迷僵仆時總督朱雲門題參革褫究擬已奉諭旨而司鑑已伏冥誅矣見邸抄

保住

吳藩未叛時嘗諭將士有獨力能擒一虎者優以廩祿號打虎將將中一人名保住健捷如猱邸中建高樓梁木初架住沿樓角而登頃刻至顛立脊檁上疾趨而行凡三四返已乃踴身躍下直立挺然王有愛姬善琵琶所御琵琶以煖玉為牙柱抱之一室生溫姬寶藏非王

手諭不出示人一夕宴集客請一覩其異王適悄期以翼日時佳在側曰不奉王命臣能取之王使人馳告府中內外戒備然後遣之佳踰十數重垣始達姬院見燈輝室中而門扃錮不得入廊下有鸚鵡宿架上佳乃作貓子叫既而學鸚鵡鳴疾呼貓來擺撲之聲且急聞姬云綠奴可急視鸚鵡被撲殺矣佳隱身暗處俄一女子挑燈出身甫離門佳已塞入見姬守琵琶在几上徑攜趨出姬愕呼寇至防者盡起見佳抱琵琶走逐之不及攢矢如雨佳躍登樹上牆下故有大槐三十餘章佳穿

行樹杪如鳥移枝樹盡登屋屋盡登樓飛奔殿閣不啻翅翎瞥然間不知所在客方飲佳抱琵琶飛落筵前門扃如故雞犬無聲

水災

康熙二十一年苦旱自春徂夏赤地無青草六月十三日小雨始有種粟者十八日大雨沾足乃種豆一日石門莊有老叟暮見二牛鬬山上謂村人曰大水將至矣遂攜家播遷村人共笑之無何雨暴注徹夜不止平地水深數尺居廬盡沒一農人棄其兩兒與妻扶老母奔

避高阜下視村中已爲澤國並不復念及兒矣水落歸家見一村盡成墟墓入門視之則一屋僅存兩兒並坐牀頭嬉笑無恙或謂夫妻之孝報云此六月二十日事

康熙三十四年平陽地震人民死者十之七八城郭盡墟僅存一屋則孝子某家也茫茫大劫中惟孝子嗣無恙誰謂天公無皁白耶

諸城某甲

學師孫景夏先生言其邑中某甲者値流寇亂被殺首墮胸前寇退家人得尸將舁瘗之聞其氣縷縷然審視

之咽不斷者盈指遂扶其頭荷之以歸經一晝夜始呻以匕箸稍稍哺飲食半年竟愈又十餘年與二三人聚談或作一解頤語衆爲閧堂甲亦鼓掌一俯仰間刀痕暴裂頭墜血流共視之氣已絶矣父訟笑者衆斂金賂之又葬甲乃解

異史氏曰一笑頭落此千古第一大笑也頸連一綫而不死直待十年後成一笑獄豈非二三鄰人負債前生者耶

戲縊

邑人某佻達無賴偶游村外見少婦乘馬來謂同游者我能令其一笑衆未深信約賭作筵某遽奔去出馬前連聲譁曰我要死因於牆頭抽粱䕸一本橫尺許解帶挂其上引頸作縊狀婦果過而哂之衆亦粲然婦去既遠某猶不動衆益笑之近視則舌出目瞑而氣眞絕矣粱本自經豈不奇哉是可以爲儇薄之戒

聊齋志異卷三終

聊齋志異卷四

淄川　蒲松齡　留仙　著

新城　王士正　貽上　評

阿纖

奚山者高密人貿販爲業往往客蒙沂之間一日途中阻雨及至所常宿處而夜已深徧叩肆門無有應者徘徊廡下忽二扉豁開一叟出便納客入山喜從之縶蹇登堂堂上迄無几榻叟曰我憐客無歸故相容納我實非賣食沽飲者家中無多手指惟有老荆弱女眠熟矣

雖有宿肴苦少烹鬻勿嫌冷啜也言已便入少頃以短足牀來置地上促客坐又入攜一短足几至拔來報往蹀躞甚勞山起坐不自安曳令暫息少間一女郎出行酒叟顧曰我家阿纖興矣視之年十六七窈窕秀弱風致嫣然山有少弟未婚竊屬意焉因詢叟淸貫尊閥荅云士虛姓古子孫皆夭折剩有此女適不忍攪其酣睡想老荆喚起矣問壻家阿誰荅言未字山竊喜既而品味雜陳似所宿具食已致恭而言曰萍水之人遂蒙寵惠沒齒所不敢忘緣翁盛德乃敢遽陳朴魯僕有幼弟

三郎十七歲矣讀書肄業頗不頑冥欲求援繫不嫌寒賤否叟喜曰老夫在此亦是僑寓倘得相托便假一廬移家而往庶免懸念山都應之遂起展謝叟殷勤安置而去雞既唱叟已出呼客盥沐束裝已酬以飯金固辭曰客畱一飯豈有受金之理矧附爲婚姻乎既別客月餘乃返去村里餘遇老媼率一女郎冠服盡素既近疑似阿纖女郎亦頻轉顧因把媼袂附耳不知何辭媼便停步向山曰君奚姓耶山唯唯媼愀然曰不幸老翁壓於敗堵今將上墓家虛無人請少待路側行即還也遂

入林去移時始來遂已昏冥遂與偕行道其孤弱不覺哀啼山亦酸惻媼曰此處人情大不平善孤孀難以過度阿纖既爲君家婦過此恐遲時日不如早夜同歸山可之既至家媼挑燈供客已謂山曰意君將至儲粟都已糶去尚存廿餘石遠莫致之北去四五里村中第一門有談二泉者是吾售主君勿憚勞先以尊乘運一囊去叩門而告之但道南村古姥有數石粟糶作路用煩驅蹄蹴一致之也即以囊粟付山山策蹇去叩戶一碩腹男子出告以故傾囊先歸俄有兩夫以五騾至媼引

山至粟所乃在窖中山下爲操量執概母放女收頃刻
盈裝付之以去凡四反而粟始盡既而以金授媼媼留
其一人二畜治任遂東行二十里天始曙至一市市頭
賃騎談僕乃返既歸山以情告父母相見甚喜即以别
第館媼卜吉爲三郎完婚媼治奩粧甚備阿纖寡言少
怒或與語但有微笑晝夜績織無停晷以是上下悉憐
悅之囑三郎曰寄語大伯再過西道勿言吾母子也居
三四年奚家益富三郎入泮矣一日山宿古之舊鄰偶
及曩年無歸投宿翁媼之事主人曰客誤矣東鄰爲阿

伯別第三年前居者輒睹怪異故空廢甚久有何翁媼相聞山甚訝之而未深言主人又曰此宅向空十年無敢入者一日第後牆傾伯往覘之則石壓巨鼠如貓尾在內猶搖急歸呼衆共往則已渺矣羣疑是物爲妖後十餘日復入試驗寂無形聲又年餘始有居人山益奇之歸家私語竊疑新婦非人陰爲三郎慮而三郎篤愛如常久之家中人紛相猜議女微察之夜中語三郎曰妾從君數載未嘗少失德今置之不以人齒請賜離婚書聽君自擇良耦因泣下三郎曰區區寸心宜所夙知

自卿入門家日以豐咸以福澤歸卿烏得有異言女曰君無二心妾豈不知但衆口紛紜恐不免秋扇之捐三郎再四慰解乃已山終不釋日求善撲之猫以覘其意女雖不懼然蹙蹙不快一夕謂媼小恙辭三郎省侍之天明三郎往訊則室內已空駭極使人於四途踪跡之並無消息中心營營寢食都廢而父兄皆以爲幸交慰藉藉將爲緒婚而三郎殊不懌俟之年餘音問以絕父兄輒相誚責不得已以重金買妾然思阿纖不衰又數年奚家日漸貧由是咸憶阿纖有叔弟嵐以故至膠迂

道宿表戚陸生家夜聞鄰哭甚哀未遑詰也既返復聞之因問主人荅云數年前有寡母孤女僦居於是月前姥死女獨處無一綫之親是以哀耳問何姓曰姓古嘗閉戶不與里社通故未悉其家世嵐驚曰是吾嫂也因往欵扉有人揮涕出隔扉應曰客何人我家故無男子嵐隙窺而遥審之果嫂便曰嫂啟關我是叔家阿遂女聞之扱關納入訴其孤苦意悽慘悲懷嵐曰三兄憶念頗苦夫妻即有乖迕何遂遠遁至此即欲賃輿同歸女慘然曰我以人不齒數故遂與母偕隱今又返而依人

誰不加白眼如欲復還當與大兒分炊不然行乞藥求死耳嵐旣歸以告三郎三郎星夜馳去夫妻相見各有涕洟次日告其屋主屋主謝監生窺女美陰欲圖致爲妾數年不取其値頻風示媼媼絕之媼死竊幸可謀而三郎忽至逼討房租以留難之三郎家故不豐聞金多頗有憂色女言不妨引三郎視倉儲約粟三十餘石償租有餘三郎喜以告謝謝不受粟故索金女嘆曰此皆妾身之惡障也遂以其情告三郎三郎怒將訴於邑陸氏止之爲散粟於里黨斂貲償謝以車送兩人歸三郎

實告父母與兄析居阿纖出私金日建倉廩而家中尚無儋石共奇之年餘驗視則倉中盈矣不數年家大富而山苦貧女移翁姑自養之輒以金粟周兄狃以爲常三郎喜曰卿可云不念舊惡矣女曰彼自愛弟耳且非渠妾何緣識君哉後亦無甚怪異

瑞雲

瑞雲杭之名妓色藝無雙年十四歲其母蔡媼將使女應客瑞雲告曰此奴終身發軔之始不可草草價由母定客則聽女自擇之媼曰諾乃定價十五金遂日見客

客求見者以贄贄厚者接一奕酬一畫薄者留一茶而已瑞雲名譟已久自此富商貴介日接於門餘杭賀生才名夙著而家僅中貲素仰瑞雲固未敢擬鴛夢亦竭微贄冀得一覩芳澤竊恐其閱人既多不以寒酸在意及至相見一談而欵接殊殷坐語良久眉目含情作詩贈生曰何事求漿者藍橋叩曉關有心尋玉杵端只在人間生得之狂喜更欲有言忽小鬟白客來生倉卒遂别既歸吟玩詩詞夢魂縈擾過一二日情不自已修整復往瑞雲接見良懽移坐近生悄然謂能圖一宵之聚

否生曰窮蹶之士惟有癡可獻知巳一絲之贄巳竭綿薄得近芳容意願巳足若肌膚之親何敢作此夢想瑞雲聞之戚然不樂相對遂無一語生久坐不出嫗頻喚瑞雲以促之生乃歸心甚悒悒思欲罄家以博一懽而更盡而別此情復何可耐籌思及此熱念都消由是音息遂絕瑞雲擇壻數月更不得一當嫗頗恚將強奪之而未發也一日有秀才投贄坐語少時便起以一指按女額曰可惜可惜遂去瑞雲送客返共視額上有指印黑如墨濯之益真過數日黑痕漸闊年餘連顴徹準矣

見者輒笑而車馬之跡以絕媼斥去妝飾使與婢輩伍瑞雲又荏弱不任驅使日益憔悴賀聞而過之見蓬首廚下醜狀類鬼舉首見生面壁自隱賀憐之與媼言願贖媼許之賀貨田傾裝買之而歸入門牽衣攬涕且不敢以伉儷自居願備妾媵以俟來者賀曰人生所重者知已卿盛時猶能知我我豈以衰故忘卿乎遂不復娶聞者共姍笑之而生情益篤居年餘偶至蘇有和生與同主人忽問杭有名妓瑞雲近何如矣賀以適人對又問何人曰其人率與僕等和曰若能如君可謂得人矣

不知價幾何許賀曰緣有奇疾姑從賤售耳不然如僕者何能勾欄中買佳麗哉又問其人果能如君否賀以其問之異因反詰之和笑曰實不相欺昔曾一覩其芳儀甚惜其絕世之姿而流落不偶故以小術晦其光而保其璞留待憐才者之眞鑑耳賀急問曰君能點之亦能滌之否和笑曰烏得不能但須其人一誠求耳賀起拜曰瑞雲之壻即某是也和喜曰天下惟眞才人爲能多情不以妍媸易念也請從君歸便贈一佳人遂與同返既至賀將命酒和止之曰先行吾法當先令治具者

有懽心也郎令以盥器貯水戟指而書之曰濯之當愈然須親出一謝醫人也賀笑捧而去立俟瑞雲自頮之隨手光潔艷麗一如當年夫婦共德之同出展謝而客已渺徧覓之不可得意者其仙與

龍飛相公

安慶戴生少薄行無檢幅一日自他醉歸途中遇故表兄季生醉後昏眊亦忘其死問向在何所季曰僕已異物君忘之耶戴始恍然而醉亦不懼問冥間何作荅云近在轉輪王殿下司錄戴曰人世禍福當必知之季曰

此僕職也烏得不知但過煩非甚關切不盡記耳三日前偶稽冊尚睹君名戴急問其何詞季曰不敢相欺尊名在黑暗獄中戴大懼酒亦醒苦求拯拔季曰此亦所能効力惟善可以已之然君惡籍盈指非大善不可復挽窮秀才有何大力即日行一善非年餘不能相準今已晚矣但從此砥行則地獄中或有出時戴聞之泣下伏地哀懇及仰首而季已杳矣悒悒而歸由此洗心改行不敢差跌先是戴私其鄰婦鄰人聞知而不肯發思掩執之而戴自改行永與婦絕鄰人伺之不得以爲恨

一日遇於田間陽與語紿窺眢井因而墮之井深數丈
計必死而戴中夜甦醒坐井中大號殊無知者鄰人恐
其復生過宿往聽之聞其聲急投石戴移閉洞中不敢
復作聲鄰人知其不死劚土塡井幾滿之洞中冥黑真
與地獄無少異者空洞無所得食計無生理蒲伏漸入
則三步外皆水無所復之還坐故處初覺腹餒久竟忘
之因思重泉下無善可行惟長宣佛號而已旣見燐火
浮游熒熒滿洞因而祝之聞青燐悉爲寃鬼我雖暫生
固亦難反如可共話亦慰寂寞但見諸燐悉浮水來燐

中皆有一人高約人身之半詰所自來荅云此古煤井主人攻煤震動古墓被龍飛相公決地海之水溺死四十三人我等皆其鬼也問相公何人曰不知也但相公文學士今爲城隍幕客彼亦憐我無辜三五日輒一施水粥要我輩冷水浸骨超拔無日君倘再履人世祈撈殘骨葬一義塚則惠及泉下者多矣戴曰如有萬分一此卽何難但身在九地安望重睹天日乎因教諸鬼使念佛捻塊代珠記其藏數不知時之昏曉倦則眠醒則坐而已忽見深處有籠燈衆喜曰龍飛相公施食矣邀

戴同往戴慮水沮衆強扶曳以行飄然履虛曲折半里許至一處衆釋令自行步益上如升數仞之階階盡墻房廊堂上燒明燭一枝大如臂戴久不見火光喜極趨上上坐一叟儒服儒巾戴輟步不敢前叟已睹之詰問生人何來戴上伏地自陳叟曰我耳孫也因令起賜之坐自言戴潛字龍飛曩因不肖孫堂連結匪類近墓作井使老夫不安於夜室故以海水没之今其後續如何矣蓋戴近宗凡五支堂居長初邑中大姓賂堂攻煤於其祖塋之側諸弟畏其強莫敢爭無何地水暴至採煤

入盡死井中諸死者家羣興大訟堂及大姓皆以此貧堂子孫至無立錐戴乃堂弟裔也嘗聞先人傳其事因告翁翁曰此等不肖其後烏得昌汝旣來此當毋廢讀因餉以酒饌遂置卷案頭皆成宏制藝迫使研讀又命題課文如師授徒堂上燭常明不翦亦不滅倦時輒眠莫辨晨夕翁時出則以一僮給役歷時若有數年之久然幸無苦但無别書可讀惟制藝百首首四千餘遍矣公一日謂曰汝孽報已滿合還人世余冢鄰煤洞陰風刺骨得志後遷我於東原戴敬諾翁乃喚集羣鬼仍送

至舊坐處羣鬼羅拜再囑戴亦不知何計可出先是家中失戴搜訪既窮母告官繫累多人並少踪緒積三四年官離任緝察亦弛戴妻不安於室遣嫁去會里中人復治舊井入洞見戴撫之未死大駭報諸其家舁歸經日始能言其底裡自戴入井鄰人毆殺其婦爲婦翁所訟駁審年餘僅存皮骨而歸聞戴復生大懼亡去宗人議究治之戴不許且謂曩時實所自取此冥中之譴於彼何與焉鄰人察其意無他始逡巡而歸井水既涸戴買人入洞拾骨俾各爲具市棺設地葬叢塚焉又稽宗

諳名潛字龍飛先設品物祭諸其塚學使聞其異又賞其文是科以優等入闈遂捷於鄉既歸營兆東原遷龍飛厚葬之春秋上墓歲歲不衰

異史氏曰余鄉有攻煤者洞沒於水十餘人沉溺其中竭水求尸兩月餘始得涸而十餘人並無死者蓋水大至時共泅高處得不溺縋而上之見風始絕一晝夜乃漸甦始知人在地下如蛇鳥之蟄急切未能死也然未有至數年者苟非至善三年地獄中烏得有生人哉

珊瑚

安生大成重慶人父孝廉早卒弟二成幼生娶陳氏小字珊瑚而生母沈悍謬不仁遇之虐珊瑚無怨色每早旦靚妝往朝值生疾母謂其誨淫詬責之珊瑚退毀妝以進母益怒投顙自撾生素孝鞭婦母始少解自此益憎婦婦雖奉事惟謹終不與交一語生知母怒亦寄宿他所示與婦絕久之母終不快觸物類而罵之意皆在珊瑚生曰娶妻以奉姑嫜今若此何以妻爲遂出珊瑚使老嫗送諸其家方出里門珊瑚泣曰爲女子不能作婦歸何以見雙親不如死袖中出剪刀刺喉急救之血

溢沾襟扶歸生族嬸家嬸王氏寡居無耦遂止焉嫗歸生囑隱其情而心竊恐母知過數日探知珊瑚創漸平登王氏門使勿畱珊瑚王召之入不入但盛氣逐珊瑚無何珊瑚出見生便問珊瑚何罪生責其不能事母珊瑚脉脉不作一言惟俯首嗚泣泪皆赤素衫盡染生慘惻不能盡詞而退又數日母已聞之怒詣王惡言誚讓王傲不相下反數其惡且言婦已出尚屬安家何人我自畱陳氏女非畱安氏婦也何煩强與他家事母怒甚而窮於詞又見其意氣洶洶慚沮大哭而返珊瑚意不

自安思他適先是生有母姨于媼即沈姊也年六十餘子死止一幼孫及寡媳又嘗善視珊瑚遂辭王往投媼媼詰得故極道妹子昏暴即欲送之還珊瑚力言其不可兼囑勿言於是與于媼居類姑婦焉珊瑚有兩兄聞而憐之欲移之歸而嫁之珊瑚執不肯惟從于媼紡績以自度生自出婦母多方爲子謀婚而悍聲流播遠近無與爲耦積三四年二成漸長遂先爲畢姻二成妻臧姑驕悍戾沓尤倍於母母或怒以色則臧姑怒以聲二成又懦不敢爲左右袒於是母威頓減莫敢攖反望色

笑而承迎之猶不能得臧姑役母若婢生不敢言惟身代母操作滌器汛掃之事皆與焉母子恒於無人處相對飲泣無何母以鬱積病委頓在牀便溺轉側皆須生生晝夜不得寐兩目盡赤呼弟代役甫入門臧姑輙喚去之生於是奔告于媼冀媼臨存入門泣且訴訴未畢珊瑚自幃中出生大慚禁聲欲出珊瑚以兩手叉扉生窘急自肘下沖出而歸亦不敢以告母無何于媼至母喜止之由此媼家無日不以人來來輙以甘旨餉媼媼寄語寡媳此處不餓後勿復爾而家中餽遺卒

無少間媼不肯少嘗輒匿以進病者母病亦漸瘥媼幼
孫又以母命將佳餌來問疾沈嘆曰賢哉婦乎姊何修
者媼曰妹已去婦何如沈曰噫誠不至夫已氏之甚也
然烏如甥婦賢媼曰婦在汝不知勞汝怒婦不知怨惡
乎弗如沈乃泣下且告之悔曰珊瑚嫁也未者荅云不
知俟訪之又數日病良已媼欲別沈泣曰恐姊去我仍
死耳媼乃與生謀析二成居二成告臧姑臧姑不樂語
侵兒兼及媼生願以良田悉歸二成臧姑乃喜立析產
書已媼始去明日以車乘迎沈沈至其家先求見甥婦

極道甥婦德媼曰小女子百善何遂無一疵余固能容之子郎有婦如吾婦恐亦不能享也沈曰嗚呼寃哉謂我木石鹿豕耶具有口鼻豈有觸香臭而不知者媼曰被出如珊瑚不知念子作何語曰罵之耳媼曰誠反躬無可罵亦惡乎而罵之曰瑕疵人所時有惟其不能賢是以知其罵也媼曰當怨者不怨則德焉者可知當去者不去則撫焉者可知向之所餽遺而奉事者固非予婦也而婦也沈驚曰如何曰珊瑚寄此久矣向之所供皆渠夜績之所貽也沈聞之泣數行下曰我何以見吾

婦矣媪乃呼珊瑚珊瑚含涕而出伏地下母慚痛自撾媪力勸始止遂為姑媳如初十餘日偕歸家中薄田數畝不足自給惟恃生以筆耕婦以針耨二成稱饒足然兄不之求弟亦不之顧也臧姑以嫂之出也鄙之嫂亦惡其悍置不齒兄弟隔院居臧姑時有凌虐一家盡掩其耳臧姑無所用虐虐夫及婢婢一日自經死婢父訟臧姑二成代婦質理大受扑責仍坐拘臧姑生上下為之營脫卒不免臧姑械十指肉盡脫官貪暴索望良奢二成質田貸貲如數內入始釋歸而債家責負日亟不

得已悉以良田鬻於村中任翁翁以田半屬大成所讓要生署券生往翁忽自言我安孝廉也任某何人敢市吾業又顧生曰冥間感汝夫妻孝故使我暫歸一面生出涕曰父有靈急救吾弟曰逆子悍婦不足惜也歸家速辦金贖吾血產生曰母子僅自存活安得多金曰紫薇樹下有藏金可以取用欲再問之翁已不語少時而醒茫不自知生歸告母亦未深信臧姑已率數人發窖坎地四五尺止見磚石並無所謂金者失意而去生聞其掘藏戒母與妻勿往視後知其無所獲母竊往窺之

見磚石雜土中遂返珊瑚繼至則見土內悉白鏹呼生往驗之果然生以先人所遺不忍私召二成均分之數適得揭取之二各囊之而歸二成與臧姑共驗之啟囊則瓦礫滿中大駭疑二成爲兄所愚使二成往窺兄兄方陳金几上與母相慶因實告兄生亦駭而心甚憐之舉金而並賜之二成乃喜往酬債訖甚德兄臧姑曰卽此益知兄詐若非自愧於心誰肯以瓜分者復讓人乎二成疑信半之次日債主遣僕來言所償皆僞金將執以首官夫妻皆失色臧姑曰如何哉我固謂兄賢不至

於此是將以殺汝也二成懼往哀債主主怒不釋二成乃券田於主聽其自售始得原金而歸細視之見斷金二鋌僅裹真金一韭葉許中盡銅矣臧姑因與二成謀留其斷者餘仍返諸兄以觀之且教之言曰屢承讓德實所不忍薄留二鋌以見推施之義所存物產尚與兄等余無庸多田也業已棄之贖否在兄生不知其意固讓之二成辭甚決生乃受秤之少五兩餘命珊瑚質奩以滿其數攜付債主主疑似舊金以剪刀斷驗之紋色俱足無少差謬遂收金與生易券二成還金後意其必

有參差既聞舊業已贖大奇之臧姑疑掘時兄先隱其眞金忿詣兄所責數詬厲生乃悟反金之故珊瑚迎而笑曰產固在耳何怒焉使生出劵付之二成一夜夢父責之曰汝不孝不弟冥限已迫寸土皆非已有占賴將以奚為醒告臧姑欲以田歸兄臧嗤其愚是時二成有兩男長七歲次三歲無何長男病痘死臧姑懼使二成退劵於兄言之再三生不受未幾次男又死臧姑益懼自以劵置嫂所春將盡田蕪穢不耕生不得已種治之臧姑自此改行定省如孝子敬嫂亦至未半年而母病

卒臧姑哭之慟至食飲不入口向人曰姑早死使我不得事是天不許我自贖也產十胎皆不育遂以兄子爲子生夫妻皆壽終生三子舉兩進士人以爲孝友之報云

異史氏曰不遭跛嫗之惡不知靖獻之忠家與國有同情哉逆婦化而母死蓋一堂孝順無德以堪之也臧姑自克謂天不許其自贖非悟道者何能此言乎然應迫死而以壽終天固已恕之矣生於憂患有以矣夫

五通

南有五通猶北之有狐也然北方狐祟尚百計驅遣之至於江浙五通民家有美婦輒被淫占父母兄弟皆莫敢喘息爲害尤烈有邵弧者吳之典商也妻閻氏頗風格一夜有丈夫岸然自外入按劍四顧婢媼盡奔閻欲出丈夫橫阻之曰勿相畏我五通神四郎也我愛汝不爲汝禍因抱腰如舉嬰兒置牀上裙帶自脫遂狎之而偉岸甚不可堪迷惘中呻楚欲絕四郎亦憐惜不盡其器既而下牀曰我五日當復來乃去弧於門外設典肆是夜婢奔告之弧知其五通不敢問質明視妻憊不起

心甚羞之戒家人勿播婦三四日始就平復而懼其復至婢媼不敢宿內室悉避外舍惟婦對燭含愁以俟之無何四郎偕兩人入皆少年蘊藉有僮列肴酒與婦共飲婦羞縮低頭強之飲亦不飲心惕惕然恐更番爲淫則命合盡矣三人互相勸酬或呼大兄或呼三弟飲至中夜上座二客並起曰今日四郎以美人見招會當邀二郎五郎醵酒爲賀遂辭而去四郎挽婦入幃婦哀免四郎強合之血液流離昏不知人四郎始去婦奄臥牀榻不勝羞憤思欲自盡而投繯則帶自絕屢試皆然苦

不得死幸四郎不常至約婦痊可始一來積兩三月一家俱不聊生有會稽萬生者邵之表弟剛猛善射一日過邵時已暮邵以客舍為家人所積遂寘客宿內院萬久不寐聞庭中有人行聲伏窗窺之見一男子入婦室疑之捉刀而潛視之見男子與閻氏並肩坐肴陳几上矣忿火中騰奔而入男子驚起急覓劍刀已中顱顱裂而踣視之則一小馬大如驢愕問婦具道之且曰諸神將至為之柰何萬搖手禁勿聲滅燭取弓矢伏暗中未幾有四五人自空飛墮萬急發一矢首者殪三人吼怒

援劍搜射者萬握刃倚扉後寂不少動一人入剁頸亦殪仍倚扉後久之無聲乃出叩關告邵邵大驚共燭之一馬兩豕斃室中舉家相慶猶恐二物復雛留萬於家炰豕烹馬而供之味美異於常饈萬生之名由是大譟居月餘其怪竟絕乃辭欲去有木商某苦要之先是某有女未嫁忽五通晝降是二十餘美丈夫言將聘作婦委金百兩約吉期而去計期已迫闔家惶懼聞萬生名堅請過諸其家恐萬有難詞隱其情不以告盛筵既罷妝女出拜客年十六七是好女子萬錯愕不解其故離

坐傴僂某捺坐而實告之萬初聞而驚而生平意氣自豪故亦不辭至日某仍懸綵於門使萬坐室中日昃不至竊喜新郎已在誅數未幾見簷間忽如鳥墮則一少年盛服入見萬反身而奔萬追出但見黑氣欲飛以刀躍揮之斷其一足大嗥而去俯視則巨爪大如手不知何物尋其血跡入於江中某大喜聞萬無耦是夕即以所備牀寢使與女合巹焉於是素患五通者皆拜請一宿其家居年餘始攜妻而去自是吳中止存一通不敢公然爲害矣

異史氏曰五通青蛙惑俗已久遂至任其淫亂無人敢私議一語萬生眞天下之快人也

又

金生字王孫蘇州人設帳於淮館縉紳園中屋宇無多花木蘩雜夜既深僮僕散盡孤影徬徨意緒良苦一夜三漏將殘忽有人以指彈扉急問之對以乞火音類館僮啟戸內之則二八麗者一婢從諸其後生意妖魅窮詰甚悉女曰妾以君風雅之士枯寂可憐不畏多露相與遣此良宵恐言其故妾不敢來君亦不敢納也生又

疑爲鄰之奔女懼喪行檢敬謝之女橫波一顧生覺魂魄都迷忽顛倒不能自主婢已知之便云霞姑我且去女頷之既而呵之曰去則去耳甚得雲耶霞耶婢既去女笑曰適室中無人遂借婢從來無知如此遂以小字介君聞矣生曰卿深細如此故僕懼有禍機女曰久當自知保不敗君行止勿憂也上榻緩其裝束見臂上腕釧以條金貫火齊嘟雙明珠燭既滅光照一室生益駭終莫測其所自至事甫畢婢來叩窗女起以釧照徑入叢樹而去自此無夕不至生於去時遙尾之女似已覺

遽徹其光樹濃茂昏不見掌而返一日生詣河北笠帶斷絕風吹欲落輒於馬上以手自按至河坐扁舟上飄風墮笠隨波竟去意頗自失既渡見大風飄笠圓轉空際漸落以手承之則帶已續矣異之歸齋向女緬述女不言但微哂之生疑女所爲曰卿果神人當相明告以袪煩惑女曰岑寂之中得此癡情人爲君破悶妾自謂不惡縱令妾能爲此亦相愛耳苦致詰難欲見絕耶生不敢復言先是生養甥女既嫁爲五通所惑心憂之而未以告人緣與女狎暱既久肺鬲無不傾吐女曰此等

物事家君能驅除之顧何敢以情人之私告諸嚴君生苦哀求計女沉思曰此亦易除但須親往若輩皆我家奴隸若令一指得着肌膚則此恥西江不能濯也生哀求無已女曰當即圖之次夕至告曰妾爲君遣婢南下矣婢子弱恐不能便誅却耳次夜方寢婢來叩戶生急起內入女問如何荅云力不能擒已宫之矣笑問其狀曰初以爲郎家也既到始知其非比至壻家燈火已張入見娘子坐燈下隱几若寐我斂魂覆瓿中少時物至入室急退曰何得寓生人審視無他乃復入我陽若迷

彼啟衾入又驚曰何得有兵氣本不欲以穢物汙指奈
恐緩而生變遂急捉而閹之物驚嗥遁去乃起啟甋娘
子若醒而娩子行矣生喜謝之女與俱去後半月餘絕
不復至亦已絕望歲暮解館欲歸女忽至生喜逆之曰
卿久見棄念必何處獲罪幸不終絕耶女曰終歲之好
分手未有一言終屬缺事聞君捲帳故竊來一告別耳
生請偕歸女嘆曰難言之矣今將別情不忍昧妾屬金
龍大王之女緣與君有宿分故來相就不合遣婢江南
致江湖流傳言妾為君閹割五通家君聞之以為大恥

忿欲賜死幸婢以身自任怒乃稍解杖婢以百數妾一跬步皆以保姆從之投隙一至不能盡此衷曲奈何言已欲別生挽之而泣女曰君勿爾後三十年可復相聚生曰僕三十年矣又三十年皤然一老何顏復見女曰不然龍宮無白叟也且人生壽夭不在容貌如徒求駐顏固亦大易乃書一方於卷頭而去生旋里甥女始言其異云當晚若夢覺一人捉塞盎中既醒則血殷牀褥而怪絕矣生曰我曩禱河伯耳羣疑始解後生六十餘貌猶類三十許人一日渡河遙見上流浮蓮葉大如席

一麗人坐其上近視則神女也躍從之人隨荷葉俱小漸至如錢而滅此事與郤弧一則俱明季事不知孰前孰後若在萬生用武之後則吳下僅遺半通宜其不足爲害也

申氏

涇河之側有士人子申氏者家窶貧竟日恒不舉火夫妻相對無以爲計妻曰無已子其盜乎申曰士人子不能亢宗而辱門戶羞先人跖而生不如夷而死妻忿曰子欲活而惡辱耶世不田而食者止有兩途汝既不能

盜我無寧娼耳申怒與妻語相侵妻含憤而眠申念爲男子不能謀兩餐至使妻欲娼固不如死潛起投繯庭樹間但見父來驚曰癡兒何至於此斷其繩囑曰盜可以爲須擇禾黍深處伏之此行可富無庸再矣妻聞墮地聲驚寤呼夫不應爇火覓之見樹上繯絶申死其下大駭撫捺之移時而甦扶臥牀上妻忿氣少平既明托夫病乞鄰得稀酏餌申申啜已出而去至午負一囊米至妻問所從來曰余父執皆世家向以搖尾爲羞故不屑以相求也古人云不遺者可無不爲今且將爲盜何

顧焉可遽炊我將從卿言往行刼妻疑其未忘前言之忿含忍之因淅米作糜申餽食訖急尋堅木斧作梃持之欲去妻察其意似眞曳而止之申曰子教我爲事敗相累當無悔絶裾而去日暮抵鄰村違村里許伏焉忽暴雨上下淋溼遙望濃樹將以投止而電光一照已近村垣遠處似有行人恐爲所窺見垣下禾黍蒙密疾趨而入蹲避其中無何一男子來軀甚壯偉亦投禾中申懼不敢少動幸男子斜行去微窺之入於垣中默意垣內爲富室亢氏第此必梁上君子俟其重獲而出當合

有分又念其人雄健倘善取不予必至用武自度力不
敵不如乘其無備而顛之計已定伏俟良耑時將雞鳴
始越垣出足未及地申暴起梃中腰膂踣然傾跌則一
巨龜喙張如盆大驚又連擊之遂斃先是亢翁有女絕
慧美父母皆憐愛之一夜有丈夫入室狎逼爲權欲號
則舌已入口昏不知人聽其所爲而去羞以告人惟多
集婢媼嚴扃門戶而已夜寢更不知扉何自開入室則
羣衆皆迷婢媼徧淫之於是相告各駭以告翁翁戒家
人操刀環繡闥室中人燭而坐約近夜半內外人一時

都瞑忽若夢醒見女白身臥狀類癡良久始寤翁甚恨之而無如何積數月女柴瘠頗殆每語人有能驅遣者謝金三百串平時亦悉聞之是夜得龜因悟祟翁女者必是物也遂叩門求賞翁喜延之上座使人舁龜於庭臠割之留申過夜其怪果絕乃如數贈之負金而歸妻以其隔宿不還方切憂盼見申入急問之申不言以金置榻上妻覘幾駭絕曰子真爲盜耶申曰汝逼我爲此又作是言妻泣曰前特以相戲耳今犯斷頭之罪我不能受賊人累也請先死乃奔申逐出笑曳而返之具以

實告妻乃喜自此謀生產稱素封焉

異史氏曰人不患貧患無行耳其行端者雖餓不死不爲人憐亦有鬼祐也世之貧者利所在忘義食所在忘耻人且不敢以一文相托而何以見諒於鬼神乎

恒娘

洪大業都中人妻朱氏姿致頗佳兩相愛悅後洪納婢寶帶爲妾貌遠遜朱而洪嬖之朱不平輒以此反目洪雖不敢公然宿妾所然益嬖寶帶疎朱後徙其居與帛商狄姓者爲鄰狄妻恒娘先過院謁朱恒娘三十許姿

僮中人而言詞輕倩朱悅之次日荅其拜見其室亦有小妻年二十來甚娟好鄰居幾半年竝不聞其詬誶一語而狄獨鍾愛恒娘副室則虛員而已朱一日見恒娘而問之曰余向謂良人之愛妾爲其爲妾也每欲易妻之名呼作妾今乃知不然夫人何術如可授願北面爲弟子恒娘曰嘻子則自疏而尤男子乎朝夕而絮聒之是爲叢驅雀其離滋甚耳其歸益縱之即男子自來勿納也一月後當再爲子謀之朱從其言益飾寶帶使從丈夫寢洪一飲食亦使寶帶共之洪時一周旋朱朱拒

之益力於是共稱朱氏賢如是月餘朱往見恒娘恒娘喜曰得之矣子歸毀若妝勿華服勿脂澤垢面敝履雜家人操作一月後可復來朱從之衣敝補衣故不潔清而紡績外無他問洪憐之使寶帶分其勞朱不受輒叱去之如是者一月又往見恒娘恒娘曰孺子眞可教也後日爲上巳節欲招子踏春園子當盡去敝衣袍袴襪履嶄然一新早過我朱曰諾至日攬鏡細勻鉛黃一一如恒娘教妝竟過恒娘恒娘喜曰可矣又代挽鳳髻光可鑑影袍袖不合時製拆其綫更作之謂其履樣拙更

於笥中出業履共成之訖即令易着臨别飲以酒囑曰歸去一見男子即早閉戶寢渠來叩關勿聽也三度呼可一度納口索舌手索足皆吝之半月後當復來朱歸炫妝見洪洪上下凝睇之歡笑異於平時朱少話游覽便支頤作惰態日未昏即起入房闔扉眠矣未幾洪果來叩關朱堅臥不起洪始去次夕復然明日洪讓之朱曰獨眠習慣不堪復擾日既西洪入閨坐守之滅燭登牀如調新婦綢繆甚懽更爲次夜之約朱不可長與洪約以三日爲率半月許復詣恒娘恒娘闔門與語曰從

此可以擅專房矣然子雖美不媚也子之姿一媚可奪西施之寵況下者乎於是試使覝曰非也病在外背試使笑又曰非也病在左顧乃以秋波送嬌又囅然瓠犀微露使朱傚之凡數十作始略得其髣髴恒娘曰子歸矣攬鏡而嫺習之術無餘矣至於牀第之間隨機而動之因所好而投之此非可以言傳者也朱歸一如恒娘教洪大悅形神俱惑唯恐見拒日將暮則相對調笑跬步不離閨闥日以爲常竟不能推之使去朱益善遇寶帶每房中之宴輒呼與共榻坐而洪視寶帶益醜不終

席遣去之朱賺夫入寶帶房扃閉之洪終夜無所沾染於是寶帶恨洪對人輙怨謗洪益厭怒之漸施鞭楚寶帶忿不自修飾敝衣垢履頭類蓬葆更不復可言人矣恒娖一日謂朱曰我術何如矣朱曰道則至妙然弟子能由之而終不能知之也縱之何也曰子不聞乎人情厭故而喜新重難而輕易丈夫之愛妾非必其美也甘其所乍獲而幸其所難遘也縱而飽之則珍錯亦厭況藜羹乎毀之而復炫之何也曰置不留目則似久別忽覩豔妝則如新至譬貧人驟得粱肉則視脫粟非味矣

而又不易與之則彼故而我新彼易而我難此即子易妻爲妾之法也朱大悅遂爲閨中之密友積數年忽謂朱曰我兩人情若一體自當不昧生平向欲言而恐疑之也行相別敢以實告妾乃狐也幼遭繼母之變鬻妾都中良人遇我厚故不忍遽絕戀戀以至於今明日老父尸解妾往省覲不復還矣朱把手欷歔早旦往視則舉家惶駭恒娘已杳

異史氏曰買珠者不貴珠而貴櫝新舊難易之情千古不能破其惑而變憎爲愛之術遂得以行乎其間矣古

佞臣事君勿令見人勿使窺書乃知容身固寵皆有心傳也

葛巾

常大用洛人癖好牡丹聞曹州牡丹甲齊魯心向往之適以他事如曹因假縉紳之園居焉而時方二月牡丹未華惟徘徊園中目注勾萌以望其坼作懷牡丹詩百絕未幾花漸含苞而資斧將匱尋典春衣流連忘反一日凌晨趨花所則一女郎及老嫗在焉疑是貴家宅眷亦遂遄返暮而往又見之從容避去微窺之宮妝豔絕

眩迷之中忽轉一想此必仙人世上豈有此女子乎急反身而摟之驟過假山適與嫗遇女郎方坐石上相顧失驚嫗以身障女叱曰狂生何爲生長跪曰娘子必是神仙嫗咄之曰如此妄言自當縶送令尹生大懼女郎微笑曰去之過山而去生返不能徙步意女郎歸告父兄必有詬辱之來偃臥空齋自悔孟浪竊幸女郎無怒容或當不復置念悔懼交集終夜而病日已向辰喜無問罪之師心漸寧帖而回憶聲容轉懼爲想如是三日憔悴欲死秉燭夜分僕已熟眠嫗入持甌而進曰吾家

葛巾娘子手合鴆湯其速飲生聞而駭既而曰僕與娘子夙無怨嫌何至賜死既爲娘子手調與其相思而病不如仰藥而死遂引而進之嫗笑持甌而去生覺藥氣香冷似非毒者俄覺肺鬲寬舒頭顱清爽酣然睡去既醒紅日滿窗試起病若失心益信其爲仙無可夤緣但於無人時彷彿其立處坐處虔拜而默禱之一日行去忽於深樹內覿面遇女郎無他人大喜投地女郎近曳之忽聞異香竟體即以手握玉腕而起指膚軟膩使人骨節欲酥正欲有言老嫗忽至女令隱身石後南指曰

夜以花梯度牆四面紅隱者卽妾居也匆匆遂去生悵然魂魄飛散莫能知其所往至夜移梯登南垣則垣下已有梯在喜而下果見紅隱室中聞敲棋聲佇立不敢復前姑踰垣歸少間再過子聲猶繁漸近窺之則女郎與一素衣美人相對着老媪亦在坐一婢侍焉又返凡三往復三漏已催生伏梯上聞媪出云梯也誰置此呼婢共移去之生登垣欲下無階恨悒而返次夕復往梯先設矣幸寂無人入則女郎兀坐若有思者見生驚起斜立含羞生揖曰自謂福薄恐於天人無分亦有今夕

耶遂狎抱之纖腰盈掬吹氣如蘭撐拒曰何遽爾生曰好事多磨遲爲鬼妬言未及已遥聞人語女急曰玉版妹子來矣君可姑伏牀下生從之無何一女子入笑曰敗軍之將尚可復言戰否業已烹茗敢邀爲長夜之歡女郎辭以困憊玉版固請之女郎堅坐不行玉版曰如此戀戀豈藏有男子在室耶强拉之出門而去生膝行而出恨絶遂搜枕簟冀一得其遺物而室内並無香奩祇牀頭有水精如意上結紫巾芳潔可愛懷之越垣歸自理襟袖體香猶凝傾慕益切然因伏牀之恐遂有懷

刑之懼籌思不敢復往但珍藏如意以冀其尋隔夕女
郎果至笑曰妾向以君爲君子也而不知寇盜也生曰
良有之所以偶不君子者第望其如意耳乃攬體入懷
代解裙結玉肌乍露熱香四流偎抱之閒覺鼻息汗熏
無氣不馥因曰僕固意卿爲仙人今益知不妄幸蒙垂
盼緣在三生但恐杜蘭香之下嫁終成離恨耳女笑曰
君慮亦過妾不過離魂之倩女偶爲情動耳此事要宜
愼密恐是非之口捏造黑白君不能生翼妾不能乘風
則禍離更慘於好別矣生然之而終疑爲仙固詰姓氏

女曰既以爲仙仙人何必姓名傳問嫗何人曰此桑姥姥妾少時受其露覆故不與婢輩同遂起欲去曰妾處耳目多不可久羈蹈隙當復來臨別索如意曰此非妾物乃玉版所遺問玉版爲誰曰妾叔妹也付鉤乃去去後衾枕皆染異香由此兩三夜輒一至生惑之不復思歸而囊橐既空欲貨馬女知之曰君以妾故瀉囊質衣情所不忍又去代步千餘里將何以歸妾有私蓄聊可助裝生辭曰感卿情好撫臆誓肌不足論報而又貧鄙以耗卿財何以爲人矣女固强之曰姑假君遂捉生臂

至一桑樹下指一石曰轉之生從之又拔頭上簪刺土數十下曰爬之生又從之則甕口已見女探之出白鏹近五十兩許生把臂止之不聽又出十餘錠生强反其半而後掩之一夕謂生曰近日微有浮言勢不可長此不可不預謀也生驚曰且爲柰何小生素迂謹今爲卿故如寡婦之失守不復能自主矣一惟卿命刀鋸斧鉞亦所不遑顧耳女謀偕亡命生先歸約會於洛生治任旋里擬先歸而後逆之比至則女郎車適已至門登堂朝家人四鄰驚賀而並不知其竊而逃也生竊自危女

殊坦然謂生曰無論千里外非邏察所及即或知之妾世家女卑王孫當無如長卿何也生弟大器年十七女顧之曰是有慧根前程尤勝於君完昏有期妻忽夭殞女曰妾妹玉版君固嘗窺見之貌頗不惡年亦相若作夫婦可稱嘉耦生聞之而笑戲請作伐女曰必欲致之即亦非難喜問何術曰妹與妾最相善兩馬駕輕車費一嫗之往返耳生懼前情俱發不敢從其謀女固言不害即命車遣桑媼去數日至曹將近里門媼下車使御者止而候於途乘夜入里良久偕女子來登車遂發昏

暮即宿車中五更復行女郎計其時日使大器盛服而
逆之五十里許乃相遇御輪而歸鼓吹花燭起拜成禮
由此兄弟皆得美婦而家又日以富一日有大寇數十
騎突入第生知有變舉家登樓寇入圍樓生俯問有讎
否答言無讎但有兩事相求一則聞兩夫人世間所無
請賜一見一則五十八人各乞金五百聚薪樓下爲縱
火計以脅之先允其索金之請寇不滿志欲焚樓家人
大恐女欲與玉版下樓止之不聽炫妝而下階未盡者
三級謂寇曰我姊妹皆仙媛暫時一履塵世何畏寇盜

欲賜汝萬金恐汝不敢受也寇衆一齊仰拜喏聲不敢姊妹欲退一寇曰此詐也女聞之反身佇立曰意欲何作便早圖之尚未晚也諸寇相顧默無一言姊妹從容上樓而去寇仰望無跡閧然始散後二年姊妹各舉一子始漸自言魏姓母封曹國夫人生疑曹無魏姓世家又且大姓失二女何得一置不問未敢窮詰而心竊怪之遂託故復詣曹入境諮訪世族無魏姓於是仍假館舊主人忽見壁有贈曹國夫人詩頗涉駭異因詰主人主人笑即請往觀曹夫人至則牡丹一本高與簷等問

所由名則以此花爲曹第一故同人戲封之問其何種曰葛巾紫也心益駭遂疑女爲花妖既歸不敢質言但述贈夫人詩以覘之女蹙然變色遽出呼玉版抱兒至謂生曰三年前感君見思遂呈身相報今見猜疑何可復聚因與玉版皆舉兒遙擲之兒墮地並沒生方驚顧則二女俱渺矣悔恨不已後數日墮兒處生牡丹二株一夜經尺當年而花一紫一白朶如大盤較尋常之葛巾玉版瓣尤繁碎數年茂蔭成叢移分他所更變異種莫能識其名自此牡丹之盛洛下無雙焉

異史氏曰懷之專一神鬼可通偏反者亦不可謂無情也少府寂寞以花當夫人況眞能解語何必力窮其源哉惜常生之未達也

黃英

馬子才順天人世好菊至才尤甚聞有佳種必購之千里不憚一日有金陵客寓其家自言其中表親有一二種爲北方所無馬欣動卽刻治裝從客至金陵客多方爲之營求得兩芽裹藏如寶歸至中途遇一少年跨蹇從油碧車丰姿灑落漸近與語少年自言陶姓談言騷

雅因問馬所自來實告之少年曰種無不佳培溉在人
因與論藝菊之法馬大悅問將何往荅云姊厭金陵欲
卜居於河朔耳馬欣然曰僕雖固貧茅廬可以寄榻不
嫌荒陋無煩他適陶趨車前向姊咨禀車中人推簾語
乃二十許絶世美人也顧弟言屋不厭卑而院宜得廣
馬代諾之遂與俱歸第南有荒圃僅小室三四椽陶喜
居之日過北院爲馬治菊菊已枯拔根再植之無不活
然家清貧陶日與馬共食飲而察其家似不舉火馬妻
呂亦愛陶姊不時以升斗饋卹之陶姊小字黄英雅善

談輒過呂所與共紉績陶一日謂馬曰君家固不豐僕日以口腹累知交胡可爲常爲今計賣菊亦足謀生馬素介聞陶言甚鄙之曰僕以君風流高士當能安貧今作是論則以東籬爲市井有辱黄花矣陶笑曰自食其力不爲貪販花爲業不爲俗人固不可苟求富然亦不必務求貧也馬不語陶起而出自是馬所棄殘枝劣種陶悉掇拾而去由此不復就馬寢食招之始一至未幾菊開聞其門囂喧如市怪之過而窺焉見市人買花者車載肩負道相屬也其花皆異種目所未睹心厭其貪

欲與絶而又恨其私秘佳本遂欵其扉將就誚讓陶出握手曳入見荒庭半畝皆菊畦數椽之外無曠土劚去者則折別枝插補之其蓓蕾在畦者罔不佳妙而細認之皆向所拔棄也陶入屋出酒饌設席畦側曰僕貧不能守清戒連朝幸得微貲頗足供醉少間房中呼三郎陶諾而去俄獻佳肴烹飪良精因問貴姊胡以不字答云時未至問何時曰四十三月又詰何說但笑不言盡歡始散過宿又詣之新插者已盈尺矣大奇之苦求其術陶曰此固非可言傳且君不以謀生焉用此又數日

門庭略寂陶乃以蒲席包菊捆載數車而去踰歲春將半始載南中異卉而歸於都中設花肆十日盡售復歸藝菊問之去年買花者留其根次年盡變而劣乃復購於陶陶由此日富一年增舍二年起夏屋興作從心更不謀諸主人漸而舊日花畦盡爲廊舍更買田一區築墉四周悉種菊至秋載花去春盡不歸而馬妻病卒意屬黃英微使人風示之黃英微笑意似允許惟專候陶歸而已年餘陶竟不至黃英課僕種菊一如陶得金益合商賈村外治膏田二十頃甲第益壯忽有客自東粵

來寄陶函信發之則囑姊歸馬考其寄書之日即妻死之日回憶園中之飲適四十三月也大奇之以書示英請問致聘何所英辭不受采又以故居陋欲使就南第居若贅焉馬不可擇日行親迎禮黃英旣適馬於壁間開扉通南第日過課其僕馬恥以妻富恆囑黃英作南北籍以防淆亂而家所須黃英輒取諸南第不半歲家中觸類皆陶家物馬立遣人一一賫還之戒勿復取未浹旬又雜之凡數更馬不勝煩黃英笑曰陳仲子毋乃勞乎馬慙不復稽一切聽諸黃英鳩工庀料土木大作

馬不能禁經數月樓舍連亘兩第竟合爲一不分疆界矣然遵馬教閉門不復業菊而享用過於世家馬不自安曰僕三十年清德爲卿所累今視息人間徒依裙帶而食眞無一毫丈夫氣矣人皆祝富我但祝窮耳黄英曰妾非貪鄙但不少致豐盈遂令千載下人謂淵明貧賤骨百世不能發迹故聊爲我家彭澤解嘲耳然貧者願富爲難富者求貧固亦甚易牀頭金任君揮去之妾不靳也馬曰捐他人之金抑亦良醜黄英曰君不願富妾亦不能貧也無已析君居清者自清濁者自濁何害

乃於園中築茅茨擇美婢往侍馬馬安之然過數日苦
念黃英招之不肯至不得已反就之隔宿輒至以爲常
黃英笑曰東食西宿廉者當不如是馬亦自笑無以對
遂復合居如初會馬以事客金陵適逢菊秋早過花肆
見肆中盆列甚煩欵朶佳勝心動疑類陶製少間主人
出果陶也喜極具道契濶遂止宿馬要之歸陶曰金陵
吾故土將昏於是積有薄貲煩寄吾姊我歲杪當暫去
馬不聽請之益苦且曰家幸充盈但可坐亨無須復賈
坐肆中使僕代論價廉其直數日盡售逼促囊裝賃舟

遂北入門則姊已除舍牀榻裀褥皆設若預知弟也歸者陶自歸解裝課役大修亭園惟日與馬共棋酒更不復結一客爲之擇昏辭不願姊遣兩婢侍其寢處居三四年生一女陶飲素豪從不見其沉醉有友人曾生量亦無對適過馬馬使與陶相較飲二人縱飲甚歡恨相得晚自辰以訖四漏計各盡百壺曾爛醉如泥沉睡坐間陶起歸寢出門踐菊畦玉山傾倒委衣於側卽地化爲菊高如人花十餘朵皆大於拳馬駭絕告黃英英急往拔置地上曰胡醉至此覆以衣要馬俱去戒勿視旣明

而往則陶臥畦邊馬乃悟姊弟菊精也益愛敬之而陶自露迹飲益放恒自折柬招曾因與莫逆值花朝曾來造訪以兩僕舁藥浸白酒一罈約與共盡罈將竭二人猶未甚醉馬潛以瓻續入之二人又盡之曾醉已憊諸僕負之以去陶臥地又化爲菊馬見慣不驚如法拔之守其旁以觀其變久之葉益憔悴大懼始告黃英英聞駭曰殺吾弟矣奔視之根株已枯痛絕掐其梗埋盆中攜入閨中日灌溉之馬悔恨欲絕甚惡曾越數日聞曾已醉死矣盆中花漸萌九月既開短幹粉朶嗅之有酒

香名之醉陶澆以酒則茂後女長成嫁於世家黃英終老亦無他異

異史氏曰青山白雲人遂以醉死世盡惜之而未必不自以爲快也植此種于庭中如見良友如對麗人不可不物色之也

書癡

彭城郎玉柱其先世官至太守居官廉得俸不治生産積書盈屋至玉柱尤癡家苦貧無物不鬻惟父藏書一卷不忍賣父在時曾書勸學篇粘其座右郎日諷誦又

籠以素紗惟恐磨滅非爲干祿實信書中眞有金粟晝夜研讀無間寒暑年二十餘不求婚配冀卷中麗人自至見賓親不知溫涼三數語後則誦聲大作客逡巡自去每文宗臨試輒首拔之而苦不得售一日方讀忽大風飄卷去急逐之踏地陷足探之穴有腐草掘之乃古人窖粟朽敗已成糞土雖不可食而益信千鍾之說不妄讀益力一日梯登高架於亂卷中得金輦徑尺大喜以爲金屋之驗出以示人則鍍金而非眞金心竊怨古人之誑已也居無何有父同年觀察是道性好佛或勸

郎獻犢爲佛龕觀察大悅贈金三百馬二匹郎喜以爲金屋車馬皆有驗因益刻苦然行年已三十矣或勸之娶曰書中自有顏如玉我何憂無美妻乎又讀二三年迄無效人咸揶揄之時民間訛言天上織女私逃或戲郎天孫竊奔蓋爲君也郎知其戲置不辯一夕讀漢書至八卷卷將半見紗翦美人夾藏其中駭曰書中顏如玉其以此應之耶心悵然自失而細視美人眉目如生背隱隱有細字云織女大異之日置卷上反覆瞻玩至忘食寢一日方注目間美人忽折腰起坐卷上微笑郎

驚絶伏拜案下既起已盈尺矣益駭又叩之下几亭亭宛然絶代之姝拜問何神美人笑曰妾顏氏字如玉君固相知已久日垂青盼脫不一至恐千載下無復有篤信古人者郎喜遂與寢處然枕席間親愛倍至而不知爲人每讀使女坐於其側女戒勿讀不聽女曰君所以不能騰達者徒以讀耳試觀春秋榜上讀如君者幾人若不聽妾行去矣郎暫從之少頃忘其教吟誦復起踰刻索女不知所在神志喪失跪而禱之殊無影迹忽憶所隱處取漢書細檢之直至舊所果得之呼之不動伏

以哀祝女乃下曰君再不聽當相永絕因使治棋枰樗蒱之具日與遨戲而郎意殊不屬覷女不在則竊卷流覽恐爲女覺陰取漢書第八卷雜溷他所以迷之一日讀酣女至竟不之覺忽睹之急掩卷而女已亡矣大懼冥搜諸卷渺不可得旣仍於漢書八卷中得之葉數不爽因再拜祝矢不復讀女乃下與之弈曰三日不工當復去至三日忽一局贏女二子女乃喜授以絃索限五日工一曲郎手營目注無暇他及久之隨指應節不覺鼓舞女乃日與飲博郎遂樂而忘讀女又縱之出門使

結客由此倜儻之名暴著女曰子可以出而仕矣郎一夜謂女曰凡人男女同居則生子今與卿居久何不然也女笑曰君日讀書妾固謂無益今即夫婦一章尚未了悟枕席二字有工夫郎驚問何工夫女笑不言少間潛迎就之郎樂極曰我不意夫婦之樂有不可言傳者於是逢人輒道無有不掩口者女知而責之郎曰鑽穴踰隙者始不可以告人天倫之樂人所皆有何諱焉過八九月女果舉一男買媼撫字之一日謂郎曰妾從君二年業生子可以別矣久恐爲君禍悔之已晚郎聞言

泣下伏不起曰卿不念呱呱者耶女亦悽然良久曰必欲留當舉架上書散之郎曰此卿故鄉乃僕性命何出此言女不之强曰妾亦知其有數不得不預告耳先是親族或窺見女無不駭絶而又未聞其締姻何家共詰之郎不能作僞語但默不言人益疑郵傳幾徧聞於邑宰史公史閩人少年進士聞聲傾動竊欲一睹麗容因而拘郎及女女聞之遁匿無跡宰怒收郎斥革衣襟梏械備加務得女所自往郎垂死無一言械其婢略能道其髣髴宰以爲妖命駕親臨其家見書卷盈屋多不勝

搜乃焚之庭中煙結不散暝若陰霾郎既釋遠求父門人書得從辨復是年秋捷次年舉進士而銜恨切於骨髓爲顏如玉之位朝夕而祝曰卿如有靈當佑我官於閩後果以直指巡閩居三月訪史惡欸籍其家時有中表爲司理逼納愛妾托言買婢寄署中案既結郎即日自劾取妾而歸

異史氏曰天下之物積則招妬好則生魔女之妖書之魔也事近怪誕治之未爲不可而祖龍之虐不已慘乎其存心之私更宜得怨毒之報也嗚呼何怪哉

齊天大聖

許盛兗人從兄成賈於閩貨未居積客言大聖靈著將禱諸祠盛未知大聖何神與兄俱往至則殿閣連蔓窮極宏麗入殿瞻仰神猴首人身蓋齊天大聖孫悟空云諸客肅然起敬無敢有惰容盛素剛直竊笑世俗之陋衆焚薦叩祝盛潛去之既歸兄責其慢盛曰孫悟空乃丘翁之寓言何遂誠信如此如其有神刀槊雷霆余自受之逆旅主人聞呼大聖名皆搖手失色若恐大聖聞盛見其狀益譁辨之聽者皆掩耳而走至夜盛果病頭

痛大作或勸詣祠謝盛不聽未幾頭小愈股又痛竟夜生巨疽連足盡腫寢食俱廢兄代禱迄無驗或言神譴須自祝盛卒不信月餘瘡漸斂而又一疽生其痛倍苦醫來以刀割腐肉血溢盈椀恐人神其詞故忍而不呻又月餘始就平復而兄又大病盛曰何如矣敬神者亦復如是足徵吾之疾非由悟空也兄聞其言益恚謂神遷怒責弟不爲代禱盛曰兄弟如手足前日支體糜爛而不之禱今豈以手足之病而易吾守乎但爲延醫對藥而不從其禱藥下兄暴斃盛慘痛結於心腹買棺殮

兄已投祠指而數之曰兄病謂汝遷怒使我不能自白倘爾有神當令死者復生余即北面稱弟子不敢有異詞不然當以汝處三清之法還處汝身亦以破吾兄地下之惑至夜夢一人招之去入大聖祠仰見大聖有怒色責之曰因汝無狀以菩薩刀穿汝脛股猶不自悔嘖有煩言本宜送拔舌獄念汝一生剛鯁姑置宥赦汝兄病乃汝以庸醫夭其壽數於人何尤今不少施法力益令狂妄者引爲口實乃命青衣使請命於閻羅青衣白三日後鬼籍已報天庭恐難爲力神取方版命筆不知

何詞使青衣執之而去良久乃返成與俱來並跪堂上神問何遲青衣白閻摩不敢擅專又持大聖旨上咨斗宿是以來遲盛趨上拜謝神恩神曰可速與兄俱去若能向善當爲汝福兄弟悲喜相將俱歸醒而異之急起啟棺視之兄果已甦醒扶出極感大聖力盛由此誠服信奉更倍於流俗而兄弟貲本病中已耗其半兄又未健相對長愁一日偶游郊郭忽一褐衣人相之曰子何憂也盛方苦無所訴因而備述其遭褐衣人曰有一佳境暫往瞻矚亦足破悶問何所但言不遠從之出郭半

里許褐衣人曰予有小術頃刻可到因命以兩手抱腰略一點首遂覺雲生足下騰踔而上不知幾百由旬盛大懼閉目不敢少啟頃之曰至矣忽見琉璃世界光明異色訝問何處曰天宮也信步而行上下益高遙見一叟喜曰適遇此老子之福也舉手相揖叟邀過其所烹茗獻客止兩盞殊不及盛褐衣人曰此吾弟子千里行賈敬造仙署求所贈饋叟命僮出白石一柈狀類雀卵瑩澈如冰使盛自取之盛念攜歸可作酒枚遂取其六褐衣人以爲過廉代取六枚付盛並褁之囑納腰橐拱

手曰足矣辭嬰出仍令附體而下俄頃及地盛稽首請示僊號笑曰適即所謂觔斗雲也盛恍然悟爲大聖又求佑護曰適所會財星賜利十二分何須他求盛又拜之起視已渺既歸喜而告兒解取共視則融入腰橐矣後輦貨而歸其利倍蓰自此屢至閩必禱大聖他人之禱時不甚驗盛所求無不應者

異史氏曰昔士人過寺畫琵琶於壁而去比反則其靈大著香火相屬焉天下事固不必實有其人人靈之則既靈焉矣何以故人心所聚而物或托焉耳若盛之方

鯁固宜得神明之佑豈眞耳內繡針毫毛能變足下觔斗碧落可升哉卒爲邪惑亦其見之不眞也

青蛙神

江漢之間俗事蛙神最虔祠中蛙不知幾百千萬有大如籠者或犯神怒家中輒有異兆蛙游几榻甚或攀緣滑壁不得墮其狀不一此家當凶人則大恐斬牲禳禱之神喜則已楚有薛崑生者幼慧美姿容六七歲時有青衣媼至其家自稱神使坐致神意願以女下嫁崑生薛翁性朴拙雅不欲辭以兒幼雖故却之而亦未敢議

眘他姓遲數年崑生漸長委禽於姜氏神告姜曰薛崑
生吾壻也何得近禁臠姜懼反其儀薛翁憂之潔牲往
禱自言不敢與神相匹偶祝已見肴酒中皆有巨蛆浮
出蠢然擾動傾棄謝罪而歸心益懼亦姑聽之一日崑
生在途有使者迎宣神命苦邀移趾不得已從與俱往
入一朱門樓閣華好有叟坐堂上類七八十歲人崑生
伏謁叟命曳起之賜坐案旁少間婢媼集視紛紜滿側
叟顧曰入言薛郎至矣數婢奔去移時一媼率女郎出
年十六七麗絕無儔叟指曰此小女十娘自謂與君可

稱佳偶君家尊乃以異類見拒此自百年事父母止主其半是在君耳崑生目注十娘心愛好之默然不言媼曰我固知郎意良佳請先歸當即送十娘往也崑生曰諾趨告翁翁倉遽無所爲計乃授之詞使返謝之崑生不肯行方誚讓間輿已在門青衣成羣而十娘入矣上堂朝拜翁姑見之皆喜即夕合巹琴瑟甚諧由此神翁神媼時降其家視其衣赤爲喜白爲財必驗以故家日興自昏於神門堂藩溷皆蛙人無敢詬蹴之惟崑生少年任性喜則忘怒則踐斃不甚愛惜十娘雖謙馴但善

怒頗不善崑生所爲而崑生不以十娘故斂抑之十娘語侵崑生崑生怒曰豈以汝家翁媼能禍人耶丈夫何畏蛙也十娘甚諱言蛙聞之恚甚曰自妾入門爲汝家田增粟賈益價亦復不少今老幼皆已溫飽遂如鴞鳥生翼欲啄母睛耶崑生益憤曰吾正嫌所增汚穢不堪貽子孫請不如早別遂逐十娘翁媼既聞之十娘已去呵崑生使急往追復之崑生盛氣不屈至夜母子俱病鬱悶不食翁懼負荆於祠詞義殷切過三日病尋愈十娘亦自至夫妻懽好如初十娘日輙凝妝坐不操女紅

崑生衣履一委諸母母一日忿曰兒旣娶仍累媼人家婦事姑吾家姑事婦十娘適聞之負氣登堂曰兒婦朝侍食暮問寢事姑者其道如何所短者不能吝傭錢自作苦耳母無言慚沮自哭崑生入見母涕痕詰得故怒責十娘十娘執辯不相屈崑生曰娶妻不能承歡不如勿有便觸老蛙怒不過橫災死耳復出十娘十娘出門逕去次日居舍災延燒數屋几案牀榻悉爲煨燼崑生怒詣祠責數曰養女不能奉翁姑略無庭訓而曲護其短神者至公有教人畏婦者耶且盎盂相敲皆臣所爲

無所涉於父母刀鋸斧鉞即加臣身如其不然我亦焚汝居室聊以相報言已負薪殿下爇火欲舉居人集而哀之始憤而歸父母聞之大懼失色至夜神示夢於近村使爲壻家營宅及明賫材鳩工共爲崑生建造辭之不止日數百人相屬於道不數日第舍一新牀幕器具悉備焉修除甫竟十娘已至登堂謝過言詞温婉轉身向崑生展笑舉家變怨爲喜自此十娘性益和居二年無間言十娘最惡蛇崑生戲函小蛇紿使啟之十娘色變詬崑生崑生亦轉笑生嗔惡相抵十娘曰今番不待

相迫逐請從此絕遂出門去薛翁大恐杖崑生請罪於神幸不禍之亦寂無音積有年餘崑生念十娘頗自悔竊詣神所哀十娘迄無聲應未幾聞神以十娘字袁氏中心失望因亦求昏他族而歷相數家並無如十娘者於是益思十娘往探袁氏則已堊壁滌庭候魚軒矣心愧憤不能自已廢食成疾父母憂皇不知所處忽昏憒中有人撫之曰大丈夫頻欲斷絕又作此態開目則十娘也喜極躍起曰卿何來十娘曰以輕薄人相待之禮止宜從父命另醮而去固久受袁家采幣妾千思萬思

而不忍也卜吉已在今夕父又無顏反璧妾親攜而置之矣適出門父走送曰癡婢不聽吾言後受薛家凌虐縱死亦勿歸也崑生感其義爲之流涕家人皆喜奔告翁媼媼聞之不待往朝奔入子舍執手嗚泣由此崑生亦老成不作惡謔於是情好益篤十娘曰妾向以君儇薄未必遂能相白首故不敢留孽根於人世今已靡他妾將生子居無何神翁神媼着朱袍降臨其家次日十娘臨蓐一舉兩男由此往來無間居民或犯神怒輒先求崑生乃使婦女輩盛妝入閨朝拜十娘十娘笑則解

薛氏苗裔甚繁人名之薛蛙子家近人不敢呼遠人呼之

晚霞

五月五日吳越間有鬬龍舟之戲刳木爲龍繪鱗甲飾以金碧上爲雕甍朱檻帆旌皆以錦繡舟末爲龍尾高丈餘以布索引木板下有童坐板上顛倒滾跌作諸巧劇下臨江水險危欲墮故其購是童也先以金啗其父母預調馴之墮水而死勿悔也吳門則載美妓較不同耳鎮江有蔣氏童阿端方七歲便捷奇巧莫能過聲價

益起十六歲猶用之至金山下墮水死蔣媼止此子哀鳴而已阿端不自知死有兩人導去見水中別有天地回視則流波四繞屹如壁立俄入宮殿見一人兜牟坐兩人曰此龍窩君也便使拜伏龍窩君顏色和霽曰伎巧可入柳條部遂引至一所廣殿四合趨上東廊有諸年少出與爲禮率十三四歲卽有老嫗來衆呼解姥坐令獻技已乃教以錢塘飛霆之舞洞庭和風之樂但聞鼓鉦皇聒諸院皆響既而諸院皆息姥恐阿端不能卽嫺獨絜絜調撥之而阿端一過殊已了了姥喜曰得此

兒不讓晚霞矣明日龍窩君按部諸部畢集首按夜义部鬼面魚服鳴大鉦圍四尺許鼓可四人合抱之聲如巨霆叫噪不可復聞舞起則巨濤洶湧橫流空際時墮一點星光及着地消滅龍窩君急止之命進乳鶯部皆二八姝麗笙樂細作一時清風嫋嫋波聲俱靜水漸凝如水晶世界上下通明按畢俱退立西墀下次按燕子部皆垂髫人內一女郎年十四五已來振袖傾鬟作散花舞翩翩翔起襟袖襪履閒皆出五色花朵隨風颺下飄泊滿庭舞畢隨其部亦下西墀阿端旁睨雅愛好之

問之同部卽晚霞也無何嗅柳條部龍窩君特試阿端端作前舞喜怒隨腔俛仰中節龍窩君嘉其慧悟賜五文袴褶魚鬚金束髮上嵌夜光珠阿端拜賜下亦趨西墀各守其伍端於衆中遥注晚霞晚霞亦遥注之少間端逡巡出部而北晚霞亦漸入部而南相去數武而法嚴不敢亂部相視神馳而已既按蛺蝶部童男女皆雙舞身長短年大小服色黃白皆取諸同諸部按已魚貫而出柳條在燕子部後端疾出部前而晚霞已緩滯在後回首見端故遺珊瑚釵端急內袖中既歸凝思成疾

眠餐頓廢解姥輒進甘旨日三四省撫摩殷切病不少瘥姥憂之罔所爲計曰吳江王壽期已迫且爲奈何薄暮一童子來坐榻上與語自言隸蛺蝶部從容問曰君病爲晚霞否端驚問何知笑曰晚霞亦如君耳端悽然起坐便求方計童問尚能步否荅云勉強尚能自力童挽出南啟一戶折而西又闢雙扉見蓮花數十畝皆生平地上葉大如席花大如蓋落瓣堆梗下盈尺童引入其中曰姑坐此遂去少時一美人撥蓮花而入則晚霞也相見驚喜各道相思略述生平遂以石壓荷蓋令側

雅可障蔽又勻鋪蓮瓣而藉之忻與狎寢既訂後約日以夕陽爲候乃別端歸病亦尋愈由此兩人日一會於蓮畝過數日隨龍窩君往壽吳江王稱壽已諸部悉還獨留晚霞及乳鶯部一人在宮中教舞數月更無音耗端悵望若失惟解姥日往來吳江府端托晚霞爲外妹求攜去冀一見之留吳江門下數日宮禁森嚴晚霞苦不得出怏怏而返積月餘癡想欲絕一日解姥入戚然相弔曰惜乎晚霞投江矣端大駭涕下不能自止因毀冠裂服藏金珠而出意欲相從俱死但見江水若壁以

首力觸不得入念欲復還懼問冠服罪將增重意計窮蹙汗流浹踵忽睹壁下有大樹一章乃猱攀而上漸至端杪猛力躍墮幸不沾濡而竟已浮水上不意之間恍睹人世遂飄然泅去移時得岸少步江濱頓思老母遂趁舟而去抵里四顧居廬忽如隔世次且至家忽聞窗中有女子曰汝子來矣音聲甚似晚霞俄與母俱出果霞斯時兩人喜勝於悲而媼則悲疑驚喜萬狀俱作矣初晚霞在吳江覺腹中震動龍宮法禁嚴恐旦夕身娩横遭撻楚又不得一見阿端但欲求死遂潛投江水身

泛起浮沉波中有客舟拯之問其居里晚霞故吳名妓
溺水不得其尸自念術院不可復投遂曰鎮江蔣氏吾
壻也客因代貰扁舟送諸其家蔣媼疑其錯悞女自言
不悞因以情詳告媼媼以其風格韻妙頗愛悅之第慮
年太少必非肯終寡也者而女孝謹顧家中貧便脫珍
飾售數萬媼察其志無他良喜然無子恐一旦臨蓐不
見信於戚里以謀女女曰母但得眞孫何必求人知媼
亦安之會端至女喜不自已媼亦疑兒不死陰發兒塚
骸骨俱存因以此詰端端始爽然自悟然恐晚霞惡其

非人囑母勿復言母然之遂告同里以爲當日所得非兒尸然終慮其不能生子未幾竟舉一男捉之無異常兒始悅久之女漸覺阿端非人乃曰胡不早言凡鬼衣龍宮衣七七魂魄堅凝生人不殊矣若得宮中龍角膠可以續骨節而生肌膚惜不早購之也端貨其珠有賈胡出貲百萬家由此巨富值母壽夫妻歌舞稱觴遂傳聞淮王邸王欲強奪晚霞端懼見王自陳夫婦皆鬼驗之無影而信遂不之奪但遣宮人就別院傳其技女以龜溺毀容而後見之教三月終不能盡其技而去

白秋練

直隸有慕生小字蟾宮商人慕小寰之子聰慧喜讀年十六翁以文業迂使去而學賈從父至楚每舟中無事輒便吟誦抵武昌父留居逆旅守其居積生乘父出執卷哦詩音節鏗鏘輒見牕影憧憧似有人竊聽之而亦未之異也一夕翁赴飲久不歸生吟益苦有人徘徊窻外月映甚悉怪之遽出窺覘則十五六傾城之姝望見生急避去又二三日載貨北旋暮泊湖濱父適他出有媼入曰郎君殺吾女矣生驚問之答云妾白姓有息女

秋練頗解文字言在郡城得聽清吟於今結想至絕眠餐意欲附爲婚姻不得復拒生心實愛好第慮父嗔因直以情告媼不信務要盟約生不肯媼怒曰人世姻好有求委禽而不得者今老身自媒反不見內耻孰甚焉請勿想北渡矣遂去少間父歸善其詞以告之隱冀垂納而父以涉遠又薄女子之懷春也笑置之泊舟處水深沒棹夜忽沙磧擁起舟滯不得動湖中每歲客舟必有留住守洲者至次年桃花水溢他貨未至舟中物當百倍於原直也以故翁未甚憂怪獨計明歲南來尚須

揭貲於是罶子自歸生竊喜恨不詰媼居里日既暮媼與一婢扶女郎至展衣臥諸榻上向生曰人病至此莫高枕作無事者遂去生初聞而驚移燈視女則病態含嬌秋波自流略致訊詰嫣然微笑生强其一語曰爲郎憔悴却羞郎可爲妾咏生狂喜欲近就之而憐其荏弱探手於懷接脣爲戲女不覺懽然展謔乃曰君爲妾三吟王建羅衣葉葉之作病當愈生從其言甫兩過女攬衣起坐曰妾愈矣再讀則嬌顫相和生神志益飛遂滅燭共寢女未曙已起曰老母將至矣未幾媼果至見女

凝妝權坐不覺欣慰邀女去女俛首不語媪卽自去曰汝樂與郎君戲亦自任也於是生始研問所止女曰妾與君不過傾蓋之友婚嫁尚不可必何須令知家門然兩人互相愛悅要誓良堅女一夜早起挑燈忽開卷凄然淚熒生急起問之女曰阿翁行且至我兩人事妾適以卷卜展之得李益江南曲詞意非祥生慰解之曰首句嫁得瞿塘賈卽已大吉何不祥之與有女乃稍懽起身作別曰暫請分手天明則千人指視矣生把臂哽咽問好事如諧何處可以相報曰妾常使人偵探之諧否

無不聞也生將下舟送之女力辭而去無何慕巢至生漸吐其情父疑其招妓怒加訶厲細審舟中則物並無虧損譙訶乃已一夕翁不在舟女忽至相見依依莫知決策女曰低昂有數且圖目前姑留君兩月再商行止臨別以吟詩爲相會之約由此值翁他出遂高吟則女自至四月行盡物價失時諸賈無策歛貲禱湖神之廟端陽後雨水大至舟始通生既歸凝思成疾慕憂之巫醫並進生私告母曰病非藥禳可痊唯有秋練至耳翁初怒之久之支離益憊始懼貸車載子復如楚泊舟故

處訪居人並無知白媼者會有媼操柁湖濱即出自任翁登其舟窺見秋練心竊喜而審詰邦族則浮家泛宅而已因實告子病由冀女登舟姑以解其沉痛媼以婚無成約弗許女露半面殷殷窺聽聞兩人言背淚欲墮媼視女面因翁哀請即亦許之至夜翁出女果至就榻嗚泣曰昔年妾狀今到君耶此中況味要不可不使君知然羸頓如此急切何能使瘳妾請為君一吟生亦喜女亦吟王建前作生曰此卿心事醫二人何得效然聞卿聲神已爽矣試為我吟楊柳千條盡向西女從之生

贊曰快哉卿昔誦詩餘有采蓮子云菡萏香連十頃陂心尚未忘煩一曼聲度之女又從之甫闋生躍起曰小生何嘗病哉遂相狎抱沉痾若失旣而問父見媼何詞事得諧否女已察知翁意直對不諧旣而女去父來見生已起喜甚但慰勉之因曰女子良佳然自總角時把柁櫂歌無論微賤抑亦不貞生不語翁旣出女復來生述父意女曰妾窺之審矣天下事愈急則愈遠愈迎則愈拒當使意自轉反相求生問計女曰凡商賈志在利耳妾有術知物價適視舟中物並無少息爲我告翁居

某物利三之某物十之歸家妾言驗則妾爲佳婦矣再來時君十八妾十七相歡有日何憂爲生以所言物價告父父頗不信姑以餘貲半從其教既歸所自置貨貲本大虧幸少從女言得厚息略相準以是服秋練之神生益誇張之謂女自言能使巳富翁於是益揭貲而南至湖數日不見白媪過又數日始見其泊舟柳下因委禽焉媪悉不受但涓吉送女過舟翁另賃一舟爲子合巹女乃使翁益南所應居貨悉籍付之媪乃邀壻去家於其舟翁三月而返物至楚價以倍蓰將歸女求載湖

水既歸每食必加少許如用醯醬焉由是每南行必爲
致數罈而歸後三四年舉一子一日涕泣思歸翁乃偕
子及婦俱如楚至湖不知媪之所在女扣舷呼母神形
喪失促生沿湖問訊會有釣鱘鰉者得白鱀生近視之
巨物也形全類人乳陰畢具奇之歸以告女女大駭謂
夙有放生願囑生贖放之生往商釣者釣者索直昂女
曰妾在君家謀金不下巨萬區區者何遂靳直也如必
不從妾即投湖水死耳生懼不敢告父盜金贖放之既
返不見女搜之不得更盡始至問何往曰適至母所問

母何在覥然曰今不得不實告矣適所贖即妾母也向在洞庭龍君命司行旅近宮中欲選嬪妃妾被浮言者所稱道遂勅妾母坐相索妾母實奏之龍君不聽放母於南濱餓欲死故罹前難今難雖免而罰未釋君如愛妾代禱眞君可免如以異類見憎請以兒擲還君妾去龍宮之奉未必不百倍君家也生大驚慮眞君不可得見女曰明日未刻眞君當至見有跛道士急拜之入水亦從之眞君喜文士必合憐允乃出魚腹綾一方曰如問所求即出此求書一免字生如言候之果有道士躄

躃而至生伏拜之道士急走生從其後道士以杖投水躍登其上生竟從之而登則非杖也舟也又拜之道士問何求生出羅求書道士展視曰此白驥翼也子何遇之蟾宮不敢隱詳陳顛末道士笑曰此物殊風雅老龍何得荒淫遂出筆草書免字如符形返舟令下則見道士踏杖浮行頃刻已渺歸舟女喜但囑勿洩於父母歸後二三年翁南遊數月不歸湖水既罄久待不至女遂病日夜喘息囑曰如妾死勿瘞當於卯午酉三時一吟杜甫夢李白詩死當不朽俟水至傾注盆內閉門緩妾

衣抱入浸之宜得活喘息數日奄然遂甦後半月慕翁至生急如其教浸一時許漸甦自是每思南旋後翁死生從其意遷於楚

金和尚

金和尚諸城人父無賴以數百錢鬻於五蓮山寺少頑鈍不能肄清業牧豬赴市若為傭後本師死稍有所遺金卷懷離寺作雜負販飲羊登壟計最工數年暴富買田宅於水坡里弟子繁有徒食指日千計遶里千百畝悉良沃皆金撫有之里中甲第數十皆僧無人即有人

亦其貧無業攜妻子僦屋佃田者也類凡數百家每一門內四繚連屋皆此輩列而居僧舍其中前有廳事梁楹節棁繪金碧射人眼堂上几㕑其光可鑑又其後爲內寢朱簾繡幙蘭麝香充溢噴人螺鈿雕檀爲牀牀上錦裀褥褶疊厚尺有咫壁上美人山水諸名跡縣粘幾無隙處一聲長呼門外數十人轟應如雷細纓革靴者烏而集鵠而立當事掩口語側耳以聽客倉猝至十餘筵咄嗟可辦肥濃蒸熏紛紛猥籍如霧需但不敢公然蓄歌妓而狡童十數輩皆慧黠能媚人皁紗纏頭唱艷

曲聽賭亦頗不惡金一出前後數十騎腰弓矢相摩戛
奴輩呼之皆以爺卽邑之人若民或祖之伯叔之不以
師不以上人不以禪號也其徒出稍稍殺於金而風鬟
雲鬢亦畧與貴公子等金又廣結納卽千里外呼吸可
通以此挾方面短長偶氣觸之輒惕自懼而其爲人鄙
不文頂趾無雅骨生平不奉一經持一咒跡不履寺院
室中亦未嘗蓄鐃鼓此等物門人輩弗及見並弗及聞
凡僦屋者婦女浮麗如京都脂澤金粉皆取給於僧僧
亦不之靳以故里中不田而農者以百數時而佃戸決

僧瘗牀下亦不甚窮詰但逐去之其積習然也金又買
異姓兒子之延儒師教帖括業兒慧能文因令入邑庠
旋援例作太學生未幾赴北闈領鄉薦由是金之名以
太公諡向之爺之者太之膝席者皆垂手執耳孫禮無
何太公僧薨孝廉縗麻臥苫塊北面稱孤諸門人釋杖
滿牀榻而靈幃後嚶嚶細泣惟孝廉夫人一而已士大
夫婦咸華妝來搴幃弔唁冠蓋輿馬塞道路殯日棚閣
雲連旛幢翳天日殉葬束草粘五色金紙作冥物輿蓋
數十事馬千蹄美人百袂方相方弼著皂帛首摩雲冥

宅樓閣房廊亘數畝萬戸千門入者迷不可出祭品彖
物多不能指以名會葬者蓋相摩上自方面皆傴僂入
起拜凡八邑貢監及簿史以手據地叩卽行不敢勞公
子勞諸師叔也傾國來瞻仰男攜婦母襁兒流汗相屬
於道人聲沸百戲鞺鞳都不可聞立者自肩以下皆隱
惟見萬頭攢動而已孕婦痛急欲產諸女伴張裙爲幄
羅守之但聞啼不暇問雄雌斷幅繃懷中或扶之或曳
之躄躠以去奇觀哉葬後以金所遺貲產瓜分而二之
子一門人一也孝廉得半而居第之南之北之西東盡

緇黨然皆兄弟行痛癢猶相關云

異史氏曰此一派也兩宗未有六祖無傳可謂獨闢法門者矣抑聞之五蘊皆空六塵不染是爲和尚口中說法座上參禪是爲和樣鞋香楚地笠重吳天是爲和撞鼓鉦鍠聒笙管敖曹是爲和唱狗苟鑽緣蠅營淫賭是爲和障金也者尚耶樣耶撞耶唱耶抑地獄之障耶

天津圖書館藏

青柯亭刻本

聊齋志異 二

〔清〕蒲松齡 著

齊魯書社
·濟南·

聊齋志異卷五

淄川 蒲松齡 留仙 著

新城 王士正 貽上 評

狐諧

萬福字子祥博興人也幼業儒家少有而運殊蹇行年二十有奇尚不能掇一芹鄉中澆俗多報富戶役長厚者至碎破其家萬適報充役懼而逃如濟南稅居逆旅夜有奔女顏色頗麗萬悅而私之請其姓氏女自言實狐但不爲君祟耳萬喜而不疑女囑勿與客共遂日至

與共臥處凡日用所需無不仰給於狐居無何二三相識輒來造訪恒信宿不去萬厭之而不忍拒不得已以實告客客願一覩仙容萬白於狐狐謂客曰見我何為哉我亦猶人耳聞其聲嚦嚦在目前四顧即又不見客有孫得言者善俳謔固請見且謂得聽嬌音魂魄飛越何吝容華徒使人聞聲相思狐笑曰賢孫子欲為高曾母作行樂圖耶諸客俱笑狐曰我為狐請與客言狐典頗願聞之否衆唯唯狐曰昔某村旅舍故多狐輒出祟行客客知之相戒不宿其舍半年門戶蕭索主人大憂

甚諱言狐忽有一遠方客自言異國人望門休止主人
大悅甫邀入門即有途人陰告曰是家有狐客懼白主
人欲他徙主人力白其妄客乃止入室方臥見羣鼠出
於牀下客大駭驟奔急呼有狐主人驚問客怨曰狐巢
於此何誑我言無主人又問所見何狀客曰我今所見
細細幺麽不是狐兒必當是狐孫子言罷座客爲之粲
然孫曰既不賜見我輩畱宿宜勿去阻其陽臺狐笑曰
寄宿無妨倘有小迕犯幸勿滯懷客恐其惡作劇乃共
散去然數日必一來索狐笑罵狐諧甚每一語即顛倒

賓客滑稽者不能屈也羣戲呼爲狐娘子一日置酒高會萬居主人位孫與二客分左右座下設一榻屈狐狐辭不善酒咸請坐談許之酒數行衆擲骰爲瓜蔓之令客值瓜色會當飲戲以觥移上座曰狐娘子大清醒暫借一觴狐笑曰我故不飲願陳一典以佐諸公飲孫掩耳不樂聞客皆言曰駡人者當罰狐笑曰我駡狐何如衆曰可於是傾耳共聽狐曰昔一大臣出使紅毛國着狐腋冠見國王王見而異之問何皮毛溫厚乃爾大臣以狐對王言此物生平未嘗得聞狐字字畫何等使臣

書空而奏曰右邊是一大瓜左邊是一小犬主客又復閧堂二客陳氏兄弟一名所見一名所聞見孫大窘乃曰雄狐何在而縱雌流毒若此狐曰適一典談猶未終遂爲聳吠所亂請終之國王見使臣乘一騾甚異之使臣告曰此馬之所生又大異之使臣曰中國馬生騾騾生駒王細問其狀使臣曰馬生騾是臣所見騾生駒乃臣所聞舉座又大笑衆知不敵乃相約後有開謔端者罰作東道主頃之酒酣孫戲謂萬曰一聯請君屬之萬曰何如孫曰妓女出門訪情人來時萬福去時萬福合

座屬思不能對狐笑曰我有之矣衆共聽之曰龍王下詔求直諫鱉也得言龜也得言四座無不絕倒孫大恚曰適與爾盟何復犯戒狐笑曰罪誠在我但非此不成確對耳明日設席以贖吾過相笑而罷狐之恢諧不可殫述居數月與萬偕歸及博興界告萬曰我此處有葭莩親往來久梗不可不一訊日且暮與君同寄宿待旦而行可也萬詢其處指言不遠萬疑前此故無村落姑從之二里許果見一庄生平所未歷狐往叩關一蒼頭出應門入則重門疊閣宛然世家俄見主人有翁與媼

揖萬而坐列筵豐盛待萬以姻婭遂宿焉狐早詣曰我遽偕君歸恐駭聞聽君宜先往我將繼至萬從其言先至預白於家人未幾狐至與萬言笑人盡聞之而不見其人逾年萬復事於濟狐又與俱忽有數人來狐從與語備極寒暄乃語萬曰我本陝中人與君有夙因遂從爾許時今我兄弟至將從以歸不能周事留之不可竟去

續黃粱

福建曾孝廉高捷南宮時與二三新貴遨遊郊郭偶聞

毘盧禪院寓一星者因並騎往詣問卜入室而坐星者見其意氣傲誕之曾搖箑微笑便間有蟒玉分否星者正容許二十年太平宰相曾大悅氣益高值小雨乃與遊侶避雨僧舍舍中一老僧深目高鼻坐蒲團上淹蹇不爲禮衆一舉手登榻自話羣以宰相相賀曾心氣殊高指同遊曰某爲宰相時推張年丈作南撫家中表爲叅游我家老蒼頭亦得小千把於願足矣一坐大笑俄聞門外雨益傾注曾倦伏榻間忽見有二中使賫天子手詔召曾太師決國計曾得意疾趨入朝天子前席溫

語良久命三品而下聽其黜陟賜蟒玉名馬曾被服稽首以出入家則非舊所居第繪棟雕榱窮極壯麗自亦不解何以遽至如此然撚髯微呼則應諾雷動俄而公卿贈海物傴僂足恭者疊出其門六卿來倒屣而迎侍郎輩揖與語下此者頷之而已晉撫餽女樂十人皆是好女子其尤者爲嫋嫋爲仙仙二人尤蒙寵顧科頭休沐日事聲歌一日念微時嘗得邑紳王子良周濟我今置身青雲渠尚蹉跎仕路何不一引手早旦一疏薦爲諫議即奉俞旨立行擢用又念郭太僕曾睚眦我即傳

呂給諫及侍御陳昌等授以意旨越日彈章交至奉旨削職以去恩怨了了頗快心意偶出郊衢醉人適觸鹵簿卻遣人縛付京尹立斃杖下接第連阡者皆畏勢獻沃產自此富可埒國無何而嬝嬝仙仙以次殂謝朝夕遐想忽憶曩年見東家女絕美每思購充媵御輒以綿薄違宿願今日幸可適志乃使幹僕數輩强納貲於其家俄頃篠輿舁至則較昔之望見時尤豔絕也自顧生平於願斯足又逾年朝士竊竊似有腹非之者然各爲立仗馬曾亦高情盛氣不以置懷有龍圖學士包上疏

其略曰竊以曾某原一飲賭無賴市井小人一言之合榮膺聖眷父紫兒朱恩寵爲極不思捐軀縻頂以報萬一反恣胸臆擅作威福可死之罪擢髮難數朝廷名器居爲奇貨量鋏肥瘠爲價重輕因而公卿將士盡奔走於門下估計貪緣儼如負販仰息望塵不可算數或有傑士賢臣不肯阿附輕則置之閒散重則褫以編氓甚且一臂不袒輒迂鹿馬之奸遠竄豺狼之地朝士爲之寒心朝廷因而孤立又且平民膏腴任肆吞食良家女子強委禽妝沴氣寃氛暗無天日奴僕一到則守令承

顏書函一投則司院枉法或有厮養之兒瓜葛之親出則乘傳風行雷動地方之供給稍遲馬上之鞭撻立至荼毒人民奴隸官府扈從所臨野無青草而某方炎炎赫赫怙寵無悔召對方承於闕下萋菲輒進於君前委蛇才退於自公聲歌已起於後苑聲色狗馬晝夜荒淫國計民生罔存念慮世上寧有此宰相乎內外駭訛人情洶洶若不急加斧鑕之誅勢必釀成操莽之禍臣夙夜祗懼不敢寧處冒死列欵仰達宸聽伏祈斷奸佞之頭籍貪冒之產上回天怒下快輿情如果臣言虛謬刀

鋸鼎鑊即加臣身云云疏上曾聞之氣魄悚駭如飲冰水幸而皇上優容留中不發繼而科道九卿交章劾奏即昔之拜門牆稱假父者亦反顏相向奉旨籍家充雲南軍子任平陽太守已差員前往提問曾方聞旨驚怛旋有武士數十人帶劍操戈直抵內寢褫其衣冠與妻並繫俄見數夫運貲於庭金銀錢鈔以數百萬珠翠瑙玉數百斛幄幕簾榻之屬又數千事以至兒襁女舄遺墜庭階曾一一視之酸心刺目又俄而一人掠美妾出披髮嬌啼玉容無主悲火燒心含憤不敢言俄而樓閣

倉庫並已封誌立叱會出監者牽挽羅曳而出夫妻吞聲就道求一下騆劣車少作代步亦不可得十里外妻足弱欲傾跌曾時以一手相扳引又十餘里已亦困憊歔見高山直揷霄漢自憂不能登越時挽妻相對泣而監者獰目來窺不容稍停駐又顧斜日已墜無可投止不得已參差蹩躠而行比至山腰妻力已盡泣坐路隅會亦慰止任監者叱駡忽閧百聲齊譟有羣盜各操利刃跳梁而前監者大駭逸去會長跪言孤身遠謫橐中無長物哀求宥免羣盜裂眦宣言我輩皆被害寃民祇

乞得倭賊頭他無索取曾叱怒曰我雖待罪乃朝廷命官賊子何敢爾賊亦怒以巨斧揮曾項覺頭墜地作聲魂方駭疑卽有二鬼來反接其手驅之行行踰數刻入一都會頃之覩宮殿殿上一醜形王者憑几決罪福曾前匐伏請命王者閱卷纔數行卽震怒曰此欺君悞國之罪宜置油鼎萬鬼羣和聲如雷霆卽有巨鬼捽至墀下見鼎高七尺已來四圍熾炭鼎足盡紅曾觳觫哀啼竄跡無路鬼以左手抓髮右手握踝抛置鼎中覺塊然一身隨油波而上下皮肉焦灼痛徹於心沸油入口煎

烹肺腑念欲速死而萬計不能得死約食時鬼方以巨叉取會出復置堂下王又檢册籍怒曰倚勢淩人合受刀山獄鬼又捽去見一山不甚廣濶而峻削壁立利刃縱横亂如密笋先有數人罥腸刺腹於其上呼號之聲慘絶心目鬼促會上會大哭退縮鬼以毒錐刺腦會負痛乞憐鬼怒捉會起望空力擲覺身在雲霄之上暈然一落刃交於胸痛苦不可言狀又移時身軀重贅刀孔漸濶忽焉脫落四支蠖屈鬼又逐以見王王命會計生平賣爵鬻名枉法覇産所得金錢幾何即有虬髯人持

籌握算曰三百二十一萬王曰彼既積來還令飲去少間取金錢堆堦上如邱陵漸入鐵釜鎔以烈火鬼使數輩更以杓灌其口流頤則皮膚㿖裂入喉則臟腑騰沸生時患此物之少是時患此物之多也半日方盡王者令押去甘州爲女行數步見架上鐵梁圍可數尺綰一大輪其大不知幾百由旬燄生五綵光耿雲霄鬼撻使登輪方合眼躍登則輪隨足轉似覺傾墜遍體生凉開眸自顧身已嬰兒而又女也視其父母則懸鶉敗絮土室之中瓢杖猶存心知爲乞人子日隨乞兒托鉢腹轆

輗然常不得一飽着敗衣風常刺骨十四歲鬻與顧秀才備媵妾衣食粗足自給而冢室悍甚日以鞭箠從事輒以赤鐵烙胸乳幸而良人頗憐愛稍自寬慰東鄰惡少年忽踰垣來逼與私乃自念前身惡孽已被鬼責今那得復爾於是大聲疾呼良人與嫡婦盡起惡少年始竄去居無何秀才宿諸其室枕上喋喋方自訴冤苦忽震厲一聲室門大闢有兩賊持刀入竟決秀才首囊括衣物團伏被底不敢復作聲既而賊去乃喊奔嫡室嫡大驚相與泣驗遂疑妾以奸夫殺良人因以狀白刺史

嚴鞫竟以酷刑定罪案依律淩遲處死縶赴刑所胸中
寃氣扼塞距踴聲屈覺九幽十八獄無此黑黯也正悲
號間聞遊者呼曰兄夢魘耶豁然而悟見老僧猶跏趺
座上同侶競相謂曰日暮腹枵何久酣睡曾乃慘淡而
起僧微笑曰宰相之占驗否曾益驚異拜而請教僧曰
修德行仁火坑中有青蓮也山僧何知焉曾勝氣而來
不覺喪氣而返臺閣之想由此淡焉入山不知所終
異史氏曰福善禍淫天之常道聞作宰相而懽然於中
者必非喜其鞠躬盡瘁可知矣是時方寸宮室妻妾無

所不有然而夢固爲妄想亦非眞彼以虛作神以幻報
黃粱將熟此夢在所必有當以附之邯鄲之後

小獵犬

山右衛中堂爲諸生時厭冗擾徙齋僧院苦室中蜰蟲
蚊蚤甚多竟夜不成寢食後偃息在牀忽一小武士首
插雉尾身高兩寸許騎馬大如蜡臂上青鞲有鷹如蠅
自外而入盤旋室中行且駛公方凝注忽又一人入裝
亦如前腰束小弓矢牽獵犬如巨蟻又俄頃步者騎者
紛紛來以數百計鷹亦數百臂犬亦數百頭有蚊蠅飛

起縱鷹騰擊盡撲殺之獵犬登牀緣壁搜噬虱蚤凡罅隙之所伏藏嗅之無不出者頃刻之間決殺殆盡公僞睡覘之鷹集犬竄於其身既而一黃衣人着平天冠如王者登別榻繫駟葦篾間從騎皆下獻飛獻走紛集盈側亦不知作何語無何王者登小輦衛士倉皇各命鞍馬萬蹄攢奔紛如撒菽烟飛霧騰斯須散盡公歷歷在目駭愕不知所由躡履外窺渺無跡響返身周視都無所見惟壁磚上遺一細犬公急捉之且馴置硯匣中反覆瞻玩毛極細茸項上有小環飼以飯顆一嗅輒棄去

躍登牀榻尋衣縫齧殺蟣虱旋復來伏臥逾宿公疑其巳往視之則盤伏如故公臥則登牀簀遇蟲輒啗斃蚊蠅無敢落者公愛之甚於拱璧一日晝寢犬潛伏身畔公醒轉側壓於腰底公覺有物固疑是犬急起踪之巳匾而死如紙翦成者然然自是蟁蟲無噍類矣

辛十四娘

廣平馮生正德間人少輕脫縱酒昧爽偶行遇一少女着紅帔容色娟好從小奚奴躡露奔波履襪沾濡心竊好之薄暮醉歸道側故有蘭若久蕪廢有女子自內出

則向麗人也忽見生來即轉身入陰念麗者何得在禪院中縶驢於門往覘其異入則斷垣零落堦上細草如毯徬徨間一斑白叟出衣帽整潔問客何來生曰偶過古刹欲一瞻仰翁何至此叟曰老夫流寓無所暫借此安頓細小既承寵降有山茶可以當酒乃肅賓入見殿後一院石路光明無復蓁莽入其室則簾幌牀幙香霧噴人坐展姓字云蒙叟姓辛生乘醉問曰聞有女公子未遭良匹竊不自揣願以鏡臺自獻辛笑曰容謀之荆人生即索筆爲詩曰千金覓玉杵殷勤手自將雲英如

有意親爲擣元霜主人笑付左右少間有婢與辛耳語辛起慰客耐坐牽幕入隱約三數語即趨出生意必有佳報而辛乃坐與嗢噱不復有他言生不能忍問曰未審意旨幸釋疑抱辛曰君卓犖士傾風已久但有私衷所不敢言耳生固請之辛曰弱息十九人嫁者十有二醮命任之荆人老夫不與焉生曰小生祇要得今朝領小奚奴帶露行者辛不應相對默然聞房內嚶嚶膩語生乘醉搴簾曰伉儷既不可得當一見顏色以消吾憾內聞鈎動羣立愕顧果有紅衣人振袖傾鬟亭亭拈帶

望見生入遍室張皇辛怒命數人捽生出酒愈湧上倒蓁蕪中兎石亂落如雨幸不着體臥移時聽驢子猶齕草路側乃起跨驢踉蹡而行夜色迷悶悞入澗谷狼奔鴟叫竪毛寒心踟躕四顧並不知其何所遙望蒼林中燈火明滅疑必村落竟馳投之仰見高閎以策撾門內有問者曰何處郎君半夜來此生以失路告問者曰待達主人生累足鵠竢忽聞振管闢扉一健僕出代客捉驢生入見室甚華好堂上張燈火少坐有婦人出問客姓氏生以告踰刻青衣數人扶一老嫗出曰郡君至生

起立肅身欲拜嫗止之坐謂生曰爾非馮雲子之孫耶曰然嫗曰子當是我彌甥老身鐘漏並歇殘年向盡骨肉之間殊所乖闊生曰兒少失怙與我祖父處者十不識一焉素未拜省乞便指示嫗曰子自知之生不敢復問坐對懸想嫗曰甥深夜何得來此生以胆力自矜詡遂一一歷陳所遇嫗笑曰此大好事況甥名士殊不玷於姻婭野狐精何得强自高甥勿慮我能爲婉致之生稱謝唯唯嫗顧左右曰我不知辛家女兒遂如此端好青衣人曰渠有十九女都翩翩有風格不知官人所聘

行幾生曰年約十五餘矣青衣入曰此是十四娘三月間曾從阿母壽郡君何忘郤嫗笑曰是非刻蓮瓣爲高履實以香屑蒙紗而步者乎青衣曰是也嫗曰此婢大會作意弄媚巧然果窈窕阿甥賞鑒不謬郎謂青衣曰可遣小貍奴喚之來青衣應諾去移時入白呼得辛家十四娘至矣旋見紅衣娘子望嫗俯拜嫗曳之曰後爲我家甥婦勿得修婢子禮女子起娉娉而立紅袖低垂嫗理其鬢髮捻其耳環曰十四娘近在閨中作麼生女低應曰閒來只挑繡回首見生羞縮不安嫗曰此吾甥

也盛意與兒作姻好何便教迷途終夜竄谿谷女俛首無語媪曰我喚汝非他欲爲我甥作伐耳女默默而已媪命掃榻展裀褥卽爲合巹女覥然曰還以告之父母媪曰我爲汝作冰有何舛謬女曰郡君之命父母當不敢違然如此草草婢子卽死不敢奉命媪笑曰小女子志不可奪眞吾甥婦也乃拔女頭上金花一朶付生收之命歸家涓吉以良辰爲定乃使青衣送女去聽遠雞已唱遣人持驢送生出數步外欻一回頭顧則村舍已失但見松楸濃黑蓬顆蔽塚而已定想移時乃悟其處

爲薛尚書墓薛故生祖母弟故相呼以甥心知遇鬼然亦不知十四娘何人咨嗟而歸漫涓吉以待之而心恐鬼約難恃再往蘭若則殿宇荒涼問之居人則寺中往往見狐狸云陰念若得麗人狐亦自佳至日除舍掃途更僕眺望夜半猶寂生已無望頃之門外譁然躧屣出窺則繡幰已駐于庭雙鬟扶女坐靑廬中妝奩亦無長物惟兩長鬣奴扛一撲滿大如甕息肩置堂隅生喜得麗偶竝不疑其異類問女曰一死鬼卿家何帖服之甚女曰薛尚書今作五都巡環使數百里鬼狐皆備扈從

故歸墓時常少生不忘蹇修翼日往祭其墓歸見二青衣持貝錦爲賀竟委几上而去生以告女女視之曰此郡君物也邑有楚銀臺之公子少與生共筆硯頗相狎聞生得狐婦餽遺爲餪卽登堂稱觴越數日又折簡來招飲女聞謂生曰曩公子來我穴壁窺之其人猿睛而鷹準不可與久居也宜勿往生諾之翼日公子造門問負約之罪且獻新什生評涉嘲笑公子大慚不懽而散生歸笑述於房女慘然曰公子豺狼不可狎也子不聽吾言將及於難生笑謝之後與公子輙相諛噱前郤漸

釋會提學試公子第一公子沾沾自喜走伻來邀生飲生辭頻招乃往至則知爲公子初度客從滿堂列筵甚盛公子出試卷示生親友疊肩歎賞酒數行樂奏作於堂鼓吹傖儜賓主樂甚公子忽謂生曰諺云場中莫論文此言今知其謬小生所以忝出君上者以起處數語略高一籌耳公子言已一座轟贊生醉不能忍大笑曰君到於今尚以爲文章至是耶生言已一座失色公子慚忿氣結客漸去生亦遁醒而悔之因以告女女不樂曰君誠鄉曲之儇子也輕薄之態施之君子則喪吾德

施之小人則殺吾身君禍不遠矣我不忍見君流落請從此辭生懼而涕且告之悔女曰如欲我留與君約從今閉戶絕交遊勿浪飲生謹受教十四娘爲人勤儉灑脫日以紝織爲事時自歸寧未嘗踰夜又時出金泉作生計日有羸餘輒投撲滿日杜門戶有造訪者輒囑蒼頭謝去翼日楚公子馳函來女焚爇不以聞翼日出弔於城遇公子于喪者之家捉臂苦邀生辭以故公子使圉人挽轡擁之以行至家立命洗腆繼辭夙退公子要遮無已出家姬彈箏爲樂生素不羈向閉置庭中頗覺

悶損怨逢劇飲興頓豪無復縈念因而酣醉頹臥廨間公子妻阮氏最悍妬婢妾不敢施脂澤日前婢入齋中爲阮掩執以杖擊首腦裂立斃公子以生嘲慢故銜生日思所報遂謀醉以酒而誣之乘生醉寐扛尸牀間合扉經去生五更醒解始覺身臥几上起尋枕榻則有物膩然紲絆步履摸之人也意主人遣僮伴睡又蹵之不動而殭大駭出門怪呼廝役盡起爇之見尸執生怒閙公子出驗之誣生逼奸殺婢執送廣平隔日十四娘始知潸然曰早知今日矣因按日以金錢遺生生見府尹

無理可伸朝夕搒掠皮肉盡脫女自詣問生見之悲氣塞心不能言說女知陷阱已深勸令誣服以免刑憲生泣聽命女還往之間人咫尺不相窺歸家咨惋遣婢子去獨居數日又托媒媪購良家女名祿兒年已及笄容華頗麗與同寢食撫愛異於羣小生認誤殺擬絞蒼頭得信歸慟述不成聲女聞坦然若不介意旣而秋決有日女始皇皇躁動晝去夕來無停履每於寂所於邑悲哀至損眠食一日日晡狐婢忽來女頓起相引屏語出則笑色滿容料理門戶如平時翼日蒼頭至獄生寄

語娘子一往永訣蒼頭復命女漫應之亦不愴惻殊落落置之家人竊議其忍忽道路沸傳楚銀臺革爵平陽觀察奉特旨治馮生案蒼頭聞之喜告主母女亦喜郎遣入府探視則生已出獄相見悲喜俄捕公子至一鞫盡得其情生立釋寧家歸見閨中人泫然流涕女亦相對愴楚悲已而喜然終不知何以得達上聽女笑指婢曰此君之功臣也生愕問故先是女遣婢赴燕都欲達宮闈爲生陳冤婢至則宮中有神守護徘徊御溝間數月不得入婢懼悞事方欲歸謀忽聞天子將幸大同婢

乃預往僞作流妓上至构欄極蒙寵眷疑婢不似風塵
人婢乃垂泣上問有何冤苦婢對妾原籍廣平生員馮
某之女父以冤獄將死遂鬻妾构欄中上慘然賜金百
兩臨行細問顛末以紙筆記姓名且言欲與共富貴婢
言但得父子團聚不願華膴也上頷之乃去婢以此情
告生生急拜淚眥雙熒居無幾何女忽謂生曰妾不爲
情緣何處得煩惱君被逮時妾奔走戚眷間並無一人
代一謀者爾時酸衷誠不可以告愬今視塵俗益厭苦
我已爲君蓄良偶可從此別生聞泣伏不起女乃止夜

遺祿兒侍生寢生拒不納朝視十四娘容光頓減又月餘漸以衰老半載黯黑如村嫗生敬之終不替女忽復言別且曰君自有佳侶安用此鳩盤爲生哀泣如前日又踰月女暴疾絶食飲羸臥閨闥生侍湯藥如奉父母巫醫無靈竟以溘逝生悲怛欲絶卽以婢賜金爲營齋葬數日婢亦去遂以祿兒爲室逾年舉一子然比歲不登家益落夫妻無計對影長愁忽憶堂陬撲滿常見十四娘投錢于中不知尚在否近臨之則豉具鹽盎羅列殆滿頭頭置去箸探其中堅不可入撲而碎之金錢溢

出由此頗大克裕後著頭至太華遇十四娘乘青騾婢子跨蹇以從問馮郎安否且言致意主人我已名列仙籍矣言訖不見

異史氏曰輕薄之詞多出於士類此君子所悼惜也余嘗冒不韙之名言冤則已迂然未嘗不刻苦自勵以勉附於君子之林而禍福之說不與焉若馮生者一言之微幾至殺身苟非室有仙人亦何能解脫囹圄以再生於當世耶可懼哉

白蓮教

白蓮教某者山西人忘其姓名大約徐鴻儒之徒左道惑衆慕其術者多師之某一日將他往堂中置一盆又一盆覆之囑門人坐守戒勿啓視去後門人啓之視盆貯清水水上編草爲舟帆檣具焉異而撥以指隨手傾側急扶如故仍覆之俄而師來怒責何違吾命門人立白其無師曰適海中舟覆何得欺我又一夕燒巨燭於堂上戒恪守勿以風滅漏二滴師不至儽然而殆就牀暫寐及醒燭已竟滅急起爇之既而師入又責之門人曰我固不曾睡燭何得息師怒曰適使我暗行十餘里

尚復云云耶門人大駭如此奇行種種不勝書後有愛妾與門人通覺之隱而不言遣門人飼豕門人入圈立地化爲豕某卽呼屠人殺之貨其肉人無知者門人父以子不歸過問之辭以久弗至門人父回家諸處探訪絶無消息有同師者隱知其事洩諸門人父門人父告之邑宰宰恐其遁不敢捕治達於上官請甲士千人圍其第妻子皆就執閉置樊籠將以解都遂經太行山山中出一巨人高與樹等目如盎口如盆牙長尺許兵士愕立不敢行某曰此妖也吾妻可以却之乃如其言脫

妻縛妻荷戈往巨人怒吸吞之衆愈駭某曰既殺吾妻是須吾子乃復出其子又被吞如前狀衆各對覷莫知所爲某泣且怒曰既殺吾妻又殺吾子情何以甘然非某自往不可也衆果出諸籠授之刃而遣之巨人盛氣而逆格鬬移時巨人抓攫入口伸頸咽下從容竟去

胡四相公

萊蕪張虛一者學使張道一之仲兄也性豪放自縱聞邑中某氏宅爲狐狸所居敬懷刺往謁冀一見之投刺隙中移時扉自闢僕者大愕却退張肅衣敬入見堂中

几榻宛然而闃寂無人遂揖而祝曰小生齋宿而來仙人旣不以門外見斥何不竟賜光霽忽聞虛室中有人言曰勞君枉駕可爲跫然足音矣請坐賜教卽見兩座自移相向甫坐卽有鏤漆硃盤貯雙箸醆懸目前各取對飲吸瀝有聲而終不見其人茶已繼之以酒細問官閥曰弟姓胡氏於行爲四曰相公從人所呼也於是酬酢議論意氣頗洽鱉羞鹿脯雜以薌蓼進酒行炙者似小輩甚夥酒後頗思茶意纔少動香茗已貢几上凡有所思無不應念而至張大悅盡醉始歸自是三數日必

一訪胡胡亦時至張家並如主客往來禮一日張問胡曰南城中巫嫗日托狐神漁病家利不知其家狐君識之否胡曰彼妄耳實無狐少間張起溲溺聞小語曰適所言南城狐巫未知何如人小人欲從先生往觀之煩一言請於主人張知爲小狐乃應曰諾即席而請於狐曰我欲得足下服役者一二輩往探狐巫敬請君命狐固言不必張言之再三乃許之既而張出馬自至如有控者既騎而行狐相語於途謂張曰後先生于道途聞覺有細沙散落衣襟上便是吾輩從也語次進城至巫

家巫見張至笑迎曰貴人何忽得臨張曰聞爾家狐子大靈應果否巫正容曰若箇蹀躞語不宜貴人出得何便言狐子恐吾家花姊不懽言未已空中發半磚來中巫臂踉蹡欲跌驚謂張曰官人何得拋擊老身也張笑曰婆子盲也幾曾見自己額顱破冤誣袖手者巫錯愕不知所出正回惑間又一石子落中巫顛蹷穢泥亂墜塗巫面如鬼惟哀號乞命張請恕之乃止巫急起奔遁房中闔戶不敢出張呼與語曰爾狐如我狐否巫惟謝過張仰首望空中戒勿復傷巫巫始惕惕而出張笑諭

之乃還由是每獨行於途覺塵沙淅淅然則呼狐語輒應不訛虎狼暴客恃以無恐如是年餘愈與狐莫逆嘗問其甲子殊不自記憶但言見黃巢反猶如昨日一夕與話忽牆頭蘇然作響其聲甚厲張異之胡曰此必家兄張言何不邀來共坐曰伊道頗淺祇好攫雞啗便了足耳張謂狐曰交情之好如吾兩人可云無憾終未一見顏色殊屬恨事胡曰但得交好足矣見面何爲一日置酒邀張且告別問將何往曰弟陜中産將歸去矣君每以對面不覿爲恨今請一識數歲之友他日可相認

耳張四顧都無所見胡曰君試開寢室門則弟在焉張如其言推扉一覷則內有美少年相視而笑衣裳楚楚眉目如畫轉瞬之間不復覩矣張反身而行卽有履聲藉藉隨其後曰今日釋君憾矣張依戀不忍別胡曰離合自有數何容介介乃以巨觥勸酒飲至中夜始以紗燭導張歸及明往探則空房冷落而已後道一先生爲西川學使張淸貧猶昔因往視弟顧望頗奢月餘而歸甚違初意咨嗟馬上嗒若喪偶忽一少年騎青駒躡其後張回顧見裘馬甚麗意甚騷雅遂與閒語少年察張

不豫詰之張因欷歔而告以故少年亦爲慰藉同行里許至岐路中少年乃拱手别曰前途有一人寄君故人一物乞笑納也復欲詢之馳馬逕去張莫解所由又二三里許見一蒼頭持小簏子獻於馬前曰胡四相公敬致先生張豁然頓悟受而開視則白鏹滿中及顧蒼頭已不知所之矣

仇大娘

仇仲晉人忘其郡邑値大亂爲寇俘去二子福祿俱幼繼室邵氏撫雙孤遺業幸能溫飽而歲屢祲豪强者復

淩藉之遂至食息不保仲叔尚廉利其嫁屢勸駕而邵氏矢志不搖廉陰券於大姓欲强奪之關說已成而他人不之知也里人魏名夙狡獪與仲家積不相能事事思中傷之因邵寡僞造浮言以相敗辱大姓聞之惡其不德而止久之廉之陰謀與外之飛語邵漸聞知寃結胸懷朝夕隕涕四體漸以不仁委身牀榻福甫十六歲因縫紉無人遂急爲畢婚婦姜秀才屺瞻之女頗稱賢能百事賴以經紀由此用漸裕乃使祿從師讀魏忌嫉之而陽與善頻招福飲福倚爲腹心之交魏乘閒告曰

尊堂病廢不能理家人生產弟坐食一無所擀作賢夫婦何爲作馬牛哉且弟買婦將大耗金錢爲君計不如早析則貧在弟而富在君也福歸謀諸婦婦咄之柰魏日以微言相漸漬福惑焉直以己意告母母怒詬罵之福益恚輒視金粟爲他人之物也者而委棄之魏乘機誘與博賭倉粟漸空婦知而未敢言既至糧絕母駭問始以實告母憤怒而無如何遂析之幸姜女賢旦夕爲母執炊奉事一如平日福既析益無顧忌大肆淫賭數月間田產悉償戲債而母與妻皆不及知福貲既罄無

所爲計因劵妻貸貲而苦無受者邑人趙閻羅原漏網之巨盜武斷一鄉固不畏福言之貪也慨然假貲福持去數日復空意踟躕將背劵盟趙横目相加福大懼賺妻付之魏聞竊喜急奔告姜實將傾敗仇也姜怒訟與福懼甚亡去姜女至趙家始知爲壻所賣大哭但欲覓死趙初慰諭之不聽旣威逼之益罵大怒鞭撻之終不肯服因拔笄自刺其喉急救已透食管血溢出趙急以帛束其項猶冀從容而挫折焉明日牒已至趙行行殊不置意官驗女傷重命笞之隸相顧無敢用刑官久聞

其横暴至此翁信大怒喚家人出立斃之姜遂畀女歸
自姜之訟也邵氏始知福不肖狀一號幾絶冥然大漸
祿時年十五煢煢無以自主先是仲有前室女大娘嫁
於遠郡性剛猛每歸寧餽贈不滿其意輒迕父母往往
以憤去仲以是怒惡之又因道遠遂數載不一存問邵
氏垂危魏欲招之來而啟其爭適有貿販者與大娘同
里便托寄語大娘且歆以家之可圖數日大娘果與少
子至入門見幼弟侍病母景象慘澹不覺愴惻因問弟
福祿備告之大娘聞之忿氣塞吭曰家無成人遂任人

蹂躪至此吾家田產諸賊何得賺去因入厨下爇火炊糜先供母而後呼弟及子共啖之啖已忿出詣邑投狀訟諸博徒衆懼斂金賂大娘大娘受其金而仍訟之邑令拘甲乙等各加杖責田產殊置不問大娘憤不已率子赴郡郡守最惡博者大娘力陳孤苦及諸惡局騙之狀情詞慷慨守爲之動判令邑宰追田給主仍懲仇福以儆不肖既歸邑宰奉令敲比於是故產盡反大娘時已久寡乃遣少子歸且囑從兄務業勿得復來大娘由此止母家養母教弟內外有條母大慰病漸瘥家務悉

委大娘里中豪強少見淩暴輒握刀登門侃侃爭論罔不屈服居年餘田產日增時市藥餌珍肴餽遺姜女又見祿漸長成頗屬媒爲之覓姻魏告人曰仇家產業悉屬大娘恐將來不可復返矣人咸信之故無肯與論婚者有范公子子文家中名園爲晉第一園中名花夾路直通內室或不知而誤入之值公子私宴怒執爲盜杖幾死會清明祿自塾中歸魏引與遊遨遂至園所魏故與園丁有舊放令入周歷亭榭俄至一處溪水洶湧有畫橋朱檻通一漆門遙望門內繁花如錦蓋即公子內

齋也魏紿之曰君請先入我適欲私焉祿信步尋橋入戶至一院落聞女子笑聲方停步間一婢出窺見旋踵卽返祿始駭奔無何公子出叱家人縉索逐之祿大窘自投溪中公子反怒爲笑命諸僕引出見其容裳都雅便令易其衣履曳入一亭詰其姓氏藹容温語意甚親暱俄趨入內旋出笑握祿手過橋漸達曩所祿不解其意逡巡不敢入公子强曳入之見花籬內隱隱有美人窺伺既坐則羣婢行酒祿辭曰童子無知悞踐閨闥得蒙赦宥已出非望但願釋令早歸受恩非淺公子不聽

俄頃肴炙紛紜祿又起辭以醉飽公子捺坐笑曰僕有一樂拍名若能對之即放君行祿唯唯請教公子云拍名渾不似祿默思良久對曰銀成沒柰何公子大笑曰眞石崇也祿殊不解蓋公子有女名蕙娘美而知書日擇良耦夜夢一人告之曰石崇汝壻也問何在曰明日落水矣早告父共以爲異祿適符夢兆故邀入內舍使夫人女輩共覘之也公子聞對而喜乃曰拍名乃小女所擬屢思而無其偶今得屬對亦有天緣僕欲以息女奉箕帚寒舍不乏第宅更無煩親迎耳祿惶然遜謝且

以母病不能入贅爲辭公子姑令歸謀遂遣圉人負溼
衣送之以馬既歸告母母驚爲不祥於是始知魏氏險
然因凶得吉亦置不讎但戒子遠絕而已踰數日公子
又使人致意母母終不敢應大娘應之即倩雙媒納采
焉未幾祿贅入公子家年餘遊泮才名籍甚妻弟長成
敬少弛祿怒攜婦而歸母已杖而能行頻歲賴大娘經
紀第宅亦頗完好新婦既歸婢僕如雲宛然有大家風
焉魏又見絕嫉妬益深恨無瑕之可蹈時有巨盜事發
遠竄乃誣祿寄貲祿依令徙口外范公子上下賄託僅

以蕙娘免行田產盡沒入官幸大娘執析產書鋭身告理新增良沃如干頃悉呈福名母女始得安居祿自分不反遂書離婚字付岳家傭丁自去行數日至北都飯於旅肆有丐子怔營戶外貌絕類兄近致訊詰果兄祿因自述兄弟悲慘祿解襆衣分數金囑令歸福泣受而別祿至關外寄將軍帳下爲卒因祿文弱俾主支籍與諸僕同棲止僕輩研問家世祿悉告之內一人驚曰是吾兒也蓋仇仲初爲寇家牧馬後寇逃竄仲遂流徙關外爲將軍僕向祿緬述始知眞爲父子抱首悲哀一室

爲之酸辛居無何將軍獲巨盜數十中有一人即曩時魏所誣祿之盜魁也既具供狀父子咸泣告將軍將軍爲之昭雪上聞命地方官贖業歸仇父子各喜祿細問家口爲贖身計乃知仲投將軍有年兩易配而無所出時方鰥也祿遂治任返初福別弟歸蒲伏自投大娘奉母坐堂上撿杖問之汝願受扑責便可姑留不然汝田産既盡亦無浴啜飯之所請仍去福涕泣伏地願受笞大娘投杖曰賣婦之人亦不足懲但宿案未消再犯首官可耳即使人往告姜姜女罵曰我是仇氏何人而相

告也大娘頻述告福而抑揄之福慚愧不敢出氣居半年大娘雖給奉周備而役同厮養福摻作無怨詞託以金錢輙不苟大娘察其無他乃白母求姜女復歸母意其不可復挽大娘曰不然渠如肯事二主楚毒豈肯自罹要不能不有此忿耳遂率弟躬往負荆岳父母詢讓良切大娘叱使長跪然後請見姜女請之再四堅避不出大娘搜捉以出女乃指福唾罵福慚汗無以自容姜母始曳令起大娘請問歸期女曰向受姊惠綦多今承尊命豈復有異言但恐不能保其不再賣也且恩義已

絕更何顏與黑心無賴子共生活哉請別營一室妾往奉事老母較勝披削足矣大娘代白其悔爲冀日之約而別次朝以乘輿取歸母逆於門而跪拜之女伏地大哭大娘勸止置酒爲歡命福坐案側乃執爵而言曰我苦爭者非自利也今弟悔過貞婦復還請以簿籍交納我以一身來仍以一身去耳夫婦皆興席改容羅拜哀泣大娘乃止居無何昭雪之命下不數日田宅悉還故主魏大駭不知其故自恨無術可以復施適西鄰有回祿之變魏托救焚而往暗以編菅爇祿第風又暴作延

烧幾盡止餘福居兩三屋舉家依聚其中未幾禄至相見悲喜初范公子得離書持商蕙娘蕙娘痛哭碎而投諸地父從其志不復强禄歸聞其未嫁喜如岳所公子知其屋災欲留之禄不可遂辭而退大娘幸有藏金出葺敗堵福負鍤營築掘見窖鏹夜與弟共發之石池盈丈滿中皆不動尊也由是鳩工大作樓舍轟起壯麗擬於世胄禄感將軍義備千金往贖父福請行因遣健僕輔之以去禄乃迎蕙娘歸未幾父兄同歸一門歡騰大娘自居母家禁子省視恐人議其私也父既歸堅辭欲

去兄弟不忍父乃析產而三之子得二女得一也大娘固辭兄弟皆泣曰吾等非姊烏有今日大娘乃安之遣人招子移家共居焉或問大娘異母兄弟何遂關切如此大娘曰知有母而不知有父者惟禽獸如此耳豈以人而效之福祿聞之皆流涕使工人治其第皆與己等魏自計十餘年禍之而益以福之深自愧悔又仰其富思交歡之因以賀仲階進備物而往福欲却之仲不忍拂受雞酒焉雞以布縷縛足逸入竈竈火燃布往棲積薪僮婢見之而未顧也俄而薪焚災舍一家惶駭幸手

指衆多一時撲滅而厨中百物俱空矣兄弟皆謂其物不祥後值父壽魏復餽牽羊却之不得繫羊庭樹夜有僮被僕毆忿縊樹下解羊索自經死兄弟歎曰其福之不如其禍之也自是魏雖殷勤竟不敢受其寸縷寧厚酬之而已後魏老貧而作丐每周以布粟而德報之

異史氏曰噫嘻造物之殊不由人也益讎之而益福之彼機詐者無謂甚矣顧受其愛敬而反以得禍不更奇哉此可知盜泉之水一掬一汚也

李伯言

李生伯言沂水人抗直有肝胆忽暴病家人進藥卻之曰吾病非藥餌可療陰司閻羅缺欲吾暫攝其篆耳勿埋我宜待之是日果死騶從導去入一宮殿進服冕隸胥祇候甚肅案上簿書叢沓一宗江南某稽生平所私良家女八十二人鞫之佐證不誣按冥律宜炮烙堂下有銅柱高八九尺圍可一抱空其中而熾炭焉表裏通赤羣鬼以鐵蒺藜撻驅使登手移足盤而上甫至頂則烟氣飛騰崩然一響如爆竹人乃墮團伏移時始復蘇又撻之爆墮如前三墮則匝地如烟而散不能復成形

矣又一起爲同邑王某被婢父訟盜占生女王即生姻家先是一人賣婢王知其所來非道而利其直廉遂購之至是王暴卒越日其友周遇於途知爲鬼奔避齋中王亦從入周懼而覘問所欲爲王曰煩作見證於冥司耳驚問何事曰余婢實價購之今被誣控此事君親見之惟借季路一言無他說也周固拒之王出曰恐不由君耳未幾周果死同赴閻羅質審李見王隱存左袒意忽見殿上火生燄燒梁棟李大駭側足立吏隱進曰陰曹不與人世等一念之私不可容急消他念則火自熄

李歛神寂慮火頓滅已而鞫狀王與婢父反復相詰問周周以實告王以故犯論笞訖遣人俱送回生周與王皆三日而甦李視事畢輿馬而返中途見缺頭斷足者數百輩伏地哀鳴停車研詰則異鄉之鬼思踐故土恐關隘阻隔乞求路引李曰余攝任三日已解任矣何能爲力衆曰南村胡生將建道場代囑可致李諾之至家騶從都去李乃甦胡生字水心與李善聞李再生便詣探省李遽問清醮何時胡訝曰兵燹之後妻孥尭全向與室人作此願心未向一人道也何知之李具以告

胡歎曰閻房一語遂播幽冥可懼哉乃敬諾而去次日如王所王猶憊臥見李肅然起敬申謝佑庇李曰法律不能寬假今幸無恙乎王云已無他症但笞創膿潰耳又二十餘日始痊髀肉腐落瘢痕如杖者

異史氏曰陰司之刑慘於陽世責亦苛於陽世然關說不行則受殘酷者不怨也誰謂夜臺無天日哉第恨無火燒臨民之堂廨耳

黃九郎

何師參字子蕭齋於苕溪之東門臨曠野薄暮偶出見

婦人跨驢來少年從諸其後婦約五十許意致清越轉視少年年可十五六丰采過於姝麗何生素有斷袖之癖睹之神出於舍翹足目送影滅方歸次日早伺之落日冥濛少年始過生曲意承迎笑問所來荅以外祖家生請過齋少憩辭以不暇固曳之乃入略坐興辭堅不可挽生握手送之殷囑便道相過少年唯唯而去生由是凝思如渴往來眺注足無停趾一日日銜半規少年歘至大喜要入命館僮行酒問其姓字荅云黄姓第九童子無字問過往何頻曰家慈在外祖家常多病故數

省之酒數行欲辭去生捉臂遽曳下管鑰九郎無如何頳顏復坐挑燈共語溫若處子而詞涉游戲便含羞面向壁未幾引與同衾九郎不許堅以睡惡為辭強之再三乃解上下衣着袴臥牀上生滅燭少時移與同枕曲肘加髀而狎抱之苦求私暱九郎怒曰以君風雅士故與流連乃此之為是禽處而獸愛之也未幾晨星熒熒九郎逕去生恐其遂絕復伺之蹀躞凝盼目穿北斗過數日九郎始至逆謝過強曳入齋促坐笑語竊幸其不念舊惡無何解屨登牀又撫哀之九郎曰纏綿之意已

鏤肺鬲然親愛何必在此生甘言糾纏但求一親玉肌九郎從之生俟其睡寐潛就輕薄九郎醒攬衣遽起乘夜遁去生邑邑若有所亡忘啜廢枕日漸委悴惟日使齋僮邏偵焉一日九郎過門卽欲邀去僮牽衣入之見生清癯大駭慰問生實告以情淚涔涔隨聲零落九郎細語曰區區之意實以相愛無益於弟而有害於君故不爲也君既樂之僕何惜焉生大悅九郎去後疾頓減數日平復九郎果至遂相纏綣曰今勉承君意幸勿以此爲常既而曰欲有所求肯爲力乎問之荅曰母患心

痛惟太醫齊野王先天丹可療君與善當能求之生諾之臨去又囑生入城求藥及暮付之九郎喜上手稱謝又强與合九郎曰勿相糾纏請爲君圖一佳人勝弟萬萬矣生問誰何曰有表妹美無倫倘能垂意當執柯斧生微笑不荅九郎懷藥便去三日乃來復求藥生恨其遲詞多誚讓九郎曰本不忍禍君故疏之既不蒙見諒請勿悔焉由是燕會無虛夕凡三日必一乞藥齊怪其頻曰此藥未有過三服者胡久不瘥因裹三劑並授之又顧生曰君神色黯淡病乎曰無脉之驚曰君有鬼脉

病在少陰不自愼者殆矣歸語九郎九郎歎曰良醫也我實狐恐不爲君禍生疑其誑藏其藥不以盡予慮其弗至也居無何果病延齊診視曰曩不實言今魂氣已遊墟莽秦緩何能爲力九郎日來省視曰不聽吾言果至於此生尋卒九郎痛哭而去先是邑有某太史少與生共筆硯十七歲擢翰林時秦藩貪暴而賂朝士無有言者公抗疏劾其惡以越俎免藩陞是省中丞日伺公隙公少有英稱曾邀叛王青盼因購得舊所往來札脅公公懼自經夫人亦投繯死公越宿忽甦曰我何子蕭

也詰之所言皆何家事方悟其借軀返魂畱之不可出奔舊舍撫疑其詐必欲排陷之使人索千金於公公僞諾而憂悶欲絕忽遇九郎至喜共話言悲懽交集既欲復狎九郎曰君有三命耶公曰余悔生勞不如死逸因訴寃苦九郎悠然以思少間曰幸復生聚君曠無偶前言表妹慧麗多謀必能分君憂欲一見顏色曰不難明日將取伴老母此道所經君僞爲弟也兄者我假渴而求飲焉君曰驢子亡則諾也計已而別明日亭午九郎果從女郎經門外過公拱手絮絮與語略睨女郎娥媚

秀曼誠仙人也九郎索茶公請入飲九郎曰三妹勿訝此兄盟好不妨少休止扶之而下繫驢於門而入公自起瀹茗因目九郎曰君前言不足以盡今得死所矣女似悟其言之爲已者離榻起立嚶喔而言曰去休公外顧曰驢子其亡九郎火急馳出公擁女求合女顏色紫變窘若囚拘大呼九兄不應曰君自有婦何喪人廉耻也公自陳無室女曰能矢河山勿令秋扇見捐則惟命是聽公乃誓以皦日女不復拒事已九郎至女色然怒讓之九郎曰此何子蕭昔之名士今之太史與兄最善

其人可依郎聞諸姈氏當不相見罪日向晚公要遮不聽去女恐姑母駭怪九郎銳身自任跨驢逕去居數日有婦攜婢過年四十許神情意致雅似三娘公呼女出窺果母也瞥睹女怪問何得在此女慚不能對公邀入拜而告之母笑曰九郎稚氣胡再不謀女自入廚下設食供母食已乃去公得麗偶頗快心期而惡緒縈懷恆蹙蹙有憂色女問之公緬述顛末女笑曰此九兒一人可得解君何憂公詰其故女曰聞撫公溺聲歌而比頑童此皆九兒所長也投所好而獻之怨可消讎亦可復

公慮九郎不肯女曰但請哀之越日公見九郎來肘行而逆之九郎驚曰兩世之交但可自效頂踵所不敢惜何忽作此態向人公具以謀告九郎有難色女曰妾失身於郎誰實爲之脫令中途彫喪焉置妾也九郎不得已諾之公陰與謀馳書於所善之王太史而致九郎焉王會其意大設招撫公飲命九郎飾女裝作天魔舞宛然美女撫惑之亟請於王欲以重金購九郎惟恐不得當王故沉思似難之遲之又久始將公命以進撫喜前郤頓釋自得九郎動息不相離侍妾十餘視同塵土九

郎飲食供具如王者賜金萬計半年撫公病九郎知其去寘路近也遂輦金帛假歸公家既而撫公薨九郎出貲起屋置器畜婢僕母子及妗並家焉九郎出裘馬甚都人不知其狐也余有笑判並志之

男女居室爲夫婦之大倫燥溼互通乃陰陽之正竅迎風待月尚有蕩檢之譏斷袖分桃難免掩鼻之醜人必力士鳥道方可生開洞非桃源漁篙寧容慢入今某從下流而忘反舍正路而不由雲雨未興輒爾上下其手陰陽反背居然表裏爲奸華池置無用之

鄉謬說老僧入定蠻洞乃不毛之地遂使眇帥稱戈繫赤兎於轅門如將射戟操大弓於國庫直欲斬關或是監內黃鱣訪知交於昨夜分明王家朱李索鑽報於來生彼黑松林戎馬頻來固相安矣設黃龍府潮水忽至何以禦之宜斷其鑽刺之根兼塞其送迎之路

金陵女子

沂水居民趙某以故自城中歸見女子白衣哭路側甚哀睨之美悅之凝注不去女垂涕曰夫夫也路不行而

顧我趙曰我以曠野無人而子哭之慟實惱於心女曰夫死無歸是以哀耳趙勸其復擇良匹曰渺茲一身其何能擇如得所託媵之可也趙忻然自薦女從之趙以去家遠將覓代步女言無庸乃先行飄忽若奔至家操井臼甚勤積二年餘謂趙曰感君戀戀猥相從忽已二年今宜且去趙曰曩言無家今焉往曰彼時漫爲是言耳何得無家身父貨藥金陵倘欲再晤可載藥往當助資斧趙經營爲貰輿馬女辭之出門逕去追之不及瞬息遂杳居久之頗涉懷想因市藥詣金陵寄貨旅邸詣

衢市忽藥肆一翁望見曰壻至矣延之入女方浣裳庭中見之不言亦不笑浣不輟趙銜恨遽出翁又曳之返女不顧如初翁命治具作飲謀厚贈之女止之曰渠福薄多將不任宜少慰其苦辛再撿十數醫方與之便喫著不盡矣翁問所載藥女云已售之矣直在此翁乃出方付金送趙歸試其方有奇驗沂水尚有能知其方者以蒜臼接茅簷雨水洗瘊贅其方之一也良效

王漁洋云女子大突兀

連瑣

楊于畏移居泗水之濱齋臨曠野牆外多古墓夜聞白楊蕭蕭聲如濤湧夜闌秉燭方復悽斷忽牆外有人吟曰元夜淒風却倒吹流螢惹草復沾幃反復吟誦其聲哀楚聽之細婉似女子疑之明日視牆外並無人跡惟有紫帶一條遺荆棘中拾歸置諸牕上向夜二更許又吟如昨楊移杌登望吟頓輟悟其爲鬼然心向慕之次夜伏伺牆頭一更向盡有女子珊珊自草中出手扶小樹低首哀吟楊微嗽女急入荒草而沒楊由是伺諸牆下聽其吟畢乃隔壁而續之曰幽情苦緒何人見翠袖

單寒月上時久之寂然楊乃入室方坐忽見麗者自外來歛袵曰君子固風雅士妾乃多所畏避楊喜拉坐瘦怯凝寒若不勝衣問何居里久寄此間荅曰妾隴西人隨父流寓十七暴疾殂謝今二十餘年矣九泉荒野孤寂如鶩所吟乃妾自作以寄幽恨者思久不屬蒙君代續懽生泉壤楊欲與懽蹙然曰夜臺朽骨不比生人如有幽懽促人壽數妾不忍禍君子也楊乃止戲以手探胸懷則雞頭之肉依然處子又欲視其裙下雙鉤女俯首笑曰狂生太囉唣矣楊把玩之則見月色錦襪約綵

綠一綹更覘其一則紫帶繫之問何不俱帶曰昨宵畏君而避不知遺落何所楊曰爲卿易之遂即牕上取以授女女驚問何來因以實告乃去綫束帶既翻案上書忽見連昌宮詞慨然曰妾生時最愛讀此今視之殆如夢寐與談詩文慧黠可愛翦燭西牕如得良友自此每夜但聞微吟少頃即至輒囑曰君秘勿宣妾少胆怯恐有惡客見侵楊諾之兩人懽同魚水雖不至亂而閨閣之中誠有甚於畫眉者女每於燈下爲楊寫書字態端媚又自選宮詞百首錄誦之使楊治棋枰購琵琶每夜

教楊手談不則挑弄絃索作蕉牕零雨之曲酸人胸臆楊不忍卒聽則爲曉苑鶯聲之調頓覺心懷暢適挑燈作劇樂輒忘曉視牕上有曙色則張皇遁去一日薛生造訪值楊晝寢視其室琵琶棋局具在知非所善又翻書得宮詞見字跡端好益疑之楊醒薛問戲具何來荅欲學之又問詩卷托以假諸友人薛反覆撿玩見最後一葉細字一行云某日月連瑣書笑曰此是女郎小字何相欺之甚楊大窘不知置詞薛詰之益苦楊不以告薛執卷挾之楊益窘遂告之薛求一見楊因述所囑薛

仰慕殷切楊不得已諾之夜分女至爲致意焉女怒曰所言伊何乃已喋喋向人楊以實情自白女曰與君緣盡矣楊百辭慰解終不懽起而別去曰妾暫避之明日薛來楊代致其不可薛疑支托暮與窗友二人來淹留不去故撓之恒終夜譁大爲楊生白眼而無如何衆見數夜杳然寖有去志喧囂漸息忽聞吟聲共聽之悽婉欲絶薛方傾耳神注內一武友王生掇巨石投去大呼曰作態不見客甚得好句嗚嗚惻惻使人悶損吟頓止衆甚怒之楊恚憤見於詞色次日始共去楊獨宿空齋

冀女復來而殊無影跡踰二日女忽至泣曰君致惡賓幾嚇煞妾楊謝過不遑女遽出曰妾固謂緣分盡也從此別矣挽之已渺由是月餘更不復至楊思之形銷骨立莫可追挽一夕方獨酌忽女子搴幃入楊喜極曰卿見宥耶女涕垂膺默不一言亟問之欲言復忍曰負氣去又急而求人難免愧恧楊再三研詰乃曰不知何處來一齷齪隸過充媵妾顧念清白裔豈屈身輿臺之鬼然一綫弱質烏能抗拒君如齒妾在琴瑟之數必不聽自爲生活楊大怒憤將致死但慮人鬼殊途不能爲力

女曰來夜早眠妾邀君夢中耳於是復共傾談坐以待曙女臨去囑令晝眠留待夜約楊諾之因於午後薄飲乘醺登榻蒙衣偃臥忽見女來授以佩刀引手去至一院宇方闔門語聞有人搥石撾門女驚曰讎人至矣楊啟戶驟出見一人赤帽青衣蝟毛繞喙怒咄之隸橫目相讎言詞兇謾楊大怒奔之隸捉石以投驟如急雨中楊腕不能握刃方危急間遙見一人腰矢野射審視之王生也大號乞救王生張弓急至射之中股再射之殪楊喜感謝王問故具告之王自喜前罪可贖遂與共

入女室女戰惕羞縮遙立不作一語案上有小刀長僅尺餘而裝以金玉出諸匣光鑑毫芒王贊歎不釋手與楊略話見女慙懼可憐乃出分手去楊亦自歸赴牆而仆於是驚寤聽村雞已亂唱矣覺腕中痛甚曉而視之則皮肉赤腫亭午王生來便言夜夢之奇楊曰未夢射否王怪其先知楊出手示之且告以故王憶夢中顏色恨不眞見自幸有功於女復請先容夜間女來稱謝楊歸功王生遂達誠懇女曰將伯之助義不敢忘然彼赳赳妾實畏之既而曰彼愛妾佩刀刀實妾父出粵中百

金購之妾愛而有之纏以金絲辮以明珠大人憐妾夭亡用以殉葬今願割愛相贈見刀如見妾也次日楊申致此意王大悅至夜女果攜刀來曰囑伊珍重此非中華物也由是往來如初積數月忽於燈下笑而向楊似有所語面紅而止者三生抱問之荅曰久蒙眷愛妾受生人氣日食烟火白骨頓有生意但須生人精血可以復活楊笑曰卿自不肯豈我故惜之女曰妾接後君必有廿餘日大病然藥之可愈遂與爲懽既而著衣起又曰尚須生血一點能拚痛以相愛乎楊取利刃刺臂出

血女臥榻上使滴臍中乃起曰妾不來矣君記取百日之期視妾墳前有青鳥鳴於樹巔即速發塚楊謹受教出門又囑曰慎記勿忘遲速皆不可乃去越十餘日楊果病腹脹欲死醫師投藥下惡物如泥浹辰而愈計至百日使家人荷鍤以待日既西果見青鳥雙鳴楊喜曰可矣乃斬荆發壙見棺木已朽而女貌如生摩之微溫蒙衣舁歸置煖處氣咻咻然細於屬絲漸進湯酏半夜而蘇每謂楊曰十餘年如一夢耳

王漁洋云結盡而不盡甚妙

白于玉

吳青菴筠少知名葛太史見其文每嘉歎之託相善者邀至其家領其言論風采曰焉有才如吳生而長貧賤者乎因俾鄰好致之曰使青菴奮志雲霄當以息女奉巾櫛時太史有女絕美生聞大喜確自信旣而秋闈被黜使人謂太史富貴所固有不可知者遲早耳請待我三年不成而後嫁於是刻志益苦一夜月明之下有秀才造謁白皙短鬚細腰長爪詰所來自言白氏字于玉略與傾談豁人心胸悅之留同止宿遲明欲去生囑便

道頻過白感其情殷願卽假館約期而別至日先一蒼頭送炊具來少間白至乘駿馬如龍生另舍舍之白命奴牽馬去遂共晨夕忻然相得生視所讀書並非常所見聞亦絕無時蓺訝而問之白笑曰士各有志僕非功名中人也夜每招生飲出一卷授生皆吐納之術多所不解因以迂緩置之他日謂生曰曩所授乃黃庭之要道仙人之梯航生笑曰僕所急不在此且求仙者必斷絕情緣使萬念俱寂僕病未能也白問何故生以宗嗣爲慮白曰胡久不娶笑曰寡人有疾寡人好色白亦笑

曰王請無好小色所好如何生具以情告白疑未必眞美生曰此遐邇所共聞非小生之目賤也白微哂而罷次日忽促裝言別生悽然與語剌剌不能休白乃命童子先負裝行兩相依戀俄見一青蟬鳴落案間白辭曰輿已駕矣請自此別如相憶拂我榻而臥之方再欲問轉瞬間白小如指翩然跨蟬背上嘲哳而飛杳入雲中生乃知其非常人錯愕良久悵悵自失踰數日細雨忽集思白綦切視所臥榻鼠跡碎瑣嘅然掃除設席即寢無何見白家僮來相招忻然從之俄有桐鳳翔集童捉

謂生曰黑徑難行可乘此代步生慮細小不能勝任僮曰試乘之生如所請寬然殊有餘地僮亦附其尾上戛然一聲凌升空際未幾見一朱門僮先下扶生亦下問此何所曰此天門也門邊有巨虎蹲伏生駭懼僮以身障之見處處風景與世殊異僮導入廣寒宮內以水晶爲階行人如在鏡中桂樹兩章參空合抱花氣隨風香無斷際亭宇皆紅牕時有美人出入冶容秀骨曠世並無其儔僮言王母宮佳麗尤勝然恐主人伺久不暇問遊導與趨出移時見白生已候於門握手入見簷外清

水白沙涓涓流溢玉砌雕闌殆擬桂闕甫坐即有二八妖鬟來薦香茗少間命酌有四麗人歛衽鳴璫給事左右纔覺背上微癢麗人即以纖指長甲探衣代搔生覺心神搖曳罔所安頓既而微醺漸不自持笑顧麗人兜搭與語美人輙笑避白令度曲侑觴一衣絳綃者引爵向客便即筵前宛轉清歌諸麗者笙管敖曹嗚嗚雜和既闋一衣翠裳者亦酌亦歌尚有一紫衣人與一淡白軟綃者吃吃笑暗中互讓不肯前白令一酌一唱紫衣人便來把琖生托接杯戲撓纖腕女笑失手酒杯傾墮

白譙訶之女拾杯含笑俛首細語云冷如鬼手馨強來捉人臂白大笑罰令自歌自舞舞已衣淡白者又飛一觥生辭不能釂女捧酒有愧色乃強飲之細視四女風致翩翩無一非絕世者遽謂主人曰人間尤物僕求一而難之君集羣芳能令我真個銷魂否白笑曰足下意中自有佳人此何足當巨眼之顧生曰吾今乃知所見之不廣也白乃盡招諸女俾自擇生顛倒不能自決白以紫衣人有把臂之好遂使襆被奉客既而衾枕之愛極盡綢繆生索贈女腕金腕釧付之忽僮入曰仙凡路

殊君宜即去女急起遁去生問主人僮曰早詣待漏去時囑送客耳生悵然從之復尋舊途將及門回視童子不知何時已去虎哮驟起生驚竄而去望之無底而足已奔墮一驚而寤則朝暾已紅方將振衣有物膩然墮褥間視之釧也心益異之由是前念灰冷每欲尋赤松遊而尚以嗣續爲憂過十餘月晝寢方酣夢紫衣姬自外至懷中繃嬰兒曰此君骨血天上難留此物敬持送君乃寢諸牀牽生衣覆之匆匆欲去生强與爲懽乃曰前一度爲合巹今一度爲永訣百年夫婦盡於此矣君

倘有志或有見期生醒見嬰兒卧襆褥間綳以告母母喜備嫗喃之取名夢仙生於是使人告太史身已將隱令别擇良匹太史不肯生固以爲辭太史告女女曰遠近無不知兒身已許吳郎矣今改之是二天也因以此意告生生曰我不但無志於功名兼絶情於燕好所以不即入山者徒以有老母在太史又以商女女曰吳郎貧我甘其藜藿吳郎去我事其姑嫜定不他適使人三四返迄無成謀遂諏日備輿馬妝奩嬪於生家生感其賢敬愛臻至女事姑孝曲意承順過貧家女踰二年母

亡女質奩作具罔不盡禮生曰得卿如此吾何憂顧念一人得道拔宅飛昇余將遠逝一切付之於卿女坦然殊不挽留生遂去女外理生計內訓孤兒井井有法夢仙漸長聰慧絕倫十四歲以神童領鄉薦十五入翰林每褒封不知母姓氏封葛母一人而已值霜露之辰輙問父所母具告之遂欲棄官往尋母曰汝父出家今已十有餘年想已仙去何處可尋後奉旨祭南岳中途遇寇窘急中一道人仗劍入寇盡披靡圍始破德之魄以金不受出書一函付囑曰余有故人與大人同里煩一

致寒暄問何姓名荅云王林因憶村中無此名道士曰草埜微賤貴官自不識耳臨行出一金釧曰此閨閣物道人拾此無所可用卽以奉報視之嵌鏤精絕懷歸以授夫人夫人愛之命良工依式配終不及其精巧徧問村中並無王林其人者私發其函上云三年鸞鳳分拆各天葬母教子專賴卿賢無以報德奉藥一丸剖而食之可以成仙後書琳娘夫人妝次讀畢不解何人持以告母母執書以泣曰此汝父家報也琳我小字始恍然悟王林爲拆白謎也悔恨不已又以釧示母母曰此汝

母遺物而翁在家時嘗以相示又視丸如豆大喜曰我父仙人唉此必能長生母不遽吞受而藏之會太史來視甥女誦吳生書便進丹藥爲壽太史剖而分食之頃刻精神煥發太史時年七旬龍鍾頗甚忽覺筋力溢於膚革遂棄輿而步其行健速家人坌息始能及焉逾年都城有回祿之災火終日不熄夜不敢寐畢集庭中見火勢拉雜寖及鄰舍一家徊徨不知所計忽夫人臂上金釧戛然有聲脫臂飛去望之大可數畝團覆宅上形如月闌釧口向東南隅歷歷可見衆大愕俄頃火自西

來近闌則斜越而東迫火勢旣遠竊意釧亡不可復得忽見虹光乍斂釧錚然墮足下都中延燒民舍數萬間左右前後並爲灰燼獨吳第無恙惟東南一小樓化爲烏有卽釧口漏覆處也葛母年五十餘或見之猶似二十許人

夜叉國

交州徐姓泛海爲賈忽被大風吹去開眼至一處深山蒼莽冀有居人遂纜船而登負糗腊焉方入見兩岸皆洞口密如蜂房內隱有人聲至洞外佇足一窺中有夜

叉二牙森列戟目閃雙燈爪劈生鹿而食驚喪魂魄急欲奔下則夜叉已顧見之輟食執入二物相語類鳥獸鳴爭裂徐衣似欲啗噉徐大懼取橐中糗糒並牛脯進之分啗甚美復翻徐橐徐搖手以示其無夜叉怒又執之徐哀之曰釋我我舟中有釜甑可烹飪夜叉不解其語仍怒徐再與手語夜叉似微解從至舟取具入洞束薪燃火煮其殘鹿熟而獻之二物噉之喜夜以巨石杜門似恐徐遁徐曲體遥臥深懼不免天明二物出又杜之少頃攜一鹿來付徐徐剝革於洞深處取流水汲煮

數釜俄有數夜叉羣至吞噉訖共指釜似嫌其小過三
四日一夜叉負一大釜來似人所常用者於是羣夜叉
各致狼麋既熟呼徐同噉居數日夜叉漸與徐熟出亦
不施禁錮聚處如家人徐漸能察聲知意輒效其音爲
夜叉語夜叉益悅攜一雌來妻徐徐初畏懼莫敢近雌
就徐與交大喜每留肉餌徐若琴瑟之好一日諸物早
起項下各挂明珠一串更番出門若伺貴客命徐多煮
肉徐以問雌雌云此天壽節雌出謂衆夜叉曰徐郎無
骨突子衆各摘其五並付雌雌又自解十枚共得五十

之數以野苧爲繩穿挂徐項徐視之一珠可直百十金俄頃俱出徐煮肉畢雌來邀去云接天王至一大洞廣濶盈畝中有石滑平如几四圍俱有石座上一座蒙以豹革餘皆以鹿夜叉二三十輩列坐洞中少頃大風揚塵張皇都出見一巨物來亦類夜叉狀竟奔入洞踞坐鶚顧羣隨入東西列立悉仰其首以雙臂作十字交物按頭點視問臥眉山衆盡於此乎羣鬨應之顧徐曰此何來雌以壻對衆又贊其烹調即有二三夜叉奔取熟肉陳几上物掬啗盡飽極贊嘉美且責常供又顧徐云

骨突子何短衆曰初來未備物於項上摘取珠串脫十
枚付之俱大如指頂圓如彈丸雌急接代徐穿挂徐亦
交臂作夜叉語謝之物乃去躡風而行其疾如飛衆始
享其餘食而散居四年餘雌忽產一胎而生二雄一雌
皆人形不類其母衆夜叉皆喜其子輒共拊弄一日皆
出攫食惟徐獨在忽別洞來一雌欲與徐私徐不肯夜
叉怒撲徐踣地上徐妻自外至暴怒相搏齕斷其耳少
頃其雄亦歸解釋令去自此雌每守徐動息不相離又
三年子女俱能行步徐輒教以人言漸能語啁啾之中

有人氣焉雖童也而奔山如履坦途與徐依依有父子意一日雌與一子一女出半日不歸而北風大作徐惻然念故鄉攜子至海岸見故舟猶存謀與歸子欲告母徐止之父子登舟一晝夜達交至家妻已醮出珠二枚售金盈兆家頗豐子取名彪十四五歲能舉百鈞粗莽好鬭交帥見而奇之以爲千總值邊亂所向有功十八爲副將時一商泛海亦風飄至臥眉方登岸見一少年視之而驚知爲中國人便問居里商以告少年乃曳入幽谷一小石洞洞外皆叢棘且囑勿出去移時挾鹿肉

來啖商自言父亦交人商問之而知爲徐商在客中嘗識之因曰我故人也今其子爲副總少年不解何名商曰此中國之官名又問何以爲官曰出則輿馬入則高坐堂上一呼而下百諾見者側目視側足立此名爲官少年甚歆動商曰既尊君在交何久淹此少年以情告商勸南旋曰余亦常作是念但母非中國人言貌殊異且同類覺之必見殘害用是輾轉乃出曰待北風起我來送汝行煩於父兄處寄一耗問商伏洞中幾半年時自棘中外窺見山中輒有夜叉往還大懼不敢少動一

日北風策策少年忽至引與急竄囑曰所言勿忘郄商
應之乃歸徑抵交達副總府備述所見彪聞而悲欲往
尋之父慮海濤妖藪險惡難犯力阻之彪撫膺痛哭父
不能止乃告交帥攜兩兵入海逆風阻舟擺簸海中者
半月四望無涯咫尺迷悶無從辨其南北忽而湧波接
漢乘舟傾覆彪落海中逐浪浮流久之被一物曳去至
一處竟有舍宇彪視之一物如夜叉狀彪乃作夜叉語
夜叉驚訊之彪乃告以所往夜叉喜曰臥眉我故里也
唐突可罪君離故道已八千里此去為毒龍國向臥眉

非路乃覓舟來送徐夜叉在水中推行如矢瞬息千里過一宵已達北岸見一少年臨流瞻望彪知山無人類疑是弟近之果弟因執手哭既而問母及妹並云安健彪欲偕往弟止之倉忙便去回謝夜叉則已杳矣未幾母妹俱至見彪俱哭彪告其意曰恐去爲人所凌彪曰兒在中國甚榮貴人不敢欺歸計已決苦風逆難渡母子方徊徨間忽見布帆南動其聲瑟瑟彪喜曰天助吾也相繼登舟波如箭激三日抵岸見者皆奔彪向三人脫分袍袴抵家母夜叉見翁怒罵恨其不謀徐謝過不

追家人拜見主母無不戰慄彪勸母學作華言衣錦厭粱肉乃大欣慰母女皆男兒裝數月稍辨語言弟妹亦漸白晳弟曰豹妹曰夜兒俱強有力彪耻不知書教弟讀豹最慧經史一過輒了又不欲擔儒業仍使挽強弩馳怒馬登武進士第聘阿游擊女夜兒以異種無與爲婚會標下袁守備失偶強妻之夜兒能開百石弓百餘步射小鳥無虛落袁每征輒與妻俱歷任同知將軍奇勳半出於閨門豹三十四歲掛印母嘗從之南征每臨巨敵輒擐甲執銳爲子接應見者莫不辟易詔封男爵

豹代毋疏辭封夫人

異史氏曰夜叉夫人亦所罕聞然細思之而不罕也家家牀頭有个夜叉在

老饕

邢德澤州人綠林之傑也能挽强發連矢稱一時絕技而生平落拓不利營謀出門輙虧其貲兩京大賈往往喜與邢俱途中恃以無恐會冬初有二三估客薄假以貲邀同販鬻邢復自罄其囊將共居貨友有善卜因詣之友占曰此爻爲悔所操之業即不毋而子亦有損焉

邢不樂欲中止而諸客强速之行至都果符所占臘將半匹馬出都門自念新歲無貲倍益怏悶時晨霧濛濛暫趨臨路店解裝覓飲見一須白叟共兩年少酗北牖下一僮侍黃髮蓬蓬然邢於南座對叟休止僮行觴悞翻柈具汚叟衣少年怒立摘其耳持巾捧帨代叟揩拭旣見僮手拇俱有鐵箭鐶厚半寸强每一鐶約重二兩餘食已叟命少年於革囊中探出鏹物堆纍几上稱秤握算可飲數杯時始緘裹完好少年於櫪下牽一黑跛騾來扶叟乘之僮亦跨羸馬相從出門去兩少年各腰弓

矢捉馬俱出邢窺多金窮睛旁睨饞餤若炙輟飲急尾之覘叟與僮猶欵段於前乃下道斜馳出叟前羈銜關弓怒相向叟俯脫左足靴微笑云而不識得老饕耶邢滿引一矢去叟仰臥鞍上伸其足開兩指如箝夾矢住笑曰技但止此何須而翁手敵邢怒出其絕技一矢剛發後矢繼至叟手掇其一似未防其連珠後矢直貫其口踣然而墮銜矢僵眠僮亦下邢喜謂其已斃近臨之叟吐矢躍起鼓掌曰初會面何便作此惡劇邢大驚馬亦駭逸以此知叟異不敢復返走三四十里值方面綱

紀囊物赴都要取之署可千金意氣始得揚方疾鶩間
聞後有蹄聲回首則僮易跛騾來駛若飛叱曰男子勿
行獵取之貨宜少瓜分邪曰汝識連珠箭邪某否僮曰
適已承教矣邪以僮貌不揚又無弓矢易之一發三矢
連遽不斷如羣隼飛翔僮殊不忙迫手接二口銜一笑
曰如此技藝辱寞煞人乃翁偬遽未暇尋得弓來此物
亦無用處請即擲還遂於指上脫鐵環穿矢其中以手
力擲嗚嗚風鳴邪急撥以弓弦適觸鐵環鏗然斷絕弓
亦綻裂邪驚絕未及覷避矢過貫耳不覺翻墜僮下騎

將便摟括邢以弓臥撻之僮怒奪弓去拗折爲兩又復總折爲四拋置之已乃一手握邢兩臂一足踏邢兩股臂若縛股若壓極力不能少動腰中束帶雙疊可駢三指許僮以一手捏之隨手斷如灰燼取金已乃超乘作一舉手致聲孟浪霍然遝去邢歸卒爲善士每向人述往事不諱此與劉東山事蓋髣髴焉

姬生

南陽鄂氏患狐金錢什物輒被竊去迕之祟益甚鄂有甥姬生名士素不羈焚香代爲禱免卒弗應又祝舍外

祖使臨已家亦不應衆笑之生曰彼能幻變必有人心我固將引之俾入正果三數日輒一往視之雖固不驗然生所至狐遂不擾以故鄂常止生宿生夜望空請見邀益堅一日生歸獨坐齋中忽房門緩緩自閉生起致敬曰狐兄來耶殊寂無聲一夜門自開生曰倘是狐兄降臨固小生所禱祝而求者何妨即賜光霽即又寂然而案頭錢二百及明失之生至夜增以數百中宵聞布幄鏗然生曰來耶敬具時銅數百以備取用僕雖不充裕然非鄙吝者若緩急有需用度無妨質言何必盜竊

少間視錢脫去二百生仍置故處數夜不復失有熟雞欲供客而亡之生至夕又益以酒而狐從此絕迹矣鄂家祟如故生又往祝曰僕設錢而子不取設酒而子不飲我外祖衰邁無爲久祟之僕備有不腆之物夜當憑汝自取之乃以錢十千酒一尊兩雞皆聶切陳几上生臥其傍終夜無聲錢物亦如故自此狐怪以絕生一日晚歸啟齋門見案上酒一壺熛雞盈盤錢四百以赤繩貫之卽前所失物也知狐之報嗅酒而香酌之色碧綠飲之甚醇壺盡半酣覺心中貪念頓生驀然欲作賊便

啟戶出思村中一富室遂往越其牆牆雖高一躍上下如有翅翎入其齋竊取貂裘金鼎而出歸置牀頭始就枕眠天明攜入內室妻驚問之生囁嚅而告有喜色妻初以爲戲旣知其眞駭曰君素剛正何忽作此生恬然不爲怪因述狐之有情妻恍然自悟是必酒中之狐毒也因念丹砂可以却邪遂覓研入酒使飲之少頃忽失聲曰我奈何作賊妻代解其故爽然自失又聞富室被盜謀傳里黨生終日不食莫知所處妻爲之謀使乘夜拋其牆內生從之富室復得故物其事遂寢生歲試冠

軍又舉優應受倍賞及發落之期道署梁上粘一帖云姬某作賊偷某家裘鼎何爲行優梁最高非跛足可粘文宗疑之執帖問生生愕然念此事除妻外無知者況署中深密何由而至因悟曰此必狐爲之也遂緬述無諱文宗賞禮有加焉生每自念無所取罪於狐所以屢陷之者亦小人之恥獨爲小人耳

異史氏曰生欲引邪入正而反爲邪惑狐意未必大惡或生以諧引之狐以戲弄之耳然非身有夙根室有賢助幾何不如原涉所云家人寡婦以盜汚遂行婬哉吁

可懼也

吳木欣云康熙甲戌一鄉科令浙中點稽凶犯有竊盜已刺字訖例應逐釋嫌竊字減筆從宀非官板正字使刮去之候創平依字彙中點畫形象另刺之盜口占一絕云手把菱花仔細看淋漓鮮血舊痕斑早知面上重爲苦竊物先防識字官禁卒笑之曰詩人不求功名而乃爲盜盜又口占苔之云少年學道志功名只爲家貧悞一生冀得貲財權子母囊遊燕市博恩榮即此觀之秀才爲盜亦仕進之志也狐授姬

生以進取之資耳

大力將軍

查伊璜浙人清明飲野寺中見殿前有古鐘鐘大於兩石甕而上下土痕手迹滑然如新疑之俯窺其下有竹筐受八升許不知所貯何物使數人摳耳力掀舉之無少動益駭乃坐飲以伺其人居無何有乞兒入攜所得糗糒堆纍鐘下乃以手起鐘一手掬餌置筐內往返數四始盡已復合之乃去移時復來探取食之食已復探輕若啟櫝一座盡駭查問若男兒胡行乞答以啗啖多

無傭者查以其健勸投行伍乞人愀然慮無階查遂攜歸餌之計其食畧倍五六人爲易衣履又以五十金贈之行後十餘年查猶子令於閩有吳將軍六一者忽來通謁欵談閒問伊璜是君何人荅言爲諸父行與將軍何處有素曰是我師也十年之別頗復憶念煩致先生一賜臨也漫應之自念叔名賢何得武弟子會伊璜至因告之伊璜茫不記憶因其問訊之殷卽命僕馬投刺於門將軍趨出逆諸大門之外視之殊昧生平竊疑將軍悞而將軍傴僂益恭肅客入深啟三四關忽見女子

往來知爲私廨屏足立將軍又揖之少間登堂則捲簾者移座者並皆少姬既坐方擬展問將軍頤少動一姬捧朝服至將軍遽起更衣查不知其何爲衆姬捉袖整襟訖先命數人捺查座上不使動而後朝拜如覲君父查大愕莫解所以拜已以便服侍坐笑曰先生不憶舉鐘之乞人耶查乃悟既而華筵高列家樂作於下酒闌羣姬列侍將軍入室請衽何趾乃去查醉起遲將軍已於寢門外三問矣查不自安辭欲返將軍投轄下鑰錮閉之見將軍日無他作惟點數姬婢廝養卒及騾馬服

用器具督造記籍戒無虧漏查以將軍家政故未深叩一日執籍謂查曰不才得有今日悉出高厚之賜一婢一物所不敢私敢以半奉先生查愕然不受將軍不聽出藏鏹數萬亦兩置之按籍照古玩牀几堂內外羅列已滿查固止之將軍不顧稽婢僕姓名已即令男爲治裝女爲斂器具囑敬事先生百聲悚應又親視姬婢登輿廄卒捉馬騾闐咽並發乃返別查後查以修史一案株連被收卒得免皆將軍力也

異史氏曰厚施而不問其名眞俠烈古丈夫哉而將軍

之報其慷慨豪爽尤千古所僅見如此胸襟自不應老於溝瀆以是知兩賢之相遇非偶然也

聊齋志異卷六

淄川　蒲松齡　留仙　著
新城　王士正　貽上　評

劉海石

劉海石蒲臺人避亂於濱州時十四歲與濱州生劉滄客同函丈因相善訂爲昆季無何海石失怙恃奉喪而歸音問遂闕滄客家頗裕年四十生二子長子吉十七歲爲邑名士次子亦慧滄客又內邑中倪氏女大嬖之後半年長子患腦痛卒夫妻大慘無幾何妻病又卒踰

數月長媳又死而婢僕之喪亡且相繼也滄客哀悼殆不能堪一日方坐愁悶忽閽人通海石至滄客喜急出門迎以入方欲展寒溫海石忽驚曰兄有滅門之禍不知耶滄客愕然莫解所以海石曰久失聞問竊意近況未必佳也滄客泫然因以狀對海石欷歔既而笑曰災殃未艾余初爲兄弔也然幸而遇僕請爲兄賀滄客曰久不晤豈近精越人術耶海石曰是非所長陽宅風鑑頗能習之滄客喜便求相宅海石入宅內外徧觀之已而請睹諸眷口滄客從其教使子媳婢妾俱見於堂滄

客一一指示至倪海石仰天而視大笑不已衆方驚疑但見倪女戰慄無色身暴縮短僅二尺餘海石以界方擊其首作石缶聲海石揪其髮撿腦後見白髮數莖欲拔之女縮項跪啼言即去但求勿拔海石怒曰汝凶心尚未死耶就項後拔去之女隨手而變黑色如狸衆大駭海石掇納袖中顧子婦曰媳受毒已深背上當有異請驗之婦羞不肯袒示劉子固強之見背上白毛長四指許海石以針挑出曰此毛已老七日即不可救又視劉子亦有毛裁二指曰似此可月餘死耳滄客以及婢

僕並刺之曰僕適不來一門無噍類矣問此何物曰亦狐屬吸人神氣以爲靈最利人死滄客曰久不見君何能神異如此無乃仙乎笑曰特從師習小技耳何遽云仙問其師答云山石道人適此物我不能死之將歸獻俘於師言已告別覺袖中空空駭曰亡之矣尾末有大毛未去今已遁去衆俱駭然海石曰領毛已盡不能化人止能化獸遁當不遠於是入室而相其貓出門而嗾其犬皆曰無之啟圈笑曰在此矣滄客視之多一豕聞海石笑遂伏不敢少動提耳捉出視尾上白毛一莖硬

如針方將拔拔而豕轉側哀鳴不聽拔海石曰汝造孽既多拔一毛猶不肯耶執而拔之隨手復化爲貍納袖欲出滄客苦留乃爲一飯問後會曰此難預定我師立宏願常使我等遨遊海上拔救衆生未必無再見時及别後細思其名始悟曰海石殆仙矣山石合一岩字蓋吕仙諱也

犬燈

韓光祿大千之僕夜宿廈間見樓上有燈如明星未幾熒熒飄落及地化爲犬睨之轉舍後去急起躡尾之入

園中化爲女子心知其狐還臥故所俄女子自後來僕陽寐以觀其變女俯而撼之僕僞作醒狀問其爲誰女不答僕曰樓上燈光非子也耶女曰旣知之何問焉遂共宿止晝別宵會以爲常主人知之使二人夾僕臥二人旣醒則身臥床下亦不知墮自何時主人益怒謂僕曰來時當捉之來不然則有鞭楚僕不敢言諾而退因念捉之難不捉懼罪展轉無策忽憶女子一小紅衫密著其體未肯暫脫必其要害執此可以脅之夜分女至問主人囑汝捉我乎曰良有之但我兩人情好何肯爲

此及寢陰掬其衫女急啼力脫而去從此遂絕後僕自他方歸遙見女子坐道周至前則舉袖障面僕下騎呼曰何作此態女乃起握手曰我謂子已忘舊好矣既戀戀有故人意情尚可原前事出於主命亦不汝怪也但緣分已盡今設小酌請入爲別時秋初高粱正茂女攜與俱入則中有巨第繫馬而入廳堂中酒肴已列甫坐羣婢行炙日將暮僕有事欲覆主命遂別既出則依然田隴耳

連城

喬生晉寧人少負才名年二十餘有肝膽與顧生善顧卒時卹其妻子邑宰以文相契重宰終於任家口淹滯不能歸生破產扶柩往返二千餘里以故士林益重之而家由此日替史孝廉有女字連城工刺繡知書父嬌愛之出所刺倦繡圖徵少年題咏意在擇壻生獻詩云慵鬟高髻綠婆娑早向蘭窗繡碧荷刺到鴛鴦魂欲斷暗停針綫蹙雙蛾又贊挑繡之工云繡綫挑來似寫生幅中花鳥自天成當年織錦非長技倖把迴文感聖明女得詩喜對父稱賞父貧之女逢人輒稱道又遣媪矯

父命贈金以助燈火生嘆曰連城我知己也傾懷結想如渴思啗無何女許字於鹺賈之子王化成生始絕望然夢魂中猶佩戴之也未幾女病瘵沉痼不起有西域頭陀自謂能療但須男子膺肉一錢搗合藥屑史使人詣王家告壻壻笑曰癡老翁欲剜我心頭肉耶使返史怒言於人曰有能割肉者妻之生聞而往自出白刃刲膺授僧血濡袍袴僧敷藥始止合藥三丸三日服盡疾若失史將踐其言先告王王怒忿欲訟官史乃設筵招生以千金列几上曰重負大德請以相報因具白背盟

之由生怫然曰僕所以不愛膺肉者聊以報知已耳豈貨肉哉拂袖而歸女聞之意良不忍託媼慰諭之且云以彼才華當不久落天下何患無佳人我夢不祥三年必死不必與人爭此泉下物也生告媼曰士爲知已者死不以色也誠恐連城未必眞知我但得眞知我不諧何害媼代女郎矢誠自剖生曰果爾相逢時當爲我一笑死無憾媼旣去踰數日生偶出遇女自叔氏歸睨之女秋波轉顧啟齒嫣然生大喜曰連城眞知我者會王氏來議吉期女前症又作數月尋卒生往臨弔一痛而

絕史昇送其家生自知已死亦無所戚出村去猶冀一見連城遥望西北一道行人連緒如蟻因亦混身雜迹其中俄頃入一廨署值顧生驚問君何得來卽把手將送令歸生太息言心事殊未了顧曰僕在此典牘頗得委任倘可效力不惜也生問連城顧卽導生歷多所見連城與一白衣女郎淚睫慘黛藉坐廊隅見生至驟起似喜畧問所來生曰卿死僕何敢生連城泣曰如此負義之人尚不吐棄之身殉何爲然已不能許君今生願矣來世耳生告顧曰有事君自去僕樂死不願生矣但

煩稽連城托生何里行與俱去耳顧諾而去白衣女郎問生何人連城爲緬述之女郎聞之若不勝悲連城告生曰此妾同姓小字賓娘長沙史太守女一路同來遂相憐愛生睨之意態憐人方欲研問而顧已返向生賀曰我爲君平章已確即令娘子從君返魂好否兩人皆喜方將拜別賓娘大哭曰姊去我安歸乞垂憐救我爲姊捧帨耳連城悽然無所爲計轉謀生生又哀顧顧難之峻辭以爲不可生固强之乃曰試妄爲之去食頃而返搖手曰何如誠萬分不能爲力矣賓娘聞之宛轉嬌

啼惟依連城肘下恐其郎去憀怛無術相對默默而睹其愁顔戚容使人肺腑酸柔顧生憤然曰請擕賓娘去脱有愆尤小生拚身受之賓娘乃喜從生出生憂其道遠無侶賓娘曰妾從君去不願歸也生曰卿太癡矣不歸何以得活他日至湖南勿復走避爲幸多矣適有兩媪攝牒赴長沙生囑之賓娘泣别而去途中連城行蹇緩里餘輒一息凡十餘息始見里門連城曰重生後懼有翻覆請索妾骸骨來妾以君家生當無悔也生然之偕歸生家女惕惕若不能步生佇待之女曰妾至此四

肢搖搖似無所主志恐不遂尚宜審謀不然生後何能自由相將入側廂中嘿定少時連城笑曰君憎妾耶生驚問其故赧然曰恐事不諧重負君矣請先以魂報也生喜極盡懽戀因徘徊不敢遽出寄廂中者三日連城曰諺有之醜婦終須見姑嫜戚戚於此終非久計乃促生入纔至靈寢豁然頓蘇家人驚異進以湯水生乃使人要史來請得連城之尸自言能活之史喜從其言方舁入室視之已甦告父曰兒已委身喬郎更無歸理如有變動但仍一死史歸遣婢往役給奉王聞具詞申理

官受賂判歸王生憤懣欲死亦無奈之連城至王家忿不飲食惟乞速死室無人則帶懸梁上越日益憊殆將奄逝王懼送歸史史復舁歸生王知之亦無如何遂安焉連城起每念賓娘欲遣信探之以道遠而艱於往一日家人入白門有車馬夫婦出視則賓娘已至庭中矣相見悲喜太守親詣送女生延入太守曰小女子賴君復生誓不他適今從其志生叩謝如禮孝廉亦至敘宗好焉生名年字大年

異史氏曰一笑之知許之以身世人或議其癡彼田橫

五百人豈盡愚哉此知希之貴賢豪所以感結而不能自已也顧茫茫海內遂使錦繡才人僅傾心於蛾眉之一笑也悲夫

王漁洋曰雅是情種不意牡丹亭後復有此人

汪士秀

汪士秀廬州人剛勇有力能舉石舂父子善蹴鞠父四十餘過錢塘溺焉積八九年汪以故詣湖南夜泊洞庭時望月東升澄江如練方眺矚間忽有五人自湖中出攜大席平鋪水面略可半畝紛陳酒饌饌器磨觸作響

然聲溫厚不類陶瓦已而三人踐席坐二人侍飲坐者一衣黃二衣白頭上巾皆皂色峩峩然下連肩背制絕奇古而月色微茫不甚可晰侍者俱墨褐衣其一似童其一似叟也但聞黃衣人曰今夜月色大佳足供快飲白衣者曰此夕風景大似廣利王宴梨花島時三人互勸引觴浮白但語聲小即不可聞舟人隱伏不敢動息汪細審侍者叟酷類父而聽其言非父聲二漏將殘忽一人曰趁此月明宜一擊毬爲樂即見童沒水中取一圓出大可盈抱中如水銀滿貯表裡通明坐者盡起黃

衣人呼叟共蹴之蹴起丈餘光搖搖射人眼俄而砉然遠起飛墮舟中汪技癢極力踏去覺異常輕軟踏猛似破騰尋丈中有漏光下射如虹蚩然疾落又如經天之彗直投水中滾滾作沸泡聲而滅席中共怒曰何物生人敗我清興叟笑曰不惡不惡此吾家流星拐也白衣人嗔其語戲怒曰都方厭惱老奴何得作懽便同小烏皮捉得狂子來不然脛股當有椎喫也汪計無所逃即亦不畏捉刀立舟中倏見僮叟操兵來汪注視真其父也疾呼阿翁兒在此叟大駭相顧悽斷僮即反身去叟

曰見急作匿不然都死矣言未已三人忽已登舟面皆漆黑睛大於榴攫叟出汪力與爭搖舟斷纜汪以刀截其臂臂落黃衣者乃逃一白衣人奔汪汪剁其顱墮水有聲鬨然俱沒方謀夜渡旋見巨喙出水面深濶若井四面湖水奔注砰砰作響俄一噴湧則浪接星斗萬舟簸蕩湖人大恐舟上有石鼓二皆重百斤汪舉一以投激水雷鳴浪漸消又投其一風波悉平汪疑父爲鬼叟曰我固未嘗死也溺江中者十九人皆爲妖物所食我以蹋圓得全物得罪於錢塘君故移避洞庭耳三人魚

精所蹴魚胞也父子聚喜中夜擊棹而去天明見舟中有魚翅徑四五尺許乃悟是夜聞所斷臂也

王漁洋曰此條亦恢詭

小二

滕邑趙旺夫妻奉佛不茹葷血鄉中有善人之目家稱小有一女小二絕慧美趙珍愛之年六歲使與兄長春並從師讀凡五年而熟五經焉同窗丁生字紫陌長於女三歲文采風流頗相傾愛私以意告母求婚趙氏趙期以女字大家故弗許未幾趙惑於白蓮教徐鴻儒旣

反一家俱陷爲賊小二知書善解凡紙兵豆馬之術一見輒精小女子師事徐者六人惟二稱最因得盡傳其術趙以女故大得委任時丁年十八游滕泮矣而不肯論婚意不忘小二也潛亡去投徐麾下女見之喜優禮逾於常格女以徐高足主軍務晝夜出入父母不得閑丁每宵見嘗斥絕諸役輒至三漏丁私告曰小生此來卿知區區之意乎女云不知丁曰我非妄意攀龍所以故實爲卿耳左道無濟止取滅亡卿慧人不念此乎能從我亡則寸心誠不負矣女憮然爲間豁如夢覺曰背

親而行不義請告二人入陳利害趙不悟曰我師神人豈有舛錯女知不可諫乃易髻而髻出二紙鳶與丁各跨其一鳶肅肅振翼似鶼鶼之鳥比翼而飛質明抵萊蕪界女以指撚鳶項忽即斂墮遂收鳶更以雙衛馳至山陰里托爲避亂者僦屋而居二人草草出齎於裝薪儲不給丁甚憂之假粟比舍莫肯貸以升斗女無愁容但質簪珥閉門靜對猜燈謎憶亡書以是角低昂負者駢二指擊腕臂焉西鄰翁姓綠林之雄也一日獵歸女曰富以其鄰我何憂暫假千金其與我乎丁以爲難女

曰我將使彼樂輸也乃剪紙作判官狀置地下覆以鷄籠然後握丁登榻煑藏酒撿周禮爲觴政任言是某册第幾頁第幾行即共翻閱其人得食傍水傍酉傍者飲得酒部者倍之既而女適得酒人丁以巨觥引滿促釂女乃祝曰若借得金來君當得飲部丁翻卷得鱉人女大笑曰事已諧矣滴瀝授爵丁不服女曰君是水卒宜作鱉飲方喧競時聞籠中戛戛女起曰至矣啟籠驗視則布囊中有巨金纍纍充溢丁不勝愕喜後翁家媼抱兒來戲竊言主人初歸篝燈夜坐地忽暴裂深不可底

一判官自內出言我地府司隸也太山帝君會諸冥曹造暴客惡錄須銀燈千架架計重十兩施百架則消滅罪愆主人駭懼焚香叩禱奉以千金判官荏苒而入地亦遂合夫婦聽其言故嘖嘖詫異之而從此漸購牛馬蓄廝婢自營宅第里無賴子窺其富糾諸不逞踰垣劫丁丁夫婦始自夢中醒則編菅爇炤寇集滿屋二人執丁又一人探手女懷女袒而起戟指而呵曰止止盜十三人皆吐舌呆立癡若木偶女始著袴下榻呼集家人一一反接其臂逼令供吐明悉乃責之曰遠方人埋頭

澗谷冀得相扶持何不仁至此緩急人所時有窘急者不妨明告我豈積殖自封者哉豺狠之行本合盡誅但吾所不忍姑釋去再犯不宥諸盜叩謝而去居無何鴻儒就擒趙夫婦妻子俱被夷誅生賫金往贖長春之幼子以歸兒時三歲養爲已出使從姓丁名之承祧於是里中人漸知爲白蓮戚裔適蝗害稼女以紙鳶數百翼放田中蝗遠避不入其壠以是得無恙里人共嫉之羣首於官以爲鴻儒餘黨官瞰其富肉視之收丁丁以重賂啗令始得免女曰貨殖之來也苟宜有散亡然蛇蝎

之鄉不可久居因賤售其業而去之止於邑都之西鄙女爲人靈巧善居積經紀過於男子嘗開琉璃廠每進工人而指點之一切棊燈其奇式幻采諸肆莫能及以故直昂得速售居數年財益稱雄而女督課婢僕嚴食指數百無冗口暇輙與丁烹茗著奕或觀書史爲樂錢穀出入以及婢僕凡五日一課女自持籌丁爲之點籍唱名數焉勤者賞賚有差惰者鞭撻罰膝立是日給假不夜作夫妻設肴酒呼諸婢度俚曲爲笑女明察若神人無敢欺而賞輙浮於勞故事易辦村中二百餘家凡

貧者俱量給資本鄉以此無游惰值大旱女令村人設壇於野乘輿夜出禹步作法甘霖傾注五里內悉獲霑足人益神之女出未嘗障面村人皆見之或少年羣居私議其美及覿面逢之俱肅肅無敢仰視者每秋日村中童子不能耕作者授以錢使采荼蘇幾二十年積滿樓屋人竊非笑之會山左大饑人相食女乃出菜雜粟贍饑者近村賴以全活無逃亡焉

異史氏曰二所為殆天授非人力也然非一言之悟騈死已久由是觀之世抱非常之才而悞入匪僻以死者

當亦不少焉知同學六人中遂無其人乎使人恨不遇丁生耳

庚娘

金大用中州舊家子也聘尤太守女字庚娘麗而賢逑好甚敦以流寇之亂家人離逷金攜家南竄途遇少年亦偕妻以逃者自言廣陵王十八願爲前驅金喜行止與俱至河上女隱告金曰勿與少年同舟彼屢顧我目動而色變中叵測也金諾之王殷勤覓巨舟代金運裝劬勞臻至金不忍却又念其攜有少婦應亦無他婦與

庚娘同居意度亦頗溫婉王坐船頭上與櫓人傾語似其熟識戚好未幾日落水程迢遞漫漫不辨南北金四顧幽險頗涉疑怪頃之皎月初升見彌望皆蘆葦既泊王邀金父子出戶一豁乃乘間擠金入水金父見之欲號舟人以篙築之亦溺生母聞聲出窺又築溺之王始喊救母出時庚娘在後已微窺之既聞一家盡溺卽亦不驚但哭曰翁姑俱沒我安適歸王入勸娘子無憂請從我至金陵家中田廬頗足贍給保無虞也女收涕曰得如此願亦足矣王大悅給奉良殷既暮曳女求懽女

托體姅王乃就婦宿初更既盡夫婦喧競不知何由但聞婦曰若所爲雷霆恐碎汝顱矣王乃撾婦婦呼云便死休誠不顧爲殺人賊婦王吼怒捽婦出便聞骨董一聲遂譁言婦溺矣未幾抵金陵導庚娘至家登堂見媪媪訝非故婦王言婦墮水死新娶此耳歸房又欲犯之庚娘笑曰三十許男子尚未經人道也市兒初合巹亦須一杯薄漿酒汝沃饒當亦不難清醒相對是何體段王喜具酒對酌庚娘執爵勸酬殷懇王漸醉辭不飲庚娘引巨椀强媚勸之王不忍拒又飲之於是酣醉裸脫

促寢庚娘撤器滅燭托言溲溺出房以刀入暗中以手索王項王猶捉臂作昵聲庚娘力切之不死號而起又揮之始殪媼髣髴有聞趨問之女亦殺之王弟十九覺焉庚娘知不免急自刎刀鈍不可入啟戶而奔十九逐之已投池中矣呼告居人救之已死麗如生共驗王尸見窗上一函開視則女備述其寃狀羣以爲烈謀斂貲作殯天明集視者數千人見其容皆朝拜之終日間得百金於是葬諸南郊好事者爲之珠冠袍服瘞藏豐備焉初金生之溺也浮片板上得不死將曉至淮上爲小

舟所救舟葢富民尹翁專設以拯溺者金既蘇詣翁申
謝翁優厚之畱教其子金以不知親耗將往探訪故不
決俄白撈得死叟及媼金疑是父母奔驗果然翁代營
棺木生方哀痛又白拯一溺婦自言金生其夫生揮涕
驚出女子已至殊非庚娘乃王十八婦也向金大哭請
勿相棄金曰我方寸已亂何暇謀人婦益悲尹審得其
故喜爲天報勸金納婦金以居喪爲辭且將復讎懼細
弱作累婦曰如君言脫庚娘猶在將以報讎居喪去之
耶翁以其言善請暫代收養金乃許之卜葬翁媼婦縗

經哭泣如喪翁姑旣葬金懷刃托鉢將赴廣陵婦止之曰妾唐氏祖居金陵與豺子同鄉前言廣陵者詐也且江湖水寇半伊同黨仇不能復祇取禍耳金徘徊不知所謀忽傳女子誅讐事洋溢河渠姓名甚悉金聞之一快然益悲謝婦曰幸不汚辱家有烈婦如此何忍負心再娶婦以業有成說不肯中離願自居于媵妾曾有副將軍袁公與尹有舊適將西發過尹見生大相知愛請爲記室無何流寇犯順袁有大勳金以參機務敘勞授游擊以歸夫婦始成合巹之禮居數日攜婦詣金陵將

以展庚娘之墓暫過鎮江欲登金山漾舟中流欻一艇過中有一嫗及少婦怪少婦頗類庚娘舟疾過婦自窗中窺金神情益肖驚疑不敢追問急呼曰看羣鴨兒飛上天也少婦聞之亦呼云饞猧兒欲喫猫子腥耶蓋當年閨中之隱謔也金大驚返棹近之真庚娘也青衣扶過舟相抱哀哭傷感行旅唐氏以嫡禮見庚娘庚娘驚問金始備述其由庚娘執手曰同舟一話心常不忘不圖吳越一家矣蒙代葬翁姑所當首謝何以此禮相向乃以齒序唐少庚娘一歲妹之先自庚娘既葬自不知

幾歷春秋忽一人呼曰庚娘汝夫不死尚當重圓遂如夢醒捫之四面皆壁始悟身死已葬祇覺悶悶亦無所苦有惡少年窺其葬具豐美發塚破棺方將搜括見庚娘猶活相共駭懼庚娘恐其害已哀之曰幸汝輩來使我得睹天日頭上簪珥悉將去願鬻我為尼更可少得直我亦不洩也盜稽首曰娘子貞烈神人共欽小人輩不過貧乏無計作此不仁但無漏言幸矣何敢鬻作尼庚娘曰此我自樂之又一盜曰鎮江耿夫人寡而無子若見娘子必大喜庚娘謝之自拔珠飾悉付盜盜不敢

受囿與之乃共拜受遂載去至耿夫人家托言船風所迷耿夫人巨家寡媼自度見庚娘大喜以爲己出適母子自金山歸也庚娘緬述其故金乃登舟拜母母欵之若壻邀至其家留數日始歸後往來不絕焉

異史氏曰大變當前淫者生之貞者死焉生者裂人皆死者雪人湔耳至如談笑不驚手刃仇讐千古烈丈夫中豈多匹儔哉誰謂女子遂不可比蹤彥雲也

宫夢弼

柳芳華保定人財雄一鄉慷慨好客座上常百人急人

之急千金不靳賓友假貸常不還惟一客宮夢弼陝人生平無所乞請每至輒經歲詞旨瀟洒柳與寢處時最多柳子名和時總角叔之宮亦喜與和戲每和自塾歸輒與發貼地磚埋石子僞作藏金爲笑屋五架掘藏幾徧衆笑其行稚而和獨悅愛之尤較諸客昵後十餘年家漸虛不能供多客之求於是客漸稀然十數人徹宵談讌猶是常也年旣暮日益落尚割畝得直以備雞黍和亦揮霍學父結小友柳不加禁無何柳病卒至無以治凶具宮乃自出囊金爲柳經紀和益德之事無大小

悉委宫叔宫時自外入必袖瓦礫至室則拋擲暗陬更不解其何意和每對宫憂貧宫曰子不知作苦之難無論無金即授汝千金可立盡也男子患不自立何患貧一日辭欲歸和泣囑速返宫諾之遂去和貧不自給典質漸空日望宫至一爲紀理而宫滅迹匿影去如黃鶴矣先自柳生時爲和論親于無極黃氏素封也後聞柳貧陰有悔心柳卒訃告之郎亦不弔猶以道遠曲原之和服除母遣自詣岳所訂昏期冀黃憐顧比至黃聞其衣履敝穿斥門者不納寄語云歸謀百金可復來不然

請自此絕和聞痛哭對門劉媼憐而進之食贈錢三百慰令歸母亦哀憤無策因念舊客負欠者十常八九俾擇富厚者求助焉和曰昔之交我者爲我財耳使見駟馬高車假千金即亦匪難如此景象誰猶念曩恩憶故好耶且交予人金貲曾無契保責負亦難憑也母故强之和從教凡二十餘日不能致一文惟優人李四舊受恩邺聞其事義贈一金母子痛哭自此絕望矣黃女已及笄聞父絕和竊不直之黃欲女别適女泣曰柳郎非生而貧者也使富倍他日豈讎我者所能奪乎今貧而

棄之不仁黃不悅曲諭百端女終不搖翁媼並怒旦夕唾罵之女亦安焉無何夜遭寇刼黃夫婦炮烙幾死家中席捲一空荏苒三載家益零替有西賈聞女美願以五十金致聘黃利而許之將强奪其志女察知其謀毁裝塗面乘夜遁去丐食於途閱兩月始達保定訪和居址直造其家母以爲乞人婦故咄之女嗚咽自陳母把手泣下曰兒何形骸至此耶女又慘然而告以故母子俱哭便爲盥沐顏色光澤眉目煥映母子俱喜然家三口日僅一啗母泣曰吾母子固應爾所憐者負吾賢婦

女笑慰之曰新婦在乞人中稔其況味今日視之覺有天堂地獄之别毋爲解頤女一日入閒舍中見斷草叢叢無隙地漸入內室塵埃積中牆陬有物堆積蹴之迸足拾視皆朱提驚走告和和同往驗視則宫曩日所拋瓦礫盡爲白金因念兒時嘗與瘞石室中得毋皆金而故第已典於東家急贖歸斷磚殘鈌所藏石子儼然露焉頗覺失望及發他磚則粲粲皆白鏹也頃刻間數巨萬矣由是贖田產市奴僕門庭華好過昔日因自奮曰若不自立負我宫叔刻志下帷三年中鄉選乃躬賫百

金往酬劉媼鮮衣射目僕十餘輩皆騎怒馬如龍媼僅一屋和便坐榻上人譁馬騰充溢里巷黃翁自女亡失西賈逼退聘財業已耗去殆半售居宅始得償以故困窘如和曩日聞舊壻烜耀閉戶自傷而已媼沽酒備饌款和因述女賢且惜女遁問和娶否和曰娶矣食已強媼往視新婦載與俱歸至家女華妝出羣婢簇擁若仙相見大駭遂敘往舊殷問父母起居居數日款洽優厚製好衣上下一新始送令返媼詣黃許報女耗兼致存問夫婦大驚媼勸往投女黃有難色既而凍餒難堪

不得已如保定既到門見閈閎峻麗閽者怒目張終日
不得通一婦人出黄溫色卑詞告以姓氏求壇達女知
少間婦出導入耳舍曰娘子極欲一覲然恐郎君知尚
候隙也翁幾時來此得勿飢否黄因訴所苦婦人以酒
一盛饌二簋出置黄前又置五金曰郎君宴房中娘子
恐不得來明旦宜早出勿爲郎聞黄諾之早起趣裝則
管鑰未啟止於門中坐襆囊以待忽譁主人出黄將斂
避和已睹之怪問誰何家人悉無以應和怒曰是必奸
宄可執赴有司衆應聲出短綆綳繫樹間黄慚懼不知

置詞未幾昨夕婦出跪曰是某舅氏以前夕來晚故未告主人和命釋縛婦送出門曰忘囑門者遂致參差娘子言相思時可使老夫人僞爲賣花者同劉媪來黃諾歸述於嫗嫗念女急以告劉媪媪果與俱至和家凡啟十餘關始達女所女著帔頂髻珠翠綺紈香氣撲人嚶嚀一聲大小婢媪奔入滿側移金椅牀置雙夾膝慧婢瀹茗各以隱語道寒暄相視淚熒至晚除室安二媪裀褥溫爽並昔年富時所未經居三五日女意殷渥媪輒引空處泣白前非女曰我子母有何過不忘但郎忿不

解妨他閒也每和至便走匿一日方促膝坐和遽入見
之怒詬曰何物村嫗敢引身與娘子接坐宜撮鬢毛令
盡劉嫗急進曰此老身瓜葛王嫂賣花者幸勿罪責和
乃上手謝過即坐曰姥來數日我大忙未得展敘黃家
老畜產尚在否答曰都佳但是貧不可過官人大富貴
何不一念翁壻情也和擊桌曰曩年非姥憐賜一甌粥
更何得旋鄉土今欲得而寢處之何念焉言至忿際輒
頓足起罵女恚曰彼即不仁是我父母我迢迢遠來手
皴瘃足趾皆穿亦自謂無負君何乃對子罵父使人難

堪和始斂怒起身去黃嫗愧喪無色辭欲歸女以廿金私付之既歸曠絕音問女深以爲念和乃遣人招之夫妻至慚怍無以自容和謝曰舊歲辱臨又不明告遂使開罪良多黃但唯唯和爲更易衣履留月餘黃心終不自安數告歸和遺白金百兩曰西賈五十金我今倍之黃汗顏受之和以輿馬送還暮歲稱小封焉

異史氏曰雍門泣後朱履杳然令人憤氣杜門不欲復交一客然良朋葬骨化石成金不可謂非慷慨好客之報也閨中人坐享高奉儼然如嬪嬙非貞異如黃卿孰

克當此而無愧者乎造物之不妄降福澤也如是

鄉有富者居積取盈搜算入骨窖鏹數百惟恐人知故衣敗絮啗糠粃以示貧親友偶來亦曾無作雞黍之事或言其家不貧便目作努其睛如不戴天暮年日餐榆屑一升臂上皮摺垂一寸長而所窖終不肯發後漸尫羸瀕死兩子環問之猶未遽告迨覺果危急欲告子子至已舌蹇不能聲惟爬抓心頭呵呵而已死後子孫不能具棺遂槁葬焉嗚呼若窖金而以爲富則大帑數千萬何不可指爲我有哉愚已

狐妾

萊蕪劉洞九官汾州獨坐署中聞庭外笑語漸近入室則四女子一四十許一可三十一二十四五巳來末後一垂髫者並立几前相視而笑劉固知官署多狐置不顧少間垂髫者出一紅巾戲拋面上劉拾擲窗間仍不顧四女一笑而去一日年長者來謂劉曰舍妹與君有緣願無棄葑菲劉漫應之女遂去俄偕一婢擁垂髫兒來俾與劉並肩坐曰一對好鳳侶今夜諧花燭勉事劉郎我去矣劉諦視光艷無儔遂與燕好詰其行踪女曰

妾固非人而實亦人也妾前官之女蠱於狐奄忽以死窆園內衆狐以術生我遂飄然若狐劉因以手探尻際女覺之笑曰君將無謂狐有尾耶轉身云請試捫之自此遂留不去每行坐與小婢俱家人俱尊以小君禮婢媼參謁賞賚甚豐值劉壽辰賓客頗多共三十餘筵須庖人甚衆先期牒拘僅一二到者劉不勝恚女知之便言勿憂庖人既不足用不如並其來者遣之妾固短於才然三十席亦不難辦劉喜命以魚肉薑桂悉移內署家中人但聞刀砧聲繁碎不絕門內設一几行炙者置

柈其上轉視則肴俎已滿托去復來十餘人絡繹於道取之不竭末後行炙人來索湯餅內言曰主人未嘗預囑咄嗟何以辦既而曰無已其假之少頃呼取湯餅視之三十餘碗蒸騰几上客既去乃謂劉曰可出金貲償某家湯餅劉使人將直去則其家失湯餅方共驚異使至疑始解一夕夜酌偶思山東苦醁女請取之遂出門去移時返曰門外一罌可供數日飲劉視之果得酒瓮家中甕頭春也越數日夫人遣二僕如汾途中一僕曰聞狐夫人犒賞優厚此去得賞金可買一裘女在署已

知之向劉曰家中人將至可恨傖奴無禮必報之明日僕甫入城頭大痛至署抱首號呼共擬進醫藥劉笑曰勿須療時至當自瘥衆疑其獲罪小君僕自思初來未解裝罪何由得無所告訴漫膝行而哀之簾中語曰爾謂夫人則亦已耳何謂狐也僕乃悟叩不已又曰既欲得裘何得復無禮已而曰汝愈矣言已僕病若失僕拜欲出忽自簾中擲一裹出曰此一羔羊裘也可將去僕解視得五金劉問家中消息僕言都無事惟夜失藏酒一罌稽其時日即取酒夜也羣憚其神呼之聖仙劉爲

繪小像時張道一爲提學使聞其異以桑梓誼詣劉欲乞一面女拒之劉示以像張強攜而去歸懸左右朝夕祝之云以卿麗質何之不可乃托身於鬖鬖之老下官殊不惡於洞九何不一惠顧女在署忽謂劉曰張公無禮當小懲之一日張方祝似有人以界方擊額崩然甚痛大懼反卷劉詰之使隱其故而詭對之劉笑曰主人額上得無痛否使不能欺以實告無何壻亓生來請覲之女固辭亓請之堅劉曰壻非他人何拒之深女曰壻相見必當有以贈之渠望我奢自度不能滿其志故適

不欲見耳既固請之乃許以十日見及期亓入隔簾揖之少致存問儀容隱約不敢審諦既退數步之外輒回眸注盼但聞女言曰阿壻回首矣言已大笑烈烈如鴞鳴亓聞之脛股皆軟搖搖然若喪魂魄既出坐移時始稍定乃曰適聞笑聲如聽霹靂竟不覺身爲己有少頃婢以女命贈亓二十金亓受之謂婢曰聖仙日與丈人居寧不知我素性揮霍不貫使小錢耶女聞之曰我固知其然囊底適罄向結伴至汴梁其城爲河伯占據庫藏皆沒水中入水各得些須何能飽無饜之求且我縱

能厚餽彼禍薄亦不能任女凡事能先知之遇有疑難與議無不剖一日並坐忽仰天大驚曰大刼將至爲之奈何劉驚問家口曰餘悉無恙獨二公子可慮此處不久當爲戰塲君當求差遠去庶免於難劉從之乞於上官得解餉雲貴間道里遼遠聞者弔之而女獨賀無何姜瓖叛汾州沒爲賊窟劉仲子自山東來適遭其變遂被害城陷官僚皆罹於難唯劉以公出得免盜平劉始歸尋以大案罣悞貧至饔飧不給而當道者又多所需索因而窘憂欲死女曰勿憂牀下三千金可資用度劉

大喜問竊之何處曰天下無主之物取之不盡何庸竊乎劉嘗謀得脱歸女從之後數年忽去紙裹數事留贈中有喪家挂門之小旛長二寸許羣以爲不祥劉尋卒

雷曹

樂雲鶴夏平子二人少同里長同齋相交莫逆夏少慧十歲知名樂虛心事之夏亦相規不勌樂文思日進由是名並著而潦倒塲屋戰輒北無何夏遘疫卒家貧不能葬樂鋭身自任之遺襁褓子及未亡人樂以時恤諸其家每得升斗必析而二之夏妻子賴以活於是士大

夫蓋賢樂樂恒產無多又代夏生憂內顧家計日蹙乃
嘆曰文如平子尚碌碌以歿而況於我人生富貴須及
時戚戚終歲恐先狗馬塡溝壑負此生矣不如早自圖
也於是去讀而賈操業半年家資小泰一日客金陵休
於旅舍見一人頎然而長筋骨隆起傍徨座側色黯淡
有戚容樂問欲得食也耶其人亦不語樂推食食之則
以手掬啗頃刻已盡樂又益以兼人之饌食復盡遂命
主人割豚肩堆以蒸餅又盡數人之餐始果腹而謝曰
三年以來未嘗如此飫飽樂曰君固壯士何飄泊如此

曰罪嬰天譴不可說也問其里居曰陸無屋水無舟朝村而暮郭耳樂整裝欲行其人相從戀戀不去樂辭之告曰君有大難吾不忍忘一飯之德樂異之遂與偕行途中曳與同餐辭曰我終歲僅數餐耳益奇之次日渡江風濤暴作估舟盡覆樂與其人悉沒江中俄風定其人負樂踏波出登客舟又破浪去少時挽一船至扶樂入囑樂臥守復躍入江以兩臂夾貨出擲舟中又入之數入數出列貨滿舟樂謝曰君生我亦良足矣敢望珠還哉撿視貨財並無亡失益喜驚爲神人放舟欲行其

人告退樂苦留之遂與共濟樂笑云此一厄也止失一金簪耳其人欲復尋之樂方勸止已投水中而沒驚愕良久忽見含笑而出以簪授樂曰幸不辱命江上人罔不駭異樂與歸寢處共之每十數日始一食食則啖嚼無算一日又言別樂固挽之適晝晦欲雨聞雷聲樂曰雲間不知何狀雷又是何物安得至天上視之此疑乃可解其人笑曰君欲作雲中遊耶少時樂倦甚伏榻假寐既醒覺身搖搖然不似榻上開目則在雲氣中周身如絮驚而起暈如舟上踏之耎無地仰視星斗在眉目

間遂疑是夢細視星嵌天上如蓮實之在蓬大者如甕次如瓿小如盎盂以手撼之大者堅不可動小者動搖似可摘而下者遂摘其一藏袖中撥雲下視則銀海蒼茫見城郭如豆愕然自念設一脫足此身何可復問俄見二龍天矯駕幔車來尾一掉如鳴牛鞭車上有器圍皆數丈貯水滿之有數十人以器掬水徧灑雲間忽見樂共怪之樂審所與壯士在焉語衆曰是吾友也因取一器授樂令灑時苦旱樂接器排雲約望故鄉盡情傾注未幾謂樂曰我本雷曹前愆行雨罰謫三載今天限

已滿請從此別乃以駕車之繩萬尺使握端縋下樂危之其人笑言不妨樂如其言飀飀然瞬息及地視之則墮立村外繩漸收入雲中不可見矣時久旱十里外雨僅盈指獨樂里溝澮皆滿歸探袖中摘星仍在出置案上黯黝如石入夜則光明煥發映照四壁益寶之什襲而藏每有佳客出以照飲正視之則條條射目一夜妻坐對握髮忽見星光漸小如螢流動橫飛妻方怪咤已入口中咯之不出竟已下咽愕奔告樂樂亦奇之既寢夢夏平子來曰我少微星也君之惠好在中不忘又蒙

自天上攜歸可云有緣今爲君嗣以報大德樂三十無子得夢甚喜自是妻果娠及臨蓐光耀滿室如星在几上時因名星兒機警非常十六歲及進士第

異史氏曰樂子文章名一世忽覺蒼蒼之位置我者不在是遂棄毛錐如脫屣此與燕頷投筆者何以少異至雷曹感一飯之德少微酬良友之知豈神人之私報恩施哉乃造物之公報賢豪耳

賭符

韓道士居邑中之天齊廟多幻術共名之仙先子與最

善每適城輒造之一日與先叔赴邑擬訪韓適遇諸途韓付鑰曰請先往啟門坐少旋我即至乃如其言詣廟發扃則韓已坐室中諸如此類甚多先是有敝族人嗜賭博因先子亦識韓値天佛寺來一僧專事樗蒱賭甚豪族人見而悅之罄貲往賭大虧心益熱典質田產復往終夜盡喪邑邑不得志便道詣韓精神慘淡言語失次韓問之具以實告韓笑云常賭無不輸之理倘能戒賭我為汝復之族人曰倘得珠還合浦花骨頭當鐵杵碎之韓乃以紙書符授佩衣帶閒囑曰但得故物即已

勿得隴復望蜀也又付千錢約贏而償之族人大喜而往僧驗其貲易之不屑與賭族人強之請以一擲為期僧笑而從之乃以千錢為孤注僧擲之無勝負族人接色一擲成采僧復以兩千為注又敗漸增至十餘千明明梟色呵之皆成盧雉計前所輸頃刻盡復陰念再贏數千亦佳乃復博則色漸劣心怪之起視帶上則符已亡矣大驚而罷載錢歸廟除償韓外追而計之並末後所失適符原數也已乃愧謝失符之罪韓笑曰已在此矣固囑勿貪而君不聽故取之

異史氏曰：天下之傾家者莫速於博，天下之敗德者亦莫甚於博。入其中者，如沉迷海，將不知所底矣。夫商農之人具有本業，詩書之士尤惜分陰，負耒橫經，固成家之正路；淸談薄飲，猶寄興之生涯。爾乃狎比淫朋，纏綿永夜，傾囊倒篋，懸金於嶮巇之天；呵雉呼盧，乞靈於淫昏之骨。盤旋五木，似走圓珠；手握多張，如擎團扇。左覷人而右顧，已望穿鬼子之睛；陽示弱而陰用强，費盡魍魎之技。門前賓客待，猶戀戀於場頭；舍上烟火生，尚眈眈於盆裏。忘餐廢寢，則久入成迷；舌敝唇焦，則相看似鬼迨夫全軍盡沒熱眼空窺覘局中則叫號濃焉技癢英雄之臆頹橐底而貫索空矣灰寒壯士之心引頸徘徊覺白手之無濟垂頭蕭索始元夜以方歸幸交謫之人眠恐驚犬吠苦久虛之腹餓敢怨羹殘既而鬻子質田冀還珠於合浦不意火灼毛盡終撈月於滄江及遭敗後我方思已作下流之物試問賭中誰最善羣推無袴之公甚而枵腹難堪遂棲身於暴客搔頭莫度至仰給於香奩嗚呼敗德喪行傾產亡身孰非博之一途致之哉

阿霞

文登景星者，少有重名與陳生比鄰而居齋隔一短垣一日陳暮過荒落之墟聞女子啼松栢間近臨則樹橫枝有懸帶若將自經陳詰之揮涕而對曰母遠去托妾於外兄不圖狠子野心畜我不卒伶仃如此不如死言已復泣陳解帶勸令適人女慮無可託者陳請暫寄其家女從之既歸挑燈審視丰韻殊絕大悅欲亂之女厲聲抗拒紛紜之聲達於間壁景生踰牆來窺陳乃釋女女見景凝眸停睇久乃奔去二人共逐之不知去向景歸閽戶欲寢則女子盈盈自房中出驚問之荅曰彼德薄福淺不可終託景大喜詰其姓氏曰妾祖居於齊爲齊姓小字阿霞入以游詞笑不甚拒遂與寢處齋中多友人來往女恒隱閉深房過數日曰妾姑去此處繁雜困人甚繼今請以夜卜問家何所曰正不遠耳遂早去夜果復來懽愛甚篤又數日謂景曰我兩人情好雖佳終屬苟合家君宦遊西疆明日將從母去容即乘間稟命而相從以終焉問幾日別約以旬終旣去景思齋居不可常移諸內又慮妻妒計不如出妻志遂決妻至輒

詬厲妻不堪其辱涕欲死景曰死恐見累請蚤歸遂促妻行妻啼曰從子十年未嘗有失德何決絕如此景不聽逐愈急妻乃出門去自是堊壁清塵引領翹待不意信杳青鸞如石沉海妻大歸後數浼知交請復於景景不納遂適夏侯氏夏侯里居與景接壤以田畔之故世有郤景聞益大恚恨然猶冀阿霞復來差足自慰越年餘並無踪緒會海神壽祠內外士女雲集景亦在遙見一女甚似阿霞景近之入於人中從之出於門外又從之飄然竟去景追之不及恨悒而返後半載適行於途

見一女郎著朱衣從蒼頭鞚黑衛來望之霞也因問從人娘子爲誰荅言南村鄭公子繼室又問娶幾時矣曰半月耳景思得毋悞耶女郎聞語回眸一睇景視眞霞見其已適他姓憤塡胸臆大呼霞娘何忘舊約從人聞呼主婦欲奮老拳女急止之啓障紗謂景曰負心人何顏相見景曰卿自負僕僕何嘗負卿女曰負夫人甚於負我結髮者如是而況其他向以祖德厚名列桂籍故委身相從今以棄妻故冥中削爾祿秩今科亞魁王昌替汝名者也我已歸鄭君無勞復念景俛首帖耳口不

能道詞視女子策蹇去如飛悵恨而已是科景落第亞魁果王氏昌名鄭亦捷景以是得薄倖名四十無偶家益替恒趁食於親友家偶詣鄭鄭欵之留宿焉女窺客見而憐之問鄭曰堂上客非景慶雲耶問所自識曰未適君時曾避難其家亦深得其豢養彼行雖賤而祖德未斬且與君爲故人亦宜有綈袍之義鄭然之易其敗絮留以數日夜分欲寢有婢持廿餘金贈景女在牕外言曰此私貯聊酬夙好可將去覓一良匹幸祖德厚尚足及子孫無復喪檢以促餘齡景感謝之旣歸以十餘

金買縉紳家婢甚醜悍舉一子後登兩榜鄭官至吏部郎既沒女送葬歸啟輿則虛無人矣始知其非人也噫人之無良舍其舊而新是謀卒之巢覆而鳥亦飛天之所報亦慘矣

毛狐

農子馬天榮年二十餘喪偶貧不能娶偶芸田間見少婦盛妝踐禾越陌而過貌赤色致亦風流馬疑其迷途顧四野無人戲挑之婦亦微笑欲與野合曰青天白日寧宜爲此子歸掩門相候昏夜我當至馬不信婦矢之

馬乃以門戶向背具告之婦乃去夜分果至遂相悅愛覺其膚肌嫩甚火之膚赤薄如嬰兒細毛徧體異之又疑其踪跡無據自念得非狐耶遂戲相詰婦亦自認不諱馬曰既爲仙人自當無求不得既蒙繾綣寧不以數金濟我貧婦諾之次夜來馬索金婦故愕曰適忘之將去馬又囑至夜問所乞或又忘耶婦笑請以異日踰數日馬復索婦笑向袖中出白金二錠約五六金翹邊細紋雅可愛玩馬喜深藏於櫝積半歲偶需金因持示人人曰是錫也以齒齕之應口而落馬大駭收藏而歸至

夜婦至憤致誚讓婦笑曰子命薄眞金不能任也一笑而罷馬曰聞狐仙皆國色殊亦不然婦曰吾等皆隨人現化子且無一金之福落鴈沉魚何能消受以我蠢陋固不足以奉上流然較之大足駝背者卽爲國色過數月忽以三金贈馬曰子屢相索我以子命不應有藏金今媒聘有期請以一婦之貲相餽亦借以贈別馬自白無聘婦之說婦曰一二日自當有媒來馬問所言姿貌何如曰子思國色自當是國色馬曰此卽不敢望但三金何能買婦婦曰此月老註定非人力也馬問何遽言

別曰戴月披星終非了局使君自有婦搪塞何爲天明而歸授黃末一刀圭曰別後恐病服此可療次日果有媒來先詰女貌答在妍媸之間聘金幾何約四五數馬不難其價而必欲一親見其人媒恐良家子不肯衒露旣而約與俱去相機因便旣至其村媒先往使馬待諸村外久之來曰諧矣余表親與同院居適往見女坐室中請卽僞爲謁表親者而過之咫尺可相窺也馬從之果見女子坐堂中伏體於牀倩人搔背馬趨過掠之以目貌誠如媒言及議聘並不爭直但求得一二金妝女

出閣馬益廉之乃納金並酬媒氏及書劵者計三兩已盡亦未多費一文擇吉迎女歸入門則胸背皆駝項縮如黿下視裙底蓮船盈尺乃悟狐言之有因也

異史氏曰隨人現化或狐女之自爲解嘲然其言福澤良可深信余每謂非祖宗數世之修行不可以博高官非本身數世之修行不可以得佳人信因果者必不以我言爲河漢也

青梅

白下程生性磊落不爲畛畦一日自外歸緩其束帶覺

帶端沉沉若有物墮視之無所見宛轉間有女子從衣後出掠髮微笑麗絕程疑其鬼女曰妾非鬼狐也程曰倘得佳人鬼且不懼而況於狐遂與狎二年生一女小字青梅每謂程勿娶我且爲君生男程信之遂不娶戚友共誚姍之程志奪聘湖東王氏狐聞之怒就女乳之委於程曰此汝家賠錢貨生之殺之俱由爾我何故代人作乳媪乎出門逕去青梅長而慧貌韶秀酷肖其母既而程病卒王再醮去青梅寄食於堂叔叔蕩無行欲鬻以自肥適有王進士者方候銓於家聞其慧購以重

金使從女阿喜服役喜年十四容華絕代見梅忻悅與同寢處梅亦善候能以目聽以眉語由是一家俱憐愛之邑有張生字介受家窶貧無恒產稅居王第性純孝制行不苟又篤於學青梅偶至其家見生據石啗糠粥入室與生母絮語見案上具豚蹄焉時翁臥病生入抱父而私便液汚衣翁覺之而自恨生掩其跡急出自濯恐翁知梅以此大異之歸述所見謂女曰吾家客非常人也娘子不欲得良匹則已欲得良匹張生其人也女恐父厭其貧梅曰不然是在娘子如以爲可妾潛告使

求伐爲夫人必召商之但應之曰諾也則諧矣女恐終貧爲天下笑梅曰妾自謂能相天下士必無謬悞明日往告張媼媼大驚謂其言不祥梅曰小姐聞公子而賢之也妾故窺其意以爲言冰人往我兩人袒焉計合允遂縱其否也於公子何辱乎媼曰諾乃托侯氏賣花者往夫人聞之而笑以告王王亦大笑喚女至述侯氏意女未及荅青梅亟贊其賢決其必貴夫人又問曰此汝百年事如能啜糠覈也卽爲汝允之女俯首久之顧壁而荅曰貧富命也倘命之厚則貧無幾時而不貧者無

窮期矣或命之薄彼錦繡王孫其無立錐者豈少哉是在父母初王之商女也將以博笑及聞女言心不樂曰汝欲適張氏耶女不荅再問再不荅怒曰賤骨了不長進欲攜筐作乞人婦寧不羞死女漲紅氣結含涕引去媒亦遂奔青梅見不諧欲自媒過數日夜詣生生方讀驚問所來詞涉吞吐生正色卻之梅泣曰妾良家子非淫奔者徒以君賢故願自託生曰卿愛我謂我賢也昏夜之行自好者不爲而謂賢者爲之乎夫始亂之而終成之君子猶曰不可況不能成彼此何以自處梅曰萬

一能成肯賜援拾否生曰得人如卿又何求但有不可如何者三故不敢輕諾耳曰若何曰卿不能自主則不可如何卽能自主我父母不樂則不可如何卽樂之而卿之身直必重我貧不能措則尤不可如何卿速退瓜李之嫌可畏也梅臨去又囑曰君倘有意乞共圖之生諾梅歸女詰所往遂跪而自投女怒其淫奔將施扑責梅泣白無他因而實告女歎曰不苟合禮也必告父母孝也不輕然諾信也有此三德天必佑之其無患貧也已既而曰子將若何曰嫁之女笑曰癡婢能自主耶曰

不濟則以死繼之女曰我必如所願梅稽首而拜之又數日謂女曰曩而言之戲乎抑果欲慈悲也果爾則尚有微情並祈垂憐焉女問之荅曰張生不能致聘婢子又無力可以自贖必取盈焉嫁我猶不嫁也女沉吟曰是非我之能爲力矣我曰嫁汝且恐不得當而曰必無取直焉是大人所必不允亦余所不敢言也青梅聞之泣數行下但求憐拯女思良久曰無已我私蓄數金當傾囊相助梅拜謝因潛告張張母大喜多方乞貸共得如干數藏待好音會王授曲沃宰喜乘間告母曰青梅

年已長今將蒞任不如遣之夫人固以青梅太黠恐導女不義每欲嫁之而恐女不樂也聞女言甚喜踰兩日有傭保婦白張氏意王笑曰是只合耦婢子前此何妄也然鬻媵高門價當倍於曩昔女急進曰青梅侍我久賣爲妾良不忍王乃傳語張氏仍以原金署劵以青梅嬪於生入門孝翁姑曲折承順尤過於生而操作更勤饜糠粃不爲苦由是家中無不愛敬青梅梅又以刺繡作業售且速賈人候門以購惟恐弗得得貲稍可御窮且勸勿以內顧慢讀經紀皆自任之因主人之任往別

阿喜喜見之泣曰子得所矣我固不如梅曰是何人之賜而敢忘之然以爲不如婢子恐促婢子壽遂泣相別王如晉半載夫人卒停柩寺中又二年王坐行賕免罰贖萬計漸貧不能自給從者逃散是時疫大作王染疾亦卒惟一媼從女未幾媼亦卒女伶仃益苦有鄰嫗勸之嫁女曰能爲我葬雙親者從之媼憐之贈以斗米而去半月復來曰我爲娘子極力事難合也貧者不能爲而葬富者又嫌子爲陵夷嗣奈何尚有一策但恐不能從也女曰若何曰此間有李郎欲覓側室倘見姿容即

遺厚葬必當不惜女大哭曰我縉紳裔而爲人妾也耶媼無言遂去日僅一餐延息待價居半年益不可支一日媼至女泣告曰困頓如此每欲自盡猶戀戀而苟活者徒以有兩柩在巳將轉溝壑誰收親骨者故思不如依汝所言也媼於是導李來微窺女大悅卽出金營葬雙櫬具舉巳乃載女去入參冢室冢室故悍妒李初未敢言妾但托買婢及見女暴怒杖逐而去不聽入門女披髮零涕進退無所有老尼過邀與同居女喜從之至菴中拜求祝髮尼不可曰我視娘子非久卧風塵者菴

中陶器脫粟粗可自支姑寄此以待之時至子自去居無何市中無賴窺女美輒打門游語爲戲尼不能制止女號泣欲自死尼往求吏部某公揭示嚴禁惡少始稍斂迹後有夜穴寺壁者尼驚呼始去因復告吏部捉得首惡者送郡笞責始漸安又年餘有貴公子過菴見女驚絕强尼通殷勤又以厚賂啗尼尼婉語之曰渠簪纓胄不甘媵御公子且歸遲遲當有以報命旣去女欲乳藥求死夜夢父來疾首曰我不從汝志致汝至此悔之已晚但緩須臾勿死夙願尚可復酬女異之天明盥已

尼望之而驚曰睹子面濁氣盡消橫逆不足憂也福且至勿忘老身矣語未已聞叩戶聲女失色意必貴家奴尼啟扉果然奴驟問所謀尼甘語承迎但請緩以三日奴述主言事若無成俾尼自復命尼唯唯敬應謝令去女大悲又欲自盡尼止之女慮三日復來無詞可應尼曰有老身在斬殺自當之次日方晡暴雨翻盆忽聞數人撾戶大譁女意變作驚怯不知所爲尼冒雨啟關見有香輿停駐女奴數輩捧一麗人出僕從煊赫冠蓋甚都驚問之云是司理內眷暫避風雨導入殿中移榻肅

坐家人婦羣奔禪房各尋休憩入室見女艷之走告夫
人無何兩息夫人起請窺禪舍尼引入睹女駭絕凝眸
不瞬女亦顧眄良久夫人非他蓋青梅也各失聲哭因
道行踪蓋張翁病故生起復後連捷授司理生奉母之
任後移諸眷口女歎曰今日相看何啻霄壤梅笑曰幸
娘子挫折無偶天正欲我兩人完聚耳倘非阻雨何以
有此邂逅此中具有鬼神非人力也乃取珠冠錦衣催
女易粧女俯首徘徊尼從中贊勸之女慮同居其名不
順梅曰昔日自有定分婢子敢忘大德試思張郎豈負

義者強粧之別尼而去抵任母子皆喜女拜曰今無顏見母母笑慰之因謀涓吉合巹女曰菴中但有一絲生路亦不肯從夫人至此倘念舊好得受一廬可容蒲團足矣梅笑而不言及期抱艷妝來女左右不知所可俄聞鼓樂大作女益無以自主梅率婢媼強衣之挽扶而出見生朝服而拜遂不覺盈盈而亦拜也梅曳入洞房曰虛此位以待君久矣又顧生曰今夜得報恩可好爲之返身欲去女捉其裾梅笑云勿爾我此不能相代也解指脫去青梅事女謹莫敢當夕而女終慙沮不自安

於是母命相呼以夫人然梅終執婢妾禮罔敢懈三年張行取入都過尼菴以五百金爲尼壽尼不受固强之乃受二百金起大士祠建王夫人碑後張仕至侍郎程夫人舉二子一女王夫人四子一女張上書陳情俱封夫人

異史氏曰天生佳麗固將以報名賢而世俗之王公乃畱以贈紈袴此造物所必爭也而離離奇奇致作合者費無限經營化工亦良苦矣獨是青夫人能識英雄於塵埃誓嫁之志期以必死曾儼然而冠裳也者顧棄德

行而求膏粱何智出婢子下哉

王漁洋云天下得一知己可以不恨況在閨闥耶青梅張之知己也乃程女者又能知青梅事妙文妙可以傳矣

田七郎

武承休遼陽人喜交遊所與皆知名士夜夢一人告曰子交游徧海內皆濫交耳惟一人可共患難何反不識問之何人曰田七郎非與醒而異之詰朝見所與游輒問七郎客或識爲東村業獵者武敬謁諸家以馬箠撾

門未幾一人出年二十餘貙目蜂腰着膩帢衣皁犢鼻多白補綴拱手於額而問所自武展姓字且托途中不快借廬憩息問七郎荅曰即我是也遂延客入見破屋數椽木岐支壁入一小室虎皮狼蛻懸布楹間更無杌榻可坐七郎就地設臯比焉武與語言詞樸質大悅之遽貽金作生計七郎不受固予之七郎受以白母俄頃將還固辭不受武强之再四母龍鍾而至厲色曰老身止此兒不欲令事貴客武慚而退歸途輾轉不解其意適從人於舍後聞母言因以告武先是七郎持金白母

母曰我適睹公子有晦紋必罹奇禍聞之受人知者分人憂受人恩者急人難富人報人以財貧人報人以義無故而得重賂不祥恐將取死報於子矣武聞之深歎母賢然益傾慕七郎翼日設筵招之辭不至武登其堂坐而索飲七郎自行酒陳鹿脯殊盡情禮越日武邀酬之乃至欵洽甚懽贈以金卻不受武托購虎皮乃受之歸視所蓄計不足償思再獵而後獻之入山三日無所獵獲會妻病守視湯藥不遑操業浹旬妻奄忽以死爲營齋葬所受金稍稍耗去武親臨唁送禮儀優渥既葬

負弩山林益思所以報武而迄無所得武探得其故輒勸勿急切望七郎姑一臨存而七郎終以負債爲憾不肯至武因先索舊藏以速其來七郎檢視故革則蠹蝕殃敗毛盡脫懊喪益甚武知之馳行其庭極意慰解之入視敗革曰此亦復佳僕所欲得原不以毛遂抽韉出兼邀同往七郎不可乃自歸七郎終念不足以報武裹糧入山數夜得一虎全而餽之武喜治具請三日留七郎辭之堅武鍵庭戶使不得出賓客見七郎樸陋竊謂公子妄交而武周旋七郎殊異諸客爲易新服卻不受

承其寐而潛易之不得已而受之旣去其子奉媼命返新衣索其敝裰武笑曰歸語老姥故衣已拆作履襯矣自是七郎日以兔鹿相貽招之卽不復至武一日詣七郎値出獵未返媼出踦門語曰再勿引致吾兒大不懷好意武敬禮之慚而退半年許家人忽曰七郎爲爭獵豹毆死人命捉將官裡去武大驚馳視之已械收在獄見武無言但云此後煩恤老母武慘然出急以重金賂邑宰又以百金賂讎主月餘無事釋七郎歸母慨然曰子髮膚受之武公子非老身所得而愛惜者矣但祝公

子終百年無災患即兒福七郎欲詣謝武母曰往則往耳見公子勿謝也小恩可謝大恩不可謝七郎見武武溫言慰藉七郎唯唯家人咸怪其疎武喜其誠篤益厚遇之由是恒數日再公子家餽遺輒受不復辭亦不言報會武初度賓從繁多夜舍騰滿武偕七郎臥斗室中三僕即牀下藉芻藁二更向盡諸僕皆睡去兩人猶刺刺語七郎佩刀挂壁間忽自騰出匣數寸許錚錚作響光熌爍如電武驚之七郎亦起問牀下臥者何人武荅皆廝僕七郎曰此中必有惡人武問故七郎曰此刀購

諸異國殺人未嘗濡縷迄今佩三世矣決首至千計尚如新發於硎見惡人則鳴躍當去殺人不遠矣公子宜親君子遠小人或萬一可免武領之七郎終不樂輾轉牀席武曰災祥數耳何憂之深七郎曰我諸無恐怖徒以有老母在武曰何遽至此七郎曰無則便佳蓋牀下三人一爲林兒是老彌子能爲主人懽一僮僕年十二三武所常役者一李應最拗掘每因細事與公子裂眼爭武恒怒之當夜默念疑必係此人詰旦喚至善言遣令去武長子紳娶王氏一日武他出留林兒居守齋中

菊花方燦新婦意翁出齋庭當叙自詣摘菊林兒突出
勾戲婦欲遁林兒强挾入室婦啼拒色變聲嘶紳奔入
林兒始釋手逃去武歸聞之怒覓林兒竟已不知所之
過二三日始知其投身某御史家某官都中家務皆委
決於弟武以同袍義致書索林兒某弟竟置不發武益
恚質詞邑宰勾牒雖出而隸不捕官亦不問武方憤怒
適七郎至武曰君言驗矣因與告愬七郎顔色慘變終
無一語卽逕去武囑幹僕邏察林兒林兒夜歸爲邏者
所獲執見武武掠楚之林兒語侵武武叔恒故長者恐

姪暴怒致禍勸不如治以官法武從之縶赴公庭而御史家刺書郵至宰釋林兒付紀綱以去林兒意益肆倡言叢衆中誣主人婦與私武無奈之忿塞欲死他日登御史門俯仰叫罵里舍勸慰令歸逾夜忽有家人白林兒被人臠割拋尸曠野間武驚喜意氣稍得伸俄聞御史家訟其叔姪遂偕叔赴質宰不容辯欲笞恒武抗聲曰殺人莫須有至辱詈縉紳則生實爲之無與叔事宰置不聞武裂眥欲上羣役禁捽之操杖隸皆紳家走狗恒又老耄籤數未半奄然已死宰見武叔垂斃亦不復

究武虢且罵宰亦若弗聞也者遂舁叔歸哀憤無所爲計思欲得七郎謀而七郎更不弔問竊自念待七郎不薄何遽如行路人亦疑殺林兒必七郎轉念果爾胡得不謀於是遣人探諸其家至則扃鐍寂然鄰人並不知耗一日某弟方在內廨與宰關說值晨進薪水忽一樵人至前釋擔抽利刃直奔之某惶急以手格刃刃落斷腕又一刀始決其首宰大驚竄去樵人猶張皇四顧諸役吏急闔署門操杖疾呼樵人乃自剄死紛紛集認識者知爲田七郎也宰驚定始出覆驗見七郎僵臥血泊

中手猶握刃方停蓋審視尸忽崛然躍起竟決宰首已而復踣衙官捕其母則亡去已數日矣武聞七郎死馳哭盡哀咸謂其主使七郎武破産賂當路始得免七郎尸棄原野三十餘日禽犬環守之武取而厚葬之其子流寓於登變姓爲佟起行伍以軍功至同知將軍歸遼武已八十餘乃指示其父墓焉

異史氏曰一錢不輕受正其一飯不忘者也賢哉母乎七郎者憤未盡雪死猶伸之抑何其神使荆軻能爾則千載無遺恨矣苟有其人可以補天網之漏世道茫茫

恨七郎少也悲矣

羅刹海市

馬駿字龍媒賈人子美丰姿少倜儻喜歌舞輒從梨園子弟以錦帕纏頭美如好女因復有俊人之號十四歲入郡庠卽知名父衰老罷賈而居謂生曰數卷書饑不可煮寒不可衣吾兒可仍繼父賈馬由是稍稍權子母從人浮海爲颶風引去數晝夜至一都會其人皆奇醜見馬至以爲妖羣譁而走馬初見其狀大懼迨知國人之駭己也遂反以此欺國人遇飲食者則奔而往人驚

遁則啜其餘久之入山村其間形貌亦有似人者然襤褸如丐馬息樹下村人不敢前但遥望之久之覺馬非噬人者始稍稍近就之馬笑與語其言雖異亦半可解馬遂自陳所自村人喜徧告鄰里客非能搏噬者然奇醜者望望卽去終不敢前其來者口鼻位置尚能與中國同共羅漿酒奉焉馬問其相駭之故荅曰嘗聞祖父言西去二萬六千里有中國其人民形象率詭異但耳食之今始信問其何貧曰我國所重不在文章而在形貌其美之極者爲上卿次任民社下焉者亦邀貴人寵

故得鼎烹以養妻子若我輩初生時父母皆以爲不祥往往置棄之其不忍遽棄者皆爲宗嗣耳問此名何國曰大羅刹國都城在北去三十里馬請導往一觀於是雞鳴而興引與俱去天明始達都都以黑石爲牆色如墨樓閣近百尺然少瓦覆以紅石拾其殘塊磨甲上無以異丹砂時値朝退朝中有冠蓋出村人指曰此相國也視之雙耳皆背生鼻三孔睫毛覆目如簾又數騎出曰此大夫也以次各指其官職率鬇鬡怪異然位漸卑醜亦漸殺無何馬歸街衢人望見之譟奔跌蹶如逢怪

物村人百口解說市人始敢遙立既歸國中無大小咸知村有異人於是搢紳大夫爭欲以廣見聞遂令村人要馬然每至一家閽人輒闔戶丈夫女子竊竊自門隙中窺語終一日無敢延見者村人曰此間一執戟曾爲先王出使異國所閱人多或不以子爲懼造郎門郎果喜揖爲上賓視其貌如八九十歲人目睛突出鬚卷如蝟曰僕少奉王命出使最多獨未嘗至中華今一百二十餘歲又得睹上國人物此不可不上聞於天子然伏臥林下十餘年不踐朝階早旦爲君勉一行乃具飲饌

修主客禮酒數行出女樂十餘人更番歌舞貌類如夜叉背以白錦纏頭拖朱衣及地扮唱不知何詞腔拍恢詭主人顧而樂之問中國亦有此樂乎曰有主人請擬其聲遂擊桌爲度一曲主人喜曰異哉聲如鳳鳴龍嘯得未曾聞翼日趨朝薦諸國王王忻然下詔有二三大臣言其怪狀恐驚聖體王乃止卽出告馬深爲扼腕居久之與主人飲而醉把劍起舞以煤塗面作張飛主人以爲美曰請客以張飛見宰相宰相必樂用之厚祿不難致馬曰嘻游戲猶可何能以面目圖榮顯主人固強

之馬乃諾主人設筵邀當路者飲令馬繪面以待未幾客至呼馬出見客客訝曰異哉何前媸而今妍也遂與共飲甚懽馬婆娑歌弋陽曲一座無不傾倒明日交章薦馬王喜召以旌節旣見問中國治安之道馬委曲上陳大蒙嘉歎賜宴離宮酒酣王曰聞卿善雅樂可使寡人得而聞之乎馬卽起舞亦效白錦纏頭作靡靡之音王大悅卽日拜下大夫時與私宴恩寵殊異久而官僚百執事頗覺其面目之假所至輒見人耳語不甚與歙洽馬至是孤立惆然不自安遂上疏乞休致不許又告

休沐乃給三月假於是乘傳載金寶復歸山村村人膝
行以迎馬以金貲分給舊所與交好者懽聲雷動村人
曰吾儕小人受大夫賜明日赴海市當求珍玩用報大
夫問海市何地曰海中市四海鮫人集貨珠寶四方十
二國均來貿易中多神人遊戲雲霞障天波濤間作貴
人自重不敢犯險阻皆以金帛付我輩代購異珍今其
期不遠矣問所自知曰每見海上朱鳥來往七日卽市
馬問行期欲同游囑村人勸使自重馬曰我顧滄海客
何畏風濤未幾果有踵門寄貲者遂與裝貲入船船容

數十人平底高欄十人搖櫓激水如箭凡三日遥見水雲晃漾之中樓閣層叠貿遷之舟紛集如蟻少時抵城下視牆上磚皆長與人等敵樓高接雲漢維舟而入見市上所陳奇珍異寶光明射眼多人世所無一少年乘駿馬來市人盡奔避云是東陽三世子世子過目生曰此非異域人即有前馬者來詰鄉籍生揖道左具展邦族世子喜曰既蒙辱臨緣分不淺於是授生騎請與連轡乃出西城方至島岸所騎嘶躍入水生大駭失聲則見海水中分屹如壁立俄睹宮殿玳瑁爲梁魴鱗作瓦

四壁晶明鑑影炫目下馬揖入仰見龍君在上世子啟奏臣游市廛得中華賢士引見大王生前拜舞龍君乃言先生文學士必能衙官屈宋欲煩椽筆賦海市幸無吝珠玉生稽首受命授以水精之硯龍鬚之毫紙光似雪墨氣如蘭生立成千餘言獻殿上龍君擊節曰先生雄才有光水國多矣遂集諸龍族讌集采霞宮酒炙數行龍君執爵而向客曰寡人所憐女未有良匹願累先生先生倘有意乎生離席愧荷唯唯而已龍君顧左右語無何宮人數輩扶女郎出珮環聲動鼓吹暴作拜竟

覡之實仙人也女拜已而去少將酒罷雙鬟挑畫燭導生入副宮女濃粧坐伺珊瑚之牀飾以八寶帳外流蘇綴明珠如斗大衾褥皆香奧天方曙則雛女妖鬟奔入滿側生起趨去朝謝拜爲駙馬都尉以其賦馳傳諸海諸海龍君皆專員來賀爭折簡招駙馬飲生衣繡裳駕青虬呵殿而出武士數十騎皆雕弧荷白棓晃耀塡擁馬上彈箏車中奏玉三日間徧歷諸海由是龍媒之名譟於四海宮中有玉樹一株圍可合抱本瑩澈如白琉璃中有心淡黃色稍細於臂葉類碧玉厚一錢許細碎

有濃陰常與女嘯咏其下花開滿樹狀類薝蔔每一瓣落鏘然作響拾視之如赤瑙雕鏤光明可愛時有異鳥來鳴毛金碧色尾長於身聲等哀玉惻人肺腑生每聞輒念鄉土因謂女曰亡出三年恩慈間阻每一念及涕膺汗背卿能從我歸乎女曰仙塵路隔不能相依妾亦不忍以魚水之愛奪膝下之歡容徐謀之生聞之泣不自禁女亦歎曰此勢之不能兩全者也明日生自外歸龍君曰聞都尉有故土之思詰旦趣裝可乎生謝曰逆旅孤臣過蒙優寵銜報之誠結於肺腑容暫歸省當圖

復聚耳入暮女置酒話別生訂後會女曰情緣盡矣生大悲女曰歸養雙親見君之孝人生聚散百年猶旦暮耳何用作兒女哀泣此後妾爲君貞君爲妾義兩地同心卽伉儷也何必旦夕相守乃謂之偕老乎若渝此盟婚姻不吉倘慮中饋乏人納婢可耳更有一事相囑自奉裳衣似有佳朕煩君命名生曰其女也耶可名龍宮男耶可名福海女乞一物爲信生在羅刹國所得赤玉蓮花一對出以授女女曰三年後四月八日君當泛舟南島還君體嗣女以魚革爲囊實以珠寶授生曰珍藏

之數世喫着不盡也天徵明王設祖帳餽遺甚豐生拜別出宮女乘白羊車送諸海涘生上岸下馬女致聲珍重回車便去少頃便遠海水復合不可復見生乃歸自浮海去咸謂其已死及至家家人無不詫異幸翁媪無恙獨妻已他適乃悟龍女守義之言蓋已先知也父欲爲生再婚生不可納婢焉謹志三年之期泛舟島中見兩兒坐浮水面拍流嬉笑不動亦不沉近引之兒啞然捉生臂躍入懷中其一大啼似嗔生之不援已者亦引上之細審之一男一女貌皆婉秀額上花冠綴玉則赤

蓮在焉背有錦囊拆視得書云翁姑計各無恙忽忽三年紅塵永隔盈盈一水青鳥難通結想爲夢引領成勞茫茫藍蔚有恨何如也顧念奔月姮娥且虛桂府投梭織女猶悵銀河我何人斯而能永好興思及此輒復破涕爲笑別後兩月竟得孿生今已啁啾懷抱頗解笑言覓棗抓梨不母可活敬以還君所貽赤玉蓮花飾冠作信膝頭抱兒時猶妾在左右也聞君克踐舊盟意願斯慰妾此生不二之死靡他奩中珍物不蓄蘭膏鏡裡新妝久辭粉黛君似征人妾作蕩婦即置而不御亦何得

謂非琴瑟哉獨計翁姑亦既抱孫曾未一覿新婦揆之情理亦屬缺然歲後阿姑窀穸當往臨穴一盡婦職過此以往則龍宮無恙不少把握之期福海長生或有往還之路伏惟珍重不盡欲言生反復省書攬涕兩兒抱頸曰歸休乎益慟撫之曰兒知家在何許兒泣啼嘔啞言歸生望海中茫茫極天無際霧鬟人渺煙波路窮抱兒返棹悵然遂歸生知母壽不永周身物悉為預具墓中植松檟百餘逾歲媼果亡靈轝至殯宮有女子衰絰臨穴衆方驚顧忽而風激雷轟繼以急雨轉瞬間已失

所在松柏新植多枯至是皆活福海稍長輒思其母忽自投入海數日始還龍宮以女子不得往時掩戶泣一日晝暝龍女忽入止之曰兒自成家哭泣何爲乃賜八尺珊瑚一樹龍腦香一帖明珠百顆八寶嵌金合一雙爲作嫁資生聞之突入執手啜泣俄頃疾雷破屋女已無矣

異史氏曰花面逢迎世情如鬼嗜痂之癖舉世一轍小慙小好大慚大好若公然帶鬚眉以游都市其不駭而走者蓋幾希矣彼陵陽癡子將抱連城玉向何處哭也

嗚呼顯榮富貴當於蜃樓海市中求之耳

公孫九娘

于七一案連坐被誅者棲霞萊陽兩縣最多一日俘數百人盡戮於演武塲中碧血滿地白骨撑天上官慈悲捐給棺木濟城工肆材木一空以故伏刑東鬼多葬南郊甲寅間有萊陽生至稷下有親友二三人亦在誅數因市楮帛酹奠榛墟就稅舍於下院之僧明日入城營幹日暮未歸忽一少年造室來訪見生不在脫帽登牀着履仰臥僕人問其誰何合眸不對既而生歸則暮色

朦朧不甚可辨自詣牀下問之瞪目曰我候汝主人絮絮逼問我豈暴客耶生笑曰主人在此少年急起着冠衣而坐極道寒暄聽其音似曾相識急呼燈至則同邑朱生亦死於于七之難者大駭卻走朱曳之云僕與君文字交何寡於情我雖鬼故人之念耿耿不去心今有所瀆願無以異物遂猜薄之生乃坐請所命曰令女甥寡居無耦僕欲得主中饋屢通媒妁輒以無尊長之命爲辭幸無惜齒牙餘惠先是生有甥女早失恃遺生鞠養十五始歸其家俘至濟南聞父被刑驚慟而絕生曰

渠自有父何我之求朱曰其父爲猶子啟櫬去今不在此問女甥向依阿誰曰與鄰媪同居生慮生人不能作兒媒朱曰如蒙金諾還屈玉趾遂起握生手生固辭問何之曰第行勉從與去北行里許有大村落約數百家至一第宅朱叩扉即有媪出豁開二扉問朱何爲曰煩達娘子阿舅至媪旋反須臾復出邀生入顧朱曰兩椽茅舍子大隘勞公子門外少坐候生從之入見半畝荒庭列小室二甥女迎門啜泣室中燈火熒然女貌秀潔如生時凝眸含涕徧問妗姑生曰俱各無恙但荆人物

故矣女又嗚咽曰兒少受舅妗撫育尚無寸報不圖先葬溝瀆殊爲恨恨舊年伯伯家大哥遷父去置兒不一念數百里外伶仃如秋燕舅不以沉魂可棄又蒙賜金帛兒已得之矣生乃以朱言告女俯首無語媼曰公子曩託楊姥三五返老身謂是大好小娘子不肯自草草得舅爲政方此意慊言次一十七八女郎從一青衣遽掩入瞥見生轉身欲遁女牽其裾曰勿須爾是阿舅非他人生揖之女郎亦斂衽甥曰九娘棲霞公孫氏阿爹故家子今亦窮波斯落落不稱意旦晚與兒還往生覗

之笑鸞秋月羞暈朝霞實天人也曰可知是大家蝸廬人那如此娟好甥笑曰且是女學士詩詞俱大高昨兒稍得指教九娘微哂曰小婢無端敗壞人教阿舅齒冷也甥又笑曰舅斷絃未續若個小娘子頗能快意否九娘笑奔出曰婢子顛瘋作也遂去言雖近戲而生殊愛好之甥似微察乃曰九娘才貌天下無雙舅倘不以糞壤致猜兒當請諸其母生大悅然慮人鬼難匹女曰無傷彼與舅有夙分生乃出女送之曰五日後月明人靜當遣人往相逆生至戶外不見朱翹首西望月銜半規

昏黃中猶認舊徑見南向一第朱坐門石上起逆曰相待已久寒舍卽勞垂顧遂携手入殷殷展謝出金爵一晉珠百枚曰他無長物聊代禽儀既而曰家有濁醪但幽室之物不足款嘉賓奈何生撝謝而退朱送至中途始別生歸僧僕集問生隱之曰言鬼者妄也適赴友人飲耳後五日果見朱來整履搖箑意甚忻適纔至戶庭望塵卽拜少間笑曰君嘉禮既成慶在今夕便煩枉步生曰以無回音尚未致聘何遽成禮朱曰僕已代致之矣生深感荷從與俱去直達臥所則甥女華粧迎笑生

問何時于歸朱云三日矣生乃出所贈珠爲甥助粧女三辭乃受謂生曰兒以舅意白公孫老夫人夫人作大歡喜但言老耄無他骨肉不欲九娘遠嫁期今夜舅往贅諸其家伊家無男子便可同郎拜也朱乃導去村將盡一第門開二人登其堂俄白老夫人至有二青衣扶嫗升階生欲展拜夫人云老朽龍鍾不能爲禮當卽脫邊幅乃指畫青衣置酒高會朱乃喚家人另出肴俎列置生前亦別設一壺爲客行觴筵中進饌無異人世然主人自舉殊不勸進既而席罷朱歸青衣導生去入室

則九娘華燭凝待邂逅含情極盡歡昵初九娘母子原解赴都至郡母不堪困苦死九娘亦自剄枕上追述往事哽咽不成眠乃占兩絕云昔日羅裳化作塵空將業果恨前身十年露冷楓林月此夜初逢畫閣春白楊風雨遶孤墳誰想陽臺更作雲忽啟縷金箱裡看血腥猶染舊羅裙天將明即促曰君宜且去勿驚廝僕自此晝來宵往嬖惑殊甚一夕問九娘此村何名曰萊霞里里中多兩處新鬼因以爲名生聞之欷歔女悲曰千里柔魂蓬游無底母子零孤言之愴惻幸念一夕恩義收兒

骨歸葬墓側使百世得所依棲死且不朽生諾之女曰人鬼路殊君亦不宜久滯乃以羅襪贈生揮淚促別生淒然而出忉怛若喪心悵悵不忍歸因過叩朱氏之門朱白足出逆甥亦起雲鬟蓬鬆驚來省問生怊悵移時始述九娘語女曰妗氏不言兒亦夙夜圖之此非人世久居誠非所宜於是相對汍瀾生亦含涕而別叩寓歸寢輾轉申旦欲覓九娘之墓則忘問誌表及夜復往則千墳纍纍竟迷村路歎恨而返展視羅襪着風寸斷腐如灰燼遂治裝東旋半載不能自釋復如稷門冀有所

遇及抵南郊日勢已晚息駕庭樹趨詣叢葬所但見墳兆萬宅迷目榛荒鬼火狐鳴駭人心目驚悼歸舍失意遨遊返轡遂東行里許遙見女郎獨行邱墓間神情意致怪似九娘揮鞭就視果九娘下騎欲語女竟走若不相識再復近之色作怒舉袖自障頓呼九娘則湮然滅矣

異史氏曰香草沉羅血滿胸臆東山珮玦淚漬泥沙古有忠臣孝子至死不諒於君父者公孫九娘豈以負骸骨之託而怨懟不釋於中耶脾鬲間物不能掬以相示

冤乎哉

狐聯

焦生章邱石虹先生之叔弟也讀書園中宵分有二美人來顏色雙絕一可十七八一約十四五撫几展笑焦知其狐正色拒之長者曰君髯如戟何無丈夫氣焦曰僕生平不敢二色女笑曰迂哉子尚守腐局耶下元鬼神凡事皆以黑爲白況牀笫間瑣事乎焦又咄之女知不可動乃曰君名下士妾有一聯請爲屬對能對我自去戊戌同體腹中只欠一點焦凝思不就女笑曰名士

固如此乎我代對之可矣已已連踪足下何不雙挑一

笑而去長山李司寇言之

聊齋志異卷十六終

聊齋志異卷七

淄川 蒲松齡 留仙 著

新城 王士正 貽上 評

翩翩

羅子浮汾人父母俱早世八九歲依叔大業業爲國子左廂富有金繒而無子愛羅若己出十四歲爲匪人誘去作狹邪遊會有金陵娼僑寓郡中生悅而惑之娼返金陵生竊從遁去居娼家半年牀頭金盡大爲姊妹行齒冷然猶未遽絕之無何瘡創潰臭沾染牀席逐而出

丐於市市人見輒遙避自恐死異域乞食西行日三四十里漸至汾界又念敗絮濃穢無顏入里門尚趑趄近邑間日既暮欲趨山寺宿遇一女子容貌若仙近問何適生以實告女曰我出家人居有山洞可以下榻頗不畏虎狼生喜從往入深山中見一洞府入則門橫溪水石梁駕之又數武有石室二光明徹照無須燈燭命生解懸鶉浴於溪流曰濯之創當愈又開幛拂褥促寢曰請卽眠當爲郎作袴乃取大葉類芭蕉剪綴作衣生臥視之製無幾時摺疊牀頭曰曉取著之乃與對榻寢生

浴後覺創瘍無苦既醒摸之則痂厚結矣詰旦將與心
疑蕉葉不可著取而審視綠錦滑絕少間具餐女取山
葉呼作餅食之果餅又剪作雞魚烹之皆如眞者室隅
一甖貯佳醞輒復取飲少減則以溪水灌益之數日創
痂盡脫就女求宿女曰輕薄兒甫能安身便生妄想生
云聊以報德遂同臥處大相歡愛一日有少婦笑入曰
翩翩小鬼頭快活死薛姑子好夢幾時做得女迎笑曰
花城娘子貴趾久弗涉今日西南風緊吹送來也小哥
子抱得未曰又一小婢子女笑曰花娘子瓦窰哉那弗

將來曰方鳴之睡卻矣於是坐以欵飲又顧生曰小郎君焚好香也生視之年廿有三四綽有餘妍心好之剝果悞落案下俯假拾果陰捻翹鳳花城他顧而笑若不知者生方怳然神奪頓覺袍袴無溫自顧所服悉成秋葉幾駭絕危坐移時漸變如故竊幸二女之弗見也少頃酬酢間又以指搔纖掌城坦然笑謔殊不覺知突突怔忡間衣已化葉移時始復變由是慚顏息慮不敢妄想城笑曰而家小郎子大不端好若弗是醋葫蘆娘子恐跳迹入雲霄去女亦哂曰薄倖兒便直得寒凍殺相

與鼓掌花城離席曰小婢醒恐啼腸斷矣女亦起曰貪引他家男兒不憶得小江城啼絕矣花城既去懼貽誚責女卒晤對如平時居無何秋老風寒霜零木脫女乃收拾落葉蓄旨御冬顧生肅縮乃持襆掇拾洞口白雲爲絮複衣著之溫煗如襦且輕鬆常如新綿逾年生一子極慧美日在洞中弄兒爲樂然每念故里乞與同歸女曰妾不能從不然君自去因循二三年兒漸長遂與花城訂爲姻好生每以叔老爲念女曰阿叔臘故大高幸復強健無勞懸耿待保兒婚後去住由君女在洞中

輒以葉寫書教兒讀兒過目即了女曰此兒福相放教入塵寰無憂不至臺閣未幾兒年十四花城親詣送女女華妝至容光照人夫妻大悅舉家讌集翩翩扣釵而歌曰我有佳兒不羨貴官我有佳婦不羨綺紈今夕聚首皆當喜歡爲君行酒勸君加餐既而花城去與兒夫婦對室居新婦孝依依膝下宛如所生生又言歸女曰子有俗骨終非仙品兒亦富貴中人可攜去我不悞兒生平新婦思別其母花城已至兒女戀戀涕各滿眶兩母慰之曰暫去可復來翩翩乃剪葉爲驢令三人跨之

以歸大業已老歸林下意婭已死忽攜佳孫美婦歸喜如獲寶入門各視所衣悉芭蕉葉破之絮蒸蒸騰去乃並易之後生思翩翩偕兒往探之則黃葉滿徑洞口雲迷零涕而返

異史氏曰翩翩花城殆仙者耶餐葉衣雲何其怪也然幃幄誹謔狎寢生雛亦復何殊於人世山中十五載雖無人民城郭之異而雲迷洞口無跡可尋睹其景況真劉阮返棹時矣

促織

宣德間宮中尚促織之戲歲征民間此物故非西產有華陰令欲媚上官以一頭進試使鬭而才因責常供令以責之里正市中游俠兒得佳者籠養之昂其直居爲奇貨里胥猾黠假此科斂丁口每責一頭輒傾數家之產邑有成名者操童子業久不售爲人迂訥遂爲猾胥報充里正役百計營謀不能脫不終歲薄產累盡會征促織成不敢斂戶口而又無所賠償憂悶欲死妻曰死何裨益不如自行搜覓冀有萬一之得成然之早出暮歸提竹筒絲籠於敗堵叢草處探石發穴靡計不施迄

無濟卽捕得三兩頭又劣弱不中於欵宰嚴限追比旬餘杖至百兩股間膿血流離並蟲亦不能行捉矣轉側牀頭惟思自盡時村中來一駝背巫能以神卜成妻具貲詣問見紅女白婆塡塞門戶入其舍則密室垂簾簾外設香几問者爇香於鼎再拜巫從傍望空代祝唇吻翕闢不知何詞各各竦立以聽少間簾內擲一紙出卽道人意中事無毫髮爽成妻納錢案上焚拜如前人食頃簾動片紙抛落視之非字而畫中繪殿閣類蘭若後小山下怪石臥針針叢棘青麻頭伏焉旁一蟆若將跳

舞展玩不可曉然睹促織隱中胸懷摺藏之歸以示成成反復自念得無教我獵蟲所耶細瞻景狀與村東大佛閣逼似乃强起扶杖執圖詣寺後有古陵蔚起循陵而走見蹲石鱗鱗儼然類畫遂於蒿萊中側聽徐行似尋針芥而心目耳力俱窮絕無踪響冥搜未已一癩頭蟇猝然躍去成益愕急逐趁之蟆入草間躡跡披求見有蟲伏棘根遽撲之入石穴中掭以尖草不出以筒水灌之始出狀極俊健逐而得之審視巨身修尾青項金翅大喜籠歸舉家慶賀雖連城拱璧不啻也上於盆而

養之蠏白栗黃備極護愛留待限期以塞官責成有子九歲窺父不在竊發盆蟲躍擲逕出迅不可捉及撲入手已股落腹裂斯須就斃兒懼啼告母母聞之面色灰死大驚曰業根死期至矣而翁歸自與汝覆算耳兒涕而去未幾而成歸聞妻言如被冰雪怒索兒兒渺然不知所往既而得其尸於井因而化怒爲悲搶呼欲絕夫妻向隅茅舍無烟相對默然不復聊賴日將暮取兒槀葬近撫之氣息惙然喜置榻上半夜復甦夫妻心稍慰但兒神氣癡木奄奄思睡成顧蟋蟀籠虛則氣斷聲吞

亦不復以兒爲念自昏達曙目不交睫東曦既駕僵臥長愁忽聞門外蟲鳴驚起覘視蟲宛然尚在喜而捕之一鳴輒躍去行且速覆之以掌虛若無物手裁舉則又超忽而躍急趁之折過牆隅迷其所往徘徊四顧見蟲伏壁上審諦之短小黑赤色頓非前物成以其小劣之惟彷徨瞻顧尋所逐者壁上小蟲忽躍落衿袖間視之形若土狗梅花翅方首長脛意似良喜而收之將獻公堂惴惴恐不當意思試之鬬以覘之村中少年好事者馴養一蟲自名蟹殼青日與子弟角無不勝欲居之以

爲利而高其直亦無售者逕造廬訪成視成所蓄掩口胡盧而笑因出已蟲納比籠中成視之龐然修偉自增慚怍不敢與較少年固強之顧念蓄劣物終無所用不如拚博一笑因合納鬬盆小蟲伏不動蠢若木雞少年又大笑試以猪鬣撩撥蟲鬚仍不動少年又笑屢撩之蟲暴怒直奔遂相騰擊振奮作聲俄見小蟲躍起張尾伸鬚直齕敵領少年大駭急解令休止蟲翹然矜鳴似報主知成大喜方共瞻玩一雞瞥來逕進以啄成駭立愕呼幸啄不中蟲躍去尺有咫雞健進逐逼之蟲已在

爪下矣成倉猝莫知所救頓足失色旋見雞伸頸擺撲臨視則蟲集冠上力叮不釋成益驚喜掇置籠中翼日進宰宰見其小怒訶成成述其異宰不信試與他蟲鬬蟲盡靡又試之雞果如成言乃賞成獻諸撫軍撫軍大悅以金籠進上細疏其能既入宮中舉天下所貢蝴蝶螳螂油利撻青絲額一切異狀徧試之無出其右者每聞琴瑟之聲則應節而舞益奇之上大嘉悅詔賜撫臣名馬衣緞撫軍不忘所自無何宰以卓異聞宰悅免成役又囑學使俾入邑庠後歲餘成子精神復舊自言身

化促織輕捷善鬭今始甦耳撫軍亦厚賚成不數歲田百頃樓閣萬椽牛羊蹄躈各千計一出門裘馬過世家焉

異史氏曰成氏子以蠹貧以促織富裘馬揚揚當其爲里正受扑責時豈意其至此哉天將以酬長厚者遂使撫臣令尹並受促織恩蔭聞之一人飛昇仙及雞犬信夫

王漁洋云宣德治世宣宗令主其臺閣大臣又三楊蹇夏諸老先生也顧以草蟲纖物殃民至此耶抑傳

聞異辭耶

又云狀小物瑰異如此是考工記之苗裔

向果

向果字初旦太原人與庶兄晟友于最敦晟狎一妓名波斯有割臂之盟以其母取直奢所約不遂適其母欲出籍爲良願先遣波斯有莊公子者素善波斯請贖爲妾波斯謂母曰旣願同離水火是欲出地獄而登天堂也若妾媵之相去幾何矣肯從奴志向生其可母諾之以意達晟時晟喪偶未婚喜竭貲聘波斯以歸莊聞怒

晟之奪所好也途中偶逢便大詬罵晟不服遂嗾從人折箠笞之垂斃乃去果聞奔視則兄已死不勝哀憤具造赴郡莊廣行賄賂使其理不得伸果隱忿中結莫可控訴惟思要路刺殺莊日懷利刃伏於山徑之莽久之機洩莊知其謀出則戒備甚嚴聞汾州有焦桐者勇而善射以多金聘爲衛果無所施其計然猶日伺之一日方伏雨暴作上下沾濡寒戰頗苦既而烈風四起冰雹繼至身忽忽然痛癢不能復覺嶺上舊有山神祠强奔赴既入廟則所識道士在焉先是道士嘗行乞村中

果輒飯之道士以故識果見果衣服濡溼乃以布袍授之曰姑易此果易衣忍凍蹲若犬自視則毛革頓生身化爲虎道士已失所在心中驚恨轉念得仇人而食其肉計亦良得下至舊伏處見己尸臥叢莽中始悟前身已死猶恐葬於烏鳶時時邏守之越日莊適經此虎暴出於馬上撲莊落齕其首咽之焦桐返而射中虎腹蹷然遂斃果在錯楚中恍若夢醒又經宵始能行步厭厭以歸家人以其連夕不返方共駭疑見之喜相慰問果但臥蹇澁不能語少間聞莊信爭即牀頭慶告之果乃

自言虎即我也遂述其異由此播傳莊子痛父之死也慘聞而惡之因訟果官以其事誕而無據置不理焉

異史氏曰壯士志酬必不生返此千古所悼恨也借人之殺以爲生仙人之術何神哉然天下事之指人髮者多矣使怨者常爲人恨不令暫作虎

鴿異

鴿類甚繁晉有坤星魯有鶴秀黔有腋蜨梁有翻跳越有諸尖皆異種也又有靴頭點子大白黑石夫婦雀花狗眼之類名不可屈以指惟好事者能辨之也鄒平張

公子幼量癖好之按經而求務盡其種其養之也如保嬰兒冷則療以粉草熱則投以鹽顆鴿善睡睡太甚有病麻痺而死者張在廣陵以十金購一鴿體最小善走置地上盤旋無已時不至於死不休也故常須人把握之夜置羣中使驚諸鴿可以免痺敗之病是名夜遊齊魯養鴿家無如公子最公子亦以鴿自詡一夜坐齋中忽一白衣少年叩扉入殊不相識問之荅曰漂泊之人姓名何足道遙聞畜鴿最盛此生平之所好也願得寓目張乃盡出所有五色俱備燦若雲錦少年笑曰人言

果不虛公子可謂盡養鴿之能事矣僕亦攜有一兩頭頗願觀之否張喜從少年去月色冥漠野況蕭條心竊疑懼少年指曰請勉行寓屋不遠矣又數武見一道院僅兩楹少年握手入昧無燈火少年立庭中口中作鴿鳴忽有兩鴿出狀類常鴿而毛純白飛與簷齊且鳴且鬬每一撲必作觔斗少年揮之以肱連翼而去復撮口作異聲又有兩鴿出大者如鶩小者裁如拳集階上學鶴舞大者延頸立張翼作屏宛轉鳴跳若引之小者上下飛鳴時集其頂翼翩翩如燕子落蒲葉上聲細碎類

鬣鼓大者伸頸不敢動鳴愈急聲變如磬兩兩相和閒雜中節既而小者飛起大者又顛倒引呼之張嘉歎不已自覺望洋可愧遂揖少年乞求分愛少年不許又固求之少年乃叱鴿去仍作前聲招二白鴿來以手把之曰如不嫌憎以此塞責接而玩之睛映月作琥珀色兩目通透若無隔閡中黑珠圓於椒粒啟其翼脇肉晶瑩臟腑可數張甚奇之而意猶未足詭求不已少年曰尚有兩種未獻今不敢復請觀矣方競論間家人燎麻炬入尋主人回視少年化白鴿大如雞冲霄而去又目前

院宇都渺蓋一小墓樹兩栢焉與家人抱鴿駭嘆而歸
試使飛馴異如初雖非其尤人世亦絕少矣於是愛惜
臻至積二年育雌雄各三雛戚好求之不得也有父執
某公爲貴官一日見公子問畜鴿幾許公子唯唯以退
疑某意愛好之也思所以報而割愛良難又念長者之
求不可重拂且不敢以常鴿應選二白鴿籠送之自以
千金之贈不啻也他日見某公頗有德色而某殊無一
申謝語心不能忍問前禽佳否答云亦肥美張驚曰烹
之乎曰然張大驚曰此非常鴿乃俗所言靼韃者也某

回思曰味亦殊無異處張悼恨而返至夜夢白衣少年至責之曰我以君能愛之故遂託以子孫何乃以明珠暗投致殘鼎鑊今率兒輩去矣言已化爲鴿所養白鴿皆從之飛鳴逕去天明視之果俱亡矣心甚恨之遂以所畜分贈知交數日而盡

異史氏曰物莫不聚於所好誠然也葉公子好龍則眞龍入室而況學士之於良友賢君之於良臣乎而獨阿堵之物好者更多而聚者特少亦以見鬼神之怒貪而不怒癡也

江城

臨江高生名蕃少慧儀容秀美十四歲入邑庠富室爭女之生選擇良苛屢梗父命父仲鴻年六十止此子寵惜之不忍少拂初東村有樊翁者授童蒙於市肆攜家僦生屋翁有女小字江城與生同甲時皆八九歲兩小無猜日共嬉戲從翁徙去積四五年不復聞問一日生於隘巷中見一女郎艷美絕俗從一小鬟僅六七歲不敢傾顧但斜睨之女停睇若欲有言細視之江城也頓大驚喜各無所言相視呆立移時始別兩情戀戀生故

以紅巾遺地而去小鬟拾之喜以授女女亦袖中易以己巾僞謂鬟曰高秀才非他人勿得匿其遺物可追還之小鬟果追付生生得巾大喜歸見母請與論婚母曰家無半間屋南北流移何足匹偶生言我自欲之固當無悔母心中擄拒不自決以商仲鴻鴻執不可生聞之悶然嗌不容粒母大憂之謂高曰樊氏雖貧亦非狙儈無賴者比我請過於其家倘其女可偶也即亦何害高諾之母托燒香黑帝祠詣之見女明眸秀齒居然娟好心大愛悦遂以金帛厚贈之實告以意樊媼謙抑而後

受盟歸述其情生始解顏爲笑逾歲擇吉迎女歸夫妻相得甚懽而女善怒反眼若不相識詞舌嘲啁常常聒於耳生以愛故悉含忍之翁媼稍有所聞心不善也潛責其子爲女所聞大恚詬罵彌加生稍稍反其惡聲女益怒撻逐出戶闔其扉生嚅嚅門外不敢叩關抱膝宿簷下女自是視若仇其初長跪猶可以解漸至屈膝無靈而丈夫益苦矣翁姑薄讓之女牴牾不可言狀翁姑忿怒逼令大歸樊慚懼浼交好者請於仲鴻仲鴻不許年餘生出遇岳岳把袂邀歸其家謝罪不遑妝女出見

夫婦相看不覺惻楚樊乃沽酒欵壻酬勸甚殷無何日暮堅止宿畱掃别榻使夫婦並寢旣曙歸不敢以情告父母惟掩飾而彌縫之由此三五日輒一寄岳家宿而父母不知也樊一日自詣仲鴻初不見迫而後見之樊膝行而請高不承諉諸其子樊言壻昨夜宿僕家不聞有異言高驚問何時寄宿樊具以告高赧謝曰我固不之知耳彼愛之我獨何仇乎樊旣去高呼子而駡生但俛首不少出氣言間樊已送女至高曰我不能爲兒女任過不如各有門戶卽煩主析爨之盟樊勸之不聽遂

别院居之遣一婢給役焉月餘頗相安翁嫗竊慰未幾女漸肆生面上時有指爪痕父母明知之亦忍置不問一日生不堪撻楚奔避父所芒芒然如鳥雀之被鸇毆者翁嫗方怪問女已橫撻追入竟即翁側捉而箠之翁姑沸噪略不顧瞻撻至數十始悻悻以去高逐子曰我惟避囂故析爾爾固樂此又焉逃乎生被逐徙倚殊無所歸高恐其挫折行死令獨居而給食之又召樊來使教其女樊入室開諭萬端女終不聽反以惡言相苦樊拂衣而行誓相絕無何樊翁憤生病與嫗相繼而死女恨

之亦不臨弔惟日隔壁譟罵故使翁姑聞高懸置不校生自獨居若離湯火但覺淒寂暗以金啗媒媼李氏納妓齋中往來皆以夜久之女微聞知詣齋嫚罵生力白其誣矢以天日女始歸自此日伺生隙李媼自齋中出適爲所遭爭呼之媼神色變異女益疑謂媼曰明告所作或可宥免若猶隱祕撮毛盡矣媼戰而告曰半月來惟构欄李雲娘過此兩度耳適公子言曾於玉笥山見陶家婦愛其雙翹囑招致之渠雖不貞亦未便作夜度娘成否故未必也女以其言誠姑從寬恕媼欲行又強

止之曰既昏呵之曰可先往滅其燭便言陶家至矣媼如其言女即遽入生喜極挽臂捉坐具道飢渴女嘿不語生暗中索其足曰自山上一覩仙容介介獨戀是耳女終不語生曰夙昔之願今始得遂何可覿面而不識也躬自捉火一照則江城也大懼失色墮燭於地長跪觳觫若兵在頸女摘耳提歸以鍼刺兩股殆徧乃臥以下牀醒則數罵之生已畏若虎狼即偶假以顏色枕席之上亦震慴不能爲人女批頰而叱去之益厭棄不以人齒生日在蘭麝之鄉如犴狴中人仰獄吏之尊也女

有兩姊俱適諸生長姊平善吶於口常與女不相洽二姊適葛氏爲人狡黠善辯顧影弄姿貌不及江城而悍妒與埒姊妹相逢無他語惟各以閫威自鳴得意以故二人最善生適戚友女輒嗔怒惟適葛所知之不禁也一日飲葛所既醉葛嘲曰子何畏之甚生笑曰天下事頗多不解我之畏畏其美也乃有美不及內人而畏與僕等者惑不滋甚哉葛大慚不能對婢聞以告二姊二姊怒操杖遽出生察其狀兇跴屣欲走杖起已中腰膂三杖三蹶而不能起悞中顱血流如瀋二姊去蹣跚而

歸妻驚問之初以迕姨故不敢遽告再三研詰始具陳之女以帛束生首忿然曰人家男子何煩他撻楚耶更短袖裳懷木杵攜婢逕去抵葛家二姊笑語承迎女不語以杵擊之仆裂袴而痛楚焉齒落唇缺遺矢溲便女既返二姊羞憤遣夫赴愬於高生趨出極意溫卹葛私語曰僕此來不得不爾悍婦不仁幸假手懲創之我兩人何嫌焉女已聞之遽出指罵曰齷齪賊妻子虧苦反竊竊與外人交好此等男子不宜打煞耶疾呼覓杖葛大窘奪門竄去生由此往來全無一所同窗王子雅過

之宛轉酣飲飲間以閨閣相謔頗涉狎褻女適窺客伏聽盡悉暗以巴豆投湯中而進之未幾吐利不可堪奄奄氣息女使婢問之曰再敢無禮否始悟病之所自來呻吟而哀之則菉豆湯已儲以待矣飲之乃止從此同人相戒莫敢飲於其家王有酤肆肆中多紅梅設宴招其曹侶生托文社禀白而往日暮既酣王生曰適有南昌名妓流寓此間可以呼來共飲衆大悅惟生離席興辭羣曳之曰閨中耳目雖長亦聽睹不至於此因相矢緘口生乃復坐少間妓果出年十七八玉珮丁東雲鬟

掠削問其姓云謝氏小字芳蘭出辭吐氣備極風雅舉坐若狂而芳蘭尤屬意生屢以色授爲衆所覺故曳兩人連肩坐芳蘭把生手指書掌作宿字生於此時欲去不忍欲留不敢心如亂絲不可言喻而傾頭耳語醉態益狂榻上臙脂虎亦並忘之少選聽更漏已動肆中酒客愈稀惟遥座一美少年對燭獨酌有小僮捧巾侍焉衆竊議其高雅無何少年罷飲出門去僮反身入向生曰主人相候一語衆都不知誰何惟生顔色慘變不遑

告别匆匆便去蓋少年乃江城僮即其家婢也生從至

家伏受鞭扑從此益禁錮之弔慶皆絕文宗下學生以誤講降爲青一日與婢語女疑與私以酒罈囊婢首而撻之已而縛生及婢以繡剪剪腹間肉互補之釋縛令其自束月餘補處竟合爲一云女每以白足踏餅拋塵土中叱生摭食之如是種種母以子故偶至其家見子柴瘠既歸痛哭欲死夜夢一叟告之曰勿須憂煩此是前世因江城原靜業和尚所養長生鼠公子前身爲士人偶遊其寺悞斃之今作惡報不可以人力回也每早起虔心誦觀音咒一百遍必當有效醒而述於仲鴻與

之夫妻咸遵其教兩月餘女横如故益之狂縱閧門外鉦鼓輒茁髮出憨態引眺千人共指不爲怪翁姑共恥之然不能禁腹誹而已忽有老僧在門外宣佛果觀者如堵僧吹鼓上革作牛鳴女奔出見人衆無隙命婢移行牀翘登其上衆目集視之女爲弗覺也者踰時僧敷衍將畢索清水一盂持向女而宣言曰莫要嗔莫要嗔前世也非假今世也非眞咄鼠子縮頭去勿使貓兒尋宣已吸水噀射女面粉黛淫淫下沾衿袖衆大駭意女暴怒女殊不語拭面自歸僧亦遂去女入室癡坐嗒然

若喪終日不食掃榻遽寢中夜忽喚生醒生疑其將遺捧進溺盆女卻之暗把生臂曳入衾生承命四體驚悚若奉丹詔女慨然曰使君若此何以爲人乃以手撫生體每至刀杖痕嚶嚶啜泣輒以爪甲自掐恨不即死生見其狀意良不忍所以慰藉之良厚女曰妾思和尚必是菩薩化身清水一灑若更肺腑今回憶曩昔所爲都如隔世妾向時得毋非人耶有夫妻而不能懽有姑嫜而不能事是誠何心明日可移家去仍與父母同居庶便定省絮語終夜如話十年之別昧爽即起摺衣斂器

婢攜簏躬襆被促生前往叩扉母出駭問告以意母遲回有難色女已偕婢入母從入女伏地哀泣但求免死母察其意誠亦泣曰吾兒何遽爲此生爲細述前狀始悟曩昔之夢驗也喜喚厮僕爲除舊舍女自是承顏順志過於孝子見人則靦如新婦或戲述往事則紅漲於頰且勤儉又善居積三年翁嫗不問家計而富稱巨萬矣生是歲鄉捷女每謂生曰當日一見芳蘭今猶憶之生以不受荼毒顧已至足妄念所不敢萌唯唯而已會以應舉入都數月乃返入室見芳蘭方與江城對奕驚

而問之則女以數百金出其籍云余於浙邸得晤王子雅言之竟夜甚詳

異史氏曰人生業果飲啄必報而惟果報之在房中者如附骨之疽其毒尤慘每見天下賢婦十之一悍婦十之九亦以見人世之能修善業者少也觀自在願力宏大何不將盂中水灑大千世界耶

八大王

臨洮馮生傳者忘其名字蓋貴介裔而凌夷矣有漁鼈者負其責不能償得鼈輒獻之一日獻巨鼈額有白點

生以其狀異放之後自壻家歸至恒河之側日已就昏見一醉者從二三僮顛跛而至遙見生便問何人生漫應行道者醉人怒曰寧無姓名胡言行道者生馳驅心急置不荅逕過之醉人益怒捉袂使不得行酒臭熏人生益不耐力解莫能脫問汝何名囈然而對曰我南都舊令尹也將何爲生曰世間有此等令尹辱寞世界矣幸是舊令尹假新令尹將無殺盡途人耶醉人怒甚勢將用武生大言我馮某非受人撾打者醉人聞之變怒爲懽踉蹡下拜曰是我恩主唐突勿罪起喚從人先歸

治具生辭之不得握手行數里見一小村既入則廊舍華好似貴人家醉人醒稍解生始詢其姓字曰言之勿驚我洮水八大王也適西山青童招飲不覺過醉有犯尊顏實切愧悚生知其妖以其情辭殷渥遂不畏怖俄而設筵豐盛促坐懽飲八王最豪連舉數觥生恐其復醉再作縈擾僞醉求寢八王已喻其意笑曰君得無畏我狂耶但請勿懼凡醉人無行謂隔夜不復記憶者欺人耳酒徒之不德故犯者十九僕雖不齒於儕偶顧未敢以無賴之行施之長者何遂見拒如此生乃復坐正

容而諫曰既自知之何勿改行八王曰老夫爲令尹時沉湎尤過於今日自觸帝怒謫歸島嶼力反前轍者十餘年矣今老將就木潦倒不能横飛故態復作我自不解耳茲敬聞命矣傾談間遠鐘已動八王起捉臂曰相聚不久蓄有一物聊報厚德此不可以久佩如願後當見還也口中吐一小人僅寸餘因以爪掐生臂痛若膚裂急以小人按捺其上釋手已入革裏甲痕尚在而漫漫墳起類瘰核狀驚問之笑而不荅但曰君宜行矣送生出八王自返回顧村舍全渺惟一巨鼈蠢蠢入水而

沒錯愕久之自念所獲必鑑寶也由此目最明凡有珠寶之處黃泉下皆可見卽素所不知之物亦隨口而知其名於寢室中掘得藏鏹數百用度頗充後有貨故宅者生視其中有藏鏹無算遂以重金購居之由此與王公埒富火齊木難之類皆蓄焉得一鏡背有鳳紐環水雲湘妃之圖光射里餘鬚眉皆可數佳人一照則影留其中磨之不能滅也若改妝重照或更一美人則前影消矣時肅府第三主絕美雅慕其名會主游崆峒乃往伏山中伺其下輿照之而歸設寘案上審視之見美人

在中拈巾微笑口欲言而波欲動喜而藏之年餘爲妻所洩聞之肅府大怒收之追鏡去擬斬生大賂中貴人使言於王曰王如見赦天下之至寶不難致也不然有死而已於王誠無所益王欲籍其家而徙之三主曰彼已窺我十死之不足解此玷不如嫁之王不許主閉戶不食妃子大憂力言於王王乃釋生因命中貴意示生生辭曰糟糠之妻不下堂寧死不敢承命王如聽臣自贖傾家可也王怒復逮之妃召生妻入宮將鴆之既見妻以珊瑚鏡臺納妃辭意溫惻妃悅之使參主主亦悅

之訂爲姊妹轉使諭生生告妻曰王侯之女不可以先後論嫡庶也妻不聽歸修聘幣納王邸齎送者以千人珍石寶玉之屬王家不能知其名王大喜釋生歸以主嬪焉主仍懷鏡歸生一夕獨寢夢八王軒然入曰所贈之物當見還也佩之既久耗人精血損人壽命生諾之即留宴飲八王辭曰自聆藥石戒杯中物已三年矣乃以口齧生臂痛極而醒視之則核塊消矣後此遂如常人

異史氏曰醒則猶人而醉則如鼈此酒人之大都也顧

鼈雖日習於酒狂乎而不敢忘恩不致無禮於長者鼈不過人遠哉若夫巳氏則醒不如人而醉不如鼈矣古人有龜鼈盍以爲鼈鑑乎乃作酒人賦賦曰有一物焉陶情適口飲之則醺醺騰騰厥名爲酒其名最多爲功巳久以宴嘉賓以速父舅以促膝而爲懽以合巹而成偶或以爲釣詩鉤又以爲掃愁帚故麯生頻來則騷客之金蘭友醉鄉深處則愁人之逋逃藪糟邱之臺既成鴟夷之功不朽齊臣遂能一石學士亦稱五斗則酒困以人傳而人或以酒醜若夫落帽之孟嘉荷鍤之伯倫

山公之倒其接䍦彭澤之漉以葛巾酣眠乎美人之側也或察其無心濡首於墨汁之中也自以爲有神井底臥乘船之士糟邊縛珥玉之臣甚至效鼈囚而玩世亦猶非害物而不仁至如雨宵雪夜月旦花晨風定塵短客舊妓新履舄交錯蘭麝香沉細批薄抹低唱淺斟忽淸商兮一奏則寂若兮無人雅謔則飛花粲齒高吟則戛玉敲金總陶然而大醉亦魂淸而夢眞果爾郎一嘲一醉當亦名教之所不嗔爾乃嘈雜不韻俚辭並進坐起讙譁呶呶成陣涓滴忿爭勢將投刃伸頸攢眉引杯

若鵂傾瀉碎觥拂燈滅燼綠酹葡萄狼藉不嘶病葉狂
花觴政所禁如此情懷不如勿飲又有酒隔咽喉間不
盈寸吶吶呢呢猶譏主吝坐不言行飲復不任酒客無
品於斯爲甚甚有狂藥下客氣粗努石稜磔鬚鬢袒兩
背躍雙趺塵蒙蒙兮滿面哇浪浪兮沾裾口狺狺兮亂
吠髮蓬蓬兮若奴其顙搶地而呼天也如李郎之嘔其肝
臟其揚手而擲足也如蘇相之裂於牛車舌底生蓮者
不能窮其狀燈前取影者不能爲之圖父母前而受忤
妻子弱而難扶或以父執之良友無端而受罵於灌夫

婉言以警倍益眩瞑此名酒凶不可救拯唯有一術可以解酩厥術維何祇須一梃縶其手足與斬豕等止困其臂勿傷其頂捶至百餘豁然頓醒

邵女

柴廷賓太平人妻金氏不育有奇妒柴百金買妾金暴遇之經歲而死柴忿出獨宿數月不踐閨闥一日柴初度金卑辭莊禮爲丈夫壽柴不忍拒始通言笑金設筵內寢招柴柴辭以醉金華妝自詣柴所曰妾竭誠終日君即醉請一琖而別柴乃入酌酒話言妻從容曰前日

怏殺婢子今甚悔之何便饑忌遂無結髮情耶後請納金釵十二妾不汝瑕疵也柴益喜燭盡見跋遂止宿焉由此敬愛如初金便呼媒媪來囑爲物色佳媵而陰使遷延勿報已則故督促之如是年餘柴不能待徧囑戚好爲之購致得林氏之養女金一見喜形於色飲食共之脂澤花鈿任其所取然林故燕産不習女紅繡履之外須人而成金曰我家素勤儉非似王侯家買作畵圖看者於是授美錦使學製若嚴師誨弟子初猶訶罵繼以鞭楚柴痛切於心不能爲地而金之憐愛林尤倍於

昔往往自爲妝束勻鉛黃焉但履跟稍有摺痕則以鐵杖擊雙彎髮少亂則批兩頰林不堪其虐自經死柴悲慘心目頗致怨懟妻怒曰我代汝教娘子有何罪過柴始悟其奸因復反目永絕琴瑟之好陰於別業修房闥思購麗人而別居之荏苒半載未得其人偶會友之葬見二八女郎光艷溢目停睇神馳女怪其狂顧秋波斜轉之詢諸人知爲郃氏郃貧士止此女少聰慧教之讀過目能了尤喜讀內經及冰鑑書父愛溺之有議昏者輒令自擇而貧富皆少所可故十七歲猶未字也柴得

其端未知不可圖然心低徊之又冀其家貧或可利動謀之數媼無敢媒者遂亦灰心無所復望忽有賈媼者以貨珠過柴柴告所願賂以重金曰止求一通誠意其成與否所勿責也萬一可圖千金不惜媼利其有諾之登門故與邵妻絮語睹女驚贊曰好个美姑姑假到昭陽院趙家姊妹何足數得又問壻家阿誰邵妻荅尚未媼言若个娘子何愁無王侯作貴客也邵妻歎曰王侯家所不敢望只要个讀書種子便是佳耳我家小孽寃翻覆遴選十無一當不解是何意向媼曰夫人勿須煩

怨懟个麗人不知前身修何福澤才能消受得昨一大
笑事柴家郎君云於某家塋邊望見顏色願以千金為
聘此非餓鴟作天鵞想耶早被老身訶斥去矣邵妻微
哂未荅媼曰便是秀才家難與校計若在別个失尺而
得丈宜若可為矣邵妻復笑不言媼撫掌曰果爾則為
老身計亦左也日蒙夫人愛登堂便促膝賜漿酒若得
千金出車馬入樓閣老身再到門則閽者呵叱及之矣
邵妻沉吟良久起而去與夫語移時喚其女又移時三
人並出邵妻笑曰婢子奇特多少良匹悉不就聞為賤

媵則就之但恐爲儒林笑也媪曰倘入門得一小哥子大夫人便如何耶言已告以別居之謀邵益喜喚女曰試同賈媪言之此汝自主張勿後悔致懟父母女靦然曰父母安享厚奉則養女有濟矣況自顧命薄若得嘉耦必減壽數少受折磨未必非福前見柴郎亦福相子孫必有興者媪大喜奔告柴喜出非望即置千金備輿馬娶女於別業家人無敢言者女謂柴曰君之計所謂燕巢於幕不謀朝夕者也塞口防舌以冀不漏何可得乎請不如早歸猶速發而禍小柴慮摧殘女曰天下無

不可化之人我苟無過怒由何起柴曰不然此非常之悍不可情理動者女曰身爲賤婢摧折其分不然買日爲活何可長也柴以爲是終躊躕而不敢決一日柴他往女青衣而出命蒼頭控老牝馬一嫗攜襆從之竟詣嫡所伏地自陳妻始而怒既念其自首可原又見容飾謙卑氣亦稍平乃命婢子出錦衣衣之曰彼薄倖人播惡於衆使我横被口語其實皆男子不義諸婢無行有以激之汝念背妻而立家室此豈復是人矣女曰細察渠亦稍悔之但不肯下氣耳諺云大者不伏下以禮論

妻之於夫猶子之於父庶之於嫡也夫人若肯假以辭色則積怨可以盡捐妻云彼自不來我何與焉郎命婢媼爲之除舍心雖不樂亦暫安之柴聞女歸驚怛不已竊意羊入虎穴狼籍已不堪矣疾奔而至見家中寂然心始穩貼女迎門而勸令詣嫡所柴有難色女泣下柴意少納女往見妻曰郎適歸自慚無以見夫人乞夫人往一姍笑之也妻不肯行女曰妾已言之夫之於妻猶嫡之於庶孟光舉案而人不以爲諂何哉分在則然耳妻乃從之見柴曰汝狡兎三窟何歸爲柴俛不對女肘

之柴始强顏爲笑妻色稍霽將返女推柴從之又囑庖人備酌自是夫妻復和女早起青衣往朝盥已授帨執婢禮甚恭柴入其室苦辭之十餘夕始肯一納妻亦心賢之然自愧弗如積慚成忌但女奉侍謹無可蹈瑕或薄施訶譴女惟順受一夜夫妻小有反唇曉妝猶含盛怒女捧鏡鏡墮破之妻益恚握髮裂眥女懼長跽哀免怒不解鞭之至數十柴不能忍盛氣奔入曳女出妻呶呶逐擊之柴奪鞭反扑面膚綻裂始退由此夫妻若讎柴禁女勿往女弗聽早起膝行伺幕外妻捶牀怒駡叱

去不聽前日夜切齒將伺柴出而後洩憤於女柴知之謝絕人事杜門不通弔慶妻無如何惟日撻婢以寄其恨下人皆不可堪自夫妻絕好女亦莫敢當夕柴於是孤眠妻聞之意亦稍安有大婢素狡黠偶與柴語妻疑其私暴之尤苦婢輒於無人處疾首怨罵一夕輪婢直宿女囑柴禁勿往曰婢面有殺機叵測也柴如其言招之來詐問何作奸婢驚懼無所措辭柴益疑撿其衣得利刃焉婢無言惟伏地乞死柴欲撻之女止之曰恐夫人聽聞此婢必無生理彼罪固不赦然不如鬻之既全

其生我亦得直焉柴然之會有買妾者急貨之妻以其不謀故罪柴益遷怒女詬罵益毒柴忿顧女曰皆汝自取前此殺却烏有今日言已而走妻怪其言徧詰左右並無知者問女女亦不言心益悶怒捉裾浪罵柴乃返以實告妻大驚向女溫語而心轉恨其言之不早柴以爲嫌卻盡釋不復作防適遠出妻乃召女而數之曰殺主者罪不赦汝縱之何心女造次不能以辭自達妻燒赤鐵烙女面欲毀其容婢媼皆爲之不平每號痛一聲則家人盡哭願代受死妻乃不烙以針刺脇二十餘下

始揮去之柴歸見面創大怒欲往尋之女捉襟曰妾明知火盆而故蹈之當嫁君時豈以君家爲天堂耶亦自顧命薄聊以洩造化之怒耳安心忍受尚有滿時若再觸焉是坎巳塡而復掘之也遂以藥糝患處數日尋愈忽攬鏡若喜曰君今日宜爲妾賀彼烙斷我晦紋矣朝夕事嫡一如往日金前見衆哭自知身同獨夫畧有愧悔之萌時時呼女共事辭色平善月餘忽病逆害飲食柴恨其不死畧不顧問數日腹脹如鼓日夜浸困女侍伺不遑眠食金益德之女以醫理自陳金自覺疇昔過

慘疑其怨報故謝之金爲人持家嚴整婢僕悉就約束自病後皆散誕無操作者柴躬自紀理劬勞甚苦而家中鹽米不食自盡由是慨然興中饋之思聘醫藥之金對人輒自言爲氣蠱以故醫脉之無不指爲氣鬱者凡易數醫卒罔効亦瀕危矣又將烹藥女進曰此等藥百裹無益祇增劇耳金不信女暗撮別劑易之藥下食頃三遺病若失遂益笑女言妄呻而呼之曰女華陀今何如也女及羣婢皆笑金問故始實告之泣曰妾日受子之覆載而不知也今而後請雖家政聽子而行無何病

痊柴整設爲賀女捧壺侍側金自起奪壺曳與連肩愛異常情更闌女托故離席金遣二婢曳還之强與連榻自此事必商食必偕姊妹無其和也無何女產一男產後多病金親調視若奉其母後金患心痗痛起則面目皆青但欲覓死女急市銀針數枚比至則氣息瀕盡按穴刺之畫然痛止十餘日復發復刺過六七日又發雖應手奏效不至大苦然心常惴惴恐其復萌夜夢至一處似廟宇殿中鬼神皆動神問汝金氏耶汝罪過多端壽數合盡念汝改悔故僅降災以示微譴前殺兩姬此

其宿報至邵氏何罪而慘毒至此鞭撻之刑已有柴生代報可以相準所欠一烙二十三針今三次止償零數便望病除根耶明日又當作矣醒而大懼猶冀爲妖夢之誣食後果病其痛倍切女至刺之隨手而瘥疑曰技止此矣病本何以不拔請再灼之此非爛燒不可但恐夫人不能忍受金憶夢中語以故無難色然呻吟忍受之際默思欠此十九針不知作何變症不如一朝受盡庶免後苦炷盡求女再針女笑曰針豈可以泛常施耶金曰不必論穴但煩十九刺女大笑不可金請益堅起

跪榻上女終不忍實以夢告女乃約畧經絡刺之如數自此平復果不復病彌自懺悔臨下亦無戾色子名曰俊秀慧絕倫女每曰此子翰苑相也八歲有神童之目十五歲以進士授翰林是時夫婦年四十如夫人三十有二三耳輿馬歸寧鄉里榮之邵翁自鬻女後家暴富而士林羞與爲伍至是始有通往來者

異史氏曰女子狡妒天性然也而爲妾媵者又復炫美弄機以增其怒嗚呼禍所由來矣若以命自安以分自守百折而不移其志此豈梃刃所能加乎乃至於再拯

其死而始有悔悟萌嗚呼豈人也哉如數以償而不增之息亦造物之恕矣顧以仁術作惡報不亦傎乎每見愚夫婦抱病終日即招無知之巫任其刺肌灼膚而不敢呻心嘗怪之至此始悟

閩人有納妾者夕夕入妻房不敢便去僞解屨作登榻狀妻曰去休勿作態夫尚徘徊妻正色曰我非似他家妒忌者何必爾爾夫乃去妻獨臥輾轉不得寐遂起往伏門外潛聽之但聞妾聲隱約不甚了了惟郎罷二字略可辨識郎罷閩人呼父也妻聽逾刻痰而

踣首觸扉作聲夫驚起啟戶尸倒入呼妾火之則其妻也急扶灌之目眥開郎呻曰誰家郎能被汝呼妒情可哂

聾仙

聾道人無名字亦不知何里人嘗求見魯王閽人不爲通有中貴人出揖求之中貴見其鄙陋逐去之已而復來中貴怒且逐且扑至無人處道人笑出黃金百兩煩逐者覆中貴爲言我亦不要見王但聞後苑花木樓臺極人間佳景若能導我一游生平足矣又以白金賂逐

者其人喜反命中貴亦喜引道人自後宰門入諸景俱歷又從登樓上中貴方凭窗道人一推但覺身墮樓外有細葛繃腰懸於空際下視則高深暈目葛隱隱作斷聲懼極大號無何數監至駭極見其去地絕遠登樓共視則端繫樓上欲解援之則葛細不堪用力遍索道人已杳矣束手無計奏知魯王王詣大奇之命樓下藉茅鋪絮將因而斷之甫畢葛繃自絕去地乃不咫耳相與失笑王命訪道士所在聞館於尚秀才往問之則出游未復旣遇於途遂引見王王賜宴坐便請作劇道士曰

臣草野之夫無他庸能旣承優寵敢獻女樂爲大王壽遂探袖中出美人置地上向王稽首已道士命扮瑶池宴本祝王萬年女子弔場數語道士又出一人自白王母少間葦雙成許飛瓊一切仙姬次第俱出末有織女來謁獻天衣一襲金采絢爛光映一室王意其僞索觀之道士急言不可王不聽卒觀之果無縫之衣非人工所能製也道士不樂曰臣竭誠以奉大王暫而假諸天孫今爲濁氣所染何以還故主乎王又意歌者必皆仙姬思欲留其一二細視之則皆宮中樂伎耳轉疑此曲

非所夙諳問之果茫然不自知道士以衣置火燒之然後納諸袖中再搜之則已無矣王於是深重道士留居府內道士曰野人之性視宮殿如籓籠不如秀才家得自由也每至夜中必還其所時而堅留亦遂止宿輒於筵間顛倒四時花木爲戲王問曰聞仙人亦不能忘情果否對曰或仙人然耳臣非仙人故心如枯木矣一夜宿府中王遣少妓往視之入其室數呼不應燭之則瞑坐榻上搖之眸一閃即復合再搖之鼾聲作矣推之則應手而倒酣臥如雷彈其額硬迸指作鐵釜聲返以白

王王使刺以針針弗入推之重不可搖加十餘人舉擲牀下若千斤石墮地者旦而窺之仍眠地上醒而笑曰一場惡睡墜牀不覺耶後女子輩每於坐臥時按之以爲戲初按猶軟再按則鐵石矣道士舍尚秀才家恒終夜不歸尚鎖其戶及旦啓扉道士已臥室中初尚與曲妓惠哥善矢志嫁娶惠雅善歌絃索傾一時魯王聞其名召入供奉遂絕情好每繫念之苦無由通一夕問道士見惠哥否荅言諸姬皆見但不知其誰何尚述其貌道其年道士乃憶之尚求轉寄一語道士笑曰我世外

人不能爲君塞鴻尚哀之不巳道士展其袖曰必欲一見請入此尚窺之中大如屋伏身入則光明洞徹寬如廳堂几案牀榻無物不有居其內殊無悶苦道士入府與王對奕望惠哥至陽以袍袖拂塵惠哥巳納袖中而他人不之睹也尚方獨坐凝想忽有美人自簷間墮視之惠哥也兩相驚喜綢繆臻至尚曰今日奇緣不可不誌請與卿聯之書壁上曰侯門似海久無蹤惠續云誰識蕭郎今又逢尚曰袖裏乾坤眞箇大惠曰離人思婦盡包容書甫畢忽有五人入角冠淡紅衣認之都與無

素默然不言捉惠哥去尚驚駭不知所由道士既歸呼之出問其情事隱諱不以盡言道士微笑解衣反袂示之尚審視隱隱有字跡細裁如蠅蟊即所題句也後十數日又求一入前後凡三入惠哥謂尚曰腹中震動妾甚憂之常以繫帛束腰際府中耳目較多倘一朝臨蓐何處可容見啼煩與翠仙謀見妾三叉腰時便一拯救尚諾之歸見道士伏地不起道士曳之曰所言予已了了但請勿憂君宗祧賴此一綫何敢不竭綿薄但自此不必復入我所以報君者原不在情私也後數月道士

自外入笑曰攜得公子至矣可速把襁褓來尚妻最賢年近三十數胎而存一子適生女盈月而殤聞尚言驚喜自出道士探袖出嬰兒酣然若寐臍梗尚未斷也尚妻接抱始呱呱而泣道士解衣曰產血濺衣道門最忌今爲君故二十年故物一旦棄之尚爲易衣道士囑曰舊物勿棄却燒錢許可療難產墮死胎尚從其言居之又久忽告尚曰所藏舊衲當留少許自用我死後亦勿忘也尚謂其言不祥道士不言而去入見王曰臣欲死王驚問之曰此有定數亦復何言王不信強留之手談

一局急起王又止之請就外舍從之道士遽臥視之已死王具棺木禮葬之尚臨哭盡哀始悟曩言先告之也遺衲用催產應如響求者踵接於門始猶以污袖與之旣而翦領襟罔不效及聞所囑疑妻必有產厄斷血布如掌珍藏之會魯王有愛妃臨盆三日不下醫窮於術或有以尚告者立召入一劑而產王大喜贈白金綵緞良厚尚悉辭不受王問所欲曰臣不敢言再請頓首曰如推天惠但賜舊妓惠哥足矣王召之來問其年曰妾十八入府今十四年矣王以其齒加長命偏呼羣妓任

尚自擇尚一無所好王笑曰癡哉書生十年前訂昏嫁耶尚以實對乃盛備輿馬仍以所辭綵緞爲惠哥作妝送之出惠所生子名之秀生秀者袖也是時年十一矣日念仙人之恩淸明則上其墓有久客川中者逢道人於途出書一卷曰此府中物來時倉猝未暇璧返煩寄去客歸聞道人已死不敢達王尚代奏之王展視果道士所借疑之發其塚空棺耳後尚子少殤賴秀生承繼益服鞏之先知云

異史氏曰袖裏乾坤古人之寓言耳豈眞有之耶抑何

其奇也中有天地有日月可以娶妻生子而又無催科之苦人事之煩則衲中蟣蝨何殊桃源雞犬哉設容人常住老於是鄉可耳

梅女

封雲亭太行人偶至郡晝臥寓室時年少喪偶岑寂之下頗有所思凝視間見牆上有女子影依稀如畫念必意想所致而久之不動亦不滅異之起視轉眞再近之儼然少女容蹙舌伸索環秀領驚顧未已冉冉欲下知為縊鬼然以白晝壯膽不大畏怯語曰娘子如奇寃小

生可以極力影居然下曰萍水之人何敢遽以重務浼君子但泉下槁骸舌不得縮索不得除求斷屋梁而焚之恩同山岳矣諾之遂滅呼主人前問狀主人言此十年前梅氏故宅夜有小偷入室爲梅所執送詣典史典史受盜錢三百誣其女與通將拘審驗女聞自經後梅夫妻相繼卒宅歸於余客往往見怪異而無術可以靖之封以鬼言告主人計毁舍易楹費不貲故難之封乃協力助作既就而復居之梅女夜至展謝已喜色充溢姿態嫣然封愛悅之欲與懽瀸然而慚曰陰慘之氣非

但不爲君利若此之爲則生前之垢西江不濯矣會合有時今日尚未問何時但笑不言封問飲乎荅言不飲封曰坐對佳人悶眼相看亦復何味女曰妾生平戲技惟諳打馬但兩人寥落夜深又苦無局今長夜莫遣聊與君爲交綫之戲封從之促膝戟指翻變良久封迷亂不知所從女輒口道而頤指之愈出愈幻不窮於術封笑曰此閨房之絕技也女曰此妾自悟但有雙綫即可成文人自不之察耳更闌頗怠強使就寢曰我陰人不寐請君自休妾解按摩之術願盡技能以侑清夢封從

其請女疊掌爲之輕按自頂及踵皆遍手所經骨若醉旣而握指細搯如以團絮相觸狀體暢舒不可言搯至腰口目皆慵至股則沉沉睡去矣及醒日已向午覺骨節輕和殊於往日心益愛慕遶屋而呼之並無響應日夕女始至封曰卿居何所使我呼欲徧曰鬼無常所要在地下問地下有隙可容身乎曰鬼不見地猶魚不見水也封握腕曰使卿而活當破產購致之女笑云無須破產戲至半夜封苦逼之女曰君勿纏我有浙娼愛卿者新寓比鄰頗極風致明夕招與俱來聊以自代若何

封允之次夕與一少婦同至年近三十已來眉目流轉隱含蕩意三人狎坐打馬爲戲局終女起曰嘉會方殷我且去封欲挽之飄然已逝兩人登榻于飛甚樂詰其世則含糊不以盡道但曰郎如愛妾當以指彈北壁微呼曰壺盧子卽至三呼不應可知不暇勿更招也天曉入北壁隙中而去次日女來封問愛卿女云被高公子招去侑酒以故不得來因而翦燭共語女每欲有所言吻已啟而輒止固詰終不肯言欷歔而已封強與爲戲四漏始去自此二女頻來笑聲常徹宵旦因而城社悉

閭典史某亦浙之世族嫡室以私僕被黜繼娶顧氏深相愛好期月夭殂心甚悼之聞封有靈鬼欲以問冥世緣遂跨馬造封封初不肯承某力求不已封設筵與坐諾爲之招鬼妓日既曛叩壁而呼三聲未已愛卿驟至舉頭見客色變欲走封以身橫阻之某審視大怒投以巨椀溘然而滅封大驚不解其故方將致詰俄暗室中一老嫗出大罵曰貪鄙賊壞我家錢樹子三十貫索要償也以杖擊某中顱某抱首而哀曰此顧氏我妻也少年而殞方切哀痛不圖爲鬼不貞於姥乎何與嫗怒曰

汝本江浙一無賴賊買得條烏角帶鼻骨倒豎矣汝居官有何黑白袖有三百錢便而翁也神怒人怨死期已廹汝父母代哀冥司願以愛媳入青樓代汝償貪債不知也耶言已又擊某宛轉哀鳴方驚詫無從救解旋見梅女自房中出張目吐舌顏色變異近以長簪刺其耳封驚極以身障客女憤不已封勸曰某即有罪倘死於寓所則咎在小生請少存投鼠之忌女乃曳嫗曰暫假餘息爲我顧封郎也某張皇鼠竄而去至署患頭痛中夜遂斃次夜女出笑曰痛快惡氣出矣問何讎怨女曰

囊已言之受賄誣奸銜恨已久每欲浼君一爲昭雪自愧無纖毫之德故將言而輒止適聞紛拏竊一伺聽不意其讎人也封訝曰此卽誣卿者耶曰彼典史於此十有八年妾冤歿十六寒暑矣問嫗爲誰曰老娼也又問愛卿曰臥病耳因赧然曰妾昔謂會合有期今眞不遠矣君嘗願破家相贖猶記否對曰今日猶此心也女曰實告君妾歿日已投生延安展孝廉家徒以大怨未伸故遷延於是請以新帛作鬼囊俾妾得附君以往就展氏求婚計必允諧封慮勢分懸殊恐將不遂女曰但去

勿憂封從其言女囑曰途中愼勿相喚待合巹之夕以囊挂新人首急呼曰勿忘勿忘封諾之纔啟囊女跳身已入攜至延安訪之果有展孝廉生一女貌極端好但病癡又常以舌出唇外類犬喘日年十六歲無問名者父母憂念成痗封到門投刺具通族閥既退倩媒致辭展喜贅封於家女癡絕不知爲禮使兩婢扶曳歸室羣婢既去女解襟露乳對封憨笑封覆囊而呼之女停眸審顧似有疑思封笑曰卿不識小生耶舉之囊而示之女乃寤急掩襟喜共燕笑詰旦封入謁岳展慰之曰癡

女無知既承青眷君倘有意家中慧婢不乏僕不靳相贈封力辯其不癡展疑之無何女至舉止皆佳因大驚異女但嫣然微笑展細詰之女進退而慚於言封爲畧述梗概展大喜愛悅逾於平時使子大成與壻同學供給豐備年餘大成漸厭薄之因而郎舅不相能厮僕亦刻疵其短展惑於浸潤禮稍懈女覺之謂封曰岳家不可久居凡久居者盡闒茸也及今未大決裂宜速歸封然之告展展欲留女女不可父兄盡怒不給輿馬女自出奩貲貰馬焉歸後展招令歸寧女固辭不往後封舉

孝廉始通慶好

異史氏曰官卑愈貪其常情然乎三百誣姦夜氣之牿亡盡矣奪嘉耦入青樓卒用暴死吁可畏哉

康熙甲子貝邱典史最貪詐民咸怨之忽其妻被狡者誘與偕亡或代懸招狀云某官因自己不慎走失夫人一名身無餘物止有紅綾七尺包裹元寶一枚翹邊細紋並無闕壞亦風流之小報也

郭秀才

東粵士人郭某暮自友人歸入山迷路竄榛莽中約更

許聞山頭笑語急趨之見十餘人籍地飲望見郭鬨然曰座中正欠一客大佳大佳郭既坐見諸客半儒巾便請指迷一人笑曰君眞酸腐舍此明月不賞何求道路即飛一觥來郭飲之芬香射鼻一引遂盡又一人持壺傾注郭故善飲又復奔馳吻燥一舉一觴衆大贊曰豪哉眞吾友也郭放達喜詼能學禽言無不酷肖離座起溲竊作燕子鳴衆疑曰夜半何得此也耶又效杜鵑衆益疑郭坐但笑不言方紛議間郭回首爲鸜鵒鳴曰郭秀才醉矣送他歸也衆驚聽寂不復聞少頃又作之既

而悟其爲郭始大笑皆撮口從學無一能者一人曰可惜青娘子未至又一人曰中秋還集於此郭先生不可不來郭敬諾一人起曰客有絕技我等亦獻踏肩之戲若何於是譁然並起前一人挺身矗立即有一人飛登肩上亦矗立累至四人高不可登繼至者攀肩踏臂如緣梯狀十餘人頃刻都盡望之可接霄漢方驚顧間挺然倒地化爲脩道一綫郭駭立良久遵道得歸翼日腹大痛溺綠色似銅青着物能染亦無溺氣三日乃已往驗故處則肴骨狼藉四圍叢莽並無道路至中秋郭欲

赴約朋友諫止之

阿英

甘玉字璧人廬陵人父母早喪遺弟珏字雙璧始五歲從兄鞠養玉性友愛撫弟如子後珏漸長丰姿秀出又慧能文玉益愛之每曰吾弟表表不可以無良匹然簡拔過刻姻卒不就適讀書匡山僧寺夜初就枕聞窗外有女子聲窺之見三四女郎席地坐數婢陳肴酒皆殊色也一女曰秦娘子秦娘子阿英何不來下座者曰昨自函谷來被惡人傷其右臂不能同游方用恨恨一女

曰前宵一夢大惡今猶汗悸下座者搖手曰莫道莫道今夕姊妹懽會言之嚇人不快女笑曰婢子膽怯爾爾便有虎狼銜去耶若要勿言須歌一曲爲娘行侑酒女低吟曰閒堦桃花取次開昨日踏青小約未應乖囑付東鄰女伴少待莫相催着得鳳頭鞋子即當來吟罷一座無不歎賞談笑間忽一偉丈夫岸然自外入鶻睛熒熒其貌獰醜衆啼曰妖至矣倉猝鬨然殆如鳥散惟歌者婀娜不前被執哀啼強與支撐丈夫吼怒齕手斷指就便嚼食女郎踣地若死玉憐不可復忍乃急抽劍拔

闞出揮之巾股股落負痛逃去扶女入室面如塵土血淋襟袖驗其指則右拇斷矣裂帛代裹之女始呻曰拯命之德將何以報玉自初窺時已隱爲翁謀因告以意女曰狠疾之人不能操箕帚矣當別爲賢仲圖之詰其姓氏荅言秦氏玉乃展衾俾暫休養自乃襆被他所曉而視之則牀上已空意其自歸而訪察近村殊少此姓廣託戚朋並無確耗歸與翁言悔恨若失珏一日偶游塗野遇一二八女郎姿致娟娟顧之微笑似將有言因以秋波四顧而後問曰君甘家二郎耶曰然曰君家尊曾

與妾有昏姻之約何今日欲背前盟另訂秦家珏曰小生幼孤夙好都不會聞請言族閥歸當問兄女曰無須細道但得一言妾當自至珏以未禀兄命爲辭女笑曰騃郎君遂如此怕哥子耶既如此妾陸氏山東山望村三日內當候玉音乃別而去珏歸述諸兄嫂兄曰大謬語父歿時我二十餘歲倘有是說那得不聞又以其獨行曠野遂與男兒交語愈益鄙之因問其貌珏紅徹面頸不出一言嫂笑曰想是佳人玉曰童子何辨妍媸縱美必不及秦待秦氏不諧圖之未晚珏默而退踰數日

玉在途見一女子零涕前行垂鞭按轡而微睨之人世殆無其匹使僕詰焉荅曰我舊許甘家二郎因家貧遠徙遂絕耗問近方歸復聞郎家二三其德背其前盟往問伯伯甘璧人焉置妾也玉驚喜曰甘璧人即我是也先人曩約實所不知去家不遠請即歸謀乃下騎授轡步御以歸女自言小字阿英家無昆季惟外姊秦氏同居始悟麗者所言即其人也玉欲告諸其家女固止之竊喜弟得佳婦然恐其佻達招議久之女殊矜莊又嬌婉善言母事嫂嫂亦雅愛慕之值中秋夫妻方狎宴嫂

苦招之珏意悵惘女遣招者先行約以繼至而端坐笑言良久殊無去意珏恐嫂待故促之女但笑卒不復去質旦晨妝甫竟嫂自來撫問夜來相對何爾怏怏女微哂之珏覺有異質對參差嫂大駭苟非妖物何得有分身術玉亦懼隔簾而告之曰家世積德曾無怨讎如其妖也請速行幸勿殺吾弟女覥然曰妾本非人祇以阿翁夙盟故秦家姊以此勸駕自分不能育男女嘗欲辭去所以戀戀爲兄嫂待我不薄耳今既見疑請從此訣轉眼化爲鸚鵡翩然逝矣初甘翁在時畜一鸚鵡甚慧

嘗自投餌珏時四五歲問飼鳥何爲父戲曰將以爲汝婦問處鸚鵡乏食則呼珏云不將餌去餓死媳婦矣家人亦皆以此相戲後斷鎖亡去始悟舊約即此也然珏明知非人而思之不置嫂懸情尤切旦夕啜泣玉悔之而無如何後二年爲翁聘姜氏女意終不自得有表兄爲粤司李玉往省之久不歸適土寇爲亂近村里落半爲邱墟珏大懼挈家避難山谷上男女頗雜都不知其誰何忽聞女子小語絕類英嫂促珏近驗之果英珏喜極捉臂不釋女乃謂同行者曰姊且去我望嫂嫂來旣

至嫂望見悲哽女慰勸再三又謂此非樂土因勸令歸衆懼寇至女固言不妨乃相將俱歸女撮土攔戶囑安居勿出坐數語反身欲去嫂急握其腕又令兩婢捉左右足女不得已止焉然不甚歸私室珏訂之三四始爲之一往嫂每謂新婦不能當叔意女遂早起爲姜理妝梳竟細勻鉛黃人視之豔增數倍如此三日居然麗人嫂奇之因言我又無子欲購一妾姑未遑暇不知婢輩可塗澤否女曰無人不可轉移但質美者易爲力耳遂徧相諸婢惟一黑醜者有宜男相乃喚與洗濯已而以

濃粉雜藥末塗之如是三日面色漸黃四七後脂澤沁入肌理居然可觀日惟閉門作笑並不計及兵火一夜噪聲四起舉家不知所謀俄門外人馬鳴動紛紛俱去旣明始知村中焚掠殆盡盜縱羣隊窮搜凡伏匿巖穴者悉被殺擄遂益德女目之以神女忽謂嫂曰妾此來徒以嫂義難忘聊分離亂之憂阿伯行至妾在此如諺所云非李非柰可笑人也我姑去當乘閒一相望耳嫂問行人無恙乎曰途中有大難此無與他人事秦家姊受恩奮意必報之固當無妨嫂挽之過宿未明已去玉

自東粵歸闖亂兼程進途遇寇主僕棄馬各以金束腰間潛身叢棘中一秦吉了飛集棘上展翼覆之視其足缺一指心異之俄而羣盜四合繞莽尋之殆遍二人氣不敢息盜既散鳥始翔去既歸各道所見始知秦吉了即所救鸚者也後值玉他出不歸英必暮至計玉將歸則蚤去珏或會於嫂所間邀之則諾而不赴一夕玉他往珏意英必至潛伏候之未幾英果來暴起要遮而歸於室女曰妾與君情緣已盡強合之恐爲造物所忌少留有餘時作一面之會何如珏不聽卒與狎天明詣嫂

嫂怪之女笑云中途爲强寇所刼勞嫂懸望矣數語趨出居無何有巨貓銜鸚鵡經寢門過嫂駭絕固疑是英時方沐輟浣急號羣起譟擊始得之左翼沾血奄存餘息抱置膝頭撫摩良久始漸醒自以喙理其翼少選飛遶室中呼曰嫂嫂別矣吾怨珏也振翼遂去不復來

牛成章

牛成章江西之布商也娶鄭氏生子女各一牛三十三歲病死子名忠時方十二女八九歲而已母不能貞貨産入囊改醮而去遺兩孤難以存濟有牛從嫂年已六

衰貧寡無歸遂與居處數年媪死家益替而忠漸長思繼父業而苦無貲妹適毛姓毛富賈也女哀壻假數十金付兄兄從人適金陵途中遇寇資斧盡喪飄蕩不能歸偶遨與肆見主肆者絕類其父出而潛察之姓字皆符駭異不諭其故惟日流連其傍以窺意旨而其人亦畧不顧問如此三日覘其言笑舉止真父無訛即又不敢拜識乃自陳於尊小求以同鄉之故進身為傭立券已主人視其里居姓名似有所動問所從來忠泣訴父名主人悵然若失久之問而母無恙乎忠又不敢謂父

尫婉應曰我父六年前經商不返母醮而去幸有伯母
撫育不然葬溝瀆久矣主人慘然曰我即是汝父也於
是握手悲哀又導入參其後母後母姬年三十餘無出
得忠喜設宴犒門牛終欷歔不樂即欲一歸故里妻慮
肆中乏人故止之牛乃率子經理肆務居之三月乃以
諸籍委子趣裝西歸既別忠實以父尫告母姬乃大驚
言彼負販於此囊所與交好者胥作賈商娶我已六年
矣何言尫耶忠又細述之相與疑念不喻其由踰一晝
夜而牛已返攜一婦入頭如蓬葆忠視之則其所生母

也牛摘耳頓罵何棄吾兒婦懾伏不敢少動牛以口齕其項婦呼忠曰兒救吾兒救吾忠大不忍橫身蔽隔其間牛猶忿怒婦已不見衆大驚相譁以鬼旋視牛顏色慘變委衣於地化爲黑氣亦尋滅矣母子駭歎舉衣冠而瘞之忠席父業富有萬金後歸家問之則嫁母於是日死一家皆見牛成章云

青娥

霍桓字匡九晉人也父官縣尉早卒遺生最幼聰慧絕人十一歲以神童入泮而母過於愛惜禁不令出庭戶

年十三歲尚不能辨伯叔甥舅焉同里有武評事者好道入山不返有女青娥年十四美異常倫幼時竊讀父書慕何仙姑之爲人父既隱立志不嫁母無奈之一日生於門外瞥見之童子雖無知祇覺愛之極而不能言直告母使委禽焉母知其不可故難之生鬱鬱不自得母恐拂兒意遂託往來者致意武果不諧生行思坐籌無以爲計會有一道士在門手握小鑱長裁尺許生借閱一過問將何用荅云劚藥之具物雖微堅石可入生未深信道士即以斫牆上石應手落如腐生大異之把

玩不釋於手道士笑曰公子愛之即以奉贈生大喜酬之以錢不受而去持歸歷試磚石略無隔閡頓念穴牆則美人可見而並不知其非法也更定踰垣而去直至武第凡穴兩重垣始達中庭見小廂中尚有燈火伏窺之則青娥卸晚妝矣少頃燭滅寂無聲穿牖入女已熟眠輕解雙履悄然登榻又恐女郎驚覺必遭訶逐遂潛伏繡衾之側略聞香息心願竊慰而半夜經營疲殆頗甚少一合眸不覺睡去女醒聞鼻氣休休開目見穴隙亮入大駭急起暗搖婢醒拔關輕出敲窗喚家人婦共

爇火操杖以往見一總角書生酣眠繡榻細審視爲霍生推之始覺遽起目灼灼如流星似亦不大畏懼但靦然不作一語衆指爲賊恐呵之始出涕曰我非賊實以愛娘子故願一近芳澤耳衆又疑穴數重垣非童子所能者生出鑱以言其異共試之駭絕詫爲神授將共告諸夫人女俛首沉思意似不以爲可衆窺知女意因曰此子聲名門地殊不辱玷不如縱之使去俾復求媒焉詰旦假盜以告夫人如何也女不荅衆乃促生行生索鑱共笑曰騃兒童猶不忘凶器耶生覷枕邊有鳳釵一

股陰納袖中已爲婢子所窺急白之女不言亦不怒一媼拍頸曰莫道他騃若小意念乖絕也乃曳之仍自賣中出既歸不敢實告母但囑母復媒致之母不忍顯拒惟遍託媒氏急爲別覓良姻青娥知之中情其急陰使腹心風示媼媼悅託媒往會小婢漏泄前事武夫人辱之不勝恚憤媒至益觸其怒以杖畫地罵生並及其母媒懼竄歸具述其狀生母亦怒曰不肖兒所爲我都懵懵何遂以無禮相加當交股時何不將蕩兒淫婦一併殺卻由是見其親屬輒便披訴女聞愧欲死武夫人大

悔而不能禁之使勿言也女陰使人婉致生母且矢之以不他其辭悲切母感之乃不復言而論親之謀亦遂輟矣會秦中歐公宰是邑見生文深器之時召入內署極意優寵一日問生婚乎荅言未細詰之對曰夙與故武評事小女有盟約後以微嫌遂致中寢問猶願之否生靦然不言公笑曰我當爲子成之即委縣尉教諭納幣於武夫人喜婚乃定踰歲娶女歸入門乃以鑱擲地曰此寇盜物可將去生笑曰勿忘媒妁珍佩之恒不去身女爲人溫良寡默一日三朝其母餘惟閉門寂坐不

甚留心家務母或以弔慶他往則事事經紀罔不井井二年餘女生一子孟仙一切委之乳保似亦不甚顧惜又四五年忽謂生曰懽愛之緣於茲八載今離長會短可將奈何生驚問之卽已默默盛妝拜母返身入室追而詰之則仰眠榻上而氣絕矣母子痛悼購材而葬之母已衰邁每每抱子思母如摧肺肝由是遘疾遂憊不起逆害飲食但思魚羹而近地無魚百里外始可購致時廝騎皆被差遣生性純孝急不可待懷貲獨往晝夜無停趾返至山中日已沉冥兩足跛踦步不能咫後一

叟至問曰足得母泡乎生唯唯叟便曳坐路隅敲石取火以紙裹藥末爇生兩足訖試使行不惟痛止兼益矯健感極申謝叟問何事汲汲答以母病因歷道所由叟問何不另娶答云未得佳者叟遥指山村曰此處有一佳人倘能從我去僕當爲君作伐生辭以母病待歸姑不遑暇叟乃拱手約以異日入村但問老王乃别而去生歸烹魚獻母畧進數日尋瘳乃命僕馬往尋叟至舊處迷村所在周章踰時夕暾漸墜山谷甚雜又不可以極望乃與僕分上山頭以瞻里落而山路崎嶇不可復

騎跛履而上眛色籠煙矣蹀躞四望更無村落方將下山而歸途已迷心中燥火如燒荒竄闇冥墮絕壁幸數尺下有一綫荒臺墜臥其上濶僅容身下視黑不見底懼極不敢少動又幸崖邊皆生小樹約體如欄定移時見足傍有小洞口心竊喜以背着石蠕行而入意稍穩冀天明可以呼救少頃深處有光如星點漸近之約二三里許忽睹廊舍並無釭燭而光明若晝一麗人自房中出視之青娥也見生驚曰郎何能來生不暇陳把手鳴惻女勸止之問母及見生悉述苦況女亦慘然生曰

卿死年餘此得毋冥間耶女曰非也此乃仙府曩實非死所瘞一竹杖耳郎今來仙緣有分也因導令朝父則一修髯丈夫坐堂上生趨拜女白翁郎來翁驚起握手略道平素曰壻來大好分當留此生辭以母望不能久留翁曰我亦知之但遲三數日即亦何傷乃餌以肴酒即令婢設榻於西堂施錦裀焉生既退曳女同寢女卻之曰此何處可容狎褻生捉臂不捨窗外婢子笑聲嗤然女益慚方爭拒間翁入叱曰俗骨汙吾洞府宜即去生素負氣愧不可忍作色曰兒女之情人所不免長者

何當窺伺我無難即去但令女須便將隨翁無辭招女
隨之敢後戶送之賺生離門父子闔扉去回頭則峭壁
巉巖無少隙縫隻影煢煢罔所歸適視天上斜月高揭
星斗已稀悵悵良久悲已而恨面壁呼號迄無應者憤
極腰中出鑱鑿石攻進且攻且罵瞬息洞入三四尺許
隱隱聞人語曰孽障哉生奮力鑿益急洞底豁開二扉
推娥出曰可去可去壁即復合女怨曰既愛我為婦豈
有待丈人如此者是何處老道士授汝凶器將人纏混
欲死生得女意願已慰不復置辯但憂路險難歸女折

兩枝各跨其一即化爲馬行且駛俄頃至家時失生已七日矣初生之與僕相失也覓之不得歸而告母母遣人窮搜山谷並無蹤緒正憂惶無所聞子歸懽喜承迎舉首見婦幾駭絕生畧述之母益忻慰女以形跡詭異慮駭物聽求母播遷母從之異郡有別業刻期徙往人莫之知偕居十八年生一女適同邑李氏後母壽終女謂生曰吾家茅田中有雉抱八卵其地可葬汝父子扶櫬歸窆兒已成立宜即留守廬墓無庸復來生從其言葬後自返月餘孟仙往省之而父母俱杳問之老奴則

云赴葬未還心知其異浩歎而已孟仙文名甚譟而困
於塲屋四旬不售後以拔貢入北闈遇同號生年可十
七八神采俊逸愛之視其卷註順天廩生霍仲仙瞪目
大駭因自道姓名仲仙亦異之便問鄉貫孟悉告之仲
仙喜曰弟赴都時父囑文塲中如逢山右霍姓者吾族
也宜與欵接今果然矣顧何以名字相同如此孟仙因
詰高曾並嚴慈姓諱已而驚曰是我父母也仲仙疑年
齒之不類孟仙曰我父母皆仙人何可以貌信其年歲
乎因述往跡仲仙始信塲後不暇休息命駕同歸纔到

門家人迎告是夜失太翁及夫人所在兩人大驚仲仙入而詢諸婦婦言昨夕尚共杯酌母謂汝夫婦少不更事明日大哥來吾無慮矣早旦入室則闃無人矣兄弟聞之頓足悲哀仲仙猶欲追覓孟仙以爲無益乃止是科仲領鄉薦以晉中祖墓所在從兄而歸猶冀父母尚居人間隨在探訪而終無蹤蹟矣

異史氏曰鑽穴眠榻其意則癡鑿壁駡翁其行則狂仙人之撮合之者惟欲以長生報其孝耳然既混迹人間狎生子女則居而終焉亦何不可乃三十年而屢棄其

子抑獨何哉異已

鴉頭

諸生王文東昌人少誠篤薄游於楚過六河休於旅舍閒步門外里戚趙東樓大賈也常數年不歸見王執手甚懽便邀臨存至其所有美人坐室中愕怪卻步趙曳之又隔窗呼妮子去王乃入趙具酒饌話溫涼王問此何處所荅云此是小勾欄余久客暫假牀寢話間妮子頻來出入王跼促不安離席告别趙强捉令坐俄見一少女經門外過望見王秋波頻顧眉目含情儀度嫻婉

實神仙也王素方直至此惘然若失便問麗者何人趙曰此媼次女小字鴉頭年十四矣纏頭者屢以重金啗媼女執不願致母鞭楚女以齒穉哀免今尚待聘耳王聞言俯首默然癡坐酬應悉乖趙戲之曰君倘垂意當作冰斧王憮然曰此念所不敢存然日向夕絕不言去趙又戲請之王曰雅意極所感佩囊澁柰何趙知女性激烈必當不允故許以十金爲助王拜謝趨出罄貲而至得五數強趙致媼媼果少之鴉頭言於母曰母日責我不作錢樹子今請得如母所願我初學作人報母有

日勿以區區故卻財神去媼以女性拗但得允從即甚懽喜遂諾之使婢邀王郎趙辭中悔加金付媼王與女懽愛甚至旣謂王曰妾煙花下流不堪匹敵旣蒙繾綣義即至重若傾囊博此一宵懽明日何如王泫然悲哽女曰勿悲妾委風塵實非所願顧未有敦篤可託如君者請以宵遁王喜遽起女亦起聽譙鼓已三下矣女急易男裝草草偕出叩主人扉王故從雙衛托以急務命僕便發女以符繫僕股並驢耳上縱轡極馳目不容啟耳後但聞風鳴平明至漢江口稅屋而止王驚其異女

曰言之得無懼乎妾非人狐耳母貪淫日遭虐遇心所積懣今幸脫苦海百里外卽非所知可幸無恙王畧無疑貳從容曰室對芙蓉家徒四壁實難自慰恐終見棄置女曰何爲此慮今市貨皆可居三數口淡薄亦可自給可鬻驢子作貲本王如言卽門前設小肆王與僕人躬同操作賣酒販漿其中女作披肩刺荷囊日獲贏餘飲膳甚優積年餘漸能蓄婢媼王自是不著犢鼻但課督而已女一日悄然忽悲曰今夜合有難作柰何王問之女曰母已知妾消息必見凌逼若遣姊來吾無憂恐

母自至耳夜已央自慶曰不妨阿姊來矣居無何妮子排闥入女笑逆之妮子駡曰婢子不羞隨人逃匿老母令我縛去郎出索子縶女頸女怒曰從一者得何罪妮子益忿捽女斷襟家中婢媼皆集妮子懼奔出女曰姊歸母必自至大禍不遠可速作計乃急辦裝將更播遷媼忽掩入怒容可掬曰我故知婢子無禮須自來也女迎跪哀啼媼不言揪髮提去王徘徊愴惻眠食都廢急詣六河冀得賄贖至則門庭如故人物已非問之居人俱不知其所徙悼喪而返於是俵散客旅囊資東歸後

數年偶入燕都過育嬰堂見一兒七八歲僕人怪似其主反復凝注之王問看兒何故僕笑以對王亦笑細視兒風度磊落自念乏嗣因其肖已愛而贖之詰其名自稱王孜王曰子棄之襁褓何知姓氏曰本師嘗言得我時胸前有字書山東王文之子王大駭曰我即王文烏得有子念必同已姓名者心竊喜甚愛惜之及歸見者不問而知爲王生子孜漸長孔武有力喜田獵不務生產樂鬬好殺王亦不能箝制之又自言能見鬼狐悉不之信會里中有患狐者請孜往覘之至則指狐隱處令

數人隨指處繫之即聞狐鳴毛血交落自是遂安由是人益異之王一日游市廛忽遇趙東樓巾袍不整形色枯黯驚問所來趙慘然請間王乃偕歸命酒趙曰媼得鴉頭横施楚掠既北徙又欲奪其志女矢死不二因囚置之生一子棄諸曲巷聞在育嬰堂想已長成此君遺體也王出涕曰天幸孽兒已歸因述本末問君何落拓至此歎曰今而知青樓之好不可過認眞也夫何言先是媼北徙趙以負販從之貨重難遷者悉以賤售途中脚直供億繁費不貲因大虧損妮子索取尤奢數年萬

金蕩然媪見牀頭金盡旦夕加白眼妮子漸寄貴家宿恒數夕不歸趙憤激不可耐然無柰之適媪他出鴉頭自窗中呼趙曰勾欄中原無情好所綢繆者錢耳君依戀不去將掇奇禍趙懼如夢初醒臨行竊往視女女授書使達王趙乃歸因以情爲述之郎出鴉頭書書云知孜兒已在膝下矣妾之厄難東樓君自能緬悉前世之孽夫何可言妾幽室之中暗無天日鞭創裂膚飢火煎心易一晨昏如歷年歲君如不忘漢上雪夜單衾迭互煖抱時當與兒謀必能脫妾於厄母姊雖忍要是骨肉

但囑勿致傷殘是所願耳王讀之泣不自禁以金帛贈趙而去時孜年十八矣王爲述前後因示母書孜怒眥欲裂即日赴都詢吳媪居則車馬方盈孜直入妮子方與湖客飲望見孜持刃變色孜驟進殺之賓客大駭以爲寇及視女尸已化爲狐孜持刃逕入見媪督婢作羹孜奔近室門媪忽不見孜四顧急抽矢望屋梁射之一狐貫心而墮遂決其首尋得母所投石破扃母子各失聲母問媪曰已誅之母怨曰兒何不聽吾言命持葬郊野孜僞諾之剝其皮而藏之檢媪箱篋盡卷金貨奉母

而歸夫婦重諧悲喜交至既問吳媪孜言在吾囊中驚問之出兩革以獻母怒罵曰忤逆兒何得爲此號慟自撾轉側欲死王極力撫慰叱兒瘞革孜忿曰今得安樂所頓忘撻楚耶母益怒啼不止孜葬皮反報始稍釋王自女歸家益盛心德趙報以巨金趙始知媪母子皆狐也孜承奉甚孝然悮觸之則惡聲暴吼女謂王曰兒有拗筋不剌去之終當殺人傾産夜伺孜睡潛縶其手足孜醒曰我無罪母曰將醫汝其勿苦孜大叫轉側不可開女以巨針刺踝骨側深三四分許用力掘斷崩然有

聲又於肘間腦際並如之已乃釋縛拍令安臥天明奔候父母涕泣曰兒早夜憶昔所行都非人類父母大喜從此溫和如處女鄉里賢之

異史氏曰妓盡狐也不謂有狐而妓者至狐而鴇則獸而禽矣滅理傷倫其何足怪至百折千磨之死靡他此人類所難而乃於狐也得之乎唐君謂魏徵更饒嫵媚吾於鴇頭亦云

余德

武昌尹圖南有別第嘗爲一秀才稅居半年來亦未嘗

過問一日遇諸其門年最少而容儀裘馬翩翩甚都趨
與語卽又蘊藉可愛異之歸語妻妻遣婢托遺問以窺
其室室有麗姝美豔逾於仙人一切花石服玩俱非耳
目所經尹不測其何人詣門投謁適値他出翼日卽來
荅拜展其刺呼始知余姓德名語次細審官閥言殊隱
約固詰之則曰欲相還往僕不敢自絕應知非寇竊逋
逃者何須逼知來歷尹謝之命酒欵宴言笑甚懽向暮
有兩崑崙捉馬挑燈迎導以去明日折簡報主人尹至
其家見屋壁俱用明光紙裱潔如鏡金狻猊爇異香一

碧玉瓶插鳳尾孔雀羽各二各長二尺餘一水晶瓶浸粉花一樹不知何名亦高二尺許垂枝覆几外葉疎花密含苞未吐花狀似溼蝶斂翼蒂即如鬚筵間不過八簋而豐美異常旣命童子擊鼓催花爲令鼓聲旣動則瓶中花顫顫欲折俄而蝶翅漸張旣而鼓歇淵然一聲蒂鬚頓落即爲一蝶飛落尹身余笑起飛一巨觥酒方引滿蝶亦颺去頃之鼓又作兩蝶飛集余冠余笑云作法自斃矣亦引二觥三鼓旣終花亂墮翩翩而下惹袖沾襟鼓僮笑來指數尹得九籌余四籌尹已薄醉不能

盡籌強引三爵離席亡去由是益奇之然其爲人寡交
與每闔門居不與國人通弔慶尹逢人輒宣播聞其異
者爭交懽余門外冠蓋常相望余頗不耐忽辭主人去
去後尹入其家空庭灑掃無纖塵燭淚堆擲青堦下窗
間零帛斷線指印宛然惟舍後遺一小白石缸可受石
許尹攜歸貯水養朱魚經年水清如初貯後爲傭保移
石悞碎之水蓄並不傾瀉視之缸宛在捫之虛耎手入
其中則水隨手瀉出其手則復合冬月亦不冰一夜忽
結爲晶魚遊如故尹畏人知常置密室非子壻不以示

也久之漸播索玩者紛錯於門臘夜忽解爲水陰溼滿
地魚亦渺然其舊缸殘石猶存忽有道士踵門求之尹
出以示道士曰此龍宮蓄水器也尹述其破而不洩之
異道士曰此缸之魂也殷殷然乞得少許問其何用曰
以屑合藥可得永壽予一片懽謝而去

聊齋志異卷七終

聊齋志異卷八

淄川　蒲松齡　留仙　著

新城　王士正　貽上　評

封三娘

范十一娘䣕城祭酒之女少豔美風雅尤絕父母鍾愛之求聘者輒令自擇女恒少可會上元日水月寺中諸尼作盂蘭盆會是日游女如雲女亦詣之方隨喜間一女子步趨從屢望顏色似欲有言審視之二八絕代姝也悅而好之轉用盼注女子微笑曰姊非范十一娘乎

答曰然女子曰久聞芳名人言果不虛謬十一娘亦審里居女答言妾封氏第三近在鄰村把袂歡笑辭致溫婉遂大相愛悅依戀不捨十一娘問何無伴侶曰父母早世家中止一老嫗留守門戶故不得來十一娘將歸封凝眸欲涕十一娘亦惘然遂邀過從封曰娘子朱門繡戶妾素無葭莩親慮致譏嫌十一娘固邀之答俟異日十一娘乃脫金釵一股贈之封亦摘髻上綠簪爲報十一娘既歸傾想殊切出所贈簪非金非玉家人都不之識甚異之日望其來悵然遂病父母訊得故使人於

近村諮訪並無知者時値重九十一娘羸頓無聊倩侍兒强扶窺園設褥東籬下忽一女子攀垣來窺覘之則封女也呼曰接我以力侍兒從之驀然遂下十一娘驚喜頓起曳坐褥間責其負約且問所來荅云妾家去此尚遠時來舅家作耍前言近村者緣舅家耳别後懸思頗苦然貧賤者與貴人交足未登門先懷慚怍恐爲婢僕下眼覷是以不果來適經牆外過聞女子語便一攀望冀是娘子今果如願十一娘因述病源封泣下如雨因曰妾來當須祕密造言生事者飛短流長所不堪受

十一娘諾偕歸同榻快與傾懷病尋愈訂爲姊妹衣服履舄輒互易着見人來則隱匿夾幙間積五六月公及夫人頗聞之一日兩人方對奕夫人掩入諦視驚曰眞吾兒友也因謂十一娘閨中有良友我兩人所歡胡不早白十一娘因達封意夫人顧謂三娘伴吾兒極所忻慰何昧之封羞暈滿頰默然拈帶而已夫人去封乃告別十一娘苦留之乃止一夕自門外忽倉皇奔入泣曰我固謂不可留今果遭此大辱驚問之曰適出更衣一少年丈夫橫來相干幸而得逃如此復何面目十一娘

細詰形貌謝曰勿須怪此妹癡兒曾告夫人杖責之封堅辭欲去十一娘請待天曙封曰舅家咫尺但須以梯度我過牆耳十一娘知不可留使兩婢踰垣送之行半里許辭謝自去婢返十一娘伏牀悲惋如失伉儷後數月婢以故至東村暮歸遇封女從老媼來婢喜拜問封亦惻惻訊十一娘興居婢捉袂曰三姑過我我家姑姑盼欲死封曰我亦思妹但不樂使家人知歸啟園門我自至婢歸告十一娘十一娘喜從其言則封已在園中矣相見各道間濶綿綿不寐視婢子眠熟乃起移與十一

娘同枕私語曰妾固知妹子未字以才色門地何患無貴介壻然紈袴兒敖不足數如欲得佳耦請無以貧富論十一娘然之封曰舊年邂逅處今復作道場明日再煩一往當令見一如意郎君妾少讀相人書頗不參差昧爽封即去約俟蘭若十一娘果往封已先在眺覽一周十一娘便邀同車攜手出門見一秀才年可十七八布袍不飾而容儀俊偉封潛指曰此翰苑才也十一娘畧覩之封別曰妹子先歸我即繼至入暮果至曰我適物色甚詳其人即同里孟安仁也十一娘知其貧不以

爲可封曰妹子何亦墮世情哉此人苟長貧賤者余當抉眸子不復相天下士矣十一娘曰且爲柰何曰願得一物持與訂盟十一娘曰姊何草草父母在不遂如何封曰此爲正恐其不遂耳志若堅生死何可奪也十一娘必不可封曰娘子姻緣已動而魔刼未消所以故來報前好耳請即別當以所贈金鳳釵矯命贈之十一娘方謀更商封已出門去時孟生貧而多才意將擇耦故十八猶未聘也是日忽睹兩艷歸涉冥想一更向盡封三娘欵門而入燭之識爲日中所見喜致詰問曰妾封

氏范十一娘之女伴也生大悅不暇細審遽前擁抱封拒曰妾非毛遂乃曹邱生十一娘願締永好請倩冰也生愕然不信封乃以釵示生生喜不自已矣曰勞眷注若此僕不得十一娘寧終鰥耳封遂去生詰旦浼鄰媼詣范夫人夫人貧之竟不商女立便却去十一娘知之心失所望深怨封之悞已也而金釵難返只須以死矢之又數日有某紳子求婚恐不諧浼邑宰作伐時某方居權要范公心畏之以問十一娘十一娘不樂母詰之默默不言但有涕淚使人潛告夫人非孟生死不嫁公聞益怒

竟許某紳家且疑十一娘有私意於生遂涓吉速成禮十一娘忿不食日惟耽臥至親迎之前夕忽起攬鏡自妝夫人竊喜俄侍女奔白小姐自經舉宅驚涕痛悔無及三日遂葬孟生自鄰嫗反命憤恨欲絕然遙遙探訪妄冀復挽察知業有主忿火中燒萬慮俱斷矣未幾聞玉葬香埋愴然悲喪恨不從麗人俱死向晚出門意將乘昏夜一哭十一娘之墓歘有一人來近之則封三娘向生曰喜姻好可就矣生泣然曰卿不知十一娘亡耶封曰我所謂就者正以其亡可急喚家人發塚我有異

藥能令蘇生從之發冢破棺復掩其穴生自負尸與三娘俱歸置榻上投以藥踰時而蘇顧見三娘問此何所封指生曰此孟安仁也因告以故始如夢醒封懼漏洩相將去十五里避匿山村封欲辭去十一娘泣留作伴使別院居因貨殉葬之飾用爲資度亦將小有封每遇生來輒走避十一娘從容曰吾姊妹骨肉不啻也然終無百年聚計不如效英皇封曰妾少得異訣吐納可以長生故不願嫁耳十一娘笑曰世傳養生術汗牛充棟行而效者誰也封曰妾所得非世人所知世所傳者並非

眞訣惟華陀五禽圖差爲不妄凡修煉家無非欲血氣流通耳若得厄逆症作虎形立止非其驗耶十一娘陰與生謀使僞爲遠出者入夜強勸以酒既醉生潛入汚之三娘醒曰妹子害我矣倘色戒不破道成當升第一天今墮奸謀命耳乃起告辭十一娘告以誠意而哀謝之封曰實相告我乃狐也緣瞻麗容忽生愛慕如繭自纏遂有今日此乃情魔之刼非關人力再留則魔更生無底止矣娘子福澤正遠珍重自愛言已而逝夫妻驚歎久之逾年生鄉會果捷官翰林投刺謁范公公愧悔

不見固請之乃見生入執子壻禮伏拜甚恭公愧怒疑生儇薄生請問其道情事公不深信使人探諸其家方大驚喜陰戒勿宣懼有禍變又二年某紳以關節發覺父子充遼海軍十一娘始歸寧焉

狐夢

余友畢怡庵倜儻不羣豪縱自喜貌豐肥多髭士林知名嘗以故至叔刺史公之别業休憩樓上傳言樓中故多狐畢每讀青鳳傳心輒向往恨不一遇因於樓上攝思凝想既而歸齋日已寖暮時暑月燠熱當戶而寢睡

中有人搖之醒而却視則一婦人年逾不惑而風韻猶存畢驚起問其誰何笑曰我狐也蒙君注念心竊感納畢聞而喜投以嘲謔婦笑曰妾齒加長矣縱人不見惡先自慚沮有小女及笄可侍巾櫛明宵無寓人於室當即來言已而去至夜焚香坐伺婦果攜女至態度嫻婉曠世無匹婦謂女曰畢郎與有宿分即須留止明旦早歸勿貪睡也畢與握手入幃歡戀備至事已笑曰肥郎癡重使人不堪未明即去既夕自來曰姊妹輩將爲我賀新郎明日即屈同去問何所曰大姊作筵主去此不

遠也畢果候之良久不至身漸倦惰纔伏案頭女忽入曰勞君久伺矣乃握手而行奄至一處有大院落直上中堂則見燈燭熒熒燦若星點俄而主人出年近二旬淡妝絕美歛衽稱賀已將踐席婢入曰二娘子至見一女子入年可十八九笑向女曰妹子已破瓜矣新郎頗如意否女以扇擊背白眼視之二娘曰記兒時與妹相撲爲戲妹畏人數脇骨遥呵手指卽笑不可耐便怒我謂我當嫁僬僥國小王子我謂婢子他日嫁多髭郎刺破小吻今果然矣大娘笑曰無怪三娘怒詛也新郎在

側直爾憨跳頭之合尊促坐晏笑甚懽忽一少女抱一貓至年可十一二雛髮未燥而艷媚入骨大娘曰四妹妹亦要見姊丈耶此無坐處因提抱膝頭取肴果餌之移時轉置二娘懷中曰壓我脛股痠痛二姊曰婢子許大身如百鈞重我脆弱不堪旣欲見姊夫姊夫故壯偉肥膝耐坐乃捉置壻懷入懷香耎輕若無人壻抱與同杯飲大娘曰小婢勿過飲醉失儀容恐爲姊夫所笑少女孜孜展笑以手弄貓貓戛然鳴大娘曰尚不拋却抱走蚤蝨矣二娘曰請以貓奴爲令執箸交傳鳴處則飲

衆如其教至畢輒鳴畢故豪飲連舉數觥乃知小女故故捉令鳴也因大喧笑二姊曰小妹子歸休歷煞郎君恐三姊怨人小女郎乃抱貓去大姊見畢善飲乃摘髻子貯酒以勸視髻僅容升許然飲之覺有數斗之多比乾視之則荷蓋也二娘亦欲相酬畢辭不勝酒二娘出一口脂合子大如彈丸酌曰既不勝酒聊以示意畢視之一吸可盡接吸百口更無乾時女在傍以小蓮杯易合子去曰勿爲奸人所弄置合案上則一巨鉢二娘曰何預汝事三日郎君便如許親愛耶畢持杯向口立盡

把之膩軟審之非杯乃羅襪一鉤襯飾工絕二娘奪罵曰猾婢何時盜人履子去怪道足冰冷也遂起入室易舃女酌畢離席告別女送出村使畢自歸瞥然醒寤竟是夢景而鼻口醺醺酒氣猶濃異之至暮女來曰昨宵未醉死耶畢言方疑是夢女曰姊妹怖君狂譟故托之夢實非夢也女每與畢弈畢輒負女笑曰君日嗜此我謂必大高著今視之只平平耳畢求指誨女曰弈之爲術在人自悟我何能益君朝夕漸染或當有異居數月畢覺稍進女試之笑曰尚未尚未畢出與所嘗共弈者

游則人覺其異咸奇之畢爲人坦直胸無宿物微洩之女已知責曰無惑乎同道者不交狂生也屢囑慎密何尚爾爾佛然欲去畢謝過不遑女乃稍解然由此來寖疎矣積年餘一夕來兀坐相向與之奕不奕與之寢不寢悵然良久曰君視我孰如靑鳳曰殆過之曰我自慚弗如然聊齋與君文字交請煩作小傳未必千載下無愛憶如君者畢曰夙有此志曩遵舊囑故祕之女曰向爲是囑今已將別復何諱問何往曰妾與四妹爲西王母徵作花鳥使不復得來畢求贈言曰盛氣平過自寡

遂起捉手曰君送我行至里許灑涕分手曰彼此有志未必無會期也乃去康熙二十一年臘月十九日畢子與余抵足綽然堂細述其異余曰有狐若此則聊齋之筆墨有光矣遂志之

章阿端

衛輝戚生少年蘊藉有氣敢任時大姓有巨第白晝見鬼死亡相繼願以賤售生廉其直購居之而第闊人稀東院樓亭蒿艾成林亦姑廢置家人夜驚輒相譁以鬼兩月餘喪一婢無何生妻以暮至樓亭既歸得疾數日

斃家人益懼勸生他徙生不聽而塊然無偶憭慄自傷婢僕輩又時以怪異相聒生怒盛氣襆被獨臥荒亭中留燭以覘其異久之無他亦竟睡去忽有人以手探被反復捫摸生醒視之則一老大婢攣耳蓬頭臃腫無度生知其鬼捉臂推之笑曰尊範不堪承教婢慚斂手蹀躞而去少頃一女郎自西北隅出神情婉妙闖然至燈下怒罵何處狂生居然高臥生起笑曰小生此間之第主候卿討房税耳遂起裸而捉之女急遁生先趨西北隅阻其歸路女既窮便坐牀上近臨之對燭如仙漸擁

諸懷女笑曰狂生不畏鬼耶將禍爾死生强解裙襦則亦不甚抗拒已而自白妾章氏小字阿端悞適蕩子剛愎不仁橫加折辱憤悒夭逝瘞此二十餘年矣此宅下皆墳冢也問老婢何人曰亦一故鬼從妾服役上有生人居則鬼不安於夜室適令騙君耳問捫搎何爲笑曰此婢三十年未通人道其情可憫然亦太不自諒矣要之餒怯者鬼益侮弄之剛腸者不敢犯也聽鄰鐘響斷着衣下牀曰如不見猜夜當復至入夕果至綢繆益懽生曰室人不幸殂謝感悼不釋於懷卿能爲我致之否

女聞之益戚曰妾死二十年誰一致念憶者君誠多情妾當竭力然聞投生有地矣不知尚在冥司否逾夕告生曰娘子將生貴人家以前生失耳環撻婢婢自縊死此案未結以故遲留今尚寄藥王廊下有監守者妾使婢往行賄或將來也生問卿何閒散曰凡枉死鬼不自投見閻摩天子不及知也二鼓向盡老婢引生妻而至生執手大悲妻含涕不能言女別去曰兩人可話契濶另夜請相見也生慰問婢死事妻曰無妨結矣上牀偎抱款若生平之歡由此遂以爲常後五日妻忽泣曰明

日將赴山東乖離苦長奈何生聞言揮涕流離哀不自勝女勸曰妾有一策可得暫聚共收涕詢之女請以錢紙十提焚南堂杏樹下持賄押生者俾緩時日生從之至夕妻至曰幸賴端娘今得十日聚生喜禁女勿去留與連牀暮以暨曉惟恐懽盡過七八日生以限期將滿夫妻終夜哭問計於女女曰勢難再謀然試爲之非寘資百萬不可生焚之如數女來喜曰妾使人與押生者關說初甚難既見多金心始搖今已以他鬼代生矣自此白日亦不復去令生塞戶牖燈燭不絶如是年餘女

忽病瞀悶懊憹恍惚如見鬼狀妻撫之曰此爲鬼病生曰端娘已鬼又何鬼之能病妻曰不然人死爲鬼鬼死爲聻鬼之畏聻猶人之畏鬼也生欲爲聘巫醫曰鬼何可以人療鄰媼王氏今行術於冥間可往召之然去此十餘里妾足弱不能行煩君焚芻馬生從之馬方爇即見女婢牽赤騮授綏庭下轉瞬已杳少間與一老嫗疊騎而來縶馬廊柱嫗入切女十指既而端坐首僩僳作態仆地移時蹶而起曰我黑山大王也娘子病大篤幸遇小神福澤不淺哉此業鬼爲殃不妨不妨但是病有

瘳須厚我供養金百錠錢百貫盛筵一設不得少缺妻一一噭應嫗又仆而蘇向病者呵叱乃已既而欲去妻送諸庭外贈之以馬欣然而去入視女郎似稍清醒夫妻大悅撫問之女忽言曰妾恐不得再履人世矣合目輒見冤鬼命也因泣下越宿病益沈殆曲體戰慄若有所睹拉生同臥以首投懷似畏撲捉生一起則驚叫不寧如此六七日夫妻無所爲計會生他出半日而歸聞妻哭聲驚問則端娘已斃牀上委蛻猶存啟之白骨儼然大慟以生人禮葬於祖墓之側一夜妻夢中嗚咽搖

而問之荅云適夢端娘來言其夫爲聻鬼怒其改節泉下銜恨索命去乞我作道塲生早起即將如教妻止之曰度鬼非君所可與力也乃起去踰刻而來曰余已命人邀僧侶當先焚錢紙作用度生從之日方落僧衆畢集金鐃法鼓一如人世妻每謂其聒耳生殊不聞道塲既畢妻又夢端娘來謝言寃已解矣將生作城隍之女煩爲轉致居三年家人初聞而怛久之漸習生不在則隔窗啟稟一夜向生啼曰前押生者今情弊漏洩按責甚急恐不能久聚矣數日果疾曰情之所鍾本願長死

不樂生也今將永訣得非數乎生皇遽求策曰是不可爲也閻受責乎曰薄有所罰然偷生罪大偷死罪小言訖不動細審之面麗形質漸就澌滅矣生每獨宿亭中冀有他遇終亦寂然人心遂安

花姑子

安幼輿陝之拔貢爲人揮霍好義喜放生見獵者獲禽輒不惜重直買釋之會舅家喪葬往助執紼暮歸路經華嶽迷竄山谷中心大恐一矢之外忽見燈火趨投之數武中欻見一叟傴僂曳杖斜徑疾行安停足方欲致

問叟先詰誰何安以迷逸告且言燈火處必是山村將以投止叟曰此非安樂鄉幸老夫來可從去茅廬可以下榻安大悅從行里許睹小村叟扣荆扉一嫗出啟關曰郎子來耶叟曰諾既入則舍宇湫隘叟挑燈促坐便命隨事具食又謂嫗曰此非他是吾恩主婆子不能行步可喚花姑子來釃酒俄女郎以饌具入立叟側秋波斜睨安視之芳容韶齒殆類天仙叟顧令煨酒房西隅有煤爐女即入房撥火安問此公何人答云老夫章姓七十年止有此女家少婢僕以君非他人遂敢出妻見

子幸勿哂也安問壻家何里荅云尚未安贊其慧麗稱不容口叟方謙挹忽聞女郎驚號叟奔入則酒沸火騰叟乃救止訶曰老大婢濡猛不知耶回首見爐傍有薥心插紫姑未竟又訶曰髮蓬蓬許裁如嬰兒持向安曰貪此生涯致酒沸騰蒙君子獎譽豈不羞死安審諦之眉目袍服製甚精工贊曰近兒戲亦見慧心斟酌移時女頻來行酒嫣然含笑殊不羞澁安注目情動忽聞嫗呼叟便去安覷無人謂女曰睹仙容使我魂失欲通媒妁恐其不遂如何女把壺向火默若不聞屢問不對生

漸入室女起厲色曰狂郎入闥將何爲生長跽哀之女
奪門欲出安暴起要遮狎接臄䑛女顫聲疾呼叟怱遽
入問安釋手而出殊切愧懼女從容向父曰酒復湧沸
非郎君來壺子融化矣安聞女言心始安妥益德之魂
魄顛倒喪所懷來於是僞醉離席女亦遂去叟設裀褥
闔扉乃出安不寐未曙呼別至家即浼交好者造廬求
聘終日而返竟莫得其里居安遂命僕馬尋途自往至
則絕壁巉巖竟無村落訪諸近里則此姓絕少失望而
歸並忘食寢由此得昏瞀之疾强啖湯粥則唾咯欲吐

憒亂中輒呼花姑子家人不解但終夜環伺之氣勢阽危一夜守者困怠並寐生矇朧中覺有人揣而抗之畧開眸則花姑子立牀下不覺神氣清醒熟視女郎潸潸涕墮女傾頭笑曰癡兒何至此耶乃登榻坐安股上以兩手為按太陽穴安覺腦麝奇香穿鼻沁骨按數刻忽覺汗滿天庭漸達肢體小語曰室中多人我不便住三日當復相望又於繡袪中出數蒸餅置牀頭悄然遂去安至中夜汗已思食捫餅啗之不知所苞何料甘美非常遂盡三枚又以衣覆餘餅懵騰酣睡辰分始醒如釋

重負三日餅盡精神倍爽乃遣散家人又慮女來不得其門而入潛出齋庭悉脫扃鍵未幾女果至笑曰癡郎子不謝巫耶安喜極抱與綢繆恩愛甚至已而曰妾冒險蒙垢所以故來報重恩耳實不能永諧琴瑟幸早別圖安默默良久乃問曰素昧生平何處與卿家有舊實所不憶女不言但云君自思之生固求永好女曰屢屢夜奔固不可常諧伉儷亦不能安聞言邑邑而悲女曰必欲相諧明宵請臨妾家安乃收悲以忻問曰道路遼遠卿纖纖之步何遂能來曰妾固未歸東頭聾媼我姨

行爲君故淹留至今家中恐所疑怪安與同寢但覺氣息肌膚無處不香問曰熏何薌澤致侵膚骨女曰妾生來便爾非由熏飾安益奇之女早起言別安慮迷途女約相候於路安抵暮馳去女果伺待偕至舊所叟媪歡逆酒肴無佳品雜具藜藿既而請客安寢女子殊不瞻顧頗涉疑念更既深女始至曰父母絮絮不寢致勞久待浹洽終夜謂安曰此宵之會乃百年之別安驚問之荅曰父以小村孤寂故將遠徙與君好合盡此夜耳安不忍釋俯仰悲愴依戀之間夜色漸曙叟忽闖然入罵

曰婢子玷我清門使人愧怍欲死女失色草草奔去叟亦出且行且詈安驚孱遻怯無以自容潛奔而歸數日徘徊心景殆不可過因思夜往踰牆以觀其便叟固言有恩卽令事洩當無大譴遂乘夜竄往蹀躞山中迷悶不知所往大懼方覓歸途見谷中隱有舍宇喜詣之則閈閎高壯似是世家重門尚未扃也安向門者詢章氏之居有青衣人出問昏夜何人詢章氏安曰是吾親好偶迷居向青衣曰男子無問章也此是渠妗家花姑卽今在此容傳白之入未幾卽出邀安纔登廊舍花姑趨

出迎謂青衣曰安郎奔波中夜想已困殆可伺牀寢少間攜手入幃安問家何別無人女曰妗他出留妾代守幸與郎遇豈非夙緣然偎傍之際覺甚羶腥心疑有異女抱安頸遽以舌舐鼻孔徹腦如刺安駭絕急欲逃脫而身若巨綆之縛少時惛然不覺矣安不歸家中逐者窮人跡或言暮遇於山徑者家人入山則見裸死危崖下驚怪莫察其由舁歸衆方聚哭一女郎來弔自門外噭咷而入撫尸捺鼻涕泗滂沱呼曰天乎天乎何愚冥至此痛哭聲嘶移時乃已告家人曰停一七勿殮也衆

不知何人方將啟問女傲不爲禮含涕逕出留之不顧尾其後轉眸已渺羣疑爲神謹遵所教夜又來哭如昨至七夜安忽甦反側以呻家人盡駭女子入相向嗚咽安舉手揮衆令去女取山草一束燂湯升許即牀頭進之頃刻能言歎曰再殺之惟卿再生之亦惟卿矣因述所遇女曰此蛇精冒妾也前迷道時所見燈光即是物也安曰卿何能起死人而肉白骨也勿乃仙乎曰久欲言之恐致驚怪君五年前曾於華山道上買獵麞而放之否曰然其有之曰是即妾父也前言大德蓋以此故

君前日已生西村王主政家妾與父訟諸閻摩王閻摩王弗善也父願壞道代郎死哀之七日始得當今之邂逅幸耳然君雖生必且痿痹不仁得蛇血合酒飲之病乃可除生銜恨切齒而慮其無術可以擒之女曰不難但多殘生命累我百年不得飛升其穴在老崖中可於晡時聚茅焚之外以强弩戒備妖物可得言已别曰妾不能終事實所哀慘然爲君故業行已損其七幸憫宥也月來覺腹中微動恐是孽根男與女歲後當相寄耳流涕而去安經宿覺腰下盡死爬抓無所痛癢乃以女

言告家人家人往如其言熾火穴中有巨白蛇衝燄而出數弩齊發射殺之火熄入洞蛇大小數百頭皆焦臭家人歸以蛇血進安服三日兩股漸能轉側半年始起後獨行谷中遇老媼以繃席抱嬰兒授之曰吾女致意郎君方欲問訊瞥不復見啟襁視之男也抱歸竟不復娶

異史氏曰人之所以異於禽獸者幾希此非定論也蒙恩銜結至於沒齒則人有慚於禽獸者矣至於花姑始而寄慧於憨終而寄情於恝乃知憨者慧之極恝者情

之至也仙乎仙乎

西湖主

陳生弼教字明允燕人也家貧從副將軍賈綰作記室泊舟洞庭適猪婆龍浮水面賈射之中背有魚銜龍尾不去並獲之鎖置桅間奄存氣息而龍吻張翕似求援拯生惻然心動請於賈而釋之攜有金創藥戲敷患處縱之水中浮沉踰刻而沒後年餘生北歸復經洞庭大風覆舟幸扳一竹簏漂泊終夜挂木而止援岸方升有浮尸繼至則其僮僕力引出之已就斃矣慘怛無聊對

坐憩息但見小山聳翠細柳搖青行人絕少無可問途自遲明以及辰後悵悵靡之忽僮僕之體微動喜而捫之無何嘔水數斗醒然頓蘇相與曝衣石上近午始燥可着而枵腸轆轆饑不可堪於是越山疾行冀有村落纔至半山聞鳴鏑聲方疑聽間有二女郎乘駿馬來騁如撒菽各以紅綃抹額髻插雉尾着小袖紫衣腰束綠錦一挾彈一臂青鞲度過嶺頭則數十騎獵於榛莽閒皆殊麗裝束若一生不敢前有男子步馳似是馭卒因就問之答曰此西湖主獵首山也生述所來且告之餒

馭卒解裹糧授之囑曰宜即遠避犯駕當死生懼疾趨下山茂林中隱有殿閣謂是蘭若近臨之粉垣圍沓溪水橫流朱門半啟石橋通焉攀扉一望則臺榭環雲擬於上苑又疑是貴家園亭逡巡而入橫藤礙路香花撲人過數折曲欄又是別一院宇垂楊數十株高拂朱簷山鳥一鳴則花片齊飛深苑微風則榆錢自落怡目快心殆非人世穿過小亭有鞦韆一架上與雲齊而罥索沉沉杳無人跡因疑地近閨閣恇怯未敢入俄聞馬騰於門似有女子笑語生與僮潛伏叢花中未幾笑聲漸

近聞一女子曰今日獵興不佳獲禽絕少又一女曰非是公主射得鴈落幾空勞僕馬也無何紅裝數輩擁一女郎至亭上坐禿袖戎裝年可十四五鬟低斂霧腰細驚風玉蕤瓊英未足方喻諸女子獻茗熏香燦如堆錦移時女起歷階而下一女曰公主鞍馬勞頓尚能鞦韆否公主笑諾遂有駕肩者捉臂者褰裙者持履者挽扶而上公主舒皓腕躡利屣輕如飛燕蹴入雲霄已而扶下羣曰公主眞仙人也嘻笑而去生睨良久神魂飛揚迨人聲既寂出詣鞦韆架下徘徊凝想見籬下有紅巾

卯爲羣美所遺喜納袖中登北亭見案上設有文具遂題巾曰雅戲何人擬半仙分明瓊女散金蓮廣寒隊裏應相妒莫信凌波便上天題已吟誦而出復尋故徑則重門扃鐍矣踟躕罔計反而樓閣亭臺涉歷幾盡一女掩入驚問何得來此生揖之曰失路之人幸垂救焉女問拾得紅巾否生曰有之然已玷染如何因由之女大驚曰汝死無所矣此公主所常御塗鴉若此何能爲地生失色哀求脫免女曰竊窺宮儀罪已不赦念汝儒冠蘊藉欲以私意相全今孽乃自作將何爲計遂皇皇持

巾去生心悸肌慄恨無翅翎惟延頸俟死良久女復來
潛賀曰子有生望矣公主看巾三四徧囅然無怒容或
當放君去宜姑耐守勿得攀樹鑽垣發覺不宥矣日已
投暮凶祥不能自必而餓燄中燒憂煎欲死無何女子
挑燈至一婢提壺榼出酒食餉生生急問消息女云適
我乘閒言園中秀才可恕則放之不然餓且死公主沉
思云深夜教渠何之遂命餽君食此非惡耗也生徊徨
終夜危不自安辰刻向盡女子又餉之生哀求緩頰女
曰公主不言殺亦不言放我輩下人何敢屑屑瀆告既

而斜日西轉眺望不已忽女子坌息急奔而入曰殆矣多言者洩其事於王妃妃展巾抵地大罵狂傖禍不遠矣生大驚面如灰土長跽請教忽聞人語紛拏女擕手避去數人持索洶洶入戶內一婢熟視曰將謂何人陳郎耶遂止持索者曰且勿且勿待白王妃來返身急去少間來曰王妃請陳郎入生戰惕從之經數十門至一宮殿碧箔銀鉤即有美姬揭簾唱陳郎至上一麗者袍服炫冶生伏地稽首曰萬里孤臣幸恕生命妃急起自曳之曰我非君子無以有今日婢輩無知致迕佳客罪

何可贖郎設華筵酌以鏤杯生茫然不解其故妃曰再造之恩恨無所報息女蒙題巾之愛當是天緣今夕即遣奉侍生意出非望神惝恍而無着日方暮一婢前曰公主已嚴妝訖遂引生就帳忽而笙管敖曹階上悉踐花罽門堂藩溷處處皆籠燭數十妖姬扶公主交拜麝香之氣充溢殿庭既而相將入幃兩相傾愛生曰羈旅之臣生平不省拜侍點污芳巾得免斧鑕幸矣反賜姻好實非所望公主曰妾母湖君妃子乃江陽王女舊歲歸寧偶游湖上爲流矢所中蒙君脫免又賜刀圭之藥

一門戴佩當不去心郎勿以非類見疑妾從龍君得長
生訣願與郎共之生乃悟爲神人因問婢子何以相識
曰爾日洞庭舟上曾有小魚銜尾即此婢也又問既不
見誅何遲遲不賜縱脫笑曰實憐君才但不自主顛倒
終夜他人不及知也生歎曰卿我鮑叔也餽食者誰曰
阿念亦妾心腹生曰何以報德笑曰侍君有日徐圖塞
責未晚耳問大王何在曰從關聖征蚩尤未歸居數日
生慮家中無耗懸念綦切乃先以平安書遣僕歸家中
聞洞庭舟覆妻子縗絰已年餘矣僕歸始知不死而音

間梗塞終恐漂泊難返又半載生忽至裘馬甚都囊中寶玉充盈由此富有巨萬聲邑豪奢世家所不能及七八年間生子五人日日宴集賓客宮室飲饌之奉窮極豐盛或問所遇言之無少諱有童稚之交梁子俊者宦游南服十餘年歸過洞庭見一畫舫雕檻朱窗笙歌幽細緩蕩烟波時有美人推窗凭眺梁目注舫中見一少年丈夫科頭疊股其上傍有二八姝麗挼莎交摩念必楚襄貴官而騶從殊少凝眸審諦則陳明允也不覺憑欄酣叫生聞呼罷棹出臨鷁首邀梁過舟見殘肴滿案

酒霧猶濃生立命撤去頃之美婢三五進酒蒸茗山海
珍錯目所未睹梁驚曰十年不見何富貴一至於此笑
曰君小覷窮措大不能發迹耶問適共飲何人曰山荆
耳梁又異之問攜家何往答將西渡梁欲再詰生遽命
歌以侑酒一言甫畢旱雷聒耳肉竹嘈雜不復可聞言
笑梁見佳麗滿前乘醉大言曰明允公能令我眞箇銷
魂否生笑曰足下醉矣然有一美妾之貲可贈故人遂
命侍兒進明珠一顆曰綠珠不難購明我非吝惜乃趣
別曰小事忙迫不及與故人久聚送梁歸舟開纜逕去

梁歸探諸其家則生方與客飲益疑因問昨在洞庭何歸之速荅曰無之梁乃追述所見一座盡駭生笑曰君悞矣僕豈有分身術耶衆異之而究莫解其故後八十一歲而終迨殯訝其棺輕開之則空棺耳

異史氏曰竹篦不沉紅巾題句此其中具有鬼神而要皆惻隱之一念所通也迨宮室妻妾一身而兩享其奉即又不可解矣昔有願嬌妻美妾貴子賢孫而兼長生不死者僅得其半耳豈仙人中亦有汾陽季倫耶

伍秋月

秦郵王鼎字仙湖爲人慷慨有力廣交遊年十八娶妻殂每遠遊恒經歲不返兄鼐江北名士友于甚篤勸弟勿遊將爲擇偶生不聽命舟抵鎮江訪友友他出因稅居於逆旅閣上江水澄波金山在目心甚快之次日友人來請生移居辭不去居半月餘夜夢女郎年可十四五容華端妙上牀與合既寤而遺頗怪之亦以爲偶夜又夢之如是三四夜心大異不敢息燭身雖偃臥惕然自驚纔交睫夢女復來方狎忽自驚寤急開目則少女如仙儼然猶在抱也見生醒頗自愧怯生雖知非人

意亦甚得無暇問訊迺與馳驟女若不堪曰狂暴如此無怪人亦不敢明告也生始詰之荅云妾伍氏秋月先父名儒邃於易數常珍愛妾但言不永壽故不許字人後十五歲果夭殁即攢瘞閣東令與地平亦無冢誌惟立片石於棺側曰女秋月葬無冢三十年嫁王鼎今已三十年君適至心喜亟欲自薦寸心羞怯故假之夢寐耳王亦喜復求訖事曰妾少須陽氣欲求復生實不禁此風雨後日好合無限何必今宵遂起而去次日復至對坐笑謔懽若生平滅燭登牀無異生人但女既起則

遺波淋離沾染茵褥一夕明月瑩澈少步庭中問女冥中亦有城郭否荅曰等耳冥間城府不在此處去此可三四里但以夜爲晝問生人能見之否荅云亦可生請往觀女諾之乘月去女飄忽若風王極力追隨欻至一處女言不遠矣王瞻望殊罔所見女以唾塗其兩眦啟之明倍於常視夜色不殊白晝頓見雉堞在杳靄中路上行人如趨墟市俄二皂縶三四人過末一人怪類其兄趨近之果兄駭問兄那得來兄見生潸然零涕言自不知何事强被拘囚王怒曰我兄秉禮君子何至縲絏

如此便請二皂幸且寬釋皂不肯殊大傲睨生恚欲與爭兄止之曰此是官命亦合奉法但余乏用度索賄良苦弟歸宜措置生把兄臂哭失聲皂怒猛掣項索兄頓顛蹷生見之忿火塡胸不能制止卽解佩刀立決皂首一皂喊嘶生又決之女大驚曰殺官使罪不宥遲則禍及請卽覓舟北發歸家勿摘提旛杜門絕出入七日保無慮也王乃挽兄夜買小舟火急北渡歸見弔客在門知兄果死閉門下鑰始入視兄已渺入室則亡者已蘇便呼餓死矣可急備湯餅時死已二日家人盡駭生乃

備言其故七日啟關去茇旛人始知其復甦親友集問但僞對之轉思秋月想念頗煩遂復南下至舊閣秉燭久待女竟不至朦朧欲寢見一婦人來曰秋月娘子致意郎君前以公役被殺凶犯逃亡捉得娘子去見在監押押役遇之虐日日盼郎君當謀作經紀王悲憤便從婦去至一城都入西郭指一門曰小娘子暫寄此間王入見房舍頗繁寄頓囚犯甚多並無秋月又進一小扉斗室中有燈火王近窗以窺則秋月坐榻上掩袖嗚泣二役在側撮頤提履引以嘲戲女啼益急一役挽頸曰

既爲罪犯尚守貞耶王怒不暇語持刀直入一役一刀摧斬如麻篡取女郎而出幸無覺者裁至旅舍驀然卽醒方怪幻夢之凶見秋月含睇而立生驚起曳坐告之以夢女曰眞也非夢也生驚曰且爲奈何女歎曰此有定數妾待月盡始是生期今已如此急何能待當速發瘞處載妾同歸日頻喚妾名三日可活但未滿時日骨耎足弱不能爲君任井臼耳言已草草欲出又返身曰妾幾忘之冥追若何生時父傳我符書言三十年後可佩夫婦乃索筆疾書兩符曰一君自佩一粘妾背送之

出志其沒處掘尺許即見棺木亦已敗腐側有小碑果如女言發棺視之女顏色如生抱入房中衣裳隨風盡化粘符已以被褥嚴裹負至江濱呼攏泊舟僞言妹急病將送歸其家幸南風大競甫曉已達里門抱女安置始告兒嫂一家驚顧亦莫敢直言其惑生啟衾長呼秋月夜輒擁尸而寢日漸溫煖三日竟蘇七日能步更衣拜嫂盈盈然神仙不殊但十步之外須人而行不則隨風搖曳屢欲傾側見者以爲身有此病轉更增媚每勸生曰君罪孽太深宜積德誦經以懺之不然春秋恐不

丞也生素不信佛至此皈依甚虔後亦無恙

異史氏曰余欲上言定律凡殺公役者罪減平人三等蓋此輩無有不可殺者也故能誅鋤蠹役者即爲循良即稍苛之不可謂虐況冥中原無定法倘有惡人刀鋸鼎鑊不以爲酷若人心之所快即冥王之所善也豈罪致冥追遂可倖而逃哉

蓮花公主

膠州竇旭字曉暉方晝寢見一褐衣人立榻前逡巡惶顧似欲有言生問之荅云相公奉屈相公何人曰近在

鄰境從之而出轉過牆屋導至一處疊閣重樓萬椽相
接曲折而行覺萬戶千門迥非人世又見宮人女官往
來甚夥都向褐衣人問曰竇郎來乎褐衣人諾俄一貴
官出迎見甚恭旣登堂生啟問曰素旣不敘遂踈忝謁
過蒙愛接頗注疑念貴官曰寡君以先生清族世德傾
風結慕深願思晤焉生益駭問王何人荅云少間自悉
無何二女官至以雙旌導生行入重門見殿上一王者
見生入降階而迎執賓主禮禮已踐席列筵豐盛仰視
殿上一扁曰桂府生跼蹐不能致辭王曰忝近芳鄰緣

郎至深便當暢懷勿致疑畏生唯唯酒數行笙歌作於下鉦鼓不鳴音聲幽細稍間王忽左右顧曰朕一言煩卿等屬對才人登桂府四座方思生郎應云君子愛蓮花王曰蓮花乃公主小字何適合如此寧非夙分傳語公主不可不出一晤君子移時珮環聲近蘭麝香濃則公主至矣年十六七妙好無雙王命向生展拜曰此郎蓮花小女也拜已而去生睹之神情搖動木坐凝思王舉觴勸飲目竟罔睹王似微察其意乃曰息女宜相匹敵但自慚不類如何生悵然若癡郎又不聞近坐者躡

之曰王揖君未見耶王言君未聞耶生茫乎若失懡㦬自慚離席曰臣蒙優渥不覺過醉儀節失次幸能寬宥然日旰君勤郎告出也王起曰既見君子實愜心好何倉卒而便言離也卿既不住亦無敢於強若煩縈念更當再邀遂命內官導之出途中內官語生曰適王謂可匹敵似欲附爲婚姻何默不一言生頓足而悔步步追恨遂已至家忽然醒寤則返照已殘冥坐觀想歷歷在目晚齋滅燭冀舊夢可以復尋而邯鄲路渺悔歎而已一夕與友人共榻忽見前內官來傳王命相召生喜從

去見王伏謁王曳起延止隅坐曰別來知勞思眷謬以小女子奉裳衣想不過嫌也生即拜謝王命學士大臣陪侍宴飲酒闌宮人前曰公主妝竟俄見數十宮女擁公主出以紅錦覆首凌波微步挽上氍毹與生交拜成禮已而送歸館舍洞房淵清窮極芳膩生曰有卿在目真使人樂而忘死但恐今日之遭乃是夢耳公主掩口曰明明妾與君那得是夢詰旦方起戲爲公主匀鉛黃已而以帶圍腰布指度足公主笑問君顛耶曰臣屢爲夢悞故細志之倘是夢時亦足動懸想耳調笑未已一

宮女馳入曰妖入宮門王避偏殿凶禍不遠矣生大驚趨見王王執手泣曰君子不棄方圖永好詎期孽降自天國祚將覆且復柰何生驚問何説王以案上一章授生啓讀章云含香殿大學士臣黑翼爲非常妖異祈早遷都以存國脈事據黄門報稱自五月初六日來一千丈巨蟒盤踞宮外吞食内外臣民一萬三千八百餘口所過宮殿盡成邱墟等因臣奮勇前窺確見妖蟒頭如山岳目等江海昂首則殿閣齊吞伸腰則樓垣盡覆真千古未見之凶萬代不遭之禍社稷宗廟危在旦夕乞

皇上早挈宮眷速遷樂土云云生覽畢面如灰土郎有宮人奔奏妖物至矣闔殿哀呼慘無天日王倉遽不知所為但泣顧曰小女已累先生生坌息而返公主方與左右抱首哀鳴見生入牽衿曰郎焉置妾生愴惻欲絕乃捉腕思曰小生貧賤慚無金屋有茅廬三數間姑同竄匿可乎公主含涕曰急何能擇乞攜速往生乃挽扶而出未幾至家公主曰此大安宅勝故國多矣然妾從君來父母何依請別築一舍當舉國相從生難之公主號咷曰不能急人之急安用郎也生略慰解即已入室

公主伏牀悲啼不可勸止焦思無術頓然而醒始知夢也而耳畔啼聲嚶嚶未絕審聽之殊非人聲乃蜂子二三頭飛鳴枕上大叫怪事友人詰之乃以夢告友人亦詫爲異共起視蜂依依裳袂間拂之不去友人勸爲營巢生如所請督工構造方竪兩堵而羣蜂自牆外來絡繹如織頂尖未合飛集盈斗跡所由來則鄰翁之舊圃也圃中蜂一房三十餘年矣生息頗繁或以生事告翁翁覘之蜂戶寂然發其壁則蛇據其中長丈許捉而殺之乃知巨蟒即此物也蜂入生家滋息更盛

綠衣女

于生名璟字小宋益都人讀書醴泉寺方夜披誦忽一女子在窗外贊曰于相公勤讀哉于驚起視之綠衣長裙婉妙無比于知非人固詰里居女曰君視妾當非能咋噬者何勞窮問于心好之遂與寢處羅襦既解腰細殆不盈掬更籌方盡翩然遂去由此無夕不至一夕共酌談吐間妙解音律于曰卿聲嬌細倘度一曲必能消魂女笑曰不敢度曲恐消君魂耳于固請之曰妾非吝惜恐他人所聞君必欲之請便獻醜但只微聲示意可

耳遂以蓮鉤輕點倚牀歌云樹上烏臼鳥賺奴中夜散不怨繡鞋溼祇恐郎無伴聲細如絲裁可辨認而靜聽之宛轉滑烈動耳搖心歌已啓門窺曰防窗外有人遶屋周視乃入生曰卿何疑懼之深笑曰諺云偷生鬼子常畏人妾之謂矣既而就寢惕然不喜曰生平之分殆止此乎于急問之女曰妾心動心動妾祿盡矣于慰之曰心動眼瞤蓋是常也何遽云此女稍懌復相綢繆更漏既歇披衣下榻方將啓關徘徊復返曰不知何故只是心怯乞送我出門于果起送諸門外女曰君竚望我

我踰垣去君方歸于曰諾視女轉過房廊寂不復見方欲歸寢聞女號救甚急于奔往四顧無跡聲在檐間舉首細視則一蛛大如彈摶捉一物哀鳴聲嘶于破網挑下去其縛纏則一綠蜂奄然將斃矣捉歸室中置案頭停蘇移時始能行步徐登硯池自以身投墨汁出伏几上走作謝字頻展雙翼已乃穿窗而去自此遂絕

荷花三娘子

湖州宗湘若士人也秋日巡視田壠見禾稼茂密處振搖甚動疑之越陌往覘則有男女野合一笑將返即見

男子靦然結帶草草逕去女子亦起細審之雅甚娟好心悅之欲就綢繆實慚鄙惡乃略近拂拭曰桑中之遊樂乎女笑不語宗近身啟衣膚膩如脂於是挼莎上下幾徧女笑曰腐秀才要如何便如何耳狂探何為詰其姓氏曰春風一度即別東西何勞審究豈將留名字作貞坊耶宗曰野田草露中乃村牧豬奴所為我不習慣以卿麗質即私約亦當自重何至屑屑如此女聞言極意嘉納宗言荒齋不遠請過留連女曰出門已久恐人見疑夜分可耳問宗門戶物誌甚悉乃趨斜徑疾行而

去吏初果至宗齋殢雨尤雲備極親愛積有月日密無知者會一番僧卓錫村寺見宗驚曰君身有邪氣曾何所遇荅言無之過數日悄然忽病女每夕攜佳果餌之殷勤撫問如夫妻之好然臥後必强宗與合宗抱病頗不耐之心疑其非人而亦無術絕使去因曰曩和尚謂妖惑我今果病其言驗矣明日屈之來便求符咒女慘然變色宗益疑之次日遣人以情告僧僧曰此狐也其技尚淺易就束縛乃書符二道付囑曰歸以淨壜一事置榻前卽以一符貼壜口待狐竄入急覆以盆再以一

符粘瓮上投釜湯煮之可斃家人歸如僧教夜深女始至探袖出金橘方將就榻問訊忽壜口颼颼一聲女已吸入家人暴起覆口貼符方欲就煮宗見金橘散滿地上追念情好惻然感動遽命釋之揭符去覆女子自壜中出狼狽頗殆稽首曰大道將成一旦幾爲灰土君仁人也誓必相報遂去數日宗益沉綿家人趨市爲購材木途中遇一女子問曰汝是宗湘若紀綱否答云是女曰宗郎是我表兄聞病沉篤將往省視適有故不得去靈藥一裹勞寄致之家人受歸宗念中表迄無姊妹知

是狐報服其藥果大瘳旬日平復心德之禱諸虛空願一再覯一夜閉戶獨酌忽聞彈指敲窗拔關出覰則狐女也大悅把手稱謝延止共飲女曰別來耿耿思無以報高厚今爲若覓一良匹聊足塞責否宗問何人曰非君所知明日辰刻早赴南湖如見有采菱女着冰縠帔者當急舟趁之苟迷所往郎視堤邊有短幹蓮花隱葉底便采歸以蠟火爇其蒂當得美婦兼致修齡宗謹受教旣而告別宗固挽之女曰自遭危刼頓悟大道卽奈何以衾裯之愛取人讎怨厲色辭去宗如言至南湖見

荷蕩佳麗頗多中一垂髫人衣冰縠絕代也促舟劘逼忽迷所往即撥荷叢果有紅蓮一枝幹不盈尺折之而歸入門置几上削蠟於旁將以爇火一回頭化爲姝麗宗驚喜伏拜女曰癡生我是妖狐將爲君祟宗不聽女曰誰教子者荅曰小生自能識卿何待教也捉臂牽之隨手而下化爲怪石高尺許面面玲瓏乃攜供案上焚香再拜而祝之入夜杜門塞竇惟恐其去平旦視之即又非石紗帔一襲遙聞薌澤展視領襟猶存餘膩宗覆衾擁之而臥暮起挑燈旣返則垂髫人在枕上喜極恐

其復化哀祝而後就之女笑曰孽障哉不知何人饒舌遂教風狂兒屑碎死乃不復拒而欵洽間若不勝任屢乞休止宗不聽女曰如此我便化去宗懼而罷由是兩情甚諧而金帛常盈箱篋亦不知所自來女見人喏喏似口不能道辭生亦諱言其異懷孕十餘月計日當產入室囑宗杜門禁欵者自乃以刀剖臍下取子出令宗裂帛束之過宿而愈又六七年謂宗曰夙業償滿請告別也宗聞泣下曰卿歸我時貧苦不自立賴卿小阜何忍遽言離逷且卿又無邦族他日兒不知母亦一恨事

女亦悵悒曰聚必有散固是常也兒福相君亦期頤更何求妾本何氏倘蒙恩眷抱妾舊物而呼曰荷花三娘子當有見耳言已解脫曰我去矣驚顧間飛去已高於頂宗躍起急曳之捉得履履脫及地化爲石燕色紅於丹朱內外瑩澈若水精然拾而藏之撿視箱中初來時所著冰縠帔尚在每一憶念抱呼三娘子則宛然女郎懽容笑黛並肖生平但不語耳

友人云花如解語還多事石不能言最可人放翁佳句可爲此寫照

金生色

金生色，晉寧人也。娶同村木姓女，生一子，方周歲。金忽病，自分必死，謂妻曰：「我死，子必嫁，勿守也。」妻聞之，甘辭厚誓，期以死守。金搖手呼母曰：「我死，勞看阿保，勿令守也。」母哭應之。既而金果死。木媪來弔，哭已，謂金母曰：「天降凶憂，壻遽遭夭折。女太幼弱，將何爲計？」母悲悼中聞媪言，不勝憤激，盛氣對曰：「必以守！」媪慚而罷。夜伴女寢，私謂曰：「人盡夫也。以兒好手足，何患無良匹？小兒女不早作人家，眈眈守此襁褓物，寧非癡乎？倘必令守，不宜以面目好相向金母過頗聞餘語益恚明日謂媼曰亡人有遺囑本不教婦守也今既急不能待乃必以守媼怒而去母夜夢子來涕泣相勸心異之使人言於木約殯後聽婦所適而詢諸術家本年墓向不利婦思自衒以售縗絰之中不忘塗澤居家猶素妝一歸寧則薪然新艷母知之心弗善也以其將爲他人婦亦隱忍之於是婦益肆村中有無賴子董貴者見而好之以金啗鄰嫗求道殷勤於婦夜分由嫗家踰垣以達婦所因與會合往來積有旬日醜聲四塞所不知者惟母耳婦室夜

惟一小婢婦腹心也一夕雨情方洽聞棺木震響聲如爆竹婢在外榻見亡者自帳後出帶劍入寢室去俄聞二人駭詫聲少頃董裸奔出無何金捽婦髮亦出婦大嘷母驚起見婦赤體走去方將啟關問之不荅出門追視寂不聞聲竟迷所往入婦室燈火猶亮見男子履呼婢婢始戰惕而出具言其異相與駭怪而已董竄過鄰家團伏牆隅移時聞人聲漸息始起身無寸縷苦寒甚戰將假衣於媼視院中一室雙扉虛掩因而暫入暗摸榻上觸女子足知為鄰子婦頓生淫心乘其寢潛就私

之婦醒問汝來乎應曰諾婦竟不疑狎褻備至先是鄰子以故赴北村囑妻掩戶以待其歸既返聞室內有聲疑而審聽音態絕穢大怒操戈入室董懼竄於牀下子就戮之又欲殺妻妻泣而告以悞乃釋之但不能解牀下何人呼母起共火之僅能辨認視之奄有氣息詰其所來猶自供吐而刃傷數處血溢不止少頃已絕嫗倉皇失措謂子曰捉奸而單戮之子且柰何子不得已遂又殺妻是夜木翁方寢聞戶外拉雜之聲出窺則火熾於簷而縱火人猶徬徨未去翁大呼家人畢集幸火初

燃尚易撲滅命人操兵弩逐搜縱火者見一人趫捷如猿竟越垣去垣外乃翁家桃園園中四繚周墉皆峻固數人梯登以望踪跡殊杳惟牆下塊然微動問之不應射之而耎啟扉往驗則女子白身臥矢貫胸腦細燭之則翁女而金婦也駭告主人翁媼驚怛欲絕不解其故女合眸面色灰敗口氣細於屬絲使人拔腦矢不可出足踏項頸而後出之女嚶然一啼血暴注氣亦遂絕翁大懼計無所出既曙以實情白金母長跪哀乞而金母殊不怨怒但告以故令自營葬金有叔兄生光怒登翁

門詬數前非翁慚沮賂令能歸而終不知婦所私者何
名俄鄰子以執奸自首旣薄責逐釋訖而婦兄馬彪素
健訟具辭控妹寃官拘嫗嫗懼悉供顛末又喚金母母
托疾遣生光代質具陳底裏於是前覆並發牽木翁夫
婦盡出一切廉得其情木以誨女嫁坐縱婬笞使自贖
家產蕩然鄰嫗導淫杖之斃案乃結

異史氏曰金氏子其神乎諄囑醮婦抑何明也一人不
殺而諸恨並雪可不謂神乎鄰嫗誘人婦而返淫已婦
木嫗愛女而卒以殺女嗚呼欲知後日因當前作者是

報吏速於來生矣

彭海秋

萊州諸生彭好古讀書別業離家頗遠中秋未歸岑寂無偶念村中無可共語惟邱生者是邑名士而素有隱惡彭常鄙之月旣上倍益無聊不得已折簡邀邱飲次有剝啄者齋僮出應門則一書生將謁主人彭離席肅客入相揖環坐便詢族居客曰小生廣陵人與君同姓字海秋值此良夜旅邸倍苦聞君高雅遂乃不介而見視其人布衣潔整談笑風流彭大喜曰是我宗人今夕

何夕遘此嘉客即命酌款若夙好察其意似甚鄙邱邱仰與攀談輒傲不爲禮彭代爲之慚故撓亂其辭請先以俚歌侑飲乃仰天再咳歌扶風豪士之曲相與歡笑客曰僕不能韻莫報陽春倩代者可乎彭言如教客問萊城有名妓無也彭答云無客默然良久謂齋僮曰適喚一人在門外可導入之僮出果見一女子逡巡戶外引之入年二八已來婉然若仙彭驚絕掖坐衣柳黃帔香溢四座客便慰問千里頗煩跋涉也女含笑唯唯彭異之便致研詰客曰貴鄉苦無佳人適於西湖舟中喚

得來謂女曰適舟中所唱薄倖郎曲大佳請再反之女歌云薄倖郎牽馬洗春沼人聲遠馬聲杳江天高山月小掉頭去不歸庭中生白曉不怨別離多但愁懽會少眠何處勿作隨風絮便是不封侯莫向臨邛去客於襪中出玉笛隨聲便串曲終笛止彭驚歎不已曰西湖至此何止千里咄嗟招來得非仙乎客曰仙何敢言但視萬里猶庭戶耳今夕西湖風月尤盛曩時不可不一觀也能從遊否彭甚心欲覘其異諾言幸甚客問舟乎騎乎彭思舟坐爲逸答言願舟客曰此處呼舟較遠天河

中當有渡者乃以手向客招曰船來船來我等要西湖去不吝償也無何彩船一隻自空飄落煙雲繞之衆俱登見一人持短棹棹末密排修翎形類羽扇一搖則清風習習舟漸上入雲霄望南游行其駛如箭踰刻舟落水中但聞絃管敖曹鳴聲喤聒出舟一望月印煙波游船成市榜人罷棹任其自流細視眞西湖也客於艙後取異肴佳釀懽然對酌少間一樓船漸近相傍而行隔窗以窺中有二三人圍棋喧笑客飛一觥向女曰引此送君行女飲間彭依戀徘徊惟恐其去蹴之以足女斜

波送盼彭益動情要後期女曰如相見愛但問娟娘名字無不知者客即以彭綾巾授女曰我爲若代訂三年之約即起托女子於掌中曰仙乎仙乎乃扳鄰窗捉女入窗窗眼數寸女伏身蛇遊而進殊不覺隘俄聞鄰船曰娟娘醒矣舟即盪去遙見舟已就泊舟中人紛紛並去游興頓消遂與客言欲一登岸略同眺矚纔作商搉舟已自攏因而離舟翔步覺有里餘客後至牽一馬來令彭捉之即復去曰待再假兩馬來久之不至行人已稀仰視斜月西轉天色向曙邱亦不知何往捉馬營營

進退無主振轡至泊舟所則人船俱失念腰橐空匱倍益憂皇天大明見馬上有小錯囊探之得白金三四兩買食凝待不覺向午計不如暫訪娟娘可以徐察邱耗比訊娟娘名字並無知者輿轉蕭索次日遂行馬調良幸不蹇劣半月始歸方三人之乘舟而上也齋僮歸白主人已仙去舉家哀涕謂其不返彭繫馬而入家人驚喜集問彭始具白其異因念獨還鄉井恐邱家聞而致詰戒家人勿播語次道馬所由來衆以仙人所遺便悉詣厩驗覩及至則馬頓渺但有邱生以草韁縶櫪邊駭

極呼彭出視見邱垂首棧下面色灰死問之不言兩目啟閉而已彭大不忍解伏榻上若喪魂魄灌以湯酏稍稍能咽中夜少蘇急欲登厠扶掖而往下馬糞數枚又少飲啜始能言彭就榻研問之邱云下船後彼引我閒語至空處戲拍項領遂迷悶顛踣伏定少刻自顧已馬心亦醒悟但不能言耳是大恥辱誠不可以告妻子乞勿洩也彭諾之命僕馬馳送歸彭自是不能忘情於娟娘又三年以姊丈判揚州因往省視州有梁公子與彭通家開筵邀飲即席有歌姬數輩俱來祗謁公子問娟

娘家人自以病公子怒曰婢子聲價自高可將索子繫
之來彭聞娟娘名驚問其誰公子云此倡女廣陵第一
人緣有微名遂倨而無禮彭疑名字偶同然突突自急
極欲一見之無何娟娘至公子盛氣排數彭諦視眞中
秋所見者也謂公子曰是與僕有舊幸垂原恕娟娘向
彭審顧似亦錯愕公子未遑深問即命行觴彭問薄倖
郎曲猶記之否娟娘更駭目注移時始度舊曲聽其聲
宛似當年中秋時酒闌公子命侍客寢彭捉手曰三年
之約今始踐耶娟娘曰昔日從人泛西湖飲不數卮忽

若醉朦朧間被一人攜去置一村中一僮引妾入席中三客君其一焉後乘船至西湖送妾自窗櫺歸把手殷殷每所凝念謂是幻夢而綾巾宛在今猶什襲藏之彭告以故相共歎咤娟娘縱體入懷哽咽而言曰仙人已作良媒君勿以風塵可棄遂捨念苦海人彭曰舟中之約一日未嘗去心卿儻有意則瀉囊貨馬所不惜耳詰旦告公子又稱貸於別駕千金削其籍攜之以歸偶至別業猶能認當年飲處云

異史氏曰馬而人必其爲人而馬者也使爲馬正恨其

不爲人耳獅象鶴鵬悉受鞭策何可謂非神人之仁愛之乎即訂三年約亦渡苦海也

新郎

江南梅孝廉耦長言其鄉孫公爲德州牧鞫一奇案初村人有爲子娶婦者新人入門戚里畢賀飲至更餘新郎出見新婦炫裝趨轉舍後疑而尾之宅後有長溪小橋通之見新婦渡橋遥去益疑呼之不應遥以手招壻壻急趁之相去盈尺而卒不可及行數里入村落婦止謂壻曰君家寂寞我不慣住請與郎暫居妾家數日便

同歸省言已拔簪扣扉軋然有女僮出應門婦先入不得已從之既入則岳父母俱在堂上謂壻曰我女少嬌慣未嘗一刻離膝下一旦去故里心輒戚戚今同郎來甚慰係念居數日當送兩人歸乃爲除室牀蓐備具遂居之家中客見新郎久不至共索之室中惟新婦在不知壻之所往由此遐邇訪問並無耗息翁媪零涕謂其必死將半載婦家悼女無偶遂請於村人父欲別醮女村人父益悲曰骸骨衣裳無可驗證何知吾兒遂爲異物縱其奄喪周歲而嫁當亦未晚胡爲如是急也婦父

益衙之訟於庭孫公怪疑無所措力斷令待以三年存案遣去村人子居女家家人亦相忻待每與婦議歸婦亦諾之而因循不卽行積半年餘中心徘徊萬慮不安欲獨歸而婦固留之一日合家遑遽似有急難倉卒謂壻曰本擬三二日遣夫婦偕歸不意儀裝未備忽遭閔凶不得已卽先送郎還於是送出門旋踵急返周旋言動頗甚草草方欲覓途行回視院宇無存但見高塚大驚尋路急歸至家歷言端末因與投官陳訴孫公拘婦父諭之送女于歸始合巹焉

仙人島

王勉字黽齋靈山人有才思累冠文場心氣頗高善誚罵多所陵折偶遇一道士視之曰子相極貴然被輕薄孽折除幾盡矣以子智慧若反身修道尚可登仙籍王嗤曰福澤誠不可知然世上豈有仙人道士曰子何見之卑無他求即我便是仙耳王益笑其誣道士曰我何足異能從我去眞仙數十可立見之問在何處曰咫尺耳遂以杖夾股間即以一頭授生令如巳狀囑合眼呵曰起覺杖粗於五斗囊淩空翕飛潛捫之鱗甲齒齒焉

駭懼不敢復動移時又呵曰止即拙杖去落巨宅中重
樓延閣類帝王居有臺高丈餘臺上殿十一楹宏麗無
比道士曳客上即命僮子設筵招賓殿上列數十筵鋪
張炫目道士易盛服以伺少頃諸客自空中來所騎或
龍或虎或鸞鳳不一其類又各攜樂器有女子有丈夫
皆赤其兩足中獨一麗者跨彩鳳宮樣妝束有侍兒代
抱樂具長五尺以來非琴非瑟不知何名酒既行珍肴
雜錯入口甘芳並異常饈王默然寂坐惟目注麗者心
愛其人而又欲聞其樂竊恐其終不一彈也酒闌一叟

倡言曰嘗崔眞人雅召今日可云盛會自宜盡懽請以器之同者共隊爲曲於是各合配旗絲竹之聲響徹雲漢獨有跨鳳者樂伎無偶羣聲旣歇侍兒始啓繡囊橫陳几上女乃舒玉腕如擫箏狀其亮數倍於琴烈足開胸柔可蕩魄彈半炊許合殿寂然無有欬者旣闋鏗爾一聲如擊清磬共贊曰雲和夫人絕調哉大衆皆起告別鶴唳龍吟一時並散道士設寶榻錦衾備王寢處王初睹麗人心情已動聞樂之後涉想尤勞念已才調自合芥拾青紫富貴後何求弗得頃刻百緒亂如蓬麻道

士似已知之謂曰子前身與我同學後緣意念不堅遂墮塵網僕不自他於君實欲拔出惡濁不料迷晦已深夢夢不可提悟今當送君行未必無復見之期然作天仙須再刼矣遂指階下長石令閉目坐堅囑無視已乃以鞭驅石石飛起風聲灌耳不知所行幾許忽念下方景界未審何似隱將兩眸微開一綫則見大海茫茫渾無邊際大懼卽復合而身已隨石俱墮砰然一聲汩沒若鷗幸夙近海畧諳泅浮聞人鼓掌曰美哉跌乎危殆方急一女子援登舟上且曰吉利吉利秀才中溼矣視

之年可十七八顏色豔麗王出水寒慄求火燎衣女子言從我之家當爲處置苟適意勿相忘王曰是何言哉我中原才子偶遭狼狽過此圖以身報何但不忘女子以棹催艇疾如風雨俄已近岸於艙中攜所采蓮花一握導與俱去半里入村見朱戶南開進歷數重門女子先馳入少間一丈夫出是四十許人揖王升階命侍者取冠袍襪履爲王更易既詢邦族王曰某非相欺才名畧可聽聞崔眞人切切眷愛招昇天闕自分功名反掌以故不顧棲隱丈夫起敬曰此名仙人島遠絕人世文若

姓桓世居幽僻何幸得覯名流因而殷勤置酒又從容而言曰僕有二女長者芳雲年十六矣祗今未遭良匹欲以奉侍高人如何王意必采蓮人離席稱謝桓命於鄉黨中招二三齒德來顧左右立喚女郎無何異香濃射美姝十餘輩擁芳雲出光艷明媚若芙蕖之映朝日拜已即坐羣姝列侍則采蓮人亦在焉酒數行一垂髫女自內出僅十餘齡而姿態秀曼笑依芳雲肘下秋波流動桓曰女子不在閨中出作何務乃顧客曰此綠雲即僕幼女頗慧能記典墳矣因令對客吟詩遂誦竹枝

詞三章嬌婉可聽便令傍姊隅坐桓因謂王郎天才宿構必富可使鄙人得聞教否王慨然誦近體一作顧盼自雄中二句云一身剩有鬚眉在小飲能令塊磊消鄰叟再三誦之芳雲低告曰上句是孫行者離火雲洞下句是豬八戒過子母河也一座鼓掌大笑桓請其他王述水鳥詩云瀦頭鳴格磔忽忘下句甫一沉吟芳雲向妹呫呫耳語遂掩口而笑綠雲告父曰渠爲姊夫續下句矣云狗腚響弸巴合席粲然王有慚色桓顧芳雲怒之以目王色稍定桓復請其文藝王意世外人必不知

八股業乃炫其冠軍之作題爲孝哉閔子騫一句破云聖人贊大賢之孝緑雲顧父曰聖人無字門人者孝哉一句即是人言王聞之意興索然桓笑曰童子何知不在此只論文耳王乃復誦每數句姊妹必相耳語似有月旦之詞但嚅囁不可辨王誦至佳處兼述文宗評語有云字字痛切緑雲告父曰姊云宜删切字衆都不解桓恐其語嫚不敢研詰王誦畢又述總評有云羯鼓一撾則萬花齊落芳雲又掩口語妹兩人皆笑不可仰緑雲又告曰姊云羯鼓當是四撾衆又不解緑雲啟口欲

言芳雲忍笑訶之曰婢子敢言打煞矣衆大疑互有猜論綠雲不能忍乃曰去切字言痛則不通鼓四撾其云不通又不通也衆大笑桓怒訶之因而自起泛巵謝不遑王初以才名自詡目中實無千古至此神氣沮喪徒有汗淫桓諛而慰之曰適有一言請席中屬對焉王子身邊無有一點不似玉衆未措對綠雲應聲曰黽翁頭上再着半夕即成龜芳雲失笑呵手扭脅肉數四綠雲解脫而走回顧曰何預汝事汝罵之頻頻不以爲非寧他人一句便不許耶桓叱之始笑而去鄰叟辭別諸婢

導夫妻入內簇燈燭屏榻陳設精備又視洞房中牙籤滿架靡書不有略致問難響答無窮王至此始覺望洋堪羞女喚明璫則采蓮者趨應由是始識其名屢受誚辱自恐不見重於閨門幸芳雲語言雖虐而房幃之內猶相愛好王安居無事輒吟哦女曰妾有良言不知肯嘉納否問何言曰從此不作詩亦藏拙之一道也王大慚遂絕筆久之與明璫漸狎告芳雲曰明璫與小生有拯命之德願少假以辭色芳雲許之每作房中之戲招與共事兩情益篤時色授而手語之芳雲微覺責詞疊

加王惟喋喋強自解免一夕對酌王以爲寂勸招明璫芳雲不許王曰卿無書不讀何不記獨樂樂數語芳雲曰我言君不通今益驗矣句讀尚不知耶獨要乃樂於人要問樂孰要乎曰不一笑而罷適芳雲姊妹赴鄰女之約王得閒急引明璫綢繆備至當晚覺小腹微痛痛已而前陰盡縮大懼以告芳雲雲笑曰必明璫之恩報矣王不敢隱實供之芳雲曰自作之殃實無可以方畧既非痛癢聽之可也數日不瘳憂悶寡歡芳雲知其意亦不問訊但凝視之秋水盈盈朗若曙星王曰卿所謂

胷中正則眸子瞭焉芳雲笑曰卿所謂胷中不正則瞭子眸焉蓋沒有之沒俗讀似眸故以此戲之也王失笑哀求方劑曰君不聽良言前此未必不疑妾爲妒不知此婢原不可近曩實相愛而君若東風之吹馬耳故唾棄不相憐無已爲若治之然醫師必審患處乃探衣而咒曰黃鳥黃鳥無止于楚王不覺大笑笑已而瘳踰數月王以親老子幼每切懷思以意告女女曰歸即不難但會合無日耳王涕下交頤哀與同歸女籌思再三始許之桓翁張筵祖餞綠雲提籃入曰姊姊遠別莫可持

贍恐至海南無以爲家夙夜代營宮室勿嫌草創芳雲拜而受之近而諦視則用細草製爲樓閣大如櫞小如橘約二十餘座每座梁棟榱題歷歷可數其中供帳牀榻類麻粒焉王見戲視之而心竊歎其工芳雲曰實與君言我等皆是地仙因有宿分遂得陪從本不欲踐紅塵徒以君有老父故不忍違待父天年須復還也王敬諾桓問陸耶舟耶王以風濤險願陸出則車馬已候於門謝別言邁行蹤鶩駛俄至海岸王心慮其無途芳雲出素練一疋望南抛去化爲長堤其濶數丈瞬息馳過

堤亦漸收至一處潮水所經四望邈邈芳雲止勿行下車取籃中草具偕明璫數輩布置如法轉瞬化爲巨第並入解裝則島中居無少差殊洞房内几榻宛然時已昏暮因止宿焉早旦命王迎養王命騎趨詣故里至則居宅已屬他姓問之里人始知母及妻皆已物故惟老父尚存子善博田產並盡祖孫莫可棲止暫僦居於西村王初歸時尚有功名之念不恝於懷及聞此況沉痛大悲自念富貴縱可攜取與空花何異驅馬至西村見父衣服滓敝衰老堪憐相見哭各失聲問不肖子則賭

未歸王乃載父而還芳雲朝拜已燀湯請浴進以錦裳寢以香舍又遥致故老與之談讌享奉過於世家子一日尋至其處王絕之不聽入但予以廿金使人傳語曰可持此買婦以圖生業再來則鞭撻立斃矣子泣而去王自歸不甚與人通禮然故人偶至必延接盤桓撝抑過於平日獨有黄子介夙與同門學亦名士之坎坷者王畱之甚久時與密語賂遺甚厚居三四年王翁卒王萬錢卜兆營葬盡禮時子已娶婦婦束男子嚴子賭亦少間矣是日臨喪始得拜識姑嫜芳雲一見許其能家

賜三百金爲田產之費翼日黃及子往省視則舍宇全渺不知所在

異史氏曰佳麗所在人且於地獄中求之況享壽無窮乎地仙許攜姝麗恐帝闕下虛無人矣輕薄減其祿籍理固宜然豈仙人遂不之忌哉彼婦之口抑何其虐也

胡四娘

程孝思劍南人少慧能文父母俱早喪家赤貧無衣食業求傭爲胡銀臺司筆札胡公試使文大悅之曰此不長貧可妻也銀臺有三子四女皆襁褓中論親於大家止

有少女四娘孽出母早亡笄年未字遂贅程或非笑之以爲悖髦之亂命而公弗之顧也除館館生供備豐隆羣公子鄙不與同食僕婢咸揶揄焉生默默不較長短研讀甚苦衆從旁厭譏之程讀弗輟羣又以鳴鉦鍠聒其側程攜卷去讀於閨中初四娘之未字也有神巫知人貴賤徧觀之都無諛詞惟四娘至乃曰此眞貴人也及贅程諸姊妹皆呼之貴人以嘲笑之而四娘端重寡言若罔聞知漸至婢媪亦率相呼四娘有婢名桂兒意頗不平大言曰何知吾家郎君便不作貴官耶二姊聞

而嗤之曰程郎如作貴官當扶我睥子去桂兒怒而言曰到爾時恐不捨得睥子也二姊有婢春香曰二娘食言我以兩睛代之桂兒益恚擊掌爲誓曰管教兩丁盲也二姊忿其語侵立批之桂兒號譁夫人聞知郎亦無所可否但微哂焉桂兒譟訴四娘四娘方績不怒亦不言績自若會公初度諸壻皆至壽儀充庭大婦嘲四娘曰汝家祝儀何物二婦曰兩肩荷一口四娘坦然殊無慙怍人見其事事類癡愈益狎之獨有公愛妾李氏三姊所自出也恒禮重四娘往往相顧恤每謂三娘曰四

娘內慧外樸聰明渾而不露諸婢子皆在其包羅中而不自知況程郎晝夜攻苦夫豈久爲人下者汝勿效尤宜善之他日好相見也故三娘每歸寧輒加意相懽是年程以公力得入邑庠明年學使科試士而公適薨程縗哀如子未得與試既離苫塊四娘贈以金使趨入遺才籍囑曰曩久居所不被呵逐者徒以有老父在今萬分不可矣倘能吐氣庶回時尚有家耳臨別李氏及三娘賂遺優厚程入闈砥志研思以求必售無何放榜竟被黜願乖氣結難於旋里幸囊貲小泰攜囊入都時妻

黨多任京秩恐見誚訕乃易舊名詭托里居求潛身於
大人之門東海李蘭臺見而器之收諸幕中資以膏火
爲之納貢使應順天舉連戰皆捷授庶吉士自乃實言
其故李公假千金先使紀綱赴劍南爲之治第時胡大
郎以父亡空匱貸其沃墅因購焉旣成後遣輿馬往迎
四娘先是程擢第後有郵報者舉宅皆惡聞之又審其
名字不符叱去之適三郎完婚戚眷登堂爲儐姊妹諸
姑咸在獨四娘不見招於兄嫂忽一人馳入呈程寄四
娘函信兄弟發視相顧失色筵中諸眷客請見四娘姊

妹惴惴惟恐四娘銜恨不至無何翩然竟來申賀者捉坐者寒暄者喧雜滿屋耳有聽聽四娘目有覘覘四娘口有道道四娘也而四娘凝重如故衆見其靡所短長稍就安帖於是爭把琖酌四娘方宴笑間門外啼號甚急羣致怪問俄兒春香奔入面血沾染共詰之哭不對二娘訶之始泣曰桂兒逼索眼睛非解脫幾抉去矣二娘大慙汗粉交下四娘漠然合座寂無一語客始告別四娘盛妝獨拜李夫人及三姊出門登車而去衆始知買墅者即程也四娘初至墅什物多闕夫人及諸郎各

以婢僕器具相贈遺四娘一無所受唯李夫人贈一婢受之居無何程歸展墓車馬扈從如雲詣岳家禮公柩次參李夫人諸郎衣冠既竟已升輿矣胡公歿拏公子日競貲財柩弗顧數年靈寢漏敗漸將以華屋作山邱矣程睹之悲竟不謀於諸郎刻期營葬事事盡禮殯日冠蓋相屬里中咸嘉歎焉程十餘年歷秩清顯凡遇鄉黨厄急罔不極力二郎適以人命被逮直指巡方者爲程同譜風規甚烈大郎浼婦翁王觀察函致之殊無裁荅益懼欲往求妹而自覺無顏乃持李夫人手書往至

都不敢遽進覿程入朝而後詣之冀四娘念手足之義而忘睚眦之嫌閽人既通即有舊媼出導入廳事具酒饌亦頗草草食畢四娘出顏色溫霽問大哥人事大忙萬里何暇枉顧大郎五體投地泣述所來四娘扶而笑曰大哥好男子此何大事直復爾爾妹子一女流幾曾見嗚嗚向人大郎乃出李夫人書四娘曰諸兄家娘子都是天人各求父兄即亦可了何至奔波到此大郎無詞但固哀之四娘作色曰我以爲跋涉來省妹子乃以大訟求貴人耶拂袖逕入大郎慚憤而出歸家詳述

大小罔不詬詈李夫人亦謂其忍逾數日二郎釋放寧家衆大喜方笑四娘之徒取怨謗也俄白四娘遣价候李夫人喚入僕陳金幣言夫人爲二舅事遣發甚急未遑字覆聊寄微儀以代函信衆始知二郎之歸乃程力也後三娘家漸貧程施報逾於常格又以李夫人無子迎養若母焉

僧術

黄生故家子才情頗贍夙志高騫村外蘭若有居僧某素與分深既而僧雲遊去十餘年復歸見黄歎曰謂君

騰達久今尚白紵耶想福命固薄耳請爲君賄冥中主者能置十千否答言不能僧曰請勉辦其半餘當代假之三日爲約黃諾之竭力典質如數三日僧果以五千來付黃黃家舊有汲井水深不竭云通河海僧命束置井邊戒曰約我到寺卽推墮水中候半炊時有一錢泛起當拜之乃去黃不解何術轉念效否未定而十千可惜乃匿其九而以一千投之少間巨泡突起鏗然而破卽有一錢浮出大如車輪黃大驚旣拜又取四千投焉落下擊觸有聲爲大錢所隔不得沉日暮僧至譙讓之

曰胡不盡投黃云已盡投矣僧曰冥中使者止將一千去何以妄言黃實告之僧歎曰鄙吝者必非大器此子之命合以明經終不然科甲立致矣黃大悔求再禳之僧固辭而去黃視井中錢猶浮以綆鈎上大錢乃沉是歲黃以副榜准貢卒如僧言

異史氏曰豈冥中亦開捐納之科耶十千而得一第直亦廉矣然一千准貢猶昂貴耳明經不第何值一錢

柳生

周生順天宦裔也與柳生善柳得異人傳相人之術嘗

謂周曰子功名無分萬鍾之貲尚可以人謀然尊閫薄相恐不能佐君成業未幾婦果亡家室蕭條不可聊賴因詣柳將以卜姻入客舍坐良久柳歸內不出呼之再三始出曰我日爲君物色佳偶今始得之適在內作小術求月老繫赤繩耳周喜問之荅曰甫有一人攜囊出遇之否曰遇之襤褸若丐曰此君岳翁宜敬禮之周曰緣相交好遂謀隱密何相戲之甚也僕即式微猶是世裔何至下昏於市儈柳曰不然犁牛尚有子何害周問曾見其女耶曰未也我素與無舊姓名亦問訊知之周

笑曰尚未知犁牛何知其子柳曰我以數信之其人兒而賤然當生厚福之女但強合之必有大厄容復禳之周既歸未肯以其言爲信諸方覓之迄無一成一日柳忽至曰有一客我已代折簡矣問爲誰曰但無問宜速作黍周不喻其故如命治具俄客至蓋傅姓營卒也心內不合陽浮道與之而柳生承應甚恭少間酒肴既陳以雜惡草具進柳起告客公子嚮慕已久每託某代訪曩昔始得晤又聞不日遠征立刻相邀可謂倉卒主人矣飲間傅憂馬病不可騎柳亦俯首爲之籌思既而客

去柳讓周曰千金不能買此友何以視之漠漠借馬騎
歸因假周命登門持贈傅周既知稍稍不快已無如何
過歲將如江西投臬司幕詣柳問卜柳言大吉周笑曰
我意無他但薄有所獵當購佳婦幾幸前言之不驗也
能否柳曰並如君願及至江西值大寇叛亂三年不得
歸後稍平選日遵路中途爲土寇所掠同難七八人皆
劫其金貲釋令去惟周被虜至巢盜首詰其家世因曰
我有息女欲奉箕帚當即勿辭周不荅盜怒立命梟斬
周懼思不如暫從其請因從容而棄之遂告曰小生所

以踟躇者以文弱不能從戎恐益爲丈人累耳如使夫婦得相將俱去恩莫厚焉盜曰我方憂女子累人此何不可從也引入内妝女出見年可十八九蓋天人也當夕合巹深過所望細審姓氏乃知其父即當年荷囊人也因述柳言爲之感歎過三四日將送之行忽大軍掩至全家皆就執縛有將官三員監視已將婦公斬訖尋次及周周自分已無生理一員審視曰此非周某耶蓋傅卒已以軍功授副將軍矣謂僚曰此吾鄉世家名士安得爲賊解其縛問所從來周詭曰適江臯娶婦而歸

不意途陷盜窟幸蒙拯拔德戴二天但室人離散求借洪威更賜瓦全傳命列諸俘令其自認得之餉以酒食助以資斧曰曩受解驂之惠且夕不忘但搶攘間不遑修禮請以馬二匹金五十兩助君北旋又遣二騎持信矢護送之途中女告周曰癡父不聽忠告母氏死之知有今日久矣所以偷且暮者以少時曾爲相者所許冀他日能收親骨耳某所窖藏巨金可以發贖父骨餘者攜歸尚足謀生囑騎者候於路兩人至舊處廬舍已燼於灰火中取佩刀掘尺許果得金盡裝入橐乃返以百

金賂騎者使瘞翁尸又引拜母塚始行至直隸界厚賜騎者而去周久不歸家人謂其已死恣意侵冒粟帛器具蕩無所存及聞主人歸大懼鬨然盡逃有一嫗一婢一老奴在焉周以出死得生不復追問及訪柳則不知所適矣女持家逾於男子擇醇篤者授以貲本而均其息每諸商會計於簷下女垂簾聽之盤中誤下一珠輒指其訛內外無敢欺數年夥商盈百家數十巨萬矣乃遣人移親骨厚葬之

異史氏曰月老可以賄囑無怪媒妁之同於牙儈矣乃

盜也有是女耶培塿無松栢此鄙人論耳婦人女子猶失之況以相天下士哉

聶政

懷慶潞王有昏德時行民間窺見女子輒奪之有王生妻爲王所睹遣輿馬直入其第女子號涕不伏强舁而出王亡去隱身聶政之墓冀妻經過此得一遙訣無何妻至望見夫大哭投地王惻動心懷不覺失聲從人知其王生執之將加搒掠忽墓中一丈夫出手握白刃氣甚威猛厲聲曰我聶政也良家子豈容强占念汝輩非

所自由姑且宥恕寄語無道主若不改行不日將決其首衆大駭棄車而走丈夫亦入墓中而沒夫妻叩墓歸猶懼王命復臨過十餘日竟無消息心始安王自此淫威亦少殺云

異史氏曰余讀刺客傳而獨服膺於軹深井里也其銳身而報知己有豫之義白晝而殺卿相有鱄之勇皮面自刑不累骨肉有曹之智至於荆軻力不足以謀無道秦遂使絕裾而去自取滅亡輕借樊將軍之頭何日可能還也此千古之所恨而聶政之所嗤者矣聞之野史

其墳見掘於羊左之鬼果爾則生不成名死猶喪義其視聶之抱義憤而懲荒淫者爲人之賢不肖何如噫聶之賢於此益信

二商

莒人商姓者兄富而弟貧鄰垣而居康熙間歲大凶弟朝夕不自給一日日向午尚未舉火枵腹蹀躞無以爲計妻令往告兄商曰無益脫兄憐我貧也當早有以處此矣妻固强之商使其子往少頃空手而返商曰何如哉妻詳問阿子云何子曰伯躊躕目視伯母伯母告我

曰兄弟析居有飯各食誰復能相顧也夫妻無言暫以殘盎敗榻少易糠粃而生里中三四惡少窺大商饒足夜踰垣入夫妻驚寤鳴盥器而號鄰人共嫉之無援者不得已疾呼二商商聞嫂鳴欲趨救妻止之大聲對嫂曰兄弟析居有禍各受誰復能相顧也俄盜破扉執大商及婦炮烙之呼聲綦慘二商曰彼固無情焉有坐視兄死而不救者率子越牆大聲疾呼二商父子故武勇人所畏懼又恐驚致他援盜乃去視兄嫂兩股焦灼扶榻上招集婢僕乃歸大商雖被創而金帛無所亡失謂

妻曰今所遺固悉出弟賜宜分給之妻曰汝有好兄弟不受此苦矣商乃不言二商家絕食謂兄必有以報久之寂不聞婦不能待使子捉囊往從貸斗粟而返婦怒其少欲反之二商止之踰兩月貧餒愈不可支二商曰今無術可以謀生不如鬻宅於兄兄恐我他去或不受券而恤焉未可知縱或不然得餘金亦可存活妻以爲然遣子操券詣大商大商告之婦且曰弟卽不仁我手足也彼去則我獨立不如反其券而周之妻曰不然彼言去挾我也果爾則適墮其謀世間無兄弟者便都死

御卯我高葺牆垣亦足自固不如受其券從所適亦可以廣吾宅計定令二商押署券尾付直而去二商於是徙居鄰村鄉中不逞之徒聞二商去又攻之復執大商搒楚酷毒慘至所有金貲悉以贖命盜臨去開廩呼村中貧者恣所取頃刻都盡次日二商始聞及奔視則兄已昏憒不能語開目見弟但以手抓席而已少頃遂死二商忿訴邑宰盜首逃竄莫可緝獲盜粟者百餘人皆里中貧民州守亦莫如何大商遺幼子纔五歲家既貧往往自投叔所數日不歸送之歸則啼不止二商

婦頗不加青眼二商曰渠父母不義其子何罪因市蒸餅數枚自送之過數日又避妻子陰負斗粟與嫂使養兒如此以爲常又數年大商賣其舊宅嫂得直足自給二商乃不復至後歲大饑道殣相望二商食指益繁不能他顧姪年十五荏弱不能操業使攜籃從兄貨胡餅一夜夢兄至顏色慘戚曰余惑於婦言遂失手足之義弟不念前嫌增我汗羞所賣故宅今尚空閒宜僦居之屋後蓬顆下藏有窖金發之可以小阜使醜兒相從長舌婦余甚憾之勿顧也既醒異之以重直啗第主始得

就果發得五百金從此棄賤業使兄弟設肆廛間姪頗慧記算無訛又誠慤凡出入一錙銖必告二商益愛之一日泣謂母請粟商妻欲勿與二商念其孝按月廩給之數年家益富大商婦病死二商亦老乃析姪家貲劃半與之

異史氏曰聞大商一介不輕取予亦狷潔自好者也然婦言是聽憒憒不置一辭恝情骨肉卒以吝死嗚呼亦何怪哉二商以貧始以素封終爲人何所長但不甚遵閫教嗚呼一行不同而人品遂異

祿數

某顯者多爲不道夫人每以果報勸諫之殊不聽信適有方士能知人祿數詣之方士熟視曰君再食米二十石麵二十石天祿乃終歸語夫人計一人終年僅食麵二石尚有二十餘年天祿豈不善所能絕耶橫如故逾年忽病除中食甚多而旋飢一晝夜十餘餐未及周歲死矣

聊齋志異卷八終

天津圖書館藏

青柯亭刻本

聊齋志異

三

〔清〕蒲松齡 著

齊魯書社
·濟南·

聊齋志異卷九

淄川 蒲松齡 留仙 著

新城 王士正 貽上 評

雲蘿公主

安大業盧龍人生而能言母飲以犬血始止旣長韶秀顧影無儔又慧能讀世家爭婚之母夢曰兒當尚主信之至十五六迄無驗亦漸自悔一日安獨坐忽聞異香俄一美婢奔入曰公主至即以長氈貼地自門外直至榻前方駭疑間一女郎扶婢肩入服色容光映照四堵

婢卽以繡墊設榻上扶女郞坐安倉皇不知所爲鞠躬便問何處神仙勞降玉趾女郞微笑以袍袖掩口婢曰此望后府中雲蘿公主也聖后屬意郞君欲以公主下嫁故使自來相宅安驚喜不知置詞女亦俯首相對寂然安故好棋楸枰嘗置坐側一婢以紅巾拂塵移諸案上曰主日耽此不知與粉侯孰勝安移坐近案主笑從之甫三十餘着婢竟亂之曰駙馬負矣斂子入奩曰駙馬當是俗間高手主僅能讓六子乃以六黑子實局中主亦從之主坐次輒使婢伏坐下以背受足左足踏地

則更一婢右伏又兩小鬟夾侍之每值安凝思時輒曲一肘伏肩上局闌未結小鬟笑云駙馬負一子婢進曰主惰宜且退女乃傾身與婢耳語婢出少頃而還以千金置榻上告生曰適主言居宅湫鄙煩以此少致修飾落成相會也一婢曰此月犯天刑不宜建造月後吉女起生遮止閉門婢出一物狀類皮排就地鼓之雲氣突出俄頃四合窅不見物索之已杳母知疑以爲妖而生神馳夢想不能復捨急於落成無暇禁忌刻日敦迫廊舍一新先是有灤州生袁大用僑寓鄰坊投刺於門生

素寡交托他出又窺亡而報之後月餘門外適相值二
十許少年也宮絹單衣絲帶烏履意甚都雅略與傾談
頗甚溫謹悅之揖而入請與對奕互有贏虧已而設酒
留連談笑大懽明日邀生至其寓所珍肴雜進相待殷
渥有小童十二三許拍板清歌又跳擲作劇生大醉不
能行便令負之生以其纖弱恐不能勝袁强之僮綽有
餘力荷送而歸生奇之次日犒以金再辭乃受由此交
情欵密三數日輒一過從袁爲人簡默而慷慨好施市
有負責鬻女者解囊代贖無吝色生以此益重之過數

日詣生作別贈象箸楠珠等十餘事白金五百用助與
作生反金受物報以束帛後月餘樂亭有仕宦而歸者
橐貲充牣盜夜入執主人燒鐵鉗灼刼掠一室家人識
袁行牒追捕鄰院屠氏與生家積不相能因其土木大
興陰懷疑忌適有小僕竊象箸賣諸其家知袁所贈因
報大尹尹以兵繞舍偵生主僕他出執母而去母衰邁
受驚僅存氣息二三日不復飲食尹釋之生聞母耗急
奔而歸則母病已篤越宿遂卒收殮甫畢爲捕役執去
尹見其年少溫文竊疑誣枉故恐喝之生實述其交往

之由尹問何以暴富生曰母有藏鏹因欲親迎故治昏室耳尹信之具牒解郡鄰人知其無事以重金賂監者使殺諸途路經深山被曳近削壁將推墮之計逼情危時方急難忽一虎自叢莽中出嚙二役皆死銜生去至一處重樓疊閣虎入置之見雲蘿扶婢出淒然慰弔曰妾欲留君但母喪未卜窀穸可懷牒到郡自投保無恙也因取生胸前帶連結十餘扣囑云見官時拈此結而解之可以弭禍生如其教詣郡自投太守喜其誠信又稽牒知其冤銷名令歸至中途遇袁下騎執手備言情

况袁憤然作色默不一語生曰以君風采何自汚也袁曰某所殺皆不義之人所取皆非義之財不然即遺於路者不拾也君教我固自佳然如君家鄰豈可置在人間耶言已超乘而去生歸殯母已柴門謝客忽一夜盜入鄰家父子十餘口盡行殺戮止留一婢席捲貲物與僮分攜之臨去執燈謂婢汝認之殺人者我也與人無涉並不啟關飛簷越壁而去明日告官疑生知情又捉生去邑宰詞色甚厲生上堂握帶且辨且解宰不能詰又釋之既歸益自韜晦讀書不出一跛嫗執炊而已服

既闋日掃階庭以待好音一日異香滿院登閣視之內外陳設煥然矣悄揭畫簾則公主凝妝坐急拜之女挽手曰君不信數遂使土木爲災又以苦塊之戚遲我三年琴瑟是急之而反以得緩天下事大抵然也生將出貲治具女曰勿復須婢探櫝肴羹熱如新出於鼎酒亦芳冽酌移時日已投暮足下踏婢漸都亡去女四肢嬌惰足股曲伸似無所着生狎抱之女曰君暫釋手今有兩道請君擇之生攬項問故曰若爲棋酒之交可得三十年聚首若作牀笫之歡可六年諧合耳君焉取生曰

六年後再商之女乃默然遂相燕好女曰妾固知君不免俗道此亦數也因使生蓄婢媼別居南院炊爨紡織以作生計北院中並無烟火惟棋枰酒具而已戶常闔生推之則自開他人不得入也然南院人作事勤惰女輒知之每使生往譴責無不具服女無繁言無響笑與有所談但俯首微哂每並肩坐喜斜倚人生舉而加諸膝輕如抱嬰生曰卿輕若此可作掌上舞曰此何難但婢子之所為不屑耳飛燕原九姊侍兒屢以輕佻獲罪怒謫塵間又不守女子之貞今已幽之閣上以錦薦布

滿冬未嘗寒夏未嘗熱女嚴冬皆着輕縠生爲製鮮衣
強使着之踰時解去曰塵濁之物幾於壓骨成瘵一日
抱諸膝上忽覺沉倍曩昔異之笑指腹曰此中有俗種
矣過數日顰黛不食曰近病惡阻頗思烟火之味生乃
爲具甘旨從此飲食遂不異於常人一日曰妾質單弱
不任生產婢子樊英頗健可使代之乃脫衷服衣英閉
諸室少頃聞兒啼啟扉視之男也喜曰此兒福相大器
也因名大器繃納生懷俾付乳媪養諸南院女自免身
腰細如初不食烟火矣忽辭生欲暫歸寧問返期荅以

三日鼓皮排如前狀遂不見至期不來積年餘音信全渺亦已絕望生鏁戶下幃遂領鄉薦終不肯娶每獨宿北院沐其餘芳一夜輾轉在榻忽見燈火射窗門亦自闢羣婢擁公主入生喜起問爽約之罪女曰妾未愆期天上二日半耳生得意自詡告以秋捷意主必喜女愀然曰烏用是儻來者爲無足榮辱止折人壽數耳三日不見入俗幛又深一層矣生由是不復進取過數月又欲歸寧生殊淒戀女曰此去定早還無煩穿望且人生離合皆有定數撙節之則長恣縱之則短也旣去月餘

即返從此一年半歲輒一行往往數月始還生習爲常亦不之怪又生一子女舉之曰豺狼也立命棄之生不忍而止名曰可棄甫周歲急爲卜婚諸媒接踵問其甲子皆謂不合曰吾欲爲狼子治一深圈竟不可得當令傾敗六七年亦數也囑生曰記取四年後侯氏生女左脇有小贅疣乃此兒婦當婚之勿較其門地也即令書而誌之後又歸寧竟不復返生每以所囑告親友果有侯氏女生有疣贅侯賤而行惡衆咸不齒生竟媒定焉大器十七歲及第娶雲氏夫妻皆孝友父鍾愛之可棄漸

長不喜讀輒偷與無賴博賭恒盜物償戲債父怒撻之卒不改相戒隄防無所得遂夜出小爲穿窬爲主所覺縛送邑宰宰審其姓氏以名刺送之歸父兄共縶之楚掠慘棘幾於絕氣兄代哀免始釋之父忿恚得疾食銳減乃爲二子立析產書樓閣沃田悉歸大器可棄怨怒夜持刀入室將殺兄悞中嫂先是主有遺袴絕輕耎雲拾作寢衣可棄砍之火星四射大懼奔去父知病益劇數月尋卒可棄聞父死始歸兄善視之而可棄益肆年餘所分田產畧盡赴郡訟兄官審知其人斥逐之兄弟

之好遂絕又踰年可棄二十有三侯女十五矣兄憶母言欲急爲完婚召至家除佳宅與居迎婦入門以父遺良田悉登籍交之曰數頃薄產爲若蒙死守之今悉相付吾弟無行寸草與之皆棄也此後成敗在於新婦若能令改行無憂凍餓不然兄亦不能塡無底壑也侯雖小家女然固慧麗可棄雅畏愛之所言無敢違每出限以晷刻過期則詬厲不與飲食可棄以此少斂年餘生一子婦曰我以後無求於人矣膏腴數頃母子何患不溫飽無夫焉亦可也會可棄盜粟出賭婦知之彎弓於

門以拒之大懼避去窺婦入逡巡亦入婦操刀起可棄返奔婦逐砍之斷幅傷臀血沾襪履忿極往訴兄兄不禮焉寃慚而去過宿復至跪嫂哀泣求先容於婦婦決絕不納可棄怒將往殺婦兄不語可棄忿起操戈直出嫂愕然欲止之兄目禁之俟其去乃曰彼故作此態實不敢歸也使人覘之已入家門兄始色動將奔赴之而可棄已屏息出蓋可棄入家婦方弄兒望見之擲兒牀上覓得厨刀可棄懼曳戈反走婦逐出門外始返兄已得其情故詰之可棄不言惟向隅泣目盡腫兄憐之親

卒之去婦乃納之俟兄出罰使長跪要以重誓而後以瓦盆賜之食自此改行爲善婦持籌握算日致豐盈可棄仰成而已後年七旬子孫滿前婦猶時將白鬚使縢行焉

異史氏曰悍妻妬婦遭之者如疽附於骨死而後已豈不毒哉然砒附天下之至毒也苟得其用瞑眩大瘳非參苓所能及矣而非仙人洞見臟腑又烏敢以毒藥貽子孫哉

甄后

洛城劉中堪少鈍而淫於典籍恒杜門攻苦不與世通一日方讀忽聞異香滿室少間珮聲甚繁驚顧之有美人入簪珥光采從者皆宮粧劉驚伏地下美人扶之曰子何前倨而後恭也劉益惶恐曰何處天仙未曾拜識前此幾時有侮美人笑曰相別幾何遂爾懞懞危坐磨磚者非子也耶乃展錦薦設瑤漿促坐對飲與論今古之事博洽非常劉茫茫不知所對美人曰我只赴瑤池一回宴耳子歷幾生聰明頓盡矣遂命侍者以湯沃水晶膏進之劉受飲訖忽覺心神澄徹既而嚑暮從者盡

去息燭解襦曲盡歡好未曙諸姬已復集美人起粧容如故鬢髮修整不再理也劉依依苦詰姓字荅曰告郎不妨恐益君疑耳妾甄氏君公幹後身當日以妾故罹罪心實不忍今日之會亦聊以報癡情也問魏文安在曰丕不過賊父之庸子耳妾偶從富貴者游戲數載過即不置念慮彼曩以阿瞞故久滯幽冥今未聞知反是陳思爲帝典籍時一見之旋見龍輿止於庭中乃以玉指合贈劉作別登車雲推霧覆而去劉自是文思大進然追念美人凝想若癡歷數月漸近羸殆母不知其故

憂之家一老嫗忽謂劉曰郎君意頗有所思否劉以其言微中不能隱應曰唯唯嫗言郎作尺一書我能郵致之劉驚喜曰子有異術向日昧於物色果能之不敢忘也折簡爲函付嫗便去半夜而返曰幸不悞事初登其門門者以我爲妖欲加縶縶我出郎君書彼乃將去少頃喚入夫人亦欷歔自言不能復會便欲裁荅我言郎君羸憊非一字所能瘳也夫人少沉思乃釋筆云煩先報劉郎當即送一佳婦去臨行又囑適所言乃百年之計但無妄傳便能永久劉喜伺之明日果有老姥率一

女郎詣母所容色絕世自言陳氏女其所出名司香願求作婦母愛之議聘更不索貲坐待成禮而去惟劉心知其異陰問女係夫人何人荅云妾銅雀故伎也劉疑其爲鬼女曰非也妾與夫人俱隸仙籍偶以罪過謫墮人間夫人已復舊位妾謫限未滿夫人請之天曹暫使給役去留皆在夫人故得常侍牀簀耳一日有瞽媼牽黃犬丐食其家拍板俚歌女出窺立未定犬斷索咋女女駭走羅襟巳斷劉以杖逐擊之犬猶怒齕斷幅頭刻碎嚼如麻瞽媼捉領毛縛之去劉入視女驚顏未定曰

卿仙人何乃畏犬曰君自不知犬乃老瞞所化蓋怒妾不守分香之戒也劉聞之欲買而杖斃之女曰不可上帝所罰何得擅誅居二年見者皆驚其艷而審所從來殊涉恍惚於是共疑爲妖母詰劉劉亦微道其異母大懼戒使絕之劉不聽母陰覓術士來作法於庭方規地爲壇女慘然曰本期白首今老母見疑自分義絕矣要我去亦復匪難而豈禁呪所能遣耶乃束薪爇火拋置堦下瞬息烟徹房屋對面相失有聲震擊如雷既而烟滅見術士七竅流血而死入室則女已渺呼媪問之媪

亦不知所之矣劉始告母嫗葢狐也

異史氏曰始於袁終於曹而後注意於公幹仙人不應若是然平心而論奸瞞之篡子何必有貞婦哉犬睹故妓應大悟分香賣履之癡固猶然妬之耶嗚呼奸雄不暇自哀而後人哀之已

宦娘

溫如春秦之世家也少癖嗜琴雖逆旅未嘗暫舍客晉經由古寺繫馬門外將暫憩止入則有布衲道人趺坐廊間筇杖倚壁花布囊琴溫觸所好因問亦善此耶道

人云顧不能工願就善者學之耳遂脫囊授溫溫視之紋理佳妙畧一勾撥清越異常喜爲撫一短曲道人微笑似未許可溫乃竭盡所長道人哂曰亦佳亦佳但未足爲貧道師也溫以其言夸轉請之道人接置膝上裁撥動覺和風自來又頃之百鳥羣集庭樹爲滿溫驚極拜請受業道人三復之溫側耳傾心稍稍會其節奏道人試使彈點正疎節曰此塵間已無對矣溫由是精心刻畫遂稱絶技後歸秦離家數十里日已暮暴雨莫可投止路傍有小村趨之不遑審擇見一門匆匆遽入登

其堂闃若無人俄一女郎出年十七八貌類神仙舉首
見客驚而走入溫時未耦繫情殊深俄一老嫗出問客
溫道姓名兼求寄宿嫗言宿當不妨但少牀榻不嫌屈
體可藉藁少選以燭來展草鋪地意良殷問其姓氏荅
云趙姓又問女郎何人曰此宦娘老身之猶子也溫曰
不揣寒陋欲求援繫如何嫗顰蹙曰此卽不敢應命溫
詰其故但云難言悵然遂罷嫗既去溫視藉草腐溼不
堪臥處因危坐鼓琴以消永夜雨既歇冒雨遂歸邑有
林下部郎葛公喜文士溫偶詣之受命彈琴簾內隱約

有眷客窺聽忽風動簾開見一及笄入麗絶一世蕊公有女小字良工善詞賦有艷名溫心動歸與母言媒通之而葛以溫勢式微不許然女自聞琴後心竊傾慕每冀再聆雅奏而溫以姻事不諧志乖意阻絶跡於葛氏之門矣一日女於園中拾得舊箋一折上書惜餘春詞云因恨成癡轉思作想日日爲情顛倒海棠帶醉楊柳傷春同是一般懷抱甚得新愁舊愁剗盡還生便如青草自别離只在奈何天裏度將昏曉今日箇蹙損春山望穿秋水道棄已拚棄了芳衾妬夢玉漏驚魂要睡何

能睡好漫說長宵似年儂視一年比更猶少過三更已是三年更有何人不老女吟咏數四心好之懷歸出錦箋莊書一通置案間踰時索之不可得竊意爲風飄去適葛經閨門過拾之謂良工作惡其詞蕩火之而未忍言欲急醮之臨邑劉方伯之公子適來問名心善之而猶欲一睹其人公子盛服而至儀容秀美葛大悅欵延優渥既而告别坐下遺女舄一鈎心頓惡其儇薄因呼媒而告以故公子亟辯其誣葛弗聽卒絕之先是葛有綠菊種吝不傳良工以植閨中溫庭菊忽有一二株化

爲緣同人聞之輒造廬觀賞溫亦贊之淩晨趨視於畦畔得箋寫惜餘春詞反覆披讀不知其所自至以春爲己名益惑之即紮頭細加丹黃評語褻嫚適葛聞溫菊變緣訪之躬詣其齋見詞便取展讀溫以其評褻奪而挼莎之葛僅睹一兩句蓋即閨門所拾者也大疑並緣菊之穫亦猜爲良工所贈歸告夫人使逼詰良工良工涕欲死而事無驗見莫可取實夫人恐其迹益彰計不如以女歸溫葛然之遂致溫溫喜極是日招客爲緣菊之宴焚香彈琴良夜方罷既歸寢齋僮聞琴自作聲初

以爲僚僕之戲也既知其非人始白溫溫自詣之果不妄其聲梗澁似將效巳而未能者爇火暴入杳無所見溫攜琴去則終夜寂然因意爲狐固知其願拜門牆也者遂每夕爲奏一曲而設絃任操若爲師夜夜潛伏聽之至六七夜居然成曲雅足聽聞溫既親迎各述曩詞始知締好之由而終不知所由來良工聞琴鳴之異往聽焉曰此非狐也調悽楚有鬼聲溫未深信良工因言其家有古鏡可鑑魑魅翊日遣人取至伺琴聲既作握鏡遽入火之果有女子在倉皇室隅莫能復隱細審之

趙氏之宧娘也大駭窮詰之泫然曰代作蹇修不爲無德何相逼之甚也溫請去鏡約勿避諸之乃囊鏡女遂坐曰妾太守之女死百年矣少喜琴箏箏已頗能諳之獨此技未有嫡傳重泉猶以爲憾惠顧時得聆雅奏傾心向往又恨以異物不能奉衣裳陰爲君腼合佳偶以報眷顧之情劉公子之女爲惜餘春之俚詞皆妾爲之也酬師者不可謂不勞矣夫妻咸拜謝之宧娘曰君之業妾思過半矣但未盡其神理請爲妾再鼓之溫如其請又曲陳其法宧娘大悅曰妾已盡得之矣乃起辭欲

去良工故善箏聞其所長願一披聆宦娘不辭其調其譜並非塵世所能良工擊節轉請受業女命筆爲繪譜十八章又起告別夫妻挽之良苦宦娘悽然曰君琴瑟之好自相知音薄命人烏有此福如有緣再世可相聚耳因以一卷授溫曰此妾小像如不忘媒妁當懸之臥室快意時焚香一炷對鼓一曲則兒身受之矣出門遂沒

阿繡

海州劉子固十五歲時至蓋省其舅見雜貨肆中一女

子姣麗無雙心愛好之潛至其肆托言買扇女子便呼其父父出劉意沮故折閱之而退遥覘其父他往又趨之女將覓父劉止之曰無須但言其價我不靳直耳女如言故昂之劉不忍爭脫貫逕去明日復往又如之行數武女追呼曰反來適僞言耳價奢過當因以半價返之劉益感其誠蹈隙輒往由是日熟女問郎君何所以實對轉詰之自言姚氏臨行所市物女以紙代裹完好已而以舌舐粘之劉懷歸不敢復動恐亂其舌痕積半月爲僕所窺陰與舅力要之歸意惓惓不自得以所市

香帕脂粉等類密置一篋無人時輒闔戶自檢一過觸類凝思次年復至蓋囊裝甫解即趨女所至則四宇闃焉失望而返猶意暫出未復叅起又赴之扃如故問諸鄰居始知姚原廣寧人以貿易無重息故暫歸去又不審何時可以復來神志乖喪居數日怏怏而歸爲之下婚屢梗母議母怪怒之僕私以曩情告母母益防閑之蓋之途由是遂絕劉忽忽不樂減食廢學母憂思無計念不如從其志於是刻日辦裝使如蓋轉寄語舅媒合之舅承命詣姚踰時而返謂劉曰事不諧矣阿繡巳字

廣寧人劉低頭喪志心灰望絕既歸捧篋啜泣而徘徊凝念冀天下有似之者適媒來艷稱復州黃氏女劉恐不確命駕至復入西門見北向一家兩扉半開內一女郎怪似阿繡再屬目之且行且盼而入直是無訛劉大動凝因僦居東鄰細詰其家爲李氏反復凝念天下寧有如此相似者耶居之數日莫可夤緣惟目眈眈伺候於其門以冀女郎復出一日日方夕女果出忽見劉卽反身掩扉以手指其後又復掌及額乃入劉喜極但不能解凝想移時信步詣舍後見荒園寥廓西有短垣畧

可及肩豁然頓悟遂蹲伏露草中久之有人自牆上露其首小語曰來乎劉諾而起細視眞阿繡也因而大慟涕墮如綆女隔堵探身以巾拭其淚所以慰藉之良殷劉曰百計不遂自謂今生已已何意復有今夕顧卿何至此曰李氏妾表叔也劉請踰垣女曰君先歸遣從人他宿妾當自至劉如其教坐伺之少間女悄然入妝飾不甚炫麗袍袴猶昔劉挽坐備道艱苦因問卿已字何未醮也女曰言妾受聘者妄也家君以道里賒遠不願附公子爲婚姻此或舅氏託言以絕君望耳既就枕

席欵接之懽不可言喻四更遽起過牆而去劉自是如復之初念悉忘而旅居半月絕不言歸一夜僕起飼馬見室中燈燭猶明窺之望見阿繡大駭不敢詰主旦訪市肆始反而詰劉曰夜與往還者何人也劉初諱之僕曰此第岑寂鬼狐之藪公子亦宜自愛彼姚家女郎何爲而至於此劉始覥然曰西鄰其表叔有何疑沮僕言我已訪之最審東鄰止一孤嫗西家一子尚幼別無密戚所遇當是鬼魅不然焉有數年之衣尚未易者且其面色過白兩頰少瘦笑處無微渦不如阿繡美劉反覆

回思乃大懼曰且爲奈何僕謀伺其來操兵入擊之至暮女至謂劉曰知君見疑然妾亦無他不過了此夙分耳言未已僕排闥驟入女呵曰可棄兵速具酒與主人言別僕自投其刃若或奪焉劉益恐強設酒饌女談笑如常謂劉曰悉君心事方且圖效綿薄何勞伏戎妾雖非阿繡頗自謂不亞之君視之猶否耶劉身毛俱豎默不得語女聽漏三催把琖一呷起曰我且去待花燭後再與君家美人較優劣也轉身遂杳劉信狐言逕如蓋怨舅之誑已也亦不舍於其家寓近姚氏託媒自通

陷以重賂姚妻言小郎爲覓壻於廣寧若翁以是故去就否良不可知須彼旋時方可作計較劉聞之徊徨無以自主惟堅守以伺其歸踰十餘日忽聞兵警猶以訛傳自解又久之信益急乃趣裝行中途遇亂主僕相失爲偵者所擄以劉文弱疏其防盜馬亡去至海州界見一女子蓬鬢垢耳步履蹉跌劉馳過之女子呼曰馬上劉郎非乎劉停鞭審顧蓋阿繡也心仍訝其爲狐曰汝眞阿繡耶女問何出此言劉述所遇女曰妾眞阿繡非贋冒者父攜妾自廣寧歸遭變被虜授馬屢墮忽一女

子握腕趣遁荒竄軍中亦無詰者女子健步若駛苦不能從百步而屣屢褪焉久之聞號嘶漸遠乃釋手曰別矣前皆坦途可緩行愛汝者將至宜與同歸劉知是狐感之因述其留荔之故女言其叔爲擇壻於方氏未委禽而亂適作劉始知舅言非妄携女馬上疊騎歸入門則老母無恙大喜繫馬而入述所自來母亦喜爲之盥濯粧竟容光煥發益喜曰無怪癡兒魂夢不忘也遂設裀褥使從已宿又遣人赴荔寓書於姚不數日姚夫婦俱至卜吉成禮乃去劉藏篋舊封儼然有粉一函啟之

化爲赤土異之女掩口曰數年之盜今始發覺矣爾日見郎任妾包裹更不審及眞僞故以此相戲耳方笑嬉間一人搴簾入曰快意如此當謝蹇修矣劉視之又一阿繡也急呼母母及家人悉集無有能辨識者劉回首亦迷注目移時始揖而謝之女子索鏡自照赧然趨出尋之已渺矣夫妻感其義爲位於室而祀之一夕劉醉歸室暗無人方自挑燈而阿繡至劉挽問何之笑曰酒臭熏人使人不耐如此盤詰誰作桑中逃耶劉笑捧其頰女曰郎視妾與狐姊孰勝劉曰卿過之然皮相者不

能辨也已而闔扉相狎俄有叩關者女起笑曰君亦相皮者也劉不解趨啟門則阿繡入大愕始悟適與語者狐也暗中猶聞笑聲夫妻望空而禱祈求現相狐曰我不願見阿繡問何不另化一貌曰我不能問何故不能曰阿繡吾妹也前世不幸夭殂生時與余從母至天宮見西王母心竊愛慕歸即刻意效之妹子較我慧一月神似我學三年而後成然終不及也今已隔世自謂過之不意猶昔耳我感汝兩人誠意故時一相過今且去矣遂不復言自此三五日輒一來一切疑難悉決之値

阿繡歸寧來常數日不去家人皆懼避之有亡失則華妝端坐插玳瑁簪數寸長朝家人而莊語之所竊物夜當送至某所不然頭痛大作勿悔天明果於某所得之三年後絕不復來偶失金帛阿繡效其裝束以嚇家人亦屢效焉

小翠

王太常越人總角時晝臥榻上忽陰晦巨霆暴作一物大於猫來伏身下展轉不離移時晴霽物即逕去視之非猫始怖隔房呼兄兄聞喜曰弟必大貴此狐來避雷

霆劫也後果少年登進士以縣令入爲侍御生一子元豐絶癡十六歲不能知牝牡因而鄉黨無與爲婚王憂之適有婦人率少女登門自請爲婦視其女嫣然展笑眞仙品也喜問姓名自言虞氏女小翠年二八矣與議聘金曰是從我糠覈不得飽一旦置身廣厦役婢僕厭膏粱彼意適我願慰矣豈賣菜也而索直乎夫人悅優厚之婦即命女拜王及夫人囑曰此爾翁姑奉事宜謹我大忙且去三數日當復來王命僕馬送之婦言鄉里不遠無煩多事遂出門去小翠殊不悲戀便即奩中翻

取花樣夫人亦愛樂之數日婦不至以居里問女女亦憨然不能言其道路遂治別院使夫婦成禮諸戚聞拾得貧賤家兒作新婦共笑姍之見女皆驚羣議始息女又甚慧能窺翁姑喜怒王公夫婦寵惜過於常情然惕惕焉惟恐其憎子癡而女殊懽笑不爲嫌第善謔刺布作圓蹋蹴爲笑着小皮靴蹴去數十步紿公子奔拾之公子及婢恒流汗相屬一日王偶過圓砉然來直中面目女與婢俱斂迹去公子猶踴躍奔逐之王怒投之以石始伏而啼王以狀告夫人夫人往責女女惟俛首微

笑以手刓狀既退憨跳如故以脂粉塗公子作花面如鬼夫人見之怒甚呼女詬罵女倚几弄帶不懼亦不言夫人無奈之因杖其子元豐大號女始色變屈膝乞宥夫人怒頓解釋杖去女笑拉公子入室代撲衣上塵拭眼淚摩挲杖痕餌以棗栗公子乃收涕以忻女闔戶復裝公子作霸王作沙漠人已乃豔服束細腰扮虞美人婆娑作帳下舞或髻插雉尾撥琵琶丁丁縷縷然喧笑一室日以爲常王公以子癡不忍過責婦即微聞焉亦若置之同巷有王給諫者相隔十餘戶然素不相

能時值三年大計吏忌公握河南道篆思中傷之公知其謀憂慮無爲計一夕早寢女冠帶飾冢宰狀翦素絲作濃髭又以青衣飾兩婢爲虞候竊跨廐馬而出戲云將謁王先生馳至給諫之門即又以鞭撻從人言曰我謁侍御王寧謁給諫王耶回轡而歸比至家門門者愕以爲眞奔白王公公急起承迎方知爲子婦之戲怒甚謂夫人曰人方蹈我之瑕反以閨閣之醜登門而告之余禍不遠矣夫人怒奔女室詬讓之女惟憨笑並不置詞撻之不忍出之則無家夫妻懊怨終夜不寢時冢宰

某公赫甚其儀采服從與女偽裝無少殊别王給諫亦悮爲眞屢偵公門中夜而客未出疑冢宰與公有陰謀次日早朝見而問曰昨夜相公至君家耶公疑其相譏慙顏唯唯不甚響荅給諫愈疑謀遂寢由此益交驩公公探知其情竊喜而陰囑夫人勸女改行女笑應之逾歲首相免適有以私函致公者誤投給諫給諫大喜先託善公者往假萬金公拒之給諫自詣公所公覓巾袍並不可得給諫伺候久怒公慢憤將行忽見公子袞衣旒冕有女子自門內推之以出大駭已笑撫之脫其服

冕襆之而去公急出則客去已遠聞其故驚顏如土大哭曰此禍水也指日赤吾族矣與夫人操杖往女已知之闔扉任其詬厲公怒斧其門女在內含笑而告翁無怒有新婦在刀鋸斧鉞婦自受之必不令貽害雙親翁若此是欲殺婦以滅口耶公乃止給諫歸果抗疏揭王不軌衮冕作據上驚驗之其旒冕乃粱藍心所製袍則敗布黃袱也上怒其誣又召元豐至見其憨狀可掬笑曰此可以作天子耶乃下之法司給諫又訟公家有妖人法司嚴詰臧獲並言無他惟顛婦癡兒日事戲笑鄰

里亦無異詞案乃定以給諫充雲南軍王由是奇女又以母久不至意其非人使夫人探詰之女但笑不言再復窮問則掩口曰兒玉皇女母不知耶無何公擢京卿五十餘每患無孫女居三年夜夜與公子異寢似未嘗有所私夫人舁榻去囑公子與婦同寢過數日公子告母曰借榻去悍不還小翠夜夜以足股加腹上喘氣不得又慣掐人股裏婢嫗無不粲然夫人訶拍令去一日女浴於室公子見之欲與偕笑止之諭使姑待旣出乃更瀉熱湯於甕解其袍袴與婢扶入之公子覺蒸悶大

呼欲出女不聽以衾蒙之少時無聲啟視已死女坦笑不驚良置牀上拭體乾潔加複被焉夫人聞之哭而入罵曰狂婢何殺吾兒女囅然曰如此癡兒不如無有夫人益恚以首觸女婢輩爭曳勸之方紛譟間一婢告曰公子呻矣夫人輟涕撫之則氣息休休而大汗浸淫沾浹裀褥食頃汗已忽開目四顧徧視家人似不相識曰我今回憶往昔都如夢寐何也夫人以其言不癡大異之攜參其父屢試之果不癡大喜如獲異寶乃還櫝故處更設衾枕以覘之公子入室盡遣婢去早窺之則榻

虛設自此癡顛皆不復作而琴瑟靜好如形影焉年餘公爲給諫之黨奏劾免官小有罣悞舊有廣西中丞所贈玉瓶價累千金將出以賄當路女愛而把玩之失手墮碎慙而自投公夫婦方以免官不快聞之怒交口呵罵女忿而出謂公子曰我在汝家所保全者不止一瓶何遂不少存面目實與君言我非人也以母遭雷霆之劫深受而翁庇翼又以我兩人有五年夙分故以我來報曩恩了宿願耳身受唾罵擢髮不足以數所以不即行者五年之愛未盈今何可以暫止乎盛氣而出追之

已杳公爽然自失而悔無及矣公子入室睹其賸粉遺釵慟哭欲死寢食不甘日就羸悴公大憂急爲膠續以解而公子不樂惟求良工畫小翠像日夜澆禱其下幾二年偶以故自他里歸明月已皎村外有公家亭園騎馬經牆外過聞笑聲停轡使廄卒捉鞚登鞍以望則二女郎遨戲其中雲月昏濛不甚可辨但聞一翠衣者曰婢子當逐出門一紅衣者曰汝在吾家園亭反逐阿誰翠衣人曰婢子不羞不能作婦被人驅遣猶冒認物產耶紅衣者曰索勝老大婢無主顧者聽其音酷類小翠

疾呼之翠衣人去曰姑不與若爭汝漢子來既而紅衣人來果翠也喜極女令登垣承接而下之曰二年不見瘦骨一把矣公子握手泣下具道相思女言妾亦知之但無顏復見家門今與大姊遊戲又相邂逅足知前因不可逃也請與同歸不可請止園中許之遣僕奔白夫人夫人驚起駕肩輿而往啟鑰入亭女趨下迎拜夫人捉臂流涕力白前過幾不自容曰若不少記榛梗請偕歸慰我遲暮女峻辭不可夫人慮野亭荒寂謀以多人服役女曰我諸人悉不願見惟前兩婢朝夕相從不能

無眷注耳外惟一老僕應門餘都無所復須悉如其言托公子養痾園中日供食用而已女每勸公子別婚公子不從後年餘女眉目音聲漸與曩異出像質之逈若兩人大怪之女曰視妾今日何如疇昔矣公子曰今日美則美然較昔則似不如女曰意妾老矣公子曰二十餘歲人何得速老女笑而焚圖救之已燼一日謂公子曰昔在家時阿姑謂妾抵死不作繭今親老君孤妾實不能產育恐悞君宗嗣請娶婦於家旦晚奉翁姑君往來於兩間亦無所不便公子然之納幣於鍾太史之家

吉期將至女爲新人製衣履賫送母所及新人入門則言貌舉止與小翠無毫髮之異大奇之往至園亭則女已不知所在問婢婢出紅巾曰娘子暫歸寧留此貽公子展巾則結玉玦一枚心已知其不返遂攜婢俱歸雖頃刻不忘小翠幸而對新人如覿故好焉始悟鍾氏之姻女預知之故先化其貌以慰他日之思云

異史氏曰一狐也以無心之德而猶思所報而身受再造之福者顧失聲於破甑何其鄙哉月缺重圓從容而去始知仙人之情亦更深於流俗也

細柳

細柳娘中都之士人女也或以其腰嫋可愛戲呼之細柳云柳少慧解文字喜讀相人書生平簡默未嘗言人臧否但有問名者必求一親窺其人閱人甚多但言未可而年十九矣父母怒之曰天下迄無良匹汝將以丫角老耶女曰我實欲以人勝天顧久而不就亦吾命也今而後請惟父母之命是聽時有高生者世家名士聞細柳之名委禽焉既醮夫妻甚得生前室有遺孤小字長福時五歲女撫養周至女或歸寧福輒號啼從之呵

遣所不能止年餘女產一子名之長怙生問命名之義荅言無他但望其長依膝下耳女於女紅疎略常不留意而於畝之東南稅之多寡按籍而問惟恐不詳久之謂生曰家中事請置無顧待妾自爲之不知可當家否生如言半載而家無廢事生亦賢之一日生赴鄰村飲適有追逋賦者打門而誶遣奴慰之弗去乃趣僮召生歸隸既去生笑曰細柳今始知慧女不若癡男耶女聞之俯首而哭生驚挽而勸之女終不樂生不忍以家政絫之仍欲自任女又不肯晨興夜寐經紀彌勤每先一

年卽儲來歲之賦以故終歲未嘗見催租者一至其門又以此法計衣食由此用度益紓於是生乃大喜嘗戲之曰細柳何細哉眉細腰細凌波細且喜心思更細女對曰高郎誠高矣品高志高文字高但願壽數尤高村中有貨美材者女不惜重直致之價不能足又多方乞貸於戚里生以其不急之物固止之卒弗聽蓄之年餘里有喪者以倍貲贖諸其門生利而謀諸女女不可問其故不語再問之熒熒欲涕心異之然不忍重拂焉乃罷又踰歲生年二十有五女禁不令遠遊歸稍晚童僕

招請者相屬於道於是同人咸戲謗之一日生如友人飲覺體不快而歸至中途墮馬遂卒時方溽暑幸衣衾皆所昔備里中始共服細娘智福年十歲始學爲文父旣歿嬌惰不肯讀輒亡去從牧兒遨譙訶不改繼以夏楚而頑冥如故母無奈之因呼而諭之曰旣不願讀亦復何能相强但貧家無冗人可更著衣便與僮僕共操作不然鞭打勿悔於是衣以敗絮使牧豕歸則自撥陶器與諸奴啖饘粥數日苦之泣跪庭下願仍讀母返身向壁置不聞不得已執鞭啜泣而去殘秋向盡體無衣

足無履冷雨沾濡縮頭如丐里人見而憐之納繼室者皆引細娘爲戒嘖有煩言女亦稍稍聞之而漠不爲意福不堪其苦棄家逃去女亦任之殊不追問積數月乞食無所憔悴自歸不敢遽入哀鄰嫗往白母女曰若能受百杖可來見不然早復去福聞之驟入痛哭願受杖母問令知悔乎曰悔矣曰既知悔無須撻楚可安分牧豕再犯不宥福大哭曰願受百杖請復讀女不聽鄰嫗慫恿之始納焉濯膚授衣令與弟怙同師勤身銳慮大異往昔三年游泮中丞楊公見其文而器之月給常廩

以助燈火怙最鈍讀數年不能記姓名母令棄卷而農怙遊閒憚於作苦母怒曰四民各有本業既不能讀又不欲耕寧不溝瘠死耶立杖之由是率奴輩耕作一朝晏起則詬罵從之而衣服飲食母輒以美者歸兄怙雖不敢言而心竊不能平農工既畢母出貲使學負販怙淫賭入手喪敗詭托盜賊運數以欺其母母覺之杖責瀕死福長跪哀乞願以身代怒始解自是一出門母輒探察之怙行稍斂而非其心之所得已也一日請母將從諸賈入洛實借遠游以快所欲而中心惕惕惟恐不

遂所請母聞之殊無疑慮卽出碎金三十兩爲之具裝
未又以鋌金一枚付之曰此乃祖宦囊之遺不可用去
聊以壓裝備急可耳且汝初學跋涉亦不敢望重息只
此三十金得無虧負足矣臨行又囑之恬諾而出忻忻
意自得至洛謝絕客侶宿名娼李姬之家凡十餘夕散
金漸盡自以巨金在橐初不以空匱爲慮及取而斫之
則僞金耳大駭失色李媪見其狀冷語侵客恬心不自
安然囊空無所向往猶冀姬念夙好不卽絕之俄有二
人握索入縶縶項領驚懼不知所爲哀問其故則姬已

竊僞金去首公庭矣至官不容置詞梏掠幾死收獄中又無資斧大爲獄吏所虐乞食於囚苟延餘息初怙之行也母謂福曰記取廿日後當遣汝至洛我事煩恐忽忘之福請所謂黯然欲悲不敢復請而退廿日而問之歎曰汝弟今日之浮蕩猶汝昔日之廢學也我不冒惡名汝何以有今日人皆謂我忍但淚浮枕簟而人不知耳因泣下福侍立敬聽不敢研詰泣已乃曰汝弟蕩心不死故授之僞金以挫折之今度已在縲絏矣中丞待汝厚汝往求焉可以脫其死難而生其愧悔也福立刻

而發比入洛則弟被逮已三日矣卽獄中而望之怙奄然面目如鬼見兄涕不敢仰福亦哭時福爲中丞所寵異故遐邇皆知其名邑宰知爲怙兄急釋怙至家猶恐母怒膝行而前母顧曰汝願遂耶怙零涕不敢復作聲福亦同跪母始叱之起由是痛自悔家中諸務經理維勤卽偶惰母亦不呵問之凡數月並不與言商賈意欲自請而不敢以意告兄母聞而喜并力質貸而付之半載而息倍焉是年福秋捷又三年登第弟貨殖累巨萬矣邑有客洛者窺見太夫人年四旬猶若三十許人而

衣妝樸素類常家云

異史氏曰黑心符出蘆花變生古與今如一邱之貉良可哀也或有避其謗者又每矯枉過正至坐視兒女之放縱而不一置問其視虐遇者幾何哉獨是日撻所生而人不以爲暴施之異腹兒則指摘叢之矣夫細柳固非獨忍於前子也然使所出而賢亦何能出此心以自白於天下而乃不引嫌不辭謗卒使二子一貴一富表表於世此無論閨闥當亦丈夫之錚錚者矣

鍾生

鍾慶餘遼東名士也應南鄉舉聞濟邸有道士知人休咎心向往之二場後至趵突泉適相値年六十餘鬚長過胸皤然道人也集問災祥者如堵道士悉以微詞授之於衆中見生忻與握手曰君心術德行可敬也挽登閣上屏人語因問莫欲知將來否曰唯唯曰子福命至薄然今科鄉舉可望但榮歸後恐不復見尊堂矣鍾性至孝聞之涕下遂欲不試而歸道士曰若過此以往一榜亦不可得矣生云母死不見且不可復爲人貴爲卿相何加焉道士曰某夙世與君有緣今日必合盡力乃

以丸授之曰可遣人夙夜將去服之可延七日塲畢而
行母子猶及見也生藏之匆匆而去神志喪失因計終
天有期早歸一日則多得一日之奉養携僕貰驢即刻
東邁馳里許驢忽反奔鞭之不馴控之則蹶生無計躁
汗如雨僕勸止之生不聽又貰他驢亦如之日已銜山
莫知爲計僕又勸曰明日即完塲矣何爭此一朝夕乎
請即先主而行計亦良得不得已從之次日草草竣事
立時遂發不遑啜息星馳而歸則母病綿惙下丹藥漸
就痊可入視之就榻泫泣母搖手止之執手喜曰適夢

之陰司見王者顏色和霽謂稽爾生平無大罪惡今念汝子純孝賜壽一紀生亦喜數日果平健如故未幾聞捷辭母如濟因賂內監致意道士道士忻然出生便伏謁道士曰君旣高捷太夫人又增壽數此皆盛德所致道人何力焉生又訝其預知因而拜問終身道士云君無大貴但得耄耋足矣君前身與我爲僧侶以石投犬悞斃一蛙今已投生爲驢論前定數君當橫折今孝德感神已有解星入命固當無恙但夫人前世爲婦不貞數應少寡今君以德延壽非其所偶恐歲後瑤臺傾也

生惻然良久問繼室所在曰在中州今十四歲矣臨別囑曰倘遇危急宜奔東南後年餘妻病果死鍾舅令於西江母遣往省即以便途過中州將應繼室之讖偶適一村值臨河優戲士女甚雜方欲整轡趨過有一失勒牡驢隨之而行致騾蹄趹生回首以鞭擊驢耳驢驚大奔時有王世子方六七歲乳媼抱坐堤上驢冲過扈從皆不及防擠墮河中衆大譁欲執之生縱騾絕馳頓憶道士言極力趨東南約二十餘里入一山村有叟在門下騎揖之叟邀入自言方姓便詰所來生叩伏在地具

以情告叟言不妨請即寄居此間當使徼者去至晚得耗始知爲世子叟大駭曰他家可以爲力此眞愛莫助之矣生哀不已叟籌思曰不可爲也請過宵聽其緩急尚可再謀生愁怖終夜不枕次日偵聽則已行牒譏察收藏者棄市叟有難色無言而入生疑懼無以自安中夜叟來叩扉入少坐便問夫人年幾何矣生以鰥對叟喜曰吾謀濟矣問之荅云姊夫慕道挂錫南山姊又謝世遺有孤女從僕鞠養亦頗慧以奉箕帚如何生喜符道士之言而又冀親戚密邇可以得其周謀曰小生誠

幸矣但遠方罪人深恐貽累丈人叟曰郎此爲君謀也姊夫道術頗神但久不與人事矣合巹後自與甥女籌之必合有計生益喜贅焉女十六歲艷絕無雙生每對之欷歔女云妾郎陋何遂遽見嫌惡生謝曰娘子仙人相耦爲幸但有禍患恐致乖違因以實告女怨舅乃非人此彌天之禍不可爲謀乃不明言而陷我於坎窞生長跽曰此小生以死命哀舅舅慈悲而窮於術知卿能生死人而肉白骨也某誠不足稱好逑然家門幸不辱寘倘得再生香花供養有日耳女歎曰事已至此復何

辭然父自削髮招提見女之愛已絕無已同往哀之恐擔挫辱不淺也乃一夜不寐以氈綿厚作蔽膝各以隱着衣底然後喚肩輿入南山十餘里山逕拘折絕險不復可乘下輿女跬步甚艱生挽臂曳扶竭蹶始得上達不遠即見山門共坐少憩女喘汗淫淫粉黛交下生見之情不可忍曰爲某故遂使卿罹此苦女愀然曰恐此尚未是苦困少蘇相將入蘭若禮佛而進曲折入禪堂見老僧趺坐目若瞑一僮執拂侍之方丈中掃除光潔而座前悉布沙礫密如星宿女不敢擇入跪其上生亦

從諸其後僧開目一瞻即復合去女叅曰久不定省今女已嫁故偕壻來僧久之啟視曰妮子大累人即不復言夫妻跪良久筋力俱殆沙石將壓入骨痛不可支又移時乃言曰將騾來未女荅言未曰夫妻即去可速將來二人拜而起狼狽而行既歸謹如其命不解其意但伏聽之過數日相傳罪人已得伏誅訖夫妻相慶無何山中遣僮來以斷杖付生云代死者此君也更囑瘞祭以解竹木之冤生視之斷處有血痕焉乃祝而葬之夫妻不敢久居星夜歸遼陽

夢狼

白翁直隸人長子甲筮仕南服二年道遠杳無耗適有瓜葛丁姓造謁翁以其久不至款之丁素走無常談次翁輒問以冥事丁對語涉幻翁不深信但微哂之既別後數日翁方臥見丁復來邀與同遊從之去入一城闕移時丁指一門曰此間君家甥也時翁有姊子爲晉令訝曰烏在此丁曰倘不爲信入便知之翁入果見甥蟬冠豸繡坐堂上戟幢行列無人可通丁曳之出曰公子衙署去此不遠得無亦願見之否翁諾少間至一第丁

曰入之窺其門見一巨狼當道大懼不敢進丁又曰入之又入一門見堂上堂下坐者臥者皆狼也又視墀中白骨如山益懼丁乃以身翼翁而進公子甲方自內出見父及丁良喜少坐喚侍者治肴蔌忽一巨狼銜死人入翁戰惕而起曰此胡爲者甲曰聊充庖廚翁急止之心怔忡不寧辭欲出而羣狼阻道進退方無所主忽見諸狼紛然嗥避或竄牀下或伏几底錯愕不解其故俄有兩金甲猛士努目入出黑索索甲甲撲地化爲虎牙齒巉巉一人出利劍欲梟其首一人曰且勿且勿此明

年四月間事不如姑藏齒去乃出巨錘錘齒齒零落墮地虎大吼聲震山岳翁大懼忽醒乃知其夢心異之遣人招丁丁辭不至翁乃誌其夢使次子詣甲函戒哀切既至見兄門齒盡豁駭而問之則醉中墜馬所折考其時則父夢之日也益駭出父書甲讀之變色爲間曰此幻夢之適符耳何足怪時方賂當路者得首薦故不以妖夢爲意弟居數日見其蠹役滿堂納賄關說者中夜不絕流涕諫止之甲曰弟日居衡茅故不知仕途之關竅耳黜陟之權在上臺不在百姓上臺喜便是好官愛

百姓何術復令上臺喜也弟知不可勸止遂歸悉以告翁翁聞之大哭無可如何惟捐家濟貧日禱於神但求逆子之報不累妻孥次年報甲以薦舉作吏部賀者盈門翁惟欷歔伏枕托疾不見一客未幾聞子歸途遇寇主僕殞命翁乃起謂人曰鬼神之怒止及其身祐我家者不可謂不厚也因焚香而報謝之慰藉翁者咸以爲道路之訛而翁殊深信不疑刻日爲之營兆而甲固未死先是四月間甲解任甫離境即遇寇甲傾裝以獻之諸寇曰我等之來爲一邑之民洩冤憤耳寧專爲此哉

遂決其首又問家人有司大成者誰是司故甲腹心助
桀爲虐者家人共指之賊亦決之更有嚚役四人甲聚
歛臣也將攜入都並搜決訖始分貲入囊鶩馳而去甲
魂伏道旁見一宰官過問殺者何人前驅者報曰某縣
白知縣也宰官曰此白某之子不宜使老後見此凶慘
宜續其頭卽有一人掇頭置腔上曰邪人不宜使正以
肩承領可也遂去移時復甦妻子往收其尸見有餘息
載之以行從容灌之亦受飲但寄旅邸貧不能歸半年
許翁始得確耗遣次子致之而歸甲雖復生而目能自

顧其背不復齒人數矣翁姊子有政聲是年行取爲御史悉符所夢

異史氏曰竊歎天下之官虎而吏狼者比比也即官不爲虎而吏且將爲狼況有猛於虎者耶夫人患不能自顧其後耳甦而使之自顧鬼神之教微矣哉

天宮

郭生京都人年二十餘儀容修美一日薄暮有老嫗貽尊酒怪其無因嫗笑曰無須問但飲之自有佳境遂逕去揭尊徼嗅冽香四射遂飲之忽大醉冥然罔覺及醒

則與一人並枕臥撫之膚膩如脂麝蘭噴溢女子也問之不荅遂與交交已以手捫壁壁皆石陰陰有土氣酷類墳冢大驚疑爲鬼迷因問女子卿何神也女曰我非神乃仙耳此是洞府與有夙緣勿相訝但耐居之再入一重門有漏光處可以溲便既而女起閉戸而去久之腹餒遂有女僮來餉以麵餅鴨臛使捫索而啖之黑漆不知昏曉無何女子來寢始知夜矣郭曰晝無天日夜無燈火食炙不知口處常常如此則姮娥何殊於羅刹天堂何别於地獄哉女笑曰爲爾俗中人多言喜泄

故不欲形色相見且暗摸索妍媸亦當有別何必燈燭居數日幽悶異常屢請暫歸女曰來夕與君一遊天宮便即爲別次日忽有小鬟籠燈入曰娘子伺郎久矣從之出星斗光中但見樓閣無數經幾曲畫廊始至一處堂上垂珠簾燒巨燭如晝入則美人華妝南向坐年約二十許錦袍眩目頭上明珠翹顫四垂地下皆設短燭裙底皆照誠天人也郭迷亂失次不覺曲膝女令婢扶曳入坐俄頃八珍羅列女行酒曰飲此以送君行郭鞠躬曰向覿面不識仙人實所惶愧如容自贖願收爲沒

齒不二之臣女顧婢微笑使命移席臥室室中流蘇繡
帳衾褥香軟使郭就榻坐飲次女屢言君離家久暫歸
亦無所妨更盡一籌郭不言別女喚婢籠燭送之郭不
言僞醉眠榻上推之不動女使婢扶裸之一婢排私處
曰箇男子容貌溫雅此物何不文也舉置牀上大笑而
去女亦寢郭乃轉側女問醉乎曰小生何醉甫見仙人
神志顛倒耳女曰此是天宮未明宜早去如嫌洞府怏
悶不如早別郭曰今有人夜得花聞香捫幹而苦無燈
燭此情何以能堪女笑允給燈火漏下四點呼婢籠燈

抱衣而送之入洞見丹堊精工寢處褥革棕氈尺許厚郭解屨擁衾婢徘徊不去郭凝視之風致娟好戲曰謂我不文者卿耶婢笑以足蹴枕曰子宜僵矣勿復多言視屨端嵌珠如巨菽捉而曳之婢仆於懷遂相狎而呻楚不勝郭問年幾何矣答云十七問處子亦知情乎曰妾非處子然荒疎已三年矣郭研詰仙人姓氏及其清貫尊行婢曰勿問即非天上亦異人間若必知其確耗恐無地矣郭遂不敢復問次夕女果以燭來相就寢食以此爲常一夜女入曰期以永好不意人情乖沮今將

糞除天宮不能復相容矣請以巵酒爲别郭泣下請得脂澤爲愛女不許贈黄金一斤珠百顆三琖既盡忽亦昏醉既醒覺四體如縛糾纏甚密股不得伸首亦不得出極力轉側暈墮牀下出手摸之則錦被囊裹細繩束焉起坐凝思畧見牀榻始知爲己齋中時離家已三月家人謂其已死郭初不敢明言懼被仙譴然心疑怪之竊閒以告知交莫有知其故者被置牀頭香盈一室折視則湖綿雜香屑爲之因珍藏焉後某達官聞而詰之笑曰此賈后之故智也仙人烏得如此雖然此事亦宜

慎密洩之族矣有巫嘗出入貴家言其樓閣形狀絕似嚴東樓家郭聞之大懼攜家亡去未幾嚴伏誅始歸

異史氏曰高閣迷離香盈繡帳雛奴蹀躞履綴明珠非權奸之淫縱豪勢之驕奢烏有此哉顧淫籌一擲金屋變而長門唾壺未乾情田鞠爲茂草空牀傷意暗燭銷魂含顰玉臺之前凝睇寶幄之內遂使糟邱臺上路入天宮溫柔鄉中人疑仙子傖楚之帷薄固不足羞而廣田自荒者亦足戒已

寃獄

朱生陽穀人少年佻達喜詼諧因喪偶往求媒媼遇其鄰人之妻覘之美戲謂媼曰適睹尊鄰風雅妙麗若我求凰渠可也媼亦戲曰請殺其男子我爲君圖之朱笑曰諾更月餘鄰人出責負被殺於野邑令拘鄰保血膚取實究無端緒惟媒媼述相謔之辭以此疑朱捕至百口不承令又疑鄰婦與私搒掠之五毒慘至婦不能堪誣伏又訊朱朱曰細嫩不任苦刑所言皆妄旣使冤死而又加以不節之名縱鬼神無知予心何忍乎我實供之可矣欲殺夫而娶其婦皆我之爲婦實不之知也問

何憑荅言血衣可證及使人搜諸其家竟不可得又掠之死而復蘇者再朱乃云此母不忍出證據死我耳待自取之因押歸告母曰予我衣死也即不與亦死也均之死故遲也不如其速也母泣入室移時取衣出付之令審其迹確擬斬再駁再審無異詞經年餘决有日矣令方慮囚忽一人直上公堂怒目視令而大罵曰如此憒憒何足臨民隸役數十輩將共執之其人振臂一揮頹然並仆令懼欲逃其人大言曰我關帝前周將軍也昏官若動即便誅却令戰懼悚聽其人曰殺人者乃宮

標也於朱某何與言已倒地氣若絶少頃而醒面無人色及問其名則宫標也搒之盡服其罪蓋宫素不逞知其討負而歸意腰橐必富及殺之竟無所得聞朱誣服竊自幸是日身入公門殊不自知令問朱血衣所自來朱亦不之知喚其母鞫之則割臂所染驗其左臂刀痕猶未平也令亦愕然後以此被參揭免官罰贖羈留而死年餘鄰母欲嫁其婦婦感朱義遂嫁之

異史氏曰訟獄乃居官之首務培陰隲滅天理皆在於此不可不慎也躁急汚暴固乖天和淹滯因循亦傷民

命一人興訟則數農失時一案既成則十家蕩産豈故之細哉余嘗謂爲官者不濫受詞訟即是盛德且非重大之情不必羈候若無疑難之事何用徘徊即或鄰里愚民山村豪氣偶因鵝鴨之爭致起雀鼠之忿此不過借官宰之一言以爲憑定而已無用全人祗須兩造笞杖立加葛藤悉斷所謂神明之宰非耶每見今之聽訟者矣一票既出若或忘之攝牒者入手未盈不令消見官之票承刑者潤筆不飽不肯懸聽審之牌矇蔽因循動經歲月不及登長吏之庭而皮骨已盡矣而儼然而

民上也者偃息在牀漠若無事寧知水火獄中有無數寃魂伸頸延息以望拯救耶然在奸民之凶頑固無足惜而在良民之株累亦復何堪況且無辜之干連往往奸民少而良民多而良民之受害且更倍於奸民何以故奸民難虐而良民易欺也皁隸之所敺駡胥徒之所需索皆相良者而施之暴身入公門如陷湯火早結一日之案則早安一日之生有何大事而顧奄奄堂上若死人似恐谿壑之不遽飽而故假之以歲時也者雖非酷暴而其實厥罪維均矣嘗見一詞之中其急要不可

少者不過三數人其餘皆無辜之赤子妄被羅織者也或平昔以睚眦開嫌或當前以懷璧致罪故興訟者以其全力謀正案而以其餘毒復小儺帶一名於紙尾遂成附骨之疽受萬罪於公門竟屬切膚之痛人跪亦跪狀若烏集人出亦出還同猱繫而究之官問不及吏詰不至其實一無所用祇足以破産傾家飽蠹役之貪囊鬻子典妻洩小人之私憤而已深願爲官者每投到時略一審詰當逐逐之不當逐芟之不過一濡毫一動腕之間耳便保全多少身家培養多少元氣從政者曾不

一念及此又何必桁楊刀鋸能殺人哉

劉夫人

廉生者彰德人少篤學然早孤家綦貧一日他出暮歸失途入一村有媼來謂曰廉公子何之夜得毋深乎生方皇懼更不暇問其誰何便求假榻媼引去入一大第有雙鬟籠燈導一婦人出年四十餘舉止大家媼迎白廉公子至生趨拜婦喜曰公子秀發何但作富家翁子即設筵婦側坐勸釂甚殷而自己舉杯未嘗飲舉箸亦未嘗食生惶惑屢審閥閱笑曰再盡三爵告君知生如

命已婦曰亡夫劉氏客江右遭變遽殞未亡人獨居荒僻日就零落雖有兩孫非鴟鴞即駑駘耳公子雖異姓亦三生骨肉也且至性純篤故遂靦然相見無他煩薄藏數金欲倩公子持泛江湖分其贏餘亦勝案螢枯死也生辭以少年書癡恐負重託婦曰讀書之計先於謀生公子聰明何之不可遣婢運貲出交兌八百餘兩生惶恐固辭婦曰妾亦知公子未慣懋遷但試爲之當無不利生慮重金非一人可任謀合商侶婦云勿須但覓一樸愨諳練之僕爲公子服役足矣遂輪纖指以卜之

曰伍姓者吉命僕馬囊金送生出曰臘盡滌殘候洗寶
裝矣又顧僕曰此馬調良可以乘御卽贈公子勿須將
回生歸夜纔四鼓僕繫馬自去明日多方覓役果得伍
姓因厚價招之伍老於行旅又爲人戇拙不苟貲財悉
倚付之往涉荆襄歲杪始得歸計利三倍生以得伍力
多於常格外另有酬賞謀同飛灑不令主知甫抵家婦
已遣人將迎遂與俱去見堂上華筵已設婦出備極慰
勞生納貲訖卽呈簿籍婦置不顧少頃卽席歌舞鞺鞳
伍亦賜筵外舍盡醉方歸因生無家室留守新歲次日

又求稽盤婦笑曰後無須爾妾會計久矣乃出冊示生登誌甚悉並給僕者亦載其上生愕然曰夫人真神人也過數日館穀豐盛待若子姪一日堂上設席一東面一南面堂下一筵西向謂生曰明日財星臨照宜可遠行令爲主价粗設祖帳以壯行色少間伍亦呼至賜坐堂下一時鼓鉦鳴聒女優進呈曲目生命唱陶朱富婦笑曰此先兆也當得西施作內助矣宴罷仍以全金付生曰此不可以歲月計非獲巨萬勿歸也妾與公子所憑者在福命所信者在心腹勿勞計算遠方之盈絀妾

自知之生唯唯而退往客淮上進身爲鹺賈踰年利又數倍然生嗜讀操籌不忘書卷所與游皆文士所獲既盈隱思止足漸謝任於伍桃源薛生與最善適過訪之薛一門俱適別業昏暮無所復之閽人延生入掃榻作炊細詰主人起居葢是時方訛傳朝廷欲選良家女犒邊庭民間騷動聞有少年無婦者不通媒妁竟以女送諸其家至有一夕而得兩婦者薛亦新婚於大姓猶恐輿馬喧動爲大令所聞故暫遷於鄉初更向盡方將拂榻就寢忽聞數人排闥入閽人不知何語但聞一人云

官人旣不在家秉燭者何人閽人荅是廉公子遠客也
俄而問者已入袍帽光潔畧一舉手即詰邦族生告之
喜曰吾同鄉也岳家誰氏荅云無之益喜趨出急招一
少年同入敬與爲禮卒然曰實告公子某慕姓今夕此
來將送舍妹於薛官人至此方無策進退維谷之際適
逢公子寧非數乎生以未悉其人故躊躇久不敢應慕
竟不聽其致詞急呼送女者少間二媪扶女郎入坐生
榻上睨之年十五六佳妙無雙生喜始整巾向慕謝又
囑閽人行沽畧盡欵洽慕言先世彰德人母族亦世家

今淩夷矣聞外祖遺有兩孫不知家況何似生問伊誰曰外祖劉字暉若聞在郡北三十里生曰僕郡城東南人去北里頗遠年又最少無多交知郡中此姓最繁止知郡北有劉荆卿亦文學士未審是否然貧矣墓曰某祖墓尚在彰郡每欲兩櫬歸葬故里以資斧未辦姑猶遲遲令妹從去歸計益決矣生聞之銳然自任二墓俱喜酒數行辭去生却僕移燈琴瑟之愛不勝言次日薛已知之趨入城除别院館生生詣淮交盤已爾伍居肆裝貲返桃源同二墓啟岳父母骸骨兩家細小載與俱

歸入門安置已囊金詣主前僕已候於途從去婦遂見邑宰曰陶朱公載得西子來矣前日爲客今日爲吾甥壻也置酒迎塵倍益親愛生服其先知因問夫人與岳母遠近婦云勿問久自知之乃堆金案上瓜分爲五自取其二曰吾無用處聊貽長孫生以過多辭不受悽然曰吾家零落宅中喬木被人伐作薪孫子去此頗遠門戸蕭條煩公一營辦之生諾而金止受其半婦强内之送生出揮涕而返生疑怪間回視第宅則爲墟墓始悟婦卽妻之外祖母也既歸贖墓田一頃封植偉麗劉有

二孫長即荆卿次玉卿飲博無賴皆貧兄弟詣生申謝生悉厚贈之由此來往最稔生頗道其經商之由玉卿竊意冢中多金夜合博徒數輩發墓搜之剖棺露胔竟無少獲失望而散生知墓被發以告荆卿荆卿詣生同驗之入壙見案上纍纍前所分金具在荆卿欲與生共取之生曰夫人原留此以待兒也荆卿乃囊運而歸告諸邑宰訪緝甚嚴後一人賣墳中玉簪獲之窮訊其黨始知玉卿爲首宰將治以極刑荆卿代哀僅得貸死墓内外兩家並力營繕較前益堅美由此廉劉皆富惟玉

卿如故生及荆卿常河潤之而終不足供其博賭一夜盜入生家執索金貲生所藏金皆以千五百爲箇發示之盜取其二止有鬼馬在廐用以運之而去使生送諸野乃釋之村衆望盜火未遠譟逐之賊驚遁共至其處則金委路側馬已倒爲灰燼始知馬亦鬼也是夜只失金釧一枚而已先是盜執生妻悅其美將就淫之一盜帶面具力訶止之聲似玉卿盜釋生妻但脫腕釧而去以是疑玉卿然心竊德之後盜以釧質賭爲捕役所獲詰其黨果有玉卿宰怒備極五毒兄與生謀欲以重賄

脫之謀未成而玉卿已死生猶時郵其妻子生後登賢書數世皆素封焉嗚呼貪字之點畫形象甚近乎貧如玉卿者可以鑒矣

神女

米生者閩人傳者忘其名字郡邑偶入郡醉過市廛聞高門中簫鼓如雷問之居人云是開壽筵者然門庭亦殊清寂聽之笙歌繁響醉中雅愛樂之並不問其何家即街頭市祝儀投晩生刺焉或見其衣冠樸陋便問君係此翁何親荅言無之或言此流寓者僑居於此不審

何官甚貴倨也既非親屬將何求生聞而悔之而刺已入矣無何兩少年出逆客華裳眩目丰采都雅揖生入見一叟南向坐東西列數筵客六七人皆似貴冑見生至盡起爲禮叟亦杖而起生久立待與周旋而叟殊不離席兩少年致詞曰家君衰邁起拜艮艱予兄弟代謝高賢之見枉也生遜謝而罷遂增一筵於上與叟接席未幾女樂作於下座後設琉璃屏以幛內眷鼓吹大作座客不復可以傾談筵將終兩少年起各以巨杯勸客杯可容三斗生有難色然見客受亦受頃刻四顧主客

盡釂生不得已亦强盡之少年復斟生覺憊甚起而告退少年强挽其裾生大醉踣地但覺有人以冷水灑面恍然若寤起視賓客盡散惟一少年捉臂送之遂别而歸後再過其門則已遷去矣自郡歸偶適市一人自肆中出招之飲視之不識姑從之入則座上先有里人鮑莊在焉問其人乃諸姓市中磨鏡者也問何相識曰前日上壽者君識之否生言不識諸言予出入其門最稔翁傅姓但不知何籍何官先生上壽時我方在墀下故識之也日暮飲散鮑莊夜死於途鮑父不識諸執名訟

生檢得鮑莊體有重傷生以謀殺論死備歷械梏以諸未獲罪無申證訟繫之年餘直指巡方廉知其冤出之家中田產蕩盡衣巾革褫冀其可以辯復於是攜囊入郡日將暮步履頗殆休於路側遙見小車來二青衣夾隨之既過忽命停輿車中不知何言俄一青衣問生君非米姓乎生驚起諾之問何貧窶若此生告以故又問安之又告之青衣去向車中語俄復返請生至車前車中以纖手搴簾微覷之絕代佳人也謂生曰君不幸得無妄之禍聞之太息今日學使署中非白手可以出

入者途中無可解贈乃於髻上摘珠花一朵授生曰此物可以鬻百金請緘藏之生下拜欲問官閥車行甚疾其去已遠不解何人執花諦視上綴明珠非凡物也珍藏而行至郡投狀上下勤索甚苦出花展視不忍置去遂歸歸而無家依於兄嫂幸兄賢爲經紀貧不廢讀過歲赴郡應童子試悞入深山會清明節游人甚衆有數女騎來內一女郎郎曩年車中人也見生停驂問其所往生具以對女驚曰君衣頂尚未復耶生慚然於衣下出珠花曰不忍棄此故猶童子也女郎暈紅上頰既囑

坐待路隅欵段而去久之一婢馳馬來以裹物授生曰娘子言今日學使之門如市贈白金二百爲進取之資生辭曰娘子惠我多矣自分擢芹非難重金所不敢受但告以姓名繪以小像焚香供之足矣婢不顧委地下而去生由此用度頗充然終不屑夤緣後入邑庠第一以金授兄兄善居積三年舊業盡復適閩中巡撫爲生祖門人優卹甚厚兄弟稱巨家矣然生素清鯁雖屬大僚通家而未嘗有所干謁一日有客裘馬至門都無識者出視則傅公子也揖而入各道間闊治具相欵客辭

以冗然亦不竟言去已而肴酒既陳公子起而請間相
將入內拜伏於地生驚問何事悽然曰家君適罹大禍
欲有求於撫臺非兄不可生辭曰渠雖世誼而以私干
人生平所不爲也公子伏地哀泣生厲色曰小生與公
子一飲之知交耳何遂以喪節强人公子大慚起而别
去越日方獨坐有青衣人入視之即山中贈金者生方
驚起青衣曰君忘珠花否生曰唯唯不敢忘曰昨公子
即娘子胞兄也生聞之竊喜僞曰此難相信若得娘子
親見一言則油鼎可蹈耳不然不敢奉命青衣出馳馬

而去更盡復返扣扉入曰娘子來矣言未已女郎慘然入向壁而哭不作一語生拜曰小生非卿無以有今日但有驅策敢不惟命女曰受人求者常驕人求人者常畏人中夜奔波生平何解此苦祇以畏人故耳亦復何言生慰之曰小生所以不遽諾者恐過此一見爲難耳使卿夙夜蒙露吾知罪矣因挽其袪隱抑搔之女曰子誠敝人也不念疇昔之義而欲乘人之危予過矣予過矣忿然而出登車欲去生追出謝過長跪而要遮之青衣亦爲緩頰女意稍解就車中謂生曰實告君妾非人

乃神女也家君爲南岳都理司偶失禮於地官將達帝
聽非本地都人官印信不可解也君如不忘舊義以黃
紙一幅爲妾求之言已車發遂去生歸悚懼不已乃假
驅祟言於巡撫巡撫謂其事近巫蠱不許生以厚金賂
其心腹諾之而未得其便也旣歸青衣候門生具告之
默然遂去意似怨其不忠生追送之曰歸語娘子如事
不諧我以身命殉之旣歸終夜輾轉不知計之所出適
院署有寵姬購珠乃以珠花獻之姬大悅竊印爲之鈐
之懷歸青衣適至笑曰幸不辱命然數年貧賤乞食所

不忍鬻者今還爲主人棄之矣因告以情且曰黃金拋置我都不惜寄語娘子珠花須要償也踰數日傅公子登堂申謝納黃金百兩生作色曰所以然者爲令妹之惠我無私耳不然即萬金豈足以易名節哉再强之聲色益厲公子慚而去曰此事殊未了翼日青衣奉女郎命進明珠百顆曰此足以償珠花耶生曰重花者非貴珠也設當日贈我萬鎰之寶直須賣作富家翁耳什襲而甘貧賤何爲乎娘子神人小生何敢他望幸得報洪恩於萬一死無憾矣青衣置珠案間生朝拜而後卻之

越數日公子又至生命治酒肴公子使從人入廚下自行烹調相對縱飲懽若一家有客餽苦糯公子飲而美之引盡百琖面頰微頳乃謂生曰君貞介士愚兄弟不能早知君有愧裙釵多矣家君感大德無以相報欲以妹子附爲婚姻恐以幽明見嫌也生喜懼非常不知所對公子辭而出曰明夜七月初九新月鈎辰天孫有少女下嫁吉期也可備青廬次夕果送女郎至一切無異常人三日後女自兄嫂以及婢僕大小皆有餽賞又最賢事嫂如姑數年不育勸納副室生不肯適兄賈於江

淮爲買少姬而歸姬顧姓小字博士貌亦清婉夫婦皆喜見髻上插珠花甚似當年故物摘視果然異而詰之荅云昔有巡撫妾死其婢盜出鬻於市先人廉其直買而歸妾愛之先人無子生妾一人故所求無不得後父死家落妾寄養於顧媼之家顧妾姨行見珠屢欲售去妾投井覓死故至今猶存也夫婦歎曰十年之物復歸故主豈非數哉女另出珠花一朶曰此物久無偶矣因並賜之親爲簪於髻上姬退問女郎家世甚悉家人皆諱言之陰語生曰妾視娘子非人間人也其眉目間有

神氣昨簪花時得近視其美麗出於肌裏非若凡人以黑白位置中見長耳生笑之姬曰君勿言妾將試之如其神但有所須無人處焚香以求彼當自知女郎繡襪精工博士愛之而未敢言乃即閨中焚香祝之女早起忽檢篋中出襪遺婢贈博士生見之而笑女問故以實告女曰黠哉婢乎因其慧益憐愛之然博士益恭昧爽時必熏沐以朝後博士一舉兩男兩人分字之生年八十女貌猶如處子生抱病女鳩匠爲材令寬大倍於尋常旣死女不哭男女他適則女已入材中死矣因並葬

之至今傳爲大材塚云

異史氏曰女則神矣博士而能知之是遵何術歟乃知人之慧固有靈於神者矣

湘裙

晏仲陝西延安人與兄伯同居友愛敦篤伯三十而卒無嗣妻亦繼亡仲痛悼之每思生二子則以一子爲兄後甫舉一男而仲妻又死仲恐繼室不卹其子將購一妾鄰村有貨婢者仲往相之畧不稱意情緒無聊被友人留酌醺醉而歸途中遇故窗友梁生握手殷殷邀過

其家醉中忘其已死從之而去入其門並非舊第疑而問之荅云新移此耳入而謀酒則家釀已竭囑仲坐待挈瓶往沽仲出立門外俟之見一婦人控驢而過有童子隨之年可八九歲面目神色絶類其兄心惻然動急尾綴之便問童子何姓荅言姓晏仲益驚又問汝父何名笑言不知言次已至其門婦人下驢入仲執童手曰汝父在家否童子諾而入頃之一媪出窺眞其嫂也訝叔何來仲大悲隨之而入見廬落亦復整頓因問兄何在曰責負未歸問跨驢何人曰此汝兄妾甘氏生兩男

矣長阿大赴市未返汝所見者阿小坐久酒漸解始悟所見皆鬼以兄弟情切郎亦不懼嫂溫酒治具仲急欲見兄促阿小覓之良久哭而歸曰李家負欠不還反與父鬧仲聞之與阿小奔而去見有兩人方捽兄地上仲怒奮拳直入當者盡踣急救兄起敵已俱奔追捉一人捶楚無算始起執兄手頓足哀泣兄亦泣既歸舉家慰問乃具酒食兄弟相慶居無何一少年入年約十六七伯呼阿大令拜叔仲挽之哭向兄曰大哥地下有兩男子而墳墓不掃弟又子少而鰥奈何伯亦悽惻嫂謂伯

曰遣阿小從叔去亦得阿小聞之依叔肘下眷戀不去仲撫之倍益酸辛問汝樂從否荅云樂從仲念兒雖非人慰情亦勝無也因爲解顏伯曰從去但勿嬌慣宜啖以血肉驅向日中曝之午過乃已六七歲見歷春及夏骨肉更生可以娶妻育子但恐不壽耳言間門外有少女窺聽意致溫婉仲疑爲兄女便以問兄兄曰此名湘裙吾妾妹也孤而無歸寄養十年矣問已字否伯云尚未近有媒議東村田家女在窗外小語曰我不嫁田家牧牛子仲頗有動於中而未便明言既而伯起設榻於

齋止弟宿仲雅不欲畱而意戀湘裙將設法以窺兒意遂別兄就榻時方初春氣候猶寒齋中夙無烟火森然起粟對燭冷坐思得小飲俄而阿小推扉入以杯羹斗酒置案上仲喜極問誰之爲答云湘娥酒將盡又以灰覆盆火擲牀下仲問爺娘寢乎曰睡已久矣汝寢何所曰與湘娥共榻耳阿小候叔眠乃掩門去仲念湘裙慧而解意益愛慕之又以其能撫阿小欲得之心益堅輾轉牀頭終夜不寢早起告兄曰弟孑然無偶煩大哥畱意也伯曰吾家非一瓢一擔者物色當自有人地下即

有佳麗恐於弟無所利益仲曰古人亦有鬼妻何害伯似會意便言湘裙亦佳但以巨針刺人迎血出不止者乃可爲生人妻何得草草仲曰得湘裙撫阿小亦得伯但搖首仲求之不已嫂曰試捉湘裙強刺驗之不可乃已遂握針出門外遇湘裙急捉其腕則血痕猶溼蓋聞伯言早自試之矣嫂釋手而笑反告伯曰渠作有意喬才久矣尚爲代慮耶妾聞之怒趨近湘裙以指刺眶而罵曰淫婢不羞欲從阿叔奔去耶我定不如其願湘裙愧憤哭欲覓死舉家騰沸仲乃大慚別兄嫂率阿小而

出兒曰弟姑去阿小勿使復來恐損其生氣也仲諾之既歸僞增其年托言兒賣婢之遺腹子衆以其貌酷類亦信爲伯遺體仲教之讀輒遺抱一卷就日中誦之初以爲苦久而漸安六月中几案灼人而兒戲且讀殊無少怨兒甚慧日盡半卷夜與叔抵足恒背誦之仲甚慰又以不忘湘裙故不復作燕樓想矣一日雙媒來爲阿小議婚中饋無人心甚躁急忽甘嫂自外入曰阿叔勿怪吾送湘裙至矣緣婢子不識羞我故挫辱之叔如此表表而不相從更欲從何人者見湘裙立其後心甚歡

悅蕭嫂坐具述有客在堂乃趨出少間復入則甘氏已去湘裙卸妝入廚下刀砧盈耳矣俄而肴胾羅列烹飪得宜客去仲入見湘裙凝粧坐室中遂與交拜成禮至晚女仍欲與阿小共宿仲曰我以陽氣溫之不可離也因置女別室惟晚間杯酒一往歡會而已湘裙撫前子如己出仲益賢之一夕夫婦歡洽仲戲問陰世有佳人否女思良久答言未見惟鄰女葳靈仙羣以爲美顧貌亦猶人要善修飾耳與妾往還最久心中竊鄙其蕩也如欲見頃刻可致但此等人未可招惹仲急欲一見女

把筆似欲作書既而擲管曰不可不可强之再四乃曰勿爲所惑仲諾之遂紙作數畫若符於門外焚之少時簾動鉤鳴吃吃作笑聲女起曳入高髻雲翹殆類畫圖扶坐牀頭酌酒相叙間濶初見仲猶以紅袖掩口不甚縱談數琖後嬉狎無忌漸伸一足壓仲衣仲心迷亂不知魂之所舍目前惟碍湘裙湘裙又故防之頃刻不離於側葳蕤仙忽起搴簾而出湘裙從之仲亦從之葳蕤仙握仲趨入他室湘裙甚恨而無如何憤然歸室聽其所爲而已既而仲入湘裙責之曰不聽我言恐後却之

不得耳仲疑其妬不樂而散次夕葳靈仙不招自來湘裙甚厭見之傲不爲禮仙竟與仲相將而去如此數夕女望其來則詬辱之而亦不能却也月餘仲病不起始大悔喚湘裙與共寢處冀可避之晝夜防稍懈則人鬼已在陽臺矣湘裙操杖逐之鬼忿與爭湘裙荏弱手足皆爲所傷仲寖以沉困湘裙泣曰吾何以見吾姊乎又數日仲寘然遂死初見二隸執牒入不覺從去至途患無資斧邀隸便道過兄所兄見之驚駭失色問弟近何作仲曰無他但有鬼病耳實告之兄曰是矣乃出白金

一褒謂隸曰姑笑納之吾弟罪不應死請釋歸我使豚兒從去或無不諧便喚阿大陪隸飲反身入家徧告以故乃令甘氏隔壁喚葳靈仙俄至見仲欲遁伯揪髮駡曰淫婢生爲蕩婦死爲賤鬼不齒羣衆久矣又祟吾弟耶立批之雲鬟蓬飛妖容頓滅久之一媼來伏地哀懇伯又責媼縱女宣淫訶詈移時始令與女俱去伯乃送仲出飄忽間已抵家門直抵臥室豁然若寤始知適間之已死也伯責湘裙曰我與若姊謂汝賢能故使從吾弟反欲促吾弟死耶設非名分之嫌伊當撻楚湘裙慚

懼啜泣望伯伏謝伯顧阿小喜曰兒居然生人矣湘裙欲出作黍伯辭曰弟事未辦我不遑暇阿小年十三漸知戀父見父出零涕從之父曰從叔最樂我行復來耳轉盼遂逝自此不復通聞問矣後阿小娶婦生一子亦年三十而卒仲撫其孤如姪生時仲年八十其子二十餘矣乃析之湘裙無所出一日謂仲曰我先驅狐貍於地下可乎盛妝上牀而歿仲亦不哀半年亦歿

異史氏曰天下之友愛如仲幾人哉宜其不死而益之以年也陽絕陰嗣此皆不忍死兄之誠心所格在人無

此理在天寧有此數乎地下生子願承前業者想亦不少恐承絕產之賢兄賢弟不肯收恤耳

羅祖

羅祖即墨人也少貧喜豪縱族中應出一丁戍北邊即以羅往羅居邊數年生一子駐防守備雅厚遇之會守備遷陝西參將欲攜與俱去羅乃托妻子於其友李某者遂西自此三年不得反適參將欲致書北塞羅乃自陳請以便道省妻子參將從之羅至家妻子無恙良慰然牀下有男子遺舄心疑之旣而詣李申謝李致酒殷

勤妻又道李恩義羅感激不勝明日謂妻曰我往致主
命暮不能歸勿伺也出門跨馬去匿身近處更定卻歸
聞妻與李臥語大怒破扉二人懼膝行乞死羅抽刃出
已復韜之曰我始以汝爲人也今若此殺之汚吾刀耳
與汝約妻子而受之籍名亦而充之馬匹器械具在我
逝矣遂去鄉人共聞於官官答李李以實告而事無驗
見莫可質憑遠近搜羅則絕匿名跡官疑其因奸致殺
益械李及妻逾年並桎梏以死乃驛送其子歸即墨後
石匣營有樵入山見一道士坐洞中未嘗求食衆以爲

異費糧供之或有識者蓋即羅也餽遺滿洞羅終不食意似厭囂以故來者漸寡積數年洞外蓬蒿成林或潛窺之則坐處不曾少移又久之見其出游山上就之已杳往瞰洞中則衣上塵蒙如故益奇之更數日而往則玉柱下垂坐化已久士人爲之建廟每三月間香楮相屬於道其子往人皆呼以小羅祖香稅悉歸之今其後人猶歲一往收稅金爲沂水劉宗玉向予言甚詳予笑曰今世諸檀越不求爲聖賢但望成佛祖請遍告之若要立地成佛須放下刀子去

橘樹

陝西劉公爲興化令有道士來獻盆樹視之則小橘細裁如指擯弗受劉有幼女時六七歲適值初度道士云此不足供大人清玩聊祝女公子福壽耳乃受之女一見不勝愛悅寘諸閨闥朝夕護之唯恐傷劉任滿橘盈把矣是年初結實簡裝將行以橘重贅謀棄去女抱樹嬌啼家人紿之曰暫去且將復來女信之淚始止又恐爲大力者負之而去立視家人移栽墀下乃行女歸受莊氏聘莊丙戌登進士釋褐爲興化令夫人大喜竊意

十餘年橘不復存及至則樹已十圍實纍纍以千計問之故役皆云劉公去後橘甚茂而不實此其初結也更奇之莊任三年繁實不改第四年憔悴無少華夫人曰君任此不久矣至秋果解任

異史氏曰橘其有夙緣於女歟何遇之巧也其實也似感恩其不華也似傷離物猶如此而況於人乎

木雕美人

商人白有功言在濼口河上見一人荷竹簏牽巨犬二於簏中出木雕美人高尺餘手目轉動艷妝如生又以

小錦韉被犬身便令跨坐安置已叱犬疾奔美人自起學解馬作諸劇鐙而腹藏腰而尾贅跪拜起立靈變不訛又作昭君出塞別取一木雕兒插雉尾披羊裘跨犬從之昭君頻頻回顧羊裘兒揚鞭追逐眞如生者

金永年

利津金永年八十二歲無子媼七十八歲自分絕望忽夢神告曰本應絕嗣念汝貿販平準賜予一子醒以告媼媼曰此眞妄想兩人皆將就木何由生子無何媼腹震動十月竟舉一男

孝子

青州東香山之前有周順亭者事母至孝母股生大疽痛不可忍晝夜嚬呻周撫飢進藥至忘寢食數月不痊周憂煎無以爲計夢父告曰母疾賴汝孝然此創非人膏塗之不能愈徒勞焦惻也醒而異之乃起以利刀割脇肉肉脫落覺不甚苦急以布纏腰際血亦不注於是烹肉作膏敷母患處痛截然頓止母喜問何藥而靈效如此周詭對之母創尋愈周每掩護割處即妻子亦不知也既痊有巨痕如掌妻詰之始得其情

異史氏曰割股爲傷生之事君子不貴然愚夫婦何知傷生之爲不孝哉亦行其心之所不自已者而已有斯人而知孝子之眞猶在天壤司風教者重務良多無暇彰表則闡幽明微賴兹芻蕘

獅子

暹邏貢獅每止處觀者如堵其形狀與世傳繡畫者迥異毛黑黃色長數寸或投以雞先以爪抟而吹之一吹則毛盡落如掃亦理之奇也

梓潼令

常進士大忠太原人候選在都前一夜夢文昌投刺拔
籤得梓潼令奇之後丁艱歸服闋候補又夢如前默思
豈復任梓潼乎已而果然

聊齋志異卷九終

聊齋志異卷十

淄川　蒲松齡　留仙　著

新城　王士正　貽上　評

賈奉雉

賈奉雉平涼人才名冠一時而試輒不售一日途中遇一秀才自言郎姓風格灑然談言微中因邀俱歸出課藝就正郎讀罷不甚稱許曰足下文小試取第一則有餘闈場取榜尾則不足賈曰柰何郎曰天下事仰而跂之則難俯而就之甚易此何須鄙人言哉遂指一二人

一二篇以爲標準大率賈所鄙棄而不屑道者聞之笑曰學者立言貴乎不朽即味列八珍當使天下不以爲泰耳如此獵取功名雖登臺閣猶爲賤也郎曰不然文章雖美賤則弗傳君欲抱卷以終也則已不然簾內諸官皆以此等物事進身恐不能因閱君文另換一副眼睛肺腸也賈終嘿然郎起而笑曰少年盛氣哉遂别而去是秋入闈復落欝邑不得志頗思郎言遂取前所指示者强讀之未至終篇昏昏欲睡心惶惑無以自主又三年闈塲將近郎忽至相見甚懽因出所擬七題使賈

作之越日索文而閱不以爲可又令復作作已又訾之賈戲于落卷中集其蕪冗泛濫不可告人之句連綴成文俟其來而示之郎喜曰得之矣因使熟記堅囑勿忘賈笑曰實相告此言不由中轉瞬即去便受夏楚不能復憶之也郎坐案頭強令自誦一過因使袒背以筆寫符而去曰只此已足可以束閣群書矣驗其符濯之不下深入肌理至場中七題無一遺者回思諸作茫不記憶惟戲綴之文歷歷在心然把筆終以爲羞欲少竄易而顛倒苦思竟不能復更一字日已西墜直錄而去郎

候之已久問何暮也賈以實告即求拭符視之已漫滅矣再憶塲中文遂如隔世大奇之因問何不自謀笑曰某惟不作此等想故不能讀此等文也遂約明日過諸寓賈諾之郎既去賈取文稿自閱之大非本懷怏怏不自得不復訪郎嗒喪而歸未幾榜發竟中經魁又閱舊稿一讀一汗讀竟重衣盡溼自言曰此文一出何以見天下士乎方慚怍間郎忽至曰求中既中矣何其悶也曰僕適自念以金盆玉椀貯狗矢真無顏出見同人行將遁迹山邱與世長絕矣郎曰此亦大高但恐不能耳

果能之僕引見一人長生可得並千載之名亦不足戀況儻來之富貴乎賈悅留與共宿曰容某思之天明謂郎曰予志決矣不告妻子飄然遂去漸入深山至一洞府其中別有天地有叟坐堂上郎使參之呼以師叟曰來何早也郎曰此人道念已堅望加收齒叟曰汝既來須將此身並置度外始得賈唯唯聽命郎送至一院安其寢處又投以餌始去房亦精潔但戶無扉窗無欞內惟一几一榻賈解屨登榻月明穿射矣覺微飢取餌啖之甘而易飽竊意郎當復來坐久寂然杳無聲響但覺

清香滿室臟腑容明脈絡皆可指數忽聞有聲甚厲似猫抓癢自牖睨之則虎蹲檐下乍見甚驚因憶師言即復收神凝坐虎似知其有人尋入近榻氣咻咻徧嗅足股少頃聞庭中嗥動如雞受縛虎即趨出又坐少時一美人入蘭麝撲人悄然登榻附耳小言曰我來矣一言之間口脂散馥賈渺然不少動又低聲曰睡乎聲音頗類其妻心微動又念曰此皆師相試之幻術也瞑如故美人笑曰鼠子動矣初夫妻與婢同室狎褻惟恐婢聞私約一謎曰鼠子動則相歡好忽聞是語不覺大動開

目凝視真其妻也問何能來荅云郎生恐君岑寂思歸遣一嫗導我來言次因賈出門不相告語偎傍之際頗有怨懟賈慰藉良久始得嬉笑爲歡既畢夜已向晨聞叟譙訶聲漸近庭院妻急起無地自匿遂越短牆而去俄頃郎從叟入叟對賈杖郎便令逐客郎亦引賈自短牆出曰僕望君奢不免躁進不圖情緣未斷累受扑責從此暫去相見行有日也指示歸途拱手遂別賈俯視故村故在目中意妻弱步必滯途間疾趨里餘已至家門但見房垣零落舊景全非村中老幼竟無一相識者

心始駭異忽念劉阮返自天台情景真似不敢入門于對戶憩坐良久有老翁曳杖出賈揖之問賈某家何所翁指其第曰此卽是也得無欲問奇事耶僕悉知之相傳此公聞捷卽遁遁時其子纔七八歲後至十四五歲母忽大睡不醒子在時寒暑爲之易衣迨歿兩孫窮踧房舍拆毀惟以木架苫覆蔽之月前夫人忽醒屈指百餘年矣遠近聞其異皆來訪視近日稍稀矣賈豁然頓悟曰翁不知賈奉雉卽某是也翁大駭走報其家時長孫已死次孫祥至五十餘矣以賈少年疑爲詐僞少間

夫人出始識之雙涕霪霪呼與俱去苦無屋宇暫入孫舍大小男婦奔入盈側皆其曾元麤陋劣少文長孫婦吳氏沽酒具藜藿又使少子杲及婦與己共室除舍舍祖翁姑賈入舍烟埃兒溺雜氣熏人居數日懊惋殊不可耐兩孫家分供餐飲調飪尤乖里中以賈新歸日日招飲而夫人恒不得一飽吳氏故士人女頗嫺閨訓承顏不衰祥家給奉漸疎或嘑而與之賈怒攜夫人去設帳東里每謂夫人曰吾甚悔此一返而已無及矣不得已復理故業若心無愧恥富貴不難致也居年餘吳氏

猶時餽餉而祥父子絕迹矣是歲試入邑庠邑令重其文厚贈之由此家稍裕祥稍稍來近就之賈喚入計囊所耗費出金償之斥絕令去遂買新第移吳氏共居之吳二子長者留守舊業次果頗慧使與門人輩共筆硯賈自山中歸心思益明徹無何連捷登進士第又數年以侍御出巡兩浙聲名赫奕歌舞樓臺一時稱盛賈爲人鯁峭不避權貴朝中大僚思中傷之賈屢疏恬退未蒙俞旨未幾而禍作矣先是祥六子皆無賴賈雖擯斥不齒然皆竊餘勢以作威福橫占田宅鄉人共患之有

某乙娶新婦祥次子篡取爲妾乙故狙詐鄉人斂金助訟以此聞于都于是當道者交章攻賈賈殊無以自剖被收經年祥及次子皆瘐死賈奉吉充遼陽軍時果入泮已久爲人頗仁厚有賢聲夫人生一子年十六遂以囑果夫妻攜一僕一嫗而去賈曰十餘年富貴曾不如一夢之久今始知榮華之塲皆地獄境界悔比劉晨阮肇多造一重孽案耳數日抵海岸遥見巨舟來鼓樂殷作虞候皆如天神旣近舟中一人出笑請侍御過舟少憩賈見驚喜踴身而過押隷不敢禁夫人急欲相從而

相去已遠遂憤投海中漂泊數步見一人垂練於水引救而去隷命篙師盪舟且追且號但聞鼓聲如雷與轟濤相間瞬間遂杳僕識其人蓋郎生也

異史氏曰世傳陳大士在闈中書藝既成吟誦數四嘆曰亦復誰人做得遂棄去更作以故闈墨不及諸稿賈生羞而遁去此蓋有仙骨焉乃再返人世遂以口腹自貶貧賤之中人甚矣哉

三生

湖南某能記前生三世一世爲令尹闈場入簾有名士

興于唐被黜落憤懣而卒至陰司執卷訟之此狀一投其同病死者以千萬計推興爲首聚散成羣某被攝去相與對質閻羅便問某既衡文何得黜佳士而進凡庸某辯言上有總裁某不過奉行之耳閻羅即發一簽往拘主司久之勾至閻羅即述某言主司曰某不過總其大成雖有佳章而房官不薦吾何由而見之也閻羅曰此不得相諉其失職均也例合笞方將施刑興不滿志戛然大號兩墀諸鬼萬聲鳴和閻羅問故興抗言罪太輕是必抉其雙睛以爲不識文之報閻羅不肯衆呼益

厲閻羅曰彼非不欲得佳文特其所見鄙耳衆人又請剖其心閻羅不得已使人褫去袍服以白刃劙胸兩人瀝血鳴嘶衆人大快皆曰吾輩抑鬱泉下未有能一伸此氣者今得與先生怨氣都消矣閧然遂散某受剖已押投陝西爲庶人子年二十餘値土寇大作陷入賊中有巡兵道往平賊俘擄甚衆某亦在其中心猶自揣非賊冀可辯釋及見堂上官亦年二十餘細視乃與士也驚曰吾今盡矣旣而俘者盡釋惟某後至不容置辯竟斬之某至陰投狀訟與閻羅不卽拘待其祿盡遲之三

十年典始至面質之典以草菅人命罰作畜稽某所爲會撻其父母其罪維均某恐來生再報請爲大畜閻羅判爲大犬典爲小犬某生於北順天府肆市中一日臥街頭有客自南中來攜金毛犬大如狸某視之典也心易其小齕之小犬齩其喉下繫綴如鈴大犬擺撲嗥竄市人解之不得俄頃俱斃並至冥司互有爭論閻羅曰冤冤相報何時可已今爲若解之乃判典來世爲某壻某生慶雲二十八舉于鄉生一女嫺靜娟好世族爭委禽焉某皆弗許偶過鄰郡値學使發落諸生其第一卷

李姓實與也遂挽至旅舍優厚之問其家適無偶遂訂姻好人皆謂憐才而不知其有夙因也既而娶女去相得甚歡然壻恃才輒侮翁恒隔歲不一至其門翁亦耐之後壻中歲淹蹇落不得售翁百計爲之營謀始得志于名場由此和好如父子焉

異史氏曰一被黜而三世不解怨毒之甚至此哉閻羅之調停固善然墀下千萬衆如此紛紛勿亦天下之愛壻皆冥中之悲鳴號慟者耶

長亭

石大璞泰山人好厭禳之術有道士遇之賞其慧納爲弟子啓牙籤出二卷上卷驅狐下卷驅鬼乃以下卷授之曰虔奉此書衣食佳麗皆有之問其姓名曰吾汴城北村元帝觀王赤城也留數日盡傳其訣石於是精於符籙委贄者踵接於門一日有叟來自稱翁姓炫陳幣帛謂其女鬼病已殆必求親詣石聞病危辭不受贄姑與俱往十餘里入山村至其家廊屋華好入室見少女臥縠帳中婢以鉤挂帳望之年十四五許支綴於牀形容已槁近臨之忽開目云良醫至矣舉家皆喜謂其不

語已數日矣石乃出因詰病狀叟言白晝見少年來與共寢處捉之已杳少間復至疑其爲鬼石曰其鬼也驅之非難恐其是狐則非余所敢知矣叟曰必非必非石授以符是夕宿於其家夜分有少年入衣冠整肅石疑是主人眷屬起而問之曰我鬼也翁家盡狐偶悅其女紅亭姑止焉鬼爲狐祟陰隲無傷君何必離人之緣而護之女之姊長亭光艷尤絕敬留全璧以待高賢彼如許字方可爲之施治爾時我當自去石諾之是夜少年不復至女頓醒天明叟喜以告石請石入視石焚舊符

乃坐診之見繡幕有女郎麗若天人心知其長亭也診已索水灑帳女郎急以椀水付之蹀躞之間意動神流石生此際心殊不在鬼矣出辭叟托製藥去數日不返鬼益肆除長亭外子婦婢女俱被淫惑又以僕馬逆石石托疾不赴明日叟自至石故作病股狀扶杖而出叟拜已問故曰此鰥之難也曩夜婢子登榻傾跌墮湯夫人泡兩足耳叟問何久不續石曰恨不得清門如翁者叟默而出石走送曰病瘥當自至無煩玉趾也又數日叟復來石跛而見之叟慰問三數語便曰頃與荆人言

君如驅鬼去使舉家安枕小女長亭年十七矣願遣奉事君子石喜頓首於地乃謂叟雅意若此病軀何敢復愛矣立刻出門並騎而去入視祟者既畢石恐背約請與媼盟媼遽出曰先生何見疑也即以長亭所插金簪授石爲信石朝拜之已乃徧集家人悉爲祓除惟長亭深匿無跡遂寫一佩符使人持贈之是夜寂然鬼影盡滅惟紅亭呻吟未已投以法水所患若失石欲辭去叟挽止殷懇至晚肴核羅列勸酬殊切漏二下主人乃辭客去石方就枕聞叩扉甚急起視則長亭掩入辭氣倉

皇言吾家欲以白刃相仇可急遁言已逕返身去石戰懼無色越垣急竄遙見火光疾奔而往則里人夜獵者也喜待獵畢乃與俱歸心懷怨憤無之可伸思欲之汴尋赤城而家有老父病廢已久日夜籌思莫決進止忽一日雙輿至門則翁媼送長亭至謂石曰曩夜之歸胡再不謀石見長亭怨恨都消故亦隱而不發媼促兩人庭拜訖石將設筵辭曰我非閒人不能坐享甘旨我家老子昏髦倘有不悉郎肯爲長亭一念老身爲幸多矣登車遂去蓋殺壻之謀媼不之聞及追之不得而返媼

始知之頗不能平與叟日相詬誶長亭亦歛泣不食媼强送女來非翁意也長亭入門詰之始知其故過兩三月翁家趣女歸寧石料其不返禁止之自此時一涕零年餘生一子名慧兒買乳媪哺之然兒善啼夜必歸母一日翁家又以輿來言媪思女甚長亭益悲石不忍復留之欲抱子去石不可長亭乃自歸別時以一月爲期旣而半載無耗遣人往探之則向所僦宅久空又二年餘望想都絶而兒啼終夜寸心如割旣而石父病卒倍益哀傷因而病憊苫次彌留不能受賓朋之弔方昏憒

間忽聞婦人哭入視之則縗絰者長亭也石大悲一慟遂絕婢驚呼女始輟泣撫之良久始漸甦自疑已死謂相聚於冥中女曰非也妾不孝不能得嚴父心尼歸三載誠所負心適家由海東經此得翁凶問妾遵嚴命而絕兒女之情不敢循亂命而失翁媳之禮妾來時母知而父不知也言間兒投懷中言已始撫之泣曰我有父兒無母矣兒亦噭啕一室掩泣女起經理家政柩前牲盛潔備石乃大慰而病久急切不能起女乃請石外兄欵洽弔客喪既閉石始杖而能起相與營謀齋葬已女

欲辭歸以受背父之譴夫挽兒號隱忍而止未幾有人來告母病乃謂石曰妾爲父來君不爲妾母故令去耶石許之女使乳媼抱兒他適涕洟出門而去去後數年不返石父子漸亦忘之一日昧爽啟扉則長亭飄忽而入石方駭問女戚然坐榻上嘆曰生長閨閣視一里爲遙今一日夜而奔千里殆矣細詰之女欲言復止請之不已哭曰今爲君言恐妾之所悲而君之所快也邇年徙居晉界僦居趙搢紳之第主客交最善以紅亭妻其公子公子數逋蕩家庭頗不相安妹歸告父父留之半

年不令還公子忿恨不知何處聘一惡人來遣神縮鎖縛老父去一門大駭頃刻四散矣石聞之笑不自禁女怒曰彼雖不仁妾之父也妾與君琴瑟數年止有相好而無相尤今日人亡家敗百口流離即不爲父傷寧不爲妾弔乎聞之忭舞更無片語相慰藉何不義也拂袖而出石追謝之亦已渺矣悵然自悔拚已決絕過二三日媪與女俱來石喜慰問母子俱伏地驚而詢之母子俱哭女曰妾負氣而去今不能自堅又欲求人復何顏矣石曰岳固非人母之惠卿之情所不忘也然聞禍而

樂亦猶人情卿何不能暫忍女曰頃於途中遇母始知繫吾父者蓋君師也石曰果爾亦大易然翁不歸則卿之父子離散恐翁歸則卿之夫泣兒悲也媼矢以自明女亦誓以相報石乃即刻治任如汴詢至元帝觀則赤城歸未久入而參之便問何來石覘廚下一老狐扎前股而繫之笑曰弟子之來爲此老魅赤城詰之曰是吾岳也因以實告道士謂其狡詐不肯輕釋固請乃許之石因備述其詐狐聞之塞身入竈似有慚狀道士笑曰彼羞惡之心未盡忘也石起牽之而去以刀斷索抽之

狐痛極齒齦齦然石不遽抽而頓挫之笑問曰翁痛之勿抽可耶狐睛睒閃似有慍色既釋搖尾出觀而去石辭歸三日前已有人報叟信媼先去留女待石石至女逆而伏石挽之曰卿如不忘琴瑟之情不在感激也女曰今復遷故居矣村舍鄰邇音問可以不梗妾欲歸省三日可旋君信之否曰兒生而無母未便殤折我日日鰥居習已成慣今不似趙公子而反德報之所以爲卿者盡矣如其不還在卿爲負義道里雖近當亦不復過問何不信之與有女次日去二日即返問何速曰父以

君在汴會相戲弄未能忘懷言之絮絮妾不欲復聞故早來也自此閨中之往來無間而翁壻間尚不通慶弔云

異史氏曰狐情反覆譎詐已甚悔婚之事兩女而一轍詭可知矣然要而婚之是啟其悔者已在初也且壻既愛女而救其父止宜置昔怨而仁化之乃復狎弄于危急之中何怪其沒齒不忘也天下有冰玉之不相能者類如此

席方平

席方平東安人其父名廉性戇拙因與里中富室羊姓有郤羊先死數年廉病垂危謂人曰羊某今賄囑冥使搒我矣俄而身赤腫號呼遂死席慘怛不食曰我父樸訥今見陵於強鬼我將赴地下代伸冤氣耳自此不復言時坐時立狀類癡蓋魂已離舍矣席覺初出門莫知所往但見路有行人便問城邑少選入城其父已收獄中至獄門遙見父臥簷下似甚狼狽舉目見子潸然涕流便謂獄吏悉受賕囑日夜搒掠脛股殘甚矣席怒大罵獄吏父如有罪自有王章豈汝等死魅所能操耶遂

出抽筆爲詞值城隍早衙喊冤以投羊懼內外賄通始出質理城隍以所告無據頗不直席席忿氣無所復伸冥行百餘里至郡以官役私狀告之郡司遲之半月始得質理郡司扑席仍批城隍覆案席至邑備受械梏慘冤不能自舒城隍恐其再訟遣役押送家門役至門辭去席不肯入遁赴冥府訴郡邑之酷貪冥王立拘質對二官密遣心腹與席關說許以千金席不聽過數日逆旅主人告曰君負氣已甚官府求合而執不從今聞於王前各有函進恐事殆矣席以道路之口猶未深信俄

有皂衣人喚入升堂見冥王有怒色不容置詞命笞二十席厲聲問小人何罪冥王漠若不聞席受笞喊曰受笞允當誰教我無錢耶冥王益怒命置火牀捽席下見東墀有鐵牀熾火其下牀面通赤鬼脫席衣掬置其上反復揉搡之痛極骨肉焦黑苦不得死約一時許鬼曰可矣遂扶起促使下牀著衣猶幸跛而能行復至堂上冥王問敢再訟乎席曰大冤未伸寸心不死若言不訟是欺王也必訟又問訟何詞席曰身所受者皆言之耳冥王又怒命以鋸解其體二鬼拉去見立木高八九尺

許有木板二仰置其下上下凝血模糊方將就縛忽堂上大呼席某二鬼即復押回冥王又問尚敢訟否荅云必訟冥王命捉去速解既下鬼乃以二板夾席縛木上鋸方下覺頂腦漸闢痛不可禁顧亦忍而不號聞鬼曰壯哉此漢鋸隆隆然尋至胸下又聞一鬼云此人大孝無辜鋸令稍偏勿損其心遂覺鋸鋒曲折而下其痛倍苦俄頃半身闢矣板解兩身俱仆鬼上堂大聲以報堂上傳呼令合身來見二鬼即推復合曳使行席覺鋸鋒一道痛欲復裂半步而踣一鬼於腰間出絲帶授之曰

贈此以報汝孝受而束之一身頓健殊無少苦遂升堂而伏冥王復問如前席恐再罹酷毒便荅不訟矣冥王立命送還陽界隸卒出北門指示歸途反身遂去席念陰曹之暗昧尤甚於陽間柰無路可達帝聽世傳灌口二郎爲帝勳戚其神聰明正直訴之當有靈異竊喜兩隸已去遂轉身南向奔馳間有二人追至曰王疑汝不歸今果然矣捽回復見冥王竊意冥王益怒禍必更慘而王殊無厲容謂席曰汝志誠孝但汝父寃我已爲若雪之矣今已往生富貴家何用汝嗚呼爲今送汝歸予

以千金之產期頤之壽於願足乎乃註籍中嵌以巨印使親視之席謝而下鬼與俱出至途驅而罵曰奸猾賊頻頻翻覆使人奔波欲死再犯當捉入大磨中細細研之席張目叱曰鬼子胡爲者我性耐刀鋸不耐撻楚請反見王王如令我自歸亦復何勞相送乃返奔二鬼懼溫語勸回席故蹇緩行數步輒憩路側鬼含怒不敢復言約半日至一村一門半闢鬼引與共坐席使據門閾二鬼乘其不備推入門中驚定自視身已生爲嬰兒憤啼不乳三日遂殤魂搖搖不忘灌口約奔數十里忽見

羽葆來旛戟橫路越道避之因犯鹵簿爲前馬所執縶送車前仰見車中一少年丰儀瑰瑋問席何人席寃憤正無所出且意是必巨官或當能作威福因緬訴毒痛車中人命釋其縛使隨車行俄至一處官府十餘員迎謁道左車中人各有問訊已而指席謂一官曰此下方人正欲往愬宜即爲之剖決席詢之從者始知車中郎上帝殿下九王所囑即二郎也席覘二郎脩軀多髯不類世間所傳九王既去席從二郎至一官廨則其父與羊姓並銜隸俱在少頃檻車中有囚入出則冥王及郡

司城隍也當堂對勘席所言皆不妄三官戰慄狀若伏鼠二郎援筆立判頃之傳下判詞令案中人共視之判云勘得冥王者職膺王爵身受帝恩自應貞潔以率臣僚不當貪墨以速官謗而乃繁纓棨戟徒誇品秩之尊羊狠狼貪竟玷人臣之節斧敲斤斲婦子之皮骨皆空魚食鯨吞螻蟻之微生可憫當掬西江之水爲爾湔腸即燒東壁之牀請君入甕城隍郡司爲小民父母之官司上帝牛羊之牧雖則職居下列而盡瘁者不辭折腰即或勢逼大僚而有志者亦應強項乃上下其鷹鷙之

手既罔念夫民貧且飛揚其狙獪之奸更不嫌乎鬼瘦惟受賍而枉法眞人面而獸心是宜剔髓伐毛暫罰冥死所當脫皮換革仍令胎生隸役者既在鬼曹使非人類祗宜公門修行庶還落蓐之身何得苦海生波益造彌天之孽飛揚跋扈狗臉生六月之霜隳突叫號虎威斷九衢之路肆淫威於冥界咸知獄吏爲尊助酷虐於昏官共以屠伯是懼當於法場之內剝其四肢更向湯鑊之中撈其筋骨羊某富而不仁狡而多詐金光蓋地因使閻摩殿上盡是陰霾銅臭熏天遂教枉死城中全

無日月餘腥猶能役鬼大力直可通神宜籍羊氏之家以賞席生之孝即押赴東岳施行又謂席廉念汝子孝義汝性良懦可再賜陽壽三紀因使兩人送之歸里席乃抄其判詞途中父子共讀之既至席先蘇令其家人啓棺視父僵尸猶冰俟之終日漸溫而活及索抄詞則已無矣自此家日益豐三年間良沃遍野而羊氏子孫微矣樓閣田產盡爲席有里人或有買其田者夜夢神人叱之曰此席家物汝烏得有之初未深信既而種作則終年升斗無所獲於是復鬻歸席席父九十餘歲而

卒

異史氏曰人人言淨土而不知生死隔世意念都迷且不知其所以來又烏知其所以去而況死而又死生而復生者乎忠孝志定萬劫不移異哉席生何其偉也

素秋

俞慎字謹菴順天舊家子赴試入都舍于郊郭時見對戶一少年美如冠玉心好之漸近與語風雅尤絕大悅捉臂邀至寓便相款宴詢其姓氏自言金陵人姓俞名士忱字恂九公子聞與同姓又益親洽因訂爲昆仲少

年遂以名減字爲恂明日過其家書舍光潔然門庭踧落更無廝僕引公子入內呼妹出拜年十三四已來肌膚瑩澈粉玉無其白也少頃托茗獻客似家中亦無婢媼公子異之數語遂出由是友愛如胞恂九無日不來寓所或留共宿則以弱妹無伴爲辭公子曰吾弟流寓千里曾無應門之童兄妹纖弱何以爲生矣計不如從我去有斗舍可共棲止如何恂九喜約以闈後試畢恂九邀公子去曰中秋月明如晝妹子素秋具有蔬酒勿違其意竟挽入內素秋出畧道溫涼便入複室下簾治

具少間自出行炙公子起曰妹子奔波情何以忍素秋笑入頃之搴簾出則一青衣婢捧壺又一媼托柈進烹魚公子訝曰此輩何來不早從事而煩妹子恂九微哂曰素秋又弄怪矣但聞簾內吃吃作笑聲公子不解其故既而筵終婢媼徹器公子適嗽誤墮婢衣婢隨唾而倒碎椀流炙視婢則帛剪小人僅四寸許恂九大笑素秋笑出拾之而去俄而婢復出奔走如故公子大異之恂九曰此不過妹子幼時卜紫姑之小技耳公子因問弟妹都已長成何未昏姻荅云先人即世去留尚無定

所故此遲遲遂與商定行期鬻宅攜妹與公子俱西既歸除舍舍之又遣一婢爲之服役公子妻韓侍郎之猶女也尤憐愛素秋飲食共之公子與恂九亦然而恂九又最慧目下十行試作一藝老宿不能及之公子勸赴童子試恂九曰姑爲此業者聊與君分苦耳自審福薄不堪仕進且一入此途遂不能不戚戚於得失故不爲也居三年公子又不第恂九大爲扼腕奮然曰榜上一名何遂艱難若此我初不欲爲成敗所惑故寧寂寂耳今見大哥不能自發舒不覺中熱十九歲老童當效驅

馳也公子喜試期送入塲邑郡道皆第一益與公子下帷攻苦踰年科試並爲郡邑冠軍恂九名大譟遠近爭婚之恂九悉卻去公子力勸之乃以塲後爲解無何試畢傾慕者爭錄其文相與傳誦恂九亦自覺第二人不屑居也榜既放兄弟皆黜時方對酌公子尚強作噱恂九失色酒琖傾墮身仆案下扶置榻上病已困殆急呼妹至張目謂公子曰吾兩人情雖如胞實非同族弟自分已登鬼籙素秋已長成既蒙嫂氏撫愛媵之可也公子作色曰是真吾弟之亂命耳其將謂我人頭畜鳴者

耶恂九泣下公子即以重金爲購良材恂九命舁至力疾而入囑妹曰我歿後當閤棺無令一人開視公子尚欲有言而目已瞑矣公子哀傷如喪手足然竊疑其囑異使素秋他出啟而視之則棺中袍服如蛻揭之有蠹魚徑尺僵臥其中駭疑間素秋促入慘然曰兄弟何所隔閡所以然者非避兄也但恐傳布飛揚妾亦不能久居耳公子曰禮緣情制情之所在異族何殊焉妹寧不知我心乎即中饋當不漏言請勿慮遂速卜吉期厚葬之初公子欲以素秋論昏於世家恂九不欲既歿公子

以商素秋素秋不應公子曰妹年已二十矣長而不嫁人其謂我何對曰若然但惟兄命然自顧無福相不願入侯門寒士而可公子曰諾不數日冰媒相屬卒無所可先是公子之妻弟韓荃來弔得窺素秋心愛悅之欲購作小妻謀之姊姊急戒勿言恐公子知韓去終不能釋托媒風示公子許爲買鄉場關節公子聞之大怒詬罵將致意者批逐出自此交往遂絕適有故尚書之孫某甲將娶而婦忽卒亦遣冰來其甲第雲連公子之素識然欲一見其人因與媒約使甲躬謁及期垂簾於内

令素秋自相之甲至裘馬騶從炫耀閭里又覘其人秀雅如處女公子大悅見者咸贊美之而素秋殊不樂公子不聽竟許之盛備奩裝計費不貲素秋固止之但討一老大婢供給使而已公子亦不之聽卒厚贈焉既嫁琴瑟甚敦然兄嫂常縈念之每月輒一歸寧來時奩中珠繡必攜數事付嫂收貯嫂未知其意亦姑從之甲少孤止有寡母溺愛過於尋常日近匪人漸誘淫賭家傳書畫鼎彝皆以鬻償戲債而韓荃與有瓜葛因招飲而竊探之願以兩妾及五百金易素秋甲初不肯韓固求

之甲意似搖然恐公子不甘韓曰我與彼至戚此又非其支系若事已成則彼亦無如何萬一有他我身任之有家君在何畏一俞謹菴哉遂盛妝兩姬出行酒且曰果如所約此郎君家人矣甲惑之約期而去至日甲慮韓詐誘夜候於途果有輿來啟簾照驗不虛乃導去姑置齋中韓僕以五百金交兌俱明甲奔入僞告素秋言公子暴病相呼素秋未遑理妝草草遂去輿既發夜迷不知何所遑行良遠殊不可到忽有二巨燭來衆竊喜其可以問途無何至前則巨蟒兩目如燈衆大駭人馬

俱竄委輿路側將曙復集則空輿存焉意必葬於蛇腹歸告主人垂首喪氣而已數日後公子遣人詣妹始知爲惡人賺去初不疑其壻之僞也取婢歸細詰情迹微窺其變忿甚徧愬郡邑某甲懼求救於韓韓以金妾兩亡正復懊喪斥絕不爲力甲呆憨無所復計各處勾牒至但以賂囑免行月餘金珠服飾典貨一空公子於憲府究理甚急邑官皆奉嚴令甲知不可復匿始出至公堂實情盡吐蒙憲票拘韓對質韓懼以情告父父時休致怒其所爲不法執付隸既見諸官府言及遇蟒之變

悉謂其詞支家人擄掠殆徧甲亦屢被敲楚幸母日鬻田產上下營救刑輕得不死而韓僕已瘐斃矣韓久困囹圄願助甲賂公子千金哀求罷訟公子不許甲母又請益以二姬但求姑存疑案以待尋訪妻又承叔母命朝夕祈解免公子乃許之甲家綦貧貨宅辦金而急切不能得售因先送姬來乞其延緩踰數日公子夜坐齋頭素秋偕一媼驀然忽入公子駭問妹固無恙耶答曰蟒變乃妹之小術耳當夜竄入一秀才家依於其母彼自言識兄今在門外請入之也公子倒屣而出燭之非

他乃周生宛平之名士也素以聲氣相善把臂入齋欵洽臻至傾談既久始知顛末初素秋昧爽欵生門母納入詰之知爲公子妹便將馳報素秋止之因與母居慧能解意母悅之以子無婦竊屬意素秋微言之素秋以未奉兄命爲辭生亦以公子交契故不肯作無媒之合但頻頻偵聽知訟事已有關說素秋乃告母欲歸母遣生率一媪送之即囑媪媒焉公子以素秋居生家久竊有心而未言也及聞媪言大喜即與生面訂爲好先是素秋夜歸將使公子得金而後宣之公子不可曰向憤

無所洩故索金以敗之耳今復見妹萬金何能易哉郎遣人告諸兩家頓罷之又念生故不甚豐道賒遠親迎殊艱因移生母來居以恂九舊第生亦備幣帛鼓樂昏嫁成禮一日嫂戲素秋今得新壻曩年枕席之愛猶憶之否素秋微笑因顧婢曰憶之否嫂不解研問之蓋三年牀第皆以婢代每夕以筆畫其兩眉驅之去即對燭而坐壻亦不之解也益奇之求其術但笑不言次年大比生將與公子偕往素秋以爲不必公子强挽之而去是科公子薦於鄉生落第歸隱有退志踰歲母卒遂不

復言進取矣一日素秋告嫂曰向問我術固未肯以此駭物聽也今遠別行有日矣請祕授之亦可以避兵燹驚而問之荅云三年後此處當無人煙妾荏弱不堪驚恐將蹈海濱而隱大哥富貴中人不可以偕故言別也乃以術悉授嫂數日又告公子爾之不得至於泣下問往何所即亦不言雞鳴早起攜一白鬚奴控雙衛而去公子陰使人委送之至膠萊之界塵霧障天既晴已迷所往三年後闖寇犯順村舍爲墟韓夫人剪帛置門內寇至見雲繞韋馱高丈餘遂駭走以是得無恙焉後村

中有賈客至海上遇一叟甚似老奴而髭髮盡黑猝不敢認叟停足而笑曰我家公子尚健耶借口寄語秋姑亦甚安樂問其居何里曰遠矣遠矣匆匆遂去公子聞之使人於所在徧訪之竟無蹤迹

異史氏曰管城子無食肉相其來舊矣初念甚明而乃持之不堅寧知糊眼主司衡命不衡文耶一擊不中冥然遂死蠹魚之癡一何可憐傷哉雄飛不如雌伏

喬女

平原喬生有女黑醜壑一鼻跛一足年二十五六無問

名者邑有穆生年四十餘妻死貧不能續因聘焉三年生一子未幾穆生卒家益索大困則乞憐其母母頗不耐之女亦憤不復返惟以紡織自給有孟生喪偶遺一子烏頭裁周歲以乳哺乏人急於求配然媒數言輒不當意忽見女大悅之陰使人風示女女辭焉曰飢凍若此從官人得溫飽夫寧不願然殘醜不如人所可自信者德耳又事二夫官人何取焉孟益賢之向慕尤殷使媒者函金加幣而說其母母悅自詣女所固要之女矢志不奪母慚願以少女字孟家人皆喜而孟殊不願居

無何孟暴疾卒女往臨哭盡哀孟故無戚黨死後村中無賴悉憑陵之家具攜取一空方謀瓜分其田產家人亦各草竊以去惟一嫗抱兒哭帷中女問得故大不平聞林生與孟善乃踵門而告曰夫婦朋友人之大倫也妾以奇醜爲世不齒獨孟生能知我前雖固拒之然固已心許之矣今身死子幼自當有以報知已然存孤易禦侮難若無兒翁父母遂坐視其子死家滅而不一救則五倫中可以無朋友矣妾無所多須於君但以片紙告邑宰撫孤則妾不敢辭林曰諾女別而歸林將如其

所教無賴輩怒咸欲以白刃相仇林大懼閉戶不敢復行女聽之數日寂無音及問之則孟氏田產已盡矣女忿甚銳身自詣官官詰女屬孟何人女曰公宰一邑所憑者理耳如其言妄即至戚無所逃罪如非妄即道路之人可聽也官怒其言戇訶逐而出女寃憤無以自伸哭訴於縉紳之門某先生聞而義之代剖於宰宰按之果真窮治諸無賴盡反所取或議留女居孟第撫其孤女不肯扃其戶使嫗抱烏頭從與俱歸另舍之凡烏頭日用所需輒同嫗啟戶出粟爲之營辦已錙銖無所沾

染抱子食貧一如曩日積數年烏頭漸長爲延師教讀己子則使學操作嘔勤使並讀女曰烏頭之費其所自有我耗人之財以教己子此心何以自明又數年爲烏頭積粟數百石乃聘於名族治其第宅析令歸烏頭泣要同居女乃從之然紡績如故烏頭夫婦奪其具女曰我母子坐食心何安矣遂早暮爲之紀理使其子巡行阡陌若爲傭然烏頭夫婦有小過輒斥譴不少貸稍不悛則怫然欲去夫婦跪道悔詞始止未幾烏頭入泮又辭欲歸烏頭不可捐聘幣爲穆子完昏女乃析子令歸

烏頭齟之不得陰使人於近村爲市恒産百畝而後遣之後女疾求歸烏頭不聽益篤囑曰必以我歸葬烏頭諾既卒陰以金啗穆子俾合葬於孟及期棺重三十人不能舉穆子忽仆七竅血出自言曰不肖兒何得遂賣汝母烏頭懼拜祝之始愈乃復停數日修治穆墓已始合厝之

異史氏曰知己之感許之以身此烈男子之所爲也彼女何知而奇偉如是若遇九方皋直牡之矣

馬介甫

楊萬石大名諸生也生平有季常之懼妻尹氏奇悍少迕之輒以鞭撻從事楊父年六十餘而鰥尹以齒奴隸數楊與弟萬鍾常竊餌翁不敢令婦知頹然衣敗絮恐貽訕笑不令見客萬石四十無子納妾王氏旦夕不敢通一語兄弟候試郡中見一少年容服都雅與語悅之詢其姓字自云介甫姓馬由此交日密焚香爲昆季之盟既別約半載馬忽攜僮僕過楊值楊翁在門外曝陽捫蝨疑爲傭僕通姓氏使達主人翁披絮去或告馬此即其翁也馬方驚訝楊兄弟岸幘出迎登堂一揖便請

朝父萬石辭以偶恙捉坐笑語不覺向夕萬石屢言具食而終不見至兄弟迭互出入始有瘦奴持壺酒來俄頃引盡坐伺良久萬石頻起催呼額頰間熱汗蒸騰俄瘦奴以饌具出脫粟失飪殊不甘旨食已萬石草草便去萬鍾襆被來伴客寢馬責之曰曩以伯仲高義遂同盟好今老父實不溫飽行道者羞之萬鍾泫然曰在心之情卒難申致家門不吉蹇遭悍嫂尊長細弱橫被摧殘非瀝血之好此醜不敢揚也馬駭嘆移時曰我初欲早旦而行今得此異聞不可不一目見之請假閑舍就

便自炊萬鍾從其教郎除室爲馬安頓夜深竊餽蔬稻惟恐婦知馬會其意力卻之且請楊翁與同食寢自詣城肆市布帛爲易袍袴父子兄弟皆感泣萬鍾有子喜兒方七歲夜從翁眠馬撫之曰此兒福壽過於其父但少年孤苦耳婦聞老翁安飽大怒輒罵謂馬强預人家事初惡聲尚在閨闥漸近馬居以示瑟歌之意楊兄弟汗體徘徊不能制止而馬若弗聞也者妾王體妊五月婦始知之褫衣慘掠已乃喚萬石跪受巾幗操鞭逐出値馬在外慚懅不前又追逼之始出婦亦遂出叉手頓

足觀者填溢馬指婦叱曰去去婦即反奔若被鬼逐袴履俱脫足纏縈繞於道上徒跣而歸面色灰死少定婢進襪履著已噭咷大哭家人無敢問者馬曳萬石爲解巾幗萬石聳身定息如恐脫落馬强脫之而坐立不寧猶懼以私脫加罪探婦哭已乃敢入趦趄而前婦殊不發一語遽起入房自寢萬石意始舒與弟竊奇焉家人皆以爲異相聚偶語婦微有聞益羞怒徧撻奴婢呼妾妾創劇不能起婦以爲僞就榻搒之崩注墮胎萬石於無人處對馬哀啼馬慰解之呼僮具牢饌更籌再唱不

放萬石歸婦在閨房恨夫不歸方大恚忿聞撬扉聲急呼婢則室門已闢有巨人入影蔽一室猙獰如鬼俄又有數人入各執利刃婦駭絕欲號巨人以刃刺頸曰號便殺卻婦急以金帛贖命巨人曰我冥曹使者不要錢但取悍婦心婦益懼自投敗顙巨人乃以利刃畫婦心而數之曰如某事謂可殺否即一畫凡一切凶悍之事責數殆盡刃畫膚革不啻數十末乃曰妾生子亦爾宗緒何忍打墮此事必不可宥乃令數人反接其手剖視悍婦心腸婦叩頭乞命但言知悔俄聞中門啟閉曰楊

萬石來矣既已悔過姑留餘生紛然盡散無何萬石入見婦赤身繃繫心頭刀痕縱横不可數解而問之得其故大駭竊疑焉明日向馬述之馬亦駭由是婦威漸斂經數月不敢出一惡語馬大喜告萬石曰實告君幸勿宣洩前以小術懼之既得合好請暫别也遂去婦每日暮挽留萬石作侶懽笑而承迎之萬石生平不解此樂遽遭之覺坐立皆無所可婦一夜憶巨人狀瑟縮搖戰萬石思媚婦意微露其假婦遽起苦致窮詰萬石自覺失言而不可悔遂實告之婦勃怒大罵萬石懼長跪牀

下婦不顧哀懇至漏三下婦曰欲得我恕須以刀畫汝
心頭如干數此恨始消乃起捉廚刀萬石大懼而奔婦
逐之犬吠雞騰家人盡起萬鍾不知何故但以身左右
翼兒婦方詬詈忽見翁來睹袍服倍益烈怒即就翁身
條條割裂批頰而摘翁髭萬鍾見之怒以石擊婦中顱
顛蹷而斃萬鍾曰我死而父兄得生何憾遂投井中救
之已死移時婦蘇聞萬鍾死怒亦遂解既殯弟婦戀兒
矢不嫁婦唾罵不與食醮去之遺孤兒朝夕受鞭楚俟
家人食訖始啗以冷塊積半歲兒尪羸僅存氣息一日

馬忽至萬石囑家人勿以告婦馬見翁襤褸如故大駭又聞萬鍾殞謝頓足悲哀兒聞馬至便來依戀前呼馬叔馬不能識審顧始辨驚曰兒何憔悴至此翁乃囁嚅具道情事馬忿然謂萬石曰我曩道兄非人果不謬兩人止此綫殺之將奈何萬石不言惟伏首帖耳而泣坐語數刻婦已知之不敢自出逐客但呼萬石入批使絕馬含涕而出批痕儼然馬怒之曰兄不能威獨不能斷出耶毆父殺弟安然忍受何以爲人萬石欠伸似有動容馬又激之曰如渠不去理須威劫便殺卻勿懼僕有

二三知交都居要地必合極力保無虞也萬石諾負氣疾行奔而入適與婦遇叱問何爲萬石逡遽失色以手據地曰馬生教余出婦婦益恚顧尋刀杖萬石懼而卻走馬唾之曰兄眞不可教也已遂開篋出刀圭藥合水授萬石飲曰此丈夫再造散所以不輕用者以能病人故耳今不得已暫試之飲下少頃萬石覺忿氣塡胸如烈焰中燒刻不容忍直抵閨闥叫喊雷動婦未及詰萬石以足騰起婦顛去數尺有咫即復握石成拳擂擊無算婦體幾無完膚嘲哳猶罵萬石於腰中出佩刀婦罵

曰出刀子敢殺我耶萬石不語割股上肉大如掌擲地上方欲再割婦哀鳴乞恕萬石不聽又割之家人見萬石兇狂相集死力掖出馬迎去捉臂相用慰勞萬石餘怒未息屢欲奔尋馬止之少間藥力漸消嗒焉若喪馬囑曰兄勿餒乾綱之振在此一舉夫人之所以懼者非朝夕之故其所由來者漸矣譬昨死而今生須從此滌故更新再一餒則不可爲矣遣萬石入探之婦股慄心慴倩婢扶起將以膝行止之乃已出語馬生父子交賀馬欲去父子共挽之馬曰我適有東海之行故便道相

過還時可復會耳月餘婦起賓事良人久覺黔驢無技
漸狎漸嘲漸罵居無何舊態全作矣翁不能堪行遁至
河南隸道士籍萬石亦不敢尋年餘馬至知其狀怫然
責數立呼兒至罷驢子上驅策逕去由此鄉人皆不齒
萬石學使案臨以劣黜名又四五年遭回祿居室財物
悉爲煨燼延燒鄰舍村人執以告郡罰鍰煩苛於是家
産漸盡至無居廬近村戒無以舍舍萬石尹氏兄弟怒
婦所爲亦絕拒之萬石既窮質妾於貴家偕妻南渡至
河南界資斧已絕婦不肯從聒夫再嫁適有屠而鰥者

以錢三百貨去萬石一身丐食於遠村近郭間至一朱門閽人訶拒不聽前少間一官人出萬石伏地啜泣官人熟視久之略詰姓名驚曰是伯父也何以貧至此萬石細審知爲喜兒不覺大哭從之入見堂中金碧煥映俄頃父扶童子出相對悲哽萬石始述所遭初馬攜喜兒至此數日即出尋楊翁來使祖孫同居又延師教讀十五歲入庠次年領鄉薦始爲完昏乃別欲去祖孫泣留之馬曰我非人實狐仙耳道侶相候已久遂去孝廉言之不覺惻楚因念昔與庶伯母同受酷虐倍益感傷

遂以輿馬貲金贖王氏歸年餘生一子因以爲嫡尹從
屠半載狂悖猶昔夫怒以屠刀孔其股穿以毛綆懸梁
上荷肉竟出號極聲嘶鄰人始知解縛抽綆一抽則呼
痛之聲震動四鄰以是見屠來則骨毛皆竪後脛創雖
愈而斷芒遺肉內終不良於行猶夙夜服役無敢少懈
屠既橫暴每醉歸則撻詈不情至此始悟昔之施於人
者亦猶是也一日楊夫人及伯母燒香普陀寺近村農
婦並來參謁尹在中悵立不前王氏故問此伊誰家人
進白張屠之妻便訶使前與太夫人稽首王笑曰此婦

從屠當不乏肉食何羸瘠乃爾尹愧恨歸欲自經綆弱不得死屠益惡之歲餘屠死途遇萬石遙望之以膝行淚下如縻萬石礙僕未通一言歸告姪欲謀珠還姪固不肯婦爲里人所唾棄久無所歸依羣乞以食萬石猶時就尹廢寺中姪以爲玷陰教羣乞窘辱之乃絕此事余不知其究竟後數行乃畢公權撰成之

異史氏曰天下之通病也然不意天壤之間乃有楊郎寧非變異余嘗作妙音經之續言謹附錄以博一噱竊以天道化生萬物重賴坤成男兒志在四方尤須內助

同甘獨苦勞爾十月呻吟就溼推乾苦矣三年嚬笑此顧宗祧而動念君子所以有伉儷之求瞻井臼而懷思古人所以有魚水之愛也始而不遜之聲或大施而小報繼則如賓之敬竟有往而無來祇緣兒女深情遂使英雄短氣牀上夜叉坐任金剛亦須低眉釜底毒烟生卽鐵漢無能強項秋砧之杵可擲不擣月夜之衣麻姑之爪能搔輕試蓮花之面小受大走直將代孟母投梭婦唱夫隨翻欲起周婆制禮婆娑跳擲停觀滿道行人嘲哳嗚嘶撲落一羣嬌鳥惡乎哉呼天籲地忽爾披髮

向銀牀醜矣夫轉目搖頭猥欲投繯延玉頸當是時也地下已多碎胆天外更有驚魂北宮黝未必不逃孟施舍焉能無懼將軍氣同雷電一入中庭頓歸無何有之鄉大人面若冰霜比到寢門遂有不可問之處豈果脂粉之氣不勢而威胡乃骯髒之身不寒而慄猶可解者魔女翹鬟來月下何妨俯伏皈依最冤枉者鳩盤蓬首到人間也要香花供養聞怒獅之吼則雙孔撩天聽牝雞之鳴則五體投地登徒子淫而忘醜廻波詞憐而成嘲設爲汾陽之壻立致尊榮媚卿卿良有故若贅外黃

之家不免奴役拜僕僕將何求彼窮鬼自覺無顏任其斫樹摧花止求包荒於怨婦如錢神可云有勢乃亦攖鱗犯制不能借助於方兄豈縛游子之心惟茲鳥道抑消霸王之氣恃此鴻溝然死同穴生同衾何嘗教吟白首而朝行雲暮行雨輒欲獨占巫山恨煞池水清空按紅牙玉板憐爾妾命薄獨支永夜寒更蟬殼鷺灘喜驪龍之方睡犢車麈尾恨駑馬之不奔榻上共臥之人撻去方知爲舅牀前久繫之客牽來已化爲羊需之殷者僅俄頃毒之流者無盡藏買笑纏頭而成自作之孽太

甲必曰難違俯首帖耳而受無妄之刑李陽亦謂不可酸風凜冽吹殘綺閣之春酷海汪洋淹斷藍橋之月又或盛會忽逢良朋即坐斗酒藏而不設且由房出逐客之書故人跡而不來遂自我廣絕交之論甚而雁影分飛涕空沾於荆樹鸞膠再覓變遂起於蘆花故飲酒陽城一堂中惟有兄弟吹竽商子七旬餘並無室家古人爲此有隱痛矣嗚呼百年鴛偶竟成附骨之疽五兩鹿皮或買剝牀之痛髯如戟者如是胆似斗者何人固不敢於馬棧下斷絕禍胎又誰能向蠶室中斬除孽本娘

子軍肆其橫暴苦療妒之無方胭脂虎噉盡生靈幸渡迷之有楫天香夜墜全澄湯鑊之波花雨晨飛盡滅劍輪之火極樂之境彩翼雙棲長舌之端青蓮並蔕拔苦惱於優婆之國立道場於愛河之濱咦願此幾章貝葉文灑爲一滴楊枝水

章邱李孝廉善遷少倜儻不羈絲竹詞曲之屬皆精之兩兄皆登甲榜而孝廉益佻脫娶夫人謝稍稍禁制之遂亡去三年不返徧覓不得後得之臨清构闌中一家入見其南向坐少姬十數左右侍蓋皆學音

藝而拜門牆者也臨行積衣累笥悉諸妓所貽既歸夫人閉置一室投書滿案以長繩繫榻足引其端自櫺內出貫以巨鈴繫諸廚下凡有需則躡繩繩動鈴響則應之夫人躬設典肆垂簾納物而估其值左持籌右握管老僕供奔走而已由此居積致富每恥不及諸姒貴錮閉三年而孝廉捷喜曰三卵兩成吾以汝爲蝦矣今亦爾耶

耿進士崧生亦章邱人夫人每以績火佐讀績者不輟讀者不敢息也或朋舊相詣輒竊聽之論文則瀹

茗作黍若慾諧謔則惡聲逐客矣每試得平等不敢入室門超等始笑逆之設帳得金悉納獻絲毫不敢隱匿故東主餽遺恒面較錙銖人或非笑之而不知銷算艮難也後爲婦翁延教內弟是年遊泮翁謝儀十金耿受榼返金夫人知之曰彼雖周親然舌耕謂何也追之返而受之耿不敢爭而終心歉焉思暗償之於是每歲館金皆短其數以報夫人積三年得如干數忽夢一人告之曰明日登高金數即滿次日試一臨眺果拾遺金恰符缺數遂償焉後成進士夫人

猗訶譴之耿曰今一行作吏何得復爾夫人曰諺云水長則船亦高郎爲宰相寧便大耶

雲翠仙

梁有才故晉人流寓於濟作小負販無妻子田產從村人登岱岱四月交香侶雜沓又有優婆夷塞率衆男子以百十雜跪神座下視香炷爲度名曰跪香才視衆中有女郎年十七八而美悅之詐爲香客近女郎又僞爲膝困無力狀故以手據女郎足女回首似嗔膝行而遠之才又膝行近之少間又據之女郎覺遽起不跪出門

去才亦起出履其跡不知其往心無望怏怏而行途中見女郎從媪似爲女也母者才趨之媪女行且語媪云汝能參禮娘娘大好事汝又無弟妹但獲娘娘冥加護護汝得快壻但能相孝順都不必貴子弟富王孫也才竊喜漸漬詰媪媪自言爲雲氏女名翠仙其出也家西山四十里才曰山路濇母如此蹜蹜妹如此纖纖何能便至曰日已晚將寄舅家宿耳才曰適言相壻不以貧嫌不以賤鄙我又未昏頗當母意否媪以問女女不應媪數問女曰渠寡福又蕩無行輕薄之心還易翻覆兒

不能爲遢伎見作婦才聞樸誠自表切矢皦日媼喜竟諾之女不樂勃然而已母又強拍嘸之才殷勤手於橐覓山兜二舁媼及女已步從若爲僕過隘輒訶兜夫不得顛搖動良殷俄抵村舍便邀才同入舅家舅出翁妗出媼也雲兒之嫂之謂才吾壻日適良不須別擇便取今夕舅亦喜出酒肴餌才既嚴妝翠仙出拂榻促眠女曰我固知郎不義廹母命漫相隨郎若人也當不須憂偕活才唯唯聽受明日早起母謂才宜先去我以女繼至才歸掃戶闥媼果送女至入視室中虛無有便云似

此何能給老身速歸當小助汝辛苦遂去次日有男女數輩各攜服食器具布一室滿之不飯但置一婢才由此坐溫飽惟日引無賴子朋飲競賭漸盜女郎簪珥佐博女勸之不聽頗不耐之惟嚴守箱奩如防寇一日博黨款門訪才窺見女適適驚戲謂才曰子大富貴何憂貧耶才問故荅曰曩見夫人實仙人也適與子家道不相稱貨爲媵金可得百爲妓可得千千金在室而慮飲博無貲耶才不言而心然之歸輒向女欷歔時時言貧不可度女不顧才頻頻擊桌拋匕箸罵婢作諸態

一夕女沽酒與飲忽曰郎以貧故日焦心我又不能御窮分郎憂中豈不愧怍但無長物止有此婢鬻之可稍稍佐經營才搖首曰其直幾許又飲少時女曰妾於郎有何不相承但力竭耳念一貧如此便死相從不過均此百年苦有何發跡不如以妾鬻貴家兩所便益得直或較婢多才故愕言何得至此女固言之色作莊才喜曰容再計之遂緣中貴人貨隸樂籍中貴人親詣才見女大悅恐不能即得立券八百緡事濱就矣女曰母日以壻家貧常常縈念今義斷矣我將暫歸省且郎與妾

絕何得不告母才慮母阻女曰我固自樂之保無差忒
才從之夜將半始抵母家撾關入見樓舍華好僕輩往
來憧憧才日與女居每請詣母女輒止之故爲甥館年
餘曾未一臨岳家至此大駭以其家巨恐媵妓所不甘
也女引才登樓上媼驚問夫妻何來女怨曰我固道渠
不義今果然乃於衣底出黄金二鋌置几上曰幸不爲
小人賺脫今仍以還母母駭問故女曰渠將鬻我藏金
無用處乃指才罵曰豺鼠子曩日負肩擔面沾塵如鬼
初近我熏熏作汗腥膚垢欲傾塌足手皴一寸厚使人

終夜惡自我歸汝家安坐餐飯鬼皮始脫母在前我豈誣耶才垂首不敢少出氣女又曰自顧無傾城姿不堪奉貴人似若輩男子我自謂猶相匹有何虧負遂無一念香火情我豈不能起樓宇買良沃念汝儇薄骨乞丐相終不是白頭侶言次婢嫗連衿臂旋旋圍遶之聞女責數便都唾罵共言不如殺卻何須復云云才大懼據地自投但言知悔女又盛氣曰鬻妻子已大惡猶未便是劇何忍以同衾人賺作娼言未已衆皆裂眦以銳簪剪刀股攢刺脇腂才號悲乞命女止之曰可暫釋郤渠

便無仁我不忍其觳觫乃率衆下樓去才坐聽移時人語俱寂思欲潛遁忽仰視見星漢東方已白野色蒼莽燈亦尋滅並無屋宇身坐削壁上俯瞰絶壑深無底駭絶懼墮身稍移塌然一聲坐石崩墮壁半有枯横焉罥不得墮以枯受腹手足無著下視茫茫不知幾何尋丈不敢轉側嗥怖聲嘶一身盡腫眼耳鼻舌身力俱竭日漸高始有樵人望見之尋綆來縋而下取置崖上奄將澌斃舁歸其家至則門洞敞家荒荒如敗寺牀簏什器俱杳惟有繩牀敗案是己家舊物零落猶存嗒然自臥

飢時日一乞食於鄰既而腫潰爲癩里黨薄其行悉唾棄之才無計賃屋而宂居行乞於道以刀自隨或勸以刀易餌才不肯曰野居防虎狼用自衛耳後遇向勸鬻妻者於途近而哀語遽出刀摯而殺之遂被收官廉得其情亦未忍酷虐之繫獄中尋瘐死

異史氏曰得遠山芙蓉與共四壁與以南面王豈易哉已則非人而怨逢惡之友故爲友者不可不知戒也凡狹邪子誘人淫博爲諸不義其事不敗雖則不怨亦不德迨於身無襦婦無袴千人所指無疾將死窮敗之念

無時不縈於心窮敗之恨無時不切於齒清夜牛衣中
輾轉不寐夫然後歷歷想未落時歷歷想將落時又歷
歷想致落之故而因以及發端致落之人至於此弱者
起擁絮坐詛强者忍凍裸行篝火索刀霍霍磨之不待
終夜矣故以善規人如贈橄欖以惡誘人如餽漏脯也
聽者固當省言者可勿懼哉

顏氏

順天某生家貧值歲饑從父之洛性鈍年十七裁能成
幅而丰儀秀美能雅謔善尺牘見者不知其中之無有

也無何父母繼殁孑然一身授童蒙於洛汭時村中顏氏有孤女名士裔也少慧父在時嘗教之讀一過輒記不忘十數歲學父吟咏父曰吾家有女學士惜不弁耳鍾愛之期擇貴壻父卒母執此志三年不遂而母又卒或勸適佳士女然之而未就也適鄰婦踰垣來就與攀談一字紙裹繡綫女啟視則某手翰寄鄰生者反復之而好焉鄰婦窺其意私語曰此翩翩一美少年孤與卿等年相若也倘能垂意妾囑渠儂媒合之女脈脈不語婦歸以意授夫鄰生故與生善告之大悅有母遺金鴉

鐶託委致焉刻日成禮魚水甚懽及睹生文笑曰文與卿似是兩人如此何日可成朝夕勸生研讀嚴如師友斂昏先挑燭據案自哦爲丈夫率聽漏三下乃已如是年餘生制藝頗通而再試再黜身名蹇落饔飧不給撫情寂漠嗸嗸悲泣女訶之曰君非丈夫負此弁耳使我易髻而冠青紫直芥視之生方懊喪聞妻言睒睗而怒曰閨中人身不到場屋便以功名富貴似汝在廚下汲水炊白粥若冠加於頂恐亦猶人耳女笑曰君勿怒俟試期妾請易裝相代倘落拓如君當不敢復藐天下士

矣生亦笑曰卿自不知蘗苦請嘗試之但恐綻露爲鄉鄰笑耳女曰妾非戲語君嘗言燕有故廬請男裝從君歸僞爲弟君以襁褓出誰得辨其非生從之女入房巾服而出曰視妾可作男兒否生視之儼然一顧影少年也生喜徧辭里社交好者薄有餽遺買一羸蹇御妻而歸生叔兄尚在見兩弟如冠玉甚喜晨夕卹顧之又見宵旰攻苦倍益愛敬僱一剪髮雛奴爲供給使暮後輒遣去之鄉中弔慶兄自出周旋弟惟下帷讀居半年罕有睹其面者客或請見兄輒代辭讀其文膾然駭異或

排闥而廹之一揖便亡去客睹丰采又俱傾慕由此名大譟世家爭願贅焉叔兄商之惟囅然笑再强之則言矢志青雲不及第不昏也會學使案臨兩人並出兄又落第以冠軍應試中順天第四明年成進士授桐城令有吏治尋遷河南道掌印御史富埒王侯因托疾乞骸骨賜歸田里賓客塡門迄謝不納又自諸生以及顯貴並不言娶人無不怪之者歸後漸置婢或疑其私嫂察之殊無苟且無何明鼎革天下大亂乃告嫂曰實相告我小郎婦也以男子闒茸不能自立負氣自爲之深恐

播揚致天子召問貽笑海內耳嫂不信脫靴而示之足始愕視靴中則敗絮滿焉於是使生承其銜仍閉門而雌伏矣而生平不孕遂出貲購妾謂生曰凡人置身通顯則買姬媵以自奉我宦跡十年猶一身耳君何福澤坐享佳麗生曰面首三十人請卿自置耳相傳爲笑是時生父母屢受覃恩矣搢紳拜往尊生以侍御禮生羞襲閨銜惟以諸生自安終身未嘗輿蓋云

異史氏曰翁姑受封於新婦可謂奇矣然侍御而夫人也者何時無之但夫人侍御者少耳天下冠儒冠稱丈

夫者皆愧死矣

小謝

渭南姜部郎第多鬼魅常惑人因徙去留蒼頭門之而死數易皆死遂廢之里有陶生望三者夙倜儻好狎妓酒闌輒去之友人故使妓奔就之亦笑內不拒而實終夜無所沾染嘗宿部郎家有婢夜奔生堅拒不亂部郎以是契重之家綦貧又有鼓盆之戚茆屋數椽溽暑不堪其熱因請部郎假廢第部郎以其凶故卻之生因作續無鬼論獻部郎且曰鬼何能爲部郎以其請之堅諾

之生往除廳事薄暮置書其中返取他物則書已亡怪之仰臥榻上靜息以伺其變食頃聞步履聲覘之見二女自房中出所亡書送還案上一約二十一可十七八並皆姝麗逡巡立榻下相視而笑生寂不動長者翹一足踹生腹少者掩口匿笑生覺心搖搖若不自持卽急肅然端念卒不顧女遂以左手捋髭右手輕批頤頰作小響少者益笑生驟起叱曰鬼物敢爾二女駭奔而散生恐夜爲所苦欲移歸又恥其言不掩乃挑燈讀暗中鬼影幢幢畧不顧瞻夜將半燭而寢始交睫覺人以細

物穿鼻奇痒大嚏但聞暗處隱隱作笑聲生不語假寐以候之俄見少女以紙條撚細股鶴行鷺伏而至生暴起訶之飄竄而去旣寢又穿其耳終夜不堪其擾雞旣鳴乃寂無聲生始酣眠終日無所睹聞日旣下恍惚出現生遂夜炊將以達旦長者漸曲肱几上覩生讀旣而掩生卷生怒捉之卽已飄散少間又撫之生以手按卷讀少者潛於腦後交兩手掩生目瞥然去遠立以哂生指駡曰小鬼頭捉得便都殺卻女子卽又不懼因戲之曰房中縱送我都不解纏我無益二女微笑轉身向竈

析薪溲米爲生執爨生顧而獎曰兩卿此爲不勝憨跳耶俄頃粥熟爭以匕箸陶椀置几上生曰感卿服役何以報德女笑云飯中溲合砒酖矣生曰與卿夙無嫌怨何至以此相加啜已復盛爭爲奔走生樂之習以爲常日漸稔接坐傾語審其姓名長者云妾秋容喬氏彼阮家小謝也又研問所由來小謝笑曰癡郎尚不敢一呈身誰要汝問門第作嫁娶耶生正容曰相對麗質豈獨無情但陰冥之氣中人必死不樂與居者行可耳樂與居者安可耳如不見愛何必玷兩佳人如果見愛何必

死一狂生二女相顧動容自此不甚虐弄之然時而探手於懷捋袴於地亦置不爲怪一日錄書未卒業而出返則小謝伏案頭操管代錄見生擲筆睨笑近視之雖劣不成書而行列疎整生贊曰卿雅人也苟樂此僕教卿爲之擁諸懷把腕而教之畫秋容自外入色乍變意似妒小謝笑曰童時嘗從父學書久不作遂如夢寐秋容不語生喻其意僞爲不覺者遂抱而授以筆曰我視卿能此否作數字而起曰秋娘大好筆力秋容乃喜於是折兩紙爲範俾共臨摹生另一燈讀竊喜其各有所

事不相侵擾做畢祇立几前聽生月旦秋容素不解讀塗鴉不可辨認花判已自顧不如小謝有慚色生獎慰之顏始霽二女由此師事生坐爲抓背臥爲按股不惟不敢侮爭媚之踰日小謝書居然端好生偶贊之秋容大慚粉黛淫淫淚痕如綫生百端慰解之乃已因教之讀穎悟非常指示一過無再問者與生競讀常至終夜小謝又引其弟三郎來拜生門下年十五六姿容秀美以金如意一鉤爲贄生令與秋容執一經滿堂咿唔生於此設鬼帳焉部郎聞之喜以時給其薪水積數月秋

容與三郎皆能詩時相酬唱小謝陰囑勿教秋容生諸之秋容囑勿教小謝生亦諾之一日生將赴試二女涕淚持別三郎曰此行可以托疾免不然恐履不吉生以告疾爲辱遂行先是生好以詩詞譏切時事獲罪於邑貴介日思中傷之陰賂學使誣以行檢淹禁獄中資斧絕乞食於囚人自分已無生理忽一人飄忽而入則秋容也以饌具餽生相向悲咽曰三郎慮君不吉今果不謬三郎與妾同來赴院申理矣數語而出人不之睹越日部院出三郎遮道聲屈收之秋容入獄報生返身往

偵之三日不返生愁餓無聊度一日如年歲忽小謝至愴惋欲絶言秋容歸經由城隍祠被西廊黑判强攝去逼充媵御秋容不屈今亦幽囚妾馳百里奔波頗殆至北郭被老棘刺吾足心痛徹骨髓恐不能再至矣因示之足血殷凌波焉出金三兩跛踦而没部院勘三郎素非瓜葛無端代控將杖之撲地遂滅異之覽其狀情詞悲惻提生面鞫問三郎何人生僞爲不知部院悟其冤釋之既歸竟夕無一人更闌小謝始至慘然曰三郎在部院被廨神押赴冥司冥王以三郎義令托生富貴家

秋容久錮妾以狀投城隍又被按闍不得入且復奈何生忿曰黑老魅何敢如此明日仆其像踐踏爲泥數城隍而責之案下吏暴横如此渠在醉夢中耶悲憤相對不覺四漏將殘秋容飄然忽至兩人驚喜急問秋容泣下曰今爲郎萬苦矣判日以刀杖相逼今夕忽放妾歸曰我無他原以愛故既不願固亦不汚玷煩告陶秋曹勿見譴責生聞少歡欲與同寢曰今日願爲卿死二女戚曰向受開導頗知義理何忍以愛君者殺君乎執不可然挽頸傾頭情均伉儷二女以遭難故妒念全消會

一道士途遇生顧謂身有鬼氣生以其言異具告之道士曰此鬼大好不宜負他因書二符付生曰歸授兩鬼任其福命如聞門外有哭女者吞符急出先到者可活生拜受歸囑二女後月餘果聞有哭女者二女爭奔而去小謝忙急忘吞其符見有喪轝過秋容直出入棺而沒小謝不得入痛哭而返生出視則富室郝氏殯其女共見一女子入棺而去方共驚疑俄聞棺中有聲息肩發驗女已頓蘇因暫寄生齋外羅守之忽開目問陶生郝氏研詰之答云我非汝女也遂以情告郝未深信欲

舁歸女不從遂入生齋偃臥不起郝乃識壻而去生就視之面麗雖異而光艷不減秋容喜愜過望殷敘生平忽聞烏烏鬼泣則小謝哭於暗陬心甚憐之即移燈往覓譬哀情而衿袖淋浪痛不可解近曉始去天明郝以婢媼齎送香奩居然翁壻矣暮入帷房則小謝又哭如此六七夜夫婦俱爲慘動不能成合卺之禮生憂思無策秋容曰道士仙人也再往求倘得憐救生然之跡道士所在叩伏自陳道士力言無術生哀不已道士笑曰癡生好纏人合與有緣請竭吾術乃從生來索靜室掩

扉坐戒勿相問凡十餘日不飲不食潛窺之瞑若睡一日晨興有少女搴簾入明眸而皓齒光艷照人微笑曰跋履終夜憊極矣被汝糾纏不了奔馳百里外始得一好廬舍道人載與俱來矣待其人便相交付耳斂昏小謝至女遽起迎抱之翕然合爲一體仆地而僵道士自室中出拱手逕去拜而送之及返則女已甦扶置牀上氣體漸舒但把足呻言趾股痠痛數日始能起後生應試得通籍有蔡子經者與同譜以事過生留數日小謝自鄰舍歸蔡望見之疾趨相躡小謝側身斂避心竊怒

其輕薄蔡告生曰一事深駭物聽可相告否詰之答曰三年前少妹夭殞經兩夜而失其尸至今疑念適見夫人何相似之深也生笑曰山荆陋劣何足以方君妹然既係同譜義即至切何妨以獻妻孥乃入內使小謝衣殉裝出蔡大驚曰眞吾妹也因而泣下生乃具述本末蔡喜曰妹子未死吾將速歸用慰嚴慈遂去過數日舉家皆至後往來如郗焉

異史氏曰絕世佳人求一而難之何遽得兩哉事千古而一見惟不私奔女者能遘之也道士其仙耶何術之

神也苟有其術醜鬼可交耳

蕙芳

馬二混居青州東門內以貨麵爲業家貧無婦與母共作苦一日媼獨居忽有美人來年可十六七椎布甚樸而光華照人媼驚顧窮詰女笑曰我以賢郎誠篤願委身母家媼益驚曰娘子天人有此一言則折我母子數年壽女固請之意必爲侯門亡人拒益力女乃去越三日復來留連不去問其氏姓曰母肯納我我乃言不然固無庸問媼曰貧賤傭骨得婦如此不稱亦不祥女笑

坐牀頭戀戀殊殷媼辭之言娘子速去勿相禍女乃出門媼覘之西去又數日西巷中呂媼來謂馬曰鄰女董蕙芳孤而無依自願爲賢郎婦胡弗納馬以疑慮具白之呂曰烏有此耶如有乖謬咎在老身馬大喜諾之呂旣去媼掃室布席將待子歸往娶之日將暮女飄然自至入室參母起拜盡禮告媼曰妾有兩婢未得母命不敢召也媼曰我母子守窮廬不解役婢僕日得蠅頭利僅足自給今增新婦一人嬌嫩坐食尚恐不充飽益之二婢豈吸風所能活耶女笑曰婢來亦不費母事皆能

自得食問婢何在女乃呼秋月秋松聲未及已忽如飛鳥墮二婢已立於前即令伏地叩母既而馬歸母迎告之馬喜入室見翠棟雕梁侔於宮殿中之几屏簾幙光耀奪視驚極不敢入女下牀迎笑睹之若仙益駭卻退女挽之坐與溫語馬喜出非分形神若不相屬即起欲出行沽女止曰勿須因命二婢治具秋月出一革袋執向扉後搖搖撼擺之已而以手探入壺盛酒柈盛炙觸類熏騰飲已而寢則花罽錦裀溫膩非常天明出門則茅廬依舊母子共奇之媪詣呂所將跡所由入門先謝

其媒合之德呂訝云久不拜訪何鄰女之曾託乎媼益疑具言端委呂大駭即同媼來視新婦女笑迎之極道作合之義呂見其慧麗愕眙良久即亦不辨唯唯而已女贈白木搔具一事曰無以報德姑奉此爲姥姥爬背耳呂受以歸審視則化爲白金馬自得婦頓更舊業門戸一新笥中貂錦無數任馬取著而出室門則爲布素但輕煖耳女所自衣亦然積四五年忽曰我謫降人間十餘載因與子有緣遂暫留止今別矣馬苦留之女曰請別擇良偶以承廬墓我歲月當一至已忽不見馬乃

娶秦氏後三年七夕夫妻方共語女忽入笑曰新偶良懽不念故人耶馬驚起愴然曳坐便道衷曲女曰我適送織女渡河乘間一相望耳兩相依依語無休止忽空際有人呼蕙芳女急起作別馬問其誰曰余適同雙成姊來彼不耐久伺矣馬送之女曰子壽八旬至期我來收爾骨言已遂逝今馬六十餘矣其人但樸訥無他長

異史氏曰馬生其名混其業褻蕙芳奚取哉於此見仙人之貴樸訥誠篤也余嘗謂友人若我與爾鬼狐且棄之矣所差不愧於仙人者惟混耳

蕭七

徐繼長臨淄人居城東之磨房莊業儒未成去而爲吏偶適姻家道出于氏殯宫薄暮醉歸過其處樓閣繁麗一叟當户坐徐酒渴思飲揖叟求漿叟起邀客入升堂授飲飲已叟曰曛暮難行姑留宿早旦而發何如徐亦疲殆樂遵所請叟命家人具酒奉客卽謂徐曰老夫一言勿嫌孟浪郎君清門令望可附昏姻有幼女未字欲充下陳幸垂援拾徐踧踖不知所對叟卽遣伻告其親族又傳語令女郎妝束頃之峩冠博帶者四五輩先後

並至女郎亦炫妝出姿容絕俗於是交坐宴會徐神魂眩亂但欲速寢酒數行堅辭不任乃使小鬟引夫婦入幃綰同爰止徐問其族姓女自言蕭姓行七又復細審門閥女曰身雖賤陋配吏胥當不辱寞何苦研窮徐溺其色款暱備至不復他疑女曰此處不可爲家審知汝家姊姊甚平善或不拗阻歸除一舍行將自至耳徐應之既而加臂於身奄忽就寐既覺則抱中已空天色大明松陰翳曉身下籍黍穰尺許厚駭嘆而歸告妻妻戲爲除館設榻其中闔門出曰新娘子今夜至矣因與共

笑曰既暮妻戲曳徐啟門曰新人得無已在室耶既入則美人華妝坐榻上見二人入起逆之夫妻大愕女掩口局局而笑參拜恭謹妻乃治具爲之合歡女早起操作不待驅使一日謂徐姊姨輩俱欲來吾家一望徐慮倉卒無以應客女曰都知吾家不饒將先賫饌具來但煩吾家姊姊烹飪而已徐告妻妻諾之晨炊後果有人荷酒胾來釋担而去妻爲職庖人之役晡後六七女郎至長者不過四十以來圍坐並飲喧笑盈室徐妻伏牕以窺惟見夫及七姐相向坐他客皆不可睹北斗挂屋

角讙然始去女送客未返妻入視案上杯柈俱空笑曰諸婢想俱餓遂如狗舐砧少間女還殷殷相勞奪器自滌促嫡安眠妻曰客臨吾家使白備飲饌亦大笑話明日合另邀致逾數日徐從妻言使女復召客客至恣意飲噉惟留四簋不加七箸徐問之羣笑曰夫人謂吾輩惡故留以待調人座間一女年十八九素舄縞裳云是新寡女呼爲六姊情態妖艷善笑能言與徐漸洽輒以諧語嘲徐行觴政徐爲錄事禁笑謔六姊頻違犯引十餘爵酡然邐醉芳體嬌懶荏弱難持無何亡去徐燭而

覓之則酣寢帳中近接其吻亦不覺以手探袴私處墳起心旌方搖席中紛喚徐郎乃急理其衣見袖中有綾巾竊之而出迨於夜央衆客離席六姊未醒七姐入搖之始呵欠而起繫裙理髮從衆去徐拳拳懷念不釋於心將於空處展玩遺巾而覓之已渺疑遂送客時遺落途間執燈細照階除都復烏有意瑣瑣不自得女問之徐漫應之女笑曰勿誑語巾子人已將去徒勞心目徐驚以實告且言懷思女曰彼與君無宿分緣止此耳問其故曰彼前身曲中女君爲士人見而悅之爲兩親所

阻志不得遂感疾阽危使人語之曰我已不起但得若來獲一捫其肌膚死無憾此女諾如所請適以冗羈未遽往過夕而至則病者已殞是前世與君有一捫之緣也過此即非望後設筵再招諸女惟六姊不至徐疑女妒頗有怨懟女一日謂徐曰若以六姊之故妾相見罪彼實不肯至於我何尤今八年之好行將别矣請爲君極力一謀用解從前之惑彼雖不來寧禁我不往登門就之或人定勝天不可知徐喜從之女握手飄若履虛頃刻至其家黃甓廣堂門戶曲折與初見時無少異岳

父母竝出曰拙女久蒙溫煦老身以殘年衰憊有疎省問或當不怪耶即張筵作會女便問諸姊妹母云各歸其家惟六姐在耳即喚婢請六娘子來久之不出女入曳之既至俯首簡嘿不似前此之諧少時叟媼辭去女謂六姊曰姐姐高自重使人怨我六姊微哂曰輕薄兒何以相近女挑兩人殘卮強使易飲曰吻已接矣作態何爲少時七姐亦去室中止餘二人徐遽起相逼六姊宛轉撐拒徐牽衣長跪而哀之色漸和相攜入室裁緩襦結忽聞喊嘶動地火光射闥六姊大驚推徐起曰禍

事忽臨柰何徐忙迫不知所爲而女郎已竄避無迹矣徐悵然少坐屋宇並失獵者十餘人按鷹操刃而至驚問何人夜伏於此徐托言迷途因告姓字一人曰適逐一狐見之否答云不見細認其處乃于氏殯宫也怏怏而歸猶冀七姐復至晨占雀喜夕卜燈花而竟無消息矣董玉玹談

顧生

江南顧生客稷下眼暴瘴晝夜呻吟罔所醫藥十餘日痛少減而合眼時輒睹巨宅凡四五進門皆洞闢最深

處有人往來但遙睹不可細認一日方凝神注之忽覺入宅中三歷門戶絕無人跡有南北廳事內以紅氍貼地畧窺之見滿屋嬰兒坐者臥者膝行者不可數計愕疑間一人自舍後出見之曰小王子謂有遠客在門果然便邀之顧不敢入強之乃入問此何所曰九王世子居世子瘧病新瘥今日親賓作賀先生有緣也言未已有奔至者督促速行俄至一處雕榭朱欄一殿北向凡有九楹歷階而升則客滿座見一少年北面坐知是王子便伏堂下滿堂盡起王子曳顧東嚮坐酒既行鼓樂

暴作諸妓升堂演華封祝纔過三折逆旅主人及僕喚進午餐就牀頭頻呼之耳聞甚真心恐王子知然並無知者遂托更衣而出仰視日之中夕則見僕立牀前始悟未離旅邸心悵悵猶欲急反因遣僕闔扉去甫交睫見宮舍依然急循故道而入路經前嬰兒處並無嬰兒有數十蓬首鮐背坐臥其中望見顧出惡聲曰誰家無賴子來此窺伺顧驚懼不敢置辯疾趨後庭升殿即坐見王子頷下添髭尺餘矣見顧笑問何往劇本過七折矣因以巨觥示罰移時曲終又呈齣目顧點彭祖娶婦

妓卽以椰瓢行酒可容五斗許頋離席辭飲言臣目疾不敢過醉王子曰君患目有太醫在此便合診視東座一客卽離席來兩指啟雙眥以玉簪點白膏如脂囑合目少睡王子命侍兒導入複室令臥臥片時覺牀帳香軟因而熟眠居無何忽聞鳴鉦鍠聒卽復驚醒疑是優戲未畢開目視之則旅舍中狗舐油鐺也然目病若失再閉之一無所睹矣

周克昌

淮上貢士周天儀年五旬止一子名克昌愛暱之至十

三四歲丰姿益秀而性不喜讀輒逃塾從羣兒戲恒終日不返周亦聽之一日既暮不歸始尋之殊竟烏有夫妻號咷幾不欲生年餘昌忽自至言爲道士迷去幸不見害值其他出得逃而歸周喜極亦不追問及教以讀慧悟倍於疇曩踰年文思大進既入郡庠試遂知名世族爭昏昌頗不願趙進士女有姿周強爲娶之既入門夫妻調笑甚懽而昌恒獨宿若無所私逾年秋戰而捷周益慰然年漸暮日望抱孫故嘗隱諷昌昌漠若不解母不能忍朝夕多絮語昌變色出曰我久欲亡去所不

遽捨者顧復之情耳實不能探討房帷以慰所望請仍去彼順志者且復來矣媪追曳之已踣衣冠如蛻大駭疑昌已死是必其鬼也悲嘆而已次日昌忽僕馬而至舉家惶駭近詰之亦言爲惡人畧賣於富商之家商無子子焉得昌後忽生一子昌思家遂送之歸問所學則頑鈍如昔乃知此爲昌其入泮鄉捷者鬼之假也然竊喜其事未洩即使襲孝廉之名入房婦甚狎熟而昌靦然有愧色似新昏者甫周年生子矣

異史氏曰古言庸福人必鼻口眉目間具有少庸而後

福隨之其精光陸離者鬼所棄也庸之所在桂籍可以
不入闈而通佳麗可以不親迎而致而況少有憑藉益
之鑽窺者乎

鄱陽神

翟灝持司理饒州道經鄱陽湖湖上有神祠停蓋游瞻
內雕木普郎死節臣像翟姓一神最居末座翟曰吾家
宗人何得在下遂於上易一座既而登舟大風斷帆桅
檣傾側一家哀號俄一小舟破浪而來既近官舟急挽
翟登小舟於是家人盡登審視其人與翟姓神無少異

無何浪息尋之已杳

聊齋志異卷十終

[illegible]卷一

聊齋志異卷十二

淄川　蒲松齡　留仙　著
新城　王士正　貽上　評

菱角

胡大成楚人其母素奉佛成從塾師讀道由觀音祠母囑過必入叩一日至祠有少女挽兒遨戲其中髮掩頸而風致娟然時成年十四心好之問其姓氏女笑云我祠西焦畫工女菱角也問將何爲成又問有壻家無女酡然曰無也成言我爲若壻好否女慚云我不能自主

而徜目澄澄上下睨成意似欣屬焉成乃出女追而遙告曰崔爾成吾父所善用爲媒無不諧成曰諾因念其慧而多情益傾慕之歸向母實白心願母止此兒常恐拂之即浼崔作冰焦責聘財奢事已不就崔極言成清族美才焦始許之成有伯父老而無子授教職於湖北妻卒任所母遣成往奔其喪數月將歸伯父病亦卒淹畱既久適大寇據湖南家耗遂隔成竄民間弔影孤惶而已一日有媼年四十八九縈廻村中日昃不去自言離亂閒歸將以自鬻或問其價言不屑爲人奴亦不願

爲人婦但有毋我者則從之不較直閗者皆笑成往視之面目間有二三顛背其毋觸於懷而大悲自念隻身無繼紉者遂迎歸執子禮焉媪喜便爲炊飯織屨劬勞若毋拂意輒譴之而少有疾苦則濡煦過於所生忽謂曰此處太平幸無可虞然兒長矣雖在羈旅大倫不可廢三兩日當爲兒娶婦成泣曰兒自有婦但閒阻南北耳媪曰大亂時人事翻覆何可株待成又泣曰無論結髮之盟不可背且誰以嬌女付萍梗人媪不荅但爲治簾幌衾枕甚周備亦不識所自來一日日既夕戒成曰

燭坐匆寐我往視新婦來也未遂出門去三更既盡媼不返心大疑俄聞門外譁出視則一女子坐庭中蓬首啜泣驚問何人亦不語良久乃言曰娶我來卽亦非福但有死耳成大驚不知其故女曰我少受聘于胡大成不意湖北去音信斷絕父母强以我歸汝家身可致志不可奪也成聞而哭曰卽我是胡某卿菱角耶女收涕而駭不信相將入室卽燈審顧曰得無夢耶于是轉悲爲喜相道離苦先是亂後湖南百里滌地無類焦攜家竄長沙之東又受周生聘亂中不能成禮期是夕送諸

其家女泣不盥櫛家人强置車中至途次女顛墜車遂有四人荷肩輿至云是周家迎女者即扶升輿疾行若飛至是始停一老姥曳入曰此汝夫家但入勿哭汝家婆婆旦晚將至矣乃去成詰知情事始悟媼神人也夫妻焚香共禱願得母子復聚母自戎馬戒嚴同儕人婦奔伏澗谷一夜譟言寇至即並張皇四匿有童子以騎授母母急不暇問扶肩而上輕迅剽邀瞬息至湖上馬踏水奔騰蹄下不波無何扶下指一戶云此中可居母將啟謝回視其馬化爲金毛犼高丈餘童子超乘而去

母以手撾門豁然啟扉有人出問怪其音熟視之成也母子抱哭婦亦驚起一門歡慰疑媪爲大士現身由此持觀音經咒益虔遂流寓湖北治田廬焉

邢子儀

滕有楊某從白蓮教黨得左道之術徐鴻儒誅後楊幸漏脫遂挾術以遨家中田園樓閣頗稱富有至泗上某紳家幻法爲戲婦女出窺楊睨其女美旣歸謀攝取之其繼室朱氏亦風韻飾以華妝僞作仙姬又授木鳥教之作用乃自樓頭推墮之朱覺身輕如葉飄飄然凌雲

而行無何至一處雲止不前知已至矣是夜月明清潔俯視甚了取木鳥投之鳥振翼飛去直達女室女見采禽翔入喚婢撲之鳥已冲簾出女追之鳥墮地作鼓翼聲近逼之撲入裙底展轉間負女飛騰直冲霄漢婢大號朱在雲中言曰下界人勿須驚怖我月府姮娥也渠是王母第九女偶謫塵世王母日切懷念暫招去一相聚會即送還耳遂與結襟而行方及泗水之界適有放飛爆者斜觸鳥翼鳥驚墮牽朱亦墮落一秀才家秀才

邢子儀家赤貧而性方鯁曾有鄰婦夜奔拒不納婦銜

憤去譖諸其夫誣以挑引夫固無賴晨夕登門詬辱之邢因貨產僦居別村鬭相者顧某善決人福壽踵門叩之顧望見笑曰君富足千鍾何着敗絮見人豈謂某無瞳耶邢嗤妄之顧細審曰是矣雖固蕭索乎然金穴不遠矣邢又妄之顧曰不惟暴富且得麗人邢終不以爲信顧推之出曰且去且去驗後方索謝耳是夜獨坐月下忽二女自天降視之皆麗姝詫爲妖因致詰問初不肯言邢將號召鄉里朱懼始以實告且囑勿洩願終從焉邢思世家女不與妖人婦等遂遣人告諸其家其父

母自女飛升零涕惶惑忽得報書驚喜過望立刻命輿馬星馳而去報邢百金攜女歸邢得艷妻方憂四壁得金甚慰往謝顧顧又審曰尚未尚未泰運已交百金何足言遂不受謝先是紳歸請于上官捕楊楊預遁不知所之遂籍其家發牒追朱朱懼牽邢飲泣邢亦計窘姑賂承牒者貰車騎攜朱詣紳哀求解脫紳感其義爲極力營謀得贖免罪夫妻於別館懽如戚好紳女幼受劉聘劉一時顯秩也聞女寄邢家信宿以爲辱反姻書與女絕婚紳將議姻他族女告父母誓從邢邢聞之喜朱

亦喜自願下之紳憂邢無家時楊居宅從官貨因購之
夫妻遂歸出囊金粗治器具蓄婢僕旬日間耗費已盡
但冀女來當復得其資助一夕朱謂邢曰孽夫楊某曾
以千金埋樓下惟妾知之適視其處磚石依然或窖藏
無恙未可知往共發之果得金因信顧術之神厚報之
後女子歸妝貲豐盈不數年富甲一郡矣
異史氏曰蓮孽滅而楊獨不死又附益之幾疑恢恢者
疎而近於漏矣而孰知天之留之蓋爲邢也不然邢雖
否極而泰亦烏能倉卒起樓閣累巨金哉不愛一色而

天輒報之以兩嗚呼造物無言而意可知矣

陸押官

趙公湖廣武陵人官宮詹致仕歸有少年伺門下求司筆札公召入見其人秀雅如書生詰其姓名自言陸押官不索傭價公留之慧過凡僕往來牋奏輒任意裁答無不工妙又主人與客弈陸覘之指點輒勝趙由是益優寵之諸僚僕見其得主人青顧咸相戲索俾作筵押官諾因問僚屬幾何會別業主計者皆至約三十餘人衆悉告之數以難之押官曰此大易但客多倉卒不能

邊辦肆中可也遂徧邀諸侶赴臨街店既坐酒甫行有按壺起者曰諸君姑勿酌請問今日東道誰主宜先出貲爲質始可放情飲噉不然一舉數千鬨然都散於何取償也衆悉目押官押官笑曰得毋謂我無錢耶我固有錢乃起向盆中捻溼麵如拳碎掐置几上隨擲隨化爲鼠竄動滿案押官任捉一頭裂之啾然腹破得小金再捉亦如之頃刻鼠盡碎金滿前乃告衆曰是不足吾飲耶衆異之乃共恣飲既畢會直三兩餘衆秤金適符其數衆思白其異於主人遂索一枚懷之既歸告趙趙

命取金搜之已亡返質肆主則償貲悉化蒺藜僕還白趙趙詰之押官曰朋輩索逼酒食囊空實無貲少年學作小劇故試之耳衆復責償押官曰我非賺酒食者某村麥穰中再一簸揚可得麥二石足償酒價有餘也因浼一人同去某村主計者將歸遂與偕往至則淨麥數斛已堆塲中矣衆以此益奇押官一日趙赴友筵堂中有盆蘭甚茂愛之既歸猶贊歎之押官曰誠愛此蘭無難致者趙猶未信凌晨至齋忽聞異香蓬勃則有蘭花一盆箭葉多寡宛如所見因疑其竊故審之押官曰臣

家所畜不下千百何須竊爲趙妾之適某友至見蘭驚曰何酷肖寒家物也趙曰余適購之亦不識所自來但君出門時見蘭花尚在否某曰我實不曾至齋有無固不可知然何以至此趙視押官押官曰此無難辨公家盆破有補綴處此盆無也驗之始信夜告主人曰向言某家花卉頗多都疑妄謬今屈玉趾乘月往觀但諸人皆不可從惟阿鴨無害鴨宮詹之僮僕也遂如所請既出已有四人荷肩輿伏候道左趙乘之疾於奔馬俄頃入山但聞奇香沁骨無何至一洞府見舍宇華耀迥異

人間隨處皆設花石精盆佳卉流光散馥郎蘭花一種約有數十餘盆無不茂美觀已如前命駕歸押官從趙十餘年後趙無疾終遂與阿鴨俱出不知所往

陳錫九

陳錫九邳人父子言爲邑名士富室周某仰其聲望訂爲昏姻陳累舉不第而家蕭索游學于秦數年無耗陰有悔心以少女適王孝廉爲繼室王聘儀豐盈僕馬甚都以此益憎錫九貧堅意絕昏問女女不從怒以惡服飾遣歸錫九日不舉火周亦不甚顧卹一日使傭媼以

饁榼餉女入門向母曰主人使某視小姑姑餓死否女恐母慚強笑以亂其詞因出榼中肴餌列母前媼止之曰無須爾自小姑入人家何曾交換出一杯溫涼水吾家物料姥姥亦無顏啗噉得母大恚聲色俱變媼不服惡語相侵紛紜間錫九自外入訊知大怒撮毛批頰撻逐出門而去次日周來迎女女不肯歸明日復來增其人數衆口呶呶如將尋鬭母強勸女去女潸然拜母登車而去過數日又使人來逼索離昏書母強錫九與之惟望子言歸以圖別處周家有人自西安來久知子言

已死陳母哀憤成病尋卒哀廹之中猶冀妻臨久之渺然悲憤益切薄田數畝鬻治葬具葬已乞食赴秦以求父骨至西安徧訪居人或言數年前有書生死於逆旅葬之東郊今塚已沒錫九無策惟朝丐市廛暮宿野寺冀有知者會晚經叢葬處有數人遮道逼索飯價錫九曰我異鄉人乞食城郭何處少人飯價共怒捽之仆地以埋兒敗絮塞其口力盡聲嘶漸就危殆忽共驚曰何處官府至矣釋手寂然俄有車馬至便問卧者何人即有數人扶至車下車中人曰是吾兒也孽鬼何敢爾可

悉縛來勿致漏脫錫九覺有人去其塞少定細認眞其父也大哭曰我爲父骨良苦今固尚在人間耶父曰我非人太行總管也此來亦爲吾兒錫九哭益哀父稍稍慰諭之錫九泣述岳家離昏父曰無憂今新婦亦在母所母念兒甚可暫一往遂與同車馳如風雨移時至一官署下車入重門則母在焉錫九啜泣聽命見妻在母側問母曰兒婦在此得無泉下物耶母曰非也是汝父接將來待汝歸後當便送去錫九曰兒侍父母不願歸矣母曰辛苦跋涉而來爲父骨耳汝不歸初志云何也

且汝孝行已達天帝賜汝金萬觔夫妻享受正遠何言
不歸錫九垂泣父數數促行錫九哭失聲父怒曰汝不
行耶錫九懼收聲始詢葬所父挽之曰子行我告之去
叢葬處百餘步有子母白榆是也挽之甚急竟不遑別
母門外有健僕捉馬待之既超乘父囑曰日所宿處有
少資斧可速辦裝歸向岳索婦不得婦勿休也錫九諾
而行馬絕駛雞鳴至西安僕扶下方將拜致父母而人
馬已杳尋至舊宿處倚壁假寐以待天明坐處有拳石
礙股曉而視之白金也市棺賃輿尋雙榆下得父骨而

歸合巹既畢家無四壁幸里中憐其孝共飯之將往索婦自度不能武與族兄十九往及門門者絕之十九素無賴出詞穢褻周使人勸錫九歸願即送女去錫九乃還初女之歸也周對之罵壻及母女不語但向壁零涕陳母死亦不使聞得離書擲向女曰陳家出汝矣女曰我不曾悍逆由我爲何也欲歸質其故又禁閉之後錫九如西安遂造凶訃以絕女志此事一播遂有杜中翰來議姻竟許之親迎有日女始知遂泣不食以被韜面氣如游絲周正無所方計忽聞錫九至發語不遜意料

女必死遂舁歸錫九意將待女死以洩其憤錫九歸而送女者已至猶恐錫九見其病而不內甫入門委之而去鄰里代憂共謀舁還錫九不聽扶置榻上而氣已絕始大恐正皇遽間周子率數人持械入門窗盡毀錫九逃匿苦搜之鄉人盡爲不平十九糾十餘人銳身急難周子兄弟皆被夷傷始鼠竄而去周益怒訟於官捕錫九十九等錫九將行以女尸囑鄰媼忽聞榻上若息近視之秋波微動矣少時已能轉側大喜詣官自陳宰怒周訟誣周懼啗以重賂始得免錫九歸夫妻相見悲喜

交并先是女絕食奄臥自矢必死忽有人捉起曰我陳家人也速從余去夫妻可以相見不然無及矣不覺身已出門兩人扶登肩輿頃刻至官廨見公姑具在問此何所母言不必問容當送汝歸一日見錫九至竊喜一見遽別心頗疑怪公不知何事恒數日不歸昨夕忽歸曰我在武夷遲歸二日難爲保兒矣可速送兒婦去遂以輿馬送女忽見家門遂如夢醒女與錫九共述曩事相與驚喜由此夫妻相聚但朝夕無以自給錫九於村中設童蒙帳兼自攻苦每私語曰父言天賜黃金今四

堵窒豈訓讀所能發蹟耶一日自塾中歸過二人問之曰君陳某耶錫九然之二人即出鐵索縶之錫九不解其故少間村人畢集共詰之始知郡盜所牽衆憐其冤醵錢賂役以是途中得無苦至郡見太守歷述家世太守愕然曰此名士之子溫文爾雅烏能作賊命脫縲絏取盜嚴梏之始供爲周某賄囑錫九又訴翁壻反面之由太守益怒立刻拘提即延錫九至署與論世好蓋太守舊郡宰韓公之子故子言受業門人也贈燈火之費以百金又以二騾代步使不時趨郡以課文藝轉於

各上官游揚其孝自總制而下皆有餽遺錫九褒焉而歸夫妻慰甚一日妻母哭至見女伏地不起女駭問之始知周已被械在獄矣女哀哭自咎但欲覓死錫九不得已詣郡爲之緩頰太守釋令自贖罰穀一百石批賜孝子陳錫九既歸出倉粟雜糠粃而輦運之錫九謂女曰而翁以小人之心度君子矣烏知我必受之而瑣瑣雜糠覈耶因笑郤之錫九家雖小有而垣牆陋敝一夜羣盜入僕覺大號止竊兩騾而去後半年餘錫九夜讀聞撾門聲問之寂然呼僕起共視之門一啟兩騾躍入

則向所亡也直奔櫪下咻咻汗喘燭之各負草囊解視
則白鏹滿中大異不知所自來後聞是夜大寇刼周盈
裝出適防兵追急委其捆載而去騾認故主遂奔至也
周自獄中歸刑創猶劇又遭盜刼大病尋卒女夜夢父
囚繫而至曰吾生平所爲悔之不及今受冥譴非若翁
無能解脫爲我代求壻致一函焉醒而嗚泣詰之具以
告錫九久欲一詣太行即日遂發既至備牲物酬祝之
即露宿其處冀有所見終夜無異遂歸周死母子益貧
仰給於次壻王孝廉考補縣尹以墨敗舉家徙瀋陽益

無所歸錫九時顧卹之

異史氏曰善莫大于孝鬼神通之理當宜然使尚德之達人也者即終貧猶將取之烏論後此之必昌哉或以膝下之嬌女付諸頒白之叟而揚揚曰某貴官吾東牀也嗚呼宛宛嬰嬰者如故而金龜壻以諭葬歸其慘已甚矣而況以少婦從軍者乎

于去惡

北平陶聖俞名下士順治間赴鄉試寓居郊郭偶出戸見一人負笈佢儴似卜居未就者畧詰之遂釋負於道

相與傾語言論有名士風陶大悅之請與同居客喜攜囊入遂同棲止客自言順天人姓于字去惡以陶差長兄之于性不喜游矚常獨坐一室而案頭無書卷陶不與談則默臥而已陶疑之搜其囊篋則筆硯之外更無長物怪而問之笑曰吾輩讀書豈臨渴始掘井耶一日就陶借書去閉戶抄甚疾終日五十餘紙亦不見其摺疊成卷竊窺之則每一稿脫輒燒灰吞之愈益怪焉詰其故曰我以此代讀耳便誦所抄書頃刻數篇一字無訛陶悅欲傳其術于以爲不可陶疑其吝詞涉誚讓于

曰兄誠不諒我之深矣欲不言則此心無以自剖驟言之又恐驚爲異物柰何陶固謂不妨于曰我非人實鬼耳今冥中以科目授官七月十四日奉詔考簾官十五日士子入闈月盡榜放矣陶問考簾官何爲曰此上帝慎重之意無論烏吏鰲官皆考之能文者以內簾用不通者不與焉蓋陰之有諸神猶陽之有守令也得志諸公目不覩墳典不過少年持敲門磚獵取功名門既開則棄去再司簿書十數年即文學士胸中尚有字耶陽世所以陋劣倖進而英雄失志者惟少此一考耳陶深

然之由是益加敬畏一日自外來有憂色歎曰僕生而貧賤自謂死後可免不謂迍邅相從地下矣陶請其故曰文昌奉命都羅國封王簾官之考遂罷數十年遊神耗鬼雜入衡文吾輩寧有望耶陶問此輩皆誰何人曰即言之君亦不識畧舉一二人大槪可知樂正師曠司庫和嶠是也僕自念命不可憑文不可恃不如休耳言已怏怏遂將治任陶挽而慰之乃止至中元之夕謂陶曰我將入闈煩於昧爽時持香注於東野三呼去惡我便至乃出門去陶沽酒烹鮮以待之東方既白敬如所

囑無何于偕一少年來問其姓字于曰此方子晉是我良友適於塲中相邂逅聞兄盛名深欲拜識同至寓秉燭爲禮少年亭亭似玉意度謙婉陶甚愛之便問子晉佳作當大快意于曰言之可笑闈中七題作過半矣細審主司姓名裹具徑出奇人也陶煽爐進酒因問闈中何題去惡魁解否于曰書藝經論各一夫人而能之策問自古邪僻固多而世風至今日奸情醜態愈不可名不惟十八獄所不得盡抑非十八獄所能容是果何術而可或謂宜量加一二獄然殊失上帝好生之心其宜

增與否與或別有道以淸其源爾多士其悉言勿隱弟策雖不佳頗謂痛快表擬天魔殄滅賜羣臣龍馬天衣有差次則瑤臺應制詩西池桃花賦此三種自謂塲中無兩矣言已鼓掌方笑曰此時快心放兄獨步矣數辰后不痛哭始爲男子也天明方欲辭去陶留與同寓方不可但期暮至三日竟不復來陶使于往尋之于曰無須子晉拳拳非無意者日既西方果至出一卷授陶曰三日失約敬錄舊藝百餘作求一品題陶捧讀大喜一句一贊畧盡一二首遂藏諸笥談至更深方遂留與于

共榻寢自此爲常方無夕不至陶亦無方不懽也一夕倉皇而入向陶曰地榜已揭于五兄落第矣于方臥聞言驚起泫然流涕二人極意慰藉涕始止然相對默默殊不可堪方曰適聞大巡環張桓侯將至恐失志者之造言也不然文塲尚有翻覆于聞之色喜陶尋其故曰桓侯翼德三十年一巡陰曹三十五年一巡陽世兩間之不平待此老而一消也乃起扯方俱去兩夜始返方謂陶曰君不賀五兄耶桓侯前夕至裂碎地榜榜上名字止存三之一徧閲遺卷得五兄甚喜薦作交南巡海

使旦晚輿馬可到陶大喜置酒稱賀酒數行于問陶曰君家有閒舍否問將何爲曰子晉孤無鄉土又不忍遽然於兄弟意欲假館相依陶喜曰如此爲幸多矣即無多屋宇同榻何礙但有嚴君須先關白于曰審知尊大人慈厚可依兄塲闈有日子晉如不能待先歸如何陶畱伴逆旅以待同歸次日方暮有車馬至門接于蒞任于起握手曰從此別矣一言欲告又恐阻銳進之志問何言曰君命淹蹇生非其時此科亦十分之一後科桓侯臨世公道初彰十之三三科始可望也陶聞欲中止

于曰不然此皆天數即明知不可而註定之艱苦亦要歷盡耳又顧方曰勿淹滯今朝年月日時皆良即以輿蓋送君歸僕馳馬自去方忻然拜別陶中心迷亂不知所囑但揮涕送之見輿馬分途頃刻都散始悔子晉北旋未致一字而已無及矣三場畢不甚滿志奔波而歸入門問子晉家中並無知者因爲父述之父喜曰若然則客至久矣先是陶翁晝臥夢輿蓋止於其門一美少年自車中出登堂展拜訝問所來荅云大哥許假一舍以入闈不得偕來我先至矣言已請入拜母翁方謙卻

適家媪出白夫人産公子矣恍然而醒大奇之是日陶言適與夢符乃知兒即子晉後身也父子各喜名之小晉兒初生善夜啼母苦之陶曰倘是子晉我見之啼當止俗忌客忤故不令陶見母患啼不可耐乃呼陶入陶呼之曰子晉勿爾我來矣兒啼正急聞聲輒止停睇不瞬如審顧狀陶摩頂而出自是竟不復啼數月後陶不敢見之一見則折腰索抱走去則啼不可止陶亦狎愛之四歲離母輒就兒眠兒他出則假寐以俟其歸兒於枕上教毛詩誦聲呢喃夜盡四十餘行以子晉遺文授

之欣然樂讀過口成誦試之他文不能也八九歲眉目朗徹宛然一子晉矣陶兩入闈皆不第丁酉文場事發簾官多遭誅譴貢舉之途一肅乃張巡環力也陶下科中副車尋貢遂灰志前途隱居教弟常語人曰吾有此樂翰苑不易也

異史氏曰余每至張夫子廟堂瞻其鬚眉凜凜有生氣又其生平喑啞如霹靂矛馬所至無不大快出人意表世以將軍好武遂置與絳灌伍寧知文昌事繁須侯固多哉嗚呼三十五年來何暮也

鳳仙

劉赤水平樂人少穎秀十五入縣庠父母早亡遂以游蕩自廢家不中貲而性好修飾衾榻皆精美一夕被人招飲忘滅燭而去酒數行始憶之急返聞室中小語伏窺之見少年擁麗者眠榻上宅臨貴家廢第恒多怪異心知其狐卽亦不恐入而叱曰臥榻豈容鼾睡二人遑遽抱衣赤身遁去遺紫紈袴一帶上繫針囊大悅恐竊去藏衾中而抱之俄一蓬頭婢自門罅入向劉索取劉笑要償婢請遺以酒不應贈以金又不應婢笑而去旋

反曰大姑言如賜還當以佳耦爲報劉問伊誰曰吾家皮姓大姑小字八仙共臥者胡郎也二姑水仙適富川丁官人三姑鳳仙較兩姑尤美自無不當意者劉恐失信請坐待好音婢去久之復返曰大姑寄語官人好事豈能猝合適與之言方遭詬厲但緩時日以待之吾家非輕諾寡信者劉付之過數日渺無信息薄暮自外歸閉門甫坐忽雙扉自啓兩人以被承女郎手捉四角而入曰送新人至矣笑置榻上而去近視之酣睡未醒酒氣猶芳赬顔醉態傾絶人寰喜極爲之捉足解襪抱體

緩裳而女已微醒開目見劉四肢不能自主但恨曰八仙淫婢賣我矣劉狎抱之女嫌膚冰微笑曰今夕何夕見此涼人劉曰子兮子兮如此涼人何遂相歡愛既而曰婢子無恥玷人牀寢而以妾換袴耶必小報之從此靡夕不至綢繆甚殷袖中出金釧一枚曰此八仙物也又數日懷繡履一雙來珠嵌金繡工巧殊絕且囑劉暴揚之劉出誇示親賓求觀者皆以貲酒爲贄由此奇貨居之女夜來忽作別語怪問之荅云姊以履故恨妾欲攜家遠去隔絕我好劉懼願還之女云不必彼方以此

挾妾如還之中其機矣劉問何不獨留曰父母遠去一家十餘口俱托胡郎經紀若不從去恐長舌婦造黑白也從此不復至踰二年思念綦切偶在途遇女郎騎欵段馬老僕鞚之摩肩過反啟障紗相窺丰姿艷絕頃一少年後至曰女子何人似頗佳麗劉極贊之少年拱手笑曰太過獎矣此即山荊也劉惶愧謝過少年曰此何妨但南陽三葛君得其龍區區者又何足道劉疑其言少年曰君不認竊眠臥榻者耶劉始悟爲胡敘僚壻之誼嘲謔甚歡少年曰岳新歸將一省覲可同行否劉喜

從入縈山山上故有邑人避亂之宅女下馬入少間數人出望曰劉官人亦來矣入門謁見翁媼又一少年先在靴袍炫美翁曰此富川丁壻並揖即坐少時酒炙紛綸談笑頗洽翁曰今日三壻並臨可稱佳集又無他人可喚兒輩來作一團圞之會俄姊妹俱出翁命設坐各傍其壻八仙見劉惟掩口而笑鳳仙輒與嘲弄水仙貌少亞而沉重溫克滿座傾談惟把酒含笑而已於是履舄交錯蘭麝熏人飲酒樂甚劉視牀頭樂具畢備遂取玉笛請爲翁壽翁喜命善者各執一藝因而合座爭取

惟丁與鳳仙不取八仙曰丁郎不諳可也汝寧屈指不伸者因以拍板擲鳳仙懷中便串繁響翁悅曰家人之樂極矣兒輩俱能歌舞何不各進所長八仙起捉水仙曰鳳仙從來金玉其音不敢相勞我兩人可歌洛妃一曲二人歌舞方已適婢以金盤進果都不知其何名翁曰此自真臘攜來所謂田婆羅也因掬數枚送丁前鳳仙不悅曰壻豈以貧富爲愛憎耶翁微哂未言八仙曰阿爹以丁郎異縣故是客耳若論長幼豈獨鳳妹妹有拳大酸壻也鳳仙終不快解華妝以鼓拍授婢唱破窰

一折聲淚俱下既闋拂袖逕出一座爲之不懽八仙曰
婢子喬性猶昔乃追之不知所往劉無顏亦辭而歸至
半途見鳳仙坐路旁呼與並坐曰君一丈夫不能爲牀
頭人吐氣耶黃金屋自在書中願好爲之舉足云出門
匆遽棘刺破複履矣所贈物在身邊否劉出之女取而
易之劉乞其敝者囅然曰君亦無賴矣幾見自己衾枕
之物亦要護藏者如相見愛一物可以相贈出一鏡付
之曰欲見妾當於書卷中覓之不然相見無期矣言已
不見悒悵自歸視鏡則鳳仙背立其中如望去人於百

步之外者因念所囑謝客下帷一日見鏡中人忽現正面盈盈欲笑益愛重之無人時輒以共對月餘銳志漸衰遊恒忘返歸見鏡影慘然若涕隔日再視則背立如初矣始悟爲已之廢學也乃閉戶研讀晝夜不輟月餘則影復向外自此驗之每有事荒廢則其容戚數日攻苦則其容笑如是朝夕懸之如對師保如此二年一舉而捷喜曰今可以對我鳳仙矣攬鏡視之見畫黛彎長瓠犀微露喜容可掬宛然在目前愛極停睇不已忽鏡中人笑曰影裏情郎畫中愛寵今之謂矣驚喜四顧則

鳳仙已在座後握手問翁媪起居曰妾別後不曾歸家伏處巖穴聊與君分苦耳劉赴宴郡中女請與俱共乘而往人對面不相窺既而將歸陰與劉謀僞爲娶於郡也者女既歸始出見客經理家政人皆驚其美而不知其狐也劉屬富川令門人往謁之遇丁殷殷邀至其家欵禮優渥言岳父母近又他徙內人歸寧將復當寄信往並詣申賀劉初疑丁亦狐及細審邦族始知富川大賈子也初丁自別業暮歸遇水仙獨步見其美微睨之女請附驥以行丁喜載至齋與同寢處欞隙可入始知

爲狐言郎無見疑妾以君誠篤故願托之丁變之竟不復娶劉歸假貴家廣宅備客燕寢汜掃光潔而苦無供帳隔夜視之則陳設煥然矣過數日果有三十餘人賫旗采酒禮而至輿馬繽紛塡溢街巷劉揖翁及丁胡入客舍鳳仙逆嫗及兩姨入內寢八仙曰婢子今貴不怨冰人矣釧履猶存否女搜付之曰履則猶是也而被千人看破矣八仙以履擊背曰撻汝寄於劉郎乃投諸火祝曰新時如花開舊時如花謝珍重不曾着姮娥來相借水仙亦代祝曰曾經籠玉笋着出萬人稱若使姮娥

見應憐太瘦生鳳仙撥灰曰夜夜上青天一朝去所懽畱得纖纖影徧與世人看遂以灰捻柈中堆作十餘分望見劉來托以贈之但見繡履滿柈悉如故欵八仙急出推柈墮地地上猶有一二隻存者又伏吹之其踪始滅次日丁以道遠夫婦先歸八仙貪與妹戲翁及胡屢督促之亭午始出與衆俱去初來儀從過盛觀者如市有兩寇窺見麗人魂魄喪失因謀刼諸途偵其離村尾之而去相隔不盈一矢馬極奔不能及至一處兩崖夾道輿行稍緩追及之持刀吼咤人衆都奔下馬啟簾則

老嫗坐焉方疑惧掠其母纔他顧而兵傷右臂頃已被縛凝覘之崕並非崕乃平樂城門也輿中人則李進士母自鄉中歸耳一寇後至亦斷馬足而縶之門李執送太守一訊而伏時有大盜未獲詰之即其人也明春劉及第鳳仙亦恐招禍故悉辭內戚之賀劉亦更不他娶及爲郎官納妾生二子

異史氏曰嗟乎冷煖之態仙凡固無殊哉少不努力老大徒傷惜無好勝佳人作鏡影悲笑耳吾願恒河沙數仙人並遺嬌女昏嫁人間則貧窮海中少苦衆生矣

佟客

董生徐州人好擊劍每慷慨自負偶在途中遇一客跨蹇同行與之語談吐豪邁詰其姓字云遼陽佟姓問何往曰余出門二十年適自海外歸耳董曰君遨遊四海閱人甚多曾見異人否佟問異人何等董乃自述所好恨不得異人所傳佟曰異人何地無之要必忠臣孝子始得傳其術也董又奮然自許即出佩劍彈之而歌又斬路側小樹以矜其利佟撚髯微笑因便借觀董授之展玩一過曰此甲鐵所鑄爲汗臭所蒸最爲下品僕雖

未聞劒術然有一劒頗可用遂於衣底出短刃尺許以削董劒毳如瓜瓠應手斜斷如馬蹄董駭極亦請過手再三拂拭而後反之邀佟過諸其家堅留信宿叩以劒法謝不知董按膝雄談惟敬聽而已更旣深忽聞隔院紛拏隔院爲生父居心驚疑近壁凝聽但聞人作怒聲曰教汝子速出卽刑便赦汝少頃似加搒掠呻吟不絕者直其父也生提戈欲往佟止之曰此去恐無生理宜審萬全生皇然請教佟曰盜坐名相索必將甘心焉君無他骨肉宜囑後事於妻子我啟戸爲君驚厮僕生諸

入告其妻妻牽衣泣生壯念頓消遂共登樓上尋弓覓矢以備盜攻倉皇未已聞佟在樓簷上笑曰賊幸去矣燭之已杳逡巡出則見翁赴鄰飲籠燭始歸惟庭前多編菅遺灰焉乃知佟異人也

異史氏曰忠孝人之血性古來臣子而不能死君父者其初豈遂無提戈壯往時哉要皆一轉念悞之耳昔解大紳與方孝孺相約以死而卒食其言安知矢約歸家後不聽牀頭人嗚泣哉邑有快役某每數日不歸妻遂與里中無賴通一日歸適值少年自房中出大疑苦詰

其妻妻堅不服旣於牀頭得少年遺物妻窘無詞惟長跪哀乞某怒甚擲以繩逼令自經妻請妝服而死許之妻乃入室理妝某自酌以待之呵叱頻催俄妻炫服出含涕拜曰君果忍令奴死耶某以盛氣咄之妻反走入房方將結帶某擲琖鏘然呼曰咍返矣一頂綠頭巾或不能壓人死耳遂爲夫婦如初此亦大紳者類也一笑

愛奴

河間徐生設教於恩臘初歸途遇一叟審視曰徐先生撤帳矣明歲授徒何所笑應曰仍舊叟曰敬業姓施有

舍甥延求明師適託某至東疃聘呂子廉渠已受贄稷門君如荀就束儀請倍於恩徐以成約爲辭叟曰信行君子也然去新歲尚遠敬以黃金一金爲贄暫畱教之明歲另議若何徐可之叟下騎呈禮函且曰敝里不遙矣宅隘陋飼畜爲艱請即遣僕馬去散步亦佳徐從之以行李寄叟馬上行三四里許日既暮始抵其宅漚釘獸鐶宛然世家呼甥出拜十三四歲童子也叟曰妹夫蔣南川舊爲指揮使止遺此兒頗不鈍但嬌慣耳得先生一月善誘當勝十年未幾設筵備極豐美而行酒下

食皆以婢媼一婢執壺侍立年十五六以來風致韻絕心竊動之席既終叟命安置牀寢始辭而去天未明兒出就學徐方起即有婢來捧巾侍盥即執壺人也日給三餐悉此婢至夕又來掃榻徐問何無僮僕婢但笑不言佈衾徑去次日復至入以游語婢笑不拒遂與狎因告曰吾家並無男子外事則託施舅妾名愛奴夫人雅敬先生恐諸婢不潔故以妾來今日但須緘密恐發覺兩無顏也一夜共寢忘曉爲公子所遭徐慚怍不自安至夕婢來曰幸夫人重君不然敗矣公子入告夫人急

掩其口若恐君聞但戒妾勿得久留齋館而已言已遂去徐甚德之然公子不善讀訶責之則夫人輒爲緩頰初猶遣婢言漸親出隔戸與先生語往往零涕顧每晚必問公子日課徐頗不耐作色曰旣從兒懶又責兒工此等師我不慣作請辭夫人遣婢謝過徐乃止自入館以來每欲一出登眺輒錮閉之一日醉中怏悶呼婢問故婢言無他恐廢學耳如必欲出但請以夜徐怒曰受人數金便當淹禁死耶教我夜竄何之乎久以素食爲恥贄固猶在囊耳遂出金置几上治裝欲行夫人出默

默不語惟掩袂哽咽使婢反金啟鑰送之徐覺門戶偪側走數步日光射入則身自陷冢中出四望荒凉一古墓也大駭而心感其義乃賣所賜金封堆植樹而後去之過歲復經其處展拜而行遥見施叟笑致溫凉邀之殷切心知其鬼而欲一問夫人起居遂相將入村沽酒共酌不覺日暮叟起償酒價便言寒舍不遠舍妹亦適歸寧望移玉趾爲老夫祓除不祥出村數武又一里落叩扉入秉燭向客俄蔣夫人自內出始審視之蓋四十許麗人也拜謝曰式微之族門戶零落先生澤及枯骨

眞無計可以償之言已泣下既而呼愛奴向徐曰此婢妾所憐愛今以相贈聊慰客中寂寞凡有所須渠亦畧能解意徐唯唯少間兄妹俱出婢留侍寢雞初唱叟即來促裝送行夫人亦出囑婢善事先生又謂徐曰從此尤宜謹秘彼此遭逢詭異恐好事者造言也徐諾而別與婢共騎至館獨處一室與同棲止或客至婢不避人亦不之窺也偶有所欲意一萌而婢已致之又善巫一挼掌而痾立愈清明歸至墓所婢辭而下徐囑代謝夫人諾之遂沒數日返方擬展墓見婢華妝坐樹下因與

俱發終歲往返如此爲常欲攜同歸執不可歲杪辭館歸相訂後期婢送至前坐處指石堆曰此妾墓也夫人未出閣便從服役夭殂瘞此如再過一炷香相弔當得復會既別而歸懷思頗苦敬往祝之殊無影響乃市櫬發塚意將載骨歸葬以寄戀慕穴開自入則見顏色如生然膚雖未朽而衣敗若灰頭上玉飾金釧都如新製又視腰間裹黃金數鋌卷懷之始解袍覆尸抱入材木賃輿載歸停諸別第飾以繡裳獨宿其旁冀有靈應忽愛奴自外入笑曰刼墳賊在此耶徐驚喜慰問婢曰向

從夫人住東昌三日既歸則舍宇已空頻蒙相邀所以不肯相從者以少受夫人重恩不忍離遠耳今既刼我來即速瘞葬使見厚德徐問古人有百年復生者今芳體如故何不效之歎曰此有定數世傳靈跡半涉幻妄要欲復起動履亦復何難但不能遂類生人故不必也乃啟棺入尸即自起亭亭可愛探其懷則冷若冰雪遂將入棺復臥徐强止之婢曰妾過蒙夫人寵眷主人自異域來得金數萬妾竊取之亦不甚追問後濱危又無戚屬遂藏以自殉夫人痛妾夭謝又以寶飾入斂身所

以不朽者不過得金寶之餘氣耳若在人世豈能久乎必欲如此切勿強以飲食若使靈氣一散則游魂亦消矣徐乃構精舍與共寢處笑語亦如常人但不食不息不見生人年餘徐飲薄醉執殘瀝強灌之立刻倒地口中血水流溢終日而尸已變哀悔無及厚葬之

異史氏曰夫人教子無異人世而所以待師者何厚也豈不亦賢乎余謂豔尸不如雅鬼乃以措大之俗莽致靈物不享其年惜哉

章邱朱生素剛鯁設帳於某貢士家每譴弟子內輒

遣婢媼出爲乞免頗不聽之一日覩詣窗外與朱鬬說朱怒操界方大罵而出婦懼而奔朱追之自後横擊臀股鏘然作皮肉聲一何可笑

長山某翁每歲延師必以一年束金合終歲之虛盈計每日得如干數又以師離齋歸齋之日詳記籍歲終則公同按日而乘除之馬生館其家初見操珠盤來得故甚駭既賠生一術反嗔爲喜聽其覆算不少校翁於是大悅堅訂來歲之約馬假辭以故有某生號乖謬馬因薦以自代既就館動輒詬罵翁無奈悉

含忍之歲杪攜珠盤至生勃然忿不可支姑聽其算翁又以途中日盡歸於西生不受撥珠歸東兩爭不決操戈相向兩人破頭爛額而赴公庭焉

小梅

蒙陰王慕貞世家子也偶游江浙見媼哭於途詰之言先夫止遺一子今犯死刑誰有能出之者王素慷慨誌其姓名出橐中金爲之斡旋竟釋其罪其人出聞王之救己也而茫然不解其故訪詣旅邸感泣謝問王言無他即憐汝老母耳其人大駭自言母故已久王亦異之

抵暮媪來申謝王詰其謬誣媪曰實相告我東山老狐也二十年前曾與兒父有一夕之好故不忍其鬼之餒也王悚然起敬再欲詰之已失所在先是王妻賢好佛不茹葷酒治潔室懸觀音像以無子嗣日日焚禱其中而神又最靈輒示夢教人趨避以故家中事皆取決焉後有疾甚篤移榻其中又别設錦裀於內室而扃其戶若有所伺王以爲惑而以其疾勢昏瞀不忍傷之卧病二年惡囂常屏人獨寢潛聽之似與人語啟門視之則寂然矣病中他無所慮有女子十四歲惟日催治裝遣

嫁既醮呼王至榻前執手曰今訣矣初病時菩薩告我命當速死念不了者幼女未嫁因賜少藥俾延息以待去歲菩薩將回南海留案前侍女小梅爲妾服役今將死薄命人又無所出保兒妾所憐愛恐娶妒婦令其子母失所小梅姿容秀美又溫淑即以爲繼室可也蓋王有一妾生一子名保兒王以其言荒唐曰卿素敬者神今出此言不已褻乎荅云小梅事我年餘相忘形骸我已婉求之矣問小梅何處曰室中非耶方欲再詰闔眼已逝王夜守靈幃聞室中隱隱啜泣大駭疑爲鬼喚諸

婢妾啟鑰視之則二八麗者縗服在室衆以爲神共羅拜之女歛涕扶掖王凝注之俛首而已王曰如果亡室之言非妄請郎上堂受兒女朝謁如其不可僕亦不敢妄想以取罪過女靦然出竟登北堂王使婢爲設席南嚮王先拜女亦荅拜下而長幼卑賤以次伏叩女莊容坐受惟妾至則挽之自夫人卧病婢惰奴偷家久替衆參已肅肅列侍女曰我感夫人誠意覊留人間又以大事相委汝輩宜各洗心爲主効力從前愆尤悉不校計不然莫謂室無人也共視座上眞如懸觀音圖像時被

微風吹動者聞言悚惕閧然並諸女乃排撥褻務一切井井由是大小無敢懈者女終日經紀內外王將有作亦禀白而行然雖一夕數見並不交一私語既殯王欲申前約不敢徑告囑妾微示意女曰妾受夫人諄囑義不容辭但匹配大禮不得草草年伯黃先生位尊德重求使主秦晉之盟則惟命是聽時沂水黃太僕致仕閒居於王爲父執往來最善王郎親詣以實告黃奇之卽與同來女聞卽出展拜黃一見驚爲天人遜謝不敢當禮旣而助妝優厚成禮乃去女餽遺枕屨若奉舅姑由

此交益親合巹後王終以神故褻中帶肅時研詰菩薩起居女笑曰君亦大愚焉有正直之神而下婚塵世者王力審所自女曰不必研窮旣以爲神朝夕供養自無殃咎女御下常寬非笑不語然婢漸戲狎時遥見之則默默無聲女笑諭曰豈爾輩尚以我爲神也耶我何神哉實爲夫人姨妹少相交好姊病見思陰使南村王姥招我來第以日近姊夫有男女之嫌故托爲神道閉內室中其實何神衆猶不深信而日侍其傍見其舉動不少異於常人浮言漸息然即頑鈍之婢王素撻楚所不

能化者女一言無不樂於奉命者皆云並不自知實非畏之但睹其貌則心自柔故不忍拂其意耳以此百廢具舉數年中田地連阡倉廩萬石矣又數年妾產一女女舉一子子生右臂有朱點因字小紅彌月女使王盛筵招黃黃賀儀豐渥但辭以耄不能遠涉女遣兩媼強邀之黃始至抱兒出袒其右臂以示命名之意又再三問其吉凶黃笑曰此喜紅也可增一字名喜紅女大悅更出展叩是日鼓樂充庭貴戚如市黃留三日始去忽門外有輿馬來迎女歸寧向十餘年並無瓜葛共議之

而女若不聞理妝竟抱子於懷要王相送王從之至二三十里許寂無行人女停輿呼王下騎屏人與語曰王郎王郎會短離長謂可悲否驚問其故女曰君以妾何人也荅以不知女曰江南拯一死罪有之乎曰有曰哭於路者吾母也感義而思所報乃因夫人好佛附爲神道實將以妾報君也今幸生此襁褓物此願已慰妾覘君晦運將來此兒在家恐不能育故借歸寧解兒厄難君記取家有死口時當於晨雞初唱時詣西河柳堤上見有挑葵花燈來者遮道苦求可免災難王諾之因訊

歸期女云不可預定要當牢記吾言後會亦不遠也臨別執手愴然交涕俄登輿疾若風王望之不見始返經六七年絕無音問忽四鄉瘟疫流行死者甚衆一婢病三日死王念曩囑頗以關心是日與客飲大醉而睡旣醒聞雞鳴急起至堤頭見燈火燗爍適已過去急追之步隔百步許益追益遠漸不可見懊恨而返數日暴病尋卒王族多無賴共憑陵其孤寡田禾樹木公然伐取家日陵替踰歲保兒又殤一家更無所主族人益橫割裂田產廐中牛馬俱空又欲瓜分第宅以妾居故遂將

數人來强奪鬻之妾戀幼女母子環泣慘動鄰里方危難間俄聞門外有肩輿入共視之則女引小郎自車中出四顧人紛如市問此何人妾哭訴其由女顏色慘變便喚從來僕役關門下鑰衆欲抗拒而手中若痿女令一一受縛繫諸廊柱日與薄粥三甌卽遣老僕奔告黄公然後入堂哀泣泣已謂妾曰此天數也已期前月來適以母病耽延遂至於今不謂轉盻間已成邱墟問舊時婢媪則皆被族人掠去又益欷歔越日婢僕聞女至悉自逭歸相見無不流涕所縶族人共謀兒非慕貞遺

體女亦不置辯既而黃公至女引兒出迎黃握兒臂便捋右袂見朱記宛然因袒示衆人以証其確乃細審失物登簿記名親詣邑令令拘無賴輩各笞四十械禁嚴追不數日田地馬牛並歸故主黃將歸女引兒泣拜曰妾非世間人叔父所知也今以此子委叔父矣黃曰老夫一息尚在無不爲區處黃去女盤查就緒托兒於妾乃具饌爲夫祭掃半日不返視之則杯饌猶陳而人杳矣

異史氏曰不絕人嗣者人亦不絕其嗣此人也而實天

也至座有良朋車裘可共迨宿莽既滋妻子淩夷則車中人望望然去之矣死友而不忘感恩而思所報獨何人哉狐乎倘爾多財吾爲爾宰

績女

紹興有寡婦夜績忽一少女推扉入笑曰老姥無乃勞乎視之年十八九儀容秀美袍服炫麗媼驚問何來女曰憐媼獨居故來相伴媼疑爲侯門亡人苦相詰女曰媼勿懼妾之孤亦猶媼也我愛媼潔故相就兩免岑寂固不佳耶媼又疑爲狐默然猶豫女竟升牀代績曰媼

無憂此等生活妾優爲之定不以口腹相累媼見其溫婉可愛遂安之夜深謂媼曰攜來衾枕尚在門外出溲時煩代捉入媼出果得衣一裹女解陳榻上不知是何錦繡香滑無比媼亦設布被與之共榻羅裙甫解異香滿室既寢媼私念遇此佳人可惜身非男子女於枕上笑曰姥七旬猶妄想耶媼曰無之女曰既不妄想柰何欲作男子媼益知爲狐大懼女又笑曰願作男子何心而又懼我耶媼益恐股戰搖牀女曰胆如此大還欲作男子實相告我眞仙人然非禍汝者但須謹言衣食自

足媪早起拜於牀下女出臂挽之臂膩如脂爇香噴溢肌一着人覺皮膚鬆快媪心動復涉遐想女哂曰婆子戰慄裁止心又何處去矣使作丈夫當爲情死媪曰使是丈夫今夜那得不死由是兩心浹洽日同操作視所績勻細生光織爲布晶瑩如錦價較常三倍媪出則扃其戶有訪媪者輒於他室應之居半載無知者後媪漸洩於親里中姊妹行託媪以求見女讓曰汝言不慎我將不能久居矣媪悔失言深自責而人之求見者益衆至有以勢迫媪者媪涕泣自陳女曰若諸女伴見亦無

妨恐有輕薄兒將見狎侮媼復哀懇始許之越日老媼少女香煙相屬於道女厭其煩無貴賤悉不交語惟默然端坐以聽朝參而已鄉中少年聞其美神魂傾動媼悉絕之有費生者邑之名士傾其産以重金啗媼媼諾爲之請女已知之責曰汝賣我耶媼伏地自投女曰汝貪其賂我感其癡可以一見然而緣分盡矣媼又復叩女約以明日生聞之喜具香燭而往入門長揖女簾內與語問君破産相見將何以教妾也生曰實不敢他有所干祗以毛嬙西子徒得傳聞如不以冥頑見棄俾得

一濶眼界下顧已足若休咎自有定數非所樂聞忽見布幕之中容光射露翠黛朱櫻無不畢見似無簾幙隔者生意眩神馳不覺傾拜拜已而起則厚幙沉沉闃聲不見矣悒悵間竊恨未覩下體俄見簾下繡履雙翹瘦不盈指生又拜簾中女曰若歸休姿體脩矣媪延生別室烹茶爲供生題南鄉子一調於壁云隱約畫簾前三寸凌波玉笋尖點地分明蓮瓣落纖纖再著重臺更可憐花襯鳳頭彎入握應知軟似綿但願化爲蝴蝶去裙邊一嗅餘香死亦甜題畢而去女覽題不快謂媪曰我

言緣分已盡今不妄矣媼伏地請罪女曰罪不盡在汝我偶墮情障以色身示人遂被淫詞汚褻此皆自取於汝何尤若不速遷恐陷身情窟轉刼難出矣遂襆被出媼追挽之轉瞬已失

張鴻漸

張鴻漸永平人年十八爲郡名士時盧龍令趙某貪暴人民共苦之有范生被杖斃同學忿其寃將鳴部院求張爲刀筆之詞約其共事張許之妻方氏美而賢聞其謀諫曰大凡秀才作事可以共勝而不可以共敗勝則

人人俱貪天功一敗則紛然瓦解不能成聚今勢力世界曲直難以理定君又孤脫有翻覆急難者誰也張服其言悔之乃婉謝諸生但為創詞而去質審一過無所可否趙以巨金納大僚諸生坐結黨被收又追捉刀人張懼亡去至鳳翔界資斧斷絕日既暮躑躅曠野無所歸宿欻覩小村趨之老媼方出闔扉見之問所欲為張以實告媼曰飲食牀榻此都細事但家無男子不便留客張曰僕亦不敢過望但容寄宿門內得避虎狼足矣媼乃令入閉門授以草薦囑曰我憐客無歸私容止宿

未明宜早去恐吾家小娘子聞知將便怪罪嫗去張倚壁假寐忽有籠燈晃耀見嫗導一女郎出張急避暗處微窺之二十許麗人也及門覩草薦詰嫗嫗實告之女怒曰一門細弱何得容納匪人即問其人焉往張懼出伏堦下女審詰邦族色稍霽曰幸是風雅士不妨相留然老奴竟不關白此等草草豈所以待君子命嫗引客入舍俄頃羅酒漿品物精潔既而設錦裀於榻張甚德之因私詢其姓氏嫗言吾家施氏太翁夫人俱謝世止遺三女適所見長姑舜華也嫗既去張視几上有南華

經註因取就枕上伏榻翻閱忽舜華推扉入張釋卷投覓冠履女郎榻上撫生曰無須無須因近榻坐靦覥然曰妾以君風流才士欲以門戶相託遂犯瓜李之嫌得不相遐棄否張皇然不知所對但云不敢相誑小生家中固有妻耳女笑曰此亦見君誠篤顧亦不妨既不嫌憎明日當煩媒妁言已欲去張探身挽之女亦遂止未曙即起以金贈張曰君持作臨眺之資向暮宜晚來恐爲傍人所窺張如其言早出晏歸半年以爲常一日歸頗早至其處村舍全無不勝驚怪方徘徊忽聞媪云來

何早也一轉盼則院落如故身固已在室中矣益異之舜華自內出笑曰君疑妾耶實對君言妾狐仙也與君固有夙緣如必見怪請即別張戀其美亦安之夜謂女曰卿既仙人當千里一息耳小生離家三年念妻孥不去心能攜我一歸乎女似不悅謂琴瑟之情妾自分於君爲篤君守此念彼是相對綢繆者皆妄也張謝曰卿何出此言諺云一日夫妻百日恩義後日歸而念卿猶今日之念彼也設得新忘故卿何取焉女乃笑曰妾有褊心於妾願君之不忘於人願君之忘之也然欲暫歸

此復何難君家固咫尺耳遂把袂出門見道路昏暗張逡巡不前女曳之走無幾時曰至矣君歸妾且去張停足細認果見家門踰垝垣入見室中燈火猶熒近以兩指彈扉內問阿誰張具道所來內秉燭啟關眞方氏也兩相驚喜握手入帷見兒臥牀上慨然曰我去時兒裁及膝今身長如許矣夫婦偎倚恍如夢寐張歷述所遭問及訟獄始知諸生有瘐死者有遠徙者益服妻之遠見方縱體入懷曰君有佳耦想不復念孤衾中有零涕人矣張曰不念胡以來也我與彼雖云情死終非同類

獨其恩義難忘耳方曰君以我何人也張審視竟非方氏乃舜華也以手探兒一竹夫人耳大慚無語女曰君心可知矣分當自此絕交猶幸未忘恩義差足自贖過二三日忽曰妾思癡情憐人終無意味君日怨我不相送今適欲至都便道可以同去乃向牀頭取竹夫人共跨之令閉兩眸覺離地不遠風聲飀飀移時尋落女曰從此別矣方將訂囑女去已渺悵立少時聞村犬鳴吠蒼茫中見樹木屋廬皆故里景物循途而歸踰垣叩戶宛如前狀方氏驚起不信夫婦詰証確實始挑燈嗚咽

而出既相見涕不可仰張猶疑舜華之幻弄也又見牀
頭兒臥一如昨夕因笑曰竹夫人又攜入耶方氏不解
變色曰妾望君如歲枕上啼痕固在也甫能相見全無
悲憐之情何以爲心矣張察其情始執臂欷歔具言其
詳問訟案所結並如舜華言方此感慨聞門外有履聲
問之不應蓋里中有惡少久窺方豔是夜自别村歸遥
見一人入垣去謂必赴淫約者尾之而入甲故不甚識
張但伏聽之及方氏亟問乃曰室中何人也方諱言無
之甲言竊聽已久敬將執姦耳方不得已以實告甲曰

張鴻漸大案未消即使歸家亦當縛送官府方苦哀之甲詞益狎逼張忿火中燒不可制止把刀直出剁甲中顱甲踣猶號又連剁之遂斃方曰事已至此罪益加重君速逃妾請任其辜張曰丈夫死則死耳焉能辱妻累子以求活耶卿無顧慮但令此子勿斷書香目即瞑矣天漸明赴縣自首趙以欽件中人姑薄懲之尋由郡解都械禁頗苦途中遇女子跨馬過以老嫗捉鞚蓋舜華也張呼嫗欲語淚隨聲墮女返轡手啟障紗訝曰表兄也何至此張畧述之女曰依兄平昔便當掉頭不顧然

予不忍也寒舍不遠卽邀公役同臨亦可少助資斧從去二三里見一山村樓閣高整女下馬入令嫗啓舍延客既而酒炙豐美似所夙備又使嫗出曰家中適無男子張官人卽向公役多勸數觴前途倚賴多矣遣人措辦數十金爲官人作費兼酬兩客尚未至也二役竊喜縱飲不復言行日漸暮二役徑醉矣女出以手指械械立脫曳張共跨一馬駛如飛少時促下曰君止此妾與妹有青海之約又爲君逗遛一晌久勞盼注矣張問後會何時女不答再問之推墮馬下而去既曉問其地太

原也遂至郡賃屋授徒焉托名宮子遷居十年訪知捕亡寖怠乃復逡巡東向既近里門不敢遽入俟夜深而後入及門則牆垣高固不復可越只得以鞭撾門久之妻始出問張低語之喜極納入作呵叱聲曰都中少用度即當早歸何得遣汝半夜來入室各道情事始知二役逃亡未反言次簾外一少婦頻來張問伊誰曰兒婦耳兒安在曰赴都大比未歸張涕下曰流離數年兒已成立不謂能繼書香卿心血殆盡矣話未已子婦已溫酒炊飯羅列滿几張喜慰過望居數日隱匿房榻惟恐

人知一夜方臥忽聞人語騰沸捶門甚厲大懼並起聞人言曰有後門否益懼急以門扉代梯送張度垣而出然後詣門問故乃報新貴者也方大喜深悔張遁不可追挽是夜越莽穿榛急不擇途及明困殆已極初念本欲向西問之途人則去京都通衢不遠矣遂入鄉村意將質衣而食見一高門有報條粘壁間近視知爲許姓新孝廉也頃之一翁自內出張迎揖而告以情翁見儀貌都雅知非賺食者延入相欵因詰所往張托言設帳都門歸途遇寇翁留誨其少子張畧問官閥乃京堂林

下者孝廉其猶子也月餘孝廉偕一同榜歸云是永平張姓十八九少年也張以鄉譜俱同暗中疑是其子然邑中此姓良多姑默之至晚解裝出齒錄急借披讀真子也不覺淚下共驚問之乃指名曰張鴻漸即我是也備言其由張孝廉抱父大哭許叔姪慰勸始收悲以喜許即以金帛函字致各憲臺父子乃同歸方自聞報日以張在亡爲悲聞孝廉歸感傷益痛少時父子並入駭如天降詢知其故始共悲喜甲父見其子貴禍心不敢復萌張益厚遇之又歷述當年情狀甲父感愧遂相交

好

嫦娥

太原宗子美從父遊學流寓廣陵父與紅橋下林嫗有素一日父子過紅橋遇之固請過諸其家瀹茗共話有女在旁殊色也翁亟贊之嫗顧宗曰大郎溫婉如處子福相也若不鄙棄便奉箕帚如何翁促子離席使拜嫗曰一言千金矣先是嫗獨居女忽自至告訴孤苦問其小字則名嫦娥嫗愛而留之實將奇貨居之也是時宗年十四睨女竊喜意翁必媒定之而翁歸若忘心灼熱

隱以白母翁聞而笑曰曩與貪婆子戲耳彼不知將賣黃金幾何矣此何可易言踰年翁媼並卒子美不能忘情嫦娥服將闋託人示意林嫗嫗初不承宗忿曰我生平不能輕折腰何媼視之不直一錢若負前盟須見還也嫗乃云曩或與而翁戲約容有之但無成言即都忘却今既云云我豈留嫁天王耶要日日裝束實望易千金今請半焉可乎宗自度難辦亦遂置之適有寡媼僦居西鄰有女及笄小名顛當偶窺之雅麗不減嫦娥向慕之每以餽遺階進久之漸熟往往送情以目而欲語

無間一夕踰垣乞火宗喜挽之遂相燕好約爲嫁娶辭以兄負販未歸由此蹈隙往來形迹周密一日偶經紅橋見嫦娥適在門內疾趨過之嫦娥望見招之以手宗駐足女又招之遂入女以背約讓宗宗述其故便入室取黃金一鋌付之宗不受辭曰自分永與卿絕遂他有所要受金而爲卿謀是負人也受金而不爲卿謀是負卿也誠不敢有所負女默良久曰君所約妾頗知之其事必無成即令成之妾不怨君之負心也其速行媼將至矣宗倉卒無以自主受之而歸心緒紛亂進退罔知

所從隔夜以告顛當顛當深然其言但勸宗專意嫦娥宗不語願下之宗乃悅即遣媒納金林嫗嫗無辭以嫦娥歸宗入門后悉述顛當言嫦娥微笑陽慫恿之宗喜急欲一白顛當而顛當迹久絕嫦娥知其爲已因暫歸寧故予之間囑宗竊其佩囊已而顛當果至與商所謀但言勿急既而解衣狎笑脇下有紫荷囊將便摘取女覺之變色起曰君與人一心而與妾二負心郎請從此絕宗屈意挽解不聽竟去一日過門探察之已另有吳客僦居其中蓋顛當子母徙去已久影滅跡絕莫可問

訊怨歎而已宗自娶嫦娥家綦富連閣長廊彌亘街路嫦娥善諧謔適見美人畫卷宗曰吾自謂如卿天下無兩但不曾見飛燕楊妃耳女笑曰若欲見之卽亦不難乃執卷細審一過便趨入室對鏡修裝傚飛燕舞風旣又學楊妃帶醉長短肥瘦隨時變更風情意態對卷逼眞方作態時有婢自外至不復能識驚問其僚旣而審注恍然始笑宗喜曰吾得一美人而千古之美人皆在牀闥矣一夜方熟寢數人撬扉而入火光射壁女急起驚言盜入宗初醒卽欲鳴呼一人以白刃加頸懼不敢

喘又一人掠嫦娥負背上閧然而去宗始號家役畢集室中珍玩無少亡者宗大悲怛然失圖無復情地告官追捕殊無音息荏苒三四年鬱鬱常不聊賴因假赴試入都居半載占驗詢察靡計不施偶過姚巷值一女子垢面敝衣傴儽如丐停趾相之顛當也駭曰卿何憔悴至此荅云别后南遷老母即世爲惡人掠賣富室撻辱凍餒所不忍言宗泣下問可贖否曰難矣恐耗費煩多不能爲力宗曰實告卿年來頗稱小有惜客中資斧有限傾橐貨馬所不敢辭如所需過奢當歸家營辦之約

明日出西城相會叢柳下囑獨往勿以人從宗諾之次日早往則女先在袿衣鮮明大非前狀驚問之笑曰曩試君心耳幸綈袍之意猶存請至敝廬宜必得當以報北行數武即至其家遂出肴酒相與談讌宗約與俱歸女曰妾多俗累不能從嫦娥消息固頗聞之宗急詢其何所女曰其行蹤縹緲妾亦不能深悉西山有老尼一目眇問之當自知遂止宿其家天明示以徑宗至其處有古寺周墉盡頹叢竹內有茅屋半間老尼綴衲其中睹客至漫不為禮宗揖之尼始舉頭致問因告姓氏即

白所求尼曰八十老瞽與世暌絕何處知佳人消息宗固求之氣益下乃曰我實不知有二三戚屬來夕相過或小女子輩識之未可知汝明夕可來宗乃出次日再至則尼他出敗扉扃焉伺之既久更漏已催明月高揭夜烏悲啼恇懼無所復之方徘徊際遥見二三女郎自外入則嫦娥在焉宗喜極突起急攬其袪嫦娥曰莽郎君嚇煞妾矣可恨顛當饒舌乃教情欲纏人宗曳坐執手欵曲歷訴艱難不覺惻楚女曰實相告妾實姮娥被謫浮沉俗間其限已滿托爲寇刼所以絕君望耳尼亦

王母守府者妾初謫時蒙其收䘏故暇時常一臨存君如釋妾當爲代致顛當宗不聽垂首隕涕女遥顧曰姊妹輩來矣宗方四顧而嫦娥已杳宗大哭失聲不欲復活因解帶自縊恍惚覺魂已出舍悵悵靡適俄見嫦娥來捉而提之足離於地入寺取樹上尸推擠之喚曰癡郎癡郎嫦娥在此忽若夢醒少定女恚曰顛當賤婢害妾而殺郎君我不能恕之也下山賃輿而歸既命家人治裝乃返身出西城詣謝顛當至則舍宇全非愕歎而返竊幸嫦娥不知入門嫦娥迎笑曰君見顛當耶宗愕

然不能荅女曰君背嫦娥烏得顛當請坐待之當自至未幾顛當果至倉皇伏榻下嫦娥疊指彈之曰小鬼頭陷人不淺哉顛當叩頭但求賒死嫦娥曰推人坑中而欲脫身天外耶廣寒十一姑不日下嫁須繡枕百幅履百雙可從我去相共操作顛當恭白但求分工按時賫送女不許謂宗曰君若緩頰即便放却顛當目宗宗笑不語顛當目怒之乃乞還告家人許之遂去宗問其生平乃知其西山狐也買輿待之次日果來遂俱歸或有問者宗詭對之然嫦娥重來恒持重不輕諧笑宗強使

狎戲惟密教顛當爲之顛當慧絕工媚嫦娥樂獨宿每辭不當夕一夜漏三下猶聞顛當房中吃吃不絕使婢竊聽之婢還不以告但請夫人自往伏窗一窺則見顛當凝妝作己狀宗擁抱呼以嫦娥女哂而退未幾顛當心暴痛急披衣曳宗詣嫦娥所入門便伏嫦娥曰我豈醫巫厭勝者也汝自欲捧心傚西子耳顛當頓首但言知罪女曰愈矣遂起失笑而去顛當私謂宗吾能使娘子學觀音宗不信因戲相賭嫦娥每趺坐眸含若瞑顛當悄以玉瓶插柳置几上自乃垂髮合掌侍立其側櫻

唇半啟瓠犀微露睛不少瞬宗笑之嫦娥開眸詰問顛當曰我學龍女侍觀音耳嫦娥笑置之罰使學童子拜顛當束髮四面朝參之伏地翻轉逞諸變態左右側折襪能磨乎耳嫦娥解頤坐而蹴之顛當仰首口銜鳳鉤微觸以齒嫦娥方嬉笑間忽覺媚情一縷自足趾而上直達心舍意蕩思淫若不自主乃急斂神呵曰狐奴當死不擇人而惑之耶顛當懼釋口投地嫦娥又厲責之衆都不解嫦娥謂宗曰顛當狐性不改適間幾爲其所愚若非夙根深者墮落何難矣自是見顛當每嚴御之

顛當漸懼告宗曰妾於娘子一肢一體無不親愛之極不覺媚之甚不惟不敢抑不忍宗因以告嫦娥嫦娥遇之如初然以嬉戲無節數戒宗宗不能聽因而大小婢婦競相狎戲一日二人扶一婢傚作楊妃二人以目會意賺婢懈骨作酣態兩手遽釋婢暴顛墀下聲如傾堵衆方大譁近撫之而妃子已作馬嵬鬼矣衆懼急白主人嫦娥驚曰禍作矣我言如何哉往驗之已不可救使人告諸其父父某甲素無行號奔而至負尸入廳事叫罵萬端宗閉戶惴恐莫知所措嫦娥自出責之曰主郎

虐婢至死律無償法且邂逅暴殂焉知其不再甦甲譟言四支已冰焉有生理嫦娥曰勿譁縱不活自有官在乃入廳事撫尸而婢已蘇隨手而起嫦娥反身怒曰婢幸不死賊奴何得無狀可以草索縶送官府甲無詞長跪哀免嫦娥言汝既知罪暫免究處小人無賴反復何常留汝女終爲禍胎宜卽將去原價若干當速爲措置遣人押出俾浼二三村老劵証署尾已乃喚婢至前使甲自問之無恙乎荅云無恙而後付之以去已乃集諸婢數責徧扑又呼顛當爲之厲禁謂宗曰今而知爲人

上者一笑嚬亦不可輕謔端開之自妾而流弊遂不可止凡哀者屬陰樂者屬陽陽極陰生此循環之定數婢子之禍是鬼神告之以漸也荒迷不悟則傾覆及之矣宗敬聽之顛當泣求拔脫嫦娥乃掐其耳逾刻釋手顛當憮然爲間忽若夢醒據地自投歡喜歌舞由此閨閣清肅無敢譁者婢至其家無疾暴死甲以贖金浼村老代求憐恕許之又以服役之情施以材木而去宗常患無子嫦娥腹中忽聞兒啼遂以刃破左脇出之果男無何復有身又破右脇而出一女男酷類父女酷類母皆

論昏於世家

異史氏曰陽極陰生至言哉然室有仙人幸能極我之樂消我之災長我之生而不我之死是鄉樂老焉可矣而仙人顧憂之耶天運循環之數理固宜然而世之長困而不一亨者又何以爲解哉昔宋人有求仙不得者每曰作一日仙人而死亦無憾我不復能笑之也

褚生

順天陳孝廉十六七歲時嘗從塾師讀於寺僧寺徒侶甚繁內有褚生自言東山人攻苦講求略不暇息且寄

宿齋中未嘗一見其歸陳與最善因詰之荅曰僕家貧辦束金不易卽不能惜寸陰而加以夜半則我之二日可當人三日陳感其言欲攜榻來與共寢褚止之曰且勿且勿我視先生非吾師也阜城門有呂先生年雖耄可師請與俱遷之盍都中設帳者多以月計月終束金完任其留止於是兩生同詣呂呂越之宿儒落魄不能歸因授童蒙實非其志也得兩生甚喜而褚又最慧過目輒了故尤器重之兩人情好欵密晝同几夜亦共榻月既終褚忽假歸十餘日不復至共疑之一日陳以故

至天寧寺遇褚廊下劈櫱淬硫作火具焉見陳忸怩不自安陳問何遽廢讀褚握手請間慼然曰家貧無以遺先生必半月販始能一月讀陳感慨良久曰但往讀自合極力代籌褚感其言同歸塾戒陳勿洩但托故以告先生陳父固肆賈居物致富陳輒竊父金代褚遺師父以亡金責陳陳實告之父以爲癡遂使廢學褚大慚别師欲去呂知其故讓之曰子既貧胡不早告乃悉以金反陳父止褚讀如故與共饔飧若子焉陳雖不入館然每邀褚過酒家飲褚固以避嫌不往而陳要之彌堅往

往泣下褚不忍絕遂與往來無間逾二年陳父死復求受業呂感其誠內之而廢學既久較褚懸絕矣居半年呂長子自越來丐食尋父門人輩斂金助裝褚惟灑涕依戀而已呂臨別囑陳師事褚陳從之館褚於家未幾入邑庠郎以遺才應試陳慮不能終幅褚請代之至期褚偕一人來云是表兄劉天若囑陳暫從去陳方出褚忽自後曳之身欲踣劉急挽之而去覽眺一過相攜宿於其家家無婦女即館客於內舍居數日忽已中秋劉曰今日李皇親園中游人甚夥當往一豁積悶相便送

君歸使人荷茶鼎酒具而往但見水肆梅亭喧啾不得入過水關則老柳之下橫一畫橈相將登舟酒數行苦寂劉顧僮曰梅花館近有新姬不知在家否僮去少時與姬俱至蓋勾欄李遏雲也李都中名妓工詩善歌陳曾與友人一飲其家故識之相見略致溫涼姬戚戚有憂容劉命之歌爲歌蒿里陳不悅曰主客即不當卿意何至對生人歌死曲姬起強顏爲笑乃歌豔曲陳喜捉腕曰卿向日浣溪紗讀之數過今並忘之姬吟曰淚眼盈盈對鏡臺開簾忽見小姑來低頭轉側看弓鞋強解

綠蛾開笑靨頻將紅袖拭香腮小心猶恐被人猜陳反復數四巳而泊舟過長廊見壁上題咏甚多即命筆記詞其上日巳薄暮劉曰闈中人將出矣遂送陳歸入門即別去陳見室暗無人俄延間褚生巳入細審之卻非褚生方自驚疑客遽近身而仆家人曰公子憊矣共扶曳之轉覺仆者非他即巳也既起見褚生在旁恍惚若夢屏人而研究之褚曰告之勿驚我實鬼也久當投生所以因循於此者高誼所不能忘故附君體以代捉刀三場畢此願了矣陳復求赴春闈曰君先世福薄慳吝

之骨詣贍所不堪也問將何適曰呂先生與僕有父子之分繫念常不能置表兄爲冥司典簿求白地府主者或當有說遂別而去陳異之天明訪李姬將以問泛舟之事則姬死數日矣又至皇親園見題句猶存而淡墨依稀若將磨滅始悟題者爲魂作者爲鬼至夕褚喜而至曰所謀幸成敬與君別遂伸兩掌命陳書褚字於上以誌之陳將置酒爲餞搖手曰勿須君若不忘舊好放榜後勿憚修阻陳揮涕送之見一人伺候於門褚方依依其人以手按其頂隨手而匾掬入囊負之而去過數

日陳果捷於是治裝如越呂妻斷育十年五旬餘忽生一子兩手握固不可開陳至請見兒便謂掌中當有文曰褚呂不深信兒見陳十指自開視之果然驚問其故具告之共相歎異陳厚貽之乃返後呂以歲貢廷試入都舍於陳則兒十三歲已入泮矣

異史氏曰呂老教門人而不知即自教其子嗚呼作善於人而降祥於已一間也哉褚生者未以身報師而先以魂報友其志其行可貫日月豈以其鬼故奇之與

霍女

朱大興彰德人家富有而吝嗇已甚非兒女婚嫁坐無賓廚無肉然佻達喜漁色所在冗費不惜每夜踰垣過村從蕩婦眠一夜遇少婦獨行知爲亡者强脅之引與俱歸燭之美絕自言霍氏細致研詰女不悅曰既加收齒何必復盤察如恐相累不如早去朱不敢問留與寢處顧女不能安粗糲又厭見肉膩必燕窩或雞心魚肚自作羹湯始能饜飽朱無奈竭力奉之又善病自言日須參湯一碗朱初不肯女呻吟垂絕不得已投之病若失遂以爲常女衣必錦繡數日即厭其故如是月餘

計所費不貲朱漸不供女啜泣不食但求復去朱懼又委曲順承之每苦悶輒令十數日一招優伶爲戲戲時朱設櫳簾外抱兒坐觀之女以無客數相誚罵朱亦不甚分解居二年家漸落向女婉言求少貶女許之用度皆損其半久之仍不給女不得已以肉糜相安又漸而不珍亦御矣朱竊喜忽一夜啟後闔亡去朱怊悵若失徧訪之乃知在鄰村何氏家何大姓世胄也豪縱好客燈火達旦忽有麗人半夜入閨詰之則朱家之逃妾也朱爲人何素藐之又悅女美遂覓納焉綢繆數日益惑

之窮極奢欲供奉一如朱朱得耗坐索之何殊不爲意朱質於官官以其姓名來歷都不分曉置不理朱貨産行賕乃准拘質女謂何曰妾在朱家亦非采禮媒定者胡畏之何喜將與質成座客顧生獨云不可謂收納逋逃已干國紀況此女入門日費無度卽千金之家何能久也何大悟罷訟以女歸朱過一二日女又逃有黃生者故貧士無偶女叩扉入自言所來黃懼刑自愛豔麗忽投驚懼不知所爲固却之女不去應對間嬈婉無那黃心動留之而慮其不能安貧女早起躬操家苦劬勞

過舊室黃爲人蘊藉瀟灑工於內媚因恨相得晚止恐
風聲露洩爲懼不久而朱自訟後家益貧又度女終不
能安遂置不究女從黃數歲親愛甚篤一日忽欲歸寧
要黃御送之黃曰向言無家何前後之舛曰曩漫言之
妾鎮江人昔從蕩子流落江湖遂至於此妾家亦頗裕
君竭貲而往必無相虧黃從其言賃輿同去至揚州境
泊舟江際女適凭窗有巨商子過驚其艷反舟綴之而
黃不知也女忽曰君家甚貧今有一療貧之方不知能
從否黃詰之女曰妾相從數年未能爲君育男女亦一

不了事妾雖陋幸未老耄有能以千金相贈者便鬻妾去此中妻室田廬皆備焉此計何如也黃失色不知何因女笑曰君勿急天下固多佳人誰肯以千金買妾者其戲言於外以覘其有無賣不賣固自在君耳女自與榜人婦言之婦目黃黃漫應焉婦去無幾返言鄰舟有商人子願出八百黃故搖手以難之未幾復來便言如命郎請過船交兌黃微哂女曰教渠姑待我囑黃郎郎令去女謂黃曰妾日以千金之軀事君今始知也黃問以何詞遣之女曰請郎往署券去不去固自在我耳黃

不可女逼促之黃不得已詣焉立刻兌付黃令封誌之曰遂以貧故遽相割捨倘室人必不肯從仍以原金璧趙方運金至舟則見女從榜人婦從船尾已登鄰舟遙顧作別並無悽戀黃驚魂離舍嗌不能言俄鄰舟解纜去如箭激黃大號欲追傍之榜人不從開舟南渡矣瞬息達鎮江運貲上岸榜人急解舟去黃守裝悶坐無所適歸望江水之滔滔如萬鏑之叢體方掩泣間忽聞嬌聲呼黃郎愕然四顧則女已在前途喜極負裝從之問卿何遽得來女笑曰再遲數刻則君有疑心矣黃乃疑

其非常固詰其情女笑曰妾生平於吝者則破之於邪者則誑之也若實與君謀君必不肯何處可致千金者借囊充物而合浦珠還君幸足矣窮問何爲乃僱役荷裝相將俱去至水門內一宅南向遝入俄而翁媼男婦紛出相迎皆曰黃郎來也黃入參公姥有兩少年揖坐與語是女兄弟大郎三郎也筵間味無多品玉柈四枚方几已滿雞蟹鵞魚皆臠切爲箇少年以巨椀行酒談吐豪放已而導入別院俾夫婦同處衾枕滑耎而牀則以熟革代棕藤焉日有婢媼饋致三餐女或時竟日不

至黃獨居頗覺悶苦屢言歸女固止之一日謂黃曰今
爲君謀請買一人爲子嗣計然買婢媵則價奢當僞爲
妾也兄者使父與論昏良家子不難致黃不可女弗聽
有張貢士之女新寡議聘金百緡女強爲娶之新婦小
名阿美亦頗婉妙女嫂呼之黃踧踧不自安而女殊坦
坦他日謂黃曰妾將與大姊至南海一省阿姨月餘可
返請夫婦安居遂去夫妻獨居一院按時給食飲亦甚
隆備然自入門後曾無一人復至其室每晨阿美入覲
嫗一兩言輒退娣姒在旁惟相視一笑即畱連久坐亦

不欸曲黃見翁亦如之偶值諸郎聚語黃至即都寂然黃疑悶莫可告語阿美覺之詰曰君既與諸郎伯仲何以月來都如生客黃倉猝不能致對吃吃而言曰我十年於外今始歸耳美又細審翁姑閥閱及妯娌里居黃大窘不能復隱底裏盡露女泣曰妾家雖貧無作賤媵者無怪諸宛若鄙不齒數矣黃惶怖失守莫知籌計惟長跽而前一一聽命美收涕挽之轉請所處黃曰僕何敢他謀計惟子身自去耳女曰既嫁復歸於情何忍渠雖先從私也妾雖後至公也不如姑俟其歸問彼既出

此謀將何以置妾也居數月女竟不返一夜聞客舍喧飲黃潛往窺之見二客戎裝上坐一人裹豹皮巾凜若天神東首一人以虎頭革作兜牟虎口銜額鼻耳悉具焉驚異而返以告阿美竟莫測霍父子何人夫妻疑懼謀欲僦寓他所又恐生其猜度黃曰實告卿卽南海人還折証已定僕亦不能家此也今欲攜卿去又恐尊大人別有異言不如姑別二年中當復至卿能待待之如他適者亦自任也阿美欲告父母而從之黃不可阿美流涕要以信誓乃別而歸黃入辭翁媼時諸郎皆他出

翁挽畱以待其歸黃不聽而行登舟淒然形神喪失至瓜州忽回首見片帆來駛如飛漸近則船頭按劍而坐者霍大郎也遙謂曰君欲遄返胡再不謀遣夫人去二三年誰復能相待也言次舟已逼近阿美自舟中出大郎挽登黃舟跳身逕去先是阿美既歸方向父母泣訴忽大郎將輿登門按劍相脅逼女風走一家慴息莫敢遮問女述其狀黃不解何意而得美良喜開舟遂發至家出貲營業頗稱富有阿美懸念父母欲黃一往探之又恐以霍女來嫡庶復有參差居無何張翁訪至見屋

守修整心頗慰謂女曰汝出門後遂詣霍家探問見門戶已扃第主亦不之知半年竟無消息汝母日夜零涕謂被奸人賺去不知流離何所今幸無恙耶黃賓告以情因猜爲神後阿美生子取名仙賜至十餘歲母遣詣鎭江至揚州界休於旅店從者皆出有女子來挽兒入他室下簾抱諸膝上笑問何名兒告之問取名何義荅云不知女言歸問汝父當自知乃爲挽髻自摘髻上花代簪之出金釧束腕上又以黃金內袖曰將去買書讀見問其誰曰兒不知更有一母耶歸告汝父朱大興死

無棺木當助之勿忘也老僕歸舍失少主尋至他室聞與人語窺之則故主母簾外徽嗽將有咨白女推見榻上恍惚已杳問之舍主並無知者數日自鎮江歸語黃又出所贈黃感歎不已及詢朱則死裁三日露尸未葬厚恤之

異史氏曰女其仙耶三易其主不爲貞然爲吝者破其慳爲淫者速其蕩女非無心者也然破之則不必其憐之矣貪淫鄙吝之骨溝壑何惜焉

布商

布商某至青州境偶入廢寺見其院宇零落歎悼不已僧在側曰今如善信暫起山門亦佛面之光客慨然自任僧喜邀入方丈款待殷勤既而舉內外殿閣並請裝修客辭以不能僧固强之詞色悍怒客懼請即傾囊於是倒裝而出悉授僧將行僧止之曰君竭貲實非所願得毋甘心於我乎不如先之遂握刀客哀之切弗聽請自經許之逼置暗室而迫促之適有防海將軍經寺外遥自缺牆外望見一紅裳女子入僧舍疑之下馬入寺前後冥搜竟不得至暗室所嚴扃雙扉僧不肯開托以

妖異將軍怒斬關入則見客縊梁上救之片時復甦詰得其情又械問女子所在實則烏有蓋神佛現化也殺僧財物仍以歸客客益募修廟宇由此香火大盛趙孝廉豐原言之最悉

彭二掙

禹城韓公甫自言與邑人彭二掙並行於途忽回首不見之唯空蹇隨行但聞號甚急細聽則在被囊中近視囊內纍然雖則偏重亦不得墮欲出之則囊口縫紉甚密以刀斷綫始見彭犬臥其中既出問何以入亦茫不

自知蓋其家有狐爲祟事如此類甚多云

跳神

濟俗民間有病者閨中以神卜倩老巫擊鐵環單面鼓婆娑作態名曰跳神而此俗都中尤盛良家少婦時自爲之堂中肉於架酒於盆盛設几上燒巨燭明於晝婦束短幅裙屈一足作商羊舞兩人捉臂左右扶掖之婦刺刺瑣絮似歌又似祝字多寡參差無律帶腔室數鼓亂撾如雷蓬蓬聒人耳婦吻闢翕雜鼓聲不甚辨了既首垂目斜睨立全須人失扶則仆旋忽伸頸巨躍離地

只有咫室中諸女子凜然愕顧曰祖宗來喫食矣便一噓吹燈滅內外冥黑人慄息立暗中無敢交一語語亦不得聞聲亂也食頃聞婦厲聲呼翁姑及夫嫂小字始共爇燭傴僂問休咎視尊中盎中案中都復空空望顏色察嗔喜肅肅羅問之荅若響中有腹誹者神已知便指某姍笑我大不敬將褫汝袴誹者自顧瑩然已裸輒於門外樹頭覓得之滿洲婦女奉事尤虔小有疑必以決時嚴妝騎假虎馬執長兵舞榻上名曰跳虎神馬虎勢作威怒尸者聲傖儜或言闖張元壇不一號赫氣慘

凛尤能畏怖人有丈夫穴窗來窺輒被長兵破窗刺帽挑入去一家媪媳姊娣森森蹜蹜雁行立無岐念無懈骨

鐵布衫法

沙回子得鐵布衫大力法駢其指力斫之可斷牛項橫搠之可洞牛腹曾在仇公子彭三家懸木於空遣兩健僕極力撐去猛反之沙裸腹受木砰然一聲木去遠矣又出其勢卽石上以木椎力擊之無少損但畏刀耳

美人首

諸商寓居京舍舍與鄰屋相連中隔板壁板有杉節脫處穴如錢忽女子探首入挽鳳髻絕美旋伸一臂潔白如玉衆駭其妖欲捉已縮去少頃又至但隔壁不見其身奔之則又去之一商操刀伏壁下俄首出暴決之應手而落血濺塵土衆驚告主人主人懼以其首首焉逮諸商鞫之殊荒唐淹繫半年迄無情詞亦未有以人命訟者乃釋商瘞女首

山神

益都李會斗偶山行值數人籍地飲見李至讙然並起

叟入座兢觴之視其杯饌雜陳珍錯移時飲甚懽但酒味薄濇忽遙有一人來面狹長可二三尺許冠之高細稱是衆驚曰山神至矣郎都紛紛四去李亦伏匿坎窨旣而起視則肴酒一無所有惟有破陶器貯溲溺瓦片上盛蜥蜴數枚而已

庫將軍

庫大有字君實漢中洋縣人以武舉隸祖述舜麾下祖厚遇之屢蒙拔擢遷僞周總戎後覺大勢旣去潛以兵乘祖祖格拒傷手因就縛之納款於總督蔡至都蒙至

冥司冥王怒其不義命鬼以沸油澆其足既醒足痛不可忍後腫潰指盡墮又益之瘧輒呼曰我誠負義我誠負義遂死

異史氏曰事僞朝固不足言忠然國士庸人因知爲報賢豪之自命宜爾也是誠可以惕天下之人臣而懷二心者矣

聊齋志異卷十一終

聊齋志異卷十二

淄川　蒲松齡　留仙　著
新城　王士正　貽上　評

司文郎

平陽王平子赴試北闈賃居報國寺寺中有餘杭生先在王以比屋投刺焉生不之荅朝夕遇之多無狀王怒其狂悖交往遂絕一日有少年游寺中白服裙帽望之傀然近與接談言語諸妙心愛敬之展問邦族云登州宋姓因命蒼頭設座相對噱談餘杭生適過共起遜坐

生居然上坐更不撝挹卒然問宋爾亦入闈者耶荅云非也鶩駘之才無志騰驤久矣又問何省宋告之生曰竟不進取足知高明山左右並無一字通者宋曰北人固少通者然不通者未必是小生南人固多通者然通者亦未必是足下言已鼓掌王和之因而閧堂生慚忿軒眉攘腕而大言曰敢當前命題一校文藝乎宋他顧而哂曰有何不敢便趨寓所出經授王王隨手一翻指曰闕黨童子將命生起求筆札宋曳之曰口占可也我破已成於賓客往來之地而見一無所知之人焉王捧

腹大笑生怒曰全不能文徒事謾罵何以爲人王力爲
排難請另命佳題又翻曰殷有三仁焉宋立應曰三子
者不同道其趨一也夫一者何也曰仁也君子亦仁而
已矣何必同生遂不作起曰其爲人也小有才遂去王
以此益重宋邀入寓室欵言移晷盡出所作質宋宋流
覽絶疾踰刻已盡百首曰君亦沉深於此道者然命筆
時無求必得之念而尚有冀倖得之心即此已落下乘
遂取闈過者一一詮說王大悅師事之使庖人以蔗糖
作水角宋啗而甘之曰生平未解此味煩異日更一作

也由此相得甚懽宋三五日輒一至王必爲之設水角焉餘杭生時一過之雖不甚傾談而傲睨之氣頓滅一日以窗藝示宋宋見諸友圈贊已濃目一過推置案頭不作一語生疑其未閱復請之荅已覽竟生又疑其不解宋曰有何難解但不佳耳生曰一覽丹黃何知不佳宋便誦其文如夙讀者且誦且訾生跼蹐汗流不言而去移時宋去生入堅請王作王拒之生强搜得見文多圈點笑云此大似水角子王故樸訥靦然而已次日宋至王具以告宋怒曰我謂南人不復反矣傖楚何敢乃

爾必當有以報之王力陳輕薄之戒以規之宋深感佩既而場後以文示宋宋頗相許偶與涉歷殿閣見一瞽僧坐廊下設藥賣醫宋訝曰此奇人也最能知文不可不一請教因命歸寓取文遇餘杭生遂與俱來王呼師而參之僧疑其問醫者便詰症候王具白請教之意僧笑曰是誰多口無目何以論文王請以耳代目僧曰三作兩千餘言誰耐久聽不如焚之我視以鼻可也王從之每焚一作僧嗅而頷之曰君初法大家雖未逼真亦近似矣我適受之以脾問可中否曰亦中得餘杭生未

深信先以古大家文燒試之僧再嗅曰妙哉此文我心受之矣非歸胡何解辦此生大駭始焚已作僧曰適領一蓺未窺全豹何忽另易一人來也生托言朋友之作止彼一首此乃小生作也僧嗅其餘灰咳逆數聲曰勿再投矣格格而不能下强受之以爲再焚則作惡矣生慚而退數日榜放生竟領薦王下第宋與王走告僧僧歎曰僕雖盲於目而不盲於鼻簾中人並鼻盲矣俄餘杭生至意氣發舒曰盲和尚汝亦啖人水角耶今竟何如僧笑曰我所論者文耳不謀與君論命君試尋諸試

官之文各取一首焚之我便知孰爲爾師生與王並搜之止得八九人生曰如有舛錯以何爲罰僧憤曰剜我盲瞳去生焚之每一首都言非是至六篇忽向壁大嘔下氣如雷衆皆粲然僧拭目向生曰此真汝師也初不知而驟嗅之刺於鼻棘於腹膀胱所不能容直自下部出矣生大怒去曰明日自見勿悔勿悔越二三日竟不至視之已移去矣乃知即某門生也宋慰王曰凡吾輩讀書人不當尤人但當克己不尤人則德益宏能克己則學益進當前蹶落固是數之不偶平心而論文亦未

便登岸其由此砥礪天下自有不盲之人王肅然起敬又聞次年再行鄉試遂不歸止而受教宋曰都中薪桂米珠勿憂資斧舍後有窖鏹可以發用即示之處王謝曰昔竇范貧而能廉今某幸能自給敢自污乎王一日醉眠僕及庖人竊發之王忽覺聞舍後有聲竊出則金堆地上情見事露並相懾伏方訶責間見有金爵類多鐫款審視皆大父字諱蓋王祖曾爲南部郎入都寓此暴病而卒金其所遺王乃喜稱得金八百餘兩明日告宋且示之爵欲與瓜分固辭乃已以百金往贈瞽僧僧

已去積數月敦習益苦及試朱曰此戰不捷始眞是命矣俄以犯規被黜王尚無言朱大哭不能自止王反慰解之朱曰僕爲造物所忌困頓至於終身今又累及良友其命也夫其命也夫王曰萬事固有數在如先生乃無志進取非命也朱拭淚曰久欲有言恐相驚怪某非生人乃飄泊之游魂也少負才名不得志於塲屋徉狂至都冀得知我者傳諸著作甲申之年竟罹於難歲歲飄蓬幸相知愛故極力爲他山之攻生平未酬之願實欲借良朋一快之耳今文字之厄若此誰復能漠然哉

王亦感泣問何淹滯曰去年上帝有命委宣聖及閻羅王核查劫鬼上者備諸曹任用餘者即俾轉輪賤名已錄所未投到者欲一見飛黃之快耳今請別矣王問所考何職曰梓潼府中缺一司文郎暫令聾僮署篆文運所以顛倒萬一倖得此秩當使聖教昌明明日忻忻而至曰願遂矣宣聖命作性道論視之喜色謂可司文閻羅稽簿欲以口孽見棄宣聖爭之乃得就某伏謝已又呼近案下囑云今以憐才拔充清要宜洗心供職勿蹈前愆此可知冥中重德行更甚於文學也君必修行未

至但積善勿懈可耳王曰果爾餘杭其德行何在曰此郎不知要冥司賞罰皆無少爽郎前日瞽僧亦一鬼也是前朝名家生前抛棄字紙過多罰作瞽彼自欲醫人疾苦以贖前愆故托游廛肆耳王命置酒宋曰無須終歲之擾盡此一刻再爲我設水角足矣王悲惋不食坐令自噉頃刻已過三盛捧腹曰此餐可飽三日吾以志君德耳向所食都在舍後已生菌矣藏作藥餌可益兒慧王問後會曰既有官責當引嫌也又問梓潼祠中一相酹祝可能達否曰此都無益九天甚遠但潔身力行

自有地司牒報則某必與知之言已作別而沒王視舍後果生紫菌采而藏之旁有新土墳起則水角宛然在焉王歸彌自刻厲一夜夢宋輿蓋而至曰君向以小忿悞殺一婢削去祿籍今篤行已折除矣然命薄不足任仕進也是年捷於鄉明年春闈又勝遂不復仕生二子其一絕鈍喫以菌遂大慧後以故詣金陵遇餘杭生於旅次極道契濶深自降抑然鬢毛斑矣

異史氏曰餘杭生公然自詡意其爲文未必盡無可觀而驕詐之意態顏色遂使人頃刻不可復忍天人之厭

棄已久故鬼神皆玩弄之脫能增修厥德則簾內之刺鼻棘心者遇之正易何所遭之僅也

呂無病

洛陽孫公子名麒娶蔣太史女甚相得二十夭殂悲不自勝離家居山中別業適陰雨晝臥室無人忽見複室簾下露婦人足疑而問之有女子褰簾出年約十八九衣服樸潔而微黑多麻類貧家女意必村中僦屋者呵曰所須宜白家人何得輕入女微笑曰妾非村中人祖籍山東呂姓父文學士妾小字無病從父客遷早離顧

復慕公子世家名士願爲康成文婢孫笑曰卿意良佳然僕輩雜居實所不便容旋里後當輿聘之女次且曰自揣陋劣何敢遂望敵體聊備案前驅使當不至倒捧冊卷孫曰納婢亦須吉日乃指架上使取通書第四卷蓋試之也女翻撿得之先自涉覽而後進之笑曰今日河魁不曾在房孫意少動留匿室中女閒居無事爲之拂几整書焚香拭鼎滿室光潔孫悅之至夕遣僕他宿女俛眉承睫殷勤臻至命之寢始持燭去中夜睡醒則牀頭似有臥人以手探之知爲女捉而撼焉女驚寤起

立榻下孫曰何不別寢牀頭豈汝臥處女曰妾善懼孫憐之俾施枕牀內忽聞氣息之來淸如蓮蕊異之呼與共枕不覺心蕩漸與同衾大悅之念避匿非策又恐同歸招議孫有母姨近隔十餘門謀令遁諸其家而後與致之女稱善便言阿姨妾熟識之無容先達請即去孫送之踰垣而去孫母姨寡媼也凌晨啟戶女掩入媼詰之荅云若甥遣問阿姨公子欲歸路賒乏騎留奴暫寄此耳媼信之遂止焉孫歸矯謂姨家有婢欲相贈遣人舁之而還坐臥皆以從久益孌之納爲小妾世家論昏

皆勿許殆有終焉之志女知之苦勸令娶乃娶於許而終嬖愛無病許甚賢略不爭夕而無病事許益恭以此嫡庶偕好許舉一子阿堅無病愛抱如已出兒甫三歲輒離乳媼從無病宿許喚之不去也無何許病尋卒臨訣囑孫曰無病最愛兒即令子之可也即正位焉亦可也既葬孫將踐其言告諸宗黨僉謂不可女亦固辭遂止邑有王天官女新寡來求姻孫雅不欲娶王再請之媒道其美宗族仰其勢共慫恿之孫惑焉又娶之色果豔而驕已甚衣服器用多厭嫌輒加毀棄孫以愛敬故

不忍有所拂入門數月擅寵專房而無病至前笑啼皆罪時怒遷夫壻數相鬬閧孫患苦之以故多獨宿婦又怒孫不能堪托故之都逃婦難也婦又以遠遊咎無病無病鞠躬屏氣承望顏色而婦終不快夜使直宿牀下兒奔與俱每喚起給使兒輒啼婦厭駡之無病急呼乳嫗來抱之不去强之益號婦怒起毒撻無算始從乳嫗去兒以是病悸不食婦禁無病不令見之兒終日啼婦叱嫗使棄諸地兒氣竭聲嘶呼而求飲婦戒勿與日既暮無病窺婦不在潛飲兒兒見之棄水捉襟嗷咷不止

婦聞之意氣洶洶而出見聞聲輟涕一躍遂絕無病大哭婦怒曰賤婢醜態豈以兒死脅我耶無論孫家襁褓物即殺王府世子王天官女亦能任之無病乃屏息忍涕請爲葬具婦不許立命棄之婦既去竊撫兒四體猶溫隱語媼曰可速將去少待於野我當繼至其死也共棄之活也共撫之媼曰諾無病入室攜簪珥出追及之共視兒已蘇二人喜謀趨別業往依姨媼慮其纖步爲累無病乃先趨以示之疾若飄風媼力奔始能及約二更許兒病危不復可前遂斜行入村至田叟家倚門待

曉扣扉借室出簪珥易貲巫醫並至病卒不瘳女掩泣曰媪好視兒我往尋其父也媪方驚其謬妄而女已杳矣駭詫不已是日孫在都方憩息牀上女悄然入孫驚起曰纔眠已入夢耶女握手哽咽頓足不能出聲久之久之方失聲而言曰妾歷千辛萬苦與兒逃於楊句未終繼聲大哭倒地而滅孫駭絕猶疑爲夢喚從人共視之衣履宛然大異不解即刻趣裝星馳而歸旣聞兒死妾遁撫膺大悲語侵婦婦反脣相稽孫忿出白刃婢嫗遮救不得近遂擲之刃脊中顙顙破血流披髮嗥呌而

出將以斧告其家孫捉還杖撻無數衣皆若縷傷痛不可轉側孫命舁諸房中護養之將待其瘥而後出之婦兄弟聞之怒率多騎登門孫亦集健僕械禦之兩相叫罵竟日始散王未快意訟之孫捍衛入城自詣質審訴婦惡狀宰不能屈送廣文懲戒以悅王廣文朱先生世家子剛正不阿廉得情怒曰堂上公以我為天下之齷齪教官勒索傷天害理之錢以吮人癰痔者耶此等乞丐相我所不能竟不受命孫公然歸王無奈之乃示意朋好為之調停欲生一謝過其家孫不肯十返不能決

婦創漸平欲出之而又恐王氏不受因循而安之妾亡
子死夙夜傷心思得乳媪一悉其情因憶無病言逃於
楊近村有楊家疃疑其在是往問之並無知者或言五
十里外有楊谷遣騎詣訊果得之兒漸平復相見各喜
載與俱歸兒望見父噭然大啼孫亦淚下婦聞兒尚存
盛氣奔出將致詬罵兒方啼開目見婦驚投父懷若求
藏匿抱而視之氣已絕矣急呼之移時方甦孫恚曰不
知如何酷虐遂使吾兒至此乃立離昏書送婦歸王果
不受又舁還孫孫不得已父子別居一院不與婦通乳

媼乃備述無病情狀孫始悟其爲鬼感其義葬其衣履題碑曰鬼妻呂無病之墓無何婦產一男交手於項而死之孫益忿復出婦王又舁還之孫無所爲計具狀控諸上臺皆以天官故置不理後天官卒孫控不已乃判令大歸孫由此不復娶納婢焉婦既歸悍名譟甚居三四年無問名者婦頓悔而已不可復挽有孫家舊媼適至其家婦優待之對之流涕揣其情似念故夫媼歸告孫孫笑置之又年餘婦母又卒孤無所依諸娣姒頗厭嫉之婦益失所日輒涕零一貧士喪偶兄議厚其奩妝

而遣之婦不肯每陰託往來者致意孫泣告以悔孫不聽終置之一日婦率一婢竊驢跨之竟奔孫孫方自內出迎跪階下泣不可止孫欲去之婦牽衣復跪之孫固辭曰如復相聚常無間言則已耳一朝有他汝兄弟如虎狼再求離逷豈可復得婦曰妾竊奔而來萬無還理留則留之否則死之且言妾自二十一歲從君二十三歲被出誠有十分惡寧無一分情乃脫一腕釧並兩足而束之袖覆其上曰此時香火之誓君寧不憶之耶孫乃熒眥欲淚使人挽扶入室而猶疑王氏詐諼欲得其

兄弟一言爲證據婦曰妾私出何顏復求兄弟如不相信妾藏有兇具在此請斷指以自明遂於腰中出利刃就牀邊伸左手一指斷之血溢如湧孫大駭急爲束裹婦容色痛變而更不呻吟笑曰妾今日黃粱之夢已醒特借斗室爲出家計何用相猜孫乃使子及妾另居一所而已朝夕往來於兩間又曰求良藥醫指創月餘尋愈婦由此不茹葷酒閉戶誦佛而已居久見家政廢弛謂孫曰妾此來本欲置他事於不問今見如此用度恐子孫有餓莩者矣無已再覥顏一經紀之乃集婢媼按

日責其績織家人以其自投也慢之無人時竊相誚訕
而婦若不聞知既而課工惰者輒撻不貸衆始懼之又
垂簾課主計僕綜理微密孫乃大喜使兒及妾皆朝見
之阿堅已九歲婦每加意溫卹朝入塾常留甘餌以待
其歸兒亦漸親愛之一日兒以石投雀婦適過中顱而
仆踰刻不語孫大怒撻兒婦蘇力止之且喜曰妾昔虐
兒中心每不自釋今幸消一罪案矣孫益嬖愛之婦每
拒使就妾宿居數年屢産屢殤曰此昔日殺兒之報也
阿堅既娶遂以外事委兒內事委媳一日曰妾某日當

死孫不信婦自理葬具至日更衣入棺而卒顏色如生異香滿室既斂香始漸滅

異史氏曰心之所好原不在妍媸也毛嬙西施焉知非自愛之者美之乎然不遭悍妬其賢不彰幾令人與嗜痂者並笑矣至錦屏之人其夙根原厚故豁然一悟立證菩提若地獄道中皆富貴而不經艱難者也

崔猛

崔猛字勿猛建昌世家子性剛毅幼在塾中諸童稍有所犯輒奮拳毆擊師屢戒不悛名字皆先生所賜也

至十六七强武絕倫又能持長竿躍登夏屋喜雪不平
以是鄉人共服之求訴稟白者盈階滿室崔抑强扶弱
不避怨嫌稍逆之石杖交加支體爲殘每盛怒無敢勸
者惟事母孝母至則解母譴責備至崔唯唯聽命出門
輒忘比鄰有悍婦日虐其姑姑餓瀕死子竊啖之婦知
詬厲萬端聲聞四院崔怒踰垣而過鼻耳唇舌盡割之
立斃母聞之大駭呼鄰子極意溫卹配以少孀事乃寢
母憤泣不食崔懼跪請受杖且告以悔母泣不顧崔妻
周亦與並跪母乃杖子而又以針刺其臂作十字紋朱

途之俾勿滅崔並受之毋乃食毋喜飯僧道往往饜飽之適一道士在門崔過之道士目之曰郎君多凶橫之氣恐難保其令終積善之家不宜有此崔新受毋戒聞之起敬曰某亦自念之但一見不平若不自禁力改之可免否道士笑曰姑勿問可免不可免請先自問能改不能改但當痛自抑如有萬分之一我告君一解死之術崔生平不信厭禳但笑不言道士曰我固知君不信但我所言不類巫覡行之亦盛德郎其不效亦不至有所妨崔請之乃曰適門外一後生宜厚結之旣犯死罪

此子能活之也呼崔出指示其人蓋趙氏兒名僧哥趙南昌人以歲祲饑僑寓建昌崔由是深相結請趙館於其家供給優厚僧哥年十二登堂拜母約爲昆弟踰歲東作趙攜家去音問遂絕崔母自鄉歸死戒子益切有赴訴者輒擯斥之一日崔母弟卒從母往弔途遇數人縶一男子呵罵促步加以捶扑觀者塞途輿不得進崔問之識崔者競相擁告先是有巨紳子某甲者豪横一鄉窺李申妻有色欲奪之道無由因命家人誘與博賭貸以貲而重其息要使署妻於券貲盡復給終夜負責

數千積半年計子母三十餘千串不能償强以多人篡取其妻申哭諸其門某怒拉繫樹上榜笞刺劉逼立無悔狀崔聞之氣涌如山鞭馬前向意將用武母搴簾而呼曰唶又欲爾耶崔乃止既弔而歸不語亦不食兀坐直視若有所嗔妻詰之不荅至夜合衣臥榻上輾轉達旦次夜復然啟戶出輒又還臥如此三四妻不敢詰惟慴以聽之既而遲久乃反掩扉熟寢矣是夜有人殺某甲於牀上刳腹流腸甲妻亦裸尸牀下官疑申捕治之横被殘梏踝骨皆見卒無詞積年餘不能堪誣服論辟

會崔母死既殯告妻曰殺甲者實我也徒以有老母故不敢泄今大事已了柰何以一身之罪殃他人我將赴有司死耳妻驚挽之絕裾而去自首於庭官愕然械送獄釋申申不可堅以自承官不能決兩收之戚屬皆誚讓申申曰公子所爲是我欲爲而不能者也彼代我爲之而忍坐視其死乎今日卽謂公子未出也可執不異詞固與崔爭久之衙門皆知其故强出之以崔抵罪濱就決矣會卹刑官趙部郎案臨閱囚至崔名屏人而喚之崔入仰視堂上僧哥也悲喜實訴趙徘徊良久仍令

下獄囑獄卒善視之尋以自首減罪充雲南軍申爲服役而去未期年援赦而歸皆趙力也旣歸申終從不去代爲紀理生業予之貲不受緣橦技擊之術頗以關懷崔厚遇之買婦授田焉崔由此力改前行每撫臂上刺痕泫然流涕以故鄉鄰有鬬申輒矯命排解不相承禀有王監生者家豪富四方無賴不仁之輩出入其門邑中殷實者多被刼掠或迕之輒遣盜殺諸途子亦淫暴王有寡嬸父子俱烝之妻仇氏屢沮王王縊殺之仇兄弟質諸官王賕囑以告者坐誣兄弟寃憤莫伸詣崔求

訴申絕之使去過數日客至適無僕使申瀹茗申默而出告人曰我與崔猛朋友耳從徙萬里不可謂不至矣曾無廩給而役同廝養所不甘也遂忿而去或以告崔崔訝其改節而亦未之奇也申忽訟於公堂謂崔三年不給傭價崔大異之親與口對狀申忿相爭官不直之責逐而去又數日申忽夜入王家將其父子媳婦並殺之粘紙於壁自書姓名及追捕之則亡命無跡王家疑崔主使官不信崔始悟前此之訟蓋恐殺人之累己也關行附近州邑追捕甚急會闖賊犯順其事遂寢無何

明鼎革申攜家歸復與崔善如初時土寇嘯聚王有從子得仁集叔所招無賴據山爲盜焚掠村疃一夜傾巢而至以復讎爲名崔適他出申破扉始覺越牆伏暗中賊搜崔不得攜崔妻括財物而去申歸止有一僕忿急不能爲地乃斷繩數十段以短者付僕長者自懷之囑僕越賊巢登半山以火爇繩散挂諸荆棘卽返勿顧僕諾而去申窺賊皆腰束紅帶帽繫紅絹遂傚其裝有老牝馬初生駒賊棄諸門外申乃縛駒跨馬銜枚而出直至賊穴賊據一大村申縶馬村外踰垣入見賊衆紛紜

操戈來釋申竊聞諸賊知崔妻在王某所俄聞傳令俾各休息轟然嗷應忽一人報東山有火衆賊共望之初猶一二點既而多類星宿申坌息急呼東營有警王大驚束裝率衆而出申乘間漏出其後反身入內見兩賊守帳紿之曰王將軍遺佩刀兩賊競覓申自後砍之一賊踣其一回顧申又斬之竟負崔妻越垣而出解馬授轡曰娘子不知途縱馬可也馬戀駒奔駛申從之出一隘口申灼火於繩徧懸之乃歸次日崔還以爲大辱形神跳躁欲單騎往平賊申諫止之集村人而謀之衆恇

恃負敢應解諭再四得敢往二十餘人又苦無兵適於
得仁族姓家獲奸細二崔欲殺之申不可命二十人各
持白梃具列於前乃割其耳而縱之衆怒曰此等兵旅
方懼賊知而反示之脫其傾隊而來闔村不保矣申曰
吾正欲其來也執匿盜者誅之遣人四出各假弓矢火
銃又詣邑借巨砲二日暮率壯士至隘口置砲當其衝
使二人匿火而伏囑見賊乃發又至谷口東伐樹置崖
上已而與崔各率十餘人分岸伏之一更向盡遥聞馬
嘶賊果大至繈屬不絕俟盡入谷乃推墮樹木

以斷歸途俄而砲發喧騰號呌之聲震動山谷賊驟退自相踐踏至東口不得出集無隙地兩岸銃矢夾攻勢如風雨斷頭折足者枕藉溝中遺二十餘人長跪乞命乃遣人縶送以歸乘勝直抵其巢守巢者聞風奔竄搜其輜重而還崔大喜問其設火之謀曰設火於東恐其西追也短欲其速盡恐偵知其無人也旣而設於谷口口甚隘一夫可以斷之彼卽追來見火必懼皆一時犯險之下策也取賊鞫之果追入谷見火驚退二十餘賊盡劓刵而放之由此威聲大震遠近避亂者從之如市

得土團三百餘人各處强寇無敢犯一方賴之以安
異史氏曰快牛必能破車崔之謂哉志意忼慨蓋鮮儷
矣然欲使天下無不平之事寧非意過其通者與李申
一介細民遂能濟美緣橦飛入翦禽獸於深閨斷路夾
攻蕩幺麽於隘谷使得假五丈之旗爲國効命烏在不
南面而王哉

安期島

長山劉中堂鴻訓同武弁某使朝鮮聞安期島神仙所
居欲命舟往遊國中臣僚僉謂不可令待小張蓋安期

不與世通惟有弟子小張歲輒一兩至欲至島者須先自白如以爲可則一航可至否則颶風覆舟踰一二日國王召見入朝見一人佩劍冠椶坐殿上年三十許儀容修潔問之即小張也劉因自述嚮往之意小張許之但言副使不可行又出徧視從人惟二人可以從遊遂命舟導劉俱往水程不知遠近但覺微風習習如駕雲霧移時已抵其境時方嚴寒既至則氣溫煦山花徧巖谷導入洞府見三叟趺坐東西者覩客入漠若罔知惟中坐者起逆客相爲禮既坐呼茶有僮將盤去洞外

石壁上有鐵錐銳没石中僮拔錐水即溢射以琖承之滿復塞之既而托至其色淡碧試之其涼震齒劉畏寒不飲叟顧僮頤示之僮取琖去呷其殘者仍於故處拔錐溢取而返則芳烈蒸騰如初出於鼎鑊異之問以休咎笑曰世外人歲月不知何解人事問以却老術曰此非富貴人所能爲者劉興辭小張仍送之歸既至朝鮮備述其異國王歎曰惜未飲其冷者是先天之玉液一琖可延百齡劉將歸王贈一物紙帛重裹囑近海勿開視既離海急取拆視去盡數百重始見一鏡審之則蛟

宮龍族歷歷在目方凝注間忽見潮頭高於樓閣洶洶已近大駭極馳潮從之疾若風雨大懼以鏡投之潮乃頓落

薛慰娘

豐玉桂聊城儒士也貧無生業崇禎間歲大祲孑然遠遁年餘將歸至沂而病力疾行數里至城南叢葬處益憊因傍塚臥少間如夢至一村有叟自門中出邀生入屋兩楹亦殊草草室一女子年十六七儀容慧雅叟使瀹栢枝湯以陶器供客便向生詰里居年齒既已乃曰

洪都李姓平陽族流寓此間今三十二年矣君志此門戶余家子孫如見探訪卽煩一指示之老夫不敢忘義義女慰娘頗不醜可配君子三豚兒到日卽遣主盟生喜拜曰犬馬齒二十有二尚少良配惠以眷好固佳但何處得翁家人而訴之也叟曰君但住此村中相待月餘自有來者止求無憚煩耳生恐其不信要之曰實告翁僕故家四壁耳恐後日不如所望中道之棄人所難堪卽無姻好亦不敢不守季路之諾卽何妨質言之也叟笑曰君欲老夫旦旦耶我稔知君貧此訂非專爲君

慰娘孤而無依相託已久不忍聽其流落故以奉君子耳何見疑即捉臂送生拱手閤扉而去生忽似夢覺則身臥塚邊日已將午漸起次且入村村人見之皆驚謂其死道旁已經日矣頓悟叟即墳中人也隱而不言但求寄寓村人恐其復死莫敢留村有秀才與同姓聞之趨詰家世蓋生緦服叔也喜導至家餌治之數日尋愈因述所遇叔亦驚怪遂坐待以覘其變居無何果有官人至村訪父墓址自言平陽進士李叔向先是其父李洪都與同鄉某甲遠行賈死於沂某因瘞諸叢葬處既

歸某亦尋死是時翁三子皆幼長伯仁後舉進士令淮南數遣人詢父墓迄無知者次仲道尋舉孝廉叔向最少亦登第於是親求父骨至沂無處不諳是日問村人皆莫之識生乃引至葬所指示之叔向以其年少未敢信生具陳所遭叔向奇之審視有兩墳近相接或言三年前有仕宦者葬少妾於此叔向恐悞發他塚生遂以所臥處示之叔向命舁材於側始發塚塚開則見女尸服妝黯敗而粉黛如生叔向知其悞駭極莫知所爲而女已頓起四顧曰三哥來耶叔向驚就問之則慰娘也

乃解衣蔽覆舁歸逆旅急發傍塚冀父復活既發則膚
革猶存而撫之僵燥悲哀不已裝入材清醮七日女亦
縗絰若女忽告叔向曰曩阿翁有黃金二鋌嘗分一爲
妾作奩妾以孤弱無藏所故僅以采線繫腰而未將去
兄得之否叔向不知乃使生反求諸壙果得之一如女
言叔向仍以綫誌者分贈慰娘暇乃審其家世先是女
父薛寅侯無子止生慰娘深鍾愛之女一日自金陵舅
氏歸將媼問渡操舟者乃金陵媒也適有仕宦者任滿
赴都遣覓美妾凡歷數家無當意者故將爲扁舟詣廣

陵忽遇女隱生詭謀急招附渡媼素識之遂與共濟中途投毒食中女媼皆迷推媼墮江載女而返以重金賣諸仕宦者入門嫡始知怒甚女又惘然莫知爲禮遂撻楚囚禁之北渡三日女方醒婢言本末女大泣一夜宿於沂自縊死乃瘞諸亂塚中女至墓爲孽鬼所陵李翁時呵護之女乃父事翁翁曰汝命合不死當爲擇一快壻一日生既見而出反謂女曰此生品誼可託待汝三兒至爲汝主婚一日曰汝可歸候汝三兒將來矣蓋郎發墓之日也女於喪次爲叔向緬述之叔向歎息良久

即以慰娘爲妹俾從李姓署買衣妝遣歸生日資斧無多不能爲妹子辦妝意將借歸以慰母心如何女亦欣然於是夫妻從叔向鞏柩並發既歸母詰得其故愛逾所生館諸別院衰次女哀悼過於兒孫母益憐之不令東歸囑諸子爲之買第適有馮氏賣宅値六百金會猝未能取盈暫收契券約日交兌及期馮早至適女亦自別院入省母突見之絕似當年操舟人馮亦似驚女趨過之兩兄亦以母小恙俱集母所女問廳前蹀躞者誰也仲道曰幾忘却此必前日賣宅者也即起欲出女止

之告以所疑使詰難之仲道諾而出則馮已去而巷南塾師薛先生在焉因問何來曰昨夕馮某浼早登堂一署券保適逡遁之云偶有所忘暫歸便反使僕一坐待之也少間生及叔向皆至遂相扳談慰娛以馮故潛自屏後來窺客細審之則其父也突出抱持大哭翁驚溯曰吾兒何來衆始知薛卽寅侯也仲道雖於街頭屢遇之初未悉其名字至是共喜爲述前因設酒相慶因留信宿自道行踪蓋自失女後妻以悲傷而死鰥無所依故遊學至此也生約買宅後迎與同居次日往探則馮

舉家遁去始知殺媼賣女卽其人也馮初至平陽貿易成家比年博賭漸就消乏故貨居宅賣女之貲亦瀕盡矣慰娘得所卽亦不甚讎之但擇日徙居更不追其何往李母賂遺不絕一切日用之需皆給之生遂家於平陽但歸赴蕆試深以爲苦幸是科舉孝廉慰娘富貴每念媼爲已死思有以報其子媼夫姓殷氏一子名富善博貧無立錐一日以賭局爲爭注毆殺人命亡歸平陽雖不識生然以慰娘故遠相投生喜留之門下研詰之道其所殺姓名蓋卽馮某也駭歎久之因爲道破富始

知馮即殺母之讎益喜遂傭爲生家服役亦家於西薛寅侯就養於壻壻爲買婦生子女各一焉

田子成

江寧田子成過洞庭覆舟而没子艮耜明季進士時在抱中妻杜氏聞訃仰藥而死艮耜受庶祖母撫育得以成立後筮仕湖北年餘奉憲命營務湖南艮耜至洞庭痛哭而返自告才力不足降縣丞隸漢陽甚非所樂辭不就諸院司强督促之乃就輒放浪江湖間不以官職自守一夕艤舟江岸聞洞簫聲抑揚可聽乘月步去約

半里許見曠野中茅屋數椽熒熒燈火近窗窺之則三人對酌其中上座一秀才年三十許下座一叟側座吹簫者年最少吹竟叟擊節贊佳秀才面壁吟思若罔聽聞叟曰盧十兄必有佳句請長吟俾得共賞之秀才乃吟曰滿江風月冷淒淒瘦草零花化作泥千里雲山飛不到夢魂夜夜竹橋西吟聲愴惻叟笑曰盧十兄故態作矣因酌以巨觥曰老夫不能屬和請歌以侑酒乃歌蘭陵美酒之什歌已一座解頤少年起曰我視月斜何度矣突出見客拍手曰窗外有人我等狂態盡露也遂

挽客入共一舉手叟使與少年對坐試其杯皆冷酒辭不飲少年知其意即起以葦炬燎而進之良耜亦命從者出錢行沽固止之因訊邦族良耜具道生平叟致敬曰吾鄉父母也少君姓江此間土著指少年曰此江西杜野侯又指秀才曰盧十兒與公同鄉盧目視良耜殊偃蹇不甚爲禮良耜因問家居何里如此淸才殊早不聞荅曰流寓已久親族恒不相識可歎人也言之哀楚叟搖手亂之曰好客相逢不理觴政聒絮如此厭人聽聞遂把杯自飲曰一令請共行之不能者罰每擲三骰

以相逢爲率須一古典相合乃擲得么二三倡曰三加么二點相同雞黍三年約范公朋友喜相逢次年少擲得雙二單四曰不讀書人但俚典勿以爲笑四加雙二點相同四人聚義古城中兄弟喜相逢盧得雙么單二曰二加雙么點相同呂向兩手抱老翁父子喜相逢艮耜擲復與盧同曰二加雙么點相同茅容二簋欵林宗主客喜相逢令畢艮耜與辭盧始起曰故鄉之誼未遑傾吐何別之遽將有所問顧少留也艮耜復坐問何言曰僕有老友某沒於洞庭亦與君同族否艮耜曰是先

君也何以相識曰少時相善沒日惟僕見之因收其骨葬江邊耳良粗出涕下拜求指墓所盧曰明日來此當指示之要亦易辨去此數武但見墳上有叢蘆十莖者是也良粗灑涕與衆拱別至舟終夜不寢頓念盧情詞似皆有因不能待旦昧爽而往則舍宇全空益駭因遵所指處往尋墓果得之叢蘆其上數之適符其數恍然悟盧十兒之稱皆其寓言所遇乃其父之鬼也細問土人則二十年前有高翁富而好善水溺者皆拯其尸而埋之故有數墓在焉遂發塚負骨棄官而返歸告祖母

質其狀貌皆確江西杜野侯乃其表兄年十九溺於江後其父流寓江西又悟杜夫人沒後葬竹橋之西故詩中憶之也但不知叟何人耳

王桂菴

王穉字桂菴大名世家子適南遊泊舟江岸臨舟有榜人女繡履其中風姿韻絕王窺瞻既久女若不覺王朗吟洛陽女兒對門居故使女聞女似解其爲己者略舉首以斜瞬之俛首繡如故王神志益馳以金錠一枚遥投之墮襟上女拾棄之若不知爲金也者金落岸邊王

拾歸已又以金釧擲之墮足下女操業不顧無何榜人自他歸王恐其見釧所詰心急甚女從容以雙鉤覆蔽之榜人解纜順流逕去王心情喪惘癡坐凝思時王方娶而喪其偶悔不即媒定之乃詢諸舟人並不識其何姓乃返舟急追之日力既窮杳不知其何往不得已返舟而南務畢北旋又沿江細訪並無音耗至家寢食皆縈念之踰年復南買舟江際若家焉日日細數行舟往來者帆楫皆熟而曩舟殊渺居半年貲罄而歸行思坐想不能少置一夜夢至江村過數門見一家柴扉南向

門內疏竹爲籬意是亭園逕入之有夜合一株紅絲滿樹隱念詩中門前一樹馬纓花此其是矣過數武葦笆光潔又入見北舍三楹雙扉闔焉南有小舍紅蕉蔽窗探身一窺則椸架當門罥畫裙其上知爲女子閨闥愕然卻退而內已覺之有奔出瞰客者粉黛微呈則舟中人也喜出非望曰亦有相逢之期乎方將狎就女父適歸倏然驚覺始知爲夢景物歷歷如在目前秘之恐與人言破此佳夢後年餘再適鎮江郡南有徐太僕與有世誼招之飲信馬而去悞入小村道途景色髣髴平生

所歷一門內馬纓一樹景象宛然駭極投鞭逕入種種物色與夢無別再入則房舍一如其數夢旣驗不復疑慮直趨南舍舟中人果在其中遙見王驚起以扉自障叱問何處男子王逡巡間猶疑是夢女見步履漸近閛然扃戶王曰卿不憶擲釧者耶備述相思之苦且言夢徵女隔扉審其家世王具道之女曰旣屬宦裔中饋必有佳人焉用妾王曰非以卿故婚娶固已久矣女曰果如所云足知君心妾此情難告父母然亦方命而絕數家金釧猶在料鍾情者必有耗問耳父母偶適外戚行

且至君姑退倩冰委禽計無不遂若望以非禮成耦則用心左矣王倉卒欲出女遂呼王郎妾芸娘姓孟氏父字江蘺王諾記而出罷筵早返謁江蘺翁逆入設坐籬下王自道家閥即致來意兼納百金爲聘翁曰息女已字矣王曰訊之甚確固待聘耳何見絕之深翁曰適間所諾不敢爲誑王神情俱失拱别而返不知其信否嘗夜輾轉無人可以媒之向欲以情告太僕恐娶榜人女爲先生笑今情急無可爲媒質明詣太僕實告之太僕曰此翁與有瓜葛是祖母嫡孫何不早言王始吐隱情

太僕疑曰江蘺固貧素不以操舟爲業得毋悞乎乃遣子大郎詣孟孟曰僕雖空匱非賣婚者曩公子以金自媒諒僕必爲利動故不敢附爲婚姻旣承先生命必無錯謬但頑女頗恃嬌愛好門戶輒便拗卻不得不與商搉免他日怨遠婚也遂起少入而返拱手一如尊命約期乃別大郎復命王乃盛備禽妝納采於孟假館太僕之家親迎成禮居三日辭岳北歸夜宿舟中問芸娘曰向於此處遇卿固疑不類舟人子當日泛舟何之荅云妾叔家江北偶借扁舟一省視耳妾家僅可自給然儻

來物頗不貴視之笑君雙璫如豆屢以金貲動人初聞音聲知爲風雅士又疑爲儇薄子作蕩婦挑之也使父見金釧君死無地矣妾憐才心切否王笑曰卿固黠甚然亦墮吾術矣問何事王止而不言又固詰之乃曰家門日近此亦不能終秘實告卿我家中固有妻在吳尚書女也芸娘不信王故莊其詞以實之芸娘色變默移時遽起奔出王躡屐追之則已投江中矣王大呼諸船驚鬧夜色昏濛惟有滿江星點而已王悼痛終夜沿江而下以重價覓其骸骨亦無見者邑邑而歸憂慟交集

又恐翁來覘女無詞可以相對有姊壻官河南遂命駕造之年餘始歸途中遇雨休裝民舍見房廊清潔有老媼弄兒廈間兒睹王入即求援抱王怪之又覘兒秀婉可愛攬置膝頭媼喚之不去少頃雨霽王舉兒付媼下堂趣裝兒啼曰阿爹去矣媼恥之呵之不止强抱而去王坐待治任忽有麗者自屏後抱兒出則芸娘也方詫異間芸娘罵曰負心郎遺此一塊肉焉置之王乃知爲己子酸來刺心不暇問其往迹先以前言之戲矢日自白芸娘始反怒爲悲相向涕零先是第主莫翁六旬無

子攜媼往朝南海歸途泊江際芸娘隨波下適觸翁舟翁命從人拯出之療救終夜始漸蘇翁媼視之是好女子甚喜以爲己女攜之而歸居數月欲爲擇壻女不可踰十月舉一子名之寄生王避雨其家寄生方周歲也王於是解裝入拜翁媼遂爲岳壻居數日始舉家歸至則孟翁坐待已兩月矣翁初至見僕輩情詞恍惚心頗疑怪既見始共懽慰歷述所遭乃知其枝梧者有由也

寄生 附

寄生字王孫郡中名士父母以其襁褓認父謂有夙慧

鍾愛之長益秀美八九歲能文十四入郡庠每自擇偶父桂菴有妹二娘適鄭秀才子僑生女閨秀慧艷絕倫王孫見之心竊愛好思慕良切積久寢食俱廢父母大憂苦研詰之遂以實告父遣冰於鄭鄭性方謹以中表爲嫌卻之而王孫益病母計無所出陰婉致二娘但求閨秀一臨存之鄭聞益怒出惡聲焉父母旣絕望聽之而已郡有大姓張氏五女皆美幼者小名五可尤冠諸姊擇壻未字一日上墓途遇王孫自輿中窺見之歸以白母母探知其意見媒媼于氏微示之媼遂詣王所時

王孫方病訊知之笑曰此病老身能醫之芸娘問故媪述張氏意並道五可之美芸娘喜即使往候王孫媪入撫王孫而告之王孫搖首曰醫不對症柰何媪笑曰但問醫良否耳其良也召和而緩至可矣執其人以求之守死而待之不已癡乎王孫欷歔曰但天下之醫無愈和者媪曰何見之不廣也遂以五可之容顏髮膚神情態度口寫而手狀之王孫又搖首曰媪休矣此余願所不及也反身向壁不復聽矣媪見其志不移遂去一日王孫沉痼中忽一婢入曰所思之人至矣喜極躍然能

起急出舍則麗人已在庭中細認之卻非閨秀着松黃袍細褶繡裙雙鉤微露神仙不啻也拜問姓名荅曰妾五可也君深於情者而獨鍾閨秀使人不平王孫謝曰生平未見顏色故目中止一閨秀今知罪矣遂與要誓方握手殷殷適母來撫摩遽然而覺則一夢也回首聲容笑貌宛在目中陰念五可果如所夢何必求所難遘因而以夢告母母喜其念少奪急欲媒之王孫恐夢見不得真託鄰媼素識張氏者僞以他故詣之而囑潛相五可嫗至其家五可方病靠枕支頤婀娜之態傾絕一

世近問何恙女默然弄帶不作一語母代答曰非病也連朝與爺娘負氣耳嫗問故曰諸家問名皆不願必如王家寄生者方嫁是爲母者勸之急遂作意不食數日矣嫗笑曰娘子若配王郎眞是玉人成雙也渠若見五娘者恐又憔悴死矣我歸卽令倩冰如何五可止之曰姥勿爾恐其不諧益增笑耳嫗銳然以必成自任五可方微笑嫗歸復命一如媒媼言王孫詳問衣履無不與夢適合大悅意稍舒然終不敢以人言爲信過數日漸瘳秘招于媼來謀一親見五可媼難之姑應而去久之

不至方欲覓之媼忽忻然而入曰機幸可圖五可向有小恙曰令婢輩相扶一過對院公子往伏伺之五娘行緩濇委曲可盡睹王孫喜如其教明日命駕早往媼先在焉郎令縶馬村樹導入臨路舍設坐掩扉乃去少間五可果扶婢出王孫自門隙目注之女經門外過媼故指揮雲樹以遲纖步王孫窺覘盡悉髣髴又入夢中喜顫不能自持未幾媼至曰可以代閨秀否王孫申謝而返始告父母遣妁要盟乃媒往則五可已别字矣王孫失意悔悶欲死即刻復病父母憂甚責其自悞王孫無

詞惟日飲米汁一合積數月雞骨支牀較前尤甚媪忽至驚曰何憊之甚王孫涕下以情告媪笑曰癡公子前日人趣汝來而故卻之今日汝求人而能必遂耶雖然尚可爲力早與老身謀者即許京都皇子我能奪之使還王孫大悅求策媪命函蔽遣伻約次日候於張所桂菴恐以唐突見拒媪曰前日張公業有成言延數日而遽悔之且彼字他家尚無函信諺云先炊者先餐何疑也桂菴從之次日二僕往並無異詞厚犒而歸王孫悅病復起由此閨秀之想始絕初鄭子僑卻聘閨秀頗不

懌既聞張氏姻成，心益抑鬱，恍惚若病，日就支離。父母詰之，不敢言。婢窺其意，隱以告母。鄭聞之怒，不醫，以聽其死。二娘懟曰：「吾姪亦殊不惡，何守頭巾，誠殺吾嬌女！」鄭恚曰：「若所生女，不如早亡，免貽笑柄！」以此夫妻反目。二娘故與女言，將使仍歸王孫，若爲媵。女俛首不言，若甚願之。二娘商鄭，鄭益怒，一付二娘，置女若己死，不復預聞。二娘愛女切，欲實其言，女乃喜，病始漸瘥。竊探王孫親迎有日矣，屆期，以姪完婚，僞欲歸寧。昧旦，使人求僕輿於兄。兄最友愛，又以居村鄰邇，即以所備親迎輿馬先迎二娘既至則妝女入車使兩僕兩媼護送而去到門以氈貼地而入時鼓樂已集從僕𠈌令吹擂一時人聲沸聒王孫奔視則女子以紅帕蒙首駭極欲奔鄭僕夾扶便令交拜王孫不知何由即亦拜訖二媼扶女逕坐青廬始知其閨秀也舉家皇亂莫知所為時漸瀆暮王孫不復敢行親迎之禮桂菴遣僕以情告張張怒欲遂斷絕五可不肯曰彼雖先至未受雁采不如仍使親迎父納其言以對來使使歸桂菴終不敢從相對籌思喜怒俱無所施張待之既久知其不行遂亦以輿馬

送五可至因另設青帳於別室而王孫周旋中間蹀躞無以自處母乃調停於中使序行以齒二女皆諾及五可聞閨秀差長稱姊有難色母甚慮之比三朝同會於母所見閨秀風致宜人右之自是始定然父母皆恐其積久不相能而二女更無間言衣履易着相愛如姊妹焉王孫始問五可卻媒之故笑曰無他聊報君之卻于媼耳向未見妾意中止一閨秀既見妾亦畧靳之以覘君之視妾較閨秀何如也使君爲人病而不能爲妾病則亦不必強求容矣王孫笑曰報亦慘矣然非于媼何

得一覿芳容亦可曰是妾自欲見君媼何能爲過舍門時豈不知耽耽者在內也夢中業相要何尚未之信也王孫驚問何知曰妾病中夢至君家以爲妄後聞君亦夢妾乃知魂魄直到此也王孫異之遂述所夢時日悉符父子之良緣皆以夢成亦奇情也故並存之

異史氏曰父癡於情子遂幾爲情死所謂情種其王孫之謂與不有善夢之父何生離魂之子哉

褚遂良

長山邑民趙某稅屋大姓之家病癥結又素孤貧難自

給奄就危殆一日力疾就涼移臥簷下既醒見絕代麗人坐身傍因便詰問女荅云我特來爲汝作婦某驚曰無論貧人不敢有妄想且奄忽垂斃有婦欲何爲女自媒能治之某曰我病非倉猝可除縱有良方且苦無貲可買藥餌女曰我醫疾不用藥也遂以手按趙腹力摩之覺其掌熱如火移時腹中癖塊隱隱作解拆聲又少時欲登廁急起走數武解衣大下膠液流離結塊盡出覺通體快爽返臥故處謂女曰娘子何人祈告姓氏以便尸祝荅云我狐仙也君乃唐朝褚遂良曾有恩於妾

家每銘心欲一報之目相尋覓今始能得夙願可酬矣某自慚形穢又慮茅屋竈煤玷染華裳女但請行趙乃導入家土莝無席竈冷無煙曰無論光景如此不堪相辱即卿能甘之請視甕底空空又何以養妻子女但言無慮言次一回頭見榻上氊席衾褥已設方將致詰又轉瞬見滿室皆銀光紙裱貼如鏡諸物已悉變易几案精潔肴酒並陳矣遂相歡飲日暮與同狎寢如夫婦主人聞其異請一見之女即出見無難色由此四方傳播造門者甚夥女並無所拒絕或設筵招之女必與夫俱

一日座中一孝廉陰萌淫念女已知之忽加詰讓郎以手推其首首過欞外而身猶在室出入轉側皆所不能因共哀免乃曳出之積年餘造請者益煩女頗厭之被拒者輒罪趙値端陽飲酒高會忽一白兎躍入女起曰春藥翁來見召矣謂兎曰請先行兎趨出遙去女命趙取梯趙於舍後負長梯來高數丈庭有大樹一章便倚其上梯更高於樹杪女先登趙亦隨之女回首曰親賓有願從者當郎移步衆相覷不敢登惟主人一僮踴躍從諸其後上上益高梯盡雲接不可見矣共覷其梯則

多年破扉去白板耳聾入其室灰壁敗竈依然他無一物猶意僮返可問竟終杳已

公孫夏

保定有國學生某將入都納貲謀得縣尹方趣裝而病月餘不起忽有僮入曰客至某亦忘其疾趨出逆客客華服類貴者三揖入舍叩所自來客曰僕公孫夏十一皇子坐客也聞治裝將圖縣尹既有是志太守不更佳耶某遜謝但言貲薄不敢有奢願客請効力俾出半貲約於任所取盈某喜求策客曰督撫皆某最契之交暫

得五千緡其事濟矣目前眞定缺員便可急圖某訝其本省客笑曰君迂矣但有孔方在何問吳越桑梓耶某終躊躇疑其不經客曰無須疑惑實相告此冥中城隍缺也君壽盡已注死籍乘此營辦尚可以致冥貴卽起告別曰君且自謀三日當復會遂出門跨馬去某忽開眸與妻子永訣命出藏鏹市楮錠萬提郡中是物爲空堆積庭中雜芻靈鬼馬日夜焚之灰高如山三日客果至某出貲交兌客卽導至部署見貴官坐殿上某便伏拜貴官畧審姓名便勉以淸廉謹愼等語乃取憑文喚

至案前與之某稽首出署自念監生卑賤非車服炫耀不足震懾曹屬於是益市輿馬又遣鬼役以彩輿迓其美妾區畫方已真定鹵簿已至途中里餘一道相屬意得甚忽前導者鉦息旗靡驚疑間見騎者盡下悉伏道周人小徑尺馬大如狸車前者駭曰關帝至矣某懼下車亦伏遙見帝君從四五騎緩轡而至鬚多繞頰不似世所模肖者而神采威猛目長幾近耳際馬上問此何官從者荅真定守帝君曰區區一郡何直得如此張皇某聞之灑然毛悚身暴縮自顧如六七歲兒帝君命起

使隨馬蹤行道傍有殿宇帝君入南向坐命以筆札授某俾自書鄉貫姓名某書已呈進帝君視之怒曰字訛誤不成形象此市儈耳何足以任民社又命稽其德籍傍一人跪奏不知何詞帝君厲聲曰干進罪小賣爵罪重旋見金甲神綰鎖去遂有二人捉某褫去冠服笞五十臀肉幾脫逐出門外四顧車馬盡空痛不能步偃息草間細認其處離家尚不甚遠幸身輕如葉一晝夜始抵家豁若夢醒牀上呻吟家人集問但言股痛蓋瞑然若死者已七日矣至是始寤便問阿憐何不來蓋妾小

字也先是阿憐方坐談忽曰彼爲冥定太守差役來接我矣乃入室麗妝妝竟而卒纔隔夜耳家人述其異某悔恨椎胸命停尸勿葬冀其復還數日杳然乃葬之某病漸瘳但股瘡大劇半年始起每自曰官貲盡耗而横被冥刑此尚可忍但愛妾不知舁向何所清夜所難堪耳

異史氏曰嗟乎市儈固不足南面哉冥中既有線索恐夫子馬蹤所不及到作威福者正不勝誅耳吾鄉郭華野先生傳有一事與此頗類亦人中之神也先生以清

骾受主知再起總制荆楚行李蕭然惟四五人從之衣履皆敝陋途中人皆不知爲貴官也適有新令赴任道與相值駝車二十餘乘前驅數十騎騶從以百計先生亦不知其何官時先之時後之時以數騎雜其伍彼前馬者怒其擾亂訶御之先生亦不顧瞻亡何至一巨鎮兩俱休止乃使人潛訪之則一國學生加納赴任湖南者也乃遣一价召之使來令聞呼駭疑及詰官閥始知爲先生悚懼無以爲地冠帶匍伏而前先生問汝即某縣縣尹耶答曰然先生曰蕞爾一邑何能養如許騶從

履任則一方塗炭矣不可使殃民社可即旋歸勿前矣令叩首曰下官尚有文憑先生即令取憑審驗已曰此亦細事代若繳之可耶令伏拜而出歸途不知何以爲情而先生行矣世有未蒞任而已受考成者實所創聞葢先生奇人故有此快事耶

紉針

虞小思東昌人居積爲業妻夏歸寧而返見門外一嫗偕少女哭甚哀夏詰之嫗揮涕相告乃知其男子王心齋亦宦裔也家衰落無衣食業覓中保貸富室黃氏金

學作賈中途遭寇巨梃中顱喪貲幸不死至家黃責償計子母不下三十金實無可以準之黃窺其女紉針美將謀作妾使中保責告之如其肯可折債外仍以女金壓券王謀諸妻妻泣曰我雖貧固簪纓之胄彼以執鞭發跡何敢遂媵吾女且紉針固有壻耳汝烏得擅作主先是同邑傅孝廉之子與王投契生男阿卯於襁褓中論婚後孝廉官於閩年餘而卒妻子不能歸消息遂絕以是故紉針十五尚未字也妻言及此王無詞但謀所以爲計妻曰不得已其亥謀諸兩弟蓋妻范氏其祖曾

任京秋雨孫田產尚多也次日妻攜女歸告雨翁雨翁任其溺淚並無一詞爲之設處范乃號啼而歸適逢夏詰且述且哭夏憐之視其女綽約可愛益之哀楚因邀入其家款以酒食慰之曰母子勿戚妾當竭力范未遑謝女亦哭伏在地益惋惜之籌思曰雖有薄蓄然三十金亦復大難當典質相付母子拜別夏以三日爲約别後百計營謀亦未敢告諸其夫三日未滿其數又使人假諸其母范母子已至因實告之又訂以次日抵暮假金至合裹並置牀頭至夜有盜穴壁以火入夏覺覘之

見一人臂上懸短刀狀貌凶惡大懼不敢復作聲僞爲睡者盜近箱意將發扃回顧夏枕邊有裹物探身攫去就燈解視已乃入腰橐不復胠篋而去夏乃起呼家中惟一小婢隔牆告鄰鄰人集而盜已遠矣夏乃對燭啜泣亡何婢睡去夏引帶自經於櫺婢覺天已大曙始呼人解其懸四肢已冰虞知奔至詰婢始得其由驚涕營葬而已時方夏尸不僵亦不腐過七日乃殮之既葬紉針潛出哭於其墓暴雨忽集霹靂大作墓發女亦震死虞聞奔驗之則棺木已起妻呻嘶其中抱出之見女尸

不知其誰夏審視始解之方相駭怪未幾范至見女已死號曰固疑其在此今果然矣聞夫人自縊日夜不絕聲今夜語我欲哭於殯宮我未之應也夏感其義遂與夫言即以所葬材穴葬之范拜謝虞貧妻歸范亦歸告其夫聞村北一人被雷擊死於途身有字云偷夏氏金賊俄聞鄰婦哭聲乃知死者即其夫馬大也村人白於官拘其婦械鞫之則范以夏氏之措金贖女對人感泣馬大賭博無賴聞之而盜心遂生也乃押婦搜贓則止存二十數又檢馬尸得四數官判賣婦償補責還虞夏

益喜全金悉仍付范俾償債主葬女三日夜大雷電以風墳復破女亦頓蘇不歸其家往扣夏氏之門蓋認其墓疑其復生也夏驚起隔扉問之女曰夫人果生也我紉針耳夏駭爲鬼呼鄰嫗共詰之知其更生喜內入室女自言願從夫人服役不復歸矣夏曰得無謂我捐金爲買婢耶汝葬後債已代償可勿見猜女益感泣願以母事夏夏未諾女曰見能操作亦不坐食天明告范范喜急至亦從女意即以屬夏范去夏强送女歸女啼思夏王心齋自負之來委諸門內而去夏見之驚問始知其

故遂亦安之虞至急下拜呼以父虞固無子女見女依
依憐人頗以爲懽女紡績縫紉勤勞臻至夏病幾殆女
晝夜給役見夏不食亦不食面上時有啼痕向人曰母
有萬分一我誓不復生夏少瘳始解顔爲笑夏愈聞之
流涕曰我四十無子但復生一女如紉針者足矣夏自
少不育踰歲忽舉一男人以爲行善之報居二年女益
長虞與王謀不能堅守舊盟王曰女在君家婚姻惟君
所命女十七慧美無雙此言出問名者趾錯於門夫妻
爲之簡對富室黄某亦遣媒來虞惡其富而不仁力御

之爲擇於馮氏馮邑名士子亦慧而能文將告於王王出負販未歸遂逕諾之黄以不得於虞亦托作賈跡王所在設饌相邀更復助以貲本漸漬習洽因自道其子慧以自媒王感其情又仰其富遂與訂盟既歸詣虞則虞昨日方受馮氏壻書聞王言頗不悦呼女出告以情女怫然曰債主吾讎也以我事讎但有一死王無顔託人告黄以馮氏之盟黄怒曰女姓王不姓虞我約在先彼約在後何得背盟遂投狀邑宰宰意以先約判歸黄馮曰王某以女付虞固言婚嫁不復預聞且某有定婚

書彼不過杯酒之談耳宰不能堅將惟女願之從黃退
以金賂邑宰求其左袒以此月餘不決一日有孝廉赴
都道過東昌使人問王心齋適問於虞轉詰之蓋孝廉
傅姓卽阿卯也入闈籍十八已鄉捷矣猶以前約未婚
蓋母囑便道訪王問其女已嫁否也虞大喜邀傅至家
歷述所遭然婚來千里患無質實傅傢出王當日允婚
書虞招王至驗之而眞乃共喜是日當覆審傅投刺謁
邑宰其案始消涓吉約期乃去禮闈後市幣帛而還居
其舊第行親迎禮進士報已自闈中還蓋傅又捷南宮

矣復入都覲政而返女不樂南渡傳亦以廬墓在遂獨往遷父柩載母俱歸後數年虞卒子裁七八歲女撫之過於其弟使讀書早入邑庠家稱素封皆傳力也

異史氏曰神龍中亦有游俠耶煇惡彰善生死皆以雷霆此錢塘陣舞也轟轟屢聲皆爲一人焉知紉針非龍女謫降者耶

桓侯

荊州彭好士自他飲歸下馬溲便馬齕草路側有細草一叢蒙茸可愛初放黃花艷光奪目馬食已過半矣彭

拔其餘莖嗅之有異香因內諸懷超乘復行馬驚駛絕馳頗覺快意竟不計算歸途縱馬所之忽見夕陽近山始將旋轡但望亂山叢沓並不知其何所一青衣人來見馬方噴嘶代爲捉銜曰天已近暮吾家主人便請宿止彭問此屬何地曰閬中也彭大駭蓋半日已千餘里矣因問主人伊誰曰到自知之又問何在曰咫尺耳遂代牽疾行入馬若飛過一山頂見半山中屋宇重疊雜以屏幔遥睹衣冠一簇若有所伺彭至下馬相向拱敬儀主人出氣象剛猛巾服都異人世拱手向客曰今日

客莫遠於彭君因揖彭請先行彭謙謝不肯遽先主人捉臂行之彭覺捉處如被械梏痛欲折不敢復爭遂行下此者猶相推讓主人或推之或挽之客皆呻吟傾跌似不能堪一依主命而行登堂則陳設炫麗兩客一筵彭暗問接坐者主人何人答云此桓侯也彭愕然不敢復咳合坐寂然酒既行桓侯曰歲歲叨擾親賓聊設薄酌盡此區區之意値遠客辱臨亦屬幸遇僕竊妄有干求如少存愛戀即亦不强彭起問何物曰尊乘已有仙骨非塵世所能驅策欲市馬相易如何彭曰敬以奉獻

不敢易也桓侯曰當報以良馬且將賜以萬金彭離席伏謝桓侯命人曳起之俄頃酒饌紛綸日落命燭衆起辭彭亦告别桓侯曰君遠來焉歸彭顧同席者曰已求此公作居停主人矣桓侯乃徧以巨觴酬客謂彭曰所懷香草鮮者可以成仙枯者可以點金草七莖得金一萬即命僮出方授彭彭又拜謝桓侯曰明日造市請於馬羣中任意擇其良者不必與之論賈吾自給之又告衆曰遠客歸家可少助以資斧衆唯唯觴盡謝别而出途中始詰姓字同座者爲劉子翬同行二三里越嶺即

賭村舍衆客陪彭並至劉所始述其異先是村中歲歲賽社於桓侯之廟斬牲優戲以爲成規劉其首善者也三日前賽神方畢是午各家皆有一人邀請過山問之言殊恍惚但敦促甚急過山見亭舍相與駭異將至門使者始實告之衆亦不敢卻退使者曰姑集此邀一遠賓行至矣蓋即彭也衆述之驚怪其中被把握者皆患臂痛解衣燭之膚肉青黑彭自視亦然衆散劉即襆被供寢既明村中爭延客又伴彭入市相馬十餘日相數十匹苦無佳者彭亦拚苟就之又入市見一馬骨相似

佳騎試之神駿無比逕騎入村以待鬻者再往尋之共
人已去遂別村人欲歸村人各餽金貲送歸馬一日約
行五百里抵家述所自來人不之信囊中出蜀物始共
怪之香草久枯恰得七莖遵方點化家以暴富遂敬詣
故處獨祀桓侯之祠優戲三日而返
異史氏曰觀桓侯燕賓而後信武夷幔亭非誕也然主
人肅客遂使蒙愛者幾欲折肱則當年之勇力可想
吳木欣言有李生者唇不掩其門齒露於外者盈指
一日於某所宴集二客遜上下其爭甚苦一力挽使

前一力卻向後力猛肘脫李適立其後肘過觸喙雙齒並墮血下如涌衆愕然其爭乃息此與桓侯之握臂折肱同一笑也

粉蝶

陽日旦瓊州士人也偶自他郡歸泛舟於海遭颶風舟將覆忽飄一虛舟來急躍登之回視則同舟盡沒風逾狂瞑然任其所吹亡何風定開眸忽見島嶼舍宇連亘把棹近岸直抵村門村中寂然行坐良久雞犬無聲見一門北向松竹掩靄時已初冬牆內不知何花蓓蕾滿

樹心愛悦之逡巡遂入遥聞琴聲步少停有婢自内出年十四五飄灑艷麗睹陽返身遽入俄聞琴聲歇一少年出訝問客所自來陽具告之轉詰邦族陽又告之少年喜曰我姻親也遂揖請入院院中精舍華好又聞琴聲既入舍則一少婦危坐朱絃方調年可十八九風采焕映見客入推琴欲逝少年止之曰勿遁此卽卿家眷屬因代溯所由少婦曰是吾姪也因問其祖母尚健否父母年幾何矣陽曰父母四十餘都各無恙惟祖母六旬得疾沉痾一步履須人耳姪實不知姑係何房望祈

明告以便歸途少婦曰道途遼濶音問梗塞久矣歸時但告而父十姑問訊矣渠自知之陽問姑丈何族少年曰海嶼姓晏此名神仙島離瓊三千里僕流寓亦不久也十娘趨入使婢以酒食餉客鮮蔬香美亦不知其何名飯已因與贍眺見園中桃李含苞頗以爲怪晏曰此處夏無大暑冬無大寒花無斷時陽喜曰此乃仙鄉歸告父母可以移家作鄰晏但微笑還齋炳燭見琴横案上請一聆其雅操晏乃撫絃捻柱十娘自内出晏曰來來卿爲若姪鼓之十娘即坐問姪願何聞陽曰姪素未

讀琴操實無所願十娘曰但隨意命題皆可成調陽笑曰海風引舟亦可作一調否十娘曰可即按絃挑動若有舊譜意調崩騰靜會之身似在舟中爲颶風之所擺簸陽驚歎欲絕問可學否十娘授琴試使勾撥曰可教也欲何學曰適所奏颶風操不知可得幾日學請先錄其曲吟誦之十娘曰此無文字我以意譜之耳乃別取一琴作勾剔之勢使陽傚之陽習至更餘音節粗合夫妻始別去陽目注心凝對燭自鼓久之頓然妙悟不覺起舞舉首忽見婢立燈下驚曰卿固猶未去耶婢笑曰

十姑命侍妾寢掩戶移檠耳審顧之秋水澄澄意態媚絕陽心動微挑婢俯首含笑陽益惑之遽起挽頸婢曰勿爾夜已四漏主人將起彼此有心來宵未晚方狎抱間聞晏喚粉蝶婢作色曰殆矣急奔而去陽潛往聽之但聞晏曰我固謂婢子塵緣未滅汝必欲收錄之今如何矣宜鞭三百十娘曰此心一萌不可給使不如爲吾姪遣之陽甚慚懼反齋滅燭自寢天明有童子來侍盥沐不復見粉蝶矣心惴惴恐見譴逐俄晏與十娘並出似無所介於懷便考所業陽爲一奏十娘曰雖未入神

已得什九肄熟可以臻妙陽復求別傳晏教以天女謫降之曲指法拗折習之三日始能成聲晏曰梗概已盡此後但須熟耳嫺此兩曲琴中無梗調矣陽頗憶家告十娘曰姪居此蒙姑撫養甚樂顧家中懸念離家三千里何日可能還也十娘曰此卽不難故舟尚在當助爾一帆風子無家室我已遣粉蝶矣乃贈以琴又授以藥曰歸醫祖母不惟御病亦可延年遂送至海岸俾登舟陽覓檝十娘曰無須此物因解裙作帆爲之縈繫陽慮迷途十娘曰勿憂但聽帆漾耳繫已下舟陽淒然方欲

拜别而南風競起離岸已遠矣視舟中糗糒已具然止足供一日之餐心怨其吝腹餒不敢多食唯恐遽盡但啗胡餅一枚覺表裏甘芳餘六七枚珍而藏之即亦不復飢矣俄見夕陽欲下方悔來時未索膏燭瞬息遙見人煙細審則瓊州也喜極旋已近岸解裙裹餅而歸入門舉家驚喜蓋離家已十六年始知其遇仙視祖母老病益憊出藥投之沉痾立除共怪問之因述所見祖母泫然曰是汝姑也初老夫人有少女名十娘生有仙姿許字晏氏壻十歲入山不返十娘待至二十餘忽無疾

自姐葬已三十餘年聞旦言共疑未死出其裙則猶在家所素著也餅分啖之一枚終日不飢而精神倍生老夫人命發塚驗視則空棺存焉旦初聘吳氏女未娶旦數年不返遂他適共信十娘言以俟粉蝶之至既而年餘無音始議他圖臨邑錢秀才有女名荷生艷名遠播年十六未嫁而三喪其壻遂媒定之涓吉成禮既入門光艷絕代旦視之則粉蝶也驚問曩事女茫乎不知蓋彼逐時即降生之辰也每爲之鼓天女謫降之操輒支頤凝想若有所會

錦瑟

沂水王生少孤家清貧然風標修潔灑然裙屐少年也富翁蘭氏見而悅之妻以女許爲起屋治產娶未幾而翁死妻兄弟鄙不齒數婦尤驕倨常傭奴其夫自享饈饌生至則脫粟瓢飲折稊爲匕置其前王悉隱忍之年十九往應童子科被黜自郡中歸婦適不在室釜中烹羊胛熟就啖之婦入不語移釜去生大慚抵箸地上曰所遭如此不如死婦恚問死期即授索爲自經之具生忿投羹椀敗婦顙生含憤出自念良不如死遂懷帶入

深壑至叢樹下方擇枝繫帶忽見土崖間微露裙幅瞬息一婢出睹生急返如影就滅土壁亦無綻痕固知妖異然欲覓死故無畏怖釋帶坐覘之少間復露半面一窺即縮去念此鬼物從之必有死樂因抓石叩壁曰地如可入幸示一途我非求歡乃求死者久之無聲生又言之內云求死請姑退可以夜來音聲清銳細如游蜂生曰諾遂坐以待夕居亡何星宿已繁崖間忽成高第靜敞雙扉生拾級而入纔數武有橫流湧注氣類溫泉以手探之熱如沸湯亦不知其深幾許疑即鬼神示以

死所遂踴身入熱透重衣膚痛欲糜幸浮不沉泅没良
久熱漸可忍極力爬抓始登南岸一身幸不泡傷行次
遥見夏屋中有燈火趨之有猛犬暴出齕衣敗襪摸石
以投犬稍卻又有羣犬要吠皆大如犢危急間婢出叱
退曰求死郎來耶吾家娘子憫君厄窮使妾送君入安
樂窩從此無災矣挑燈導之啟後門黯然行去入一家
明燭射窗曰君自入妾去矣生入室四瞻蓋已歸已家
也反奔而出遇婦所役老媪曰終日相覓又焉往反曳
入婦帕裹傷處下牀笑逆曰夫妻年餘狎謔顧不識耶

我知罪矣君受虛誚我被實傷怒亦可以少解乃於牀頭取巨金二鋌置生懷曰以後衣食一惟君命可乎生不語抛金奪門而奔仍將入壑以叩高第之門既至野則婢行緩弱挑燈猶遙望之生急奔且呼燈乃止既至婢曰君又來負娘子苦心矣生曰我求死不謀與卿復求活娘子巨家地下亦應須人我願服役實不以有生爲樂婢曰樂死不如苦生君設想何左也吾家無他務惟淘河糞除飼犬負尸作不如程則刵耳劓鼻敲刖脛趾君能之乎荅云能之又入後門生問諸役何也適言

負尸何處得如許死人婢曰娘子慈悲設給孤園收養九幽橫死無歸之鬼鬼以千計日有死亡須負瘞之耳請一過觀之移時見一門署給孤園入見屋宇錯雜穢臭熏人園中鬼見燈羣集皆斷頭缺足不堪入目回首欲行見尸橫牆下近視之血肉狼籍曰半日未負已被狗咋即使生移去之生有難色婢曰君如不能請仍歸享安樂生不得已負置秘處乃求婢緩頰幸免尸汚婢諾行近一舍曰姑坐此妾入言之飼狗之役較輕當代圖之庶幾得當以報去少頃奔出曰來來娘子出矣生

從入見堂上籠燭四懸有女近後坐乃二十許天人也
生伏階下女即命曳起之曰此一儒生烏能飼犬可使
居西堂主簿籍生喜伏謝女曰汝似樸誠可敬乃事如
有舛錯罪責不輕也生唯唯婢導至西堂見棟壁清潔
喜甚謝婢始問娘子官閥婢曰小字錦瑟東海薛侯女
也妾名春燕旦夕所需幸相聞婢去旋以衣履衾褥來
置牀上生喜得所黎旦早起視事錄鬼籍一門僕役盡
來參謁餽酒送脯甚多生引嫌悉卻之日兩餐皆自內
出娘子察其廉謹特賜儒巾鮮衣凡有賚賚皆遣春燕

婢頗風格旣熟顏以眉目送情生斤斤自守不敢少致差跌但僞作騃鈍積二年餘賞給倍於常廪而生謹抑如故一夜方寢聞內第喊噪急起捉刀出見炬火光天入窺之則羣盜克庭厮僕駭竄一僕促與偕遁生不肯塗面束腰雜盜中呼曰勿驚薛娘子但當分括財物勿使遺漏時諸舍羣盜方搜錦瑟不得生知未爲所獲潛入第後獨覓之遇一伏嫗始知女與春燕皆越牆矣生亦過牆見主婢伏於暗陬曰此處烏可自匿女曰吾不能復行矣生棄刀負之奔二三里許汗流竟體始入深

谷釋肩令坐欻一虎來生大駭欲迎當之虎已銜女生急捉虎耳極力伸臂入虎口以代錦瑟虎怒釋女嚼生臂脆然有聲臂斷落地虎亦遁去女泣曰苦汝矣苦汝矣生忙遽未知痛楚但覺血溢如水使婢裂衿裹斷處女止之俯覓斷臂自爲續之乃裹之東方漸白始緩步歸登堂如墟天既明僕媪始漸集女親詣西堂問生所苦解裹則臂骨已續又出藥糝其創始去由此益重生使一切享用悉與己等臂愈女置酒內室以勞之賜之坐三讓而後隅坐女舉爵如讓賓客久之曰妾身已附

君體意欲效楚昇我之於鍾建但無媒者自薦耳生惶恐曰某受恩重殺身不足酬所爲非分懼遭雷殛不敢從命苟憐無室賜婢已過一日女長姊瑤臺至四十許佳人也至夕招生入瑤臺命坐曰我千里來爲妹主婚今夕可配君子生又起辭瑤臺遽命酒使兩人易琖生固辭瑤臺奪易之生乃伏地謝罪受飲之瑤臺出女曰實告君妾乃仙姬以罪被謫自願居地下收養冤魂以贖帝譴適遭天魔之刼遂與君有附體之緣遠邀大姊來固主婚嫁亦使代攝家政以便從君歸耳生起敬曰

地下最樂某家有悍婦且屋宇隘陋勢不能圓成委曲以謀其生女笑但言不妨既醉歸寢歡戀臻至過數日謂生曰冥會不可長請郎歸君幹理家事畢妾當自至以馬授生啟扉令出壁復合矣生騎馬入村村人盡駭至家門則高廬煥映矣先是生去妻召兩兒至將箠楚報之至暮不歸始去或於溝中得生履疑其已死既而年餘無耗有陝中賈某媒通蘭氏遂就生第與婦合半年中修建連亙賈出經商又買妾歸自此不安其室賈亦恒數月不歸生訊得其故怒繫馬而入見舊媼嫗驚

伏地生叱罵久使導詣婦所尋之已遁旣於舍後得之已自經死遂使人舁歸藺氏呼妾出年十八九風致亦佳遂與寢處賈托村人求反其妾妾哀號不肯去生乃具狀將訟其霸產占妻之罪賈不敢復言收肆西去方疑錦瑟負約一夕正與妾飲則車馬叩門而女至矣女但畱春燕餘卽遣歸入室妾朝拜之女曰此有宜男相可以代妾苦矣卽賜以錦裳珠飾妾拜受立侍之女挽坐言笑甚懽久之曰我醉欲眠生亦解屨登牀妾始出入房則生臥榻上異而反窺之燭已滅矣生無夜不宿

妾室一夜妾起潛窺女所則生及女方共笑語大怪之急反告生則牀上無人矣天明陰告生生亦不自知但覺時酣女所時寄妾宿耳生囑隱其異久之婢亦私生女若不知之婢忽臨蓐難產但呼娘子女入胎即下舉之男也爲斷臍置婢懷笑曰婢子無復爾業多則割愛難也自此婢不復產妾出五男二女居三十年女時反其家往來皆以夜一日攜婢去不復來生年八十忽攜老僕夜去亦不返

房文淑

開封鄧成德游學至兗州界寓敗寺中傭爲造齒籍者繕寫歲暮僚役各歸其家鄧獨爨廟中黎旦有少婦叩門而入艷絕至佛前焚香叩拜而去次日又如之至夜鄧起挑燈適有所作女至益早鄧曰來何早也女曰明則人雜故不如早太早又恐擾君清睡適望見燈光知君已起故至耳生戲曰寺中無人寄宿可免奔波女哂曰寺中無人君是鬼耶鄧見其可狎俟其拜畢曳坐求懽女曰佛前豈可作此身無片椽尚作妄想鄧固求不已女曰去此三十里某村有六七童子延師未就君往

訪李前川可以得之托言攜有家室令別給一舍妾便爲君執炊此長久之計也鄧慮事發獲罪女曰無妨妾房氏小名文淑並無親屬恒終歲寄居員家誰知之鄧喜既別女即至某村謁見李前川其謀果遂約歲前即攜家至既反早旦告女女約候於途中鄧告別同黨借騎而去女果待於半途乃下騎以轡授女御之而行至齋所相得甚懽積六七年居然琴瑟並無追逋逃者女忽舉一子鄧以妻不育得之甚喜名之竟生女曰僞配終難作眞妾方將辭君而去又生此累人物何爲鄧曰

命好倘得餘錢擬與卿遁歸鄉里何出此言女曰多謝多謝我不能脅肩諂笑仰大婦眉睫爲人作乳媼呱呱者難堪也鄧代妻叩不妒女亦不言月餘鄧解館謀與前川子同出經商告女曰我思先生設帳必無富有之理今學賈販庶有歸時女亦不荅至夜女忽抱子起鄧問何作女曰妾欲去鄧急起追問之家門未啟而女已杳駭極始悟其非人也鄧以迹可疑故亦不敢告人托之歸寧而已初鄧離家與妻婁約年終必返既而數年無音傳其已死兄以其無子欲改醮之婁更以三年爲

期日惟塊然一室以紡績自力一日既暮往扃外戶一女子掩入懷中繃兒曰自母家歸適晚知姊獨居故求寄宿耳妻內之至房中視之二十餘麗人喜與共榻因弄其兒兒白如瓠歎曰未亡人遂無此物女曰我正嫌其累人卽嗣爲姊後如何妻曰無論娘子不忍割愛卽忍之妾亦無乳焉能活之也女曰此卽何難當生兒時患無乳飲藥半劑而效今餘藥猶存卽以奉贈遂出一裹置窗間妻漫應之未遽怪也既寢醒而呼之則兒在而女已啟關去矣駭極日向晨見啼飢妻不得已餌其

藥移時湩流遂哺兒積年餘兒益豐肥漸學語言愛之不啻己出由此再醮之志以絕但早起抱子不能操作衣食益窘一日女忽至婁恐其索兒先問其不謀而去之罪後敘其鞠養之苦女笑曰姊告訴艱難我遂置兒不索耶遂招兒兒啼入婁懷女曰犢子不認其母矣此百金不能易可將金來署立券保婁以爲負顏作賴女笑曰姊勿懼妾來正爲兒也別後慮無豢養之資因多方措十餘金乃出金授婁婁恐其過此以往索兒有詞竪卻不受女置牀上出門逕去抱子出追其去已遠呼

之亦不顧猶疑其意惡然得金小權子母家以饒足又
三年鄧以賈有贏餘治裝歸方共慰藉睹問誰氏子妻
告以故問何名曰渠母呼之寃生遂仍其舊鄧驚曰此
眞吾子也問其時日即夜到之日鄧乃歷述與房文淑
合離之情益共欣慰冀女猶至而終渺矣

聊齋志異卷十二終

天津圖書館藏

青柯亭刻本

聊齋志異

四

〔清〕蒲松齡 著

齊魯書社

·濟南·

聊齋志異卷十三

淄川 蒲松齡 留仙 著

新城 王士正 貽上 評

偷桃

童時赴郡值春節舊例先一日各行商賈彩樓鼓吹赴藩司名曰演春余從友人戲矚是日遊人如堵堂上四官皆赤衣東西相向坐時方稚亦不解其何官但聞人語嚌嘈鼓吹聒耳忽有一人率披髮童荷擔而上似有所白萬聲洶動亦不聞爲何語但視堂上作笑聲卽有

青衣人大聲命作劇其人應命方興問作何劇堂上相顧數語吏下宣問所長荅言能顛倒生物吏以白官少頃復下命取桃子術人聲諾解衣覆笥上故作怨狀曰官長殊不了了堅冰未解安所得桃不取又恐爲南面者所怒柰何其子曰父已諾之又焉辭術人惆悵良久乃云我籌之爛熟春初雪積人間何處可覓唯王母園中四時常不凋謝或有之必竊之天上乃可子曰嘻天可階而升乎曰有術在乃啟笥出繩一團約數十丈理其端望空中擲去繩即懸立空際若有物以挂之未幾

愈擲愈高渺入雲中手中繩亦盡乃呼子曰兒來余老憊體重拙不能行得汝一往遂以繩授子曰持此可登子受繩有難色怨曰阿翁亦大憒憒如此一綫之繩欲我附之以登萬仞之高天倘中道斷絕骸骨何存矣父又強喝迫之曰我已失口悔無及煩兒一行兒勿苦倘竊得來必有百金賞當爲兒娶一美婦子乃持索盤旋而上手移足隨如蛛趁絲漸入雲霄不可復見久之墜一桃如盌大術人喜持獻公堂堂上傳視良久亦不知其真僞忽而繩落地上術人驚曰殆矣上有人斷吾繩

兒將焉託移時一物墮視之其子首也捧而泣曰是必偷桃爲監者所覺吾兒休矣又移時一足落無何肢體紛墮無復存者術人大悲一一拾置笥中而闔之曰老夫止此一兒日從我南北游今承嚴命不意罹此奇慘當負去瘞之乃升堂而跪曰爲桃故殺吾子矣如憐小人而助之葬當結草以圖報耳坐客駭詫各有賜金術人受而纏諸腰乃扣笥而呼曰八八兒不出謝賞將何待忽一蓬頭僮首抵笥蓋而出望北稽首則其子也以其術奇故至今猶記之後聞白蓮教能爲此術意此其

苗裔耶

口技

村中來一女子年廿有四五攜一藥囊售其醫有問病者女不能自爲方俟暮夜請諸神晚潔斗室閉置其中衆遶門窗傾耳寂聽但竊竊語莫敢欬內外動息俱冥至半更許忽聞簾聲女在內曰九姑來耶一女子荅云來矣又曰臘梅從九姑來耶似一婢荅云來矣三人絮語間雜刺刺不休俄聞簾鉤復動女曰六姑至矣亂言曰春梅亦抱小郎子來耶一女子曰拗哥子嗚之不睡

定要從娘子來身如百鈞重負累煞人旋聞女子殷勤聲九姑問訊聲六姑寒暄聲二婢慰勞聲小兒喜笑聲一齊嘈雜即聞女子笑曰小郎君亦大好耍遠迢迢抱貓兒來既而聲漸疏簾又響滿室俱譁曰四姑來何遲也有一小女子細聲曰路有千里且溢與阿姑走爾許時始至阿姑行且緩遂各各道溫涼並移坐聲喚添坐聲參差並作喧繁滿室食頃始定即聞女子問病九姑以爲宜得參六姑以爲宜得芪四姑以爲宜得术參酌移時即聞九姑喚筆硯無何折紙戢戢然拔筆擲帽丁

丁然磨墨隆隆然旣而投筆觸几震震作響便聞撮藥包裹蘇蘇然頃之女子推簾呼病者授藥並方反身入室即聞三姑作別三婢作別小兒啞啞貓兒唔唔又一時並起九姑之聲清以越六姑之聲緩以蒼四姑之聲嬌以婉以及三婢之聲各有態響聽之了了可辨羣訝以爲眞神而試其方亦不甚效此即所謂口技特借之以售其術耳然亦奇矣

王心逸云在都偶過市廛聞絃歌聲觀者如堵近窺之一少年曼聲度曲並無樂器惟以一指捺頰際且

捺且謳聽之鏗鏗與絃索無異亦口技之苗裔也

王漁洋云頗似王于一集中李一足傳

王蘭

利津王蘭暴病卒閻王覆勘乃鬼卒之悞勾也責送還生則尸已敗鬼懼罪謂王曰人而鬼也則苦鬼而仙也則樂苟樂矣何必生王以爲然鬼曰此處一狐金丹成矣竊其丹吞之則魂不散可以長存但憑所之無不如意子願之否王從之鬼導去入一高第見樓閣渠然而悄無一人有狐在月下仰首望空際氣一呼有丸自口

中出直上入於月中一吸輒復落以口承之則又呼之
如是不已鬼潛伺其側俟其吐急掇於手付王吞之狐
驚盛氣相向見二人在恐不敵憤恨而去王與鬼別至
其家妻子見之咸懼卻走王告以故乃漸集由此在家
寢處如平時其友張姓者聞而省之相見話溫涼因謂
張曰我與若家夙貧今有術可以致富子能從我遊乎
張唯唯曰我能不藥而醫不卜而斷我欲現我形恐識
我者相驚以怪附子而行可乎張又唯唯於是即日趣
裝至山西界富室有女得暴疾眩然瞀瞑前後藥禳既

窮張造其廬以術自炫富翁止此女常珍惜之能醫者願以千金爲報張請視之從翁入室見女瞑臥啟其衾撫其體女昏不覺王私告張曰此魂亡也當爲覓之張乃告翁病雖危可救問需何藥俱言不須女公子魂離他所業遣神覓之矣約一時許王忽來具言已得張乃請翁再入又撫之少頃欠伸目遽張翁大喜撫問女言向戲園中見一少年郎挾彈彈雀數人牽駿馬從諸其後急欲奔避橫被阻止少年以弓撥兒教兒彈方羞訶之便攜兒馬上累騎而行笑曰我樂與子戲勿羞也數

卑入山中我馬上號且罵少年怒推墮路旁欲歸無路
適有一人至捉兒臂疾若馳瞬息至家忽若夢醒翁神
之果貽千金王夜與張謀留二百作路用餘盡攜去欵
門而付其子又命以三百餽張氏乃復還次日與翁別
不見金藏何所益異之厚禮而送之踰數日張於郊外
遇同鄉人賀才才飲博不事生產奇貧如丐聞張得術
獲金無算因奔尋之王勸薄贈令歸才不改故行旬日
蕩盡將復覓張王已知之曰才狂悖不可與處只宜賂
之使去縱禍猶淺踰日才果至強從與俱張曰我固知

汝復來日事酗賭千金何能滿無底竇誠改若所爲我
百金相贈才諾之張瀉授之才去以百金在槖賭益豪
益之狹邪遊揮灑如土邑中捕役疑而執之質於官拷
掠酷慘才實告金所自來乃遣隸押才捉張數日創劇
斃於塗魂不忘張復往依之因與王會一日聚飲於煙
墩才大醉狂呼王止之不聽適巡方御史過聞呼搜之
獲張張懼以實告御史怒笞而牒於神夜夢金甲人告
曰查王蘭無辜而死今爲鬼仙醫亦仁術不可律以妖
魅今奉帝命授爲淸道使賀才邪蕩巳罰竄鐵圍山張

某無罪當宥之御史醒而異之乃釋張張治裝旋里囊中存數百金敬以半送王家王氏子孫以此致富焉

海公子

東海古跡島有五色耐冬花四時不彫而島中古無居人人亦罕到之登州張生好奇喜游獵聞其佳勝備酒食自棹扁舟而往至則花正繁香聞數里樹有大至十餘圍者反復流連甚慊所好開尊自酌恨無同游忽花中一麗人來紅裳炫目畧無倫比見張笑曰妾自謂興致不凡不圖先有同調張驚問何人曰我膠娼也適從

海公子來彼尋勝翺翔爰以艱於步履故留此耳張方苦寂得美人大悅招坐共飲女言詞溫婉蕩人神志張愛好之恐海公子來不得盡歡因挽與亂女忻從之相狎未已忽聞風蕭蕭草木偃折有聲女急推張起曰海公子至矣張束衣愕顧女已失去旋見一大蛇自叢樹中出粗如巨筩張懼障身大樹後冀蛇不睹蛇近前以身繞人並樹糾纏數匝兩臂直束胯間不可少屈昂其首以舌刺張鼻鼻血下注流地上成窪乃俯就飲之張自分必死忽憶腰中佩荷囊有毒狐藥因以二指夾出

破裹堆掌中又側頸自顧其掌令血滴藥上頃刻盈把蛇果就掌吸飲飲未及盡遽伸其體擺尾若霹靂聲觸樹樹半體崩落蛇臥地如梁而斃矣張亦眩莫能起移時方蘇載蛇而歸大病月餘疑女子亦蛇精也

丁前溪

丁前溪諸城人富有錢穀游俠好義慕郭解之爲人御史行臺按訪之丁亡去至安邱遇雨避身逆旅雨日中不止有少年來館穀豐隆既而昏暮止宿其家莝豆飼畜給食周至問其姓字少年云主人楊姓我其內姪也

主人好交游適他出家惟娘子在貧不能給客幸能垂諒問主人何業則家無貲業惟日設博塲以謀升斗次日雨仍不止供給弗懈至暮剉芻芻束溼頗極參差丁怪之少年曰實告客家貧無以飼畜適娘子撤屋上茅耳丁益異之謂其意在得直天明付之金不受强付少年持入俄出仍以反客云娘子言非業此獵食者主人在外嘗數日不攜一錢客至吾家何遂索償乎丁贊歎而別囑曰我諸城丁某主人歸宜告之暇幸見顧數年無耗值歲大饑楊困甚無所為計妻漫勸詣丁從之至

諸通姓名於門者丁茫不憶中言始憶之躧履而出揖客入見其衣敝踵決居之溫室設筵相欵寵禮異常翌日爲製冠服表裏溫煖楊義之而內顧增憂褊心不能無少望居數日殊不言贈別楊意甚急告丁曰顧不敢隱僕來時米不滿升今過蒙推解固樂妻子如何矣丁曰是無煩慮已代經紀矣幸舒意少留當助資斧走伻招諸博徒使楊坐而乞頭終夜得百金乃送之還歸見室人衣履鮮整小婢侍焉驚問之妻言自君去後次日即有車徒賷送布帛菽粟堆積滿屋云是丁客所贈又

婢十指爲妾驅使楊感不自已由此小康不屑舊業矣

異史氏曰貧而好客飲博浮蕩者優爲之最異者獨其妻耳受之施而不報豈人也哉然一飯之德不忘丁其有焉

義鼠

楊天一言見二鼠出其一爲蛇所吞其一瞪目如椒似甚恨怒然遙望不敢前蛇果腹蜿蜒入穴方將過半鼠奔來力嚼其尾蛇怒退身出鼠故便捷欻然遁去蛇追不及而返及入穴鼠又來嚼如前狀蛇入則來蛇出則

往如是者久蛇出吐死鼠於地上鼠來嗅之啾啾如悼息銜之而去友人張歷友爲作義鼠行

尸變

陽信某翁者邑之蔡店人村去城五六里父子設臨路店宿行商有車夫數人往來負販輒寓其家一日昏暮四人偕來望門投止則翁家客宿邸滿四人計無復之堅請容納翁沉吟思得一所似恐不當客意客言但求一席廈宇更不敢有所擇時翁有子婦新死停尸室中子出購材木未歸翁以靈所室寂遂穿衢導客往入其

盧燈昏案上後有搭帳衣紙衾覆逝者又觀寢所則複室中有連榻四客奔波頗困甫就枕鼻息漸粗惟一客尚朦朧忽聞靈牀上察察有聲急開目則靈前燈火照視甚了女尸已揭衾起俄而下漸入臥室面淡金色生絹抹額俯近榻前徧吹臥客者三客大懼恐將及已潛引被覆首閉息忍咽以聽之未幾女果吹之如諸客覺出房去即聞紙衾聲出首微窺見僵臥猶初矣客懼甚不敢作聲陰以足踏諸客而諸客絕無少動顧念無計不如著衣以竄裁起振衣而察察之聲又作客懼復伏

縮首衾中覺女復來連續吹數數始去少間聞靈牀作響知其復臥乃從被底漸漸出手得袴遽就著之白足奔出尸亦起似將逐客比其離幃而客已拔關出矣尸馳從之客且奔且號村中人無有警者欲叩主人之門又恐遲爲所及遂望邑城路極力竄去至東郊瞥見蘭若聞木魚聲乃急撾山門道人訝其非常又不卽納旋踵尸已至去身盈尺客窘益甚門外有白楊圍四五尺許因以樹自障彼右則左之尸益怒然各寖倦矣尸頓立客汗促氣逆庇樹間尸暴起伸兩臂隔樹探撲之客

驚仆尸捉之不得抱樹而僵道人竊聽良久無聲始漸出見客臥地上燭之死然心下絲絲有動氣負入終夜始甦飲以湯水而問之客具以狀對時晨鐘已盡曉色迷濛道人覘樹上果見僵女大駭報邑宰宰親詣質驗使人拔女手牢不可開審諦之則左右四指並捲如鉤入木沒甲又數人力拔乃得下視指穴如鑿孔然遣役探翁家則以尸亡客斃紛紛正譁役告之故翁乃從往舁尸歸客泣告宰曰身四人出今一人歸此情何以信鄉里宰與之牒齎送以歸

噴水

萊陽宋玉叔先生為部曹時所僦第甚荒落一夜二婢奉太夫人宿廳上聞院內撲撲有聲如縫工之噴衣者太夫人促婢起穴窗窺視見一老嫗短身駝背白髮如帚冠一髻長二寸許周院環走竦急作鶴狀行且噴水出不窮婢愕返白太夫人亦驚起兩婢扶窗下聚觀之嫗忽逼窗直噴櫺內窗紙破裂三人俱仆而家人不之知也東曦既上家人畢集叩門不應方駭撬扉入見一主二婢駢死一室一婢鬲下猶溫扶灌之移時而醒乃

述所見先生至哀憤欲死細窮沒處掘深三尺餘漸露白髮又掘之得一尸如所見狀面肥䐘如生令擊之骨肉皆爛皮內皆清水

王漁洋云玉叔禵祿失恃此事恐屬傳聞之訛

山魈

孫太白嘗言其曾祖肄業於南山柳溝寺麥秋旋里經旬始返啟齋門則案上塵生窗間絲滿命僕糞除至晚始覺清爽可坐乃拂榻陳臥具扃扉就枕月色已滿窗矣輾轉移時萬籟俱寂忽聞風聲隆隆山門豁然作響

竊謂寺僧失扃注念間風聲漸近居廬俄而房門闢矣大疑之思未定聲已入室又有靴聲鏗鏗然漸傍寢門心始怖俄而寢門闢矣急視之一大鬼鞠躬塞入突立榻前殆與梁齊面似老瓜皮色目光睒閃遶屋四顧張巨口如盆齒疏疏長三寸許舌動喉鳴呵喇之聲響連四壁公懼極又念咫尺之地勢無所逃不如因而刺之乃陰抽枕下佩刀遽拔而斫之中腹作石缶聲鬼大怒伸巨爪攫公公少縮鬼攫得衾捽之忿忿而去公隨衾墮伏地號呼家人持火奔集則門閉如故排窗入見狀

大駭扶曳登牀始言其故共驗之則衾夾於寢門之隙啟扉檢照見有爪痕如箕五指着處皆穿既明不敢復留負笈而歸後問僧人無復他異

蕎中怪

長山安翁者性喜操農功秋間蕎熟刈堆隴畔時近村有盜稼者因命佃人乘月輦運登塲俟其裝載歸而自留邏守遂枕戈露臥目稍瞑忽聞有人踐蕎根咋咋作響心疑暴客急舉首則一大鬼高丈餘赤髮鬡鬚去身已近大怖不遑他計踴身暴起狠刺之鬼鳴如雷而逝

恐其復來荷戈而歸迎佃人於途告以所見且戒勿往衆未深信越日曝麥於場忽聞空際有聲翁駭曰鬼物來矣乃奔衆亦奔移時復聚翁命多設弓弩以俟之翌日果復來數矢齊發物懼而遁二三日竟不復來麥既登倉禾藍雜遝翁命收積爲垜親登而踐實之高至數尺忽遥望駭曰鬼物至矣衆急覓弓矢物已奔公公仆齕其額而去共登視則去額骨如掌昏不知人負至家中遂卒後不復見不知其何怪也

王六郎

許姓家淄之北郭業漁每夜攜酒河上飲且漁飲則酹
地祝曰河中溺鬼得飲卒以爲常他人漁迄無所獲而
許獨滿筐一夕方獨酌有少年來徘徊其側讓之飲慨
與同酌既而終夜不獲一魚意頗失少年起曰請於下
流爲君敺之遂飄然去少間復返曰魚大至矣果聞唼
呷有聲舉網而得數頭皆盈尺喜極申謝欲歸贈以魚
不受曰屢叨佳醞區區何足云報如不棄要當以爲常
耳許曰方共一息何言屢也如肯永顧誠所甚願但愧
無以爲情詢其姓字曰姓王無字相見可呼王六郎遂

別明日許貨魚益沽酒晚至河干少年已先在遂與歡飲飲數杯輒爲許毆魚如是半載忽告許曰拜識清揚情逾骨肉然相別有日矣語益悽楚驚問之欲言而止者再乃曰情好如吾兩人言之或勿訝耶今將別無妨明告我實鬼也素嗜酒沉醉溺死數年於此矣前君之獲魚獨勝於他人者皆僕之暗敺以報酹奠耳明日業滿當有代者將往投生相聚只今夕故不能無感許初聞甚駭然親狎久不復恐怖因亦欷歔酌而言曰六郎飲此勿戚也相見遽違良足悲惻然業滿劫脫正宜相

賀悲乃不倫遂與暢飲問代者何人曰兄於河畔視之亭午有女子渡河而溺者是也聽村雞既唱灑涕而別明日敬伺河邊以覲其異果有婦人抱嬰兒來及河而墮兒拋岸上揚手擲足而啼婦沉浮者屢矣忽淋淋攀岸以出藉地少息抱兒逕去當婦溺時意良不忍思欲奔救轉念是所以代六郎者故止不救及婦自出疑其言不驗抵暮漁舊處少年復至曰今又聚首且不言別問其故曰女子已相代矣僕憐抱中兒代弟一人遂殘二命故舍之更代不知何期或吾兩人之緣未盡耶許

感歎曰此仁人之心可以通上帝矣由此相聚如初數日又來告別許疑其復有代者曰非也前一念果感帝天今授爲招遠縣鄔鎮土地來朝赴任倘不忘故交當一往探勿憚脩阻許賀曰君正直爲神足慰人心但人神路隔即不憚脩阻將復如何少年曰但往勿慮再三叮嚀而去許歸即欲治裝東下妻笑曰此去數百里即有其地恐土偶不可以共語許不聽竟抵招遠問之居人果有鄔鎮尋至其處息肩逆旅問祠所在主人驚曰得毋客姓爲許許曰然何見知又曰得毋客邑爲淄曰

然何見知主人不答遽出俄而丈夫抱子息女窺門維遝而來環如牆堵許益驚衆乃告曰數夜前夢神言淄川許友當即來可助以資斧祇候已久許亦異之乃往祭於祠而祝曰别君後寤寐不去心遠踐曩約又蒙夢示居人感篆中懷愧無腆物僅有卮酒如不棄當如河上之飲祝畢焚紙錢俄見風起座後旋轉移時始散夜夢少年來衣冠楚楚大異平時謝曰遠勞顧問喜淚交并但在微職不便會面咫尺山河甚愴於懷居人薄有所贈聊酬夙好歸如有期尚當走送居數日許欲歸衆

爾慇懃朝請暮邀日更數主許堅辭欲行衆乃折柬抱襆爭來致贐不終朝餽遺盈橐蒼頭稚子畢集祖送出村歘有羊角風起隨行十餘里許再拜曰六郎珍重勿勞遠涉君心仁愛自能造福一方無庸故人囑也風盤旋久之乃去村人亦嗟訝而返許歸家稍裕遂不復漁後見招遠人問之其靈驗如響云或言即章邱石坑莊未知孰是

異史氏曰置身青雲無忘貧賤此其所以神也今日車中貴介寧復識戴笠人哉余鄉有林下者家綦貧有童

稚交任肥秩計投之必相周顧竭力辦裝奔涉千里殊失所望瀉囊貨騎始得歸其族弟甚諧作月令嘲之云是月也哥哥至貂帽解傘蓋不張馬化爲驢靴始收聲念此可爲一笑

王漁洋云月令乃東郡耿隱之事

蛇人

東郡某家以弄蛇爲業嘗蓄馴蛇二皆青色其大者呼之大青小者曰二青二青額有赤點尤靈馴盤旋無不如意蛇人愛之異於他蛇期年大青死思補其缺未遑

暇也一夜寄宿山寺既明啟笥二青亦渺蛇人悵恨欲死冥搜亟呼迄無影兆然每值豐林茂草輒縱之去俾得自適尋復還以此故冀其自至坐伺之日既高亦已絕望怏怏遂行出數武聞叢薪錯楚中窸窣作響停趾愕顧則二青來也大喜如獲拱璧息肩路隅蛇亦頓止視其後小蛇從焉撫之曰我以汝爲逝矣小侶而所薦耶出餌飼之兼飼小蛇小蛇雖不去然瑟縮不敢食二青含哺之宛似主人之讓客者蛇人又飼之乃食食已隨二青俱入笥中荷去教之旋折輒中規矩與二青無

少異因名之小青衒技四方獲利無算大抵蛇人之弄蛇也止以二尺爲率大則過重輒便更易緣二青馴故未遽棄又二三年長三尺餘臥則笥爲之滿遂決去之一日至淄邑東山間飼以美餌祝而縱之旣去頃之復來蜿蜒笥外蛇人揮曰去之世無百年不散之筵從此隱身大谷必且爲神龍笥中何可以久居也蛇乃去蛇人目送之已而復返揮之不去以首觸笥小青在中亦震震而動蛇人悟曰得毋欲别小青耶乃發笥小青逕出因與交首吐舌似相告語已而委蛇並去方意小青

不返俄而蹁蹁獨來竟入笥臥由此隨在物色迄無佳
者而小青亦漸大不可弄後得一頭亦頗馴然終不如
小青良而小青粗於兒臂矣先是二青在山中樵人多
見之又數年長數尺圍如盌漸出逐人因而行旅相戒
罔敢出其途一日蛇人經其處蛇暴出如風蛇人大怖
而奔蛇逐益急回顧已將及矣而視其首朱點儼然始
悟爲二青下擔呼曰二青二青蛇頓止昂首久之縱身
遶蛇人如昔弄狀覺其意殊不惡但軀巨重不勝其遶
仆地呼禱乃釋之又以首觸笥蛇人悟其意開笥出小

青二蛇相見交纏如飴糖狀久之始開蛇人乃祝小青我久欲與汝別今有伴矣謂二青曰原汝引之來可還引之去更囑一言深山不乏食勿擾行人以犯天譴二蛇垂頭似相領受遽起大者前小者後過林木爲之中分蛇人竚立望之不見乃去自此行人如常不知其何往也

異史氏曰蛇蠢然一物耳乃戀戀有故人之意且其從諫也如轉圜獨怪儼然人也者以十年把臂之交數世蒙恩之主輒思下井復投石焉又不然則藥石相投悍

然不顧且怒而饑焉者亦羞此蛇也已

雹神

王公筠蒼蒞任楚中擬登龍虎山謁天師及湖甫登舟即有一人駕小艇來使舟中人爲通公見之貌修偉懷中出天師刺曰聞騶從將臨先遣負弩公訝其預知益神之誠意而往天師治具相款其服役者衣冠鬚鬣多不類常人前使者亦侍其側少間向天師細語天師謂公曰此先生同鄉不之識也公問之曰此即世所傳雹神李左車也公愕然改容天師曰適言奉旨雨雹故告

辭耳公問何處曰章邱公以接壤關切離席乞免天師曰此上帝玉勅雹有額數何能相徇公哀不已天師垂思良久乃顧而囑曰其多降山谷勿傷禾稼可也又囑貴客在坐文去勿武神去至庭中忽足下生煙氤氳匝地俄延踰刻極力騰起裁高於庭樹又起高於樓閣霹靂一聲向北飛去屋宇震動筵器擺簸公駭曰去乃作雷霆耶天師曰適戒之所以遲遲不然平地一聲便逝去矣公別歸誌其月日遣人問章邱是日果大雨雹溝渠皆滿而田中僅數枚焉

僧孽

張姓暴卒隨鬼使去見冥王王稽簿怒鬼使悞捉責令送歸張下私浼鬼使求觀冥獄鬼導歷九幽刀山劍樹一一指點末至一處有一僧扎股穿繩而倒懸之號痛欲絕近視則其兄也張見之驚哀問何罪至此鬼曰是爲僧廣募金錢悉供淫賭故罰之欲脫其厄須是自懺張既甦疑兄已死時其兄居興福寺因往探之入門便聞其號痛聲入室見瘡生股間膿血崩潰挂足壁上宛冥司倒懸狀駭問其故曰挂之稍可不則痛徹心腑張

因告以所見僧大駭乃戒葷酒虔誦經咒半月尋愈遂爲戒僧

異史氏曰鬼獄渺茫惡人每以自解而不知昭昭之禍即冥冥之罰也可勿懼哉

三生

劉孝廉能記前身事與先文貢兄爲同年嘗歷歷言之一世爲縉紳行多玷六十二而沒初見冥王待以鄉先生禮賜坐飲以茶覷冥王琖中茶色清澈已琖中濁如醪暗疑迷魂湯得毋此耶乘冥王他顧以琖就案角瀉

之僞爲畫者俄頃稽前生惡錄怒命羣鬼捽下罰作馬即有厲鬼縶去行至一家門限甚高不可踰方趑趄間鬼力楚之痛甚而蹶自顧則身已在櫪下矣但聞人曰驪馬生駒矣牡也心甚明了但不能言覺大餒不得已就牝馬求乳逾四五年體脩偉甚畏撻楚見鞭則懼而逃主人騎必覆障泥緩轡徐徐猶不甚苦惟奴僕圉人不加韉裝以行兩踝夾擊痛徹心腑於是憤甚三日不食遂死至冥司冥王查其罰限未滿責其規避剝其皮革罰爲犬意懊喪不欲行羣鬼亂撻之痛極而竄於野

自念不如死憤投絕壁顛莫能起自顧則身伏竇中牝犬舐而腓字之乃知身已復生於人世矣稍長見便液亦知穢然嗅之而香但立念不食耳爲犬經年常忿欲死又恐其規避而主人又豢養不肯戮乃故嚙主人股脫肉主人怒杖殺之冥王鞫狀怒其狂猘笞之數百俾作蛇囚於幽室暗不見天悶甚緣壁而上穴屋而出自視則伏身茂草居然蛇矣遂矢志不殘生類飢吞木實積年餘每思自盡不可害人而死又不可欲求一善死之策而未得也一日臥草中聞車過遽出當路車馳壓

之斷爲兩冥王訝其速至因匍伏自剖冥王以無罪見殺原之准其滿限復爲人是爲劉公公生而能言文章書史過目輒成誦辛酉舉孝廉每勸人乘馬必厚其障泥股夾之刑勝於鞭楚也

異史氏曰毛角之儔乃有王公大人在其中所以然者王公大人之內原未必無毛角者在其中也故賤者爲善如求花而種其樹貴者爲善如已花而培其本種者可大培者可久不然且將負鹽車受羈馽與之爲馬不然且將啗便溺受烹割與之爲犬又不然且將披鱗介

葬鶴鸛與之爲蛇

耿十八

新城耿十八病危篤自知不起謂妻曰永訣在早晚耳我死後嫁守由汝請言所志妻默不語耿固問之且云守固佳嫁亦恒情明言之庸何傷行與子訣子守我心慰子嫁我意斷也妻乃慘然曰家無儋石君在猶不給何以能守耿聞之遽握妻臂作恨聲曰忍哉言已而沒手握不能開妻號家人至兩人扳指力擘之始開耿不自知其死出門見小車十餘兩兩各十人即以方幅書

名字粘車上御人見耿促登車耿視車中人已有九並已而十又視粘單上已名最後車行咋咋響震耳際亦不自知何往俄至一處聞人言曰此思鄉地也聞其名疑之又聞御人偶語云今日剿三人耿又駭及細聽其言悉陰間事乃自悟曰我豈不作鬼物耶頓念家中無復可懸念惟老母臘高妻嫁後缺於奉養念之不覺淚漣又移時見有臺高可數仞游人甚夥囊頭械足之輩嗚咽而下上聞人言爲望鄉臺諸人至此俱踏轅下紛然御人或撻之或止之獨至耿則促令登登數十級始

至顛頂翹首一望則門閭庭院宛在目中但內室隱隱如籠煙霧悽惻不自勝四顧一短衣人立肩下即以姓氏問耿耿具以告其人亦自言爲東海匠人見耿零涕問何事不了於心耿又告之匠人謀與越臺而遁耿懼冥追匠人固言無妨耿又慮臺高傾跌匠人但令從己遂先躍耿果從之及地竟無恙喜無覺者視所乘車猶在臺下二人急奔數武忽自念名字粘車上恐不免執名之追遂反身近車以手指染唾塗去已名始復奔哆口坌息不敢少停少間入里門匠人送諸其室驀睹己

尸醒然而蘇覺之疲躁渴驟呼水家人大駭與之水飲至石餘乃驟起作揖拜狀既而出門拱謝方歸歸則僵臥不轉家人以其行異恐非眞活然漸覘之殊無別異稍稍近問始歷歷言其本末問出門何故曰別匠人也飲水何多曰初爲我飲後乃匠人飲也投之湯羹數日而瘥由此厭薄其妻不復共枕席云

宅妖

謝遷之變宦第皆爲賊窟王學使七襄之宅盜聚尤衆城破兵入掃蕩羣醜尸塡墀血至充門而流公入城扛

尸滌血而居往往白晝見鬼夜則牀下燐飛牆角鬼哭一日王生皡廸寄宿公家聞牀底小聲連呼皡廸皡廸已而聲漸大曰我死得苦因而滿庭皆哭公聞仗劍而入大言曰汝不識我王學院耶但聞百聲嗤嗤笑之以鼻公於是設水陸道場命釋道懺度之夜拋鬼飯則見燐火熒熒隨地皆出先是閽人王姓者疾篤昏不知人者數日矣是夕忽欠伸若醒婦以食進王曰適主人不知何事施飯於庭我亦隨衆啗噉食已方歸故不飢耳由此鬼怪遂絕豈鈸鐃鐘鼓瑜伽果有益耶

異史氏曰邪怪之物唯德可以已之當陷城之時王公勢正烜赫聞者股栗而鬼且揶揄之想鬼物逆知其不令終耶普告天下大人先生出人面猶不可以嚇鬼願無出鬼面以嚇人也

四十千

新城王大司馬有主計僕家稱素封忽夢一人奔入曰汝欠四十千今宜還矣問之不荅徑入內去旣醒妻產男知爲夙孽遂以四十千捆置一室凡兒衣食病藥皆取給焉過三四歲視室中錢僅存七百適乳嫗抱兒至

調笑於側因呼之曰四十千將盡汝宜行矣言已兒忽顏色蹙變項折目張再撫之氣已絕矣乃以餘貲治葬具而瘞之此可爲負欠者戒也昔有老而無子者問諸高僧僧曰汝不欠人者人又不欠汝者烏得子蓋生佳兒所以報我之緣生頑兒所以取我之債生者勿喜死者勿悲也

九山王

曹州李姓者邑諸生家素饒而居宅故不甚廣舍後有園數畝荒置之一日有叟來稅屋出直百金李以無屋

爲辭叟曰請受之但無顧慮李不喻其意姑受之以覘其異越日村人見輿馬眷口入李家紛紛甚夥共疑李第無安頓所問之李殊不自知歸而察之並無跡嚮過數日叟忽來謁且云庇宇下已數晨夕事事都草創起爐作竈未暇一修客子禮今遣兒女輩作黍幸一垂顧李從之則入園中欻見舍宇華好嶄然一新入室陳設芳麗酒鼎沸於廊下茶煙裊於廚中俄而行酒薦饌備極甘旨時見庭下少年人往來甚衆又聞兒女喁喁簾幕中作笑語聲家人婢僕似有數十百口李心知其狐

席終而歸陰懷殺心每入市市硝磺積數百斤暗布園中殆滿驟火之發亘霄漢如黑靈芝燔臭灰瞇不可近但聞鳴啼嗥動之聲嘈雜聒耳既熄入視則死狐滿地焦頭爛額者不可勝計方閱視間叟自外來顔色慘慟責李曰夙無嫌怨荒園歲報百金非少何忍遂相絕滅此奇慘之讎無不報者忿然而去疑其擲礫爲妖而年餘無少怪異時順治初年山中羣盜竊發嘯聚萬餘人官莫能捕生以家口多日憂離亂適村中來一星者自號南山翁言人休咎了若目睹名大譟李召至家求推

甲子翁愕然起敬曰此眞主也李聞大駭以爲妄翁正容固言之李疑信半焉乃曰豈有白手受命而帝者乎翁謂不然自古帝王類多起於匹夫誰是生而天子者生惑之前席而請翁毅然以臥龍自任請先備甲胄數千具弓弩數千事李慮人莫之歸翁曰臣請爲大王連諸山深相訂結使言者謂大王眞天子山中士卒宜必響應李喜遣翁行發藏鏹造兵甲翁數日始還曰借大王威福加臣三寸舌諸山無不願執鞭靮從戲下浹旬之間果歸命者數千人於是拜翁爲軍師建大纛設彩

幟若林據山立栅聲勢震動邑令率兵來討翁指揮羣寇大破之令懼告急於兗兗兵遠涉而至翁又伏寇進擊兵大潰將士殺傷者甚衆勢益震黨以萬計因自立爲九山王翁患馬少會都中解馬赴江南遣一旅要路篡取之由是九山王之名大譟加翁爲護國大將軍高臥山巢公然自負以爲黃袍之加指日可俟矣東撫以奪馬故方將進勦又得兗報乃發精兵數千與六道合圍而進軍旅旌旗彌漫山谷九山王大懼召翁謀之則不知所往九山王窘極無術登山而望曰今而知朝廷

之勢大也山破被擒拏戮之始悟翁即老狐蓋以族滅報李也

異史氏曰夫人擁妻子閉戶科頭何處得殺即殺亦何由族哉狐之謀亦巧矣而壤無其種者雖溉不生彼其殺狐之殘方寸已有盜根故狐得長其萌而施之報今試執途人而告之曰汝爲天子未有不駭而走者明明導以族滅之爲而猶樂聽之妻子爲戮又何足云然人之聽匪言也始聞之而怒既而疑又既而信迨至身名俱隕而始知其誤也大率類此矣

濰水狐

濰邑李氏有別第忽一翁來税居歲出直金五十諾之既去無耗李囑家人别租翌日翁至曰租宅已有關説何欲更僦他人李白所疑翁曰我將久居是所以遲遲者以涓吉在十日之後耳因先納一歲之直曰終歲空之勿問也李送出問期翁告之過期數日亦竟渺然及往覘之則雙扉内閉炊煙起而人聲雜矣訝之投刺往謁翁翁趨出逆而入笑語相親既歸遣人饋遺其家翁犒賜豐隆又數日李設筵邀翁欵洽甚歡問其居里以秦

中對李訝其遠翁曰貴鄉福地也秦中不可久居大難將作時方承平置未深問越日翁折柬報居停之禮供帳飲食備極奢麗李益驚疑爲貴官翁以交好因自言爲狐李駭絕逢人輒道邑搢紳聞其異日結駟於門願納交翁翁無不傴僂接見漸而郡官亦時還往獨邑令求通輒辭以故令又託主人先容翁辭李詰其故翁移席近客而私語曰君自不知彼前身爲驢今雖儼然民上乃飲糙亦醉者也僕固異類羞與爲伍李乃托詞告令謂狐畏其神明故不敢見也令信之而罷此康熙十

一年事未幾秦罹兵燹狐能前知信矣

異史氏曰驢之一物龐然也一怒則踶趹嘷嘶眼大於盎氣粗如牛不惟聲難聞狀亦難見倘執束芻而誘之則帖耳戢首喜受羈勒矣以此居民上宜其飲糙而亦醉也願臨民者以驢爲戒而求齒於狐則德自進矣

陝右某公

陝右某公辛丑進士能記前身嘗言前生爲士人中年而死死後見冥王判事鼎鐺油鑊一如世傳殿東隅設數架上搭羊犬牛馬諸皮簿吏呼名或罰作馬或罰作

豬皆裸之於架上取皮被之俄至公聞冥王曰是宜作羊鬼取一白羊皮來捺覆公體吏白是曾拯一人死王檢籍覆視曰免之惡雖多此善可贖鬼又褫其毛革革已粘體不可復動兩鬼提臂按胸力拔之痛苦不可名狀皮片片斷裂不復盡淨既脫近肩處猶粘羊皮大如掌公既生背上有羊毛叢生翦去復出

司札吏

遊擊官某妻妾甚多最諱其小字呼年曰歲生曰硬馬曰大驢又諱敗爲勝安爲放雖簡札往來不甚避忌而

家人道之則怒一日司札吏白事悞犯大怒以研擊之立斃三日後醉臥見吏持刺入問何爲吏曰馬子安來拜忽悟其鬼急起拔刀揮之吏微笑擲刺几上泯然而没取刺視之書云歲家眷硬大驢子放勝暴謬之夫爲鬼揶揄可笑甚巳

牛首山一僧自名鐵漢又名鐵屎有詩四十首見者無不絶倒自鏤印章二一曰混帳行子二曰老實潑皮秀才王司直梓其詩名曰牛山四十屁欵云混帳行子老實潑皮放不必讀其詩標名巳足解頤

司訓

教官某甚聾而與一狐善狐耳語之亦能聞每見上官亦與狐俱人不知其重聽積五六年狐别而去囑曰君如傀儡非挑弄之則五官俱廢與其以聾取罪不如早自高也某戀祿不能從其言應對屢乖學使欲逐之某又求當道者爲之緩頰一日執事文場唱名畢學使退與諸教官燕坐教官各捫籍靴中呈進關說已而學使笑問貴學何獨無所呈進某茫乎不解近坐者肘之以手入靴示之勢某爲親戚寄賣房中僞器輒藏靴中隨

在求售因學使笑語疑索此物鞠躬起對曰有八錢者最佳下官不敢呈進一座匿笑學使叱出之遂免官異史氏曰平原獨無亦中流之砥柱也學使而求呈進固當奉之以此由是得免冤哉

朱公子青耳錄云東萊一明經遲司訓沂水性顛癡凡同人咸集時皆默勿語遲坐片時不覺五官俱動笑啼並作旁若無人焉者若聞人笑聲則頓止儉鄙自奉積金百餘兩自埋齋房妻子亦不使知一日獨坐忽手足自動少刻云作惡結怨受凍忍飢好容易

積蓄者今在齋房倘有人知覺如何如此再四一門斗在旁殊亦不覺次日遲出門斗入掘取而去過二三日心不自寧發穴驗視則已空空頓足拊膺歎恨欲死教職中可云千態百狀矣

段氏

段瑞環大名之富翁也四十無子妻連氏又最妒欲買妾而不敢私一婢連覺之撻婢數百鬻諸河間欒氏之家段日益老諸姪朝夕乞貸一言不相應怒徵聲色段思不能給其求而欲嗣一姪則羣姪阻撓之連之悍亦

無所施始大悔憤曰翁年六十餘安見不能生男遂買兩妾聽夫臨幸之不問居年餘二妾皆有身舉家皆喜於是氣息漸舒凡諸姪有所强取輒惡聲梗拒之無何一妾生女一妾生男而殤夫婦失望漫冀將來而已又年餘段中風不起諸姪益肆牛馬什物競自取去連詬斥之輒反脣相稽無所爲計朝夕嗚哭段由是病益劇尋死諸姪集柩前議析遺產連雖痛切然不能禁止之但畱沃墅一所贍養老稚姪輩不肯連曰汝等寸土不畱將令老嫗及呱呱者餓死耶日不決惟忿哭自撾忽

有客入弔直趨靈所俯仰盡哀哀已便就苦次衆不知其誰詰之客曰死者吾父也衆益駭客始從容自陳先是婢嫁欒氏踰五六月生子懷欒撫之等諸男十八歲入泮後欒卒諸兄析產置不與諸欒齒懷問母始知其故曰既屬兩姓各有宗祏何必在此乘人百畝田哉乃命駕詣段而段已死言之鑿鑿確可信據連方忿痛聞之大喜直出曰我今亦復有兒諸所假去牛馬什物可好自送還不然有訟興也諸姪相顧無色漸引去懷乃移妻來共居父憂諸段不平共謀逐懷懷知之曰欒不

以爲欒段復不以爲段我適安歸乎忿欲質官諸戚黨爲之排解羣謀亦寢而連以牛馬故不肯已懷勸置之連曰我非爲牛馬也雜氣積滿胸汝父以憤死我所以吞聲忍泣者爲無兒耳今有兒何畏哉前事汝不知狀待予自質審懷固止之不聽具詞赴邑宰宰拘諸段口對狀連氣直詞惻吐陳泉湧宰爲動容並懲諸段追物給主既歸其兄弟之子有不與黨謀者招之來以所追物盡散給之連七十餘歲將終呼女及孫媳曰汝等誌之如三十不育便當典質釵珥爲壻納妾無子之情狀

難堪也

異史氏曰連氏雖妒而能疾轉宜天以有後伸其氣也觀其慷慨激發吁亦傑哉

濟南蔣稼其妻毛不育而妒嫂每勸諫之毛不聽曰寧絕嗣不令送眼流涕者忿氣人也年近四旬頗以嗣續爲念欲繼兄子弟與兄言兄諾婦與嫂言嫂亦諾然故悠忽之兒每至叔所夫妻曲意撫兒餌以甘脆而問之曰肯來吾家乎兒亦應之兒私囑兒曰倘再問荅以不肯如問何故不肯荅云待汝死後何愁

田産不爲吾有一日稼遠出行賈兒至其家毛又問之兒果對如父教毛大怒逐兒曰妻孥在家固日日算吾田産耶其計左矣急不能待夫歸立招媒媼爲夫買妾時有賣婢者其直昂傾貲不能取盈勢將不就兒恐其遲爲而悔竊以金付媒媼僞爲媼所轉貸者毛大喜購婢而歸稼旣還毛以情告稼亦忿遂與兒絕年餘妾生子夫妻共喜毛曰媼不知假貲何人年餘竟不置問此德不可忘豈子已生尚不償母價耶稼乃囊金詣媼媼笑曰當謝大官人無謝老身矣

身貧如水誰敢貸一金者因以實告稼始悟歸與妻言相爲感泣遂治具邀兄至夫婦皆膝行出金償兄兄不受盡歡而散後稼生三子

狐女

伊兗九江人夜有女來相與寢處心知爲狐而戀其美諱不告人卽父母不知也久之形體支離父母始窮其故伊實告之父母大憂使人更代伴寢兼施勅勒卒不能禁翁自與同衾則狐不至易以他人則又至伊問之狐曰世俗符咒何能制我然其有倫理豈有對翁行淫

者乎翁聞之益伴子不去狐遂絕後值叛寇橫恣村人盡竄一家相失伊奔入崑崙山四顧荒凉又無同侶日旣暮心益惴恐忽見一女子來謂是避難者急近就之則狐女也離亂之中相見欣慰女曰日已西下勢無復之君姑止此我相佳地暫創一室以避虎狼乃北行數武遂蹲莽中不知何作少刻返握伊南去約十餘步又曳之回忽見大樹千章遶一高亭銅牆鐵柱頂類白金近視則牆可及肩四周並無門戶而牆上密排坎窞女以足踏之而過伊亦從之旣入疑金屋非人工可造因

問所自來女笑云君自居明日即以相贈金鐵各千萬計半生喫著不盡矣既而告別伊苦留之乃止曰被人厭棄已拚永絕今又不能自堅矣既醒狐女不知何時已去天明踰垣而出回視臥處並無亭屋惟四針插指環內覆脂合其上大樹則叢荆老棘也

王大

李信邑之博徒也晝臥假寐忽見昔年博友王大馮九來邀與敖戲李亦忘其爲鬼欣然從之既出王大往約村中周子明馮乃導李先行入村東廟中少頃周果同

王至馮出葉子約與撩零李曰倉卒無博資辜負盛約柰何周亦云然王云燕子谷黃八官人放利債同往貸之宜必諾允於是四人相將俱去飄忽間至一大村村中甲第連亘王指一門曰此黃公子家內一老僕出王告以意僕卽入白旋出奉公子命請王李相會入見公子年十八九巳來笑語藹然便以大錢一提付李曰固知君慤直無妨假貸周子明我不能信也王委曲代爲之請公子要李署保李不肯王從旁慫恿之李乃諾亦授一千而出便以付周具述公子之意以激其必償出

谷口見一婦人來則村中趙氏妻素喜爭善罵馮曰此處無人悍婦宜小祟之遂與王捉返入谷婦大號馮擲土塞其口周贊曰此等婦只宜椓杙陰中馮乃捋襟以長石强納之婦若死衆乃散去復入廟相與博賭自午至夜分李大勝馮周貲盡空李因以厚貲增息付王使代償黄公子王又分給周馮局復合居無何聞人聲紛挐一人奔入曰城隍爺親捉博者今至矣衆失色李舍錢踰垣而逃衆顧貲皆被縛旣出果見一神人坐馬上馬後縶博徒二十餘人天未明已至邑城門啟而入至

衙署城隍南面坐喚人犯上執籍呼名呼已並令以利斧斫去將指乃以墨硃各塗兩目遊市三周訖押者索賄而後去其墨硃衆皆賂之獨周不肯辭以囊空押者約送至家而後酬之亦不許押者指之曰汝眞鐵豆炒之不能爆也遂拱手去周出城以唾溼袖且行且拭及河自照墨硃未去掬水盥之堅不可下悔恨而歸先是趙氏婦以故至母家日暮不歸夫往逆之至谷口見婦臥道周睹狀知其遇鬼去其泥塞負之而歸漸甦能言始知陰中有物宛轉抽拔而出旣乃述所遭趙怒遽赴

邑宰訟李及周牒下李初醒周尚沉睡狀形類死宰以其誣控笞趙械婦夫妻皆無理以自申越日周醒目旁眶忽變一赤一黑大呼指痛視之筋骨已斷惟皮連之數日尋墮目上壘硃深入肌理見者無不掩笑一日見王大來索負周厲聲但言無錢王忿而去家人問之始知其故共以神鬼無情勸償之周齦齦不可且曰今日官宰皆左袒賴債者陰陽應無二理況賭博債耶次日有二鬼來謂黃公子具呈在邑拘赴質審李信亦見隸來取作干證二人一時並死至村外相見王馮俱在李

謂周曰君尚帶赤黑眼敢見官耶周仍以前言告李知其吝乃曰汝既昧心我請見黃八官人爲汝還之遂共詣公子所李入而告以故公子不可曰負欠者誰而取償於子出以告周因謀出貲假周進之周益忿語侵公子鬼乃拘與俱行無何至邑入見城隍城隍呵曰無賴賊塗眼猶在又賴債耶周曰黃公子出利債誘某博賭遂被懲創城隍喚黃家僕上怒曰汝主人開場誘賭尚討債耶僕曰取貲時公子不知其賭公子家燕子谷捉獲博徒在觀音廟相去十餘里公子從無設局之事城

隍頟周曰取貲悍不還反被揑造人之無良至汝而極
欲笞之周又訴其息重城隍曰償幾分矣答云實尚未
有所償城隍怒曰本尚欠而論息耶笞三十立押償主
二鬼押至家索賄不令卽活縛諸廁內令示夢家人家
人焚楮錠二十提火既滅化爲金二兩錢二千周乃以
金酬債以錢賂押者遂釋令歸既蘇臀創墳起膿血崩
潰數月始痊後趙氏婦不敢復罵而周以四指帶赤黑
眼眶如故此以知博徒之非人也

異史氏曰世事之不平皆由爲官者矯枉之過正也昔

日富豪以倍稱之息折奪良家子女人無敢言者不然函刺一投則官以三尺法左袒之故昔之民社官皆爲勢家役耳迨後賢者鑒其弊又悉舉而大反之有舉人重貲作巨商者衣錦厭粱肉家中起樓閣買良沃而竟忘所自來一取償則怒目相向質諸官官則曰我不爲人役也嗚呼是何異懶殘和尚無工夫爲俗人拭涕哉余嘗謂昔之官諂今之官謬諂者固可誅謬者亦可恨放貲而薄其息何嘗專有益於富人乎

張石年宰淄最惡博其塗面游城亦如冥法刑不至

墮指而賭以絕耆其爲官甚得鉤距法方簿書旁午時每一人上堂公偏暇里居年齒家口生業無不絮絮問之問已始勸勉令去有一人完稅繳單自分無事呈單欲下公止之細問一過曰汝何博也其人力辯生平不解博公笑曰腰中當有博具搜之果然人以爲神並不知其何術

男妾

一官紳在揚州買妾連相數家悉不當意惟一媼寄居賣女女十四五丰姿姣好又善諸藝大悅以重金購得

之至夜入衾膚膩如脂喜捫私處則男子也駭極方致窮詰蓋買好僮加意修飾設局以欺人耳黎旦遣家人奔赴媼所則已遁去無蹤中心懊喪進退莫決適浙中同年某來因與告訴某便索觀一見大悅以原金贖之而去

異史氏曰苟遇知音即予以南威不易也何事無知婆子多作一僞境哉

汪可受

湖廣黃梅縣汪可受能記三生一世爲秀才讀書僧寺

僧有牝馬產騾駒愛而奪之後死冥王稽籍怒其貪暴罰使爲騾償寺僧愛護之欲死無間稍長輒思投身淵谷又恐負豢養之恩冥罰尤甚遂安之數年孽滿自斃生一農人家墮蓐能言父母以爲不祥殺之乃生汪秀才家秀才近五旬得男甚喜汪生而了了但憶前生以早言死遂不敢言至三四歲人皆以爲啞一日父方爲文適有友人過訪投筆出應汪入見父作不覺技癢代成之父返見之因問何人來家人啟白無之父大疑次日敬書一題置几上旋出少間即返翳行竊步而入則

見兒伏案間稿已數行忽睹父至不覺出聲跪求免究父喜握手曰吾家止汝一人旣能文家門之幸也何自匿爲由是益教之讀少年成進士後官至大同巡撫

王十

高苑民王十負鹽於博興夜爲兩人所獲意爲土商之邏卒也舍鹽欲遁而足苦不前遂就縛固哀之二人曰我非鹽肆中人乃鬼卒也十懼但乞至家一別妻子鬼不許曰此去亦未便至死不過暫役耳十問何事曰冥中新閻羅蒞任見奈河淤平十八獄廁坑俱滿故捉三

種人使淘河小偷私鑄私鹽又一等人使滌廁樂戶也
十從入城郭至一官署見閻羅在上方稽名籍鬼上白
捉一私販王十至閻羅視之怒曰私鹽者上漏國稅下
蠹民生者也若世之暴官奸商所指爲私販者皆天下
之良民貧人竭錙銖之本求升斗之息何爲私哉責二
鬼罰使市鹽四斗並十所負代運至家留十授以蒺藜
骨朵令隨諸鬼督河工鬼引十去至奈河邊見河內人
夫綑續如蟻又視河水渾赤近之臭不可聞淘河者皆
赤體持畚鍤出沒其中朽骨腐尸盈筐負舁而出深處

則滅頂求之惰者輒以骨朶擊背股同監者以香綿丸如巨菽使含口中乃近岸見高苑肆商亦在其中十獨苛遇之入河楚背上岸敲股商懼常沒身水中十乃已經三晝夜河夫半死河工亦竣前二鬼仍送至家醒然而蘇先是十負鹽未歸天明妻啟戶則鹽兩囊置庭中而十久不至使人徧覓之則死途中舁之而歸奄有微息大惑不解其故既醒始言之肆商亦於前日死至是始甦骨朶擊處皆成巨疱渾身腐潰臭不可近十故詣之望見十猶縮首衾中如在奈河狀一年始愈不復為

商矣

巽史氏曰鹽之一道朝廷之所謂私乃不從乎公者也官與商之所謂私乃不從乎其私者也近日齊魯新規土商隨在設肆各限疆域不惟此邑之民不得去之彼邑即此肆之民不得去之彼肆而肆中則潛設餌以釣他邑之民其售於他邑則廉其直而售諸土人則倍其價以昂之而又設邏於道使境內之人皆不得逃吾網其有境內冒他邑以來者法不宥彼此互相鈎而越肆假冒之愚民益多一被邏獲則先以刀杖殘其脛股而

後送諸官官則桎梏之是名私鹽嗚呼寃哉漏數萬之稅非私而負升斗之鹽則私之本境售諸他境非私而本境買諸本境則私之寃矣律中鹽法最嚴而獨於貧難軍民背負易食者不之禁今則一切不禁而專殺此貧難軍民且夫貧難軍民妻子嗷嗷上守法而不盜下知耻而不娼不得已而揭十母而求一子使邑盡此民卽夜不閉戸可也非天下之良民乎哉彼肆商者不但使之溷柰河直當使滌厠耳而官於春秋節受其斯須之潤遂以三尺法助使殺吾良民然則爲貧民計莫若

爲盜及私鑄耳盜者白晝刼人而官若聾鑄者爐火亘
天而官若瞽卽與日淘河尚不至如負販者所得無幾
而官刑立至也嗚呼上無慈惠之師而聽奸商之法日
變日詭奈何不顧民日生而良民日死哉
故事邑中肆商以如干石鹽貲歲奉邑宰名曰食鹽
又逢節序具厚儀商以事謁官官則禮貌之坐與語
或茶焉送鹽販至重懲不遑張公石年宰淄肆商來
見循舊規但揖不拜公怒曰前令受汝賄故不得不
隆汝禮我市鹽而食何物商人敢公堂抗禮乎捋襟

將笞商叩頭謝乃釋之後肆中得二負販者其一逃去其一被執至官公問販者二人其一焉往販者云奔去矣公曰汝股病不能奔耶曰能奔公曰既被捉必不能奔果能可起試奔驗汝能否其人奔數步欲止公曰大奔勿止其人疾奔竟出公門而去見者皆笑公愛民之事不一此其閒情邑人猶樂誦之

二班

殷元禮雲南人善針灸之術遇寇亂竄入深山日既暮村舍尚遠懼遭虎狼遥見前途有兩人疾趍之既至兩

入問客誰何殷乃自陳族貫兩人拱敬曰是良醫殷先生耶仰山斗久矣殷轉詰之二人自言班姓一爲班爪一爲班牙便謂先生余亦避難石室幸可棲宿敢屈玉趾且有所求殷喜從之俄至一處室傍巖谷爇柴代燭始見二班容軀威猛似非良善計無所之卽亦聽之又聞榻上呻吟細審則一老嫗偃臥似有所苦問何恙牙曰以此故敬求先生乃束火照榻殷遍視見鼻下口角有兩贅瘤皆大如碗且云痛不可觸妨碍飲食殷曰易耳出艾團之爲灸數十壯曰隔夜愈矣二班喜燒鹿餉

客並無酒飯惟肉一品爪曰倉卒不知客至望勿以輶
褻爲怪殷飽餐而眠枕以石塊二班雖誠樸而粗莽可
懼殷轉側不敢熟眠天未明便呼媼問所患媼初醒自
捫則瘤破爲創殷促二班起以火就照敷以藥屑曰愈
矣拱手遂別班又以燒鹿一肘贈之後三年無耗殷適
以故入山遇二狼當道阻不得行日既西狼又羣至前
後受敵狼撲之仆數狼爭齧衣盡碎自分已死忽兩虎
驟至諸狼四散虎怒大吼狼懼盡伏虎悉撲殺之竟去
殷狼狽而行懼無投止遇一媼來睹其狀曰殷先生喫

苦矣殷戚然訴狀問何見識媪曰余即石室中治瘤之病媪也殷始恍然便求寄宿媪引去入一院落燈火已張曰老身伺先生久矣遂出袍袴易其敝敗羅漿具酒酬勸諄切媪亦以陶椀自酌談飲俱豪不類巾幗殷問前日兩男子係老姥何人胡以不見答云兩兒遣逆先生尚未歸復必迷途矣殷感其義縱飲不覺沉醉酣眠座間既醒已曙四顧竟無屋廬孤坐巖石上聞巖下喘息如牛近視則老虎方睡未醒喙間有二瘢痕皆大如拳駭極潛蹤而遁始悟二虎即二班也

募緣

青蛙神往往托諸巫以爲言巫能察神嗔喜告諸信士曰喜矣福則至怒矣婦子坐愁歎有廢餐者流俗然哉抑神實靈非盡妄也有富賈周某性吝嗇會居人斂金修關聖祠貧富皆與有力獨周一毛所不肯拔久之工不就首事者無所爲謀適衆賽蛙神巫忽言周將軍倉命小神司募政其取簿籍來衆從之巫曰已捐者不復强求捐者量力自註衆唯唯敬聽各註己巫視曰周某在此否周方混跡其後惟恐神知聞之失色次且而前

巫指籍曰註金百周益窘巫怒曰淫債尚酬二百况好
事耶蓋周私一婦爲夫掩執以金二百自贖故訐之也
周益慚懼不得已如命註之旣歸告妻妻曰此巫之詐
耳巫屢索卒弗與一日方晝寢忽聞門外如牛喘視之
則一巨蛙窒門僅容其身步履蹇緩塞兩扉而入旣入
轉身臥以閾承頷舉家盡驚周曰必討募金也焚香而
祝願先納三十其餘以次賫送蛙不動請納五十身忽
一縮小尺許又加二十益縮如斗請全納縮如拳從容
由入牆罅而去周急以五十金送監造所人皆異之周

亦不言其故積數日巫又言周某欠金五十何不催併周聞之懼又送十金意將以此完結一日夫婦方食蛙又至如前狀目作努少間登其牀牀搖撼欲傾加喙於枕而眠腹隆起如臥牛四隅皆滿周懼即完百數與之驗之仍不少動半日間小蛙漸集次日益多穴倉登榻無處不至大於椀者升竈啜蠅糜爛釜中以致穢不可食至三日庭中蠢蠢更無隙處一家皇駭不知計之所出不得已請教於巫巫曰此必少之也遂祝之益以廿金首始舉又益之起一足直至百金四足盡起下牀出

門狠犺數步復反身臥門內周攫問巫巫揣其意欲周即解囊周無奈如數付巫蛙乃行數步外身暴縮雜衆蛙中不可辨認紛紛然亦漸散矣祠既成開光祭賽更有所需巫忽指首事者曰某宜出如干數共十五人止遺二人衆視曰吾等與某某已同捐過巫曰我不以貧富爲有無但以汝等所侵漁之數爲多寡此等金錢不可自肥恐有横災非禍念汝等首事勤勞故代汝消之也除某某廉正無所苟且外即我家巫我亦不少私之便令先出以爲衆倡即奔入家搜括箱櫝妻問之亦不

谷盡卷囊蓄而出告衆曰某私尅銀八兩今使傾橐與衆共衡之秤得六兩餘使人誌其欠數衆愕然不敢置辯悉如數內入巫過此茫不自知或告之大慙質衣以盈之惟二人虧其數事既畢一人病月餘一人患疔瘇醫藥之費浮於所欠人以爲私尅之報云

異史氏曰老蛙司募無不可爲善之人其勝刺釘拖索者不既多乎又發監守之盜而消其災則其現威猛正其行慈悲也

馮木匠

撫軍周有德改創故藩邸爲部院衙署時方鳩工有木作匠馮明寰直宿其中夜方就寢忽見紙窗半開月明如晝遙望短垣上立一紅雞注目間雞已飛搶至地俄一少女露半身來相窺馮疑爲同輩所私靜聽之衆已熟眠私心怔忡竊望其悞投也少間女果越窗過徑入己懷馮喜默不一言歡畢女亦遂去自此夜夜至初猶自隱後遂明告女曰我非悞就敬相投耳兩人情日密既而工滿馮欲歸女已候於曠野馮所居村離郡固不甚遠女遂從去既入室家人皆莫之睹馮始知其非人

迨數月精神漸減心益懼延師鎮驅卒無少驗一夜女豔妝來向馮曰世緣俱有定數當來推不去當去亦挽不住今與子別矣遂去

乩仙

章邱米步雲善以乩卜每同人雅集輒召仙相與賡和一日友人見天上微雲得句請其屬對曰羊脂白玉天乩書云問城南老董衆疑其不能對故妄言之後以故偶適城南至一處土如丹砂異之有一叟牧豕其側因問之叟曰此俗呼猪血紅泥地也忽憶乩詞大駭問其

姓荅云我老董也屬對不奇而預知過城南之必過老董斯亦神矣

泥書生

羅村有陳代者少蠢陋娶妻某氏頗麗自以壻不如人欝欝不得志然貞潔自持婆媳亦相安一夕獨宿忽聞風動扉開一書生入脫衣巾就婦共寢婦駭懼苦相拒而肌骨頓耎聽其狎褻而去自是恒無虛夕月餘形容枯瘁母怪問之初慚怍不欲言固問始以情告母駭曰此妖也百術爲之禁咒終亦不能絕乃使代伏匿室中

操杖以伺夜分書生果復來置冠几上又脫袍服搭椸枷間纔欲登榻忽驚曰咄咄有生人氣急復披衣代牆中暴起擊中腰脇塔然作聲四壁張顧書生已渺束薪爇照泥衣一片墜地上案頭泥巾猶存

蹇償債

李公著明慷慨好施鄉人某傭居公室其人少游惰不能操農業家窶貧然小有技能常爲役務每賚之厚時無晨炊向公哀乞公輒給以升斗一日告公曰小人日受厚恤三四口幸不殍餓然曷可以久乞主人貸我菉

豆一石作資本公許然授之負去年餘一無所償及問
之豆貲已蕩然矣公憐其貧亦置不索公讀書於蕭寺
後三年餘忽夢某來曰小人負主人豆直今來投償公
慰之曰若索爾償則平日所負欠者何可數算某愀然
曰固然凡人有所爲而受千金可不報也若無端受人
資助升斗且不容昧況其多哉言已竟去公愈疑旣而
家人白公夜牝驢產一駒且脩偉公忽悟曰得毋駒爲
某耶越數日歸見駒戲呼某名駒奔赴如有知識自此
遂以爲名公乘赴青州衡府內監見而悅之願以重價

購之議直未定適公以家急務不及待遂歸又逾歲駒與雄馬同櫪齕折脛骨不可療有牛醫至公家見之謂公曰乞以駒付小人朝夕療養需以歲月萬一得痊得值與公剖分之公如所請後數月牛醫售驢得錢千八百以半獻公公受錢頓悟其數適符豆價也噫昭昭之債而冥冥之償此足以勸矣

驅怪

長山徐遠公故明諸生也鼎革後棄儒訪道稍稍學敕勒之術遠近多耳其名某邑一鉅公具幣致誠款書招

之以騎徐問召某何意僕辭以不知但囑小人務肩臨降耳徐乃行至則中庭宴饌禮遇甚恭然終不道其所以致迎之旨徐不耐因問曰實欲何爲幸祛疑抱主人概言無他也但勸盃酒言辭燗爍殊所不解話言之間不覺向暮邀徐飲園中園構造頗佳勝而竹樹蒙翳景物陰森雜花叢叢半沒草萊中抵一閣覆板上懸蛛錯綴大小上下不可以數酒數行天色曛暗命燭復飲徐辭不勝酒主人即罷酒呼茶諸僕倉皇撤殽器盡納閣之左室几上茶啜未半主人托故竟去僕人便持燭引

宿左室燭置案上遽返身去頗甚草草徐疑或攜襆被來伴久之人聲殊杳卽自起扃戶寢窗外皎月入室侵牀夜鳥秋蟲一時啾唧心中怛然不成夢寢頃之板上橐橐似踏蹴聲甚厲俄下護梯俄近寢門徐駭毛髮蝟立急引被覆首而門已豁然頓開徐展被角微伺之則一物獸首人身毛周其體長如馬鬣深黑色牙粲羣峯目烱雙炬及几伏餂器中剩肴舌一過連數器輒淨如掃已而趨近榻嗅徐被徐驟起翻被冪怪頭按之狂喊怪出不意驚脫啟外戶竄去徐披衣起遁則園門外扃

不可得出緣牆而走擇短垣踰則主人馬廄也廄人驚
徐告以故即就乞宿將旦主人使伺徐失所在大駭已
而得之廄中徐出大恨怒曰我不慣作驅怪術君遣我
又秘不一言我橐中蓄如意鉤一又不送達寢所是死
我也主人謝曰擬即相告慮君難之初亦不知橐有藏
鉤幸有十死徐終怏怏索騎歸自是而怪遂絕主人宴
集園中輒笑向客曰我不忘徐生功也
異史氏曰黃貍黑貍得鼠者雄此非空言也假令翻被
狂喊之後隱其所駭懼而公然以怪之遁爲已能天下

必將謂徐生眞神人不可及

秦生

萊州秦生製藥酒悞投毒味未忍傾棄封而置之積年餘夜適思飲而無所得酒忽憶所藏啓封嗅之芳烈噴溢腸癢涎流不可制止取琖將嘗妻苦勸諫生笑曰快飲而死勝於饞渴而死多矣一琖既盡倒瓶再斟妻起碎瓶滿屋流溢生伏地而牛飲之少時腹痛口噤中夜而卒妻號泣爲備棺木行入殮矣次夜忽有美人入身長不滿三尺逕就靈寢以甌水灌之豁然頓甦叩而詰

之曰我狐仙也適丈夫入陳家竊酒醉死往救而歸偶過君家悲憐君子與已同病故使妾以餘藥活之也言訖不見

余友人邱行素貢士嗜飲一夜思酒而無可行沽輾轉不可復忍因思代之以醋謀諸婦婦嗤之邱固強之乃煨醯以進壺既盡始解衣甘寢次日夫人竭壺酒之資遣僕代沽道遇伯弟襄宸詰知其故固疑嫂不肯爲兄謀酒僕言夫人云家中蓄醋無多昨夜已盡其半恐再一壺則醋根斷矣聞者皆笑之不知酒

興初濃即毒藥猶甘之況醋乎亦可以傳矣

局詐

某御史家人偶立市間有一人衣冠華好近與扳談漸問主人姓字又審官閥家人並告之其人自言王姓貴主家之內使也語漸款洽因曰宦途險惡顯者皆附於貴戚之門尊主人所托何人也笑言無之王曰此所謂惜小費而忘大禍者也家人曰何托而可王曰公主待人以禮又能覆翼人某侍郎亦僕階進倘不惜千金贄引見公主當亦非難家人喜問其居止便指其門戶曰

日同巷不知耶家人歸告侍御侍御喜即張盛筵使家人往邀王王欣然來筵間道公主情性及起居瑣事甚悉且言非同巷之誼即賜百金賞不肯効牛馬御史益佩戴之臨別訂約公但備物僕乘聞言之旦晚當有以報爵命越數日始至騎駿馬甚都謂御史曰可速治裝行公主事大煩投謁者踵日相接自晨及夕常不得一間今得少隙宜急往候則相見無期矣御史乃出兼金重幣從之去曲折十餘里始至公主第下騎祗候王先持贄入久之出宣言公主召某御史即有數人接遞傳

呼侍御傴僂入見高堂上坐麗人姿貌如仙服飾炳耀侍姬皆着錦繡羅列成行侍御伏謁盡禮傳命賜坐簷下金椀進茗主畧致溫旨侍御肅而退自內傳賜緞靴貂帽既歸深德王持刺謁謝則門闔無人疑其侍主未歸三日三詣終不復見使人詢諸貴主之門則高扉扃錮訪之居人並言此間曾無貴主前有數人僦屋而居今去已三日矣使反命主僕喪氣而已

又

副將軍某負貲入都將圖握篆苦無階一日有裘馬者

謁之自言內兄爲天子近侍茶已請問云目下有某處將軍缺倘不吝重金僕囑內兄游揚聖主之前此任可致大力者不能奪也某疑其唐突涉妄其人曰此無須踟躕某不過欲抽小數於內兄於將軍錙銖無所望言定如干數署券爲信待召見後方求實給不效則汝金尚在誰將就懷中而攫之耶某乃喜諾之次日復來引某去見其內兄云姓田煊赫如侯家某叅謁殊傲睨不甚爲禮其人持券向某曰適與內兄議計非萬金不可請即署尾某從之田曰人心叵測事後慮有翻覆其人

笑曰兒慮之過矣既能予之寧不能奪之耶且朝中將相有願納交而不可得者將軍前程方遠應不喪心至此某亦力矢而去其人送之曰三日即覆公命逾兩日日方夕數人吼奔而入曰聖上坐待矣某驚甚疾趨入朝見天子坐殿上爪牙森立某拜舞已上命賜坐慰問殷勤顧左右曰聞某武烈非常今見之真將軍才也因曰某處險要地今以委卿勿負朕意侯封有日耳某拜恩出即有前日裘馬者從至客邸依券對付而去於是高枕待授日誇榮於親友過數日探訪之則前缺已有

人矣大怒忿爭於兵部之堂曰某承帝簡何得授之他人司馬怪之及述所遇半如夢境司馬怒執下廷尉始供其引見者之姓名則朝中並無此人又耗萬金始得革職而去異哉武弁雖騃豈朝門亦可假耶疑其中有幻術存焉所謂大盜不操矛弧者也

又

李生嘉祥人善琴偶適東郊見工人掘土得古琴遂以賤直得之拭之有異光安絃而操清烈非常喜極若獲拱璧貯以錦囊藏之密室雖至戚不以示也邑丞程氏

新蒞任投刺謁李李故寡交游而以其先施故報之過數日又招飲固請乃往程爲人風雅絕俗論議瀟灑李悅焉越日折柬酬之懽笑益洽由是月夕花晨未嘗不相共也年餘偶於程廨中見繡囊裹琴置几上李便展玩程問亦諳此否李言非所長而生平好之程訝曰知交非一日絕技胡不一聞撥爐爇沉香請爲小奏李敬如教程曰大高手願獻薄技勿笑小巫也遂鼓御風曲其聲泠泠有絕世出塵之意李更傾倒願師事之自此二人以琴交情分益篤年餘盡傳其技然程每詣李李

亦以常琴供之未肯洩所藏也一夕薄醉丞曰某新肄一曲無亦願聞之乎爲奏湘妃幽怨若泣李亟贊之丞曰所恨無良琴若得良琴音調益勝李忻然曰僕蓄一琴頗異凡品今遇鍾期何敢終秘乃啟櫝頁囊而出程以袍袂拂塵憑几再鼓剛柔應節工妙入神李聞之擊節不置丞曰區區拙技負此良琴若得荆人一奏當有一兩聲可聽者李驚曰公閫中亦精之耶丞笑曰適此操乃傳自細君者李曰恨在閨閣小生不及聞耳丞曰我輩通家原不以形迹相限明日請攜琴去當使隔簾

爲君奏之李悅次日抱琴而往程卽治具懽飲少閒將琴入旋出卽坐俄見簾內隱隱有麗妝頃之香流戶外又少時絃聲細作聽之不知何曲但覺蕩心媚骨令人魂魄飛越曲終便來窺簾竟廿餘絕代之姝也丞以巨白勸釂內復改絃爲閑情之賦李神形並惑傾飲過醉離席興辭索琴丞曰醉後妨有蹉跌請明日復臨當令閨人盡其所長李乃歸次日詣之則廨舍寂然惟一老隸應門問之云五更攜眷去不知何作言往復可三日耳如期往伺之日旣暮並無音耗吏皁皆疑以白令破

扃而窺其室室盡空惟几榻猶存耳蓮之上臺並不測其何說李喪琴寢食俱廢不遠數千里訪諸其家程故楚産三年前以捐貲授嘉祥執其姓名詢其居里楚中並無其人或言有道士程姓者善鼓琴又傳其有點金之術三年前忽去不復見疑卽其人又細審年甲容貌脗合不謬乃知道士之納官皆爲琴也知交年餘並不言及音律漸而出琴漸而獻技又漸而惑以佳麗浸漬三年得琴而去道士之癖更甚於李生也天下之騙機多端若道士猶騙中之風雅者也

曹操塚

許城外有河水洶湧近崖深黯盛夏時有人入浴忽然若被刀斧尸斷浮出後一人亦如之轉相驚怪邑宰聞之遣多人閘斷上流竭其水見崖下有深洞中置轉輪上排利刃如霜去輪攻入有小碑字皆漢篆細視之則曹孟德墓也破棺散骨所殉金寶盡取之

異史氏曰後賢詩云盡掘七十二疑塚必有一塚葬君尸寧知竟在七十二塚之外乎奸哉瞞也然千餘年而朽骨不保變詐亦復何益嗚呼瞞之智正瞞之愚耳

罵鴨

邑西白家莊居民某盜鄰鴨烹之至夜覺膚癢天明視之茸生鴨毛觸之則痛大懼無術可醫夜夢一人告之曰汝病乃天罰須得失者罵毛乃可落而鄰翁素雅量生平失物未嘗徵於聲色某詭告翁曰鴨乃某甲所盜彼深畏罵焉罵之亦可警將來翁笑曰誰有閒氣罵惡人卒不罵某益窘因實告鄰翁翁乃罵其病良已

異史氏曰甚矣攘者之可懼也一攘而鴨毛生甚矣罵者之宜戒也一罵而盜罪減然爲善有術彼鄰翁者是

以罵行其慈者也

人妖

馬生萬寶者東昌人踈狂不羈妻田氏亦放誕風流伉儷甚敦有女子來寄居鄰人寡媼家言爲翁姑所虐暫出亡其縫紉絕巧便爲媼操作媼喜而留之踰數日自言能於宵分按摩愈女子瘵蠱媼常至生家游揚其術田亦未嘗著意生一日於牆隙窺見女年十八九已來頗風格心竊好之私與妻謀托疾以招之媼先來就榻撫問已言蒙娘子招便將來但渠畏見男子請勿以郎

君入妻曰家中無廣舍渠儂時復出入可復奈何已又沉思曰晚間西村阿舅家招渠飲即囑令勿歸亦大易媼諾而去妻與生用拔趙幟易漢幟計笑而行之日曛黑媼引女子至曰郎君晚回家否田曰不回矣女子喜曰如此方好數語媼別去田便燃燭展衾讓女先上牀已亦脫衣隱燭忽曰幾忘卻廚舍門未關防狗子偷喫也便下牀啟門易生生窸窣入上牀與女共枕臥女顫聲曰我爲娘子醫清恙也閒以昵辭生不語女即撫生腹漸至臍下停手不摩遽探其私觸腕崩騰女驚怖之

狀不啻悞捉蛇蝎急起欲遁生沮之以手入其股際則擂垂盈掬亦偉器也大駭呼火生妻謂事決裂急燃燈至欲爲調停則見女投地乞命羞懼趨出生詰之云是谷城人王二喜以兄大喜爲桑沖門人因得轉傳其術又問玷幾人矣曰身出行道不久祇得十六人耳生以其行可誅思欲告郡而憐其美遂反接而宫之血溢隕絕食頃復甦臥之榻覆之衾而囑曰我以藥醫汝創痏平從我終焉可也不然事發不赦王諾之明日媼來生紿之曰伊是我表姪女王二姐也以天閹爲夫家所逐

夜爲我家言其由始知之忽小不康將爲市藥餌兼請諸其家留與荊人作伴媪入室視王見其面色敗如塵土即榻問之曰隱所暴腫恐是惡疰媪信之去生餌以湯糝以散日就平復夜輒引與狎處早起則爲田提汲補綴灑掃執炊如媵婢然居無何桑冲伏誅同惡者七人並棄市惟二喜漏綱檄各屬嚴緝村人竊共疑之集村媪隔裳而探其隱羣疑乃釋王自是德生遂從馬以終焉後卒即葬府西馬氏墓側今依稀在焉

異史氏曰馬萬寳可云善於用人者矣兒童喜蠏可把

玩而又畏其鉗因斷其鉗而畜之嗚呼苟得此意以治天下可也

韋公子

韋公子咸陽世家放縱好淫婢婦有色無不私者嘗載金數千欲盡覽天下名妓凡繁麗之區罔不至其不甚好者信宿即去當意則作數月留叔父某以名宦休致歸聞其行怒之延明師置別業使與諸公子鍵戸讀公子夜同師寢踰垣而歸遲明而返以爲常一夜失足折肱師始知之告公公怒不之惜益施夏楚俾不能返而

後藥之月餘漸愈公與之約能讀倍諸弟文字佳出勿
禁私逸者撻如前而公子最慧讀常過程如此數年中
鄉榜欲自敗約而公猶箝制之赴都以老僕從授日記
籍使誌其言動故數年無過行後成進士公乃稍弛其
禁而公子或將有作惟恐公聞入曲巾輒托姓魏一日
過西安見優僮羅蕙卿年十六七秀麗如好女悅之夜
留繾綣贈貽豐隆聞其新娶婦尤韻妙益觸所好私示
意蕙卿蕙卿無難色至夜攜婦至果少好遂三人共一
榻留數日眷愛臻至謀與俱歸問其家口荅云母早喪

惟父存耳某原非羅姓母少服役於咸陽韋氏賣至羅家四月生余倘得從公子去亦可察其耗問公子驚問母何姓荅姓呂駭極汗下浹體蓋其母卽生家婢也生無言天明厚贈之勸令改業僞托他適約歸時召致之遂別而去後令蘇州某邑有樂妓沈韋娘雅麗絕倫心好之潛酙與狎戲曰卿小字取春風一曲杜韋娘耶荅曰非也妾母十七爲名妓有咸陽公子與君侯同姓酉三月訂盟婚娶公子去八月生妾因名韋實妾姓也公子臨別時贈黃金鴛鴦今尚在一去竟無音耗妾母以

是憤悒死妾三歲受撫於沈媪故從其姓公子聞其言愧恨無以自容嘿移時頓生一策忽起挑燈喚韋娘飲藏有酖毒暗置杯中韋娘纔下咽潰亂呻嘶衆集視則已斃矣呼優人至付以尸重賂之而韋娘所與交好者盡勢家聞之不解其故悉不平共賄激優人使訟於上官公子懼瀉橐彌縫卒以浮躁免官歸家年三十八頗悔前行妻妾五六人皆無子欲繼叔父公之孫公以其門無内行恐習氣染兒雖諾嗣之但待其老而後歸之公子憤欲往招公聞之歎曰是殆將死矣乃以次子之

子遂詣其家使定省之月餘尋卒

異史氏曰盜婢私娼其流弊殆不可問然以己之骨血而謂他人父亦已羞矣而鬼神又侮弄之誘使自食其餘尚不自剖其心自刎其首而徒流汗投鵂非人頭而畜鳴者耶

杜小雷

杜小雷益都之西山人母雙盲杜事之孝家雖貧無日不甘旨奉之一日將他適市肉付妻令作餺飥妻最忤逆切肉時雜蟯蜋其中母覺臭惡不可食藏以待子杜

歸問餺飥美乎母搖首出以示之杜裂視見蟯蝦怒甚
入室欲撻妻又恐母聞之上榻籌思妻問之亦不語妻
自氣餒徬徨榻下久之喘息有聲杜叱曰不睡待敲朴
耶亦竟寂然起而燭之妻不知何往但見一豕細視則
兩足猶人始知爲妻所化邑宰聞之縶去使遊四門以
戒來者談薇臣曾親見之

古瓶

邑北村中井涸村人某甲乙縋入淘之掘尺餘得髑髏
悮破之口含黃金喜納腰橐復掘又得髑髏六七枚冀

得含金悉破之而一無所有惟旁有磁瓶二銅器一器大可合抱重數十斤側有雙環不知何用斑駁陸離瓶亦古非近款旣出井甲乙皆死移時乙蘇曰我乃漢人遭新莽之亂全家投井中適有少金因內口中實非含斂之物人人都有也奈何徧碎頭顱情殊可恨衆香楮祝之許爲殯葬乙乃愈甲不能復生也顔鎭孫生聞其異購銅器而去瓶一入袁孝廉宣四家可驗陰晴見有一點潤處初如粟米漸潤漸滿未幾而雨至潤退則雲亦開其一入張秀才家用志朔望朔則黑點起如豆與

日俱長望則一瓶偏滿旣望又以次而退至晦則復其初以埋土中久瓶口有小石黏口上刷剔不可下欲敲去之石落而口微缺亦一憾事浸花其中花落結實與在樹者無異云

秦檜

青州馮中堂家殺一豕燖去毛鬣肉内有字云秦檜七世身烹而啖之其肉臭惡因棄而投諸犬嗚呼檜之肉犬亦不嘗食之矣

聞益都人言中堂之祖前身在宋朝爲檜所害故生

平最敬武穆王特於青州城北通衢旁建岳王殿秦檜万俟卨伏跪地下往來行人瞻禮岳王則投石檜卨香火不絕後大兵征于七之年馮氏子孫毀岳王像數里外有俗祠子孫娘娘因舁檜卨其中使朝跪焉百世下必有杜十姨伍髭鬚之悞甚可笑也

又青州城內舊有澹臺子羽祠當魏璫烜赫時世家中有媚之者就子羽毀冠去鬚改作魏監此亦駭人聽聞者也

聊齋志異卷十三終

聊齋志異卷十四

淄川　蒲松齡　留仙　著
新城　王士正　貽上　評

臙脂

東昌卞氏業牛醫者有小女字臙脂才姿慧麗父寶愛之欲占鳳於清門而世族鄙其寒賤不屑締盟以故及笄未字對戶龔姓之妻王氏佻脫善謔女閨中談友也一日送至門見一少年過白服裙帽丰采甚都女意似動秋波縈轉之少年俯其首趨而去去既遠女猶凝眺

王窺其意戲之曰以娘子才貌得配若人庶可無憾女暈紅上頰脈脈不作一語王問識此郎否答云不識王曰此南巷鄂秀才秋隼故孝廉之子妾向與同里故識之世間男子無其溫婉今衣素以妻服未闋也娘子如有意當寄語委冰焉女無言王笑而去數日無耗心疑王氏未暇即往又疑宦裔不肯俯拾邑邑徘徊縈念頗苦漸廢飲食寢疾惙頓王氏適來省視研詰病因答言自亦不知但爾日別後即覺忽忽不快延命假息朝暮人也王小語曰我家男子負販未歸尚無人致聲鄂郎

芳體違和非爲此否女赬顔良久王戲之曰果爲此者病已至是尚何顧忌先令夜來一聚彼豈不肯女歎息曰事至此已不能收但渠不嫌寒賤即遣媒來疾當愈若私約則斷斷不可王頷之遂去王幼時與鄰生宿介通旣嫁宿偵夫他出輒尋舊好是夜宿適來因述女言爲笑戲囑致意鄂生宿久知女美聞之竊喜幸其機之可乘也將與婦謀又恐其妒乃假無心之詞問女家閨闥甚悉次夜踰垣入直達女所以指叩窗內問誰何荅以鄂生女曰妾所以念君者爲百年不爲一夕郎果愛

妾但宜速倩冰人若言私合不敢從命宿姑諾之苦求一握纖腕爲信女不忍過拒力疾啟扉宿遽入即抱求歡女無力撐拒仆地上氣息不續宿急曳之女曰何來惡少必非鄂郎果是鄂郎其人溫馴知妾病由當相憐恤何遂狂暴如此若復爾爾便當鳴呼品行虧損兩無所益宿恐假迹敗露不敢復強但請後會女以親迎爲期宿以爲遠又請之女厭糾纏約待病愈宿求信物女不許宿捉足解繡履而去女呼之返曰身已許君復何吝惜但恐畫虎成犬致貽污謗今褻物已入君手料不

可反君如負心但有一死宿既出又投宿王所既臥心不忘履陰揣衣袂竟已烏有急起篝燈振衣冥索詰之不應疑婦藏匿婦笑以疑之宿不能隱實以情告言已徧燭門外竟不可得懊恨歸寢竊幸深夜無人遺落當在途也早起尋之亦復杳然先是巷中有毛大者游手無籍嘗挑王氏不得知宿與洽思掩執以脅之是夜過其門推之未扃潛入方至窗外踏一物耎若絮帛拾視則巾裹女舃伏聽之聞宿自述甚悉喜極抽身而出踰數夕越牆入女家門戶不悉誤詣翁舍翁窺窗見男子

察其音跡知爲女來者心忿怒操刀直出毛大駭反走方欲扳垣而下追已近急無所逃反身奪刀媼起大呼毛不得脫因而殺之女稍痊聞喧始起共燭之翁腦裂不復能言俄頃已絕於牆下得繡履媼視之胭脂物也逼問女女哭而實告之但不忍貽累王氏言鄂生自至而已天明送於邑邑宰拘鄂鄂爲人謹訥年十九歲見客羞澀如童子被執駭絕上堂不知置詞惟有戰慄宰益信其情真横加梏械書生不堪痛楚以是誣服既解郡敲撲如邑生冤氣塡塞每欲與女面相質及相遭女

輒詬詈遂結舌不能自伸由是論死往來覆訊經數官無異詞後委濟南府復案時吳公南岱守濟南一見鄂生疑不類殺人者陰使人從容私問之俾得盡其詞公以是知鄂生冤籌思數日始鞫之先問胭脂訂約後有知者否答無之遇鄂生時別有人否亦答無之乃喚生上溫語慰之生自言曾過其門但見舊鄰婦王氏與一少女出某即趨避過此並無一言吳公叱女曰適言別無他人何以有鄰婦也欲刑之女懼曰雖有王氏與彼實無關涉公罷質命拘王氏數日已至又禁不與女通

立刻出審便問王殺人者誰王對不知公詐之曰胭脂供言殺卞某汝悉知之胡得隱匿婦呼曰冤哉淫婢自思男子我雖有媒合之言特戲之耳彼自引奸夫入院我何知焉公細詰之始述其前後相戲之詞公呼女上怒曰汝言彼不知情今何以自供撮合哉女流涕曰自己不肖致父慘死訟結不知何年又累他人誠不忍耳公問王氏既戲後曾語何人王供無之公怒曰夫妻在牀應無不言者何得云無王供丈夫久客未歸公曰雖然凡戲人者皆笑人之愚以炫己之慧更不向一人言

將誆欺命梏十指婦不得已實供曾與宿言公於是釋鄂拘宿宿至自供不知公曰宿妓者必無良士嚴械之宿自供賺女是真自失履後未敢復往殺人實不知情公怒曰踰牆者何所不至又械之宿不任凌籍遂以自承招成報上無不稱吳公之神鐵案如山宿遂延頸以待秋決矣然宿雖放縱無行故東國名士聞學使施公賢能稱最又有憐才恤士之德因以一詞控其寃枉語言愴惻公討其招供反覆凝思之拍案曰此生寃也遂請於院司移案再鞫問宿生鞋遺何所供言忘之但叩

婦門時猶在袖中轉詰王氏宿介之外姦夫有幾供言無之公曰淫亂之人豈得專私一人供言身與宿介稚齒交合故未能謝絕後非無見挑者身實未敢相從因使指其人以實之供云同里毛大屢挑而屢拒之矣公曰何忽貞白如此命搒之婦頓首出血力辯無有乃釋之又詰汝夫遠出寧無托故而來者曰有之某甲某乙皆以借貸餽贈一二次入小人家蓋甲乙皆巷中游蕩子有心於婦而未發者也公悉籍其名並拘之既集公赴城隍廟使盡伏案前便謂曩夢神人相告殺人者不

出汝等四五人中今對神明不得有妄言如肯自首尚可原宥虛者廉得無赦同聲言無殺人之事公以三木置地將並加之括髮裸身齊鳴冤苦公命釋之謂曰既不自招當鬼神指之使人以氈褥悉幛殿窗令無少隙袒諸囚背驅入暗中始授盆水一一命自盥訖繫諸壁下戒令面壁勿動殺人者當有神書其背少間喚出驗視指毛曰此真殺人賊也蓋公先使人以灰塗壁又以烟煤濯其手殺人者恐神來書故匿背於壁而有灰色臨出以手護背而有烟色也公固疑是毛至此益信施

以毒刑盡吐其實判曰宿介蹈盆成括殺身之道成登徒子好色之名祗緣兩小無猜遂野鶩如家雞之戀爲因一言有漏致得隴興望蜀之心將仲子而踰牆便如鳥墮冒劉郎而入洞竟賺門開感帨驚厖鼠有皮胡若此振花折樹士無行其謂何幸而聽病燕之嬌啼猶爲玉惜憐弱柳之憔悴未似鶯狂而釋么鳳於羅中尚有文人之意乃劫香盟於襪底寧非無賴之尤蝴蝶過牆隔窗有耳蓮花卸瓣墮地無踪假中之假以生冤外之冤誰信天降禍起梏械至於垂亡自作孽盈斷頭幾於

不續彼踰牆鑽隙固有玷夫儒冠而僭李代桃誠難消其宛氣是宜稍寬笞扑折其已受之刑姑降青衣開彼自新之路若毛大者刁猾無籍市井凶徒被鄰女之投梭淫心不死伺狂童之入巷賊智忽生開戶迎風喜得履張生之跡求漿值酒妄思偷韓掾之香何意魄奪自天魂攝於鬼浪乘槎木直入廣寒之宮逕泛漁舟錯認桃源之路遂使情火息焰慾海生波刀橫直前投鼠無他顧之意寇窮安往急兎起反噬之心穴壁入人家止期張有冠而李借奪兵遺繡履遂教魚脫網而鴻離風

流道乃生此惡魔溫柔鄉何有此鬼蜮哉即斷首領以快人心胭脂身猶未字歲已及笄以月殿之仙人自應有郎似玉原霓裳之舊隊何愁貯屋無金而乃感關雎而念好逑竟繞春婆之夢怨摽梅而思吉士遂離倩女之魂爲因一線纏縈致使羣魔交至爭婦女之顏色恐失胭脂惹鷙鳥之紛飛並名秋隼蓮鉤摘去難保一瓣之香鐵限敲來幾破連城之玉嵌紅豆於骰子相思骨竟作厲階褻喬木於斧斤可憎才直成禍水葳蕤自守幸白璧之無瑕縲絏苦爭喜錦衾之可覆嘉其入門之

拒猶潔白之情人遂其擲果之心亦風流之雅事仰彼邑令作爾冰人案既結遐邇傳誦焉自吳公鞫後女始知鄂生宛下堂相遇覥然含涕似有痛惜之詞而未可言也生感其眷戀之情愛慕殊切而又念其出身微且日登公堂爲千人所窺指恐娶之爲人姍笑日夜縈迴無以自主判牒既下意始安帖邑令爲之委禽送鼓吹焉

異史氏曰甚哉聽訟之不可以不愼也縱能知李代爲宛誰復思桃僵亦屈然事雖暗昧必有其間要非審思

研察不能得也嗚乎人皆服哲人之折獄明而不知良工之用心苦矣世之居民上者棋局消日紬被放衙下情民艱更不肯一勞方寸至鼓動衙開巍然高坐彼嘵嘵者直以桎梏靜之何怪覆盆之下多沉冤哉愚山先生吾師也方見知時余猶童子竊見其獎進士子拳拳如恐不盡小有寃抑必委曲呵護之曾不肯作威學校以媚權要真宣聖之護法不止一代宗匠衡文無屈已也而愛才如命尤非後世學使虛應故事者所及嘗有名士入場作寶藏興焉文悞記水下錄畢而後悟之料

無不顯之理作詞曰寶藏在山間誤認卻在水邊山頭蓋起水晶殿瑚長峰尖珠結樹顛這一回崖中眞跌撐船漢告蒼天畱點蒂兒好與友朋看先生閱文至此和之曰寶藏將山跨忽然間在水涯樵夫漫說漁翁話題目雖差文字卻佳怎肯放在他人下常見他登高怕險那曾見會水淹殺此亦風雅之一斑憐才之一事也

雨錢

濱州一秀才讀書齋中有款門者啟視則皤然一翁形貌甚古延之入請問姓氏翁自言養眞姓胡實乃狐仙

慕君高雅願共晨夕秀才故曠達亦不爲怪遂與評駁古今翁殊博洽鏤花雕繢粲於牙齒時抽經義則名理湛深尤覺非意所及秀才驚服留之甚久一日密祈翁曰君愛我良厚顧我貧若此君但一舉手金錢宜可立致何不小周給翁嘿然似不以爲可少間笑曰此大易事但須得十數錢作母秀才如其請翁乃與共入密室中禹步作咒俄頃錢有數十百萬從梁間鏘鏘而下勢如驟雨轉瞬沒膝拔足而立又沒踝廣大之舍約深三四尺已來乃顧語秀才頗厭君意否曰足矣翁一揮錢

卽畫然而止乃相與扃戶出秀才竊喜自謂暴富頃之入室取用則滿室阿堵物皆爲烏有惟母錢十餘枚寥寥尚在秀才失望盛氣向翁頗懟其誑翁怒曰我本與君文字交不謀與君作賊便如秀才意只合尋梁上君子交好方得老夫不能承命遂拂衣去

雙燈

魏運旺益都之盆泉人故世族大家也後式微不能供讀年二十餘廢學就岳業酤一夕魏獨臥酒樓上聞踏蹴聲魏驚起悚聽聲漸近尋梯而上步步繁響無何雙

婢挑燈已至榻下後一年少書生導一女郎近榻微笑魏大愕怪轉知爲狐髮毛森豎俯首不敢睨書生笑曰君勿見猜舍妹與有前因便合奉事魏視書生錦貂炫目自慚形穢覥顔不知所對書生率婢子遺燈竟去魏細瞻女郎楚楚若仙心甚悅之然慚怍不能作游語女郎顧笑曰君非抱本頭者何作措大氣遽近枕席煖手於懷魏始爲之破顔捋袴相嘲遂與狎昵曉鐘未發雙鬟即來引去復訂夜約至晚女果至笑曰癡郎何福不費一錢得如此佳婦夜夜自投到也魏喜無人置酒與

飲賭藏枚女子什有九贏乃笑曰不如妾約枚子君自猜之中則勝否則負若使妾猜君當無贏時遂如其言通夕爲樂既而將寢曰昨宵衾褥濤冷令人不可耐遂喚婢襆被來展布榻間綺縠香耎頓之緩帶交偎口脂游射眞不數漢家溫柔鄉也自此遂以爲常後半年魏歸家適月夜與妻話窗間忽見女郎華妝坐牆頭以手相招魏近就之女援之踰垣而出把手而告曰今與君別矣請送我數武以表半載綢繆之誼魏驚叩其故女曰姻緣自有定數何待說也語次至村外前婢挑雙燈

以待竟赴南山登高處乃辭魏言别魏留之不得遂去魏佇立傍徨遥見雙燈明滅漸遠不可覩怏鬱而反是夜山頭燈火村人悉望見之

妾擊賊

益都西鄙之貴家某者富有巨金蓄一妾頗婉麗而家室凌折之鞭撻横施妾奉事之惟謹某憐之往往私語慰撫妾殊未嘗有怨言一夜數十人踰牆入撞其屋扉幾壞某與妻惶遽喪魄搖戰不知所爲妾起嘿無聲息暗摸屋中得挑水木杖一拔關遽出羣賊亂如蓬蔴妾

舞杖動風鳴鉤響擊四五人仆地賊盡靡駭愕亂奔牆
急不得上傾跌呷啞亡魂失命妾拄杖於地顧笑曰此
等物事不直下手插打得亦學作賊我不汝殺殺嫌辱
我悉縱之逸去某大驚問何自能爾則妾父故槍棒師
妾盡傳其術殆不啻百人敵也妻尤駭甚悔向之迷於
物色由是善顏視妾妾終無纖毫失禮鄰婦或謂妾嫂
擊賊若豚犬顧奈何俛首受撻楚妾曰是吾分耳他何
敢言聞者益賢之

異史氏曰身懷絕技居數年而人莫之知而卒之捍患

禦災化鷹爲鳩鳴呼射雉旣獲內人展笑握槊方勝貴主同車技之不可以已也如是夫

捉狐射鬼

李公著明睢寧令襟卓先生公子也爲人豪爽無餒卻爲新城王季良先生內弟先生家多樓閣往往覩怪異公常暑月寄宿愛閣上晚涼或告之異公笑不聽固命設榻主人如請囑僕輩伴公寢公辭言喜獨宿生平不解怪主人乃使炷息香於爐請衽何趾始息燭覆扉而去公卽枕移時於月色中見几上茗甌傾側旋轉不墮

亦不休公咄之鏗然立止若有人拔香炷炫搖空際縱
横作花縷公起叱曰何物鬼魅敢爾裸裼下榻欲就捉
之以足覓牀下僅得一履不暇冥搜赤足撾搖處炷頓
插爐竟寂無兆公俯身遍摸暗陬忽一物騰擊頰上覺
似履伏索之亦殊不得乃啟覆下樓呼從人爇火以燭
空無一物乃復就寢既明使數人搜履翻席倒榻不知
所在主人爲公易履越日偶一仰首見一履夾塞椽間
挑撥而下則公履也公益都人僑居於淄之孫氏第第
綦濶皆置閒曠公僅居其半南院臨高閣止隔一堵時

見閣扉自啟闔公亦不置念偶與家人語於庭閣門闢忽有一小人面北而坐身不盈三尺綠袍白襪衆指顧之亦不動公曰此狐也急取弓矢對閣欲射小人見之啞啞作揶揄聲遂不復見公提刀登閣且罵且搜竟無所覩乃返異遂絕公居數年安妥無恙公長公友三為余姻家其所目覩

異史氏曰予生也晚未得奉公杖履然聞之父老大約慷慨剛毅丈夫也觀此二事大概可覩浩然中存鬼狐何爲乎哉

鬼作筵

杜秀才九畹内人病會重陽爲友人招作茱萸會早與盟已告妻所往冠服欲出忽見妻昏憒絮絮若與人言杜異之就問臥榻妻輒兒呼之家人心知其異時杜有母柩未殯疑其靈爽所憑杜祝曰得毋吾母耶妻罵曰畜產何不識爾父杜曰既爲吾父何乃歸家祟兒婦妻呼小字曰我爲兒婦來何反怨恨兒婦應即死有四人來勾致首者張懷玉我萬端哀乞甫能得允遂我許小餽送便宜付之杜如言於門外焚錢紙妻又言曰四

人去矣彼不忍違吾面目三日後當治具酬之爾母老龍鍾不能料理中饋及期尚煩見婦一往杜曰幽明殊途安能代庖望父恕宥妻曰見勿懼去去即復返此爲渠事當毋憚勞言已即寘然良久乃甦杜問所言茫不記憶但曰適見四人來欲捉我去幸阿翁哀請且解囊賂之始去我見阿翁鏹袱尚餘二鋌欲竊取一鋌來作餬口計翁窺見叱曰爾欲何爲此物豈爾所可用耶我乃斂手未敢動杜以妻病草疑信未半越三日方笑語間忽瞪目久之語以爾婦綦貪曩見吾白金便生覬覦

然大要以貧故亦不足怪將以婦去爲我敎庖務勿慮也言甫畢奄然竟斃約半日許始醒告杜曰適阿翁呼我去謂曰不用爾操作我烹調自有人祇須堅坐指揮足矣我冥中喜豐滿諸物饌都覆器外切宜記之我諸至廚下見二婦操刀砧於中俱紺帔而綠緣之呼我以嫂每盛炙於簋必請覘視曩四人都在筵中進饌既畢酒具已列器中翁乃命我還杜大愕異每語同人

閻羅

萊蕪秀才李中之性直諒不阿每數日輒死去僵然如

尸三四日始醒或問所見則隱秘不洩時邑有張生者亦數日一死語人曰李中之閻羅也余至陰司亦其屬曹其門殿對聯俱能述之或問李昨赴陰司何事張曰不能具述惟提勘曹操笞二十

異史氏曰阿瞞一案想更數十閻羅矣畜道劍山種種具在宜得何罪不勞挹取乃數千年不決何耶豈以臨刑之囚快於速割故使之求死不得耶異已

王漁洋云中州有生而爲河神者曰黃大王鬼神以生人爲之此理不可曉

寒月芙渠

濟南道人者不知何許人亦不詳其姓氏冬夏惟著一單袷衣繫黃縧別無褲襦每用半梳梳髮即以齒銜髻際如冠狀日赤腳行市上夜臥街頭離身數尺外冰雪盡鎔初來輒對人作幻劇市人爭貽之有井曲無賴子遺以酒求傳其術弗許遇道人浴於河津驟抱其衣以脅之道人揖曰請以賜還當不吝術無賴者恐其紿固不肯釋道人曰果不相授耶曰然道人默不與語俄見黃縧化爲蛇圍可數握繞其首六七匝怒目昂首吐舌

相向某大愕長跪色青氣促惟言乞命道人乃竟取絲絲竟非蛇另有一蛇蜿蜒入城去由是道人之名益著縉紳家聞其異招與遊從此往來鄉先生門司道俱耳其名每宴集輒以道人從一日道人請於水面亭報諸憲之飲至期各於案頭得道人速客函亦不知所由至諸客赴宴所道人傴僂出迎既入則空亭寂然榻几未設咸疑其妄道人顧官宰曰貧道無僮僕煩借諸扈從少代奔走官宰共諾之道人於壁上繪雙扉以手撾之內有應門者振管而起共趨觀望則見憧憧者往來其

中屏幔牀几亦復都有即有人一一傳送門外道人命
吏胥輩接列亭中且囑勿與内人交語兩相授受惟顧
而笑頃刻陳設滿亭窮極奢麗旣而旨酒散馥熱炙騰
薰皆自壁中傳遞而出座客無不駭異亭故背湖水每
六月時荷花數十頃一望無際宴時方凌冬窗外茫茫
惟有烟綠一官偶歎曰此日佳景可惜無蓮花點綴衆
俱唯唯少頃一青衣吏奔白荷葉滿塘矣一座盡驚推
窗眺矚果見彌望青蔥間以菡萏轉瞬間萬枝千朵一
齊都開朔風吹來荷香沁腦羣以爲異遣吏人蕩舟采

蓮遙見吏人入花深處少間返棹白手來見官詰之吏曰小人乘舟去見花在遠際漸至北岸又轉遥遥在南蕩中道人笑曰此幻夢之空花耳無何酒闌荷亦凋謝北風驟起摧折荷蓋無復存矣濟東觀察公甚悅之攜歸署日與狎玩一日公與客飲公故有家傳良醞每以一斗爲率不肯共浪飲是日客飲而甘之固索傾釀公堅以旣盡爲辭道人笑謂客曰君必欲滿老饕索之貧道而可客請之道人以壺入袖中少頃出遍斟坐上與公所存更無殊別盡懽始罷公疑焉入視酒瓻則封固

宛然而空無物矣心竊愧怒執以爲妖笞之杖纔加公覺股暴痛再加臀肉欲裂道人雖聲嘶堦下觀察已血殷坐上乃止不笞逐令去道人遂離濟不知所往後有人遇於金陵衣裝如故問之笑不語

陽武侯

陽武侯薛公祿薛家島人父薛公最貧牧牛鄉先生家先生有荒田公牧其處輒見蛇兎鬬草萊中以爲異因請於主人爲宅兆搆茅而居後數年太夫人臨蓐値雨驟至適二指揮使奉命稽海出其途避雨戶中見舍上

鴉鵲羣集競以翼覆漏處異之既而翁出指揮問適何作因以產告又詢所產曰男也指揮又益駭曰是必極貴不然何以得我兩指揮護守門戶也咨嗟而去侯既長垢面垂鼻涕殊不聰頴島中薛姓故隷軍籍是年應翁家出一丁口戍遼陽翁長子深以爲憂時侯十八歲人以太憨生無與爲婚忽自謂兄曰大哥啾唧得毋以遣戍無人耶曰然笑曰若肯以婢子妻我我當任此役兄喜即配婢侯遂攜室赴戍所行方數十里暴雨忽集途中有危崖夫婦奔避其下少間雨止始復行纔及數

武崖石崩墮居人遥望兩虎躍出逼附兩人而沒侯自此勇健非常丰采頓異後以軍功封陽武侯世爵至啟禎間襲侯某公薨無子止有遺腹因暫以旁支代凡世家輩進御者有娠即以上聞官遣媪伴守之旣產乃已年餘夫人生女產後腹猶震動凡十五年更數媪又生男應以嫡派賜爵旁支譟之以爲非薛產官收諸媪械詰百端皆無異言爵乃定

酒狂

繆永定江西拔貢生素酗於酒戚黨皆畏避之偶適族

叔家繆爲人滑稽善謔客與語悅之遂共酣飲繆醉使酒罵座忤客客怒一座大譁叔以身左右排解繆謂左袒客又益遷怒叔無計奔告其家家人來扶捽以歸纔置牀上四肢盡厥撫之奄然氣盡繆死有皁帽人縶去移時至一府署縹碧爲瓦世間無其壯麗至墀下似欲伺見官宰自思我罪伊何當是客訟鬬毆回顧皁帽人怒目如牛不敢問然自度貢生與人角口或無大罪忽堂上一吏宣言使訟獄者翼日早候於是堂下人紛紛藉藉如鳥獸散繆亦隨皁帽人出更無歸著縮首立肆

簷下皁帽人怒曰顛酒無賴子日將暮各去尋眠食爾何往繆戰慄曰我且不知何事並未告家人故毫無資斧庸將焉歸皁帽人曰顛酒賊若酤自啗便有用度再支吾老拳碎顛骨子繆垂首不敢聲忽一人自戶內出見繆詫異曰爾何來繆視之則其母舅賈氏死已數載繆見之始恍然悟其已死心益悲懼向舅涕零曰阿舅救我賈顧皁帽人曰東靈非他屈臨寒舍二人乃入賈重揖皁帽人且囑青眼俄頃出酒食團坐相飲賈問舍甥何事遂煩勾致皁帽人曰大王駕詣浮羅君遇令

甥顛詈使我捽得來賈問見王未曰浮羅君會花子案駕未歸又問阿甥將得何罪答言未可知也然大王頗怒此等輩繆在側聞二人言觳觫汗下盃箸不能舉無何阜帽人起謝曰叨盛酌已徑醉矣即以令甥相付託駕歸再容登訪乃去賈謂繆曰甥别無兄弟父母愛如掌上珠常不忍一訶十六七歲時三盃後喃喃尋人疵小不合輒撾門裸罵猶謂稚齒不意别十餘年甥了不長進今且奈何繆伏地哭惟言悔無及賈曳之曰舅在此業酷頗有小聲望必合極力適飲者乃東靈使者舅

常飲之酒與舅頗相善大王日萬幾亦未必便能記憶我委曲與言浼以私意釋甥去或可允從即又轉念曰此事擔負頗重非十萬不能了也繆謝銳然自任諾之繆即就舅氏宿次日皂帽人早來覘望賈請間語移時來謂繆曰諧矣少頃即復來我先罄所有用壓契餘待甥歸從容湊致之繆喜曰共得幾何曰十萬曰甥何處得如許賈曰只金幣錢紙百提足矣繆喜曰此易辦耳待將停午皂帽人不至繆欲出市上少遊矚賈囑勿遠蕩諾而出見街里貿販一如人間至一所棘垣峻絕似

是岡岡對門一酒肆紛紛者往來頗夥肆外一帶長溪黑潦湧動莫測深淺方跂足窺探閭肆內一人呼曰繆君何來繆急視之則鄰村翁生故十年前文字交邂逅出握手懽若平生即就肆內小酌各道契闊繆慶幸中又逢故知傾懷盡釂酣醉頓忘其死舊態復作漸絮絮瑕疵翁翁曰數載不見復爾耶繆素厭人道其酒德聞翁言益憤擊桌頓罵翁睨之拂袖竟出繆追至溪頭捽翁帽翁怒曰是真妄人乃推繆顛墮溪中溪水殊不甚深而水中利刃如麻刺穿脇脛堅難動搖痛徹骨腦黑水

半雜涎穢隨吸入喉更不可過岸上人觀笑如堵並無
一引援者時方危急賈忽至望見大驚提攜以歸曰子
不可爲也死猶弗悟不足復爲人請仍從東靈受斧鑕
繆大懼泣言知罪矣賈乃曰適東靈至候汝爲券汝乃
飲蕩不歸渠忙廹不能待我已立券付千緡令去餘者
以旬盡爲期子歸宜急措置夜於村外曠莽中呼舅名
焚之此願可結也繆悉應之乃促之行送之郊外又囑
曰必勿食言累我乃示途令歸時繆已僵臥三日家人
謂其醉死而鼻氣隱隱如懸絲是日蘇大嘔嘔出黑瀋

數斗臭不可聞吐已汗溼裀褥身始涼爽告家人以異旋覺刺處痛腫隔夜成瘡猶幸不大潰腐十日漸能杖行家人共乞償冥負繆計所費非數金不能辦頗生吝惜曰曩或醉夢之幻境耳縱其不然伊以私釋我何敢復使冥主知家人勸之不聽然心惕惕然不敢復縱飲里黨咸喜其進德稍稍與共酌年餘冥報漸忘志漸肆故狀亦漸萌一日飲於子姓之家又罵主人座主人擯斥出闔戶逕去繆噪踰時其子方知將扶而歸入室面壁長跪自投無數曰便償爾負言已仆地視之氣已絕

矣

武技

李超字魁吾淄之西鄙人豪爽好施僧一僧來托鉢李飽啗之僧甚感荷乃曰吾少林出也有薄技請以相授李喜館之客舍豐其給旦夕從學三月藝頗精意得甚僧問汝益乎曰益矣師所能者我已盡能之僧笑命李試其技李乃解衣唾手如猿飛如鳥落騰躍移時詡詡然驕人而立僧又笑曰可矣子既盡吾能請一角低昂李忻然卽各交臂作勢既而支撐格拒李時時蹈僧瑕

僧忽一腳飛擲李已仰跌丈餘僧撫掌曰子尚未盡吾能也李以掌致地慚沮請教又數日僧辭去李由此以武名遨遊南北罔有其對偶適歷下見一少年尼僧弄藝於場觀者填溢尼告衆客曰顛倒一身殊大冷落有好事者不妨下場一撲爲戲如是三言衆相顧迄無應者李在側不覺技癢意氣而進尼便笑與合掌纔一交手尼便呵止曰此少林宗派也即問尊師何人李初不言固詰之乃以僧告尼拱手曰憨和尚汝師耶若爾不必較手足願拜下風李請之再四尼不可衆慫恿之尼

乃曰既是憨師弟子同是箇中人無妨一戲但相會意可耳李諾之然以其文弱故易之又少年喜勝思欲敗之以要一日之名方頡頏間尼即遽止李問其故但笑不言李以爲怯固請再角尼乃起少間李騰一踝去尼駢五指下削其股李覺膝下如中刀斧蹶仆不能起尼笑謝曰孟浪迕客幸勿罪李舁歸月餘始愈後年餘僧復來爲述往事僧驚曰汝太鹵莽惹他何爲幸先以我名告之不然股已斷矣

王漁洋先生云此尼亦殊蹤跡詭異不可測　又云

拳勇之技少林爲外家武當張三峰爲内家三峰之後有關中人王宗宗傳溫州陳州同州同明嘉靖間人故今兩家之傳盛於浙東順治中王來咸字征南其最著者鄞人也雨窗無事讀李超事始末因識於後漁洋書　征南之徒又有僧耳僧尾者皆僧也

雊鵒

王汾濱言其鄉有養八哥者教以語言甚狎習出游必與之俱相將數年矣一日將過絳州去家尚遠而資斧已罄其人愁苦無策鳥云何不售我送我王邸當得善

價不愁歸路無貲也其人云我安忍鳥言不妨主人得
價疾行待我城西二十里大樹下其人從之攜至城相
問荅觀者漸衆有中貴見之聞諸王王召入欲買之其
人曰小人相依爲命不願賣王問鳥汝願住否荅言願
住王喜鳥又言給價十金勿多予王益喜立畀十金其
人故作懊恨狀而出王與鳥語應對便捷呼肉啖之食
已鳥曰臣要浴王命金盆貯水開籠令浴浴已飛簷間
梳翎抖羽尚與王喋喋不休頃之羽燥翩躚而起操晉
聲曰臣去呀顧盼已失所在王及内侍仰面咨嗟急覓

其人則已渺矣後有往秦中者見其人攜鳥在西安市

上 畢載積先生記

王漁洋云可與鸜鵒秦吉了同傳

商三官

故諸葛城有商士禹者士人也以醉謔忤邑豪豪嗾家奴亂捶之舁歸而斃禹二子長曰臣次曰禮一女曰三官年十六出閣有期以父故不果兩兄出訟經歲不得結婿家遣人叅母請從權畢姻事母將許之女進曰焉有父尸未寒而行吉禮彼獨無父母乎婿家聞之慚而

止無何兩兄訟不得直貧屈歸舉家悲憤兄弟謀留父尸張再訟之本三官曰人被殺而不理時事可知矣天將爲汝兄弟專生一閻羅包老耶骸骨暴露於心何忍矣二兄服其言乃葬父葬已三官夜遁不知所往母慚怍唯恐壻家聞不敢告族黨但囑二子冥冥偵察之幾半歲杳不可尋會豪誕辰招優爲戲優人孫淳攜二弟子往執役其一王成姿容平等而音詞清徹羣贊賞焉其一李玉貌韶秀如好女呼令歌辭以不稔強之所度曲半雜兒女俚謠合座爲之鼓掌孫大慚白主人此子

從學未久祗解行觴耳幸勿罪責郎命行酒玉往來給奉善覷主人意向豪悅之酒闌人散留與同寢玉代豪拂榻解履殷勤周至醉語狎之但有展笑豪益惑之盡遣諸僕去獨留玉玉俟諸僕出闔扉下鍵焉諸僕就別室飲移時聞廳事中格格有聲一僕往覘之見室內冥黑寂不聞聲行將旋踵忽有響聲甚厲如懸重物而斷其索亟問之並無應者呼衆排闥入則主人身首兩斷玉自經死繩絕墮地上梁間頸際殘綆儼然衆大駭傳告內閫羣集莫解衆移玉尸於庭覺其襪履虛若無足

解之則素鳥如鉤蓋女子也益駭呼孫淳研詰之淳駭極不知所對但云玉月前投作弟子願從壽主人實不知所自來以其服凶疑其商家刺客暫以二人邏守之女貌如玉撫之肢體溫輭二人竊謀淫之一人抱尸轉側方將緩其結束忽腦如物擊口血暴注頃刻已死其一大驚告衆衆敬若神明焉且以告郡郡官問臣及禮並言不知但妹亡去已半載矣俾往驗視果三官官奇之判二兄領葬勅豪家勿讎

異史氏曰家有女豫讓而不知則兄之爲丈夫者可知

矣然三官之爲人卽蕭蕭易水亦將羞而不流況碌碌與世沉浮者耶願天下閨中人買絲繡之其功德當不滅於奉壯繆也

王漁洋云麗娥謝小娥得此鼎足矣

西僧

西僧自西域來一赴五臺一卓錫泰山其服色言貌俱與中國殊異自言歷火燄山山童童氣熏騰若爐竈凡行於雨後心凝目注輕跡步履之悮蹶山石則飛燄騰灼焉又經流沙河河中有水晶山削壁插天際四面瑩

澈似無所隔又有隘可容單車二龍交角對口把守之過者先拜龍龍許過則口角自開龍色白鱗鬣皆如晶然僧言途中歷十八寒暑矣離西域者十有二人至中國僅存其二西土傳中國名山四一泰山一華山一五臺一落伽也相傳山上徧地皆黃金觀音文殊猶生能至其處則身便是佛長生不死聽其所言狀亦猶世人之慕西土也倘有西游人與東渡者中途相值各述所有當必相視失笑兩免跋涉矣

泥鬼

余鄉唐太史濟武數歲時有表親某相攜戲寺中太史童年磊落膽氣最豪見廡中泥鬼睜琉璃眼甚光而巨愛之陰以指抉取懷之而歸既抵家某暴病不語移時忽起厲聲曰何故抉我睛譟叫不休衆莫之知太史始言所作家人乃祝曰童子無知戲傷尊目行奉還也乃大言曰如此我便當去言訖仆地遂絕良久而甦問其所言茫不自覺乃送睛仍安鬼眶中

異史氏曰登堂索睛土偶何其靈也顧太史抉睛而何以遷怒於同遊蓋以玉堂之貴而且至性觥觥觀其上

書北闕拂袖南山神且憚之而況鬼乎

夢别

王春李先生之祖與先叔祖玉田公交最善一夜夢公至其家黯然相語問何來曰僕將長往故與君别耳問何之曰遠矣遂出送至谷中見石壁有裂罅便拱手作别以背向罅逡巡倒走入呼之不應因而驚寤及明以告太公敬一且使備弔具曰玉田公捐舍矣太公請先探之信而後弔之不聽竟以素服往至門則提旛挂矣嗚呼古人於友其死生相信如此喪輿待巨卿而行豈

妾哉

蘇仙

高公明圖知郴州時有民女蘇氏浣衣於河河有巨石女踞其上有苔一縷綠滑可愛浮水漾動遶石三匝女視之心動既歸而娠腹漸大母私詰之女以情告母不能解數月竟舉一子欲寘隘巷女不忍也藏諸櫝而養之遂矢志不嫁以明其不二也然不夫而孕終以爲羞兒至七歲未嘗出以見人兒忽謂母曰兒漸長幽禁何可長也去之不爲母累問所之曰我非人種行將騰霄

昂蹙耳母泣詢歸期答曰待母屬纊見始來去後倘有所需可啟藏見櫝索之必能如願言已拜母徑去出而望之已杳矣女告母母大奇之女堅守舊志與母相依而家益落偶缺晨炊仰屋無計忽憶兒言往啟櫝果得米賴以舉火由是有求輒應踰三年母病卒一切葬具皆取給於櫝既葬女獨居三十年未嘗窺戶一日鄰婦乞火者見其兀坐空閨語移時始去居無何忽見彩雲繞女舍亭亭如蓋中有一人盛服立審視則蘇女也迴翔久之漸高不見鄰人共疑之窺諸其室見女靚莊凝

坐氣則已絕衆以其無歸議爲殯殮忽一少年入丰姿俊偉向衆申謝鄰人向亦竊知女有子故不之疑少年出金葬母植二桃於墓乃別而去數步之外足下雲生不可復見後桃結實甘芳居人謂之蘇仙桃樹年年華茂更不衰朽官是地者每攜實以餽親友

單道士

韓公子邑世家有單道士工作劇公子愛其術以爲座上客單日與人行坐輒忽不見公子欲傳其法單不肯公子固懇之單曰我非悋吾術恐壞吾道也所傳而君

子則可不然有借此以行竊者矣公子固無慮此然或出見美麗而悅隱身入人閨闥是濟惡而宣淫也不敢從命公子不能强而心怒之陰與僕輩謀撻辱之恐其遁匿因以細灰布麥場上思左道能隱形而履處必有印迹可隨印處急擊之於是誘單往使人執牛鞭立撻之單忽不見灰上果有履迹左右亂擊頃刻已迷公子歸單亦至謂諸僕曰吾不可復居向勞服役今且別當有以報袖中出旨酒一盛又探得肴一簋並陳几上陳已復探凡十餘探案上已滿遂邀衆飲俱醉一一仍內

袖中韓聞其異使復作劇畢於壁上畫一城以手推撼城門頓闢因將囊衣篋物悉擲門內乃拱別曰我去矣躍身入城城門遂合道士頓杳後聞在青州市上教兒童畫墨圈於掌逢人戲拋之隨所拋處或面或衣圈輒脫去落印其上又聞其善房中術能令下部吸燒酒盡一器公子嘗面試之

五羖大夫

河津暢體元字汝玉爲諸生時夢人呼爲五羖大夫喜爲佳兆及遇流寇之亂盡剝其衣閉置空室時冬月寒

甚暗中摸索得數皮護體僅不至死質明視之恰符五數啞然自笑神之戲己也後以明經授雒南知縣

黑獸

聞李太公敬一言某公在瀋陽宴集山巔俯瞰山下有虎銜物來以爪穴地瘞之而去使人探所瘞得死鹿乃取鹿而虛掩其穴少間虎導一黑獸至毛長數寸虎前驅若邀尊客既至穴獸眈眈蹲伺虎探穴失鹿戰伏不敢少動獸怒其誑以爪擊虎額虎立斃獸亦逕去

異史氏曰獸不知何名然問其形殊不大於虎而何延

頸受死懼之如此其甚哉凡物各有所制理不可解如獮最畏狨遥見之則百十成羣羅而跪無敢遁者凝睛定息聽狨至以爪徧揣其肥瘠肥者則以片石誌顛頂獮戴石而伏悚若木雞惟恐墮落狨揣誌已乃次第按石取食餘始鬨散余嘗謂貪吏似狨亦且揣民之肥瘠而志之而裂食之而民之戢耳聽食莫敢喘息蚩蚩之情亦猶是也可哀也夫

酆都御史

酆都縣外有洞深不可測相傳閻羅天子署其中一切

獄具皆借人工桎梏朽敗輒擲洞口邑宰即備新者易

之經宿失所在供應度支載之經制明有御史行臺華

公按及酆都聞其說不以為信欲入洞以決其惑人輒

言不可公弗聽秉燭而入以二役從深抵里許燭暴滅

視之階道潤郎有廣殿十餘間列坐尊官袍笏儼然惟

東首空一坐尊官見公至降階而迎笑問曰至矣乎别

來無恙否公問此何處所尊官曰此冥府也公愕然告

退尊官指虛坐曰此為君坐那可復還公益懼固請寬

宥尊官曰定數何可逃也遂撿一卷示公上注云某月

日某以肉身歸陰公覽之戰慄如濯冰水念母老子幼泫然涕流俄有金甲神人捧黃帛書至羣拜舞啟讀已乃賀公曰君有回陽之機矣公喜致問曰適接帝詔大赦幽冥可爲君委折原例耳乃示公途而出數武之外冥黑如漆不辨行路公甚窘苦忽一神將軒然而入赤面長鬚光射數尺公迎拜而哀之神人曰誦佛經可出言已而去公自計經咒多不記憶惟金剛經頗曾習之遂乃合掌而誦頓覺一線光明映照前路忽有遺忘之句則眼前頓黑定想移時復誦復明乃始得出其二從

人則不可問矣

王漁洋云閻羅天子廟在酆都南門外平都山上旁即王方平洞亦無他異但山半有九蟒御史廟神甚獰惡事亦荒唐

大人

長山李孝廉質君詣青州途中遇六七人語音類燕會視兩頰俱有瘢大如錢異之因問何病之同客自述舊歲客雲南日暮失道入大山中絕壑巉巗不可得出谷中有大樹一章條數尺綿綿下垂蔭廣畝餘諸客計無

所之因共繫馬解裝旁樹棲止夜既深虎豹鴞鴟次第嗥動諸客抱膝相向不能寐忽見一大人來高以丈計客團伏莫敢息大人至以手攫馬而食六七匹頃刻都盡既而折樹上長條捉人首穿顋如貫魚狀貫訖提行數步條毳折有聲大人似恐墮落乃屈條之兩端壓以巨石而去客覺其去遠出佩刀自斷貫條負痛疾走未數武見大人又導一人俱來客懼伏叢莽中見後來者更巨至樹下往來巡視似有所求而不得已乃聲啁啾似巨鳥鳴意甚怒蓋怒大人之紿己也因以掌批其頰

大人傴僂順受無敢少爭俄而俱去諸客始倉皇出荒竄良久遙見嶺頭有燈火羣趨之至則一男子居石室中客入環拜兼告所苦男子叱令坐曰此物殊可恨然我亦不能箝制待舍妹歸可與謀也居無何一女子荷兩虎自外入問客何得至諸客趨叩而告以故女子曰久知兩箇爲孽不圖凶頑至此當即除之於室中出銅鎚重三四百觔出門遂逝男子煑虎肉饗客肉未熟女子已返曰彼見我欲遁追之數十里斷其一指而還因以指擲地大如脛股焉衆駭極問其姓氏卽亦不言少

問肉熟客創痛不食女以藥屑徧糝之痛頓止旣明女子送客至樹下行李俱在各負裝行十餘里經昨夜鬭處女子指示之石窪中殘血尚存盈許出山女子始別而返

柳秀才

明季蝗生青兖間漸集於沂沂令憂之退臥署幕夢一秀才來謁峩冠綠衣狀貌修偉自言禦蝗有策詢之荅云明日西南道上有婦跨碩腹牝驢子蝗神也哀之可免令與之治具出邑南伺良久果有婦高髻褐帔獨控

老蒼衛綬蹇北度卽爇香捧卮酒迎拜道左捉驢不令去婦問大夫將何爲令便哀懇區區小治幸憫脫蝗口婦曰可恨柳秀才饒舌洩吾密機當卽以其身受不損禾稼可耳乃盡三卮瞥不復見後蝗來飛蔽天日然不落禾田但集楊柳過處柳葉都盡方悟秀才柳神也或云是宰官憂民所感誠然哉

王漁洋云柳秀才有大功德於沂沂雖百世祀可也

董公子

青州董尚書可畏家庭森肅內外男女不敢通一語一

日有婢及僕調笑於中門之外爲公子所窺怒叱之各奔而去及夜公子偕僮臥齋中時方盛暑室門洞敞更既深僮聞牀上有聲甚厲方驚醒月影中見前僕提一物出門去以其家人故弗深怪遂復寐忽聞靴聲訇然一偉丈夫赤面長髯似壽亭侯像捉一人頭入僮懼蛇行入牀下但聞牀上支支格格如振衣如摩腹移時始罷靴聲又響乃去僮伸頸漸出見櫺上有曉色以手捫牀上著衣結溼嗅之血腥大呼公子公子方醒告而火之血盈枕席大駭不得其故忽有官役叩門公子出見

之役愕然但言怪事詰之告曰適衙前一人神色迷罔大聲自言曰我殺主人矣衆見其衣有血汚執而白之官審知爲公子家人彼言已殺公子埋首於關廟之側往驗之穴土猶新而首則無之公子駭異趨赴公庭其人卽前狎婢者也因述其異官甚惶惑重責而釋之公子不欲結怨於小人以前婢配之令去積數日其鄰堵者夜聞僕房中一聲震響若崩裂急赴呼之不應排闥入視見夫婦及寢牀皆截然斷而爲兩木肉上俱有俐痕似一刀所斷者關公之靈跡最多葢未有奇於此者

也

冷生

平城冷生少最鈍年二十餘未能通一經後忽有狐來與之燕處每聞其終夜語卽兄弟詰之亦不肯泄一字如是多日忽得狂易病每爲文時得題則閉門枯坐少時譁然大笑往窺之則手不停草而一藝成矣旣而脫稿文思精妙是年入泮明年食餼每逢場作笑響徹堂壁由此笑生之名大譟幸學使退休不聞後值某學使規矩嚴肅終日危坐堂上忽聞笑聲怒執之將以加責

執事官代白其顛學使怒稍息釋之而黜其名從此佯狂詩酒著有顛草四卷超拔可誦

異史氏曰閉門一笑與佛家頓悟時何殊哉大笑成文亦一快事何至以此褫革如此主司寧非悠悠

昔學師孫景夏先生往訪友人至其窗外不聞人語但聞笑聲嗤然頃刻數作意其與人戲耳入視則居之獨也怪之始大笑曰適無事默溫笑談耳邑宮生者家畜一驢性蹇劣每途逢徒行之客拱手謝曰適忙遽不遑下驢勿罪言未已驢已蹶然伏道上屢試

不爽宮大慚恨因與妻謀使僞作客自乃跨驢而周於庭向妻拱手作遇客語驢果伏便以利錐毒刺之適有友人相訪方欲欵關聞宮言於內曰不遑下驢勿罪少頃又言之因大怪異叩扉而問其故以實告相與捧腹此二則可附冷生之笑以傳矣

狐懲淫

某生者購新第常患狐凡一切服物多爲所毀又時以塵土置湯餌中一日有友過訪值生他適至暮不歸生妻備饌具供客已而偕婢啜食餘餌生素不羈好蓄媚

藥不知何時狐以藥置粥中婦食之覺有腦麝氣問婢
婢荅不知食訖覺慾燄上熾不可暫忍強自遏抑燥渴
愈急籌思家中無可奔者獨有客在遂往叩齋客問其
誰實告之問何作不荅客謝曰我與若夫道義交不敢
爲此獸行婦尚流連客叱曰某兄文章品行被汝喪盡
矣隔窗唾之婦大慚乃退因自念我何爲若此忽憶椀
中香得毋媚藥耶檢包中藥果狼籍滿架盎琖中皆是
也稔知冷水可解因就飲之頃刻心下清醒愧恥無以
自容輾轉既久更漏已殘愈恐天曉無以見人乃解帶

自經婢覺救之氣已漸絕辰後始有微息客夜間已遁生晡後方歸見妻臥問之不言但含淸涕婢以狀告大驚苦詰之妻遣婢去始以實陳生歎曰此我之淫報也於卿何尤幸有良友不然何以爲人遂從此痛餙往行狐亦遂絕

異史氏曰居家者相戒勿蓄砒鴆從無有戒不蓄媚藥者亦猶之人畏兵刃而狎牀第也寧知其毒有甚於砒鴆者哉顧蓄之不過以媚內耳乃至見嫉於鬼神況人之縱淫有過於蓄藥者乎

某生赴試自郡中歸日已暮攜有蓮實菱藕入屋並
置几上又有藤津僞器一事水浸盎中諸鄰人以其
新歸攜酒登堂生倉猝置牀下而出令內子經營供
饌與客薄飲飲已入內急燭牀下盎水已空問婦婦
曰適與菱藕並出供客何尚尋也生回憶肴中有黑
條雜錯舉座不知何物乃失笑曰癡婆子此何物事
可供客耶婦亦疑曰我方怨子不言烹法其狀可醜
又不知何名只得糊塗臠切耳生乃告之相與大笑
今某生貴矣相狎者猶以爲戲

山市

奐山山市邑八景之一也然數年恒不一見孫公子禹年與同人飲樓上忽見山頭有孤塔聳起高插青冥相顧驚疑念近中無此禪院無何見宮殿數十所碧瓦飛甍始悟爲山市未幾高垣睥睨連亘六七里居然城郭矣中有樓若者堂若者坊若者歷歷在目以億萬計忽大風起塵氣莽然城市依稀而已既而風定天清一切烏有惟危樓一座直接霄漢樓五架窗扉皆洞開一行有五點明處樓外天也層層指數樓愈高則明漸少數

至八層裁如星點又其上則黯然縹緲不可計其層次矣而樓上人往來屑屑或凭或立不一狀踰時樓漸低可見其頂又漸如常樓又漸如高舍倏然如拳如豆遂不可見又聞有早行者見山上人煙市肆與世無別故又名鬼市云

孫生

余鄉孫生者娶故家女辛氏初入門爲窮袴多其帶渾身糾纒甚密拒男子不與共榻牀頭常設錐簪之器以自衞孫屢被刺剟因就別榻眠月餘不敢問鼎卽白晝

相逢女未嘗假以言笑同窗共知之私謂孫曰夫人能飲否荅云少飲某戲之曰僕有調停之法善而可行問何法曰以迷藥入酒給使飲焉則惟君所欲矣孫笑之而陰服其策良詢之醫家敬以酒煮烏頭置案上入夜孫釃別酒獨酌數觥而寢如此三夕妻終不飲一夜孫臥移時覗妻猶寂坐孫故作齁聲妻乃下榻取酒煨爐上孫竊喜既而滿引一盃又復酌約至半杯許以其餘仍內壺中拂榻遂寢久之無聲而燈煌煌尚未滅也疑其尚醒故大呼錫檠鎔化矣妻不應再呼仍不應白身

往視則醉睡如泥啟衾潛入層層斷其縛結妻固覺之不能動亦不能言任其輕薄而去既醒惡之投繯自縊孫夢中聞喘吼聲起而奔視舌已出兩寸許大驚斷索扶榻上踰時始蘇孫自此殊恨厭之夫婦避道而行相逢則各俯其首積四五年不交一語妻或在室中與他嬉笑見夫至色則立變凜如霜雪孫嘗寄宿齋中恒經歲無歸時即強之歸亦面壁移時默然即枕而已父母甚憂之一日有尼至其家見婦亟加贊譽母亦不言但有浩歎尼詰其故具以情告尼曰此易與耳母喜曰倘

能回婦意當不靳酬也尼窺室無人耳語曰請購春宮一幀三日後爲若厭之尼旣去母從其教購以待之三日尼果來囑曰此須慎密勿令夫婦知乃翦下圖中人又鍼三枚艾一撮並以素紙包冋外繪數畫如蚓狀使母賺婦出竊取其枕開其縫而投之已而仍合之返歸故處尼乃去至晚母强子歸宿傭媼知其情竊往伏聽二更將殘聞婦呼孫小字孫不荅少閒婦復語孫厭氣作惡聲質明母入其室見夫婦而首相背知尼之術誣也呼子於無人處慰諭之孫聞妻名便怒切齒母怒罵

之不顧而去越日尼來告之罔效尼大疑媪因述所聽尼笑曰前言婦憎夫故偏厭之今婦意已轉所未轉者男耳請作兩制之法必有驗母從之索子枕如前緘置訖又呼令歸寢更餘猶聞兩榻上皆有轉側聲時作咳都若不能寐久之聞兩人在一牀上唧唧語但隱約不可辨將曙猶聞戲笑吃吃不絕媪以告母母喜尼厚餽之孫由是琴瑟合好今各三十餘矣生一男兩女十餘年從無口角之事同人私問其故笑曰前此顧影生怒後此聞聲而喜自亦不解其何心也

異史氏曰移憎而愛術不亦神哉然能令人喜者亦能令人怒術人之神正術人之可畏也先哲云六婆不入門有見矣夫

沂水秀才

沂水某秀才課業山中夜有二美人入含笑不語各以長袖拂榻相將坐衣輭無聲少間一美人起以白綾巾展几上上有草書三四行亦未審其何辭一美人置白金鋌可三四兩許秀才掇內袖中美人取巾握手笑出曰俗不可耐秀才捫金則烏有矣麗人在坐投以芳澤

置不顧而金是取是乞兒相也尚可耐哉狐子可兒雅態可想

死僧

某道士雲游日暮投止野寺見僧房扃閉遂藉蒲團趺坐廊下夜既靜聞啟闔聲旋見一僧來渾身血污目中若不見道士道士亦若不見之僧直入殿登佛座抱佛頭而笑久之乃去及明視室門扃如故怪之入村道所見衆如寺發扃驗之則僧殺死在地室中席篋掀騰知爲盜刼疑鬼笑有因共驗佛首見腦後有微痕刓之內

藏三十餘金遂用以葬之

異史氏曰諺有之財連於命不虛哉夫人儉嗇封殖以予所不知誰何之人亦已癡矣況僧並不知誰何之人而無之哉生不肯享死猶顧而笑之財奴之可歎如此佛云一文將不去惟有業隨身其僧之謂夫

牛飛

邑人某購一牛頗健夜夢牛生兩翼飛去以爲不祥疑有喪失牽市口損價售之以巾裹金纏臂上歸至半途見有鷹食殘兎近之甚馴遂以巾頭縶股臂之鷹屢擺

撲把捉稍懈帶金騰去某每謂定數不可逃而不知不
疑夢不貪拾遺走者何遽能飛哉

鏡聽

益都鄭氏兄弟皆文學士大鄭早知名父母嘗過愛之又因子並及其婦二鄭落拓不甚爲父母所懽遂惡次婦至不齒禮冷暖相形頗存芥蔕次婦每謂二鄭等男子耳何遂不能爲妻子爭氣遂擯弗與同宿於是二鄭感憤勤心銳思亦遂知名父母稍稍優顧之然終殺於兄次婦望夫綦切是歲大比竊於除夜以鏡聽卜有二

人初起相推爲戲云汝也凉凉去婦歸吉凶不可解亦置之閫後兄弟皆歸時暑氣猶盛兩婦在廚下炊飯餉耕其熱正苦忽有報騎登門報大鄭捷母入廚喚大婦曰大男中式矣汝可凉凉去次婦忿惻泣且炊俄又有報二鄭捷者次婦力擲餅杖而起曰儂也凉凉去此時中情所激不覺出之於口旣而思之始知鏡聽之驗也

異史氏曰貧窮則父母不子有以哉庭幃之中固非憤激之地然二鄭婦激發男兒亦與怨望無賴者殊不同科投杖而起眞千古之快事也

牛癀

陳華封蒙山人以盛暑煩熱枕藉野樹下忽一人奔波而來首著圍領疾趨樹陰据石爲座揮扇不停汗下如流瀋陳起坐笑曰若除圍領不扇可涼客曰脫之易再著難也就與傾談頗極蘊藉既而曰此時無他想但得冰浸良醞一道冷芳度下十二重樓暑氣可消一半陳笑云此願易遂僕當爲君償之因握手曰寒舍伊邇請即迂步客笑而從之至家出藏酒於石洞其涼震齒客大悅一舉十觥日已就暮天忽雨於是張燈於室客乃

解除領巾相與磅礴語次見客腦後時漏燈光疑之無何客酩酊眠榻上陳移燈竊窺之見耳後有巨穴戔大數道厚膜間鬲如櫺櫺外耎革垂蔽中似空空駭極潛抽髻簪撥膜覘之有一物狀類小牛隨手飛出破窗而去益駭不敢復撥方欲轉步而客已醒驚曰子窺見吾隱矣放牛㾪出將復奈何陳拜詰其故客曰今已若此尚復何諱實相告我六畜瘟神耳適所縱者牛㾪恐百里內牛無種矣陳故以養牛爲業聞之大恐拜求術解客曰余且不免於罪其何術之能解惟苦參散最效其

廣傳此方勿存私念可也言已謝別出門又掬土堆壁龕中曰每用一合亦效拱手即不復見居無何牛果病瘟疫大作陳欲專利秘其方不肯傳惟傳其弟弟試之神驗而陳自剉啖牛殊無效有牛二百蹄躈倒斃殆盡遺老牝牛四五頭亦逡巡就死中心懊惱無所用力忽憶龕中掬土念未必效姑妄投之經夜牛乃盡起始悟藥之不靈乃神罰其私也後數年牝牛繁育漸復其故

周三

泰安張太華富吏也家有狐擾不可堪遣制罔效陳其

狀於州尹尹亦不能爲力時州之東亦有狐居村民家人共見之一白髮叟云與居人通弔問一如人世禮自言行二都呼之胡二爺適有諸生謁尹閒道其異尹爲吏策使往問叟時東村人有作隸者吏訪之果不誣便與俱往即隸家設筵招胡胡至揖讓酬酢無異常人吏因告以所求胡言我故悉之但不能爲君効力僕友人周三僑居岳廟宜可降伏當代求之吏喜欠抑申謝胡臨別與吏約明日張筵於岳廟之東吏如其教胡果導周至周虬髯鐵面服袴褶飲數行向吏曰適胡二弟致

聳懼事已盡悉但此輩實繁有徒不可善諭難免用武請即假館君家微勞所不敢辭吏聞之自念去一狐得一狐是以暴易暴也游移不敢即應周已知之曰得無相畏耶我非他比且與君有夙緣請勿疑吏諾之周又囑明日偕家人闔戶坐室中幸勿譁吏既歸悉聽教言俄聞庭中攻擊刺鬬之聲踰時始定啟關出視血點點盈階上堀中有小狐首數枚大如椀琖焉又視所除舍則周危坐其中拱手笑曰蒙重託妖類已蕩滅矣自是館於其家相見如主客焉

劉姓

邑劉姓虎而冠者也後去淄居沂習氣不除鄉人咸畏惡之有田數畝與苗某連壠苗勤田畔多種桃桃初實子往攀摘劉怒驅之指爲己有子啼而告諸父父方駭怪劉已詬罵在門且言將訟苗笑慰之怒不可解忿而去時有同邑李翠石作典商於沂劉持狀入城適與之遇以同鄉故相熟問作何幹劉以告李笑曰子聲望衆所共知我素識苗某甚平善何敢占騙將毋反言之耶乃碎其辭紙曳入肆將與調停劉恨恨不已竊肆中筆

復造狀藏懷中期以必告未幾苗至細陳所以哀李爲之解免言我農人半世不見官長但得罷訟數株桃何敢執爲己有李呼劉出告以退讓之意劉猶指天畫地叱罵不休苗惟和色卑辭無敢少辯既罷踰四五日見其村中人傳劉已死李爲驚歎翼日他適見杖而來者儼然劉也比至殷殷問訊且請臨顧李逡巡問曰日前忽聞凶訃一何妄也劉不荅但挽入村至其家羅漿酒焉乃言前日之傳非妄也曩出門見二人來捉見官府問何事但言不知自思出入衙門數十年非怯見官長

者亦不畏怖從去至公廨見南面者有怒容曰汝即劉某耶罪惡貫盈不自悛悔又以他人之物占爲己有此等横暴合置鑊鼎一人稽簿曰此人有一善合不死南面者閲簿色稍霽便云暫送他去數十人齊聲呵逐余曰因何事勾我來又因何事遣我去還祈明示吏持簿下指一條示之上記崇禎十三年用錢三百救一人夫妻完聚吏曰非此則今日命當絶宜墮畜生道駭極乃從二人出二人索賄怒告曰不知劉某出入公門二十年專刼人財者何得向老虎討肉喫耶二人乃不復言

送至村拱手曰此役不曾啜得一掬水二人既去入門遂甦時氣絕已隔日矣李聞而異之因詰其善行頗未

初崇禎十三年歲大凶人相食劉時在淄爲主捕隸適見男女哭甚哀問之荅云夫婦聚纔年餘今歲荒不能兩全故悲耳少時在油肆前復見之似有所爭近詰之肆主馬姓者便云伊夫婦餓將死日向我討麻醬以爲活今又欲賣婦於我我家中已買十餘口矣此何緊要賤則售之否則已耳如此可笑生來纏人男子因言今粟貴如珠自度非三百不足供逃亡之費本欲兩生若

賣妻而不免於死何取焉非敢言直但求作陰隲行之耳劉憐之便問馬出幾何馬言今日婦口止直百許耳劉請勿短其數且願助以半價之貲馬執不可劉少負氣便謂男子彼鄙瑣不足道我請如數相贈若能逃荒又全夫婦不更佳耶遂發囊與之夫妻泣拜而去劉述此事李大加獎歎劉自此前行頓改今七旬猶健去年李詣周村遇劉與人爭衆圍勸不能解李笑呼曰汝又欲訟桃樹耶劉茫然改容吶吶斂手而退

異史氏曰李翠石兄弟皆稱素封然翠石尤醇謹喜爲

善未嘗以富自豪抑然誠篤君子也觀其解紛勸善其生平可知矣古云爲富不仁吾不知翠石先仁而後富者耶抑先富而後仁者耶

庫官

鄒平張華東公奉旨祭南岳道出江淮間將宿驛亭前驅白驛中有怪異宿之必致紛紜張弗聽宵分冠劍而坐俄聞鞾聲入則一頒白叟皁紗黑帶怪而問之叟稽首曰我庫官也爲大人典藏有日矣幸節鉞遙臨下官釋此重負問庫存幾何荅言二萬三千五百金公慮多

金累綴約歸時盤驗叟唯唯而退張至南中魄遺頗豐及還宿驛亭叟復出謁及問庫物曰已撥遼東兵餉矣深訝其前後之乖叟曰人世祿命皆有額數錙銖不能增損大人此行應得之數已得之矣又何求言已竟去張乃計其所獲與所言庫數適相脗合方歎飲啄有定不可以妄求也

金姑夫

會稽有梅姑祠神故馬姓族居東莬未嫁而夫早死遂矢志不醮三旬而卒族人祠之謂之梅姑丙申上虞金

生赴試經此入廟徘徊頗涉冥想至夜夢青衣來傳梅姑命招之從去入祠梅姑立候簷下笑曰蒙君寵顧實切依戀不嫌陋拙願以身爲姬侍金唯唯梅姑送之曰君且去設座成當相逆耳醒而惡之是夜居人夢梅姑曰上虞金生今爲吾壻宜塑其像詰旦村人語夢悉同族長恐玷其貞以故不從未幾一家俱病大懼爲肖像於左旣成金生告妻子曰梅姑迎我矣衣冠而死妻痛恨詣祠指女像穢罵又升座批頰數四乃去今馬氏呼爲金姑夫

異史氏曰不嫁而守不可謂不貞矣爲鬼數百年而始易其操抑何其無耻也大抵貞魂烈魄未必即依於土偶其廟貌有靈驚世而駭俗者皆鬼狐憑之耳

酒蟲

長山劉氏體肥嗜飲每獨酌輒盡一甕負郭田三百畝輒半種黍而家富豪不以飲爲累也一番僧見之謂其身有異疾劉荅言無僧曰君飲常不醉否曰有之曰此酒蟲也劉愕然便求醫療曰易耳問需何藥俱言不須但令於日中俯臥縶手足去首半尺許置良醞一器移

時燥渴思飲爲極酒香入鼻饞火大熾而苦不得飲忽覺喉中暴癢哇有物出直墮酒中解縛視之赤肉長三寸許蠕動如游魚口眼悉備劉驚謝酬以金不受但乞其蟲問將何用曰此酒之精甕中貯水入蟲攪之即成佳釀劉使試之果然劉自是惡酒如讎體漸瘦家亦日貧後飲食不能給

異史氏曰日盡一石無損其富不飲一斗適以益貧豈飲啄固有數乎或言蟲是劉之福非劉之病僧愚之以成其術然歟否歟

義犬

潞安某甲父陷獄將死搜括囊蓄得百金將詣郡關說跨騾出則所養黑犬從之呵逐便退旣走則又從之鞭逐不返從行數十里某下騎趨路側私焉旣乃以石投犬犬始奔去某旣行則犬欻然復來囓騾尾足某怒鞭之犬嗚吠不已忽躍在前憤齕騾首似欲阻某去路某以爲不祥益怒回騎馳逐之視犬已遠乃返轡疾馳抵郡已暮及捫腰橐金亡其半涔涔汗下魂魄都失輾轉終夜頓念犬吠有因候關出城細審來途又自計南北

衝衢行人如蟻遺金寧有存理逡巡至下騎所見犬斃草間毛汗溼如洗提耳起視則封金儼然感其義買棺葬之人以爲義犬塚云

岳神

揚州提同知夜夢岳神召之詞色憤怒仰見一人侍神側少爲緩頰醒而惡之早詣岳廟默作祈禳既出見藥肆一人絕肖所見問之知爲醫生既歸暴病特遣人聘之旣至出方爲劑暮服之中夜而卒或言閻羅與東岳天子日遣使者男女十萬八千衆分布天下作巫醫名

勾魂使者用藥者不可不察也

鷹虎神

郡城東嶽廟在南郭大門左右神高丈餘俗名鷹虎神猙獰可畏廟中道士任姓每雞鳴輒起焚誦有偷兒預匿廊間伺道士起潛入寢室搜括財物奈室無長物惟於薦底得錢三百納腰中拔關而去將登千佛山南竄許時方至山下見一巨丈夫自山上來左臂蒼鷹適與相遇近視之面銅青色依稀似廟門中所習見者大恐蹲伏而戰神詫曰盜錢安往偷兒益懼叩不已神揪令

還入廟使傾所盜錢跪守之道士課畢回顧駭愕盜歷歷自述道士收其錢而遣之

齕石

新城王欽文太翁家有圉人王姓幼入勞山學道久之不火食惟啖松子及白石徧體生毛既數年念母老歸里漸復火食猶啖石如故向日視之卽知石之甘苦酸醎如啖芋然母死復入山今又十七八年矣

廟鬼

新城諸生王啟後者方伯中宇公象坤曾孫見一婦人

入室貌肥黑不揚笑近坐榻意甚褻王拒之不去由此坐臥輒見之而意堅定終不摇婦怒批其頰有聲而亦不甚痛婦以帶懸梁上捽與並縊王不覺自投梁下引頸作縊狀人見其足不履地挺然立空中即亦不能死自是病顛忽曰彼將與我投河矣望河狂奔曳之乃止如此百端日常數作術藥罔效一日忽見有武士綰鎖而入怒叱曰樸誠者女何敢擾即縶婦項自櫺中出纔至窗外婦不復人形目電閃口血赤如盆憶城隍廟門中有泥鬼四絕類其一焉於是病若失

地震

康熙七年六月十七日戌刻地大震余適客稷下方與表兄李篤之對燭飲忽聞有聲如雷自東南來向西北去衆駭異不解其故俄而几案擺簸酒杯傾覆屋梁椽柱錯折有聲相顧失色久之方知地震各疾趨出見樓閣房舍仆而復起墻傾屋塌之聲與兒啼女號喧如鼎沸人眩暈不能立坐地上隨地轉側河水傾潑丈餘雞鳴犬吠滿城中踰一時許始稍定視街上則男女裸聚競相告語並忘其未衣也後聞某處井傾仄不可汲某

家樓臺南北易向棲霞山裂沂水陷穴廣數畝此眞非常之奇變也

有邑人婦夜起溲溺回視則狼銜其子婦急與狼爭一緩頰婦奪兒出攜抱中狼蹲不去婦大號鄰人奔集狼乃去婦驚定作喜指天畫地述狼銜兒狀已奪兒狀良久忽悟一身未著寸縷乃奔此與地震時男婦兩忘者同一情狀也人之惶急無謀一何可笑

張老相公

張老相公者晉人適將嫁女攜眷至江南躬市奩妝舟

抵金山張老渡江囑家人在舟勿煿羶腥蓋江有黿怪聞香輒出壞舟吞行人爲害已久張去家人忘之炙肉舟中忽巨浪覆舟妻女皆沒張迴棹悼恨欲死因登金山謁寺僧詢黿之異將以讎黿僧聞之駭言吾儕日與習近懼爲禍殃惟神明奉之祈勿怒時斬牲牢投以半體則躍吞而去誰復能相讎哉張聞頓思得計便招鐵工起爐山半冶赤鐵重百餘斤審知所常伏處使二三健男子以大鉗舉投之黿躍出疾吞而下少時波涌如山頃之浪息則黿死已浮水上矣行旅寺僧並快之建

張老相公祠肖像其中以爲水神禱之輒應

造畜

魘媚之術不一其道或投美餌紿之食之則人迷罔相從而去俗名曰打絮巴江南謂之扯絮小兒無知輒受其害又有變人爲畜者名曰造畜此術江北猶少河以南輒有之揚州旅店中有一人牽驢五頭暫縶櫪下云我少選即返兼囑勿令飲噉遂去驢暴日中蹄齧殊喧主人牽著涼處驢見水奔之遂縱飲之一滾塵化爲婦人怪之詰其所由舌强而不能荅乃匿諸室中既而驢

主至驅五羊於院中驚問驢之所在主人曳客坐便進餐飯且云客姑飲驢即至矣主人出悉飲五羊輾轉皆爲童子陰報郡遣役捕獲遂械殺之

快刀

明末濟屬多盜邑各置兵捕得輒殺之章邱盜多有一兵佩刀甚利殺輒導窾一日捕盜十餘名押赴市曹内一盜識兵逡巡告曰聞君刀甚快斬首無二割求殺我兵曰諾其謹依我勿離也盜從至刑所出刀揮之豁然頭落數步之外猶圓轉而大贊曰好快刀

汾州狐

汾州判朱公者居廨多狐公夜坐有女子往來燈下初謂是家人婦未遑顧瞻及舉目竟不相識而容光豔絕心知其狐而愛好之遽呼之來女停履笑曰厲聲加人誰是汝婢媼耶朱笑而起曳坐謝過遂與款密久如夫妻之好忽謂曰君秩將遷別有日矣問何時荅云目前但賀者在門弔者即在閭不能官也三日遷報果至次日即得太夫人訃音公解任欲與偕旋狐不可送之河上强之登舟女曰君自不知狐不能過河也朱不忍別

戀戀河畔女忽出言將一謁故舊移時歸即有客來荅拜女別室與語客去乃來請便登舟妾送君渡朱曰向言不能渡今何以云曰曩所謁非他河神也妾以君故特請之彼限我十日往復故可暫依耳遂同濟至十日果別而去

龍三則

北直界有墮龍入村其行重拙入某紳家其戶僅可容軀塞而入家人盡奔登樓譁譟銃砲轟然龍乃出門外停貯潦水淺不盈尺龍入轉側其中身盡泥塗極力騰

躍尺餘輒墮泥蟠三日蠅集鱗甲忽大雨霹靂挐空而去

房生與友人登牛山入寺游矚忽椽間一黃鏄墮上盤小蛇細裁如蚓忽旋一周已如帶共驚知爲龍羣趨而下方至山半間聞寺中霹靂一聲震動山谷天上黑雲如蓋一巨龍夭矯其中移時始沒

章邱小相公莊有民婦適野值大風塵沙撲面覺一目眯如含麥芒揉之吹之迄不愈啟瞼而審視之睛固無恙但有赤綫蜿蜒於肉分或曰此蟄龍也婦憂懼待死

積三月餘天暴雨忽巨霆一聲毗裂而去婦終無損

江中

王聖俞南游泊舟江心既寢視月明如練未能寐使童僕為之按摩忽聞舟頂如小兒行踏蘆席作響遠自舟尾來漸近艙戶慮為盜急起問僮僮亦聞之問荅間見一人伏舟頂上垂首窺艙內大愕按劍呼諸僕一舟俱醒告以所見或疑錯愕俄響聲又作群趨四顧渺然無人惟疏星皎月漫漫江波而已衆危坐舟上旋見青火如燈狀突出水面隨水浮游漸近船則火頓滅即有黑

人驟起屹立水上以手攀舟而行衆譟曰必此物也欲射之方闞弓則遽伏水中不可見矣問舟人舟人曰此古戰場鬼時出沒其無足怪

戲術 二則

有桶戲者桶可容升無底中空亦如俗戲戲人以二席置街上持一升入桶中旋出即有白米滿升傾注席上又取又傾頃刻兩席皆滿然後一一量入畢而舉之猶空桶奇在多也

利津李見田在顔鎮閒游陶場欲市巨甕與陶人爭直

不成而去至夜窑中未出者六十餘甕啟視一空陶人大驚疑李踵門求之李謝不去固哀之乃曰我代汝出窑一甕不損在魁星樓下非與如言往視果一一俱在樓在鎮之南山去場三里餘傭工運之三日乃盡

某甲

某甲私其僕婦因殺僕納婦生二子一女閱十九年巨寇破城刼掠一空一少年賊持刀入甲家甲視之酷類死僕自歎曰吾合休矣傾囊贖命迄不顧亦不一言但搜人而殺共殺一家男婦二十七口而去甲頭未斷寇

去少蘇猶能言之三日尋斃嗚呼果報之不爽可畏也哉

衢州三怪

張握仲從戎衢州云衢州夜靜時人莫敢獨行鐘樓上有鬼頭上一角象貌獰惡聞人行聲即下人駭奔鬼亦遂去而見之輒病多死者又城中一塘夜出白布一疋如匹練横地上過者拾之即捲入水又有鴨鬼夜既定塘邊寂無一物若聞鴨聲即病

拆樓人

何冏卿平陰人初令秦中一賣油者有薄罪其言戇何怒杖斃之後仕至銓司家貲富饒建一樓上梁日親賓稱觴爲賀忽見賣油者入陰自駭疑俄報妾生子愀然曰樓工未成拆樓人已至矣人謂其戲而不知其實有所見也後子旣長最頑蕩其家傭爲人役每得錢數文輒買香油食之

異史氏曰常見富貴家樓第連亘死之後再過已墟此必有拆樓人降生其家可知也身居人上烏可不早自惕哉

大蝎

明彭將軍宏征寇入蜀至深山中有大禪院云已百年無僧詢之土人則謂寺中有妖入者輒死彭恐伏寇率兵斬茅而入前殿中有皁雕奪門飛去中殿無異又進之則佛閣周視亦無所見而入者皆頭痛不能禁彭親入亦然少頃有蝎如琵琶自板上蠢蠢而下一軍驚走彭遂火其寺

黑鬼

膠州李總鎮買二黑鬼其黑如漆足革粗厚立刃爲途

往來其上毫無所損總鎮配以娼生子而白僚僕戲之謂非其種黑鬼亦自疑因殺子骨則盡黑始悔之公每令兩鬼對舞神情亦可觀也

車夫

有車夫載重登坡方極力時一狼來嚙其臀欲釋手則貨敝身壓忍痛推之既上則狼已齕片肉而去乘其不能為力之際而竊嘗一臠亦黠而可笑也

棊鬼

揚州督同將軍梁公解組鄉居日攜棊酒游翔林邱間

會九日登高與客奕忽有一人來逡巡局側眈玩不去視之面目寒儉懸鶉結焉然而意態溫雅有文士風公禮之乃坐亦殊撝謙公指棊謂曰先生當必善此何弗與客對壘其人遜謝移時始即局局終而負神情懊熱若不自已又著又負益慚憤酌之以酒亦不飲惟曳客奕自晨至於日昃不遑溲溺方以一子爭路兩互喋聒忽書生離席悚立神色慘沮少間屈膝向公座頓顙乞救公駭疑起扶之曰戲耳何至是書生曰乞付囑圉人勿縛小生頸公又異之問圉人誰曰馬成先是公圉役

馬成者走無常常十數日一入幽冥攝牒作勾役公以書生言異遂使人往視成則僵臥已二日矣公叱成不得無禮瞥然間書生即地而滅公歎咤良久乃悟其鬼越日馬成寤公召詰之成曰書生湖襄人癖嗜弈產蕩盡父憂之閉置齋中輒踰垣出竊引空處與弈者狎父聞詬詈終不可制止父憤悒齎恨而死閻摩王以書生不德促其年壽罰入餓鬼獄於今七年矣會東嶽鳳樓成下牒諸府徵文人作碑記王出之獄中使應召自贖不意中道遷延大愆限期嶽帝使直曹問罪於王王怒

使小人輩羅搜之前承主人命故未敢以縲絏繫之公問今日作何狀曰仍付獄吏永無生期矣公歎曰癖之悞人也如是夫

異史氏曰見奕遂忘其死及其死也見奕又忘其生非其所欲有甚於生者哉然癖嗜如此尚未獲一高著徒令九泉下有長死不生之奕鬼也可哀也哉

頭滾

蘇孝廉貞下封公晝臥見一人頭從地中出其大如斛在牀下旋轉不已驚而中疾遂以不起後其次公就蕩

婦宿罹殺身之禍其兆於此耶

果報 二則

安邱某生通卜筮之術而其爲人邪蕩不檢每有鑽穴踰牆之行則卜之一日忽病藥之不藥曰我實有所見冥中怒我狎褻天數將重譴矣藥何能爲亡何目暴瞽兩手無故自折

某甲者伯無嗣甲利其有願爲之後伯既死田產悉爲所有遂背前盟又有一叔家頗裕亦無子甲又父之叔卒又背之於是併三家之產稱富一鄉忽暴病若狂自

言曰汝欲享富厚而生耶遂以利刃自割肉片片擲地又曰汝絕人後尚欲有後耶剖腹流腸遂斃未幾其子亦死產業歸他人矣果報如此可畏也夫

龍肉

姜太史玉璇言龍堆之下掘地數尺有龍肉充牣其中任人割取但勿言龍字或言此龍肉也則霹靂震作擊人而死太史曾[illegible]其肉實不謬也

聊齋志異卷十四終

聊齋志異卷十五

淄川 蒲松齡 留仙 著

新城 王士正 貽上 評

念秧

異史氏曰人情鬼蜮所在皆然南北衝衢其害尤烈如强弓怒馬禦人於國門之外者夫人而知之矣或有劙囊刺橐攫貨於市行人回首財貨已空此非鬼蜮之尤者耶乃又有萍水相逢甘言如醴其來也漸其入也深悞認傾蓋之交遂罹喪資之禍隨機設阱情狀不一俗

以其言辭浸潤名曰念秧今北途多有之遭其害者尤衆余鄉王子巽者邑諸生有族先生在都爲旗籍太史將往探訊治裝北上出濟南行數里有一人跨黑衛馳與同行時以閒語相引王頗與問荅其人自言張姓爲棲霞隸被令公差赴都稱謂撝卑祗奉殷勤相從數十里約以同宿王在前則策蹇追及在後則止候道左僕疑之因厲色拒去不使相從張頗自慚揮鞭遂去旣暮休於旅舍偶步門前則見張就外舍飲方驚疑間張望見王垂手拱立謙若廝僕稍稍問訊王亦以泛泛遇相

値不爲疑然王僕終夜戒備之雞旣唱張來呼與同行
僕咄絕之乃去朝暾巳上王始就道行半日許前一人
跨白衛年四十巳來衣帽整潔垂首蹇分肫寐欲墜或
先之或後之因循十餘里王怪問夜何作致迷頓乃爾
其人聞之猛然欠伸言我淸苑人許姓臨淄令高檠是
我中表家兄設帳於官署我往探省少獲餽貽今夜旅
舍悞同念秧者宿驚惕不敢交睫遂致白晝迷悶王故
問念秧何說許曰君客時少未知險詐今有匪類以甘
言誘行旅僞緣與同休止因而乘機騙賺昨有葭莩親

以此喪資斧吾等皆宜警備王頷之先是臨淄宰與王有舊王曾入其幕識其門客果有許姓遂不復疑因道溫涼兼詢其兄況許約暮其主人王諾之僕終疑其僞陰與主人謀遲留不進相失遂杳翼日日卓午又遇一少年年可十六七騎健騾冠服秀整貌甚都同行久之未嘗交一言日既西少年忽言曰前去屈律店不遠矣王微應之少年因咨嗟欷歔如不自勝王畧致詰問少年歎曰僕江南金姓三年膏火冀博一第不圖竟落孫山家兄爲部中主政遂載細小來冀得排遣生平不習

跋涉撲面塵沙使人薅惱因取紅巾拭面歎咤不已聽其語操南音嬌婉若女子王心好之稍稍慰藉少年曰適先馳出眷口久望不來何僕輩亦無至者日已將暮柰何遲留瞻望行甚緩王遂先驅相去漸遠晚投旅邸既入舍則壁下一牀先有客解裝其上王問主人卽有一人入攜之而出曰但請安置當卽移他所王視之則許也王止與同舍許遂止因與坐談少間又有攜裝入者見王許在舍返身遽出曰已有客在王審視則途中少年也王未言許急起曳留之少年遂坐許乃展問邦

族少年又以途中言爲許告俄頃解囊出貲堆累頗重秤兩餘付主人囑治殽酒以供夜話二人爭勸止之卒不聽俄而酒炙並陳筵間少年論文甚風雅王問江南闈中題少年悉告之且自誦其承破及篇中得意之句言已意甚不平共扼腕之少年又以家口相失夜無僕役患不解牧圉王因命僕代攝莝豆少年深感謝居無何忽蹴然曰生平蹇滯出門亦無好況昨夜逆旅與惡人居擲骰叫呼聒耳沸心使人不眠南音呼骰爲兜許不解固問之少年手摹其狀許乃笑於橐中出色一枚

曰是此物否少年諾許乃以色爲令相歡飲酒既闌許請共擲贏一東道主王辭不解許乃與少年相對呼盧又陰囑王曰君勿漏言纘公子頗亢裕年又雛未必深解五木訣我贏些須明當奉屈耳二人乃入隔舍旋聞轟賭甚鬧王潛窺之見棲霞隸亦在其中大疑展衾自卧又移時衆共拉王賭王堅辭不解許願代辨梟雉王又不肯遂强代王擲少間就榻報王曰汝贏幾籌矣王睡夢應之忽數人排闥而入番語啁嗻首者言佟姓爲旗下邏捉賭者時賭禁甚嚴各大惶恐佟大聲嚇王王

亦以太史旗號相抵佟怒解與王敘同籍笑請復博爲戲衆各復博佟亦賭王謂許曰勝負我不預聞但願睚無相溷許不聽仍往來報之既散局各計籌馬王負欠頗多佟遂搜王裝橐取償王憤起相爭金捉王臂陰告曰彼都匪人其情叵測我輩乃文字交無不相顧適局中我贏得如干數可相抵此當取償許君者今請易之便令許償佟君償我不過暫掩人耳目過此仍以相還終不然以道義之友遂實取君償耶王故長厚亦遂信之少年出以相易之謀告佟乃對衆發王裝物估入已

橐佟乃轉索許張而去少年遂襆被來與王連枕衾褥皆精美王亦招僕人臥榻上各默然安枕久之少年故作轉側以下體暱就僕僕移身避之少年又近就之膚着股際滑膩如脂僕心動試與狎而少年殷勤甚至衾息鳴動王頗聞之雖甚駭怪而終不疑其有他也昧爽少年即起促與早行且云君蹇疲殆夜所寄物前途請相授耳王尚無言少年已加裝登騎王不得已從之騾行駛去漸遠王料其前途相待初不爲意因以夜閒所聞問僕僕實告之王始驚曰今被念秧者騙矣焉有宦

室名士而毛遂於圉僕者又轉念其談詞風雅非念秧者所能急追數十里踪跡殊杳始悟張許佟皆其一黨一局不行又易一局務求其必入也償債易裝已伏一圖賴之機設其攜裝之計不行亦必執前說篡奪而去爲數十金委綴數百里恐僕發其事而以身交驩之其術亦苦矣後數年而有吳生之事

邑有吳生字安仁三十喪偶獨宿空齋有秀才來與談遂相知悅從一小奴名鬼頭亦與吳僮報兒善久而知其爲狐吳遠遊必與俱同室之中人不能睹吳客都中

將旋里聞王生遭念秧之禍因戒僮警備狐笑言勿須此行無不利至涿一人繫馬坐煙肆裘服齊楚見吳過亦起超乘從之漸與吳語自言山東黃姓提堂戶部將東歸且喜同途不孤寂於是吳止亦止每共食必代吳償直吳陽感而陰疑之私以問狐狐但言不妨吳疑乃釋及晚同尋寓所先有美少年坐其中黃入與拱手爲禮喜問少年何時離都荅云昨日黃遂拉與共寓向吳曰此史郎我中表弟亦文士可佐君子談騷雅夜話當不寥落乃出金貲治具共飲少年風流蘊藉遂與吳大

相愛悅飲間輒目示吳作觴弊罰黃強使釂鼓掌作笑吳益悅之既而史與黃謀博賭共牽吳遂各出橐金爲質狐囑報兒暗鎖板扉囑吳曰倘聞人喧但寐無吪吳諾吳每擲小注則輸大注輒贏更餘計得二百金史黃錯囊垂罄議質其馬忽聞撾門聲甚厲吳急起投骰於火蒙被假臥久之聞主人覓鑰不得破扃啓關有數人洶洶入搜捉博者史黃並言無有一人竟捋吳被指爲賭者吳叱咄之數人強撿吳裝方不能與之撐拒忽聞門外輿馬呵殿聲吳急出嗚呼衆始懼曳入之但求勿

聲吳乃從容苞苴付主人鹵簿既遠衆乃出門去黃與史共作驚喜狀取次覓寢黃命史與吳同榻吳以腰橐置枕頭方命被而睡無何史啟吳衾裸體入懷小語曰愛兄磊落願從交好吳心知其詐然計亦良得遂相偎抱史極力周旋不料吳固偉男大爲鑿枘嚬呻殆不可任竊竊哀免吳固求訖事手捫之血流漂杵矣乃釋令歸及明史憊不能起托言暴病但請吳黃先發吳臨別贈金爲藥餌之費途中語狐乃知夜來鹵簿皆狐爲也黃於途益諂事吳暮復同舍斗室甚隘僅容一榻頗煖

潔而吳狹之黃曰此臥兩人則隘君自臥則寬何妨食已徑去吳亦喜獨宿可接狐友坐良久狐不至倏聞壁上小扉有指彈聲吳拔關探視一少女艷妝遽入自扃門戶向吳展笑佳麗如仙吳喜致研詰則主人之子婦也遂與狎大相愛悅女忽潸然泣下吳驚問之女曰不敢隱匿妾實主人遣以餌君者曩時入室即被掩執不知今宵何久不至又嗚咽曰妾良家女情所不甘令已傾心於君乞垂拔救吳聞駭懼計無所出但遣速去女惟俛首泣忽聞黃與主人搥闥鼎沸但聞黃曰我一路

祇奉謂汝爲人何遂誘我弟室吳懼逼女令去聞壁扉
外亦有騰擊聲吳倉卒汗如流瀋女亦伏泣又聞有人
勸止主人主人不聽推門愈急勸者曰請問主人意將
胡爲如欲殺耶有我等客數輩必不坐視兗暴如兩人
中有一逃者抵罪安所辭如欲質之公庭耶帷薄不修
適以取辱且爾宿行旅明明陷詐安保女子無異言三
人張目不能語吳聞竊感佩而不知其誰初肆門將閉
即有秀才共一僕來就外舍宿攜有香醞遍酌同舍勸
黃及主人尤殷兩人辭欲去秀才牽裾苦不令去彼乘

聞得遁操杖奔吳所秀才聞喧始入勸解吳伏窗窺之則狐友也心竊喜又見主人意稍奪乃大言以恐之又謂女子何默不一言女啼曰恨不如人爲人驅役賤務主人聞之面如死灰秀才叱罵曰爾輩禽獸之情亦已畢露此客子所共憤者黄及主人皆釋刀杖長跽而請吳亦啟戶出頓大怒詈秀才又勸止吳兩始和解女子又啼寧死不歸內奔出嫗媪捽女令入女子臥地哭益哀秀才勸主人以重價貨吳生主人俛首曰作老娘三十年今日倒繃孩兒亦復何說遂依秀才言吳固不肯

破重貲秀才調停主客間議定五十金入財交付後晨鐘已動乃共促裝載女子以行女未經鞍馬馳驅頗殆午間稍休憩將行喚報兒不知所往日已西斜尚無跡響頗懷疑訝遂以問狐狐曰無憂將自至矣星月已出報兒始至吳詰之報兒笑曰公子以五十金肥奸傖竊所不平適與鬼頭計反身索得遂以金置几上吳驚問其故蓋鬼頭知女止一兄遠出十餘年不返遂幻化作其兄狀使報兒冒弟行入門索姊妹主人惶恐詭托病殂二僮欲質官主人益懼啗之以金漸增至四十二僮

乃行報兒具述其故吳即賜之吳歸琴瑟綦篤家益富細詰女子曩美少即其夫蓋史即金也襲一槲紬帔云是得之山東王姓者蓋其黨與甚衆逆旅主人皆其一類何意吳生所遇即王子巽連天呼苦之人不亦快哉古言騎者善墮信夫

武孝廉

武孝廉石某囊貲赴都將求銓敘至德州暴病唾血不起長臥舟中僕篡金亡去石大恚病益加資糧斷絕榜人謀委棄之會有女子乘船夜來臨泊聞之自願以舟

載石榜人悅扶石登女舟石視之婦四十餘被服粲麗神采猶都呻吟感謝婦臨審曰君夙有瘵根今魂魄已遊墟墓石聞之嗷然哀哭婦曰我有丸藥能起死苟病瘳勿相忘石灑泣矢盟婦乃以藥餌石半日覺少痊婦即榻供甘旨殷勤過於夫婦石益德之月餘病良已石膝行而前敬之如母婦曰妾煢獨無依如不以色衰見憎願侍巾櫛時石三十餘喪偶經年聞之喜愜過望遂相燕好婦乃出藏金使入都營幹相約返與同歸石赴都夤緣選得本省司閫餘金市鞍馬冠蓋赫奕因念婦

臘已高終非良偶因以百金聘王氏女爲從室心中慄
怯恐婦聞知遂避德州道迂途履任年餘不通音耗有
石中表偶至德州與婦爲鄰婦知之詣問石況某以實
對婦大罵因告以情某亦代爲不平慰解曰或署中務
冗尚未暇遑乞修尺一書爲嫂寄之婦如其言某敬以
達石石殊不置意又年餘婦自往歸石止之於旅舍託
官署司賓者通姓氏石令絕之一日方燕飲聞喧詈聲
釋杯凝聽則婦已搴簾入矣石大駭面色如土婦指罵
曰薄情郎安樂耶試思富若貴何所自來我與汝情分

不薄郎欲置婢妾相謀何害石累足屏氣不能復作聲久之長跪自投詭辭乞宥婦氣稍平石與王氏謀使以妹禮見婦王氏雅不欲石固哀之乃往王拜婦亦荅拜曰妹勿懼我非悍妒者曩事實人情所不堪郎妹亦當不願有是郎遂爲王緬述本末王亦憤恨因與交詈石石不能自爲地惟求自贖遂相安帖初婦之未入也石戒閽人無通至此怒閽人陰詰讓之閽人固言管鑰未發無入者不服石疑之而不敢問婦兩雖言笑而終非所好也幸婦嫺婉不爭夕三餐後掩闥早眠並不問良

人夜宿何所王初猶自危見其如此益敬之但往朝如事姑嫜婦御下寬和有體而明察若神一日石失印綬合署沸騰屑屑還往無所爲計婦笑言勿憂竭井可得石從之果得之叩其故輒笑不言隱約間似知盜者姓名然終不肯洩居之終歲察其行多異石疑其非人常於寢後使人矚聽之但聞牀上終夜作振衣聲亦不知其何爲婦與王極相愛憐一夕石以赴臬司未歸婦與王飲不覺過醉就臥席間化而爲狐王憐之覆以錦褥未幾石入王告以異石欲殺之王曰卽狐何負於君石

不聽急覓佩刀而婦已醒罵曰虺蝮之行而豺狼之心必不可以久居曩所啖藥乞賜還也即唾石面石覺森寒如澆冰水喉中習習作癢嘔出則丸藥如故婦拾之忿然逕出追之已杳石中夜舊症復作血嗽不止半歲而卒

異史氏曰石孝廉翩翩若書生或言其折節能下士語人如恐傷壯年殂謝士林悼之至聞其負狐婦一事則與李十郎何以少異

閻王

李久常臨朐人壺榼於野見旋風蓬蓬而來敬酹奠之後以故他適路旁有廣第殿閣宏麗一青衣自內出邀李李固辭青衣要遮甚殷李云素不識荆得無悞耶青衣云不悞便言李姓字問此誰家荅云入自知之入進一層門見一女子手足釘扉上近視則其嫂也大駭李有嫂臂生惡疽不起者年餘矣因自念何得至此轉疑招致意惡畏沮卻步青衣促之乃入至殿下上一人冠帶如王者氣象威猛李跪伏莫敢仰視王者命曳起之慰之曰勿懼我以曩昔擾子杯酌欲一見相謝無他故

也李心始安然終不知其故王者又曰汝不憶田野酧貧時乎李頓悟知其爲神頓首曰適嫂氏受此嚴刑骨肉之情實愴於懷乞王憐宥王者曰此甚悍妒宜得是罰三年前汝兄妾盤腸而産彼陰以針刺腸上俾至今臟腑常痛此豈有人理者李固哀之乃曰便以子故宥之歸當勸悍婦改行李謝而出則扉上無人矣歸視嫂嫂臥榻上創血殷席時以妾拂意故方致詬罵李遽勸曰嫂無復爾今日惡苦皆平日忌嫉所致嫂怒曰小郎若個好男兒又房中娘子賢似孟姑姑任郎君東家眠

西家宿不敢一作聲自當是小郎大好乾綱到不得代哥子降伏老媼李微哂曰嫂勿怨若言其情恐欲泣不暇矣曰便曾不盜得王母籠中綫又未與玉皇香案吏一眨眼中懷坦坦何處可用哭者李小語曰針刺人腸宜何罪嫂勃然色變問此言之因李告之故嫂戰惕不已涕泗流離而哀鳴曰吾不敢矣啼淚未乾覺痛頓止旬日而瘥由是立改前轍遂稱賢淑後妾再產腸復墮針宛然在焉拔去之腹痛乃瘳

異史氏曰或謂天下悍妒如某者正復不少恨陰綱之

漏多也余謂不然冥司之罰未必無甚於釘扉者但無回信耳

布客

長清某販布爲業客於泰安聞有術人工星命之學詣問休咎術人推之曰運數大惡可速歸某懼囊貲北下途中遇一短衣人似是隸胥漸漬與語遂相和悅屢市餐飲呼與共啜短衣人甚德之某問所幹營荅言將適長清有所勾致問爲何人短衣人出牒示令自審第一即已名駭曰何事見勾短衣人曰我非生人乃蒿里山

山東四司隸役想子壽數盡矣某出溺求救鬼曰不能然牒上多名拘集尚需時日子速歸處置後事然後相招此即所以報交好耳無何至河際斷絕橋梁行人艱涉鬼曰子行死矣一文亦將不去請即建橋利行人雖頗煩費然於子未必無小益某然之及歸告妻子作周身具尅日鳩工建橋久之鬼竟不至心竊疑之一日鬼忽來曰我已以建橋事上報城隍轉達冥司矣謂此一節可延壽命今牒名已除敬以報命某喜感謝後再至泰山不忘鬼德敬賫楮錠呼名酬奠既出見短衣人匆

遽而來曰子幾禍我適司君方蒞事幸不鬪不然奈何送之數武曰後無復來倘有事北往自當迂道過訪遂別而去

農人

有農人芸於山下婦以陶器爲餉食已置器壠畔向暮視之器中餘粥盡空如是者屢心疑之因睨注以覘之有狐來探首器中農人荷鋤潛往力擊之狐驚竄走器囊頭苦不得脫狐顛蹶觸器碎落出首見農人竄益急越山而去後數年山南有貴家女苦狐纏祟勅勒無靈

狐謂女曰紙上符咒能奈我何女紿之曰汝道術良深可幸承好顧不知生平亦有所畏者否狐曰我罔所怖但十年前在北山時嘗竊食田畔被一人戴闊笠持曲項兵幾爲所戮至今猶悸女告父父思投其所畏但不知姓名居里無從問訊會僕以故至山村向人偶語道旁一人驚曰此與吾曩年事適相符將無向所逐狐今能爲怪耶僕異之歸告主人主人喜即命僕持馬招農人來敬白所求農人笑曰曩所遇誠有顧未必即爲此物且既能怪變豈復畏一農人貴家固强之使披戴如

爾日狀入室以鋤卓地咤曰我日覓汝不可得汝乃逃匿在此耶今相值決殺不宥言已即聞狐鳴於室農人益作威怒狐即哀言乞命農人叱曰速去釋汝女見狐捧頭鼠竄而去自是遂安

長治女子

陳歡樂潞之長治人有女慧美有道士行乞覩之而去由是日持鉢近廛閒適一瞽人自陳家出道士追與同行問何來瞽云適過陳家推造命道士曰聞其家有女郎我中表親欲求姻好但未知其甲子瞽爲之述之道

上乃別而去居數日女繡於房忽覺足麻痺漸至股又漸至腰腹俄而暈然傾仆定踰刻始恍惚能立將尋告母及出門則見茫茫黑波中一路如綫駭而卻退門舍居廬已被黑水淹沒又視路上行人絕少惟道士緩步於前遂遙尾之冀其同鄉以相告語走數里以來忽睹里舍視之則已家門大駭曰奔馳如許固猶在村中何向來迷罔若此欣然入門父母尚未歸復仍至已房所繡業履猶在榻上自覺奔波殆極就榻憩坐道士捉而捺之女欲號則瘖不能聲道士急以利刃剖女心女覺

魂飄飄離殼而立四顧家舍全非惟有崩崖若覆視道士以己心血點木人上又復疊指詛咒女覺木人遂與己合道士囑曰自茲當聽差遣勿得違悞遂佩戴之陳氏失女舉家惶惑尋至牛頭嶺始聞村人傳言嶺下一女子剖心而死陳奔驗果其女也泣以愬宰宰拘嶺下居人拷掠幾徧迄無端緒姑收羣犯以待覆勘道士去數里外坐路旁柳樹下忽謂女曰今遣汝第一差往偵邑中審獄狀去當隱身㬉閣上倘見官宰用印即當趨避切記勿忘限汝辰去巳來遲一刻則以一針刺汝心

中令作急痛二刻刺二針至三針則使汝魂魄銷滅矣女聞之四體驚悚飄然遂去瞬息至官廨如言伏閤上時嶺下人羅跪堂下尚未訊詰適將鈐印公牒女未及避而印已出匣女覺身軀重耎紙格似不能勝嚗然作響滿堂愕顧宰命再舉響如前三舉翻墮地下衆悉聞之宰起祝曰是寃鬼當便直陳爲汝昭雪女哽咽而前歷言道士殺已狀遣已狀宰差役馳去至柳樹下道士果在捉還一鞫而服人犯乃釋宰問女寃雪何歸女曰將從大人宰曰我署中無處可容不如暫歸汝家女良

久曰官署即吾家我將入矣寧又問音響已寂退入宅
中則夫人生女矣

土偶

沂水馬姓者娶妻王氏琴瑟甚敦馬早逝王父母欲奪
其志王矢不他姑憐其少勸之王不聽母曰汝志良佳
然齒太幼兒又無出每見有勉强於初而貽羞於後者
固不如早嫁猶恒情也王正容以死自誓母乃任之女
命塑土肖夫像每食酹獻如生時一夕將寢忽見土偶
人欠伸而下駭心愕顧即已暴長如人眞其夫也女懼

呼母鬼止之曰勿爾感卿情好幽壤酸辛一門有忠貞數世祖宗皆有榮光吾父生有損德應無嗣遂至促我茂齡冥司念爾苦節故令我歸與汝生一子承祧緒女亦沾襟遂燕好如生平雞鳴即下榻去如此月餘覺腹微動鬼乃泣曰限期已滿從此永訣矣遂絕女初不言既而腹漸大不能隱陰以告母母疑涉妄然窺女無他大惑不解十月果舉一男向人言之聞者罔不匿笑女亦無以自伸有里正故與馬有郤告諸邑令令拘訊鄰人並無異言令曰聞鬼子無影有影者僞也抱兒日中

影淡淡如輕煙然又刺兒指血傅土偶上立入無痕取
他偶塗之一拭便去以此信之長數歲口鼻言動無一
不肖馬者羣疑始解

黎氏

龍門謝中條者佻達無行三十餘喪妻遺二子一女晨
夕啼號縈累甚苦謀聘繼室低昂未就暫僱傭媼撫子
女一日翔步山途忽一婦人出其後待以窺覘是好女
子年二十許心悅之戲曰娘子獨行不畏怖耶婦走不
對又曰娘子纖步山徑殊難婦仍不顧謝四望無人近

身側遽挐其腕曳入幽谷將以强合婦怒呼曰何處强人橫來相侵謝牽挽而行更不休止婦步履跌蹶困窘無計乃曰燕婉之求乃若此耶緩我當相就耳謝從之偕入靜壑野合旣已遂相欣愛婦問其里居姓氏謝以實告亦問婦婦言妾黎氏不幸早寡姑又殞歿塊然一身無所依倚故常至母家耳謝曰我亦鰥也能相從乎婦問君有子女無也謝曰實不相欺若論枕席之事交好者亦頗不乏祇是兒啼女哭令人不耐婦躊躇曰此大難事觀君衣服襪履欵樣亦只平平我自謂能辦但

繼母難作恐不勝誚讓也謝曰請無疑阻我自不言人何干預婦亦微納轉而慮曰肌膚已沾有何不從但有悍伯每以我爲奇貨恐不久諧將復如何謝亦憂皇請與逃竄婦曰我亦思之爛熟所慮家人一洩兩非所便謝云此即細事家中惟一孤媼立便遣去婦喜遂與同歸先匿外舍即入遣媼訖掃榻迎婦倍極懽好婦便操作兼爲兒女補綴辛勤甚至謝得婦嬖愛異常日惟閉門相對更不通客月餘適以公事出反關乃去及歸則中門嚴閉扣之不應排闥而入渺無人跡方至寢室一

巨狼銜門躍出幾驚絕入視子女皆無鮮血殷地惟三頭存焉返身追狼已不知所之矣

異史氏曰士則無行報亦怪矣再娶者皆引狼入室耳況將於野合逃竄中求賢婦哉

柳氏子

膠州柳西川法內史之主計僕也年四十餘生一子溺愛甚至縱任之惟恐拂既長蕩侈踰檢翁囊積為空無何子病翁故蓄善騾子曰騾肥可啗殺啖我我病可愈柳謀殺蹇劣者子聞之卽大怒罵疾益甚柳懼殺騾以

進子乃喜然嘗一臠便棄去疾卒不滅尋斃柳悼歎欲死後三四年村人以香社登岱至山半見一人乘騾駛行而來怪似柳子比至果是下騾徧揖各道寒暄村人共駭亦不敢詰其死但問在此何作荅云亦無甚事東西奔馳而已便問逆旅主人姓名衆具告之柳子拱手曰適有小故不暇敘閒濶明日當相謁上騾遂去衆既歸寓亦謂其未必即來明旦俟之子果至繫騾廐柱趨進笑言衆謂尊大人日切思慕何不一歸省侍子訝問言者何人衆以柳對子神色俱變久之曰彼既見思請

歸傳語我於四月七日在此相候言訖別去衆歸以情
致翁翁大哭如期而往自以其故告主人主人止之曰
曩見公子神情冷落似未必有嘉意以我卜也殆不可
見柳涕泣不信主人曰我非阻君神鬼無常恐遭不善
如必欲見請伏櫝中待其來察其辭色可見則出柳如
其言旣而子果至問柳某來否荅云無子盛氣罵曰老
畜產那便不來主人驚曰何罵父荅曰彼是我何父初
與結義爲客侶不圖包藏禍心隱我血貲悍不還今願
得而甘心何父之有言已出門曰便宜他柳在櫝中歷

歷聞之汗流浹踵不敢出氣主人呼之乃出狠狽而歸異史氏曰暴得多金何如其樂所難堪者償耳蕩費殆盡尚不忘於夜臺怨毒之於人甚矣哉

上仙

癸亥三月與高季文赴稷下同居逆旅季文忽病會高振美亦從念東先生至郡因謀醫藥聞袁鱗公言南郭梁氏家有狐仙善長桑之術遂共詣之梁四十已來女子也致綏綏有狐意入其舍複室中挂紅幕探幕以窺壁間懸觀音像又兩三軸跨馬操矛騶從紛沓北壁下

有案案頭小座高不盈尺貼小錦褥云仙人至則居此衆焚香列揖婦擊磬三口中隱約有辭祝已肅客就外榻坐婦立簾外理髪支頤與客語具道仙人靈蹟久之日漸曛衆恐礙夜難歸煩再祝請婦乃擊磬重禱轉身復立曰上仙最愛夜談他時往往不得遇昨宵有候試秀才攜肴酒來與上仙飲上仙亦出良醖酬諸客賦詩歡笑散時更漏向盡矣言未已聞室中細細繁響如蝙蝠飛鳴方凝聽間忽案上若墮巨石聲甚厲婦轉身曰幾驚怖煞人便聞案上作歎咤聲似健叟婦以蕉扇隔

小座座上大言曰有緣哉抗聲讓座又似拱手爲禮已而問客何所諭敎高振美遵念東先生意問見菩薩否答云南海是我熟徑如何不見又閻羅亦更代否曰與陽世等耳閻羅何姓曰姓曹已乃爲季文求藥曰歸當夜祀茶水我於大士處討藥奉贈何恙不已衆各有問悉爲剖決乃辭而歸過宿季文少愈余與振美治裝先歸遂不暇造訪矣

侯靜山

高少宰念東先生云崇禎間有猴仙號靜山托神於河

閒之叟與人談詩文決休咎娓娓不倦以肴核置案上啗飲狼籍但不能見之耳時先生祖寢疾或致書云俟靜山百年人也不可不晤遂以僕馬往招叟叟至經日仙猶未來焚香祠之忽聞屋上大聲歎贊曰好人家衆驚顧俄檐閒又言之叟起曰大仙至矣羣從叟岸幘出迎又聞作拱致聲旣入室遂大笑縱談時少宰兄弟尚諸生方入闈歸仙言二公闈卷亦佳但經不熟再須勤勉雲路亦不遠矣二公敬問祖病曰生死事大其理難明因共知其不祥無何太先生謝世

舊有猴人弄猴於村猴斷鎖而逸不可追入山中數十年人猶見之其走飄忽見人則竄後漸入村中竊食果餌人皆莫之見一日爲村人所睹逐諸野射而殺之而猴之鬼竟不自知其死也但覺身輕如葉一息百里遂往依河間叟曰汝能奉我我爲汝致富因自號靜山云

郭生

郭生邑之東山人少嗜讀但山村無所就正年二十餘字畫多訛先是家中患狐服食器用輒多亡失深患苦

之一夜讀卷置案頭被狐塗鴉甚者狼籍不辨行墨因擇其稍潔者輯讀之僅得六七十首心甚恚憤而無如何又積窗課廿餘篇待質名流晨起見翻攤案上墨汁濃泚殆盡恨甚會王生者以故至山素與郭善登門造訪見污本問之郭具言所苦且出殘課示王王諦玩之其所塗留似有陽秋又覆視涴卷類冗雜可删訝曰狐似有意不唯勿患當即以爲師過數月回視舊作頓覺所塗良確於是改作兩題置案上以覘其異比曉又塗之積年餘不復塗但以濃墨灑作巨點淋漓滿紙郭異

之持以白王王閱之曰狐眞爾師也佳幅可售矣是歲果入邑庠郭以是德狐恒置雞黍備狐啗飲每市房書名稿不自選擇但決於狐由是兩試俱列前名入闈中副車時葉繆諸公稿風雅艷麗家傳而戶誦之郭有鈔本愛惜臻至忽被傾濃墨椀許於上汚濆幾無餘字又擬題構作自覺快意悉浪塗之於是漸不信狐無何葉公以正文體被收又稍稍服其先見然每作一文經營慘澹輒被塗汚自以屢拔前矛心氣頗高以是益疑狐妄乃錄向之濃墨灑點者試之狐又盡泚之乃笑曰是

眞妄矣何前是而今非也遂不爲狐設饌取讀本鎖箱篋中旦見封固儼然啟視則卷面塗四畫粗於指第一章盡五二章亦盡五後卽無有矣自是狐竟寂然後郭一次四等兩次五等始知其兆已寓意於畫也

異史氏曰滿招損謙受益天道也名小立遂自以爲是執葉繆之餘習狃而不變勢不至一敗塗地不止也滿之爲害如是夫

邵士梅

邵進士名士梅濟寧人初授登州教授有二老秀才投

剌睹其名似甚熟識凝思良久忽憶前身便問齋夫某生居某村否又言其丰範一一脗合俄兩生入執手傾語歡若平生談次問高東海近況二生荅瘐死廿餘年矣今一子尚存此鄉中細民何以見知邵笑云我舊戚也先是高東海素無賴然性豪爽輕財好義有負租而鬻女者傾囊代贖之私一娼娼坐隱盜官捕甚急逃匿高家官知之收高備極搒掠終不服尋死獄中其死之日即邵生辰後邵至某村卹其妻子遠近皆知其異此高少宰言之即高公子翼良同年也

王漁洋云邵前生爲棲霞人與其妻三世爲夫婦事更奇也高東海以病死非痰死邵自述甚詳

邵臨淄

臨淄某翁之女太學李生妻也未嫁時有術士推其造決其必受官刑翁怒之既而笑曰妄言一至於此無論世家女必不至公庭豈一監生不能庇一婦乎既嫁悍甚指罵夫壻以爲常李不堪其虐忿鳴於官邑宰邵公准其詞簽役立勾翁聞之大駭率子弟登堂哀求寢息弗許李亦自悔求罷公怒曰公門內豈作輟盡由爾耶

必拘質審既到畧詰一二言便曰眞悍婦杖責三十臀肉盡脫

異史氏曰公豈有傷心於閨闥耶何怒之暴也然邑有賢宰里無悍婦矣誌之以補循吏傳之所不及者

單父宰

青州民某五旬餘繼娶少婦二子恐其復育乘父醉潛割睾丸而藥糝之父覺托病不言久之創漸平忽入室刀縫綻裂血溢不止尋斃妻知其故訟於官官械其子果伏駭曰余今爲單父宰矣並誅之

邑有王生者娶月餘而出其妻妻父訟之時辛公宰淄問王何故出妻答云不可說固詰之曰以其不能産有耳公曰妄哉月餘新婦何知不産忸怩久之告曰其陰甚偏公笑曰是則偏之爲害而家之所以不齊也此可與單父宰並傳一笑也

閻羅甍

巡撫某公父先爲南服總督殂謝已久公一夜夢父來顏色慘慄告曰我生平無多孽愆祇有鎮師一旅不應調而悞調之途逢海寇全軍盡覆今訟於閻君刑獄酷

毒實可畏凜閻羅非他明日有經歷解糧至魏姓者是
也當代哀之勿忘醒而異之意未深信旣寐又夢讓之
曰父罹厄難尚弗鏤心猶妖夢置之耶公大異之明日
洒心審閱果有魏經歷轉運初至卽刻傳入使兩人捺
坐而後起拜如朝叅禮拜已長跽漣洏而告以故魏初
不肯自任公伏地不起魏乃云然其有之但陰曹之法
非若陽世夢夢可以上下其手卽恐不能爲力公哀之
益切魏不得已諾之公又求其速理魏籌思慮無靜所
公請爲糞除賓廨許之公乃起又求一往窺聽魏不可

強之再四囑曰去即勿聲且冥刑雖慘與世不同暫寘若死其實非死如有所見無庸駭怪至夜潛伏廨側見堦下囚人斷頭折臂者紛雜無數墀中置火鐺油鑊數人爇薪其下俄見魏冠帶出升座氣象威猛迥與曩殊羣鬼一時都伏齊鳴寃苦魏曰汝等命戕於寇寃自有主何得妄扳官長衆鬼譁言曰例不應調乃被妄檄前來遂遭凶害誰貽之寃魏又曲爲解脫衆鬼嗥寃其聲訩動魏乃喚鬼役可將某官赴油鼎畧入一煠於理亦當察其意似欲借此以洩衆忿言一出即有牛首阿旁

執公殳至卽以利叉刺入油鼎公見之中心慘怛痛不可忍不覺失聲一號而庭中寂然萬形俱滅公歎咤而歸及明視魏已死於廨中松江張禹定言之以非佳名故諱其人

顛道人

顛道士不知姓名寓蒙山寺歌哭不常人莫之測或見其煮石爲飯者會重陽有邑貴載酒登臨輿蓋而往宴罷過寺甫及門則道士赤足著破衲自張黃蓋作警蹕聲而出意近玩弄邑貴慚怒揮僕輩逐罵之道人笑而

卻走逐急棄蓋共毀裂之片片化爲鷹隼四散羣飛衆始駭蓋柄轉成巨蟒赤鱗耀目衆譁欲奔有同遊者止之曰此不過翳眼之幻術耳烏能噬人遂操刀直前蟒張吻怒逆吞客嚥之衆益駭擁貴人急奔息於三里之外使數人逡巡往探漸入寺則人蟒俱無方將返報聞老槐內喘急如驢駭甚初不敢前潛蹤移近之見樹杇中空有竅如盤試一攀窺則鬭蟒者倒植其中而孔大僅容兩手無術可以出之急以刀劈樹比樹開而人已死踰時少蘇舁歸道士不知所之矣

異史氏曰張蓋游山厥氣浹於骨髓仙人遊戲三昧一
何可笑予鄉殷生文屏畢司農之妹夫也爲人玩世不
恭章邱有周生者以寒賤起家出必駕肩而行亦與司
農有瓜葛之舊值太夫人壽殷料其必來先候於道著
猪皮鞾公服持手本俟周輿至鞠躬道左唱曰淄川生
員接章邱生員周慚下輿畧致數語而别少閒同聚於
司農之家冠裳滿座視其服色無不竊笑殷傲睨自若
旣而筵終出門各命輿馬殷亦大聲呼殷老爺獨龍車
何在有二健僕橫扁杖於前騰身跨之致聲拜謝飛馳

而去殷生亦仙人之亞也

鬼令

教諭展先生灑脫有名士風然酒狂不持儀節每醉歸輒馳馬殿墀墀上多古栢一日縱馬入觸樹頭裂自言子路怒我無禮擊腦破矣中夜遂卒邑中某乙者負販其鄉夜宿古刹更靜人稀忽見四五人攜酒入飲展亦在焉酒數行或以字爲令曰田字不透風十字在當中十字推上去古字贏一鍾一人曰回字不透風口字在當中口字推上去呂字贏一鍾一人曰囹字不透風令

字在當中令字推上去含字嬴一鍾又一人曰困字不透風木字在當中木字推上去杳字嬴一鍾未至展凝思不得衆笑曰既不能令須當受命飛一觥來展云我得之矣曰字不透風一字在當中衆又笑曰推作何物展吸盡曰一字推上去一口一大鍾相與大笑未幾出門去某不知展死竊疑其罷官歸也及歸問之則展死已久始悟所遇者鬼耳

閻羅宴

靜海邵生者家貧值母初度備牲酒祀於庭拜已而起

則案上肴饌皆空甚駭以情告母母疑其困乏不能爲壽故詭言之邵默然無以自白無何學使案臨苦無資斧薄貸而往途遇一人伏候道左邀請甚殷從去見殿閣樓臺彌亘街路既入一王者坐殿上邵伏拜王者霽顏命坐即賜宴飲因曰前過華居廝僕輩道路飢渴有叨盛饌邵愕然不解王者曰我忤官王也不記尊堂設帨之辰乎筵終出白鏹一裹曰豚蹄之擾聊以相報受之而出則宮殿人物一時都渺惟有大樹數章蕭然道側視所贈則真金秤之得五兩考終止耗其半猶懷歸

以奉母焉

畫馬

臨清崔生家窶貧圃垣不修每晨起輒見一馬臥露草間黑質白章惟尾毛不整似火燎斷者逐去夜又復來不知其所自至崔有善友官於晉每欲往就之而苦無健步遂捉馬施勒乘之而去囑家人曰倘有尋馬者當如晉以告既就途馬騖駛瞬息百里夜不甚餤芻豆意其病次日緊銜不令馳而馬蹄嘶噴沫健怒如昨復縱之午已達晉時騎於市廛觀者無不稱歎晉王聞之以

重直購之崔恐爲失者所尋以故不敢售居半年家中無耗遂以八百金貨於晉邸自乃市健騾以歸後王以急故遣校尉騎赴臨清馬逸追至崔之東鄰入門不可復見索諸主人主曾姓實莫之睹及入其室見壁間挂子昂畫馬一幀內一匹毛色渾似尾處爲香炷所燒始悟馬畫妖也校尉難復王命因訟曾時崔得馬貲居積盈萬自願以直貸曾付校尉而去曾甚德之而不知其即當年之售主也

放蝶

長山王進士峠生爲令時每聽訟按律之輕重罰令納蝶自贖堂上千百齊放如風飄碎錦王乃拍案大笑一夜夢一女子衣裳華好從容而入曰遭君虐政姊妹多物故當使君先受風流之小譴耳言已化爲蝶迴翔而去明日方獨酌署中忽報直指使至皇遽而出閨中戲以素花簪冠上忘除之直指見之以爲不恭大受詬罵而返由是罰蝶令遂止

青城于重寅性放誕爲司理時元夕以火花爆竹縛驢上首尾並滿牽登太守之門擊柝而請自白某獻

火驢幸出一覽時太守有愛子患痘心緒方惡辭之于固請之太守不得已使閽人啟鑰門甫闢于火發機推驢入爆震驢驚踶趹狂奔又飛火射人人莫敢近驢穿堂入室破甌毀甑火觸成塵窗紗都燼家人大譁痘兒驚陷終夜而死太守痛恨將搊劾之于浼諸司道登堂負荊乃免

鬼妻

泰安聶鵬雲與妻某魚水甚諧妻遘疫卒聶坐臥悲思忽忽若失一夕獨坐妻忽推扉入聶驚問何來答云妾

已鬼矣感君悼念哀白地下主者聊與作幽會聶喜攜就牀寢一切無異於常從此星離月會積有年餘聶亦不復言娶伯叔兄弟懼墮宗主私勸聶鸞續聶從之聘於良家然恐妻不樂秘之未幾吉期逼邇鬼知其情責之曰我以君義故冒幽冥之譴今乃質盟不卒鍾情者固如是乎聶述宗黨之意鬼終不悅謝絕而去聶雖憐之而計亦得也迨合巹之夕夫婦俱寢鬼忽至就牀上摑新婦大罵何得占我牀寢新婦起力與撐拒聶惕然赤蹲並無敢左右袒無何雞鳴鬼乃去新婦疑聶妻故

未死謂其賺己投繯欲自縊聶爲之緬述新婦始知爲鬼日夕復來新婦懼避之鬼亦不與聶寢但以指掐膚肉已乃對燭怒相視默默不作一語如是數夕聶患之近村有良於術者削桃爲杙釘墓四隅其怪始絕

醫術

張氏者沂之貧民途中遇一道士善風鑑相之曰子當以術業富張曰宜何從又顧之曰醫可也張曰我僅識之無耳烏能是道士笑曰迂哉名醫何必多識字乎但行之耳既歸貧無業乃摭拾海上方即市廛中除地作

肆設魚牙蜂房謙升斗於口舌之閒而人亦未之奇也會青州太守病嗽牒檄所屬徵醫沂故山僻少醫工而令懼無以塞責又責里中使自報於是共舉張令立召之張方痰喘不能自療聞命大懼固辭令弗聽卒郵送去路經深山渴極咳愈甚入村求水而山中水價與玉液等徧乞之無與者見一婦漉野菜菜多水寡盎中濃濁如涎張燥急難堪便乞餘瀋飲之少閒渴解嗽亦頓止陰念殆良方也比至郡諸邑醫工已先施治並未痊減張入求密所僞作藥目傳示內外復遣入於民閒索

諸藜藿如法淘汰訖以汁進太守一服病良已太守大悅賜賚甚厚旌以金扁由此名大譟門常如市應手無不悉效有病傷寒者言症求方張適醉悞以瘧劑予之醒而悟之不敢以告人三日後有盛儀造門而謝者問之則傷寒之人大吐大下而愈矣此類甚多張由此稱素封益以聲價自重聘者非重貲安輿不至焉

益都韓翁名醫也其未著時貨藥於四方暮無所宿投止一家則其子傷寒將死因請施治韓思不治則去此莫適而治之誠無術往復跐踱以手搓體而汗

成片捻之如丸頓愳以此給之當亦無所害曉而不愈已賺得寢食安飽矣遂付之中夜主人撾門甚急意其子死恐被侵辱驚起踰垣疾遁主人追之數里韓無所逃始止乃知病者汗出而愈矣挽回歎宴豐隆臨行厚贈之

蛐蜒

學使朱齋三家有蛐蜒長數尺每遇風雨即出如白練然

何仙

長山王公子瑞亭能以乩卜神自稱何仙爲純陽弟子

或謂是呂祖所跨鶴云每降輒與人論文作詩李太史質君師事之丹黄課藝理緒明切太史揣摩成賴何仙力居多爲因之文學士多皈依之然爲人決疑難事多憑理不甚言休咎辛未歲朱文宗案臨濟南試後諸友請決等第何仙索試藝悉月旦之座中有與樂陵李忭相善者李固好學深思之士衆屬望之因出其文代爲之請乩註云一等少間又書云適評李文據文爲斷然此生運數大晦應犯夏楚異哉文與數不相符豈文宗不論文耶諸公少待試一往探之少頃又書云我適至

提學署中見文宗公事旁午所焦慮者殊不在文也一切寘付幕客客六七人粟生例監都在其中前世全無根氣大半餓鬼道中遊魂乞食於四方者也曾在黑暗獄中八百年損其目之精氣如人久在洞中乍出則天地異色無正明也中有一二爲人身所化者閱卷分曹恐不能適相值耳衆問挽回之術書云其術至實人所共曉何必問衆會其意以告李李懼以文質孫太史子未且訴以兆太史賛其文因解其惑李以太史海內宗匠心益壯乩語不復置懷後案發竟居四等太史大駭

取其文復閱之殊無疵摘評云石門公祖素有文名必不悠謬至此是必幕中醉漢不識句讀所爲於是衆益服何仙之神共焚香祝謝之乩書曰李生勿以暫時之屈遂懷慚怍當多寫試卷益暴之明歲可得優等李如其教久之署中頗聞懸牌特慰之次歲果列前名

潞令

宋國英東平人以教習授潞城令貪暴不仁催科尤酷斃杖下者狠藉於庭余鄉徐白山適過之見其橫鹹曰爲民父母威嚴固至此乎宋揚揚作得意之詞曰喏不

敢官雖小蒞任百日誅五十八人矣後半年方據案視

事忽瞪目而起手足撓亂似與人撐拒狀自言曰我罪

當死我罪當死扶入署中踰時尋卒嗚呼幸有陰曹兼

攝陽政不然顛越貨多則卓異聲起矣流毒安窮哉

異史氏曰潞子故區其人魂魄毅故其爲鬼雄今有一

官握篆於上必有一二鄙流風承而痔舐之其方盛也

則竭攫未盡之膏脂爲之具錦屏其將敗也則驅誅未

盡之肢體爲之乞保留官無貪廉每蒞一任必有此兩

事赫赫者一日未出則蚩蚩者不敢不從積習相傳沿

爲成規其亦取笑於潞城之鬼也已

河閒生

河閒某生場中積麥穰如邱家人日取爲薪洞之有狐居其中常與主人相見老翁也一日屈主人飲拱生入洞生難之强而後入入則廊舍華好卽坐茶酒香洌但日色蒼黃不辨中夕筵罷旣出景物俱杳翁每夜往夙歸人莫能跡問之則言友朋招飲生請與俱翁不可固請之翁始諾挽生臂疾如乘風可炊黍時至一城市入酒肆見坐客良多聚飲頗譁乃引生登樓上下視飲者

几案杯盌可以指數翁自下樓任意取案上酒果懷來供生筵中人曾莫之覺移時生視一朱衣人前列金橘命翁取之曰此正人不可近生默念狐與我游必我邪也自今以往我必正方一注想覺身不自主眩墮樓下飲者大駭相譁以妖生仰視竟非樓上乃梁間耳以實告衆衆審其情確贈而遣之問其處乃魚臺去河間千里云

杜翁

杜翁沂水人偶自市中出坐牆下以候同游覺少倦忽

若夢見一人持牒攝去至一府署從來所未經一人戴瓦壠冠自內出則青州張某其故人也見杜驚曰杜大哥何至此杜言不知何事但有勾牒張疑其悞將爲查驗乃囑曰謹立勿他適恐一迷失將難救挽遂去久之不出唯持牒人來自認其悞釋令歸杜別而行途中遇六七女郎容色媚好悅而尾之下道趨小徑行十數步聞張在後大呼曰杜大哥汝將何往杜迷戀不已俄見諸女入一圭竇心識爲王氏賣酒者之家不覺探身門內畧一窺瞻卽見身在笠中與諸小猳同伏豁然自悟

已化豕矣而耳中猶聞張呼大懼急以首觸壁聞人言曰小豕顛癇矣還顧已復爲人遽出門則張候於途責曰固囑勿他往何不聽信幾至壞事遂把手送至市門乃去杜忽醒則身猶倚壁間詣王氏問之果有一豕自觸死云

林氏

濟南戚安期素佻達喜狎妓妻婉戒之不聽妻林氏美而賢會北兵入境被俘去暮宿途中欲相犯林僞諾之適兵佩刀繫牀頭急抽刀自剄死兵舉而委諸野次日

捉舍去有人傳林死戚痛悼而往視之有微息負而歸目漸動稍稍嚬呻扶其項以竹管滴瀝灌飲能咽戚撫之曰卿萬一能活相負者必遭凶折半年林平復如故但首爲頸痕所牽常若左顧戚不以爲醜愛戀逾於平昔曲巷之游從此絕迹林自覺形穢將爲置媵戚執不可居數年林不育因勸納婢戚曰業誓不二鬼神寧不聞之卽似續不承亦吾命耳若未應絕卿豈老不能生者耶林乃托疾使戚獨宿遣婢海棠襆被臥其牀下既久陰以宵情問婢婢言無之林不信至夜戒婢勿往自

詣婢臥少間聞牀上睡息已動潛起登牀捫之戚醒問誰林耳語曰我海棠也戚卻拒曰我有盟誓不敢更也若似曩年尚須汝奔就耶林乃下牀出戚自是孤眠林使婢托己往就之戚念妻生平曾未肯作不速之客疑焉摸其項無痕知爲婢又出之婢慚而退既明以情告林使速嫁婢林笑云君亦不必過執倘得一丈夫子郎亦幸甚戚曰苟背盟誓鬼責將及尚望延宗嗣乎林翼日笑語戚曰凡農家者流苗與秀不可知播種常例不可違晚間耕耨之期至矣戚笑會之既夕林滅燭呼婢

使臥已衾中戚入就榻戲曰佃人來矣深愧錢鏄不利負此良田婢不語旣而舉事婢小語曰私處小腫頗猛不任戚體意溫卹之事已婢僞起溺以林易之自此時値落紅輒一爲之而戚不知也未幾婢腹震林每使靜坐不令給役於前故謂戚曰妾勸內婢而君弗聽設爾日冒妾時君慢信之交而得孕將復何如戚曰畱犢鬻母林乃不言無何婢舉一子林暗買乳媼抱養母家積四五年又產一子一女長子名長生已七歲就外祖家讀林半月輒托歸寧一往看視婢年益長戚時時促遣

之林輒諾婢日思兒女林從其願竊爲上鬟送詣母家謂戚曰日謂我不嫁海棠母家有義男業配之又數年子女俱長成值戚初度林先期治具爲候賓友戚歎曰歲月鶩過忽已半世幸各強健家亦不至凍餒所闕者膝下一點林曰君執拗不從妾言夫誰怨然欲得男兩亦非難何況一也戚解顏曰既言不難明日便索兩男林言易耳早起命駕至母家嚴妝子女載與俱歸入門令雁行立呼父叩祝千秋拜已而起相顧嬉笑戚駭怪不解林曰君索兩男妾添一女始爲詳述本末戚喜曰

何不早告曰早告恐絶其母今子已成立尚可絶乎戚感極涕不自禁乃迎嫂歸偕老焉古有賢姬如林者可謂聖矣

大鼠

萬歷間宮中有鼠大與貓等爲害甚劇徧求民間佳貓捕制輒被噉食適異國來貢獅貓毛白如雪抱投鼠屋闔其扉潛窺之貓蹲良久鼠逡巡自穴中出見貓怒奔之貓避登几上鼠亦登貓則躍下如此往復不啻百次衆咸謂貓怯以爲是無能爲者旣而鼠跳擲漸遲碩腹

似喘蹲地上少休貓即疾下爪掬頂毛口齕首領輾轉
爭持䦨貓聲嗚嗚鼠聲啾啾啓扉急視則鼠首已嚼碎
矣然後知貓之避非怯也待其惰也彼出則歸彼歸則
復用此智耳噫匹夫按劍何異鼠子

胡大姑

益都岳於九家有狐祟布帛器具輒被拋擲鄰堵蓄細
葛將取作服見細卷如故解視則邊實而中虛悉被翦
去諸如此類不堪其苦亂詬罵之岳戒止云恐狐聞狐
在梁上曰我已聞之矣由是祟益甚一日夫妻臥未起

狐攝衾服去各白身蹲牀上望空哀祝之忽見女子自窗入擲衣牀頭視之不甚脩長衣絳紅外襲雪花比甲岳著衣揖之曰上仙有意垂顧即勿相擾請以爲女如何狐曰我齒較汝長何得妄自尊又請爲姊妹乃許之於是命家人皆呼以胡大姑時顏鎭張八公子家有狐居樓上恒與人語岳問識之否答云是吾家喜姨何得不識岳曰彼喜姨曾不擾人汝何不效之狐不聽擾如故猶不甚祟他人而專祟其子婦履襪簪珥往往棄道上每食輒於粥椀中埋死鼠或糞穢婦輒擲椀罵騷狐

並不禱免岳祝曰男女輩皆呼汝姑何冡無尊長體耶狐曰教汝子出若婦我爲汝媳便相安矣子婦罵曰淫狐不慚欲與人爭漢子耶時婦坐衣笥上忽見濃煙出尻下熏熱如籠啟視藏裳俱燼剩一二事皆姑服也又使岳子出其婦子不應過數日又促之仍不應狐怒以石擊之額破裂血流幾斃岳益患之西山李成爻善符水因幣聘之李以泥金寫紅絹作符三日始成又以鏡縛梃上捉作柄徧照宅中使童子隨視有所見卽急告至一處童言牆上若犬伏李卽戟手書符其處旣而禹

步庭中咒移時即見家中犬豕並來帖耳戢尾若聽教命李揮曰去即紛然魚貫而去又咒羣鴨即來又揮去之已而雞至李指一雞大叱之他雞俱去此雞獨伏交翼長鳴曰予不敢矣李曰此物是家中所作紫姑也家人並言不曾作李曰紫姑今尚在因共憶三年前曾爲此戲怪異即自爾月始也徧搜之見芻偶猶在廄梁上李取投火中乃出一酒瓻三咒三叱雞起逕去聞瓻口言曰岳四狠哉數年後當復來岳乞付之湯火李不可攜去或見其壁間挂數十瓶塞口者皆狐也言其以次

縱之出爲祟因此獲聘金居爲奇貨云

狼三則

有屠人貨肉歸日已暮欻一狼來瞰擔中肉似甚垂涎步亦步尾行數里屠懼之以刃則稍卻既走又從之屠無計默念狼欲者肉不如姑懸諸樹而蚤取之遂鉤肉翹足挂樹閒示以空空狼乃止屠即逕歸昧爽往取肉逕望樹上懸巨物似人縊死狀大駭逡巡近之則死狼也仰首審視見口中含肉肉鉤刺狼腭如魚吞餌時狼革價昂直十餘金屠小裕焉緣木求魚狼則罹之亦可

笑已

一屠晚歸擔中肉盡止有剩骨途中兩狼綴行甚遠屠懼投以骨一狼得骨止一狼仍從復投之後狼止而前狼又至骨已盡矣而兩狼之並驅如故屠大窘恐前後受其敵顧野有麥場場主積薪其中苫蔽成邱屠乃奔倚其下弛擔持刀狼不敢前眈眈相向少時一狼逕去其一犬坐於前久之目似瞑意暇甚屠暴起以刀劈狼首又數刀斃之方欲行轉視積薪後一狼洞其中意將隧入以攻其後也身已半入止露尻尾屠自後斷其股

亦斃之乃悟前狼假寐蓋以誘敵狼亦黠矣而頃刻兩斃禽獸之變詐幾何哉止增笑耳

一屠暮行爲狼所逼道旁有夜耕者所遺行室奔入伏焉狼自苫中探爪入屠急捉之令不可去顧無計可以死之惟有小刀不盈寸遂割破爪下皮以吹豕之法吹之極力吹移時覺狼不甚動方縛以帶出視則狼脹如牛股直不能屈口張不得闔遂負之以歸非屠烏能作此謀也三事皆出於屠則屠人之殘殺狼亦可用也

藥僧

濟寧某偶於野寺外見一遊僧向陽捫蝨杖挂葫蘆似賣藥者因戲曰和尚亦賣房中丹否僧曰有弱者可強微者可鉅立刻而效不俟經宿某喜求之僧解衲角出藥一丸如黍大令吞之約半炊時下部暴長踰刻自捫增於舊者三之一心猶未滿窺僧起遺溺解衲拈二三丸並吞之俄覺膚若裂筋若抽項縮腰橐而陰長不已大懼無術僧返見其狀驚曰子必竊吾藥矣急與一丸始覺休止解衣自視則幾與兩股鼎足而三矣縮頸蹣跚而歸父母皆不能識從此爲廢物日臥街上多見之

者

太醫

萬歷閒孫評事少孤母十九歲守栢舟之節孫舉進士而母已死嘗語人曰我必博誥命以光泉壤始不負萱堂苦節忽得暴病綦篤素與太醫善使人招致之使者出門而疾以劇張目曰生不能揚名顯親何以見老母地下乎遂卒目不瞑無何太醫至聞哭聲即入臨弔見其狀異之家人告以故太醫曰欲得誥贈耶亦匪難令皐后早晚臨盆矣但活十餘日誥命可得立命取艾灸

尸一十八處炷將盡牀上已呻急灌以藥居然復生囑曰切記勿食熊虎肉共誌之然以此物不常有頗不關意旣而三日平復仍從朝賀過六七日果生太子召賜羣臣宴中使出異品徧賜文武白片朱絲甘美無比孫啖之不知何物次日訪諸同僚曰熊膰也大驚失色卽刻而病至家而卒

農婦

邑西磁窰塢有農人婦勇健如男子輒爲鄉中排難解紛與夫異縣而居夫家高苑距淄百餘里偶一來信宿

便去婦自負顔山販陶器爲業有贏餘則施丐者一夕與鄰婦語忽起曰小腹微痛想孽障欲離身也遂去天明往探之則見其肩荷釀酒巨甕二方將入門隨至其室則有嬰兒繃臥駭問之蓋娩後已負重百里矣故與北巷尼善訂爲姊妹後聞尼有穢行忿然操杖將復撻楚衆苦勸而止一日遇尼於途遽批之問何罪亦不荅拳石交施至不能號乃釋而去

異史氏曰世言女丈夫猶自知非丈夫也婦並忘其爲巾幗矣其豪爽自快於古劍仙何以少殊毋亦其夫亦

即磨鏡者流耶

郭安

孫五粒有僮僕獨宿一室恍惚被人攝去至一宮殿見閻羅在上視之曰悞矣此非是因遣送還旣歸大懼移宿他所遂有僚僕郭安者見其榻上空閒因就寢焉又一僕李祿與僮有夙怨久將甘心是夜操刀入捫之以爲僮也竟殺之郭父鳴於官時陳其善爲邑宰殊不苦之郭哀號言半生止此子今將何以聊生陳卽判李祿爲己之子郭含寃而退此不奇於僮之見鬼而奇於陳

之折獄也

王漁洋云新城令陳端菴凝性仁柔無斷王生與哲典居宅於人久不給直訟之官陳不能決但曰毛詩有云維鵲有巢維鳩居之生爲鵲可也濟之西邑有殺人者其婦訟之邑令怒立拘凶犯至拍案罵曰人家好好夫婦直令寡耶即以汝配之亦令汝妻守寡遂判合之此等明決皆是甲榜所爲他途不能也而陳亦爾爾何途無才

查牙山洞

章邱查牙山有石窟如井深數尺許北壁有洞門伏而引領望見之會近村數輩九日登臨飲其處共謀入探之三人受燈縋而下洞高廠與夏屋等入數武稍狹即忽見底底際一竇蛇行始可入燭之漆漆然暗深不測兩人餒而卻退一人奪之火而嗤之銳身塞而進幸隘處僅厚於堵即又頓高濶乃立乃行頂上石參差危聳將墮不墮兩壁嶙嶙峋峋然類寺廟山塑都成鳥獸人鬼形鳥若飛獸若走人若坐若立鬼罔兩示現忿怒奇奇怪怪類多醜少妍心凜凜然作怖畏喜徑夷無少陂

迻巡幾百步西壁開石室門左一怪石鬼面人而立目努口箕張齒舌獰惡左手作拳觸腰際右手叉五指欲攫人心大恐毛森森以立遥望門中有爇灰知有人曾至焉者膽乃稍壯强入之見地上列椀琖泥垢其中然皆近今物非古窖也旁置錫壺四心利之解帶縛項繫腰間卽又旁矚一尸臥西隅兩肱及股四布以横駭極漸審之足躡鋭屣梅花刻底猶存知是少婦人不知何里甃不知何年衣色暗敗莫辨青紅髮蓬蓬似筐許亂絲粘著髑髏上目鼻孔各二瓠犀兩行白皚皚意是口

也存想首顛常有金珠飾以火近腦似有口氣噓燈燈搖搖無定燄纁黃衣動掀掀大懼手搖顫燈即頓滅憶路急奔不敢手索壁恐觸鬼者物也頭觸石仆即復起冷溼浸領頰知是血不覺痛抑不敢呻岔息奔至竇方將伏似有人捉髮住暈然遂絕衆坐井上俟久疑之又縋二人下探身入竇見髮罥石上血淫淫已殭二人失色不敢入坐愁歎俄井上又使二人下中有勇者始健進曳之以出置山上半日方甦言之縷縷所恨未窮其底極窮之必更有佳境也後章令閭之以丸泥封竇不

可復入矣

康熙二十六七年間養母峪之南石崖崩現洞口望之鍾乳林林如密笋然深險無敢入者忽有道士至自稱鍾離弟子言師遣先至糞除洞府郡人供以膏火道士攜之而下墮石笋上貫腹而死報令令封其洞其中必有奇境惜道士之尸解無回音矣

義犬

周村有賈某貿易蕪湖獲重貲賃舟將歸見堤上有屠人縛犬倍價贖之豢養舟上舟人固積寇也窺客裝豐

蕩舟入莽操刀欲殺賈哀賜以全尸盜乃以氈裹置江中犬見之哀鳴投水口銜裹具與共沉浮流蕩不知幾遠淺擱乃止犬泅出至有人處狺狺哀吠或以爲異從之而往見氈束水中引出斷其繩客固未死始言其情復哀舟人載還蕪湖將以伺盜船之歸登舟失犬心甚悼焉抵關三四日估楫如林而盜船不見適有同鄉賈將携俱歸忽犬自來望客鳴嗥喚之卻走客下舟趁之犬奔上一舟嚙人脛股撻之不解客近呵之則所嚙即前盜也衣服與舟皆易故不得而認之矣縛而搜之則

囊金猶在嗚呼一犬也而報恩如是世無心肝者其亦愧此犬也夫

楊大洪

大洪楊先生漣微時爲楚名儒自命不凡科試後聞報優等者時方食含哺出問有楊某否荅以無不覺嗒然自喪噎食入鬲遂成病塊噎阻甚苦衆勸駕令赴遺才錄公患無貲衆醵十金送之行乃强就道夜夢一人告之曰前途有人能愈君病宜苦求之臨去贈以詩有江邊柳下三弄笛拋向江中莫歎息之句明日途次果見

道士坐柳下因便叩請道士笑曰子悞甚矣我何能療病乎請爲三弄可耳因出笛吹之公觸所夢拜求益切且傾囊獻之道士接金擲諸江流公以所來不易啞然驚惜道士曰君未能恝然耶金在江邊請自取之公詣視果然又益奇之呼爲仙道士漫指曰我非仙彼處仙人來矣賺公回顧力拍其項曰俗哉公受拍張吻作聲喉中嘔出一物墮地堛然俯而破之赤絲中裹飯猶存病若失回視道士已杳

異史氏曰公生爲河嶽沒爲日星何必長生乃爲不死

哉或以未能免俗不作天仙因而爲公悼惜余謂天上多一仙人不如世上多一聖賢解者必不議余說之偏也

張貢士

安邱張貢士寢疾仰臥牀頭忽見心頭有小人出長僅半尺儒冠儒服作俳優狀唱崑山曲音清徹說白自道名貫一與已同所唱節末皆其生平所遭四折既畢吟詩而沒張猶記其梗概爲人述之高西園培杞園先生曾細詢之猶述其曲文惜不能全憶

丐仙

高玉成故家子居金城之廣里善針灸不擇貧富輒醫之里中來一丐者脛有廢瘡臥於道膿血狠籍臭不可近居人恐其死日一飴之高見而憐焉遣人扶歸置於耳舍家人惡其臭掩鼻遥立高出艾親爲之灸日餉以疏食數日丐者索湯餅僕人怒訶之高聞卽命僕賜以湯餅未幾又乞酒肉僕走告曰乞人可笑之甚方其臥於道也日求一餐不可得今三飯猶嫌粗糲旣與湯餅又乞酒肉此等貪饕只宜仍棄之道上耳高問其瘡曰

痂漸脫落似能步履顧假咿嚘作呻楚狀高曰所費幾何即以酒肉饋之待其健或不吾讎也僕僞諾之而竟不與且與諸曹偶語共笑主人癡次日高親詣視丐丐跛而起謝曰嘗君高義生死人而肉白骨惠深覆載但新瘥未健妄思饞嚼耳高知前命不行呼僕痛笞之立命持酒炙餌丐者僕銜之夜分縱火焚耳舍乃故呼號高起視舍已燼歎曰丐者休矣督衆救滅見丐者酣臥火中齁聲雷動喚之起故驚曰屋何往羣始驚其異高彌重之臥以客舍衣以新衣日與同坐處問其姓名自

言陳九居數日容益光澤言論多風格又善手談高與對局輒敗乃日從之學頗得其奧秘如此半年丙者不言去高亦一時少之不樂也即有貴客來亦必偕之同飲或擲骰爲令陳每代高呼采雉盧無不如意高大奇之每求作劇輒辭不知一日語高曰我欲告別向受君惠且深今薄設相邀勿以人從也高曰相得甚歡何遽訣絕且君杖頭空虛亦不敢煩作東道主陳固邀之曰盃酒耳亦無所費高曰何處答云園中時方嚴冬高慮園亭苦寒陳固言不妨乃從如園中覺氣候頓暖似三

月初又至亭中益暖異鳥成羣亂哢清咮髣髴蒔春時亭中几案皆鑲以瑙玉有一水晶屏瑩徹可鑑中有花樹搖曳開落不一又有白禽似雪往來勾輈於其上以手撫之殊無一物高愕然良久坐見鸜鵒棲架上呼曰茶來俄見朝陽丹鳳銜一赤玉盤上有玻璃琖二盛香茗伸頸屹立飲已置琖其中鳳銜之振翼而去鸜鵒又呼曰酒來即有青鸞黃鶴翩翩自日中來銜壺銜盃紛置案上頃之則諸鳥進饌往來無停翅珍錯雜陳瞬息滿案肴香酒冽都非常品陳見高飲甚豪乃曰君宏量

是得大爵鸜鵒又呼曰取大爵來忽見日邊烱烱有巨蝶攫鸚鵡盃受斗許翔集案間高視蝶大於雁兩翼綽約文采燦麗亟加贊歎陳喚曰蝶子勸酒蝶展然一飛化爲麗人繡衣翩躚前而進酒陳曰不可無以佐觴女乃仙仙而舞舞到酣際足離於地者尺餘輒仰折其首直與足齊倒翻身而起立身未嘗著於塵埃且歌曰連翩笑語踏芳叢低亞花枝拂面紅曲折不知金鈿落更隨蝴蝶過籬東餘音嫋嫋不啻繞梁高大喜拉與同飲陳命之坐亦飲之酒高酒後心摇意動遽起狎抱視之

則變爲夜叉睛突於背牙出於喙黑肉凹凸怪惡不可狀高驚釋手伏几戰慄陳以箸擊其喙訶曰速去隨擊而化又爲蝴蝶飄然颺去高驚定辭出見月色如洗漫語陳曰君旨酒嘉肴來自空中君家當在天上盍攜故人一遊陳曰可卽與攜手躍起遂覺身在空冥漸與天近見有高門口圓如井入則光明似晝堦路皆蒼石砌成滑潔無纖翳有大樹一株高數丈上開赤花大如蓮紛紜滿樹下一女子擣絳紅之衣於砧上艷麗無雙高木立睛停竟忘行步女子見之怒曰何處狂郎妄來此

處輒以杵投之中其背陳急曳於盧所切責之高被杵酒亦頓醒殊覺汗愧乃從陳出有白雲接於足下陳曰從此别矣有所囑慎志勿忘君壽不永明日速避西山中當可免高欲挽之反身竟去高覺雲漸低身落園中則景物大非歸與妻子言共相駭異視衣上著杵處異紅如錦有奇香早起從陳言裹糧入山大霧障天茫茫然不辨徑路躡荒急奔忽失足墮雲窟中覺深不可測而身幸不損定醒良久仰見雲氣如籠乃自歎曰仙人令我逃避大數終不能免何時出此窟耶又坐移時見

深處隱隱有光遂起而漸入則別有天地有三老方對
奕見高至亦不顧問棋不輟高蹲而觀焉局終斂子入
盒方問客何得至此高言迷墮失路老者曰此非人間
不宜久淹我送君歸乃導至窟下覺雲氣擁之以昇遂
履平地見山中樹色深黃蕭蕭木落似是秋杪大驚曰
我以冬來何變暮秋奔赴家中妻子盡驚相聚而泣高
訝問之妻曰君去三年不返皆以爲異物矣高曰異哉
纔頃刻耳於腰中出其糗糧已若灰燼相與詫異妻曰
君行後我夢二人皁衣閃帶似誶賦者訩訩然入室張

顧曰彼何往我訶之曰彼已外出爾即官差何得入闈闈中二人乃出且行且語云怪事怪事而去乃悟已所遇者仙也妻所夢者鬼也高每對客衷杵衣於內滿座皆聞其香非麝非蘭著汗彌盛

耳中人

譚晉元邑諸生也篤信導引之術寒暑不輟行之數月若有所得一日方趺坐聞耳中小語如蠅曰可以見矣開目即不復聞合眸定息又聞如故謂是丹將成竊喜自是每坐輒聞因思俟其再言當應以覘之一日又言

乃微應曰可以見矣俄覺耳中習習然似有物出微睨之小人長三寸許貌獰惡如夜叉狀旋轉地上心竊異之姑凝神以觀其變忽有鄰人假物扣門而呼小人聞之意張皇遶屋而轉如鼠失窟譚覺神魂俱失不復知小人何所之矣遂得顛疾號呌不休醫藥半年始漸愈

咬鬼

沈麟生云其友某翁者夏月晝寢朦朧間見一女子搴簾入以白布裹首縗服麻裙向內室去疑鄰婦訪內人者又轉念何遽以凶服入人家正自皇惑女子已出細

審之年可三十餘顏色黃腫眉目慼慼然神情可畏又逡巡不去漸逼臥榻遂僞睡以觀其變無何女子攝衣登牀壓腹上覺如百鈞重心雖了了而舉其手手如縛舉其足足如痿也急欲號救而苦不能聲女子以喙嗅翁面顴鼻眉額殆徧覺喙冷如冰氣寒透骨翁窘急中思得計待嗅至頤頰當即因而齧之未幾果及頤翁乘勢力齕其顴齒沒於肉女負痛身離且掙且啼翁齕益力但覺血液交頤溼流枕畔相持正苦庭外忽聞夫人聲急呼有鬼一緩頰而女子已飄忽遁去夫人奔入無

所見笑其魘夢之誣翁述其異且言有血證焉相與檢視如屋漏之水流枕淡席伏而嗅之腥臭異常翁乃大吐過數日口中尚有餘臭云

捉狐

孫翁者余姻家清服之伯兄也素有膽一日晝臥髣髴有物登牀遂覺身搖搖如駕雲霧竊意無乃魘狐耶微窺物大如貓黃尾而碧嘴自足邊來蠕蠕伏行如恐翁寤逡巡附體著足足痿著股股耎甫及腹翁驟起按而捉之握其項物鳴急莫能脫翁急呼夫人以帶縶其腰

乃執帶之兩端笑曰聞汝善化今注目在此看作如何化法言次物忽縮其腹細如管幾脫去翁大愕急力縛之則又鼓其腹粗如椀堅不可下力稍懈又縮之翁恐其脫命夫人急殺之夫人張皇四顧不知刀之所在公左顧示以處比回首則帶在手如環然物已渺矣

斫蟒

胡田村胡姓者兄弟采樵深入幽谷遇巨蟒兄在前爲所吞弟初駭欲奔見兄被噬遂奮怒出樵斧斫蟒首首傷而吞不已然頭雖已沒而肩際不能下弟急極無計

乃兩手持兄足力與蟒爭竟曳兄出蟒亦負痛去視兄則鼻耳俱化奄將氣盡肩負以行途中凡十餘息始至家醫養半年方愈至今面目皆瘢痕鼻耳處惟孔存焉噫農人中乃有弟弟如此者哉或言蟒不爲害乃德義所感信然

野狗

于七之亂殺人如麻鄉民李化龍自山中竄歸值大兵宵進恐罹炎崐之禍急無所匿僵臥於死人之叢詐作尸兵過旣盡未敢遽出忽見闕頭斷臂之尸起立如林

一尸斷首猶連肩上口中作語曰野狗子來奈何羣尸參差應曰奈何俄頃忽然而倒遂寂無聲李方驚顫欲起有一物來獸首人身伏嚙人首徧吸其腦李懼匿首尸下物來撥李肩欲得李首李力伏俾不可得物乃推覆尸而移之首見李大懼手索腰下得巨石如椀握之物俯身欲齕李驟起大呼擊其首中嘴物嗥如鴟掩口負痛而奔吐血道上就視之於血中得二齒中曲而端銳長四寸餘懷歸以示人皆不知其何物也

狐入瓶

萬村石氏之婦祟於狐患之而不能遣扉後有瓶每聞婦翁來狐輒遁匿其中婦窺之熟暗計而不言一日竄入婦急以絮塞其口置釜中燂湯而沸之瓶熱狐呼曰熱甚勿惡作劇婦不語號益急久之無聲拔塞而驗之毛一堆血數點而已

于江

鄉民于江父宿田間爲狼所食江時年十六得父遺履悲恨欲死夜俟母寢潛挾鐵錘去眠父死處冀報父讎少間一狼來逡巡嗅之江不動無何搖尾掃其額又漸

俯首舐其股江迄不動既而懽躍直前將齕其領頷江急以錘擊狼腦立斃起置草中少間又一狼來如前狀又斃之臥至中夜杳無至者忽小睡夢父曰殺二物足洩我恨然首殺我者其鼻白此都非是江醒堅臥以伺之既明無所復得欲曳狼歸恐驚母遂投諸眢井而歸至夜復往亦無至者如此三四夜忽一狼來齧其足曳之以行行數步棘刺肉石傷膚江若死者狼乃置之地上意將齕腹江驟起錘之仆又連錘之斃細視之真白鼻也大喜負之以歸始告母母泣從去探眢井得二狼

焉

異史氏曰農家者流乃有此英物耶義烈發於血誠非直勇也智亦異焉

真定女

真定界有孤女方六七歲收養於夫家相居一二年夫誘與交而孕腹膨膨而以爲病也告之母母曰動否曰動又益異之然以其齒太穉不敢決未幾生男母歎曰不圖拳母竟生雛兒

焦螟

董侍讀默菴家爲狐所擾瓦礫磚石忽如雹落家人相率奔匿待其閒歇乃敢出操作公患之假祚庭孫司馬第移避之而狐擾猶故一日朝中待漏適言其異大臣或言關東道士焦螟居內城總持勅勒之術頗有效公造廬而請之道士朱書符使歸粘壁上狐竟不懼拋擲猶加焉公復告道士道士怒親詣公家築壇作法俄見一巨狐伏壇下家人受虐已久銜恨綦深一婢近擊之婢忽仆地氣絕道士曰此物猖獗我尚不能遽服之女子何輕犯爾爾既而曰可借鞫狐詞亦得戟指咒移時

婢忽起長跪道士詰其里居婢作狐言我西域產入都者一十八輩道士曰輦轂下何容爾輩久居可速去狐不荅道士擊案怒曰汝欲梗吾令耶再若遷延法不汝宥狐乃恐怖作色願謹奉教道士又速之婢又仆絕良久始甦俄見白塊滚滚如毬附簷際而行次第追逐頃刻俱去由是遂安

宅妖

長山李翁大司寇之姪也宅多妖異嘗見廈有春櫈肉紅色甚修潤李故以無此物近撫按之隨手而曲殆如

肉爽駭而卻走旋回視則四足移動漸入壁中又見壁倚白梃潔澤修長近扶之膩然而倒委蛇入壁移時始沒康熙十七年王生俊升設帳其家日暮燈火初張生著履臥榻上忽見小人長三寸許自外入畧一盤旋即復去少頃荷二小櫈設堂中宛如小兒輩用粱藍心所製者又頃之二小人舁一棺入僅長四寸許停置櫈上安厝未已一女子率廝婢數人來率細小如前狀女子衰衣麻綆束腰際布裹首以袖掩口嚶嚶而哭聲類巨蠅生睥睨良久毛森立如霜被於體因大呼遽走顛牀

下搖戰莫能起館中人聞聲畢集堂中人物杳然矣

靈官

朝天觀道士某喜吐納之術有翁假寓觀中適同所好遂爲元友居數年每至郊祭日輒先旬日而去郊後乃返道士疑而問之翁曰我兩人莫逆可以實告我狐也郊期至則清穢我無所容故行遯耳又一年及期而去久不復返疑之一日忽至因問其故荅曰我幾不復見子矣曩欲遠避心頗怠覷陰溝甚隱遂潛伏卷甕下不意靈官糞除至此瞥爲所睹憤欲加鞭余懼而逃靈官

追逐甚急至黃河上瀨將及矣大窘無計竄伏淵中神惡其穢始返身去既出臭惡沾染不可復遊人世乃投水自濯訖又蟄隱穴中幾百日垢濁始淨今來相別兼以致囑君亦宜引身他去大刼將來此非福地也言已辭去道士依言別徙未幾而有甲申之變

聊齋志異卷十五終

聊齋志異卷十六

淄川　蒲松齡　留仙　著

新城　王士正　貽上　評

細侯

昌化滿生設帳于餘杭偶步廛市經臨街閣下忽有荔殼墜肩頭仰視一雛姬凭閣上妖姿要妙不覺注目發狂姬俯哂而入詢之知爲倡樓賈氏女細侯也其聲價頗高自顧不能適願歸齋冥想終宵不枕明日往投以刺相見言笑甚懽心志益迷托故假貸同人斂金如干

攜以赴女款洽臻至即枕上口占一絕贈之云膏膩銅盤夜未央牀頭小語麝蘭香新鬟明日重妝鳳無復行雲夢楚王細侯蹙然曰妾雖汚賤每願得同心而事之君旣無婦視妾可當家否生大悅即叮嚀堅相約細侯亦喜曰吟咏之事妾自謂無難每於無人處欲傚作一首恐未能便佳爲觀聽所譏倘得相從幸教妾也因問生家田產幾何荅曰薄田半頃破屋數椽而已細侯曰妾歸君後當常相守勿復設帳爲也四十畝聊作自給十畝可以種桑織五匹絹納太平之稅有餘矣閉戶相

對君讀妾織則詩酒可遣千戶侯何足貴生曰卿身價畧可幾多曰依媪貪志何能盈也多不過二百金足矣可恨妾齒稚不知重貲財得輒歸母所私蓄者區區無多君能辦百金過此卽非所慮生曰小生之落寞卿所知也百金何能自致有同盟友令於湖南屢相見招僕以道遠故憚於行今爲卿故當往謀之計三四月可以歸復幸耐相候細侯諾之生卽棄館南游至則令以罣悞免官僦居民舍宦橐空虛不能爲禮生落魄難返就邑中授徒焉三年莫能歸偶笞弟子弟子自溺死東翁

痛子而訟其師因被逮囹圄幸有他門人憐師無過時致餽遺以是得無苦細侯自别生杜門不交一客母詰知故不可奪亦姑聽之有富賈某慕細侯名托媒於媪務在必得不靳直細侯不可賈以負販詣湖南敬偵生耗時獄已將解賈以金賂當事使久錮之歸告媪云生已瘐死細侯疑其信不確媪曰無論滿生已死或縱不死與其從窮措大以椎布而終也何如衣錦而厭粱肉乎細侯曰滿生雖貧其骨清也守齷齪商誠非所願且道路之言何足憑信賈又轉囑他商假作滿生絕命書

寄細侯以絶其望細侯得書惟朝夕哀哭媪曰我自幼於汝撫育良劬汝成人三年所得報者日亦無多既不願隸籍即又不嫁何以謀生活細侯不得已遂嫁賈賈衣服簪珥供給豐侈年餘生一子無何生得門人力昭雪而出始知賈之錮已也然念素無郤反復不得其由門人義助資斧以歸既聞細侯已嫁心甚激楚因以所苦託市媪賣漿者達細侯細侯大悲方悟前此多端悉賈之詭謀乘賈他出殺抱中兒攜所有亡歸滿凡賈家服飾一無所取賈歸怒質於官官原其情置不問嗚呼

壽亭侯之歸漢亦復何殊顧殺子而行亦天下之忍人也

眞生

長安士人賈子龍偶過鄰巷見一客風度洒如問之則眞生咸陽僦寓者也心慕之明日往投刺適值其亡凡三謁皆不遇乃陰使人窺其在舍而後過之眞走避不出賈搜之始出促膝傾談大相知悅賈就逆旅遣童行沽眞又善飲能雅謔樂甚酒欲盡眞搜篋出飲器玉卮無當注杯酒其中盎然已滿以小琖取入壺並無少減

賈異之堅求其術眞曰我不願相見者君無他短但貪
心未淨耳此乃仙家隱術何能相授賈曰冤哉我何貪
間萌奢想者徒以貧耳一笑而散由是往來無閒形骸
盡忘每値乏窘眞輒出黑石一塊吹呪其上以磨瓦礫
立刻化爲白金便以贈生僅足所用未嘗贏餘賈每求
益眞曰我言君貪如何如何賈思明告必不可得將乘
其醉睡竊石而要之一日飲旣臥賈潛起搜之衣底眞
覺之曰子眞喪心不可處矣遂辭别移居而去後年餘
賈遊河干見一石瑩潔絶類眞生物拾之珍藏若寶過

數日眞忽至卹然若有所失賈慰問之眞曰君前所見乃仙人點金石也曩從抱眞子游彼憐我介以此相貽醉後失去隱卜當在君所如有還帶之恩不敢忘報賈笑曰僕生平不敢欺友朋誠如所卜但知管仲之貧者莫如鮑叔君且奈何眞請以百金爲贈賈曰百金非少但授我口訣一親試之無憾矣眞恐其寡信賈曰君是仙人豈不知賈某寧失信於朋友者哉眞授其訣賈顧砌上有巨石將試之眞掣其肘不聽前賈乃俯掬半甎置砧上曰若此者非多耶眞乃聽之賈不磨甎磨砧眞

變色欲與爭而砧已化爲渾金反石於眞眞乃嘆曰業如此復何言然妾以福祿加人必遭天譴如逭我罪施材百具絮衣百領肯之乎賈曰僕所以欲得錢者原非欲窖藏之也君尚視我爲守財鹵耶眞喜而去賈得金且施且賈不三年施數已滿眞忽至握手曰君信義人也別後福神奏帝削去仙籍蒙君博施今幸以功德削罪願勉之勿替也賈問眞係天上何曹曰我乃有道之狐耳出身綦微不堪孽累故生平自愛不敢妄作賈爲設酒遂與懽飲如初賈至九十餘狐猶時至其家

長山某賣解信藥即垂危灌之無不活然秘其方即戚好不傳也一日以株累被逮妻弟餉食獄中隱置信焉坐待食已而後告之甲不信少頃腹中潰動始大驚罵曰畜產速行家中雖有藥末恐道遠難俟急於城中物色薜荔爲末清水一琖速將來妻弟如其教迨覓至某已嘔瀉欲死急投之立刻而安其方自此遂傳此亦猶狐之秘其石也

湯公

湯公名聘辛丑進士抱病彌留忽覺下部熱氣漸升而

上至股則足死至腹則股又死至心心之死最難凡自童稚以及瑣屑久忘之事都隨心血來一一潮過如一善則心中清靜寧帖一惡則懊憹煩燥似油沸鼎中其難堪之狀口不能肖似之猶憶七八歲時曾探雀雛而斃之只此一事心頭熱血潮湧食頃方過直待生平所爲一一潮盡乃覺熱氣縷縷然穿喉入腦自頂顛出騰上如炊踰數十刻許魂乃離竅忘軀殼矣而渺渺無歸漂泊郊路間一巨人來高幾盈尋掇拾之納諸袖中入袖則疊肩壓股其人甚夥薅惱悶氣殆不可過公頓思

惟佛能解厄因宣佛號纔三四聲飄墮袖外巨人復納之三納三墮巨人乃去之公獨立徬徨未知何往之善憶佛在西土乃遂西無何見路側一僧趺坐趨拜問途僧曰凡士子生死錄文昌及孔聖司之必兩處勾名乃可他適公問所居僧示以途奔赴無幾至聖廟見宣聖南面坐拜禱如前宣聖言名籍之落仍得帝君因指以途公又趨之見一殿閣如王者居俯身入果有神人如世所傳帝君狀伏祝之帝君檢名曰汝心誠正宜復有生理但皮囊腐矣非菩薩莫能爲力因指示令急往公

從其教俄見茂林脩竹殿宇華好入之則見螺髻莊嚴金容滿月瓶浸楊柳翠碧垂烟公肅然稽首拜述帝君言菩薩難之公哀禱不已傍有尊者白言菩薩施大法力撮土可以爲肉折柳可以爲骨菩薩即如所請手斷柳枝傾瓶中水合淨土爲泥拍附公體使童子攜送靈所推而合之棺中呻動家人駭集扶而出之霍然病已計氣絶已斷七矣

王貨郎

濟南業酒人某翁遣子小二如齊河索貰債出西門見

兄阿大時大死已久二驚問哥那得來答云冥府一疑案須弟一証之二作色怨訕大指後一人如皂狀者曰官役在此我豈自由耶但引手招之不覺從去盡夜狂奔至太山下忽見官衙方將並入見羣衆紛出皂拱問事何如矣一人曰勿須復入結矣皂乃釋令歸大憂弟無資斧皂思良久卽引二去走二三十里入村至一家檐下囑云如有人出便使相送如其不肯便道王貨郎言之矣遂去二冥然而僵旣曉第主出見人死門外大駭守移時微蘇扶入餌之始言里居卽求資送主人難

之二如皂言主人驚絶急賃騎送之以歸償之不受問
其故亦不言別而去

堪輿

沂州宋侍郎君楚家素尚堪輿即閨閣中亦能讀其書
解其理宋公卒兩公子各立門戶爲父卜兆聞有善青
烏之術者不憚千里爭羅致之於是兩門術士召致盈
百日日連騎徧郊野東西分道出入如兩旅經月餘各
得牛眠地此言封侯彼云拜相兄弟兩不相下因負氣
不爲謀並營壽域錦棚彩幢兩處俱備靈輿至岐路兄

弟各率其屬以爭自晨至於日昃不能決賓客盡引去舁夫幾十易肩困憊不舉相與委柩路側因止不葬鳩工構廬以蔽風雨兄建舍於旁留役居守弟亦建舍如兄兄再建之弟又建之三年而成村焉積多年兄弟繼逝嫂與娣始合謀力破前人水火之議並車入野視所擇兩地並言不佳遂同脩聘贄請術人另相之每得一地必具圖呈閫闥判其可否日進數圖悉疵摘之旬餘始卜一域嫂覽圖喜曰可矣示娣娣曰是地當先發一武孝廉葬後三年公長孫果以武庠領鄉薦

異史氏曰青鳥之術或有其理而癖而信之則癡矣況負氣相爭委柩路側其於孝弟之道不講奈何冀以地理福兒孫哉如閨中宛若眞雅而可傳者矣

竇氏

南三復晉陽世家也有別墅去所居十里餘每馳騎日一詣之適遇雨途中有小村見一農人家門內寬敞因投止焉近村人故皆威重南少頃主人出邀跼蹐甚恭入其舍如斗客既坐主人始操篲殷勤氾掃既而潑蜜爲茶命之坐始敢坐問其姓名自言廷章姓竇未幾進

酒烹雞給奉周至有笄女行炙時止戶外稍稍露其半體年十五六端妙無比南心動雨歇既歸繫念綦切越日具粟帛往酬借此階進是後常一過竇時攜肴酒相與留連女漸稔不甚忌避輒奔走其前睨之則低鬟微笑南益惑焉無三日不往者一日值竇不在坐良久女出應客南捉臂狎之女慙急峻拒曰奴雖貧要嫁何貴倨凌人也時南失偶便揖之曰倘獲憐眷定不他娶女要誓南指矢天日以堅永約女乃允之自此爲始瞰竇他出即過繾綣女促之曰桑中之約不可長也日在帡

幪之下倘肯賜以姻好父母必以爲榮當無不諧宜速爲計南諾之轉念農家豈堪匹耦姑假其詞以因循之會媒來爲議姻於大家初尚躊躇旣聞貌美財豐志遂决女以體孕僱併益急南遂絶迹不往無何女臨蓐産一男父怒撻女女以情告且言南要我矣竇乃釋女使人問南南立却不承竇乃棄兒益扑女女暗哀鄰婦告南以苦南亦置之女夜亡視棄兒猶活遂抱以奔南款關而告閽者曰但得主人一言我可不死彼即不念我寧不念兒耶閽人具以達南南戒勿內女倚戶悲啼五

更始不復聞質明視之女抱兒坐僵矣竇忿訟之上官悉以南不義欲罪南南懼以千金行賂得免大家夢女披髮抱子而告曰必勿許負心郎若許我必殺之大家貪南富卒許之既親迎奩妝豐盛新人亦娟好然善悲終日未嘗睹歡容枕席之間時復有涕洟問之亦不言過數日婦翁來入門便泪南未遑問故相將入室見女而駭然曰適於後園見吾女縊死桃樹上今房中誰也女聞言色暴變仆然而死視之則竇女急至後園新婦果自經死駭極往報竇竇發女冢棺啟尸亡前忿未蠲

倍益憀怒復訟於官官以其情幻擬罪未決南又厚餌竇哀令休結官亦受其賕囑乃罷而南家自此稍替又以異迹傳播數年無敢字者南不得已遠於百里外聘曹進士女未及成禮會民間訛傳朝廷將選良家女充掖庭以故有女者悉送歸夫家一日有嫗導一輿至自稱曹家送女者扶女入室謂南曰選嬪之事已急倉卒不能如禮且送小娘子來問何無客曰薄有奩妝相從在後耳嫗草草遂去南視女亦風致遂與諧笑女俛頸引帶神情酷類竇女心中作惡第未敢言女登榻引被

障首而眠亦謂是新人常態弗爲意日斂昏曹人不至始疑搿被問女而女已奄然冰絕驚怪莫知其故馳伻告曹曹竟無送女之事相傳爲異時有姚孝廉女新葬隔宿爲盜所發破棺失尸聞其異詣南所徵之果其女啟衾一視四體裸然姚怒質狀於官官以南屢無行惡之坐發冢見尸論死

異史氏曰始亂之而終成之非德也況誓於初而絕於後乎撻於室聽之哭於門仍聽之抑何其忍而所以報之者亦比李十郎慘矣

劉亮采

聞濟南懷利仁言劉公亮采狐之後身也初太翁居南山有叟造其廬自言胡姓問所居止曰在此山中閒處人少惟我兩人可與數晨夕故來相拜識因與接談詞旨便利悅之治酒相歡醺而去越日復來愈益款厚劉云自蒙一交分即最深但不識家何里焉所問興居胡曰不敢諱實山中之老狐也與若有夙因故敢內交門下固不能爲翁禍幸相信勿駭劉亦不疑更相契重即敘年齒胡作兄往來如昆季有小休咎亦以告時劉乏嗣叟忽云公勿憂我當爲君後劉訝其言怪胡曰僕算

數已盡投生有期矣與其他適何如生故人家劉曰仙壽萬年何遂及此叟搖首云非汝所知遂去夜果夢叟來曰我今至矣既醒夫人生男是爲劉公公既長言詞敏諧絕類胡少有才名壬辰成進士爲人任俠急人之急以故秦楚燕趙之客趾錯於門貨酒賣餅者門前成市焉

餓鬼

馬永齊人爲人貪無賴家屢空鄉人戲而名之餓鬼年三十餘日益窶衣百結鶉手交其肩在市上攫食人盡

棄之不以齒邑有朱叟者少移居於五都之市操業不雅暮歲還鄉大爲士類所口而朱潔行爲善人始稍稍禮貌之一日値馬攫食不償爲肆人所苦憐之代給其直引歸贈以數百俾作本馬去不肯謀業坐而食無何貲復匱仍蹈舊轍而常懼與朱過去之臨邑暮宿學宮冬夜凜寒輒摘聖賢顛上旒而爨其板學官知之怒加刑馬哀免願爲先生生財學官喜縱之去馬探某生殷富登門强索貲故挑其怒乃以刀自劙誣而控諸學學官勒取重賂始免申黜諸生因而共憤公質縣尹尹廉

得實笞四十梏其頸三日斃焉是夜朱叟夢馬冠帶而入曰負公大德今來相報既窘妾舉子叟知爲馬名以馬兒少不慧喜其能讀二十餘竭力經紀得入邑泮後考試寓旅邸晝臥牀上見壁間悉糊舊藝視之有犬之性四句題心畏其難讀而誌之入塲適是其題錄之得優等食餼焉六十餘補臨邑訓導官數年曾無一道義交惟袖中出青蚨則作鸕鷀笑不則睫毛一寸長稜稜若不相識偶大令以諸生小故判令薄懲輒酷如治盜賊有訟士子者即來叩門矣如此多端諸生不復可耐

而年近七旬臃腫聾聵每向人物色黑鬚藥有狂生某剉茜根給之天明共視如廟中所塑靈官狀大怒拘生生已早夜亡去以此憤氣中結數月而死

考弊司

聞人生河南人抱病經日見一秀才入伏謁牀下謙抑盡禮已而請生少步把臂長語刺刺且行數里外猶不言別生佇足拱手致辭秀才云更煩移趾僕有一事相求生問之答云吾輩悉屬考弊司轄司主名虛肚鬼王初見之例應割髀肉浼君一緩頰耳生驚問何罪而至

於此曰不必有罪此是舊例若豐於賄者可贖也然而我貧生曰我素不稔鬼王何能效力曰君前世是伊大父行宜可聽從言次已入城郭至一府署廨宇不甚宏厰惟一堂高廣堂下兩碣東西立綠書大於栲栳一云孝弟忠信一云禮義廉耻歷階而進見堂上一匾大書考弊司楹間板雕翠字一聯云曰校曰序曰庠兩字德行陰教化上士中士下士一堂禮樂鬼門生游覽未已官已出鬈髮鮐背若數百年人而鼻孔撩天唇外傾不承其齒從一主簿吏虎首人身又十餘人列侍半獰惡

若山精秀才曰此鬼王也生駭極欲却退鬼王已睹降階揖生上便問興居王但諾諾又問何事見臨生以秀才意具白之鬼王色變曰此有成例卽父命所不敢承氣象森凜似不可入一詞生不言驟起告别鬼王側行送之至門外始返生不歸潛入以觀其變至堂下則秀才已與同輩數人交臂歷指儼然在徽纆中一獰人持刀來裸其股割片肉可駢三指許秀才大嗥欲嗄生少年負義憤不自持大呼曰慘慘如此成何世界鬼王驚起暫令止割蹻履逆生生忿然已出徧告市人控上帝

或笑曰迂哉藍蔚蒼蒼何處覓上帝而訴之寃也此輩惟與閻羅近呼之或可應耳乃示之途趨而往果見殿陛威赫閻羅方坐伏階號屈王召訊已立命諸鬼綰緶提鎚而去少頃鬼王及秀才並至審其情確大怒曰憐爾夙世攻苦暫委此任候生貴人家今乃敢爾其去若善筋增若惡骨罰令生生世世不得發迹也鬼方箠之仆地顛落一齒以刀割指端抽筋出亮白如絲鬼王呼痛聲類斬豕手足並抽訖有二鬼押去生稽首而出秀才從其後感荷殷殷挽送過市見一戶垂朱簾內一女

子露半面容妝絶美生問誰家秀才曰此曲巷也旣過生低徊不能舍遂堅止秀才秀才曰君爲僕來而令踽踽以去心何忍生固辭乃去生望秀才去遠急趨簾內女接見喜形於色入室促坐相道姓名女自言柳氏小字秋華一嫗出爲具酒肴酒闌入帷懽愛殊濃切切訂婚嫁旣曙嫗入曰薪水告竭要耗郎君金貲奈何生頓念腰槖空虛惶愧無聲久之曰我實不會攜得一文宜署券保歸即奉酬嫗變色曰曾聞夜度娘索逋欠耶秋華顰蹙不作一語生暫解衣爲質嫗持笑曰此尚不能

償酒直耳呶呶不滿與女俱入生慙移時猶冀女出展別再訂前約久之無音潛入窺之見嫗與秋華自肩以上化爲牛鬼目睒睒相對立大懼趨出欲歸則百道岐出莫知所從問之市人並無知其郵名者徘徊廛肆間歷兩昏曉悽意含酸飢腸雷鳴進退無以自決忽秀才過望見之驚曰何尚未歸而簡褻若此生靦顏莫對秀才曰有之矣得毋爲夜叉所迷耶遂盛氣而往曰秋華母子何遽不少施面目耶去少時即以衣來付生曰淫婢無禮已叱罵之矣送生至家乃別去生暴卒三日而

甦言之歷歷

李生

商河李生好道村外里餘有蘭若築精舍三楹趺坐其中游食緇黃往來寄宿輒與傾談供給不厭一日大雪嚴寒有老僧擔囊借榻其詞元妙信宿將行固挽之留數日適生以他故歸僧囑早至意將別生鷄鳴而往扣關不應踰垣入見室中燈火熒焉疑其所作潛窺之僧趣裝矣一瘦驢縶燈檠上細審不類真驢頗似殉葬物然耳尾時動氣咻咻然俄而裝成啟戶牽出生前尾之

山門外故有大池僧繫驢池樹裸入水中徧體掬濯已著衣牽驢入亦濯之既而加裝趁乘行絕駛生始呼之僧但搖拱致謝語不及聞而去亦遠矣此王梅屋言之李其友人曾至其家見堂上一匾書待死堂亦達士也

蔣太史

蔣太史超記前世爲峩嵋僧數夢到故居菴前潭邊濯足爲人篤嗜内典一意台宗雖早登禁林嘗有出世之想假歸江南抵秦郵不欲歸子哭挽之弗聽遂入蜀居成都金沙寺久之又之峩嵋居伏虎寺示疾怛化自書

偈云儵然猿鶴自來親老衲無端墮業塵妄向鑊湯求避熱那從大海去翻身功名傀儡場中物妻子骷髏隊裏人只有君親無報荅生生常自祝能仁

邑人

邑有鄉人素行無賴一日晨起有二人攝之去至市頭見屠人以半猪懸架上二人便極力推擠之忽覺身與肉合二人亦逕去少間屠人賣肉操刀斷割遂覺一刀一痛徹於骨髓後有鄰翁來市肉苦爭低昂添脂搭肉片片碎割其苦更慘肉盡方尋途歸歸時日已向辰家

人謂其晏起乃細述所遭呼鄰問之則市肉方歸言其片數斤數毫髮不爽崇朝之間已受淩遲一度不亦奇哉

于中丞

于中丞成龍按部至高郵適巨紳家將嫁女妝奩甚富夜被穿窬席卷而去刺史無術公令諸門闔止留一門放行人出入吏目守之嚴搜裝載又出示諭闔城戶口各歸第宅候次日查點搜掘務得贓物所在乃陰囑吏目設有城門中出入至再者捉之過午得二人一身之

外並無行裝公曰此真盜也二人詭辯不已公令解衣搜之見袍服內著女衣二襲皆奩中物也蓋恐次日大搜急於移置而物多難攜故密著之而屢出也

又公爲宰時至鄰邑早旦經郭外見二人以牀舁病人覆大被枕上露髮髮上簪鳳釵一股側眠牀上有三四健男夾隨之時更番以手擁被令壓身底似恐風入少頃息肩路側又使二人更相爲荷于公過遣隸回問之云是妹子垂危將送歸夫家公行二三里又遣隸回視其所入何村隸尾之至一村舍兩男子迎之而入還以

白公公謂其邑宰城中得無有刼盜否宰云無之時功令嚴上下諱盜故即被盜賊刼殺亦隱忍而不敢言公就館舍囑家人細訪之果有富室被强寇入家炮烙死矣公喚其子來詰其狀子固不承公曰我已代捕巨寇在此非有他也子乃頓首哀乞求爲死者雪恨公叩關往見邑宰差健役四鼓離城直至村舍捕得八人一鞫盡伏其罪詰其病婦何人盜供是夜同在勾欄故與妓女合謀置金牀上令抱臥至窩頓處始瓜分耳共服子公之神或問所以能知之故公曰此甚易解但人不關

心耳豈有少婦在牀而容人入手衾底者且易肩而行勢甚重交手護之則知其中之有物矣若病婦昏憒而至必有婦人倚門而迎止見男子並不驚問一言是以確知爲盜也

王子安

王子安東昌名士困於場屋入闈後期望甚切近放榜時痛飲大醉歸臥內室忽有人白報馬來王踉蹌起曰賞報十千家人因其醉誑而安之曰但請自睡已賞之矣王乃眠俄又有入者曰汝中進士矣王自言尚未赴

都何得及第其人曰汝忘之耶三場畢矣王大喜起而呼曰賞報十千家人又誑之曰請自睡已賞之矣又移時一人急入曰汝殿試翰林長班在此果見二人拜牀下衣冠修潔王呼賜酒食家人又紿之暗笑其醉而已久之王自念不可不出耀鄉里大呼長班凡數十呼無應者家人笑曰暫臥候尋他去矣又久之長班果復來王搥牀頓足大罵鈍奴焉往長班怒曰措大無賴向與爾戲耳而真罵耶王怒驟起撲之落其帽王亦傾跌妻入扶之曰何醉至此王曰長班可惡我故懲之何醉也

妻笑曰家中止有一媼晝爲汝炊夜爲汝溫足耳何處長班伺汝窮骨子女粲然皆笑王醉亦稍解忽如夢醒始知前此之妄然猶記長班落帽尋至門後得一纓帽如琖大共異之自笑曰昔人爲鬼揶揄吾今爲狐奚落矣

異史氏曰秀才入闈有七似焉初入時白足提籃似丐唱名時官呵隸罵似囚其歸號舍也孔孔伸頭房房露腳似秋末之冷蜂其出闈場也神情惝怳天地異色似出籠之病鳥迨望報也草木皆驚夢想亦幻時作一得

志想則頃刻而樓閣俱成作一失意想則瞬息而骸骨已朽此際行坐難安則似被縶之猱忽然而飛騎傳人報條無我此時神情猝變嗒然若死則似餌毒之蠅弄之亦不覺也初失志心灰意敗大罵司衡無目筆墨無靈勢必舉案頭物而盡炬之炬之不已而碎踏之踏之不已而投之濁流從此披髮入山面向石壁再有以且夫嘗謂之文進我者定當操戈逐之無何日漸遠氣漸平技又漸癢遂似破卵鳩只得銜木營巢從新另抱矣如此情況當局者痛哭欲死而自旁觀者視之其可笑

甚焉王子安方寸之中頃刻萬緒想鬼狐竊笑已久故乘其醉而玩弄之牀頭人醒寧不啞然自笑哉顧得志之況味不過須臾詞林諸公不過經兩三須臾耳子安一朝而盡嘗之則狐之恩與薦師等

牧豎

兩牧豎入山至狼穴穴有小狼二謀分捉之各登一樹相去數十步少選大狼至入穴失子意甚倉皇豎於樹上扭小狼蹄耳故令嗥大狼聞聲仰視怒奔樹下號且爬抓其一豎又在彼樹致小狼鳴急狼聞四顧始望見

之乃舍此趨彼跑號如前狀前樹又鳴又轉口無停聲足無停止數十往復奔漸遲聲漸弱既而奄奄僵臥久之不動豎下視之氣已絕矣今有豪强子怒目按劍若將搏噬爲所怒者乃闔扉去豪力盡聲嘶更無敵者豈不暢然自雄不知此禽獸之威人故弄之以爲戲耳

金陵乙

金陵賣酒人某乙每釀成投水而置毒焉即善飲者不過數琖便醉如泥以此得中山之名富致巨金早起見一狐醉臥槽邊縛其四股方將覓刃狐已醒哀曰勿見

害請如所求遂釋之輾轉已化爲人時巷中孫氏共長
婦患狐爲祟因以問之荅云是即我也乙窺婦姊尤美
求狐攜往狐難之乙固求之狐邀乙去入一洞中取褐
衣授之曰此先兄所遺著之當可去旣服而歸家人皆
不之見襲常衣而出始見之大喜與狐同詣孫氏家見
牆上貼巨符畫蜿蜒如龍狐懼曰和尚大惡我不往矣
遂退而去乙還巡近之則眞龍盤壁上昂首欲飛大懼
亦由蓋覓一異域僧爲之厭勝授符先歸僧未至也次
日僧來設壇作法鄰人共觀之乙亦雜處其中忽變色

急奔狀如被提至門外踣地化爲狐四體猶著人衣將殺之妻子叩請僧命牽去日給飲食數日尋斃

折獄二則

邑之西有崖莊有賈者被人殺於途隔夜其妻亦自經死賈弟鳴於官時浙江費公禕祉令淄親詣驗之見布袱裹銀五錢餘尚在腰中知非爲財者也拘兩村鄰保審質一過殊少端緒並未搒掠釋散歸但命約地細察十日一關白而已踰半年事漸懈賈弟怨公仁柔上堂屢譟公怒曰汝既不能指名欲我以桎梏加良民耶呵

逐而出賈絕無所伸訴憤葬兄嫂一日以逋賦故逮數人至內一人周成懼責上言錢糧措辦已足即於腰中出銀袱稟公驗視公驗已便問汝家何里答云某村又云去西崕幾里答五六里公云去年被殺賈某係汝何人答云不識其人公勃然曰汝殺之尚云不識耶周力辯不聽嚴梏之果伏其罪先是賈妻王氏將詣姻家慚無釵飾聒夫使假於鄰夫不肯妻自假之頗甚珍重歸途卸而裹諸袱內袖中既至家探之已亡不敢告夫又無力償鄰惱欲死是日周適拾之知爲賈妻所遺窺賈

他出半夜踰垣將執以求合時溽暑王氏臥庭中周潛就淫之王氏覺大號周急止之留袱納釵事已婦囑曰後勿來吾家男子惡犯恐俱死周怒曰我挾构闌數宿之資寧一度可償耶婦慰之曰我非不願相交渠常善病不如從容以待其死周乃去於是殺賈夜詣婦曰今某已被人殺請如所約婦聞大哭周懼而逃天明則婦死矣公廉得情以周抵罪共服其神而不知所以能察之故公曰事無難辨要在隨處留心耳初驗尸時見銀袱刺萬字文周袱亦然是出一手也及詰之又云無舊

詞貌詭變是以確知其情也

異史氏曰世之折獄者非悠悠置之則縲繫數十人而狼籍之耳堂上肉鼓吹喧闐旁午遂嚬蹙曰我勞心民事也雲板三敲則聲色並進難決之詞不復置諸念慮專待升堂時禍桑樹以烹老龜耳嗚呼民情何由得哉余每謂智者不必仁而仁者則必智葢用心苦則機關出也隨在留心之言可以教天下之宰民社者矣

邑人胡成與馮安同里世有郤胡父子強馮屈意交懽胡終猜之一日共飲薄醉頗傾肝膽胡大言勿憂貧百

金之產無難致也馮以其家不豐故嗤之胡正色曰實相告昨途遇大商載厚裝來我顛越於南山眢井中矣馮又笑之時胡有妹夫鄭倫託爲說合田產寄數百金於胡家遂盡出以炫馮馮信之既散陰以狀報邑公拘胡對勘胡言其實問鄭及產主不訛乃共驗諸眢井一役縋下則果有無首之尸在焉胡大駭莫可置辯但稱寃苦公怒擊喙數十曰確有証據尚叫屈耶以死囚具禁制之尸戒勿出惟曉示諸村使尸主投狀逾日有婦人抱狀自言爲亡者妻言夫何甲揭數百金出作貿易

被胡殺死公曰井有死人恐未必即是汝夫婦執言甚堅公乃命出尸於井視之果不妄婦不敢近卻立而號公曰眞犯已得但骸軀未全汝暫歸待得死者首即招報令其抵償遂自獄中喚胡出訶曰明日不將頭至當械折股役押終日而返詰之但有號泣乃以梏具置前作刑勢即又不刑曰想汝當夜扛尸忙迫不知墮落何處奈何不細尋之胡哀寃祈容急覓公乃問婦子女幾何荅言無甲有何戚屬云但有堂叔一人公慨然曰少年喪夫伶仃如此其何以爲生矣婦乃哭即求憐憫公

曰殺人之罪已定但得全尸此案卽消消案後速醮可也汝少婦勿復出入公門婦感泣叩頭而下公卽票示里人代覓其首經宿卽有同村王五報稱已獲問驗旣明賞以千錢喚甲叔至曰大案已成然人命重大非積歲不能得結姪旣無出少婦亦難存活早令適人此後亦無他務但有上臺檢駁止須汝應身耳甲叔不肯飛兩籤下再辯又一籤下甲叔懼應之而出婦聞詣謝公恩公極意慰諭之又諭有買婦者當堂關白旣下卽有投婚狀者蓋卽報人頭之王五也公喚婦上曰殺人之

眞犯汝知之乎荅以胡成公曰非也汝與王五乃眞犯耳二人大駭力辯寃誣公曰乃久知其情所以遲遲而發者恐有萬一之屈耳尸未出井何以確信爲汝夫蓋先知其死矣且賈死猶衣敗絮數百金何所自來又謂王五曰頭之所在汝何知之熟也所以如此其急者意在速合耳兩人驚顏如土不能强置一詞並械之果吐其實蓋王五與婦私已久謀殺其夫而適値胡成之戲也乃釋胡馮以誣告重笞徒三年事旣結並未妄刑一人

異史氏曰我夫子有仁愛名即此一事亦以見仁人之用心苦矣方宰淄時松裁弱冠過蒙器許而駑鈍不才竟以不舞之鶴爲羊公辱是我夫子生平有不哲之一事則松實貽之也悲夫

禽俠

天津某寺鸛鳥巢於鴟尾殿承塵上藏大蛇如盆每至鸛雛團翼時輒出吞食淨盡鸛悲鳴數日乃去如是三年羣料其必不復至而次歲巢如故約雛長成即逕去三日始還入巢啞啞哺子如初蛇又蜿蜒而上甫近巢

兩鸛驚飛鳴哀急直上青冥俄聞聲蓬蓬一瞬間天地似晦衆駭異共視乃一大鳥翼蔽天日從空疾下驟如風雨以爪擊蛇蛇首立墮連摧殿角數尺許振翼而去鸛從其後若將送之巢既傾兩雛俱墮一生一死僧取生者置鐘樓上少頃鸛返仍就哺之翼成而去

異史氏曰次年復至蓋不料其禍之復也三年而巢不移則復讎之計已決三日不返其去作秦庭之哭可知矣大鳥必羽族之劍仙也飈然而來一擊而去妙手空空兒何以加此

濟南有營卒見鸛鳥過射之應絃而落喙中銜魚將哺子也或勸拔矢放之卒不聽少頃帶矢飛去後往來近郭間兩年餘貫矢如故一日卒坐轅門下鸛過矢墜地卒拾視曰此矢固無恙哉耳適癢因以矢代搔忽大風摧門門驟闔觸矢貫腦尋斃

鴻

天津弋人得一鴻其雄者隨至其家哀鳴翱翔抵暮始去次日弋人早出則鴻已至飛號從之既而集其足下弋人將並捉之見其伸頸俛仰吐出黃金半錠弋人悟

其意乃曰是將以贖婦也遂釋雌兩鴻徘徊若有悲喜遂雙飛而去弋人稱金得二兩六錢強噫禽鳥何知而鍾情若此悲莫悲於生别離物亦然耶

象

廣中有獵獸者挾矢入山偶臥憩息不覺沉眠被象來鼻攝而去自分必遭殘害未幾釋置大樹下頓首一鳴羣象紛至四面旋繞若有所求前象伏樹下仰視樹而俯視人似欲其登獵者會意即以足踏象背攀援而升雖至樹巔亦不知其意向所存少間有狻猊來衆象皆

伏，狻猊擇一肥者，意將搏噬，象戰慄，無敢逃者，惟共仰樹上，似求憐拯。獵者因望狻猊發一弩，狻猊立殪。諸象瞻空，意若拜舞。獵者乃下，象復伏，以鼻牽衣，似欲其乘。獵者遂跨身其上，象乃行至一處，以蹄穴地，得脫牙無算。獵人下，束治已，象乃負送出山，乃始返。

紫花和尚

諸城丁某，野鶴公之孫也。少年名士，沉病而死，隔夜復蘇，曰：「我悟道矣。」時有僧善參元，因遣人邀至，使即榻前講《楞嚴》。每聽一節，都言非是，乃曰：「使吾病痊，證道何難。

惟某生可愈吾疾宜處請之蓋邑有某生者精岐黃而不以術行三聘始至疏方不藥病良已旣歸一女子自外入曰我董尚書府中侍兒也紫花和尚與妾有夙寃今得追報君又欲活之耶再往禍將及言已遂沒某懼辭丁丁病復作固要之乃以實告丁歎曰孽自前生死吾分耳尋卒後尋諸人果曾有紫花和尚高僧也青州董尚書夫人嘗供養家中亦無有知其寃之所自結者

某乙

邑西某乙故梁上君子也其妻深以爲懼屢勸止之乙

遂翻然自改居二三年貧窶不能自堪思欲一作馮婦而後已乃托貿易就善卜者問何往之善術者占曰東南吉利小人不利君子兆隱與心合竊喜遂南行抵蘇松間日遊村郭凡數月偶入一寺見牆隅堆石子二三枚心知其異亦以一石投之徑趨龕後臥日既暮寺中聚語似有十餘人忽一人數石訝其多因共搜龕後得乙問投石者汝耶乙諾詰里居姓名乙詭對之乃授以兵率與共去至一巨第出耎梯爭踰垣入以乙遠至遥不熟俾伏牆外司傳遞守囊橐焉少頃擲一裹下又少

頃縋一篋下乙舉篋知有物乃破篋以手揣取凡沉重物悉內一囊負之疾走竟取道歸由此建樓閣買良田爲子納粟邑令扁其門曰善士後大案發羣寇悉獲惟乙無名籍莫可查詰得免事寢既久乙醉後時自述之

曹有大寇某得重貲歸肆然安寢有二三小盜踰垣入捉之索金某不與錐灼並施罄所有乃去某向人曰吾不知炮烙之苦如此遂深恨盜投充馬捕捕邑寇殆盡獲曩寇亦以所施者施之

邑有貧民某乙殘臘向盡身無完衣自念何以卒歲

不敢與妻言暗操白梃出伏墓中冀有孤身而過者刼其所有懸望甚苦渺無人跡而松風刺骨不復可耐意瀕絶矣忽一人傴僂來心竊喜持梃遽出則一叟負囊道左哀曰一身實無長物家絶食適於壻家乞得五斗米耳乙奪米復欲褫其絮褁叟苦哀之乙憐其老釋之負米而歸妻詰其自詭以賭債對陰念此策良佳次日復往居無幾時見一人荷梃來亦投墓中蹲居眺望意似同道乙乃逡巡自塚後出其人驚問誰何荅云行道者問何不行曰待君耳其人失

笑各以意會並道飢寒之苦夜既深無所獵乙欲歸其人曰子雖作此道然猶雛也前村有嫁女者營辦中夜舉家必殆從我去得當均之乙喜從之至一門隔壁聞炊餅聲知未寢伏伺之無何一人啟關荷杖出行汲二人乘間掩入見燈輝北舍他屋皆暗黑聞一媼曰大姐可向東舍一矚汝奩粧悉在櫝中忘扃鐍未也聞少女作嬌惰聲二人竊喜潛趨東舍暗中摸索得臥櫝啟覆探之深不見底其人謂乙曰入之乙果入得一裹轉遞而出其人問盡矣乎曰盡矣又

紿之曰再索之乃閉櫝加鎖而去乙在中窘急無計
未幾燈火亮入先炤櫝聞媼云誰已扃矣於是母及
女上榻息燭乙急甚乃作鼠嚙物聲女曰櫝中有鼠
媼曰勿壞而衣我疲頓已極汝宜自覘之女振衣起
發扃啟櫝乙突出女驚仆乙拔關奔去雖無所得而
竊幸得免嫁女家被盜四方流播或議乙乙懼東遁
百里爲逆旅主人賃作傭年餘浮言稍息始取妻同
居不業白梃矣此其自述因類申氏故附之

醜狐

穆生長沙人家清貧冬無絮衣一夕枯坐有女子入衣服炫麗而黑醜笑曰得毋寒乎生驚問之曰我狐仙也憐君枯寂聊與共溫冷榻耳生懼其狐而又厭其醜大號女以元寶置几上曰若相諧好以此相贈生悅而從之牀無裀褥女代以袍將曉起而囑曰所贈可急市軟帛作臥具餘者絮衣作饌足矣倘得永好勿憂貧也遂去生告妻妻亦喜即市帛爲之紉縫女夜至見臥具爲之一新喜曰君家娘子劬勞哉遂留金以酬之從此至無虛夕每去必有所遺年餘屋廬修潔內外皆衣文繡

居然素封女賂遺漸少生由此心厭之聘術士至畫符於門女來齧折而棄之入指生曰背德負心至君已極然此奈我何若相厭薄我自去耳但情意既絕受於我者須要償也忿然而去生懼以告術士術士作壇陳設未已忽顛地下血流滿頰視之則割去一耳衆大懼奔散術士亦掩耳竄去室中擲石如盆門窗釜甑無復全者生伏牀下蓄縮畏聳俄見女抱一物入貓首猧尾置牀前嗾之曰嘻嘻可嚼奸人足物即齕履齒利於刃生大懼將屈藏之四肢不能少動物嚼指爽脆有聲生痛

極哀視女曰所有金珠盡出勿隱生應之女曰呵呵物乃止生不能起但告以處女自往搜珠鈿衣服之外止得二百餘金女少之又曰嘻嘻物復嚼生哀鳴求恕女限十日償金六百生諾之女乃抱物去久之家人漸聚從牀下曳生出足血淋漓喪其二指視室中財物盡空惟當年破被存焉遂以覆生令卧又懼十日復來乃貨婢鬻產以盈其數至期女果至急付之無言而去自此遂絕生足創醫藥半年始愈而家清貧如初矣狐適近村于氏于業農家不中貲三年間援例納粟夏屋連甍

所衣華服半生家物生見之亦不敢問偶適野過女於途長跪道左女無言但以素巾裹五六金遥擲之反身逕去後于氏早卒女猶時至其家家中金帛輒亡去于子睹其來拜祭之遥祝曰父即去世兒輩皆若子縱不撫卹何忍坐令貧耶女去遂不復至

異史氏曰邪物之來殺之亦壯而既受其德鬼物不可負也既貴而殺趙孟則賢豪非之矣夫人非其心之所好則萬鍾何動焉觀其見金色喜其亦利之所在喪身辱行而不惜者與傷哉貪人卒取殘害

錢卜巫

夏商河間人其父東陵豪富後汰每食包子輒棄其角狼籍滿地人以其肥重呼之丟角太尉暮年家綦貧日不給餐兩肱瘦垂革如囊人又呼募莊僧謂其挂袋也臨終謂商曰余生平暴殄天物上干天怒遂至凍餓以死汝當惜福力行以蓋父愆商恪遵治命誠樸無二躬耕自給鄉人咸愛敬之富人某翁哀其貧假以貲使學負販輒虧其母愧無以償請爲傭翁不肯商瞿然不自安盡貨其田宅往酬翁翁詰得情益憐之强爲贖還舊

業又益貧以重金俾作賈商辭曰十數金尚不能償奈何結來世驢馬債耶翁乃招他賈與偕數月而返僅能不虧翁不收其息使復之年餘貸貲盈輦歸至江遭颶舟幾覆物半喪失歸計所有略可償主遂語賈曰天之所貧誰能救之此皆我累君也乃稽簿付賈奉身而退翁再强之必不可躬耕如故每自歎曰人生世上皆有數年之享何遂落魄如此會有外來巫以錢卜悉知人運數敬詣之巫老嫗也寓室精潔中設神座香氣常熏商入朝拜訖便索貲商授百錢巫盡內木筩中執跪坐

下搖響如祈籤狀已而起傾錢入手而後於案上次第擺之其法以字爲否幕爲亨數至五十八皆字以後則盡幕矣遂問庚甲幾何荅二十八歲巫搖首曰早矣官人現行者先人運非本身運五十八歲方交本身運始無盤錯也問何謂先人運曰先人有善其福未盡則後人享之先人有不善其禍未盡則後人亦受之商屈指曰再三十年齒已老髦行就木矣巫曰五十八以前便有五年回潤略可營謀然僅免寒餓耳五十八之年當有巨金自來不須力求官人生無過行再世享之不盡

也別巫而返疑信半焉然安貧自守不敢妄求後至五十三歲酉意驗之時方東作病痁不能耕既痊天大旱早禾盡枯近秋方雨家無別種田數畝悉以種穀既而又旱蕎菽半死惟穀無恙後得雨勃發其豐倍焉來春大饑得以無餒商以此信巫從翁貸貲小權子母輒小獲或勸作大賈商不肯迨五十七歲偶葺牆垣掘得地鐵釜揭之白氣如絮懼不敢發移時氣盡白鏹滿甕夫妻共運之秤計一千三百二十五兩竊議巫術小舛鄰人妻入商家窺見之歸告夫夫忌焉潛告邑宰宰最貪

拘商索金妻欲隱其半商曰非所宜得畱之買禍盡獻之宰得金恐其漏匿又追貯器以金實之滿焉乃釋商居無何宰遷南昌同知踰歲商以懋遷至南昌則宰已死妻子將歸貨其粗重有桐油如干簍商以直賤買之以歸既抵家器有滲漏瀉注他器則內有白金二鋌徧探皆然發之適得前掘鏹之數商由此暴富益贍貧窮慷慨不吝妻勸積遺子孫商曰此即所以遺子孫也鄰人赤貧至爲丐欲有所求而心自愧商聞而告之曰昔日事乃我時數未至故鬼神假子手以敗之於汝何尤

遂周給之鄰人感泣後商壽八十子孫承繼數世不衰

異史氏曰汰侈已甚王侯不免況庶人乎生暴天物死無飯含可哀矣哉幸而烏死鳴哀子能幹蠱窮敗七十年卒以中興不然父孽累子子復累孫不至乞丐相傳不止矣何物老巫遂宣天之秘嗚呼怪哉

姚安

姚安臨洮人美丰標同里宮姓有女子字綠娥艷而知書擇偶不嫁母語人曰門族風采必如姚某始字之姚聞給妻窺井擠墮之遂娶綠娥雅甚親愛然以其美也

故疑之閉戶相守步輒綴焉女欲歸寧則以兩肘支袍覆翼以出入輿封誌而後馳隨其後越宿促與俱歸女心不能善忿曰若有桑中約豈瑣瑣所能止耶姚以故他往則扃女室中女益厭之俟其去故以他鑰啓門外以疑之姚見大怒問所自來女憤言不知姚愈疑伺察彌嚴一日自外至潛聽久之乃開鎖啟扉惟恐其響悄然掩入見一男子貂冠臥牀上忿怒取刀奔入力斬之近視則女晝眠畏寒以貂覆面上大駭頓足自悔宮翁忿質官官收姚褫衿苦械姚破産以具金賂上下得不

死由此精神迷惘若有所失適獨坐見女與髯丈夫狎褻榻上惡之操刃而往則沒矣反坐又見之怒甚以刃擊榻席碎斷裂憤然執刃近榻以伺之見女立面前視之而笑遽砍之立斷其首旣坐女不移處而笑如故夜間滅燭則聞淫溺之聲褻不可言日日如是不復可忍於是鬻其田宅將卜居他所至夜偷兒穴壁入刼金而去自此貧無立錐忿恚而死里人藁葬之

異史氏曰愛新而殺其舊忍乎哉人止知新鬼爲厲而不知故鬼之奪其魄也嗚呼截指而適其屨不亡何待

采薇翁

明鼎革干戈蠭起於陵劉芝生聚衆數萬將南渡忽一肥男子詣柵門敞衣露腹請見兵主劉延入與語大悅之問其姓字自號采薇翁劉留參帷幄贈以刀翁言我自有利兵無須矛戟問兵所在翁乃捋衣露腹臍大可容雞子忍氣鼓之忽臍中塞膚嗤然突出劍跗握而抽之白刃如霜劉大驚問止此乎笑指腹曰此武庫也何所不有命取弓矢又如前狀出雕弓一略一閉息則一矢飛墮其出不窮已而劍插臍中既都不見劉神之與

同寢處敬禮甚備時營中號令雖嚴而烏合之羣時出剽掠翁曰兵貴紀律今統數萬之衆而不能鎮懾人心此敗亡之道也劉喜之於是糾察卒伍有掠取婦女財物者梟以示衆軍中稍肅而終不能絕翁不時乘馬出遨遊部伍之間而軍中悍將驕卒輒首自墮地不知其何因因共疑翁前進嚴飭之策兵士已畏惡之至此益相憾怨諸部領譖於劉曰采薇翁妖術也自古名將止聞以智不聞以術浮雲白雀之徒終致滅亡今無論將士往往自失其首人情洶懼將軍與處亦危道也不如

圖之劉從其言謀俟其寢誅之使覘翁翁坦腹方臥息如雷衆大喜以兵遶舍兩人持刀入斷其頭及舉刀頭已復合息如故大驚又斫其腹腹裂無血其中戈矛森聚盡露其穎衆益駭不敢近遙擯以矟而鐵弩大發射中數人衆驚散白劉劉急詣之已杳矣

詩讖

青州居民范小山販筆爲業行賈未歸四月間妻賀獨宿爲盜所殺是夜微雨泥中遺詩扇一握乃王晟之贈吳蜚卿者晟不知何人吳益都之素封與范同里平日

頗有佛達之行故里黨共信之郡縣拘質堅不伏而慘被械梏遂以成案駁解往復歷十餘官更無異議吳亦自分必死囑其妻罄竭所有以濟煢獨有向其門誦佛千者給以絮褲至萬者絮襖於是乞丐如市佛號聲聞十餘里因而家驟貧惟日貨田產以給貲斧陰賂監者使市鴆夜夢神人告之曰子勿死曩日外邊凶目下內邊吉矣再睡又言以是不果死無何周元亮先生分守是道慮囚至吳若有所思因問吳某殺人有何確據范以扇對先生熟視扇便問王晟何人並云不知又將爰

書細閱一過立命脫其械自監移之倉范力爭怒曰而欲妄殺一人便了卻耶抑將得讎人而甘心耶衆疑先生私吳郎莫敢言先生標硃簽立拘南郭某肆主人主人懼罔知所以至則問曰肆壁有東莞李秀詩何時題耶答自舊歲提學按臨有二三秀才飲醉留題不知所居何里遂遣役至日照坐拘李秀數日秀至怒之曰既作秀才奈何謀殺人秀頓首錯愕但言無之先生擲扇下令其自視曰明係而作何詭托王晟秀審視云詩真某作字實非某書曰既知汝詩當即汝友誰書者秀曰

跡似沂州王佐乃遣役關拘王佐佐至訶之一如見秀狀佐言此益都鐵商張成索某書者云晟其表兄也先生曰盜在此矣執成至一訊遂伏先是成窺賀氏美欲挑之恐不諧念托於吳必人所共信故僞爲吳扇執而往諧則自認不諧則嫁名於吳而實不期至於殺也踰垣入逼婦婦以獨居常以刃自衛既覺捉成衣操刀而起成懼奪其刀婦力挽令不得脫且號成益窘遂殺之委扇而去三年寃獄一朝而雪無不誦神明者吳始悟裏邊吉乃周字也然終莫解其故後邑紳乘間請之公

笑曰此甚易知細閱爰書賀被殺在四月上旬是夜陰雨天氣猶寒扇乃不急之物豈有忙迫之時反攜此以增累者其嫁害可知向避雨南郭見題壁詩與箑頭之作口角相類故妄度李生果因是而得眞盜幸中耳聞者歎服

異史氏曰天下事入之深者當其無有有之用詩詞歌賦文章華國之具也而先生以相天下士稱孫陽焉豈非入其中者深乎而不謂相士之道移於折獄易曰知幾其神先生有之矣

毛大福

太行毛大福瘍醫也一夜行術歸道遇一狼吐裹物退蹲道左毛拾視則布裹金飾數事方怪異間狼前歡躍略曳袍服即復去毛行又曳之察其意不惡因從之去未及至穴見一狼病臥視頂上有巨瘡潰腐生蛆毛悟其意撥剔淨盡敷藥如法乃行日既晚狼遙送之行三四里又遇數狼咆哮相侵懼甚前狼急入其羣若相告語衆狼悉散去毛乃歸先是邑有銀商甯泰被盜殺於途莫可追詰會毛貨金飾爲甯氏所認執赴公庭毛訴

所從來官不之信將械之毛寃極不能自伸唯求寬釋請問諸狼官遣兩隸押入山直抵狼穴值狼未歸既暮不至三人遂返至半途遇二狼其一瘡痕猶在毛識之因揖而祝曰前蒙餽贈今遂以此被屈君不爲我昭雪回去搒掠死矣狼見毛被縶怒奔隸隸拔刀相向狼以喙拄地大嗥嗥兩三聲山中百狼羣集圍旋之隸大窘狼競前齧縶索隸悟其意解毛縛狼乃俱去歸述其狀官異之而猶未遽釋毛後數日官出行在道一狼銜敝履委路間未以爲異過之狼又銜履奔前遂而置之官

命收履狼乃去既歸陰遣人訪履主或傳某村有叢新者被一狼廹逐銜履而去拘來認之果其履也遂疑殺甯者即新鞫之果然蓋新殺甯取其巨金衣底藏飾未遑搜括被狼銜去也

昔一收生嫗自他歸遇一狼阻道牽衣若欲召之乃從去見雌狼方娩不下嫗爲之用力既產始放之歸明日銜鹿置庭中乃知此事自古有之也

雹神

唐太史濟武適日炤會安氏葬道經雹神李左車之祠

暫入游眺祠前有池池水清澈有朱魚數頭遊泳其中內一魚斜尾唼呷水面見人不驚太史拾小石將戲擊之道士在旁急止勿擊問其故則池鱗皆龍族觸之必致風雹太史笑附會之誣不聽其言卒擲擊之旣而斥車東邁則有黑雲如蓋隨之以行旣而簌簌雹落大如綿子又行里餘始霽太史翁凉武在後相去一矢少間追及相與語則竟不知有雹也問之前行者亦然太史笑曰此豈廣武君作怪也而猶未之深異安村外有關聖祠適有稗販之客釋肩門外忽棄雙簏趨祠中拔架

上大刀旋轉而舞曰我李左車也明日將陪從淄川唐太史一助執紼敬先告主人數語而醒自不知其何言亦不識唐太史何人也安氏聞之大懼村去神祠四十餘里敬修楮帛祭具詣祠哀禱但求憐憫不敢煩其枉駕太史怪其敬信之深問諸主人蓋雹神靈蹟最著往往託生人以爲言應驗無虛語若不虔祝以尼其行則明日風雹立至矣

異史氏曰廣武君在當年亦老謀壯事者流也即司雹於東或亦其不磨之氣受職於天然業神矣何必翹然

自異哉蒸太史道義文章天人之欽嚮已久此鬼神之
所以必求信於君子也

李八缸

太學李月生升宇翁之次公也翁最富以缸貯金里人
稱之八缸翁寢疾呼子分金兒八之翁二之月生不能
無觖望翁曰我非偏有愛憎藏有窖鏹必待無多人時
方以畀汝勿急也過數日翁益彌留月生慮一旦不虞
覷無人即牀頭秘訊之翁曰人生苦樂皆有定數汝方
享妻賢之福故不宜再助多金以增汝過蒸月生妻車

氏最賢有桓孟之德翁是以云月生固哀之怒曰汝尚有二十餘年坎壈未歷郎予千金亦立盡耳苟不至山窮水盡時勿望給與也月生爲人孝友敦篤郎亦不敢復言猶冀父復瘥旦夕可以婉告無何翁大漸尋卒幸兄賢齋葬之謀弗與計校而月生天眞爛熳不較錙銖又好客善飲炊黍治具日促妻三四作又不甚理家人生產里中無賴窺其良懦輒魚肉之踰數年家漸落窘急時賴兄小周給不至大困無何兄以老病卒益失所助至絕糧食春貸秋償田所出登場輒盡於是割畝爲

活業亦消滅又數年長子及妻相繼殂謝無聊益甚尋買販羊者之妻徐冀得小阜而徐剛烈日淩藉之至不敢與朋友通弔慶禮忽一夜夢父曰今汝所遭可謂山窮水盡矣嘗許汝窖鏹今其可矣問何在曰明日畀汝醒而異之猶謂是貧中積想也次日發土葺墉掘得巨金始悟向言無多人乃死亡將半也

異史氏曰月生杵臼交其爲人樸誠無少僞余兄弟與交哀樂輒相共數年來村隔十餘里老死竟不相聞余每過其居里因亦不敢過問之則月生之苦況蓋有不

可名言者矣忽聞暴得千金不覺爲之鼓舞嗚呼翁臨終之治命昔習聞之而不意其言皆讖也抑何其神哉

老龍船戸

朱公徽蔭總制粵東時往來商旅多告無頭寃狀往往千里行人死不見尸甚至數客同遊全絕音信積案累累莫可究詰初告有司尚欲發牒行緝迨投狀既多遂竟置而不問公蒞任稽舊案狀中稱死者不下百餘其千里無主者更不知其幾何公駭異慘怛籌思廢寢徧訪僚屬迄少方略於是潔誠熏沐致檄於城隍之神已

而變食齊寢恍惚中見一官僚搢笏而入問何官荅云城隍劉某將何言曰鬢邊垂雪天際生雲水中漂木壁上安門言已而退既醒隱謎不解輾轉終宵忽悟曰垂雪者老也生雲者龍也水上木為船壁上門為戶合之非老龍船戶也耶蓋省之東北曰小嶺曰藍關源自老龍津以達南海嶺外巨商每由此入粵公早遣武弁密授機謀捉龍津駕舟者次第擒獲五十餘名皆不械而服蓋寇以舟渡爲名賺客登舟或投蒙藥或燒悶香使諸客沉迷不醒而後剖腹納石以沉於水寃慘極矣自

昭雪後遐邇懽騰謠頌成集焉

異史氏曰剖腹沉尸慘冤已甚而木雕之有司更少痾癢則粤東之暗無天日久矣公至而鬼神效靈覆盆俱照何其異哉然公亦非有四目兩口不過痌瘝之念積於中者至耳苟徒巍巍然出則刀戟橫路入則蘭麝熏心尊優則極而何能與鬼神通哉

元少先生

韓元少先生爲諸生時有吏突至白主人欲延作師而殊無名刺問其家閥含糊對之束帛緘贄儀禮優渥先

生諸之約期而去至日果以輿來邀迓而往道路皆所未經忽睹殿閣下車入氣象類藩邸既就館酒炙紛羅勸客自進並無主人筵既撤則公子出拜年十五六姿表秀異展禮罷趨就他舍請業始至師所公子慧絕聞義輒通而先生以不知家世頗所疑悶館中有二僮爲之給役私詰之皆不對問主人何在荅以事忙先生求導窺之僮不可又屢求之僮乃諾導之一處聞拷楚聲自門隙目注之見一王者坐殿上階下劍樹刀山皆冥中事大駭方將卻步內已知之因罷政叱退諸鬼疾呼

僮僮變色曰我爲先生禍及身矣戰惕奔入王者怒曰何敢引人私窺即以重鞭笞訖乃召先生入曰所以不見者以幽明異路今已知之勢難再聚因贈束金使行曰君天下第一人但坎壈未盡耳使青衣提騎送之先生疑身已死青衣曰何得便爾先生食御一切買自俗間非冥中物也既歸坎坷數年作會狀其言皆驗

周生

周生者時邑侯之幕客邑侯適公出夫人徐有祭禮碧霞元君願以道賒遠將遣僕賫儀代往使周爲祝文周

作駢詞歷敘平生頗涉狎讌中有云栽洛陽滿縣之花偏憐斷袖置夾谷彌山之草惟愛餘桃此訴夫人所憤也諸如此類甚多脫稿示同幕凌生凌以爲褻戒勿用弗聽付僕而去居無何周生卒於署既而僕亦死又未幾徐夫人産後病亦卒人猶未之異也周生子自都來迎父櫬夜與凌生同宿夢父戒之曰文字不可不慎也我不聽凌君言遂以褻詞致干神怒遽夭天年又貽累徐夫人且殃及焚文之僕恐冥罰之不免也醒以告凌凌夢亦同因述其文周子方知之爲之惕然

異史氏曰恣情縱筆輒灑灑自快此文客之常也然媟嫚之詞何敢以告神明哉狂生無知冥譴其所應爾乃使賢夫人及千里之僕駢死而不知其罪不亦與俗中之刑律猶分首從者反多憒憒哉冤已

劉全

鄒平牛醫侯某荷飯餉耕者至野有風旋其前侯即以杓掬漿祝奠之既盡數杓風始去又一日適城隍廟閒步廡下見內塑劉全獻瓜像被鳥雀遺糞糊蔽目睛侯曰劉大哥何遂受此玷污因以爪甲爲除去之後數年

病臥被二皁攝去至官衙前逼索財賄甚苦侯方無所
爲計忽自內一綠衣人出見之訝曰侯翁何來侯便告
訴綠衣人卽責二皁曰此汝侯大爺何得無禮二皁喏
喏遜謝不知俄聞鼓聲如雷綠衣人曰早衙矣遂與俱
入令立墀下曰姑立此我爲汝問之遂上堂點手招一
吏人下略道數語吏人見侯拱手曰侯大哥來耶汝亦
無甚大事有一馬相訟一質便可復返遂別而去少間
堂上呼侯名侯上跪一馬亦跪官問侯馬言被汝藥死
有諸侯曰彼得瘟症某以瘟方治之旣瘳隔日而死與

某何所干涉焉作人語兩相苦官命稽籍籍註焉壽若干應死於某年月日數確符因訶曰此汝天年適盡何得妄控叱之而去因謂侯汝存心方便可以不死仍命二皁送之前二人亦與俱出又囑途中善相視侯曰今日遂蒙覆蔽生平實未識荆乞示姓字以圖銜報綠衣人曰三年前僕從泰山來焦渴欲死經君村外蒙以杓漿見飲至今不忘吏人曰某即劉全曩蒙雀糞之污閟不可耐君手爲滌除是以耿耿奈冥間酒饌不可以奉賓客請即別矣侯始豁悟乃歸既至家欵留二皁皁竝

不敢飲其杯水侯蘇蓋死已踰兩廿夜矣自此益修善行每逢節序必以漿酒酹劉仝後年至八旬尚强健能乘馬馳走一日於途間見劉仝騎馬來如將遠行拱手溫涼已劉曰君數已盡勾牒出矣勾役欲相招我禁使勿須君可歸治後事三日後我來同君行地下代買小缺亦無苦也遂去侯歸告妻子招別戚友棺衾俱備第四日日暮對衆曰劉大哥來矣入棺遂歿

韓方

明季濟郡以北數州縣邪疫大作比戶皆然齊東有農

民韓方性至孝其父母皆病困具楮帛哭禱於孤石大夫之廟歸途零涕遇一人衣冠清潔問何悲也韓具以告其人曰孤石之神即亦不在於此禱之何益僕有小術可以一試韓喜便詰姓字其人曰我不求報何必通鄉貫乎韓方殷殷請臨其家其人又言無須但歸以黃紙置牀厲聲言我明日赴都告諸嶽帝病當已韓恐不驗堅求移趾其人曰實告子我非人也巡環使者以我誠篤俾爲南縣土地感君孝指授此術目前嶽帝舉枉死之鬼其有功人民或正直不作邪祟者以城隍土地

用今日殃人者皆郡城中北兵所殺之鬼急欲赴都投
狀故沿途索賂以謀口食耳言告嶽帝則彼必懼故當
己韓悚然起敬伏叩道側既起其人已渺驚歎而歸遵
其教父母果皆愈以傳鄰村無不驗者
異史氏曰沿途祟人而往以求不作邪祟之用此與策
馬應不求聞達之科者何殊哉天下事大率類此猶憶
甲戌乙亥之間當事者使民捐穀疏告九重謂民樂輸
於是各州縣如數取盈甚費敲朴是時郡北七邑皆被
水歲大祲催辦尤難吾鄉唐太史偶至利津見繫逮十

數人即當道中問其何事荅云官捉吾等赴城比追樂
輸耳農民亦不知樂輸二字作何解遂以爲徭役敲比
之名亦可歎而可笑也

太原獄

太原有民家姑婦皆寡姑中年不能自潔村無賴頻來
就之婦不善其行陰於門戶牆垣阻拒之姑慚借端出
婦婦不去頗有勃谿姑益恚反相誣諸官官問奸夫姓
名媼曰夜來宵去實不知其何誰鞫婦自知因喚婦婦
果知之而以姦情歸媼苦相抵拘無賴至又譁辯謂兩

無所私彼姑婦不相能故妄言相抵毀耳官曰一村百人何獨誣汝重笞之無賴叩乞免責自認與婦通械婦婦終不承逐去之婦忿告憲院仍如前久不決時吾邑孫進士柳下令臨晉推折獄才遂下其案於臨晉人犯到公略訊一過寄監訖便使隸人備磚石刀錐質明聽用共疑曰嚴刑自有桎梏何將以非刑折獄耶不解其意姑備之明日升堂問知諸具已備命悉置堂上乃喚犯者又一一略訊之乃謂姑婦此事亦不必求甚清析淫婦雖未定而奸夫則確汝家本清門不過一時為匪

人所誘罪全在某堂上刀石具在可自取擊殺之姑婦趦趄恐邂逅抵償公曰無慮有我在於是媼婦并起掇石交投婦銜恨已久兩手舉巨石恨不即立斃之媼惟以小石擊臀腿而已又命用刀媼猶逡巡公止之曰淫婦我知之矣命執媼嚴梏之遂得其情其案乃結

附記公一日遣役催租租戶他出婦應之役不得賄拘婦至公怒曰男子自有歸時何得擾人家室遂笞役遣婦去乃命匠多備手械以備敲比明日邑中傳頌公仁欠賦者聞之皆使妻出應公盡拘而械之余

嘗謂孫公才非所短然如得其情則喜而不暇哀矜矣

新鄭獄

長山石進士宗玉爲新鄭宰適有遠客張某經商於外因病思歸不能騎步賃手車一兩攜貲五千兩夫挽載以行至新鄭兩夫往市飲食張守貲獨臥車中有某甲過睨之見旁無一人奪貲去張不能禦力疾起遙尾綴之入一村中又從之入一門內張不敢入但自短垣窺覘之甲釋所負回首見窺者怒執爲賊縛見石公因言

情狀問張張備述其冤公以無質實叱去之二人下皆謂官無皁白公置若不聞頗憶甲久有逋賦但遣役嚴追之逾一日即以銀三兩投納石公喚問金所自來甲答質衣鬻物皆指名以實之石公遣役令視納税人有與甲同村者否適甲鄰人在便喚入石公問汝即爲某甲近鄰金所從來嘗自知之鄰答不知石公曰鄰家不知其來曖昧甲懼顧鄰曰我質某物鬻某器汝寧聞之乎鄰急曰然固聞之矣石公怒曰是必與某甲同盜非窮治之不可命取梏械鄰人大懼曰我以鄰故不敢招

怨耳今刑及己身何諱乎彼實刼張某錢所市也遂釋之時張以喪費未歸乃責甲押償之石公此類甚多亦見其實心爲政也

異史氏曰石公爲諸生時每一藝出得者秘以爲寶觀其人恂恂雅飭翰苑則優似非簿書才者乃一行作吏神君之名譟於河朔誰謂文章僅華國之具哉故志之以風有位者

浙東生

浙東生房某客於陝貧不能歸教授生徒嘗以膽力自

詡一夜裸臥忽有毛物從空墮下擊胸有聲覺大如犬
氣咻咻然四足撓動大懼欲起物以兩足撲倒之恐極
而斃逕一時許覺有人以尖物穿鼻大嚏乃蘇見室中
燈火熒煌牀邊坐一美人笑曰好男子膽氣固如此耶
生知爲狐益懼女漸與狎戲膽始放遂共歘曬積半年
如琴瑟之好一日臥牀頭生潛以獵網蒙之女醒不敢
動但哀之生但笑不前女忽化白氣自牀下出恚曰終
非好相識可送我去以手曳之身不覺自行出門淩空
翕飛食頃女釋手生暈然墜落適世家園中有虎阱揉

木爲圈結繩作網以覆其口生墮網上網爲之側以腹受網身半倒懸下視虎蹲阱中仰見臥人躍上近不盈咫心膽俱碎園丁來飼虎見而怪之扶上已死移時始漸甦備言其故其地爲浙界離其家止四百餘里矣告之主人贈以貲而遣之嘗告人曰雖得兩死然非狐不能歸也

博興女

博興民王某有女及笄勢豪某窺其姿伺女出掠去無知者至家逼淫女號嘶撑拒某縊殺之門外故有深淵

遂以石繫尸沉諸其中王覓女不得計無所施天忽雨雷電遶其家霹靂大作龍下攫某首而去未幾天晴淵中女尸浮出一手捉人頭審之則豪某也官知鞫其家人始得其情龍其女之所化與何以能然也奇哉

一員官

濟南同知吳公剛正不徇時有陋規凡貪墨者虧空犯贓罪上官輒庇之以贓分攤屬僚無敢梗者以命公不受彊之不得怒加叱罵公亦惡聲還報之曰某官雖微亦受君命可以条處不可以罵詈也要死便死不能捐

朝廷之祿代人償枉法賍耳上官乃改顏溫慰之人皆言斯世不可以行直道人自無直道耳可反咎斯世之不可行哉會高苑有穆情懷者狐附之輒慷慨與人談論音響在座上但不睹其人適至郡賓客談次或詰之曰仙固無不知請問郡中官共幾員應聲曰一員共笑之復詰其故曰通郡官僚雖七十有二其實可稱爲官者吳同知一人而已

是時泰安知州張公者人以其木強號之橛子凡貴官大僚登岱者夫馬兜輿之類需索煩多州民苦於

供億公一切罷之或索羊豕公曰我即一羊也一豕也請殺之以犒騶從大僚亦無奈之公自遠宦别妻子者十二年初蒞泰安夫人及公子自都中來省之相見甚歡踰六七日夫人從容曰君塵甑猶昔何老諄不念子孫耶公怒大罵呼杖逼夫人伏受責公子覆母身號泣乞代公横施撻楚乃已夫人怒即偕公子命駕歸矣曰渠即死於是吾亦不復來矣踰年公果卒此不可謂非令之强項令也然以久離之琴瑟何至以一言而燥怒之此不情矣哉而威嚴能行於

狀第事更奇於鬼神矣

花神

癸亥歲余館於畢刺史公之綽然堂公家花木最盛暇輒從公杖履得恣游賞一日眺覽既歸倦極思寢解屨登牀夢二女郎被服豔麗近請曰有所奉托敢屈移玉余愕然起問誰相見召曰絳妃耳恍惚不解所謂遽從之去俄睹殿閣高接雲漢下有石階層層而上約盡百餘級始至顛頭見朱門洞敞又有一二麗者趨入通客無何詣一殿外金鉤碧箔光明射眼內一女人降階出

環珮鏘然狀若貴嬪方欲展拜妃便先言敬屈先生理須首謝呼左右以毯貼地若將行禮余惶悚無以爲地因啟曰草莽微賤得辱寵召已有餘榮況敢分庭抗禮益臣之罪折臣之福妃命撤毯設宴對筵相向酒數行余辭曰臣飲少輒醉懼有愆儀教命云何幸釋疑慮妃不言但以巨杯促飲余屢請命乃言妾花神也合家細弱依棲於此屢被封家婢子橫見摧殘今欲背城借一煩君屬檄草耳余皇然起奏臣學陋不文恐負重託但承寵命敢不竭肝鬲之愚妃喜即殿上賜筆札諸麗者

拭案拂座磨墨濡毫又一垂髫人折紙爲範置腕下略寫一兩句便二三輩疊背相窺余素遲鈍此時覺文思若湧少間稿脫爭持去啟呈絳妃妃展閱一過頗謂不疵遂復送余歸醒而憶之情事宛然但檄詞强半遺忘因足而成之謹按封氏飛揚成性忌嫉爲懷濟惡以才絕殊偃草射人於暗深類含沙昔虞帝樂其薰融富貴不足解憂反借渠以解慍楚王蒙其蠱惑賢才未能稱意惟得彼以稱雄沛上英雄雲飛而思猛士茂陵天子秋高而念佳人從此顧盼自雄因而披猖無忌怒號萬

窾響碎玉於深宮淜湃中宵弄寒聲於秋樹倏向山林叢裡假虎之威時於灧澦堆中助江之浪且也簾鉤頻動發高閣之清商簷鐵忽敲破離人之幽夢搴幃拂簟儼同入幕之賓排闥升堂竟作翻書之客不曾於生平識面直開門戶而來若非是掌上畱裙幾掠蹁躚而去吐虹絲於碧落乃敢因月成闌翻柳浪於青郊謬說爲花寄信賦歸田者歸途纔就飄飄吹薜荔之衣登高臺者高興方濃輕輕落茱萸之帽蓬梗卷兮上下三秋之羊角摶空箏聲杳乎雲霄百尺之鳶絲斷繫不奉明空

之詔特速花開未絕坐客之纓竟吹燈滅甚則揚塵播土吹平李賀之山叫雨呼雲捲破杜陵之屋馮夷起而擊鼓少女進而吹笙蕩漾以來石皆作燕吼奔而至瓦竟分鴛未施搏水之威浮水江豚時出拜陡出障天之勢書天雁字不成行助馬當之輕帆彼有取爾牽瑤臺之翠帳于意云何至於海鳥而靈尚依魯門以避但使行人無恙願喚石郎以歸古有賢豪乘而破者萬里世無高士御以行者幾人駕礮車之狂雲遂以夜郎自大恃貪狼之逆氣漫云河伯爲尊姊妹俱受其摧殘棗族

悉爲其蹂躪紛紅駭綠掩苒何窮擘柳鳴條蕭騷無際雨零金谷綴爲藉客之裀露冷華林去作沾泥之絮埋香瘞玉殘妝卸而翻飛朱榭雕欄雜珮紛其零落減春光於旦夕萬點正飄覓殘紅於西東五更非錯幽閒江漢女弓鞋漫踏春園寂寞玉樓人珠勒徒嘶芳草斯時也傷春者有難乎爲情之怨尋勝者作無可奈何之歌爾乃趾高氣揚逞無端之踔厲發蒙振落動不已之瓓珊傷哉綠樹猶存簌簌者繞牆自落久矣朱旛不竪娟娟者隕涕誰憐墮溷沾籬畢芳魂於一日朝榮夕悴免

荼毒以何年怨羅裳之易開罵空聞於 子夜訟狂伯之
肆虐章未報於天庭誕告芳鄰學作蛾眉之陣凡屬同
氣羣與草木之兵莫言蒲柳無能但須藩籬有志且看
鶯儔燕侶公復奪愛之讎請與蝶友蜂交共發同心之
誓蘭橈桂楫可教戰於昆明桑蓋柳旗用觀兵於上苑
東籬處士亦出茅廬大樹將軍應懷義憤殺其氣燄洗
千年粉黛之冤殲爾豪強消萬古風流之恨

戲書蒲生聊齋志異卷後

姑妄言之妄聽之豆棚瓜架雨如絲料應厭作人間語愛聽秋墳鬼唱時

濟南王士禎貽上題

聊齋志異卷十六終

志異十六卷先大父柳泉先生著也先大父諱松齡字留仙別號柳泉聊齋其齋名也幼有軼才學識淵穎而簡潛落穆超然遠俗雖名宿宗工樂交傾賞然數奇終身不遇以窮諸生授舉子業潦倒於荒山僻隘之鄉間爲詩賦歌行不愧於古作者撰古文辭亦往往標新領異不勦襲先民皆各數百篇藏於家而於耳目所覩記里巷所流傳同人之籍錄又隨筆撰次而爲此書其事多涉於神怪其體倣歷代志傳其論贊或觸時感事而以勸以懲其文往往刻鏤物情曲盡世態冥會幽探思

入風雲其義足以動天地泣鬼神俾畸人滯魄山魈野魅各出其情狀而無所遁隱此山經博物之遺遠遊天問之意非第如干寶搜神已也初亦藏於家無力梓行近乃人競傳寫遠邇借求矣昔昌黎文起八代必待歐陽而後傳文長雄踞一時必待袁中郎而後著自今而後焉知無歐陽中郎其人者出將必契賞鋟梓流布於世不但如今已也則且跂予望之矣

大清乾隆五年歲次庚申春日孫立悳謹識